KB008104

겁 많은 자의 용기

지켜야 할 최소에 관한 이야기

겁 많은 자의 용기

2008년 4월 18일 초판 1쇄 펴냄

펴낸곳 (주)도서출판 삼인

지은이 이문영
펴낸이 신길순
부사장 홍승권
편집장 최인수
책임편집 문해순
편집 강주한 김종진 양경화
마케팅 이춘호
관리 심석택
총무 서장현

등록 1996.9.16. 제 10–1338호
주소 121-837 서울시 마포구 서교동 339-4 가나빌딩 4층
전화 (02) 322-1845
팩스 (02) 322-1846
E-MAIL saminbooks@naver.com

표지디자인 (주)끄레어소시에이츠
자료 제공 고려대학교 박물관
사진 촬영 토브 12
제판 문형사
인쇄 대정인쇄
제본 성문제책

ⓒ 이문영, 2008

ISBN 978-89-91097-80-3 03810

값 32,000원

겁 많은 자의 용기

지켜야 할 최소에 관한 이야기

이문영 지음

삼인

나의 이 고집 같은 기다림을 탓하지 말기를. 기다림은 나의 길이다. 나의 의무다. 나의 숨쉼이다. 배선표 목사님 같은 공회의 장이 계셨기에 나는 장남임을 행세해 동생들 때린 것을 뉘우쳐 이 교회에서 울었다. 이 울음은 지금까지 나를 울게 하는 울음의 샘이다. 교회가 사유화하고 있는 것, 이 때문에 나라가 썩는 것을 아파해 그 후에도 계속 울었고, 지금도 울고 있다.

—〈끝내면서〉

차례

2부 내가 행한 것

3부 버림인가, 버려짐인가?

일러두기

1. 이 책은 서문인 〈시작하면서: 너 어디 있느냐?〉를 제외하고, 지은이가 원고 집필을 끝마친 2007년 5월을 시점으로 하여 서술되었다.

2. 신문에서 오려낸 기사 조각, 지은이의 일기 등 문서 자료와 일부 기록 사진의 원본은 현재 고려대학교 박물관에서 소장하고 있다.

3. 인용된 성경 구절의 표기는 《공동번역 성서》를 따르되, 띄어쓰기와 맞춤법은 현행대로 고쳤다. 단, 지은이가 특별한 의미를 부여하여 옛 번역본인 《개역한글판 성서》를 인용한 경우에는 '개역한글판'이라고 표시했다.

너 어디 있느냐?

이 책을 쓰기 시작한 무렵인 2002년 7월에 서문으로 써두었던 글이 다음 글이다. 지금 다시 읽어보니 여기에 서문으로 써도 좋겠다는 생각이 든다.

존재와 시간

오늘은 더운 날이다. 밖의 온도가 34도라고 한다. 에어컨을 안 켠 내 서재 온도가 29도이다. 더운데 기를 쓰고 먹기가 싫어서 눌은밥을 찬물에 말아서 달걀찌개와 김치로 저녁식사를 한다. 식사 후 에어컨으로 식혀놓은 서재에 와서 에어컨을 끄고 나는 긴 소파에 눕는다. 따라 들어온 집사람은 좀 짧은 소파에 눕는다. 집사람이 "이 소파를 산 지 꼭 십 년이 됐는데 아직도 좋아요"라고 말한다. 다음과 같은 대화가 오간다.

> 나: 그래요. 이 소파가 우리가 산 두 번째 소파지. 고려대 정년퇴직하고
>   샀지.
> 집사람: 그때 320만 원이나 되는 큰돈을 들여서 산 가죽 소파인데, 지
>   금도 좋아요. 그 돈이면 지금도 큰돈이고요. 피부에 닿는 촉감이 시

아내와 담소를 나누었던 거실에서. 벽에 걸린 조각보는 동생 화영이가 마라톤을 할 때마다 입었던 옷으로 만들어 보내준 것이다.

원해요. 어디 아래 나무마루에 깐 왕골 돗자리는 어떨까요? (그러면서 집사람은 베개로 쓰던 쿠션을 갖고 아래에 눕는다.)

나: 소파만 못할 거예요. 차면 허릿병이 나요.

집사람: (베개를 들고 일어나더니) 맞아요. 차가워요. 가죽에서 느끼는 촉감과는 달라요.(집사람이 소파로 다시 올라온다. 나는 넓은 창 너머로 보이는 느티나무를 바라보며 여전히 누워 있다.)

나: 우리가 단군 이래 이 나라의 백성으로서 지금이 제일 좋은 삶을 사는 것 아닐까? 자, 봐요. 잔디밭 있는 집은 우리 세대의 일이에요. 방 안이 시원해요. 방충망이 되어 있어 모기가 안 들어와요. 모기 말고는 빈대나 벼룩이 없어요. 일제 때 빈대와 벼룩이 얼마나 많았어요. 화장실을 쓰려면 바로 옆에 있어요. 그리고 부엌일 끝내고 곧 여기에 왔지, 뜰을 밟지 않았어요. 옛날 사직동 집 때같이 내려갔다 올

라오기를 안 했으니까요. 그런데 이렇게 잘살게 된 것이 박정희가 똑똑해서였을까, 백성이 똑똑해서였을까?

집사람: 백성이에요. (박정희에게 됐던 사람답게 딱 한마디를 한다.)

나: 박정희가 아프리카에서 독재를 했어도 아프리카에서는 이렇게 안 되었을 테니까.

집사람이 일어나더니 안으로 들어간다. 나도 따라서 일어난다. 그러나 나는 안방에 안 들어간다. 책상에 와서 책상 등을 켠다. 연필을 들고 '존재와 시간'이라는 제목을 원고지에 쓰고 위 글을 쓴다. 위의 대화에서 존재가 무엇이며, 시간이 무엇이며, 왜 두 가지를 합한 제목을 나는 생각하는 것일까?

우선 존재인데, 존재란 어려운 말이고 쉬운 말로는 '있는 것'이다. 시간은 '어제와 오늘과 내일'이다. 그리고 존재와 시간을 구별하는 주체는 나와 집사람인 사람이다. 생각을 정리하기 위하여 우선 위 글에 등장한 명사들이 무엇이었는지 추려보자.

나, 집사람, 너, 어디, 2002년 7월, 이 책, 존재, 시간, 밖의 더운 공기, 눌은밥, 찬물, 달걀찌개, 김치, 저녁식사, 에어컨, 서재, 서재의 공기, 가죽 소파, 십 년 전의 시간, 320만 원이라는 돈, 피부, 나무마루, 왕골 돗자리, 베개, 쿠션, 찬 돗자리, 허릿병, 넓은 창, 느티나무, 찬 돗자리, 단군, 이 나라, 백성, 잔디밭, 집, 우리 세대의 일, 방 안의 온도, 방충망, 모기, 일제 때, 빈대, 벼룩, 화장실, 부엌, 뜰, 사직동 집, 박정희, 아프리카, 독재, 책상 등, 연필, 원고지

다 골랐는지 모르겠는데 꽤 된다. 이들 명사를 존재와 시간을 구별하는 주체와 존재, 시간으로 분류해보자.

존재와 시간을 구별하는 주체는 나와 대화자인 집사람이다. 많은 존재들이 보인다. 밖의 더운 공기, 서재의 공기, 눌은밥, 찬물, 달걀찌개 등등. 나는 이들 보이는 것들 중 눌은밥과 느티나무를 존재라는 축의 양 끝자리에 있는 물체로 생각한다. 그리고 시간의 축에서 양쪽 끝은 박정희와 백성이라고 생각한다.

그런데 축이라니! 그리고 존재와 시간의 축에 각각 두 끝이 있다니! 이 말은 한쪽 끝의 것이 다른 한쪽 끝의 것보다 좋다는 뜻이다. 즉 존재에서는 눌은밥보다는 느티나무가 더 좋고, 시간에서는 박정희보다는 백성이 더 좋다는 뜻이다. 어려운 말을 써보자. 더 좋다는 뜻은 썩어갈 물질이 아니라 형이상(形而上)이 더 좋다는 것이다. 악이나 몰윤리(沒倫理)가 아니라 윤리가 더 좋다는 것이다. 반종교나 몰종교가 아니라 종교가 더 좋다는 것이다. 그리고 이 모든 좋은 것이 비인간적이 아니라 인간적일 때 더 좋다는 뜻이다. 여기에 나는 좋다는 말을 연거푸 썼다. 좋음은 그 쓰임에 따라 뉘앙스가 다르다. 형이상을 찾는 좋음은 쾌락이 아니라 즐거움을 주는 좋음이다. 한문의 '락(樂)' 같은 즐거움이다. 윤리의 좋음은 강의할 때, 즉 진리를 설명해 말할 때 느끼는 기쁨 같은 좋음 같다. 한문으로 '說'을 '말할 설'이라고도 읽고 '기쁠 열'이라고도 읽는다. 종교가 더 좋은 경지는 독재자가 알아주지 않아도 오히려 성내지 아니한다는 좋음이다. 한문으로 불온(不慍)이라고 쓴다. 악정 아래서 벼슬 안 하는 것을, 좋아하지는 않더라도 성내지 않는 경지이다.

이상이 어느 여름날 저녁 나를 사색으로 몰고 간 집사람과의 짧은 대화를 소개해 쓴 글이다. 집사람이 나를 남겨두어서 생각했던 숙제를 계속 해보자. 우선 존재와 시간이 왜 중요한가? 존재나 시간의 축 위에 나를 놓고 생각한다는 것은 무슨 뜻인가? 왜 존재 축에서 시작은 눌은밥이며 끝자리는 느티나무인가? 시간 축에서 2002년 7월, 10년 전, 우리 세대, 일제 때 등도 있는데 박정희를 출발로 해서 백성으로 간다는 말은 무슨 뜻인가?

이것은 존재와 시간을 합하면 모두가 된다는 생각이다. 예를 들어 세계와 우주는 흔히 모든 것을 의미하는데, 이 단어의 한문을 풀어보면 각각 존재와 시간의 요소를 다 갖추고 있음을 알 수 있다. 세계(世界)의 세(世)는 시간 개념이며, 계(界)는 존재의 개념이다. 우주(宇宙)의 우(宇)는 존재 개념이며, 주(宙)는 시간 개념이다. 그러니까 앞서 말한 여름날 저녁의 내 경험에서 존재와 시간을 생각했다는 것은 '모두'를 생각했고 '모두'가 가득했으니 그만큼 나는 꽉 차 있었다는 뜻이다.

존재 축의 기점이 먹는 것인 이유는, 갓난아기가 찾는 것이 바로 먹을 것인 젖이며, 사람이 죽기 전에 하는 행위가 바로 먹기를 멈추는 일임을 통하여 알 수 있다. 의식주 중에서 의(衣) 얘기는 위에서 전혀 안 나왔다. 식(食) 얘기는 저녁을 먹었다고 나왔다. 주(住)는 제법 까다로운 나와 집사람의 욕구를 충족시키면서 나열되고 있다. 에어컨, 소파, 나무마루, 왕골 돗자리…… 그리고 돈이다. 돈이 있으면 의식주가 다 해결되니까 돈이 '있는 것'의 동의어이다. 돈이 곧 물(物)이다. 그리고 이 물질은 사람에게 소파 위에 누워서 느낄 수 있는 쾌적함을 준다.

그런데 여기 이 쾌적함을 주는 것 때문에 문제가 생긴다. 술을 예로 들어 보자. 주자(朱子)의 말에, 검소할 때에 사용하는 물질의 쓸모가 높아진다는 "검자물지질(儉者物之質)"이 있다. 술은 한두 잔을 들 때에 그 효과가 가장 잘 드러난다. 그래서 술을 약주(藥酒)라고 말한다. 그러나 이 술은 정도를 넘어서면 독약이 되어 사람을 죽인다. 물질을 너무 사랑해 내 몸을 망치는 것을 물신주의(物神主義)라고 말한다. 따라서 사람은 물신주의를 극복한 상태를 생각하게 된다. 사람의 눈에 보이는 물질을 넘어서는 것이라든지, 물질이 아닌, 보이지 않는 좀 더 본질적인 원칙들, 좀 더 궁극적 존재, 하느님 같은 것을 말이다. 예수가 죽기 전에 제자를 향해 말한 정의는 보이지 않는 것을 긍정하는 것이었다. 그리고 여름날 저녁에 이런 동경을 나에게 인도해준 물체는 바람에 흔들리는 느티나무였다. 따라서 느티나무의 덕목은 느티나무라는 물질을 넘어서 존재하는, 느티나무와 달리 눈에 보이지 않는 것을 사모하게 만드는 데 있다.

십 년 전에 소파를 구입했다는 말에 등장하는 십 년 전은 과거라는 시간을 뜻한다. 2002년 7월 29일 월요일 밤 열두 시는 시간이다. 집사람과의 대화가 어젯밤 일이고 어제 쓰던 글을 오늘 낮에 연구실에 다녀와서 지금 이어서 쓰고 있으므로 어제 일요일이니, 오늘이니, 지금이니 등은 다 시간 개념이다.

그런데 박정희와 백성이 사람을 지칭하는 개념일지는 몰라도 어찌하여 시간 개념에 속하는가? 그것도 마치 물질을 극복하고 보이지 않는 것으로 옮겨 가야 하듯이, 박정희를 극복해서 백성으로 가야 하는 것인가? 이는 시간을 역사로 보기 때문이다. 여기서 역사란 기계적인 시간으로서의 역사를 말하는 것은 아니다. 시간에 의미가 부여된 역사로서의 시간을 말한다. 예를 들어 1998년 대한민국에서 '국민의 정부'가 등장한 사실의 경우, 1998년이라는 시간에 초점을 맞추면 기계적 시간일 뿐이다. 이에 반하여 한낱 백성에 불과했던 사람들이 이제는 통치의 주체로 나서게 됐다는 것에 초점을 맞추면 의미 부여가 되며 역사가 된다. 지금 설명된 1998년의 예를 통하여 시간의 축 양단에 왜 박정희와 백성이 놓여야 하는가 하는 설명이 나온 셈이다. 시간 축의 바람직하지 않은 끝자리는 통치자 혼자서 정치를 하는 자리이며, 바람직한 끝자리는 백성 모두가 협력해서 정치를 하는 자리이다. 따라서 위에서 고른 낱말 중 독재는 박정희에 붙은 개념이다.

위에서 설명한 존재와 시간이라는 두 축으로 형성되는 세계는 다음〈그림 1〉로 나타낼 수 있다.〈그림 1〉에서 존재의 축은 X축, 시간의 축은 Y축

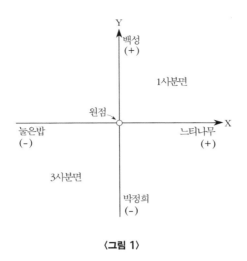

〈그림 1〉

이다. 두 개 축의 양끝 방향은 위에서 설명한 대로이다.

〈그림 1〉에서 두 개 축을 화살표로 표시한 데 유의하기 바란다. 역사가 눌은밥과 박정희로 머물러 있는 3사분면의 세계는 부정적인 마이너스의 세계이지만, 느티나무와 백성이 있는 1사분면의 세계는 플러스의 세계이다. 여기서 사분면이란 평면을 네 개로 나누어 생기는 사분면(四分面)을 말한다. 위 좌측인 2사분면과 아래 우측인 4사분면은 구조적으로 존재하지 않는다. 예를 들어 4분면을 볼 때에 물질을 초월한 +X와 이타적이 아닌 -Y는 개념의 성질상 함께 있을 수 없다. 서문의 제목 '너 어디 있느냐?'는 내가 3사분면에 있는가, 아니면 1사분면에 있는가를 스스로 묻는 것이다. 그리고 이 물음에 내가 답해야 할 곳이 바로 이 책이다. 이 물음은 죄를 범한 아담을 향하여 야훼 신이 했던 물음이기도 하다.

돌이켜보면 오늘의 나를 결정한 것은 내 어릴 때였다. 중병을 세 번 앓아 기운이 없었고 학교 공부는 못했고 집안이 가난했다. 한마디로 말해 나에게는 내세울 것이 하나도 없었다. 내세울 것이 하나도 없었기에 나는 타율적으로 겸손할 수밖에 없었다. 이런 상황에서 간신히 깨닫기 시작한 것이 다음 두 가지 원죄였다.

　우선, 내 어려서 할머니가 주신 군밤 한 봉지에서 단 한 개도 한 살 아래 동생인 화영에게 주지 않은 사람이 나였다. 나의 이 행동도 수년 전 화영이 나에게 말해줘서야 비로소 알게 되었다. 그러니까 아들로서 누린 물질적 혜택이 내 몸에 배어 있었던 것이다. 몸에 배어 있는 잘못이 곧 원죄이다. 남이 알려줘 뒤늦게 잘못을 알게 된 이 행동은 〈그림 1〉에서 $-X$를 굳히는 행동이다. 딸들만 있던 집에서 출생한 장남인 내가 행패까지 부린 행동은 또 하나의 원죄였으며 이는 $-Y$를 굳히는 행동이었다. 이 '굳히는 행동'의 Y축 선상에서 횡포를 부리는 나 때문에 슬프고 괴로운 내 두 남동생이 나를 불러서 그 반작용으로 나는 $+Y$를 향하여 움직였던 것이다. 그리고 스스로 깨칠 수 없는 자를 도우시는 하느님이 나를 긍휼히 여기셔서, 헤매는 나를 혼미 속에서 어느 날 갑자기 깨달음에 도달하게 하시어 X축 선상에서의 반작용도 생겼다. 나는 어린이 부흥회 때 동생들 때린 것을 뉘우쳐 교인들 앞에서 슬피 울었다. 남들 앞에서 운 행동은 보통학교(초등학교) 5학년 때 부끄러움을 개의치 않고 자신을 견제한 반 아이들 앞에서 손을 들고— 교무실을 찾은 것이 아니라—담임선생님에게 나는 상급 학교에 가고 싶으니 5학년 과정을 다시 이수하도록 낙제시켜 달라고 말했던 일로 반복된다. 이런 일들은 3사분면에 있던 나를 우선은 원점으로 향하게 한 움직임이었다. 이것이 내 인생에서 처음으로 의미 있는 움직임이었다.

　두 번째 움직임은 열네 살 때 배재중학교 예배 시간에 '이제는 공부를 잘하되 기독교의 틀 안에서 나라를 위한 공부를 하자'라고 결심한 것이었다. 나는 배재중학에 초등학교 졸업 후 3년 만에 들어갔는데 그것도 그 해에 두 번째로 들어간 학교였다. 이 학교도 어머니가 임영신 여사에게 청해, 신흥우 교장에게 부탁해 들어간 것이다. 동기가 없을 법한 이 학교에서 나는 비로소 눈을 떴다. 예배 시간 때만은 일본어가 아닌 한국어가 사용됐다. 나는 이 한국어를 아름답게 듣고서 이런 결심을 했다. 중학교 3년생일 때 내가 가정교사로서 가르치던 두 학생을 데리고 탔던 기차가 원산 못 미쳐 한 역을 지나칠 무렵 갑자기 마주친 동해 바다나, 동네 아이들과 북악산 정상에 갔다가 눈앞에 펼쳐진 경치가 놀라웠듯이, 나는 갑자기 들은 한국어에 충격을 받았다. 이 결심은 〈그림 1〉에서 보이는 원점에 해당하는 경험이었다. 내가 그 뒤로 달라졌기 때문이다. 달라졌다는 것은 진행에 가속이 붙었다는 뜻이다. 그때 이후 나는 공부를 잘해서 내 힘으로 고려대의 전신인 보성전문에 입학했다. 이 활력이라 할까, 가속 현상이 왜 생겼을까? 거듭 말하는데, 내 힘으로 반작용을 가하는 일을 계속하고 계속하여도 내가 지쳐 있을 때 나 때문에 슬프고 괴로운 사람이 나를 불렀고 나를 긍휼히 여기시는 만유인력 같은 힘이 나를 끌었기 때문이라고 생각한다. 힘이 떨어져 헤매는 나를 끌어낸 힘의 원천은 바로 +Y에 있는 불쌍한 사람들과 +X의 끝자리에 있는 하느님이었다.

내가 어려서 아버지에게서 받은 감화가 세 번째 의미 있는 움직임이었다. 말하자면 사분면의 원점을 떠나 홀로 의연하게 걸어가는 한 사람의 모습을 나는 보았던 것이다. 내가 배재중학교 학생이던 어느 날, 나는 실직 중인 아버지가 앉아 계시는 방에 엎드려서 공부를 하고 있었다. 종로경찰서 형사가 찾아와 아버지와 마주 앉았다. 형사가 왜 일본식 창씨개명을 안 했냐고 물었다. 이 물음에 아버지는 딱 한마디, "창씨 하라고 어디 법에 적혀 있습니까?" 하시고는 입을 다무셨다. 무슨 변명이 있지 않았다. 형사도 가만히 있더니 일어나서 나갔다. 아버지는 배웅하시지도 않았다. 나는 아버지의 이 모습이 사분면에서 원점을 떠나 X, Y축의 플러스로 향하는 의연한 모습이라고 보았다.

잘은 몰라도 내가 여기서 연상하는 것은 "에너지는 질량 곱하기 빛의 속도의 자승", 곧 'E=mc²'이라는 아인슈타인의 공식이다. 여기서 m은 모든 물질을 가리키는 것이 아니라, 물질 중에서 특정한 외부 자극에 의하여 자신의 질량이 에너지로 변화할 수 있는 가변질량을 말한다. 예를 들어 회심자(悔心者) 격인 m이 겪는 변화는 자신의 능력을 끝까지 발휘하여 최선을 다하는 상태이며, 이 상태에서 스스로 무엇을 할 수 없는 자를 도우시는 하느님의 부르심과 자신에게 해를 입은 이의 울부짖음이 생기는 것이다. 3사분면에 있는 사람들이 걷는 에너지에서는 교차점인 원점을 봉쇄한 자신의 행위 때문에 신이나 비참한 이웃에게서 오는, 빛과 같이 빠른 속도 효과를 기대할 수가 없지만, 1사분면에서 사람들이 걷는 에너지는 신에게서 오는 인력과 비참한 이웃에게서 오는 인력을 스스로가 덜 막기 때문에―이와 같이 스스로가 덜 막는 행위가 E=mc²에서 가변질량을 만드는 역할을 한다―빛과 같이 빠른 속도 효과를 기대할 수 있다.

나를 이끈 이가 불쌍한 내 동포만이 아니라 하느님이었던 것에 나는 유의한다. 나를 이끈 불쌍한 사람을 예시하자. 나는 언젠가 떵떵거리며 잘사는 일본촌을 본 적이 있었고, 역시 언젠가 서울역에 갔다가 북간도로 농사를 지으러 남편 허리에 맨 새끼줄을 붙잡고 바가지를 들고 따라가던, 흰 조선 옷을 입은 내 동포 백성을 가슴 아프게 봤었다. 나를 이끈 하느님을 설명하자. 나에게는 이제 그냥 하느님이 아니라 새끼줄을 붙잡고 남편을 따라가는 여성을 위로하는 하느님이 필요했다. 내가 어려서 주일학교 때 암송했던 신·구약 성서를 설명한 요약으로 볼 수 있는 〈요한복음〉 3장 16절이 이 두 인력을 잘 묘사한다. 하나는 하느님이며, 다른 하나는 하느님이 극진히 사랑하신 세상이 담긴 글을 다음에 인용한다.

하느님은 이 세상을 극진히 사랑하셔서 외아들을 보내주시어 그를 믿는 사람은 누구든지 멸망하지 않고 영원한 생명을 얻게 하여주셨다.

내가 걸어온 길

앞에서 그래프를 그려놓고 보니 내가 걸어왔던 길이 드러난다. 내 삶의 첫째 과정은 원점 형성인데, 이를 이 책의 1부 '나에게 주어진 은총'에서 다루었다. 둘째 과정이 2부 '내가 행한 것'의 내용이며, 이것은 +Y를 향한 몸부림이기도 하다. 셋째 과정은 3부 '버림인가, 버려짐인가?'의 내용이며 이것은 +X를 향한 몸부림이기도 하다. 내 삶을 다시 한 번 요약하면 다음과 같다.

원점 형성→ +Y(시간)를 향한 몸부림→ +X(존재)를 향한 몸부림

위 과정을 이해하려면 적어도 두 가지가 설명되어야 한다. 하나는 왜 원점 형성이 +Y를 향한 몸부림보다 앞서야 하는가이며, 다른 하나는 왜 +Y를 향한 몸부림이 +X를 향한 몸부림보다 앞서야 하는가이다.

먼저, 원점 형성이 +Y를 향한 몸부림보다 앞서야 하는 이유를 설명하기 위하여 두 고전을 인용하겠다. 사서(四書)의 하나인 《대학(大學)》은 인간의 발전 단계를 격물(格物)·치지(致知)·성의(誠意)·정심(正心)·수신(修身)·제가(齊家)·치국(治國)·평천하(平天下), 여덟 가지로 논한다. 이 여덟 단계 중에서 원점에 해당하는 부분은 성의·정심·수신으로 보인다. 이 세 단계 이전에, 곧 −X와 X, Y축의 교차점인 원점 사이에 물질을 구별하는 격물과, 앎에 이른다는 치지가 있다. 여기에서 말하는 지(知)는 지금으로 치면 암기 위주의 공부이다. 원점의 세 단계 이후에야 사람과 사람의 관계에서 잘해야 하는 것들인 제가·치국·평천하가 잇따른다. 이 사람과 사람의 관계도 1차 집단인 가정에서의 관계가 제일 먼저이며, 2차 집단에서의 경험인 국가와 천하가 뒤따른다.

한편 《대학》에서 말한 성의·정심·수신에 해당하는 사람의 마음 상태를

묘사한 글이 〈마태오복음〉 22장 37~40절에 보이는, 첫째가는 계명이다. 이 계명에 의하면, "'네 마음을 다하고 목숨을 다하고 뜻을 다하여 주님이신 너희 하느님을 사랑하라.' 이것이 가장 크고 첫째가는 계명이고, '네 이웃을 네 몸같이 사랑하라'는 둘째 계명도 이에 못지않게 중요하다. 이 두 계명이 모든 율법과 예언서의 골자이다." 이중에 마음을 다하고 목숨을 다하고 뜻을 다하여 사랑하라는 대상이 하느님과 이웃인데, 이들이 바로 +X와 +Y의 세계이다. 이 두 가지를 사랑하되 마음과 목숨, 뜻을 다하라는 것은, 다음 대비에서 보듯, 언급한 순서만 다를 뿐 《대학》의 성의·정심·수신과 동일하다.

다시 말해 《대학》에서 말한 성의·정심·수신에 해당하는 사람의 마음 상태를 잘 묘사한 글이 〈마태오복음〉 22장 37~40절에 보이는 '첫째가는 계명'이다.

마태오복음 22:37	대학
마음을 다하고	정심(正心)
목숨을 다하고	수신(修身)
뜻을 다하여	성의(誠意)

성서에서는 원점 형성 다음에 천국을 말한다. 예수는 전도를 시작할 때, 원점 형성에 해당하는 행위인 "회개하라"를 먼저 말하고 이어서 그의 1사분면 세계인 "하늘나라가 다가왔다"라고 말했다. 이 점은 세례자 요한의 경우도 같다. "회개하라. 하늘나라가 다가왔다"라는 말은 과정과 절차를 결과보다 중시하는 생각이기도 하다. 종교개혁을 촉발한 마르틴 루터(Martin Luther)의 '95개조'에서도 시작과 결론 부분에서 회개를 강조했다. 종교개혁으로 생겨난 장로교회는 천국이 아니라 섭리를 강조했으며, 감리교회는

그 이름을 방법론자(methodist)라고 했다.

다음으로, +Y를 향한 몸부림이 +X를 향한 몸부림보다 앞서야 하는 이유를 설명하려면 1사분면의 세계를 입체에 담아야지 평면도에 담을 수 없다는 점을 지적하고 싶다. 이를 위하여 나는 X축과 Y축 두 선으로 구성되는 평면도가 설명하지 못하는 점을 밝혀야겠다. 어떤 사람이 평면도의 −X를 거쳐 +X로 옮겨 갔더라도 그가 이 세상에서 먹지도 마시지도 않는 것은 아니기 때문이다. 존재의 선 X를 일직선으로 긋는 데 다음 두 가지 점에서 문제가 있음을 발견하고 −X와 +X선이 동일한 직선은 아니지만 동일한 수평에 놓이는 1사분면을 입체화한 그림을 제의한다. 왜 그런가?

첫째, 1사분면의 세계에는 X선의 플러스 부분만 있는 것이 아니라 X선의 마이너스 부분도 함께 있을 수 있기 때문이다. 물질 위주의 세계인 X선의 마이너스 부분에서는 X선의 플러스 부분이 존재하지 않지만, 가치 위주의 세계인 X선의 플러스 부분에서는 X선의 마이너스 부분을 내포할 수도 있기 때문이다. 이 점을 〈마태오복음〉 6장 33절은 "너희는 먼저 하느님의 나라와 하느님께서 의롭게 여기시는 것을 구하여라. 그러면 이 모든 것도—그러면 X선의 마이너스 부분도—곁들여 받게 될 것이다"라고 말한다. 이러한 경지를 공자는 "욕심을 따라 행동했으나 규범을 어기지 않았다(從心所欲不踰矩)"라고 말했다. 또한 붓다는 그가 산림에서 6년 동안이나 고행했던 것을 문득 무의미하게 생각한 후 네란자라 강가에서 목욕하고 나서, 마을 처녀 수자타가 바친 우유죽을 먹고 피곤했던 몸을 회복한 뒤 보리수나무 밑에서 큰 깨달음을 얻었다. 이것은 바로 +X는 −X를 포함함을 보여준다. 근세 자본주의의 경험이 바로 +X가 −X를 포함함을 보여준다. 막스 베버(Max Weber)의 개신교 윤리와 자본주의 연구가 밝히듯, 의로운 사람이 오히려 부자인 것이 종교개혁 이후의 실태이기도 하다.

다른 한편, Y선의 플러스 부분이 작용하면 X선의 마이너스 부분은 힘을 잃어가지만, X선의 플러스 부분은 힘을 얻어간다고 생각할 수도 있다. Y선의 플러스 부분이 작용한다는 것은 사회 내 구성원들이 이타적인 행동을 지향하는 것을 뜻한다. 이타적인 것이 주도적인 가치인 사회에서는 소유하는 물질의 양을 늘리는 것뿐만 아니라 사람과 사람 사이의 관계가 비물질적 기준으로 이어질 것이다. +Y의 세계인 협력형 통치가 자리잡기 시작하면 물질이 지상이 아니라는 생각, 즉 +X의 세계가 협력형 통치 사상과 서로 시너지 효과를 올릴 것이 자명하다. 비물질적 기준에 의한 사람과 사람 사이의 관계는 사랑을 뜻한다. 그리고 통치자의 사랑은 사랑받는 사람의 통치자에 대한 사랑, 그리고 사랑받는 사람들끼리의 사랑을 만들어낸다. +X와 −X가 같은 평면에 존재하면서 동시에 +Y축이 가미된 인간세계를 그린 그림은 아래와 같다.

평면도(〈그림 1〉)를 입체도(〈그림 2〉)로 만들면 X선을 휘어지게 그어도 −X와 +X가 동일 수준의 지면에 놓이게 된다. 이 입체에 −Y가 안 보여서 −Y가 전혀 반영이 안 된 것처럼 착각할 수도 있다. 그러나 −Y의 세계에 있는 것은 말하자면 '나' 뿐이지만 +Y의 세계에 있는 것은 '나와 너'가 공존하는 세계이다. 따라서 +Y에는 '나'가 포함된 셈이다. 이렇게 정리하고 볼 때에 한 세계인 입체가 만들어지기 위해서는 +Y가 아주 작게라도 생겨야 한다.

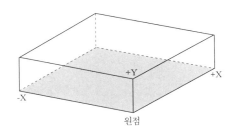

〈그림 2〉

즉 입체를 만들기 위한 +Y의 발돋움이 작게라도 생겨야 아주 작은 좋은 세상인 입체가 생긴다는 말이다. 여기서 '지켜야 할 최소'가 형성된다. 이래서 소크라테스는 이 암흑의 세상에서 작은 등불이라도 있기를 바랐다. 예수는 가장 작은 자를 향한 작은 선행을 의미 있게 보았다. 다시 말해 예수의 최후의 심판을 설명하는 〈마태오복음〉 25장에서 예수는 나쁜 곳인 왼편에 보내는 사람에 대한 판결문에서 "여기 있는 형제들 중에 가장 보잘것없는 사람 하나에게 해주지 않은 것이 곧 나에게 해주지 않은 것이다"(마태오 25:45)라고 말한다. 여기 나오는 가장 보잘것없는 사람과 예수는 곧 +Y의 끝자리에 있는 사람들이다. 5년 전 집사람과 나눈 대화에서 내가 집사람보고 돗자리에 누우면 차가워 허리가 아플 것이라고 말한 작은 배려는 곧 내 집이라는 공동체 입체를 만드는 징후였다. 그리고 이 책의 부제를 '지켜야 할 최소에 관한 이야기'로 정한 이유도 여기서 밝혀진다.

마지막으로 쓰고 싶은 책

앞의 두 절이 이미 써놓았던 서문이다. 중단했던 이 책의 집필을 이어가게 된 이유는 일단 이 책을 써야만 내가 말년에 공부할 연구 과제가 정해진다는 생각에서였다. 곧 내 속에서 내 마지막 공부가 나와야 한다는 생각에서였다. 《새 문명에서의 공직자》가 죽기 전에 내가 쓰고 싶은 책이다. 새 문명과 새 문명에서의 공직자를 〈그림 1〉에서 볼 때, 나의 새 문명은 다음 세 가지 조건을 구비하는 것을 뜻한다.

첫째, 새 문명은 1사분면의 세계를 향해 나아가야 한다. X, Y축이 1사분면을 향하지 않고 역행한다면 반문명이며, 가기는 가되 아직 X, Y축의 교차점에 못 이르면 구문명이며, X, Y축 교차점을 지나서 진행하면 새 문명이다. 화살표 방향으로 가기만 하면 순수하고 형이상학적이다. 우리 초기 기독교인들의 특징은 죄를 뉘우쳐 우는 울음의 물결을 온 회중이 만든 점이다.

둘째, 새 문명에는 X, Y축의 교차점 현상이 있다. 형해화한 종교가 아니라 실질적으로 윤리적 인간을 형성하는 것이 종교이다. 종교는 내세를 위한 모색의 장이 아니라 현세에서 올바르게 살기 위한, 생활의 틀을 모색하는 장이며, 현세 다음의 세계에서도 현세에서 탔던 것과 동일한 수레를 타고 간다는 것을 가르치는 윤리이다. 따라서 새 문명에서는 인간을 이해하는 인문학과 고전 공부에 대한 이해가 융성한다. 큰 가르침인 종교(宗敎)를 제대로 된 종교가 되게 하는 것은 휴머니즘을 드높이는 학문이다. 역사에서 그 예로 종교개혁 전의 문예부흥을 보았고, 하버드대학교를 세운 미국 청교도들을 보았다. 멀리 가지 않고 내 나라에서 이화·배재 학당, 이화·연회 전문에서 보았다.

셋째, 새 문명은 X, Y축의 교차점을 지나면 정체를 벗어나 활력 있는 사회가 된다. 내가 본 정체된 거리는 1991년에 본 모스크바 거리였고, 활력 있는 거리는 1959년에 본 도쿄 거리였다. 우리의 경우, 취직 시험과 출세라는 족쇄에 얽매여 있는 젊은 대학생들과 다른 부류가 만들어내는 '한류'가 바로 이 활력의 예이다. 이 '한류'를 중국은 거절하고 일본의 여성들은 열광하고 있다. 이런 종류의 활력은 스스로 독립운동과 민주화운동의 소용돌이를 거친 백성이 만든 것이다. 활력은 종교의 궁극적 자세이다. 종교는 자신의 몸을 성전으로 여기며 이 몸이 불의한 자에 의하여 죽임을 당하면 그곳에서 새 생명이 움터 나옴을 믿는 것이니, 생명의 종교이다.

고려대 학생이었을 때 나는 고려대에서 가까운 지영·신영 누님 댁에서 자주 유숙했다. 지영 누님의 남편인 강철희 장로를 따라 갔던 교회가 지금은 헐려서 강남으로 이사한, 봉익동의 묘동 장로교회였다. 이 교회의 집회에서, 그 성함이 정확하지는 않으나 아마 송두용 목사님에게서 정의, 죄, 심판에 관한 성서 강의를 들었다. "너희는 걱정하지 말라. 하느님을 믿고 바로 나를 믿어라"로 시작하는, 제자를 향한 예수의 마지막 설교가 들어 있는 〈요한복음〉 14장이 강의의 소재였다. 나는 이 강의를 잘 이해하지 못했지만 진지한 내용이라는 생각은 쭉 해왔다. 그러니까 해방 후만 해도 한 청년으로 하여금 일생을 고민하게 만드는 올바른 가르침을 전하는 곳이 교회였다. 예수가 죽으러 가면서 너희는 걱정하지 말라고 하시니 그 제자 토마는 예수가 어디로 가시는지를 모른다고 불평하고 필립보는 예수가 말하는 아버지를 보여달라고 말한다. 그러니까 3사분면에 사는 토마와 필립보에게는 보이지 않는 세계인 1사분면의 세계가 도시 상상도 할 수 없는 세상이었던 것이다. 그러자 예수의 이야기가 길게 15장, 16장으로 이어진다. 예수는 제자들에게 자신이 죽은 후 그들이 받게 될 성령이라는 좋은 선물 이야기를 한다. 이 성령이 바로 정신의 다른 말이다. 정신 차린 사람은 그 정신이 그 사람으로 하여금 죄와 정의와 심판을 알게 한다고 말한다(요한 16:8). 다시 말해 죄와 정의와 심판을 올바르게 이해하지 못하는 사람은 정신 차린 사람이 아니라는 것이다. 〈그림 1〉로 이를 말하면 화살표 방향으로 가지 않는 사람은 죄인이며, 화살표 방향으로 가는 곳에 정의가 있으며, 가는 데 대가가 있으니 3사분면의 지배자에게서 박해를 받아야 한다. 사복음서 중에서 성령이 하는 일을 이렇게 논하는 곳은 〈요한복음〉뿐인데, 〈요한복음〉은 1사분면에 있는 아버지를 제일 많이 언급하기도 한다(159번).

앞으로 여기에 쓸 내 이야기는 청년 때까지 내가 받은 가르침들이 나의 80년을 어떻게 주장해왔는가를 설명하는 이야기이다. 가르침이 없는 사람은 한낱 야만인이며, 가르침을 상실한 나라는 백성과 인류에게 해가 되는 한낱 반문명의 덩어리이다.

이 책이 자서전이라고는 해도 〈그림 1〉의 3사분면의 세계에서 1사분면 세계로 지향하려는 나의 노력을 적은 책에 불과하다. 따라서 세상을 살면서 대했던 많은 훌륭한 사람들과 고마웠던 분들에게조차 초점을 두지 않았

나에게 사색의 시간을 선사하는 내 집 뜰에서.

다. 그런가 하면 X, Y축 화살표 방향으로 가면서 부딪쳤던 사람들을 언급했다. 가슴이 아프다. 하느님이 햇빛을 만인에게 비추시고 비를 만인에게 내리시는 분이라는 생각을 하니 움츠려진다. 그럼에도, 아니 그러하기 때문에 오히려 이 세상의 공직자 중에서 심판받아야 할 자를 엄하게 구별해 이를 심판하고, 참된 공직자를 그지없이 우러러 존경함이 의무라고 나는 생각한다.

공직자는 이 책이 관심을 갖는 궁극적 대상이다. 공직자이면서 위에 적은 새 문명의 세 가지 요건의 진행을 역행하는 자는 성령을 모독하는 자이며 그 죄를 영원히 벗어날 수 없는 자이다(마태오 12:31, 마르코 3:29, 루가 12:10). 실로 공직자란 자기 백성을, 그러니까 자신에게 잘해줬던 사람들까지도 그들의 죄에서 구원해내기 위하여 희생하는, 자신을 최소화하는 사람이다. 공직자의 기능에 유의하기 바란다. 공직자는 자기 백성을 그들의 죄에서 구하는 이이지, 백성에게 이밥에 고깃국을 먹이고 일자리를 주겠다고 말하는 자가 아니다. 공직자가 자기 백성을 죄에서 구원해내면 이밥도 고 깃국도 일자리도 스스로 생긴다.

한 예를 들자. 국가경쟁력 1위인 스위스의 대표적인 수출품은 시계가 아니라 정직한 스위스인이다. 정직한 스위스 사람들이 프랑스 궁전을 지키는 용병으로 있을 때 혁명이 일어났다. 이때 빈 궁전을 지키고 있던 사람들이 스위스 사람들이었다. 정직한 스위스 사람들이 흔들리지 않는 손으로 정확한 시계를 오늘도 만들고 있다.

나는 대학의 신학과가 한 교파의 교리를 가르치는 학과가 아니라고 본다. 올바르게 살았던 이를 맞아 죽게 한 죄인을 심판하는 동시에 맞아 죽어서 참으로 산 사람을 연구하는 학과가 신학과라고 생각한다. 따라서 내가 발견한, 사람이 신에게 올린 최상의 기도는 3분면의 신 바알, 3분면의 통치자인 아합과 대결하여 가르멜 산 위에서 기도한 엘리야의 다음과 같은 기도이다.

> 오. 아브라함과 이사악과 이스라엘의 하느님 야훼여, 이제 당신께서 이스라엘의 하느님이시고 제가 당신의 종이며 제가 한 모든 일이 당신의 말씀을 좇아 한 것임을 모든 사람으로 하여금 알게 하여주십시오.(열왕기상 18:36)

이 기도는 내가 1사분면에 계신 야훼가 살아 있는 분임을 믿고, 내가 야훼에게 매였고, 내가 야훼에게 매였다는 증거는 내가 행한 것이 야훼의 말씀을 좇아 한 것임을 모든 이가 알게 하는 데 있다는 기도이다. 이 세 마디 가운데 열쇠 말은 야훼의 말씀을 좇아서 행한 일이다. 이 행함은 무엇이 죄임을 알고, 갈 곳이 어디임을 알며, 어떤 이를 심판할 것인가를 아는 행위이다.

1860년 한말에 고민했던 위대한 선각자 최수운(崔水雲)의 주문(呪文) 중 '모든 것을 안다'는 뜻인 '만사지(萬事知)'의 내용도 바로 이 세 가지라고 나는 생각한다. '만사지' 앞의 열 글자는 "시천주 조화정 영세불망(侍天主 造化定 永世不忘)"인데, 모셔야 할 천주는 보이지 않는 데에 있다. 세상이치를 정한다고 설치는 이가 현세의 권력자이며 올바른 세상 이치를 정하는 이는 신도들이니, 사람들이 그를 심판함이 마땅하다. 그리고 이런 것들을 위하여 죽도록 잊지 않게 함이 곧 죄를 안 짓고 걷는 것이다.

내가 때리면 울리는 종이라면, 나는 세 가지 음색을 지닌 종이기를 바란다. 그 하나는 기독교, 또 하나는 나라 사랑, 나머지 하나는 내 공부다. 이에 내 공부와 연관된 세 마디를 나는 떠올린다. 이 세 마디는 교수로서 나를 성장케 한 고려대학교의 교훈, '자유, 정의, 진리'이다. 사람은 죄를 안 지어야 자유롭고, 눈에 안 보이는 세계를 긍정하는 것이 정의이며, 진리를 알아야 악한 통치자를 심판할 수 있다.

그간에 썼던 책들과는 달리 이 책은 아무에게도 원고를 읽어달라고 부탁하지 않았다. 나 혼자만 책임질 글이기 때문이다. 집사람이 자신의 이야기는 단 한 줄도 쓰지 말라고 거듭 말해서 이 글을 집사람에게도 보이지 않았다. 그러다 나중에 한번 읽겠다고 말했는데 그때는 이미 집사람이 건강을 잃고 있었다. 집사람은 드디어 2007년 2월 20일에 이 세상을 떠났다. 자신의 이야기를 단 한 줄도 쓰지 말라던 집사람의 말은 여기서 뭘 잔뜩 쓰고 있는 나보다 높은 경지라고 본다. 이 책의 주인공인 나를 시험에서 건지고 악에서 구해준 이는 집사람이었다. 자기희생의 모범을 늘 나에게 보여주었기 때문이다.

나의 옛 일기와 자료철을 2003년 4월에 고려대 박물관에 기증했는데, 그 자료들을 이 책에 사용하는 데 박물관 당국과 그 연구원들이 협조를 아끼지 않았다. 감사한다. 가족의 사진을 찍어준 막내사위 장이권 박사에게 감사한다. 게으른 나에게 다가와 이 책을 쓰도록 독촉해주고 이를 출판해

주신 삼인의 홍승권 부사장님에게 감사한다. 홍 부사장님을 나에게 안내해와 게으른 나를 독촉해준, 《함석헌 평전》의 저자 이치석 씨에게 감사한다. 어찌어찌하다가 연이 닿아 출판계약을 해 원고 마감일을 정하고 계약금도 받았으니, 나는 오랜 시간을 끌며 안 쓸 수 없는 몸이었다. 이 매임을 내가 +X와 +Y에 매여야 함을 서둘러주는 매임으로 받아들인다.

2008년 2월
쌍문동 집에서
이문영

1부

나에게 주어진 은총

1

괴로움과 슬픔

집사람의 첫인상

1952년에 한 생각이나 1976년에 한 생각이나 지금 하는 생각에 같은 것이 나에게 있다. 그것은 내가 중요하게 생각하는 사람들의 첫인상이 괴롭고 슬픈 것이었다는 생각이다. 여기에서 내가 중요하게 생각하는 사람들이란 집사람, 길 가는 평범한 사람, 그리고 나 자신이다. 55년 전 이야기를 먼저 하겠다. 이때는 내 나이 스물다섯 살 때니까 생의 초기는 아니다. 내가 말하고자 하는 것은 괴로움과 슬픔을 지닌 한 여자를 여자로 본 이야기이다. 55년 전, 그러니까 내가 6·25전쟁 중에 대구에 있는 육군본부에서 장교 생활을 하고 있을 때 신영(信永) 누님이 자신이 근무하던 국민학교(초등학교)의 한 여선생을 내 신붓감이라며 이렇게 소개했다.

학교에 가고 오는 길을 함께 걸으며 이야기를 나누는 여선생이 있다. 기독교인은 아니다. 사는 집도 가보았는데 아주 작은 집에서 할머니, 어머니, 오빠네 식구, 여동생과 남동생 각각 한 사람과 함께 사는데, 늘 물건을 있을 자리에 정돈하고 살더라. 경기고녀 때 급장을 했었다. 학생들이 교사 퇴진 운동을 했고, 급장이었던 그녀는 퇴학당했다. 가난한 집이어서 누굴 찾아가 복교를 운동하지도 못했다. 5년 수료를 했으므로 서울대 약대에 시험을 봤다. 합격을 했다. 학교에서 성적증명서를 안 내주어서 입학을 못 했다. 마침 경기고녀 퇴학생들을 이화고녀의 신봉조 교장이 구제해 입학시켜주어서 이화고녀를 졸업했다. 연세대 화학과에 장학생으로 들어갔다.

그녀가 대학교 1학년생이었을 때 옆집 남학생이 언더우드 살해 사건 용의자로 잡혀갔다. 이 학생이 매를 맞고 취조를 받으면서 아무 이름이나 대었는데 그중에 그녀의 이름도 있었다. 그녀는 이 일로 종로경찰서에 끌려갔다. 끌려가 유치장에 있을 때 그녀는 이 세상에는 진실과 정의를 밝혀줄 하느님이 있어야 한다고 어두운 데서 생각했다. 종로서에서 약 20일간을 붙잡혀 갇혀 있었지만 조사도 안 받고 나온 후 세상이 무서웠다. 늘 경찰의 감시 대상이었다. 오빠 혼자 벌어 사는 집에서 감히 학업을 계속할 수가 없어서 대학을 그만두었다. 사람이 똑똑해서 고교밖에 안 나왔는데도 국민학교 교사로 취직이 되었다. 이 여자가 동료 교사들 교안 같은 것을 달필로 쏜살같이 대신 써준단다.

나는 내 누님의 말에 끌렸다. 그녀에게 편지를 썼다. 나는 대구에 있었고 그녀는 서울에 있었다. 한 이삼 년 편지 왕래를 한 후 둘이서 만났다. 만난 후 한 일 년 있다가 결혼했다. 왜 나는 이 여자에게 마음이 끌렸을까? 공부를 잘하는데 마음먹은 것도 깊어서라고 정리할 수 있을 것 같다. 이 정리한 말 중 '마음이 깊어서'가 중요하다. 사람이 마음이 깊으려면 그 사람이 깊은 데 있어야 한다. 복교할 수 없을 만큼 가난한 집 방 한구석에 앉아서 서울대 약대 시험 준비를 하고 무고하게 종로서 감방에 있었던 한 여자는 깊은 데 있는 여자다. 여자는 깊은 데 있는 사람이어야 매력이 있다. 무릇 사람의 값은 '아이큐(IQ) 곱하기 그 사람의 가치관'이라고 말할 수 있다. 머리가 좋아 아이큐가 아무리 높아도 마음먹은 것이 틀리면 아이큐가 높을수록 인물값이 영 이하인 마이너스로까지 떨어진다.

내 집사람에 대한 첫인상은 그 얼굴을 실제로 보기 전에 이미 형성된 인상이었다. 인상이란 무엇인가? 오랜 기다림 뒤에 직관적으로 형성된 이미지이다. 사람에 대한 인상은 오랜 기다림—편지 왕래를 2년이고 한 후여서만이 아니고 건강한 남자가 신붓감을 25년 동안 기다렸다는 의미에서—에 의한 것이기는 해도 그녀의 첫인상은 그녀를 직접 보아서 생긴 얼굴 이미지가 아니었다.

괴로워하고 슬퍼하는 첫인상과 직접 보고서야 얻은 이미지가 비슷한 것을 나는 후일에 확인했다. 그러니까 내가 제2군단에 근무했던 어느 날 밤에 아직 약혼하기 전의 여자 집에서 잤을 때 일이다. 그 집 건넌방을 내게 내줘서 염치없이 잤다. 아침에 뜰에서 덜커덕거리는 소리가 나서 창문 틈으로 밖을 보았다. 그때에 이 여자가 요강을 비우고 걸레를 빠는 모습을 보았다. 나는 이 일하는 모습이 자연스럽고 일을 많이 해본 모습이라고 보았으며 아름답게 보았다. 여자는 괴롭고 슬프니까 사람의 밑바닥 일을 하고, 밑바닥 일을 하기에 여자는 괴롭고 슬프다. 이 말을 듣고 나를 여자에게 궂은일만 시키는 남자라고 탓하지 마시라. 나 자신도 요강을 부시는 남자이기를 바라는 사람이 아니겠는가. 독재하는 나라의 부끄러움을 안고 교도소를 드나들었던 경험이 나에게 있으니까 말이다. 내가 후일에 열일곱 번을 잡혀가 그중 세 번에 걸쳐 5년간 옥고를 치를 사람이어서 종로경찰서 유치장에 여러 날을 앉았다가 나온 억울한 여성을 사모했던 것이다. 하느님이 나에게 미리 준비하는 마음을 주셨던 것이다. 괴로움과 슬픔이 있는 이를 나는 좋게 봤다. 노자의 《도덕경》에도 이런 구절이 있지 않은가.

나라의 더러운 것을 담당한 자를 사직의 주인이라고 일컫고, 나라의 상서

석중씨   21 Feb 53
                          토 요 일

　　아침에 KMAG 볼일 있어 왔다가
틈을 얻어 집에 와있는겁니다. 이래서 편지
쓸틈 얻은겁니다. 저 밤에도 되로하지
않으면 나가야 합니다. 저로 그대신
새벽에 깨엿시가를 시험이라고 해둘성
등걸 자기 버려 맛에 가려갓 으니까로、
헐수 없었읍니다.

이제 화영이 위해 쓰신것 하고 지러시간
대문에 쓰신것 받었읍니다. 그래로 그오랜
동안 잣 기다렷가는것. 그를 인정 하시는지
모릅니다.

화영 에게 것 저 게게님께 읽어 드렷읍니다.
좀 흐늣이 되와시고. 엿정 도 하다고
그러엿는가 것 수여라 칭찬 하시엿읍니다.
그래서 모든것이 더 됀히지는것 아렷읍니다.
오늘쯤 편지오리라 기다리고 잇지마는. 오건
편지여도 밤에 차는 지내가는 소리 에도
갤라고 읫읍니다.

바로 저 읽고 잇는 책 Spain 의 고아 들이
불란서 를 거처 미국으로 옴겨 다니는 것은
한 책 가운데 저 생각 나는 것 인데
사무실에 책 두고 왔읍니다.

결혼 전 내가 석중에게 보낸 편지(1953. 2. 21).

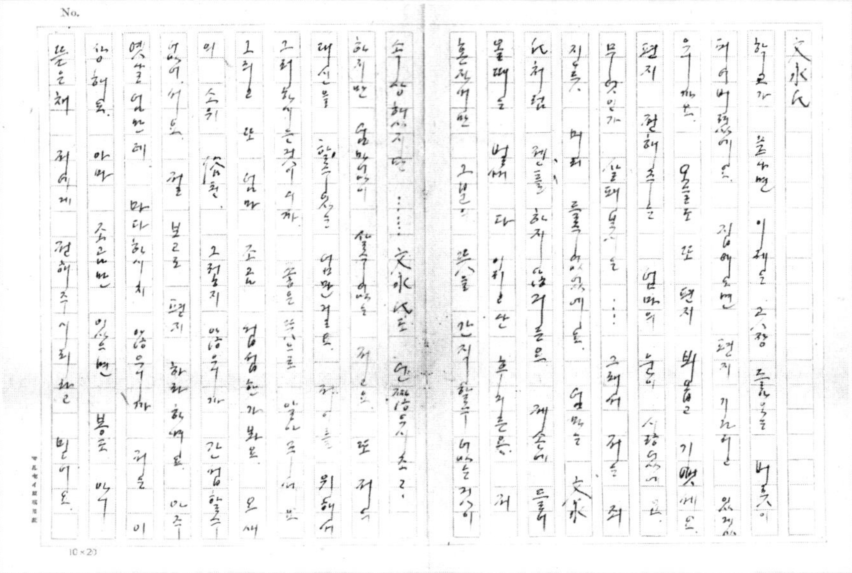

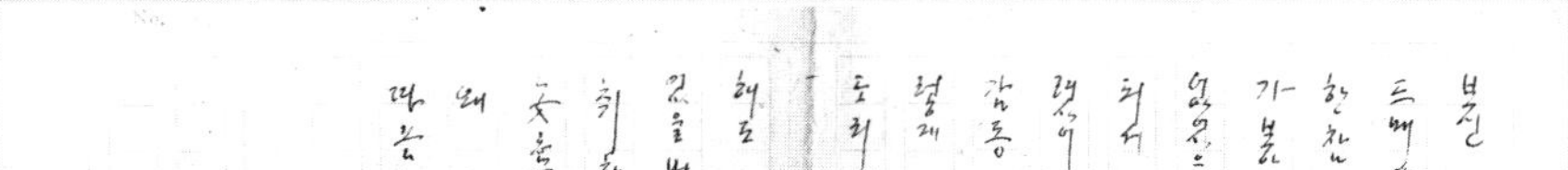

결혼 전에 석중이 내게 보낸 편지(연도 미상, 9.3).

집사람과 내가 결혼 전 편지를 주고받을 무렵에 찍은 사진.

롭지 못한 것을 담당한 자가 천하의 주인이 된다. 바른말은 꼭 그 반대같
이 들리는 말이다.

受國之垢 是謂社禝主 受國之不祥 是謂天下王 正言若反

— 노자, 《도덕경》 78장

괴로움과 슬픔이 돋보이던 그 사람 집의 평화스러운 분위기를 나는 아직
도 기억한다. 나와 마주 앉아 있다가 오빠가 가게에서 돌아오면 그 사람이
방을 나가 오빠가 저녁식사 하는 작은 밥상 옆에서 시중을 들었다. 작은 밥
상에 반찬이 많이 놓였다는 인상이었다. 고기 한 반대기와 김치를 넣어서
바글바글 끓인 작은 뚝배기도 거기 놓여 있었다. 그리고 그 집에 문이 앞뒤
로 하나씩 있었는데, 뒷문으로 나가면 그 집보다 더 작은 집에 그 사람의
세 언니들이 살고 있었다. 갓 시집간 두 언니가 사는 집에 나는 가봤다. 큰
언니와 둘째 언니 모두 과부였는데, 자식들이 많았다. 이들이 툭하면 그 사

친정 식구들과 함께 한 집사람. 아이들은 (왼쪽부터) 집사람의 조카, 현아와 선표.

람 집을 드나들었다. 과부인 집사람의 어머니는 아들이 벌어온 돈으로 살림하는 행복한 어머니로 보였다. 귀엽게 생기신 할머니가 이들이 움직이는 것을 온돌방인 안방에 난 작은 창으로 내다보며 지켜보고 계셨다. 나는 이 사람들을 둘러싼 배경을 아름답게 봤다. 슬픔과 괴로움은 평화를 배경으로 했을 때 더욱 돋보인다.

내 마음이 끌렸던, 괴로움과 슬픔을 지닌 또 다른 얼굴을 이야기하자. 1976년 3월에 유신헌법의 철폐를 요구하는 3·1민주구국선언에 서명해 서울구치소에 들어갔을 때, 그러니까 31년 전 일이다. 나는 갇혀 있다가 좀 오랜만에 사람의 얼굴을 보았는데, 이 얼굴이 생각했던 것보다 슬픈 표정이었다. 나는 우리를 법정으로 이송하는 서울구치소의 버스 창가에 앉아 있었다. 창마다 커튼이 드리워져 있었다. 나는 커튼 틈 사이로 길 가는 사람의 얼굴을 열심히 찾았다. 나는 마흔아홉 나이에 철이 좀 든 사람으로 내 동포 '사람'들을 위하여 독재를 반대해 수난을 겪은 몸이니, 어찌 내 동포인 '사람'의 얼굴이 그립지 않았겠는가! 열심히 찾은 사람들의 얼굴이었는데, 이때 본 길 가는 평범한 사람들이 하나같이 다 슬퍼 보였다.

55년 전에 신영 누님의 소개로 알았던 내 아내의 얼굴과 31년 전에 교도소 이송차의 커튼 틈으로 본 사람의 얼굴에는 이렇게 한 가지 공통점이 있었다. 이것은 슬픔이라는 인상이다. 마침 집사람의 이름은 숫제 슬픔 안에 있다는 '석중(惜中)'이다. 나는 이 이름을 좋아했다. 원래는 아들이 아니고 넷째 딸로 태어나서 애석하다는 뜻이었을 것이다. 남성 우위 사회에서 천대받는 여자의 운명은 그 자체가 하나의 슬픔이다.

이처럼 내 생애에서 처음으로 뜻있게 주어진 것들을 간추리는 이 장에서 생각나는 공통어가 바로 괴로움과 슬픔이다.

이제 괴롭고 슬펐던 나 자신의 이야기를 하자. 나는 어려서 유난히도 많이 우는 아이였다고 한다. 어린 시절의 유난한 이 울음은 후에 많이 울 일의 상징적 행위였다. 울음이 생긴 어린 시절의 과정을 살펴보자. 아버지 이용사(李用史) 씨와 어머니 서용란(徐用蘭) 씨가 내 위에 네 누나를 낳고 첫아들로 나를 1927년 1월 28일, 음력으로는 그 전 해인 1926년 12월 25일 밤에 낳았다. 나를 낳으신 후에 내 밑으로 남동생 셋과 여동생 셋을 더 낳으셨다. 따라서 열한 명이 함께 자랐다. 할아버지는 나를 낳기 전에 작고하셔서 나는 뵌 적이 없다. 할머니는 내가 열세 살 때 83세로 돌아가셨고, 내 집에 외할머니도 모셨는데 외할머니는 좀 더 늦게 돌아가셨다. 서울 적선동에서 출생하신 아버지는 보성중학교를 졸업한 후 고려대 전신인 보성전문학교 법학과에 다니다가 집이 가난해 중퇴하셨다. 내 아버지는 보성중학에서 우등으로 졸업하신 분이었는데 전문학교를 중퇴했으니 아까운 분이다. 탁지부(度支部) 주사로 다니시던 할아버지가 작고하신 후 학업을 중단하고 일생을 두 미국 회사의 직원으로 다니셨다. 한동안 충청도 직산에 있는 금광의 사무원으로 다녔고, 서울 정동에서 미국제 재봉틀 기계를 판매

하려고 지점을 낸 싱거머신(Singer Machine)의 사무원으로도 다니셨다. 지금도 지상에서 양쪽 계단으로 2층에 올라가게 되어 있는 그 벽돌 건물이 이화여고 맞은편에 그대로 있다.

할아버지가 돌아가신 후 우리 집에서는 할머니가 처음으로 예수를 믿으셨다. 나는 할머니를 고고한 분으로 봤다. 할머니는 세종로를 건너 종교(宗敎) 감리교회에 다니셨는데, 명주옷을 입고 예배에 나가 앉으신 할머니 옆에 나도 자랑스럽게 앉아 있던 기억

나의 할머니 권정원 씨. 할머니는 종교 감리교회에 다니셨는데, 예배에 나가 앉으신 할머니 옆에 자랑스럽게 앉아 있던 기억이 난다.

이 난다. 약을 잡수셨는데도 할아버지가 돌아가셨다고 할머니는 일절 약을 안 잡수셨다. 나는 할머니가 어머니 일에 간섭하시는 것을 단 한 번도 못 봤다. 다만 할머니는 아버지가 돌아오는 것을 확인한 후에 주무셨다. 할머니는 건넌방에서 하루 종일 자리에 앉았다가 누웠다가 하셨는데, 중풍에 걸린 것은 아니었다. 어머니 말씀으로는 하루 종일 성경을 읽으시고 기도를 하셨는데 영감(靈感)이 있으셨다고 한다. 어머니는 공식 교육을 받은 분도 아닌데 감리교신학교를 다녔고 이곳을 중퇴하셨다. 어머니는 이 학교 중퇴를 종종 애석하다고 말씀하셨다. 아버지는 보성전문 중퇴가 섭섭하다는 말씀을 안 하셨다.

아버지가 직장을 충청도 직산에서 서울로 옮겨 오신 후 처음에 우리 가족은 아버지가 걸어서 출퇴근할 만한 위치인 충정로에서 살았다. 나는 이곳 충정로에서 출생했다. 충정로 집은 아마 초가집이었을 것이다. 어머니는 태몽으로 호랑이가 초가지붕에서 당신 배에 떨어져 들어오는 것을 보았

다고 하셨다. 우리 집 바깥채에는 중국 사람이 세 들어 살고 있었는데, 이 집 남자는 우리 집 골목에서 잔디밭이 건너다보이는 서양 사람 집 요리사로 취직해 있었다. 그 요리사가 할머니 잡수시라고 종종 만들어온 물만두와 그분이 나가던 직장의 잔디밭이 기억에 남아 있다. 이 중국인 요리사가 자는 방에 어머니가 군불을 때준 것을 요리사는 고맙게 생각했고, 또 할머니를 잘 모시는 어머니를 훌륭하게 보았다. 6·25 때 이 중국인 요리사 집에서 우리에게 쭉 감자 가루를 빌려주었다.

내가 유아 세례를 받은 교회는 충정로에 인접한 아현 감리교회였다. 나는 충정로와 인연이 많다. 내가 군대에서 나와 처음 취직한 학교가 충정로에 있는 인창고등학교이며, 어머니가 다니셨던 감리교신학교가 충정로에 있으며, 결혼 후 집사람이 근무하던 금화국민학교가 감리교신학교 옆에 있으며, 바로 옆에 내가 두 번 수감되었던 서울구치소가 있으며, 교수직에서 해직되었을 때 나도 참여했던, 대학에서 쫓겨난 대학생들을 상대로 목사 양성 교육을 펼친 기독교장로회 선교교육원이 충정로에 있으며, 이 글을 쓰고 있는 경기대 연구실도 충정로에 있다.

내가 다섯 살 때 우리 집은 세종로에 있는 대지 24평짜리 집으로 이사했다. 이 집은 지금 문화관광부 건물 옆에 있던 길갓집이었다. 이 길을 예빙골이라고 불렀고, 이 길에 연해서 집들이 있었다. 이 길에서 들어가는 골목이 둘이나 있었고, 이 골목 안에 집들이 있었다. 세종로 큰 거리는 지금같이 교통이 복잡하지 않았기에, 지금은 자동차가 질주하는 큰 세종로 국도와 세종로 끝자락에 있던 옛 경기도청 앞뜰은 동네 아이들의 놀이터였다. 일제 말에 경기도청 옆의 민가들이 '소개령'으로 다 헐렸고 우리 집 터는 지금 공원으로 들어가 있다. 아버지는 그 집에서 정동으로 출근하셨고, 어머니는 손재주가 있으셔서 아래층에 '동서양복점'이라는 양복점을 내셨다. 손재주가 있는 것은 아버지도 같았다. 양복 주문이 들어오면 책을 봐가면서 양복지를 재단한 분이 아버지였다. 아버지는 붓글씨도 잘 쓰고 그림도 그리고 돌에 도장을 잘 새기셨다.

세종로로 이사 온 후부터 나는 어머니를 따라 무교동에 있는 성결교회에 다녔다. 이 교회가 내가 지금까지 다니는 교회인데, 지금은 종로6가로 자리를 옮겨 이대부속병원 옆으로 이사했고 교회 이름을 중앙성결교회로 하고 있다. 아버지는 교회에 출석하지는 않으셨다. 어머니가 그 이유를 교회 행정의 부조리를 경험하셔서라고 말씀하셨다. 하지만 아버지는 예수님의 얼굴도 비단에 손수 잘 그리셨다. 할머니는 박수를 치는 예배가 싫으신지 무교동 교회에 안 나가고 큰길 건너에 있는 감리교회 종교교리에 다니셨다. 나는 그곳의 예배 방식이 더 엄숙하다고 느꼈다. 그러니까 할머니, 아버지, 어머니가 다 기독교인인데 서로가 좀 달랐다.

요컨대 우리 집은 식구가 많고 두 내외가 부지런히 일하는 기독교 가정—교회에 대한 입장이 할머니, 아버지, 어머니가 좀 다른—이었다. 생활이 소박하고 집에 라디오도 없었는데, 아이들은 딸들까지 고등교육을 시키는, 말하자면 한국식 청교도 집안이었다. 큰누님은 진명여고, 둘째 누님은 경기여고, 셋째 누님은 숙명여고를 나왔다. 큰누님과 둘째 누님은 중앙대학교의 전신인 중앙보육전문을, 셋째 누님은 경성사범의 연수과를 나왔다. 넷째 누님은 초등학교 때 나도 함께 앓았던 성홍열로 일찍 작고하셨다.

나는 오랜만에 난 아들로 귀여움을 받으며 자랐다. 아버지는 나를 한 번도 때리신 적이 없다. 할머니는 군것질거리를 나에게만 주셨다. 식사 때 할머니, 아버지, 나 이렇게 셋이서만 겸상을 해서 먹었다. 나는 우리 집에서 특권을 누렸다. 이 특권의식은 1973년에 내가 설계해 지은 내 집 구도에서도 드러난다. 현관을 들어서자마자 내 거실이고 거실에서 곧 이어진 곳이 거실 화장실, 이층의 서재, 내가 잠자는 안방이었다. 안방 옆에 식당이 있고 아이들과 어머니 방이 있었다. 그러니까 거실에서 느티나무를 보고 앉아 있는 나에게 손님이라도 오면 다른 식구들이 얼씬도 못 했다. 다른 식구들은 부엌 뒤로 해서 제각기 원하는 장소로 갔고 2층으로 올라가는 계단도 따로 있었다. 물론 내실에 화장실이 하나 있지만 안방과 서재에도 화장실이 따로 있었다. 내가 특권계급이었다는 것을 미국에 이민 가서 사는 내 여동생 화영(花永)이 수년 전에 이렇게 말한 적이 있다.

"할머니는 펴놓은 자리 밑에 뭔가 군것을 늘 갖고 계셨어요. 그런데 하루는 할머니가 군밤 한 봉지를 다 오빠에게 주었어요. 나는 할머니를 얼마나 섭섭하게 생각했는지 몰라요. 그런데 할머니보다 더 섭섭했던 사람이 오빠였어요. 왜냐하면 그 많은 군밤 중에서 한 개쯤은 나에게 줄 법도 했는데, 글쎄 안 주었어요."

이 군밤 안 준 이야기가 나의 원죄를 설명한다. 나는 이 일보다 좀 덜한 죄악을 알게 되어 이를 뉘우쳐 울기도 했고 하느님께 용서를 빌어 기도해서 이를 지금도 기억하지만, 군밤을 동생에게 한 개도 안 준 악은 아예 생각나지도 않았다. 70, 80년 넘는 긴 세월 동안 무의식 속에 묻혀 있는 죄가 원죄일 것이다.

나는 윤판석 장로님이 강사로 말씀하신 어린이 부흥성회에 긴장한 채 참석했었다. 나는 그때 엉엉 울면서 장남임을 행세해 동생들 때린 것을 회개하며 기도했다. 마르틴 루터가 '95개조' 중에서 회개를 일생의 과제로 하라는 것을 내가 후일에 뜻있게 본 것도 어려서의 이 경험에서 비롯되었다. 이렇게 무교동 교회 어린이 부흥성회 때 앞자리에 앉아 있다가 통성기도 때 울었더니 성이 오(吳)씨였던 교장선생님이 내 곁에 오셔서 나를 위하여 기도해주셨다. 이렇게 기억이라도 하는 죄는 군밤 한 봉지 중 단 하나도 화영에게 안 주었던 죄에 비하면 경미한 죄였음이 자명하다.

이쯤에서 내 죄 두 가지를 정리해보자. 하나는 물질을 탐내는 죄이며, 다른 하나는 내가 동생들을 두들겨 팼던 '권위형 통치'쯤에 해당하는 죄이다.

이 두 가지 죄는 곧 〈마태오복음〉 6장에서 예수가 하지 말라는 두 가지와 같은 것이기도 하다. 구체적으로 〈마태오복음〉 6장의 내용은 재물을 땅에 쌓아두지 말라는 것과 자선·기도·금식할 때에 남에게 보일 목적으로 하지 말라는 것이다. 전자는 군밤을 욕심내는 것 — 아마 이 음식 욕심은 곡기를 끊는 임종 때까지 있을 것이 분명하다 — 을 금하신 말씀이요, 후자는 자기가 잘났다고 동생 때리는 것을 금하는 말씀이다.

한편 내 죄는 세례자 요한이 지적한 세 가지가 모두 들어 있었다. 세례자 요한이 지적한 죄는, 〈루가복음〉 3장 7~14절에 의하면, 첫째가 속옷 한 벌이면 되는데 두 벌을 가진 죄이고, 둘째가 군인과 세리로서 권한 남용을 한 죄이며, 셋째가 자기가 아브라함의 자손이라고 자랑하는 죄이다. 내가 화영에게 군밤을 안 준 죄가 이 세 가지 죄 중에서 첫째 죄에 해당하며, 둘째와 셋째 죄는 자기가 잘났다고 생각하는 죄이다. 내 경우 아브라함의 후손임을 자랑하는 죄에 해당하는 죄는 내가 우리 집의 딸이 아니라 아들이며, 아들 중에서도 큰아들이라고 자랑하며, 내 집이 조선조 세종의 아들인 광평대군의 후손이라고 생각하는 것에 해당한다.

내 얼굴은 죄 지을 때 결코 괴로워하며 슬퍼하지 않았을 것이 분명하다. 죄 지을 때 내 얼굴은 괴로워하며 슬퍼하기는커녕 희희낙락했을 것이다. 괴로워하며 슬퍼하는 얼굴은 〈마태오복음〉 5장이나 〈루가복음〉 6장에 나오는 여덟 가지 복을 받은 사람의 얼굴이다. 나는 이 안하무인의 얼굴을 살피고 싶을 때면 텔레비전 연속극에서 왕들의 모습을 보곤 한다. 나를 반성하는 공부가 되기 때문이다. 아마도 내 얼굴이 한국방송 인기 사극에 나왔던 견훤이나 궁예같이 자기 자신을 모르면서 아첨 받기를 좋아하는 얼굴이었을 것이다. 이 안하무인의 얼굴을 괴로워하며 슬퍼하는 얼굴이 되게 하기 위하여, 그래서 제대로 시작된 사람의 얼굴을 갖게 하기 위하여 쾌락에 탐닉하는 나 자신은 물론이고 우리 집의 아무도 손을 쓸 수가 없었다. 나는 어려서 주어진 대로라면 자멸의 길을 갈 것임이 분명했다. 그러나 나에게는 다행히 나를 바로잡은 회초리와 몽둥이가 있었다. 그것은 나나 우리 집의 그 누구도 막을 수 없었던, 세 번에 걸친 전염병이라는 중병과 중병 때문에 미발육된 아동의 학업 부진과 이어서 생긴 중학교 진학의 극심한 어려움, 그리고 미일전쟁으로 미국 회사가 서울에서 철수하면서 생긴 아버지의 실직 등이었다. 이런 일들 모두가 그 자체로 괴로움이고 슬픔이었다. 그러나 이 일들은 죄 짓는 길로 향하던 나를 건져내고 바로잡아 포악을 멈추고 폭력을 쓰지 말라는, 이른바 비폭력을 몸과 마음에 새겨 교훈하시는 하느님의 자비와 은총이었다.

연이어 앓은 중병

보통학교(초등학교) 2학년 겨울에 나와 내 동기 여섯이 함께 전염병인 성홍열을 앓았다. 병으로 눕자마자 걷잡을 수 없이 셋이 죽었다. 바로 위의 누님과 하필이면 나에게 매를 많이 맞은 두 남동생이 죽어나갔다. 증세가 심각했던 신영 누님과 화영이, 나 이렇게 셋은 효자동에 있는 순화(順化) 병원에 입원했다. 누님과 동생은 순순히 어른들을 따라 나서서 병원에 갔지만 나는 병원에 안 가겠다고 버티고 울었다. 병원에 가는 것이 좋은 일인데 버티고 울었다. 그때 병원에 안 가겠다고 버티며 울던 이불 속이 기억난다. 전깃불이 켜진 밤이었다. 그 이불 속에서 무교동 교회 배선표(裵善杓) 목사님의 부인이신 박기반 전도사께서 나를 꼭 안고 나를 위하여 열심히 기도하셨는데 열병을 앓는 내 몸보다도 그분의 열심이 꽤 뜨겁다고 나는 느꼈다. 그런데 병자인 나를 이 부인께서 한편으로는 막 야단을 치셨다. 병원에 안 가는 것이 무엇 때문이냐고, 안 가면 죽는다고 말씀하셨던 것 같다. 나는 이 전도 부인을 지금도 굉장한 분으로 기억한다. 나를 열심히 사랑하면서 동시에 나를 열심히 꾸짖는 모습이 어른다운 모습이었다. 이런 어른이 없었더라면 나는 살아남기 어려웠을 것이다. 후일에 나는 사랑과 꾸지람을 동반한 이 전도 부인의 의연한 모습을 여러모로 배우고자 노력했다. 누군가의 말처럼 "비평은 애정의 또 다른 이름"이다. 그리고 교육은 이렇게 오래 걸리는 것이다.

병실에 또 누가 있었는지는 모르겠고 우리 셋이 한방에서 석 달을 있었던 것은 확실하다. 후일에 연세대 김병수 총장에게서 들었는데, 성홍열이 지금은 페니실린 한 대면 낫는 병인데 그때는 중병이었다고 한다. 나는 한 대에 30원씩 하는 비싼 주사를 석 대 맞았다고 한다. 드디어 열이 내렸다. 열이 내리니까 무엇이 보이고 판단되는 것이 있었다.

어머니가 열심히 찬송가를 부르시는 것이 놀라웠다. 한꺼번에 세 아이를 잃고 또 잃을지 모르는 세 아이 옆에서 내 어머니는 얼마나 괴롭고 슬펐겠는가? 어머니가 잘 부르신 노래는 이런 것이었던 것 같다.

울어도 못하네. 눈물 많이 흘려도 겁을 없게 못하고 죄를 씻지 못하니 울어도 못하네. 십자가에 달려서 예수 고난 보셨네. 나를 구원하실 이 예수밖에 없네.(찬송가 343장 〈울어도 못하네〉)

어머니는 많이 우셨다. 찬송가 313장 〈갈 길을 밝히 보이시니〉도 잘 부르셨다. 〈울어도 못하네〉도 죄를 씻고자 함을 노래하지만 〈갈 길을 밝히 보이시니〉의 후렴도 죄를 벗음을 노래해 "죄악 벗는 우리 영혼은 기뻐 뛰며 주를 보겠네"라고 노래했다. 그렇잖아도 내 어머니의 일생을 건 주제는 '죄'였다고 본다. 어머니가 즐겨 인용하시던 성서 구절은 〈로마서〉 8장 1절 "예수와 함께 사는 사람들은 결코 단죄받는 일이 없습니다"였다. 어머니는 "문영아,

나는 네가 높이 되고 부자 되기를 원하지 않고 다만 죄 안 짓기를 바란다"라는 말씀을 자주 하셨다. 나는 어머니의 이 말씀을 이어서, 내 막내딸 선아가 유학 떠날 때 공항에서 이 아이가 성공해서 돌아오게 해달라고 기도하지 않고 죄 안 지어 그 결과로 성공하고 돌아오게 해달라고 기도했다. 선아가 러시아 문학이라는 어려운 공부로 학위를 받고 미국서 돌아왔으니, 이 아이는 성공했다. 그러나 선아는 미국서 공부를 즐거워서 했지 학위를 따려고 한 것은 아니라고 편지해왔었다.

병원에서 열이 내렸을 때 먹을 것이 눈에 보였다. 병원에서 배식한 식사로 나온 일본식 된장국을 처음 먹어보았다. 나는 일본에 혼자 갈 때면 으레 허름한 일본 식당에서 이 미소시루(일본식 된장국)와 소금에 구운 생선을 매식한다. 아마 순화병원에서 들어본 미소시루를 내 몸에서 찾는 것일 것이다. 어머니가 볼일을 보시러 나가면서 간병인에게 내가 찾으면 파인애플 깡통을 주라고 말씀하셨던 기억이 난다. 이때에도 어머니가 내 이름만을 대면서 말씀했으니, 나의 특권은 여전했던 모양이다. 세 동기가 침대에서 일어나 앉아서, 누가 말을 꺼냈는지 모르겠는데, "퇴원해 집에 가면 엄마보고 떡을 해달라고 해서 먹자"라고 말했다. 신영 누님이었던 것 같다. 챙기기를 잘 하시니까. 나에게 군밤 한 개도 못 얻어먹은 화영은 그냥 듣고만 있었다.

낮이면 창문 너머로 밖을 보았다. 초가집이 연이어 있는 동네였다. 바로 옆 동네가 체부동인데, 체부동에는 내 외갓집이 있었다. 그 집도 초가집이었다. 코딱지만 한 집인데 건넌방 앞에 높은 마루가 있고 부엌 뒷문으로 나가면 뒤뜰에 앵두나무가 있었다. 나는 사람들이 사는 집이 그리웠다.

나는 병실에 찾아오신 이 중에서 한 분을 알아봤다. 누군가가 더 오셨겠지만 지금 기억나는 분은 딱 한 분, 무교동 교회의 배선표 목사님이시다. 이분이 밝은 새벽빛이 창을 넘어 비칠 때 심방 오셨던 것을 나는 기억한다. 어린아이라고 뭘 모르는 것이 아니다. 나는 이분이 오시는 것을 고맙게 생각했다. 우리 집은 목사님께 전차 값을 드리는 집도 아니고—모르긴 해도 그때는 목사에게 돈봉투를 드리는 타락한 시대는 아니었을 것이다—오셨 댔자 전염병을 옮겨 가 그 댁 아이들에게 옮길 수 있을 텐데 오신 것이다. 이분이 어느 날 아침에 어머니보고 "문영이의 병이 나을 것이라는 것을 제가 기도하는 중에 알았습니다"라고 말씀하셨다.

나는 병원에서 퇴원했다. 퇴원한 뒤에 나는 그분을 지켜봤다. 그분의 설교를 들으면서 내가 느낀 점은 그분이 눌변이라는 점이었다. 그분은 얼굴이 '곰보'였고 옷은 늘 조선 두루마기를 입고 계셨다. 목소리가 컸다. 나는 그분을 보고서 목사의 특질은 선량함 자체라고 봤다. 그분의 성함이 착할 선을 국자로 뜬다는 선표(善杓)였는데, 나는 이 함자를 따서 내 아들의 이름을 정했다.

이상과 같이 육체를 한창 자랑하려던 나를 하느님이 성홍열로 내리치셨다. 죽을 고비를 넘나들며 앓으니 기운을 쓰려야 어떻게 기운을 썼겠는가? 게다가 나는 3학년 때는 이질, 4학년 때는 말라리아를 더 앓았다. 이 두 번은 나 혼자 앓았고 집에서 앓았다. 동네 의사가 왕진하고 간 어느 날 낮에 할머니가 내가 누운 자리 옆에 오셔서 딱 한마디, "문영아, 제발 자지 마라. 이번에 네가 자면 다시는 네가 못 깰 것만 같구나"라고 절망의 말씀을 하셨다. 그런데 나는 서두르는 마음도 무서워하는 마음도 없었다. 그럴 만한 기운도 없었다. 그런데도 나는 죽지 않고 살아났다.

이 중병에서 살아난 경험 때문에 내가 다니는 교회가 속하는 성결교의 사중복음에 신유(神癒)가 들어 있는 것을 나는 의미 있게 봤다. 나는 특히 신유를 맨 처음 덕목으로 생각했다. 예수도 전도를 시작할 무렵에 악령 들린 사람, 병자들, 나병환자, 중풍병자, 오그라든 손 등을 고치셨다. 세례자 요한이 예수가 하신 일을 감옥에서 전해 듣고 제자들을 예수에게 보내, 오시기로 한 분이 바로 선생님이냐고 묻자, 예수는 자신을 이렇게 설명했다.

"너희가 듣고 본 대로 요한에게 가서 알려라. 소경이 보고 절름발이가 제대로 걸으며 나병환자가 깨끗해지고 귀머거리가 들으며 죽은 사람이 살아나고 가난한 사람들에게 복음이 전하여진다."(마태오 11:4~5) 신유는 예수가 하신 중요한 첫 일이었다.

중학교 시험에 여덟 번 낙방하다

살아나긴 했는데 나는 다른 종류의 괴로움, 그러니까 3년 동안 여덟 번 떨어진 중학교 입학시험을 겪었다. 이때 괴로움은 창피하고 공부가 잘 안 되는 괴로움이었다.

하루는 담임선생님이 산술 시험지에 아버지 도장을 찍어오라고 하셨다. 나는 도장 받을 시험의 성적이 잘 나와서 기뻤다. 100점 만점에 60점 받은 것을 기쁘게 생각했으니 나는 어지간히도 공부를 못하는 학생이었다. 잠자리에 자리옷을 입고 앉으신 아버지께 이 시험지를 내밀었을 때 아버지 얼굴에서 기뻐하는 빛이 없음을 나는 알아보았다. 아버지는 아무 말씀도 하지 않고 그저 조그만 도장을 찍어주셨다. 나는 이때 아버지의 모습을 불쌍하게 보았다. 내 누님들은 다 고등보통학교(중학교)에 다니고 있는데 아들이라는 내가 이런 성적으로는 아무 데도 진학하지 못할 것이고, 이런 아들을 둔 내 아버지는 불쌍하구나 하는 생각이 들었다. 한편 이때에 아버지가 화를 내거나 나를 때리셨다면 나는 덧나고 말았을 텐데, 아버지가 아무 말씀을 안 하셨던 것이 내 마음을 흔들었다. 아버지가 나를 능히 때릴 수 있는 계제도 되고 권한도 갖고 있는데 나를 때리시지 않은 것을 나는 괴로워했다.

이때 내가 한 결단은 수업 시간 중에 반 학생들 모두가 지켜보는 가운데 담임선생님이신 이규백(李揆百) 선생께 나는 내년에 중학교에 들어가야겠

수송보통학교 개교 25주년 기념일에 찍은 사진(1936. 10. 24). 셋째 줄 오른쪽에서 다섯째가 나다.

으니 낙제시켜 달라고 말한 것이었다. 내가 이런 결정을 내린 경위는 다음과 같다. 내 어린 시절에 모두들 앞에서 내 창피함을 드러낸 경험이 이미 한 번 있었다. 무교동 성결교회 어린이 부흥성회 때 동생들 때린 것을 뉘우쳐 모두들 앞에서 엉엉 울었던 일이다.

선생님은 네 성적이 반에서 서른여덟 번째이고, 평균이 7점이어서 낙제는 안 된다고 말씀하셨다. 애석하게도 낙제가 허용이 안 되어서 나는 6학년 때 열심히는 했다. 졸업할 때 성적이 열아홉 번째였고, 평균이 9점이었다. 이 성적으로 그 해에 나는 네 군데 중학교에 시험을 봤는데 다 떨어졌다. 그 다음 해에 보인보통학교 6학년에 전·입학한 후 세 군데 중학교에서 시험을 봤는데 또 다 떨어졌다. 두 번째 해에는 혼자서 서울시립도서관에 다녔다. 나는 경쟁시험으로 중학교에 가기가 정말 싫었다. 신문을 보고 지금의 서울시립대학교 자리에 경성원예기술학교라는 3년제 중학교가 있는 것을 알았고, 원래는 이 학교에 정말 가고 싶었다. 나는 부모님같이 손재주는 없지만 나무와 꽃을 자연 속에서 기를 수는 있을 것 같았다. 나는 이런 꿈이 있어서 1967년에 버스 종점에서 내려 20분을 걸어간 곳에 대지 178평을 사, 거기에 집을 짓고 나무를 심으며 살아왔다. 뜰에 무슨 나무가 있는 줄 아는가? 느티나무, 후박나무, 은행나무 들이 있다.

그런데 나는 감히 아버지께 경성원예기술학교에 가겠다는 말씀을 드릴수가 없었다. 내 누님들이 중학교를 다니고 있는데 아들인 내가 정원사가되고자 한다는 것은 말이 안 된다고 생각했다. 그러나 나는 암기 위주 공부, 출세 위주 공부는 싫었다. 또 못했다. 세 번째 해에 다시 중학교 시험을봤더니 첫 학교에서는 떨어졌고, 두 번째로 본 배재중학교에서 입학이 되었다. 그때는 입학시험 때 턱걸이를 몇 번 하는 시험도 봤는데, 나는 얼마나 약한 아이였던지 단 한 번도 하지 못했다. 나는 허약하고 얼뜨고 눈이크고 겁이 많았고 시험지만 보면 떨었다. 배재중학교 입학도 내 힘으로 된것이 아니었다. 부모님이 충청도 양대에 사셨을 때 우리 집에서 하숙했던양대보통학교 교사 임영신(任永信) 씨에게 어머니가 부탁해서, 이 임영신여사가 배재중학교 교장인 신흥우(申興雨) 씨에게 입학을 부탁한 것이다. 삼일운동 때 양대에서 아버지가 글씨를 써서 등사한 〈독립선언문〉을 여비와 함께 주자 전주에 가서 그것을 뿌린 동지가 바로 임영신 여사였다. 8전9기라 하지만 이 9기가 내 힘으로 한 9기도 아니었던 셈이다.

가난

내가 고려대 전임강사가 된 서른세 살 때까지 우리 집의 의식주는 극빈, 가난함, 중간, 잘삶, 부자의 다섯 단계 중 '가난함'에 해당했고 내가 원하던자리는 '잘삶'인 것 같다. '부자'는 아닐지라도 '잘삶'의 자리는 〈시편〉 23

편 1~3절 "야훼는 나의 목자./ 아쉬울 것이 없어라./ 푸른 풀밭에 누워 놀게 하시고/ 물가로 이끌어 쉬게 하시니/ 지쳤던 이 몸에 생기가 넘친다"에서 묘사한 자리이다. 나는 푸른 풀밭이 있는 집으로 1973년에 이사 와 지금까지 살고 있다. 왜 푸른 풀밭이 있는 집이어야 하는가? 그것은 그런 데 살고, 그런 데 살 만해야만 하느님과 궁극적인 것을 생각하고 명상할 수가 있어서이다. 사실 이 집에 이사하자마자 해직 생활이 시작되었는데 10년이라는 긴 해직 기간 동안에 이 집 뜰이 나를 많이 위로해주었다. 처음에는 이 집 마당 끝까지 족히 100평도 넘는 잔디밭을 만들었다가 나중에 둘레에 나무를 심고 나무 아래로 산보하는 길까지 만들었다. 잔디밭 끝에 제일 먼저 심은 나무가 느티나무였다. 이 느티나무가 가장 아름다울 때는 봄 잎이 연두색을 드러내기 시작할 때인데, 나는 이 연두색을 경이롭게 대하며 뜰에 잘 서 있곤 한다. 이런 '잘삶'의 이상이 현실적으로는 1945년 민주화된 유럽을 휩쓴 기독교민주당의 입장이었다. 만인에게 명상하는 집이 있어야 한다는 이상을 가진 내가 민주화운동에서 취한 입장 역시 진보적인 중간 자리였다.

이 다섯 자리 가운데 내 집 자리는 '가난함'이었다. 의복을 보자. 내가 다니던 수송보통학교는 지금으로 치면 대치동 같은 곳의 학교였다. 부잣집 아이들이 많았고 좋은 상급학교로의 진학률도 좋았다. 전술한 바와 같이, 나는 상급학교 입학에는 젬병이었고, 잘사는 집 근처에도 못 가는 집의 아이였다. 부잣집 아이들은 순모 양복을 입고 다녔지만 나는 못 그랬다. 나는 열여덟에 입학한 보성전문 교복도 제대로 입지 못했다. 손재주가 있는 어머니가 뭘 지어주셨는데 옷감이 내 마음에 안 들었다. 대학생 때 신사복을 처음 입어봤는데 어머니가 천막을 만드는 흰 천으로 저고리만 지어주셨다. 스물일곱 살 때 집사람 집에서 지어준 양복은 좋았다. 유학하러 떠났던 스물아홉 살 때 입은 회색 양복은 어머니께서 지어주신 것이었다.

내 집 마당의 느티나무 아래에서.

먹는 것으로는 고기를 거의 몰랐다. 할머니, 아버지와 내가 겸상을 했어도 지금 생각해보면 소박한 음식이었다. 하루는 이불 속에서 잠이 안 든 채 누워 있는데, 어머니가 낮에 임영신 여사에게서 조선호텔에서 불고기를 대접받고 왔더니 머리 아픈 것이 싹 없어졌다고 하시는 말씀을 들었다. 나는 이 말을 듣고 이불 속에서 울었다. 내가 먹고 싶어서가 아니라 어머니께서 바느질만 하시고 잡수지도 못하는 것이 불쌍해서였다.

사실 나는 불고기가 뭔지 전혀 몰랐다. 신혼여행 가서도 불고기 시키는 법을 몰랐다. 그럴 돈도 없었다. 대학생 때 친구 이규택(李揆宅)의 집에서 돼지고기를 기름종이에 싸서 숯불에 구운 것을 처음 먹어봤는데, 참 기가 막힌 음식이라고 생각했다. 나는 도시락으로 깡잡곡밥을 들고 다녔다. 수수, 옥수수, 조, 보리에 무 썬 것을 깐 밥이었다. 고려대 교수가 된 후 어느 날, 나는 종로에 있는 빵집인 고려당에 들러 희한하고 멋진 구경을 했다. 가슴에 대학생 배지를 단 남학생이 여학생을 앞에 앉혀놓고 빵을 먹는 구경이었다. 나는 이 구경을 보고서야 이런 일을 단 한 번도 해보지 못한 나를 새삼 발견했다. 내 호주머니에 돈이 없었으니 어떻게 감히 이런 일을 해봤겠는가.

우리가 살았던 집은 세종로 36번지에 있던 24평짜리 집이었다. 안채는 기역자집으로 온돌방이 세 개 있었다. 마루는 없었다. 마루를 안방에 붙여 온돌로 만들고 이 방에서 식구가 다 같이 잤다. 옆방, 곧 건넌방에 할머니가 계셨다. 외할머니는 부엌 옆방에 계셨다. 남면에 이층으로 지었는데 일층 한쪽 끝에 화장실이 있었고, 다른 한쪽 끝에는 어머니가 하시는 양복점이자 집의 출입구가 있었다. 이층은 우리가 안 쓰고 세를 줬다. 광업소가 늘 빌려 썼다. 우리 재산은 이 집이 전부였다.

집에는 상수도가 안 들어왔다. 총독부가 우리 집 바로 앞에 있어서 상수도관이 우리 집 앞을 통과했으련만 우리 집에는 상수도가 없어서 우물물을 먹었다. 이 우물 옆에 하수도가 있고 화장실이 있었다. 개화한 부모님이 왜 이렇게 사셨는지 모르겠다. 집이 이래서 내가 계속 중병을 앓지 않았겠는가? 내게 병을 앓게 하려는 하늘의 뜻이 있어서 우리가 이렇게 살았나 보다. 부엌에 들어가면 먹을 것이라고는 전혀 보이지 않았다. 부엌 바닥은 까만색 흙으로 되어 있었고 하도 밟아서 윤이 났다. 나는 이런 비슷한 까만 흙바닥을 소련 붕괴 직전인 1991년에 레닌그라드대학교 구내의 어느 건물에서 본 적이 있다. 부엌에 쥐가 있었다.

당시 아버지가 제일 많이 받으셨을 때 봉급이 60원이었다. 그 당시 중학교 선생 정도의 월급이었다. 어머니는 얼마나 버셨는지 모르겠다. 이렇게 먹고 입고 살면서 우리 집은 아이들을 공부시키는 것이 특징이었다. 그 당시 청진동의 99칸집에 경기대 총장을 했던 손종국의 할아버지가 살고 있었는데, 그 댁 사람들은 내가 공부 못하는 것은 알지도 못하고 누님들만 보고 우리 집을 '공부 잘하는 아이들 집'이라고 말했다.

생활이 아무리 어려워도 이렇게 아이들에게 공부를 시킨다는 기조가 심하게 흔들린 적이 있다. 미일전쟁이 발발해 아버지가 근무하시던 싱거머신이 미국으로 철수해서 아버지가 실직하셨을 때였다. 미일전쟁이 난 해가 1941년이니까 아버지는 한창 벌어야 할 나이인 52세부터 해방이 된 56세까지 무직이셨다. 세종로 집이 경기도청 옆집이라고 일제 말에 소개령으로 헐렸다. 소개령으로 헐린 집값을, 가난한 아버지는 일본 놈들 돈은 안 받는다며 안 받으셨다. 이 돈은 내가 스물아홉 살 때 유학 가면서 받아 그 반을 여비로 썼다. 세종로 집이 헐린 후 혼자 사시는 고모님이 세놓고 있던 내수동 집에 우리를 옮겨 와 살게 하셨다. 철수했던 미국 회사가 다시 돌아왔을 텐데 아버지는 이미 나이가 정년이 가까워서였는지 그곳에 복직하지 않으시고 우편물 검열하는 하찮은 일 하는 사람으로 미 군정청에 취직하셨다. 이 하찮은 말단 일을 하시던 아버지는, 임시정부 요원으로 중국에 계시다가 귀국 후 충북 지사를 한 당숙 이광(李光) 씨가 군수 자리를 준다고 했는데 안 가셨다. 아버지는 세상이 부패해서 자기 혼자 힘으로는 이를 막을 수 없으니 군수 자리로 안 가겠다는 사연을 담은 한문 편지를 내게 보여주셨다. 아버지는 내수동 집에서 다니던 일용직을 그만두시고 구멍가게를 내셨다. 파출소 앞에 있던 구멍가게였는데, 순경이 횡포를 부리면 아버지는 가서 따지셨다. 어머니는 구멍가게에 양복 고친다는 푯말을 써 붙이고 세탁소에서 가지고 온 옷 수선하는 일을 하셨다.

그 후의 카인

내가 함부로 행동하는 것을 계속 하지 못하게 만든 이러한 타율적 제재는 한 어린아이에게는 가위 '융단폭격'에 해당하는 조치였다. 이 융단폭격을 되돌아보면서 신의 은총으로 받아들이는 지금, 폭력 사용이 타율적으로 멈춰진 성서의 한 사례를 더듬고 싶다. 그것은 동생 아벨을 죽인 카인이 야훼가 마련한 타율적 장치 덕에 새로 생긴 다른 동생들을 계속 죽이는 이로 남지는 않게 된 이야기이다. 이 사정을 알게 하는 〈창세기〉 4장의 본문 두 곳을 인용한다.

통치자가 더욱 포악해지지 않게 야훼가 조치를 취하는 기록

9 야훼께서 카인에게 물으셨다. "네 아우 아벨이 어디 있느냐?" 카인은 "제가 아우를 지키는 사람입니까?" 하고 잡아떼며 모른다고 대답하였다. 10 그러나 야훼께서는 "네가 어찌 이런 일을 저질렀느냐?"라고 하시면서 꾸짖으셨다. 11 "네 아우의 피가 땅에서 나에게 울부짖고 있다. 땅이 입을 벌려 네 아우의 피를 네 손에서 받았다. 너는 저주를 받은 몸이니 이 땅에서 물러나야 한다. 12 네가 아무리 애써 땅을 갈아도 이 땅은 더 이상 소출을 내주지 않을 것이다. 너는 세상을 떠돌아다니는 신세가 될 것

이다." 13 그러자 카인이 야훼께 하소연하였다. "벌이 너무 무거워서, 저로서는 견디지 못하겠습니다. 14 오늘 이 땅에서 저를 아주 쫓아내시니, 저는 이제 하느님을 뵙지 못하고 세상을 떠돌아다니게 되었습니다. 저를 만나는 사람마다 저를 죽이려고 할 것입니다." 15 "그렇게 못하도록 하여주마. 카인을 죽이는 사람에게는 내가 일곱 갑절로 벌을 내리리라." 이렇게 말씀하시고 야훼께서는 누가 카인을 만나더라도 그를 죽이지 못하도록 그에게 표를 찍어주셨다. 16 카인은 하느님 앞에서 물러나와 에덴 동쪽 놋이라는 곳에 자리를 잡았다.(창세기 4:9~16)

이 글에서 내가 이해해야 할 핵심 문제는 15절에서 야훼가 왜 "그렇게 못하도록 하여주마. 카인을 죽이는 사람에게는 내가 일곱 갑절로 벌을 내리리라" 하고 말씀하시고 누가 카인을 만나더라도 그를 죽이지 못하도록 그에게 표를 찍어주셨는가 하는 문제이다. 그 이유가 본문에서는 언급되지 않고 다만 16절에서 카인을 다른 땅으로 피하게 한 것만 언급돼 있다.

사람, 그중에서도 자신과 경쟁자가 될 만한 사람을 죽인 '통치자'를 계속 살인하는 자로 남아 있게 함이 야훼의 계획이 아닌 것은 자명하다. 독자들은 내가 카인의 행위를 이제 막 악한 통치자의 상징으로 언급한 데 유의하기 바란다. 카인의 범행을 언급한 설화를 포함한 〈창세기〉의 5대 설화는 모두가 위대하다고 여기는 다윗, 솔로몬 두 왕 뒤에 숨어 있는 영화의 그림자를 우화 형식으로 고발한, J기자라 불리는 작가의 글이기 때문이다.

오히려 야훼의 조치는 16절에서 보여준 것과 같이 악한 통치자의 악을 멈추게 하는 조치여야 했다. 다만 여기에서 내가 대답해야 할 문제가 하나 생긴다. 그것은 악한 통치자의 악을 멈추게 한다면서 세상을 떠돌아다니는 신세가 될 카인을 만나는 사람마다 죽이려고 하지 못하게 한 것이 왜 카인의 악을 멈추게 한 조치가 되는 걸까?

그 이유는 첫째, 언제 어디에서 보복을 받을지 모르는 폭력적인 응징을 의식하는 카인, 곧 악한 통치자는 온갖 재력과 방법을 동원해 자신의 폭력적 통치 구조를 더욱 강화해나갈 것이 예견되기 때문이다.

둘째, 악한 통치자의 악은 피치자—이 경우 14절에 나오는 카인을 만나는 사람—의 성숙하고 완전한 제재에 의하여 견제되어야 하기 때문이다. 강자인 통치자를 섣불리 건드려 강경책을 강화하게 하는 미숙하고 불완전한 대응책보다는 강자가 꼼짝없이 악을 계속 저지를 수 없게 하는 대응책을 찾는 것이 약자에게 필요한 이유가 여기에 있다. 그리고 바로 이 성숙한 약자의 대응책이 어떻게 발전해왔는가를 기나긴 성서의 역사는 제시한다.

통치자의 포악함이 멈춰진 기록

25 아담이 다시 아내와 한자리에 들었더니 아내가 아들을 낳고는 "하느님께서 카인에게 죽은 아벨 대신 이제 또 다른 아들을 주셨구나" 하며 이름을 셋이라고 지어주었다. 26 셋도 아들을 얻고 이름을 에노스라고 지어 불렀다. 그때 에노스가 비로소 야훼의 이름을 불러 예배하였다. (창세기 4:25, 26)

이 글에서 우리는 카인의 악이 부모가 새로 낳은 동생인 셋에게 미치지 않았음을 알 수 있다. 아담·하와와 이들의 아들인 셋과 셋의 아들이며 아담·하와의 손자인 에노스가 비로소 야훼의 이름을 불러 예배한 것에 유의해야 한다. 통치자의 악이 시간을 두고 멈춰진 후에야 평화의 표현인 예배 행위가 있었던 것이다. 평화란 이런 것이고 또 예배란 이런 것임에도 과거에 쿠데타 정부 아래서 사이비 성직자들이 모여 쿠데타 주역을 위한 조찬 기도회를 열었었다.

이제 내 이야기로 돌아가자. 성홍열로 두 남동생이 죽은 후 어머니는 세 아이를 더 낳았다. 보영(寶永)과 금영(金永) 두 딸에 이어 아들 인영(仁永)을 낳았다. 나는 인영이를 단 한 번도 때린 적이 없다. 나와 열두 살 차이가 나는 이 동생의 손을 잡고서 총독부 앞의 '조선순사교습소(지금의 정부종합청사 자리)' 뜰을 거닐면서 좋은 아이가 되겠다고 진지하게 말했던 생각이 난다. 마침 내가 하버드대학교 옌칭 장학생(Harvard Yenching Scholar)으로 미국에 가 있는 동안 인영이 박사과정을 시작했는데, 내 생활비 중 38불을 다달이 그에게 보냈었다. 미국에 이민 가 있던 신영 누님도 같은 액수인 38불을 인영에게 보내, 인영은 이 76불로 일 년간 생활하고 그 후에는 캘리포니아대학교 로스앤젤레스 캠퍼스(UCLA)의 전액 장학생이 되었다.

나는 1967년부터 일 년간 하버드대학교에 있었다. 여기서 받은 돈 월 400불로 나는 일주일에 10불을 내는, 공동 부엌과 공동 화장실이 딸린 껌껌한 방에 살고, 동생 생활비를 먼저 보낸 뒤 나머지를 저축하여 2000불을 모아 돌아올 때 가져왔다. 그 돈으로 소개령으로 세종로 집이 헐렸을 때 우리에게 살 집을 주셨던 고모님이 사실 집으로 방이 네 개 있는 19평짜리 집을 샀다. 1967~1968년은 달러의 힘이 굉장했던, 호랑이 담배 피우던 시절이다.

달러의 위력을 좀 더 써보자. 나는 방 네 개 중 한 방은 고모님이, 또 한 방은 고모님을 봐드리는 이가 쓰게 하고, 나머지 방 두 개를 전세를 줬다. 나는 전셋돈 24만 원을 가지고 시외버스를 타고 나가 311평 되는 길가 밭을 샀다. 이 밭은 근 30년을 묵힌 뒤에 팔아서, 교수로 취직한 선표에게 아파트를 사줬다. 돈 늘린 이야기가 계속된다. 나는 고모님이 돌아가신 후에 그 집을 팔아서 아이들 유학비에 보탰다. 그러니까 내 경우, 돈을 근면과 착안과 오랜 기다림으로 만들었고, 하버드대학교에서 받은 월 400불을 잘 지켜가야 할 최소 단위로 여겼다. 나는 열두 달 동안 받았던 월 400불이 큰 돈이라고 생각했다. 함께 옌칭 장학생으로 가 있던 어느 교수는 큰 방에 전화와 텔레비전을 놓고 양주를 마시며 살면서 나에게 돈을 빌려 가기도 했다. 아마 연변 교포들이 한국에 와서 돈을 벌어가 이렇게 사는 것이 아닐까 싶다.

동생 인영의 이야기로 다시 돌아가자. 인영은 그 후 미국에 정착하여 물리학자가 되었는데, 한국에 2년간 환경연구원 고문으로 와 있다가 갈 때에 쓰다 남은 통장을 나에게 맡기고 갔다. 인영은 내 집에 2년을 있으면서—물론 나는 이때에 하숙비를 안 받았다—내가 앉는 거실의 단독 의자에는 한 번도 앉지 않았다. 나는 인영과 아들 선표의 이름을 종종 바꿔 부를 때가 있다. 이것은 두 사람에 대한 나의 애정이 유사하다는 것을 뜻한다.

초등학교 다닐 때 하루는 우리 반 아이들을 찬찬히 훑어보면서 나하고 싸워서 내가 이길 만한 사람은 한 사람쯤밖에 없다고 생각했던 기억이 난다. 나에겐 육체적인 시도를 철저하게 기피했던 경험이 있다. 중학교 입학 시험에 그렇게 떨어지고도 철봉에 매달려 턱걸이 연습을 단 한 번도 한 적이 없다. 이런 육체적 시도가 내 몸에 전혀 없었던 것을 이민 가 있는 내 중학교 때 친구 이병무(李柄武)가 다음과 같이 말한 적이 있다.

"문영아, 네가 우리 집 남자 아이들이 다 잘됐고 딸은 대학 때 공인회계사 시험을 합격해 잘됐다고 말했는데, 내 아이들이 잘된 비결이 무엇인지 아니? 그것은 내가 자식들보고 너희들은 나가서 누가 때리면 그를 때리지 말고 그냥 맞고 들어오라고 했고, 내 말을 자식들이 잘 지켜서야. 내가 왜 그런 말을 했는지 아니? 네가 중학교 때 바로 그런 아이였어. 나는 네가 장래에 어떻게 될 아이일까 하고 너를 바라봤었지. 그런데 네가 잘되더라. 너는 네 일만 해서 고려대 교수가 된 거야. 고려대 교수가 어디냐?"

나는 부모님이 혹 나를 아침에 야단쳐도 문을 쾅 하고 닫고 나오는 아이가 아니었다. 나는 술·담배를 안 했다. '막걸리 학교'라는 고려대 학생이었고 교수 사회에는 술로 어울리는 풍조가 있었으나 나는 그런 데를 전혀 알지 못했다. 나는 전체 교수회의 때 벌벌 떨면서 발언했지만, 발언하고 나와서 내 발언을 동료 교수들에게 다시 말하거나 내 발언에 동의와 지지를 구하지 않고 곧바로 내 연구실로 들어가 버리는 사람이었다.

인영에 대한 나의 태도를 포함한 이상의 이야기는 모두 하느님의 징계가 있은 후에 내가 동생들에 대한 행동을 바로잡았음을 설명하는 말들이다. 그런데 나의 이 '바로잡음'은 카인의 경우와는 두 가지 점에서 달랐다.

첫째, 카인의 경우는 신의 강제적 조치로 에덴 동쪽 놋이라는 곳에 옮겨가 살았지만, 나는 내가 관계한 것과 오랫동안 관계를 맺으면서 같은 장소에 살았다. 교회도 그렇고, 쿠데타 정부의 박해를 받은 김대중 씨를 쭉 편든 것도 그렇고, 세 번을 해직당한 고려대에서 정년퇴직한 것도 그렇다. 내가 처음 취직했던 인창고등학교와 맺은 좋은 인연으로 인창이 만든 경기대에 나갔던 것도 그렇다. 고려대 교수·직원조합이 마련한 쌍문동 택지를 1967년에 구입해 지금까지 같은 집에 살고 있는 것도 그렇다. 같은 곳에 오래 살면서 폭력을 안 쓴 이야기가 앞으로 쓸 내 이야기이기에, 나는 이른바 출가 (出家)하지 않고 한 곳에 계속 있었던 것을 뜻있게 생각한다.

둘째로 카인과 내가 다른 점은 두 사람의 역할이 다르다는 것이다. 카인의 경우, 그의 역할이 한 가정 내에서 특권을 누리는 자인 장자 역할에 한정돼 있었으나, 내 경우는―앞으로 내 이야기를 하면서 밝히겠지만―일본제국 식민지의 한 백성, 쿠데타 정권의 한 백성으로서 특권 향유와는 거리가 먼, 비참한 역할을 수행하는 자로 바뀌었다는 점이다. 따라서 내 이웃의 비참함이 내 눈을 뜨게 하지 않았다면 내 행동을 바로잡기 위해 나는 아마 〈로마서〉 13장 13~14절, "진탕 먹고 마시고 취하거나 음행과 방종에 빠지거나 분쟁과 시기를 일삼거나 하지 말고 언제나 대낮으로 생각하고 단정하게 살아갑시다"에 끌려 회개한 성 아우구스티누스식 준거를 따를 수밖에 없었을 것이다.

그러나 나를 구렁텅이에서 끌어낸 성구는 비참한 이웃이 들어 있는 〈요한복음〉 3장 16절, "하느님은 이 세상을 극진히 사랑하셔서 외아들을 보내주시어 그를 믿는 사람은 누구든지 멸망하지 않고 영원한 생명을 얻게 하여주셨다"였던 것 같다. 이 성구는 동네 여름 성경학교 때 암송하던 것이다. 이때 선생님은 해방 후에 군정청 입법의원이 된 황 모라는 분이었는데, 우리에게 이 성구를 열심히 가르쳤다. 나는 나이가 들면서 이 성구를 더욱 마음에 새겼다. 이렇게 마음에 새기는 행위가 성서 해석을 좀 자유롭게 하게도 했다. 그러니까 나는 이 구절에서 하느님이 사랑하신 세상을 식민지 백성과 쿠데타 정권의 백성으로 읽었다. 그리고 하느님이 외아들을 보낸 것은, 하느님이 무슨 부인이 있어서 외아들을 낳아 그 외아들을 보냈다는 말이 아니라, 비유하건대 비참함에 처해 있는 백성들이 볼 때에 예수를 하느님의 외아들로 보면서 처신하는 사람이 바로 예수를 믿는 사람이라고 해석하게 되었다.

나는 이 점에서 성 아우구스티누스의 회개에 좀 비판적이다. 성 아우구스티누스의 주요 저작으로 생각되는 작품은 《고백록》과 《신국》이다. 이 두 작품 중 〈로마서〉 13장 13~14절에서 회개의 실마리를 찾았다는 이야기가 《고백록》이다. 서로 사랑하지 않는 사람들로 구성된 나라와 서로 미워만 하는 나라는 멸망한다는 취지가 담긴 《신국》은 그가 굉장한 도성으로 여겼던 로마가 사흘 만에 이민족에게 점령당한 경험을 한 후에 깨달아 쓴 글이다. 즉 《신국》은 《고백록》 이후, 썩 후일의 작품이다. 나는 성 아우구스티누스의 회개에도 하자가 있다고 본다. 성 아우구스티누스는 회개하기 직전, 아들을 낳은 조강지처를 집에서 쫓아 내보내고 그 대신에 열두 살 먹은 예쁜 여자와 결혼하려고 했으나 그 여자가 법정 혼인 연령이 안 되어서 2년을 더 기다려야 했다. 그러나 욕정에 불탄 그는 그사이를 못 참고 다른 여자와 살았다. 내 생각에는 그가 〈로마서〉 13장 13~14절을 읽고 회개했다면 교회가 아니라 조강지처에게 돌아갔어야 했다. 그랬는데 조강지처를 포함한 모든 여자에게 진절머리가 나, 모든 여자를 버리고 교회에 들어가 버렸다. 교회에 들어가서는 여자 생각은 물론 못 했을 것이고, 또 머리가 좋아 교회에서 영리하게 많은 교리를 만들어내기도 했을 것이다. 이 모든 것을 잘 알고 지켜보던 이가 바로 그의 어머니 모니카였다는 것을 나는 불만스럽게 생각한다. 그의 어머니는 그가 교회만 나가면 좋겠다고 생각했던 것 같다.

물론 교회는 중요한 기구이지만 교회가 제일은 아니다. 제일은 사람이다. 비천한 이도 사람이며, 이 비천한 자에게 최소의 돌봄을 행한 사람이 바로 성전인 사람이다. 교회를 위하여 사람이 있는 것이 아니라 비참한 사람을 위하여 교회가 있다. 사람, 그중에서도 〈요한복음〉 3장 16절에 나오는, 하느님이 긍휼히 여기시는 대상인 비참한 이웃을 위한 내 인생 노정의 첫걸음은 바로 타율적으로 겪은 비폭력의 길이었다.

내 인생 노정의 최소, 비폭력

이렇게 내 인생 노정에서 첫걸음으로 디딘 화두 '비폭력'이 막 제시되었다. 그러니까 남을 때리지 않은 것이 내 인생 노정의 최소인 셈이다. 최소가 없이는 최대로 성장할 수 없다. 잠정적이며 덜 추상적인 차원의 비폭력에 관한 언급이, 앞으로 내 인생 노정을 설명하는 데도 도움이 되고 이 책이 다 쓰인 후 형성될 정의를 설명하는 데에도 필요할 듯하다.

비폭력은 한자로 '非暴力'이며 영어로는 'non-violence'이다. 비록 그 가르침이 《논어》, 《맹자》, 《노자》, 성서처럼 오래된 것이기는 하나, 비폭력 저항이 전통적인 민주주의 정치권이 아닌 지역에서 포악한 통치를 바로잡는 시민·민중의 운동 수단으로 등장한 두드러진 예를 보여준 세기는 20세기이다. 톨스토이가 러시아 차르의 악에 저항할 때 비폭력 투쟁 방법을 밝힌 명저가 《전쟁과 평화》이다. 전쟁이 끝났다고 해서 평화가 자동으로 찾아오지 않으며, 전쟁의 고통 속에서 평화를 맞이할 만한 인물이 생길 때에만 나라에 평화가 찾아온다는 취지의 소설이 《전쟁과 평화》이다. 이렇게 비폭력은 비폭력만으로 멈추지 않고 개인윤리 → 사회윤리 → 자기희생으로 그 덕목을 첨가해 나가는 사람이 지켜야 할 최소이다.

그러나 러시아는 톨스토이의 이러한 비폭력 제의를 받아들이지 않고 공산주의 독재를 대안으로 채택해 ─ 비폭력의 반대가 되는 폭력을 대안으로 채택해 ─ 드디어 붕괴하고 말았다. 우리는 간디의 독립투쟁, 동구권의 공산주의 해체, 남아공의 흑인운동, 그리고 한국의 1970~80년대 쿠데타 정권의 붕괴에서 비폭력 투쟁의 본보기를 보았다. 그 무섭다는 정권들이 모두 손에 무기를 안 들고 가슴에 리본을 단 거리의 군중에 의하여 그 막을 내렸다. 이렇게 저렇게 모아본 생각이고 이 책에서 두루 언급될 생각인데, 이들 운동을 통하여 동서양이 터득한 비폭력 투쟁의 과정은 대체로 다음과 같다.

1. 장남임을 행세해 동생들을 때린 나에게서 보듯, 악은 피치자 국민이 아니라 통치자가 만든 것이다.

2. 통치자 형의 악은 한마디로 말하여 폭력 사용이다.

3. 통치자의 악을 바로잡는 능력은 시원적으로는 통치자에게 없다.

4. 통치자의 악은 피치자가 통치자를 향하여 악을 바로잡으라고 요구해야 바로잡힌다.

5. 피치자가 신음하며 우는 소리를 듣지 못하다가 나는 어린이 부흥회 때 하느님의 도우심으로 그 소리를 들었다.

6. 또 다시 하느님의 소리를 들은 곳은, 내가 배재중학교 예배 시간에 한 결심에 따라 학문하게 된 대학이었다.

7. 내 아버지가 형사에게 말했듯, 피치자는 통치자에게 통치자도 가지고 있는 이성(理性)이 감히 거절하지 못하며 이 이성을 환기하는 말로 요구한다.

8. 악한 통치자는 비폭력 조치를 동반한 국민의 요구에 따라 자신의 악을 바로잡는 이이기에 통치자는 국민보다 결코 높은 이가 아니다.

9. 악한 통치자가 수용하는 개혁의 첫걸음은, 노자의 《도덕경》에 나오는 큰 생선 뒤집는 요리사같이 신중하고 마음이 온유해지는 일이다.

10. 통치자가 행사하는 비폭력인 온유함도 통치자가 자신의 업적으로 자랑할 업적은 못 되고 국민이 요구한 것을 그대로 반영하는 데에 불과하다.

11. 비폭력은 국민이 악한 통치자에게 요구하는 데 사용될 첫째 덕목이며, 무엇인가를 통치자에게 요구했다고 해서 요구한 자가 드디어 무슨 사적인 이익을 통치자에게서 얻어서도 안 된다.

12. 이 사적인 이득을 얻지 않는 행위를 '자기희생'이라고 말할 수 있다.

13. 국민은 비폭력 다음에 개인윤리와 사회윤리를 덧붙여 가진 후 드디어 자기희생을 한다.

14. 이 성숙해가는 국민의 요구, 즉 계몽된 시민의 수준에 따라 국가의 수준이 결정된다.

15. 따라서 비폭력은 주권자인 피치자나 공직자인 통치자나 공히 사람이 삶을 살아가는 데 첫걸음이 된다.

비폭력의 과정을 좀 더 설명해보자. 선은 피치자의 것이며 악은 통치자의 것임을 나에게 분명하게 말해준 첫 글은 내가 대학생 때 종로서적 책꽂이 앞에 서서 몇 번에 걸쳐 읽은 함석헌(咸錫憲)의 《성서적 입장에서 본 조선 역사》였다. 함석헌이 바로 1970~80년대 한국 비폭력 투쟁의 태두였다. 이 책에 따르면 중국 고서가 본 한국 사람은 순박해서 흡사 바보같이 생겼고 길에서 사람을 만나면 길을 양보했는데, 지금은 안 그렇게 되었다는 것이다. 오늘 우리가 안 그러는 것은 분명하다. 우리의 향학열이 강하다고 하지만, 따지고 보면 우리 자식들을 순박한 아이보다는 약은 아이로 만들기 위하여 열심인 것이고, 길 가면서 남을 건드려도 미안하다는 말 안 하는 것이 우리의 관행 아닌가. 함석헌은 우리가 이렇게 된 이유를 다음과 같이 밝힌다. 통치자가 외세에 빌붙어서 집권하느라고 악하고, 이 악한 통치자 밑에서 백성들은 빌붙어 먹고살아야 하니까 순박한 성질이 바뀌었다는 것이다.

좀 새겨서 보면, 악은 가진 자의 것이라는 주장을 담은 책이 성서이다. 여기에서 가진 자 안에는 통치자가 들어 있다. 〈마태오복음〉 5장 1~12절이 말하는 팔복은 있는 놈이 마음을 고쳐먹는 데서 생기는 복이며, 〈루가복음〉 6장 20~26절이 말하는 팔복은 가난한 자가 받는 복이다. 예를 들어 〈마태오복음〉 5장 3~4절은 "마음이 가난한 사람은 행복하다./ 하늘나라가 그들의 것이다./ 슬퍼하는 사람은/ 행복하다./ 그들은 위로를 받을 것이다" 라고 말하지만, 〈루가복음〉 6장 20~21절은 "가난한 사람들아, 너희는 행복하다./ 하느님 나라가 너희의 것이다./ 지금 굶주린 사람들아, 너희는 행복하다./ 너희가 배부르게 될 것이다./ 지금 우는 사람들아, 너희는 행복하다./ 너희가 웃게 될 것이다"라고 분명하게 가난한 자를 향하여 말한다. 이와 다르게 마태오는 마음이 가난한 사람을 지칭한다.

〈창세기〉에 5대 설화를 적은 J기자는 유대 역사에서 가장 영화스러운 때라는 다윗과 솔로몬 왕 때 사람으로 추정된다. 이 J기자는 통치자의 영화 뒤에 숨겨진 진실로서 아담·하와의 선악과 따 먹기, 카인의 아벨 죽이기, 노아의 홍수, 바벨탑 세우기, 소돔·고모라의 멸망 등 악의 진행을 순차적으로 묘사했다.

마키아벨리는 《군주론》에서 통치자의 악을 적었지만 성서에서처럼 그 대안을 《군주론》에 붙이지 못했다. 조선조는 '신인의예지(信仁義禮智)'를 대안으로 내놓았지만, 이 '신인의예지'가 나올 수밖에 없는 왕의 비리를 공공연하게 묘사하지는 못했고, 이퇴계(李退溪)만 해도 '희로애구애오욕(喜怒哀懼愛惡慾)' 등 일곱 가지 감정이 나쁘다고 말해 얼버무렸다. 즉 인의예지에 딱 맞서는 군주의 악으로서, 예를 들어 공신에게 땅을 너무 많이 주었을 뿐 아니라 노예까지 두어 항산책(恒産策)을 마련하려고 노력하지 않는 왕의 무도함을 탓하지 않았다. 말하자면 약자를 긍휼히 여기는 인(仁)을 실천하지 못하는 왕의 악을 지적하지는 않았다. 능력 있는 왕손을 왕으로 선출하는, 합리적인 종중회(宗中會) 같은 것을 두지 않고 욕심껏 첫째 적자에게 왕위를 물려줄 생각만 했던 왕을 이퇴계는 탓하지 않았다. 즉 자기를 부끄러워하는 의(義)가 없는 왕의 악을 지적하지 않았다. 왕은 공부하지 않았고 신하를 종으로 생각했다. 지(智)를 탐구하지 않고 예(禮)를 존중하지 않는 왕의 악을 퇴계는 지적하지 않았다. 왕이 기본적으로 백성이 믿을 만한〔信〕 대상이 아닌 점도 지적하지 않았다.

반면에 성서에서는, 비록 설화 형식의 묘사이기는 해도, 다음과 같은 점이 잘 드러나 있다. 먼저, 통치자가 선악을 판단하는 이를 죽이고(아담·하와 이야기), 인기 있는 경쟁자를 죽이고(카인과 아벨 이야기), 세상이 이쯤 되니까 일반 국민은 성적 문란에 탐닉하며(노아의 홍수 이야기), 통치자는 전시효과성 정책을 밀어붙이고—솔로몬 왕의 악은 바로 큰 궁전과 성전을 건축하는 것이었다—(바벨탑 이야기), 통치자의 악이 이쯤 성행하니까 체제 밖에 있는 이웃 나라가 악한 통치자를 징계할 수밖에 없었던 것이다(소돔·고모라의 멸망 이야기).

이 통치자의 악을 물리치려는 피치자 국민이 지닌 대안의 발전이 놀랍다. 구약성서는 국민이라기보다는 약자인 피치자가 성숙해지는 발전을 보여준다. 우선 이 다섯 설화 중에서 카인이 아벨을 죽였는데도 아무도 카인을 죽이지 못하게 한 비폭력 조치가 그 첫 번째 대안이다. 비폭력이란 통치자에게 폭력을 당하더라도 약자는 폭력을 쓰지 말라는 것이다. 1900년대 초 러시아 공산당이 공산주의를 하되 민주주의의 틀 안에서 하지 않고 폭력을 강화해가다가 약 80년 만에 망한 것은 피치자가 성숙한 대안을 못 낸 중요한 예이다. 이런 점에서 나는 2001년 9월 11일 뉴욕에서 일어난 자살 테러의 경우도 자살 테러를 감행한 팔레스타인의 고통을 이해하는 동시에 그들의 미래를 염려하며, 아랍 국가가 민주국가로 성숙해 나가기를 마음 깊이 바란다.

고향과 친척이 사는 곳을 아예 떠나온 둘째 아들 야곱의 수난, 이 둘째 아들의 수난을 이어받았으면서도 개인의 선을 이룩한 요셉, 그러나 이 요셉이 못다 한 사회윤리를 실천한 모세, 그리고 이런 일들을 다 했으면서도 정권으로부터 무엇을 얻은 것이 아니라 기꺼이 자기희생의 길을 택한 선지자들, 드디어 이 선지자의 전통 속에서 예수가 나온 이야기 등이 신·구약 성서의 줄거리라고 말할 수 있다.

앞에서 말한 비폭력 투쟁의 과정 중 5번, 6번, 7번은 내가 어려서 연이어 경험한 것들이다. 8번에서 말한, 국민이 엘리트보다 높다는 생각은 옥중 생활이 거듭될수록 느꼈던 심정이다. 처음 옥고를 겪었을 때 나는 내가 잘난 줄 알았다. 두 번째 때는 내가 노동자를 위하여 아무것도 못해서, 죽은 김경숙에게 면목이 없었다. 세 번째 때는 하지도 않은 내란음모를 했다고 손도장을 찍었으니 아예 자랑할 것이 없다. 9번, 10번, 11번은 노무현 정부의 잘못을 말한 것이다. 11번에서 말한, 사적 이익을 구한 세대가 바로 386 세대이다. 12번은 공의를 위해 일한 후 관직을 안 찾고 쭉 책을 썼던 나의 행동을 지칭한다. 13번 비폭력에서 자기희생에 이르는 네 가지 덕목은 《자전적 행정학》 이후 내 책들을 관통하는 생각이다. 14번은 내가 보는 나라의 격(格)이다. 15번은 이 모든 것의 시작이 비폭력임을 뜻한다.

이 장의 제목은 '괴로움과 슬픔'이다. 괴롭고 슬픈 이야기를 여기에 좀 썼다. 이중에 내 마음을 더 끄는 괴로움과 슬픔은 집사람의 그것이다. 그 사람이 지금은 이 세상 사람이 아니다. 집사람은 생활능력이 없는 내가 청혼했을 때 꽤 괴로워했다. 그 집안사람들이 할머니만 빼고는 나를 반대하는 눈치였다. 그때 집사람의 할머니는 신랑이 술과 담배를 안 하니 혼인하라고 하셨다. 집사람이 드디어 나와 결혼할 결심을 했는데, 그 이유가 나와 결혼하지 않으면 내가 불쌍해지고 결혼하지 않은 자신이 죄받을 것 같아서였다고 한다. 나를 불쌍히 여겨서 나와 결혼했으니 집사람은 야훼 신이 세상을 불쌍하게 여겨서 이 세상에 보내신 독생자와 같았으며, 나에게는 하느님이 주신 은총이었다. 집사람은 신영 누님이 소개한 여자이니까 나에게 주어진 사람이라기보다 하느님이 보내셔서 나에게 주어진 사람이었다. 이런 심정으로 나와 결혼하기로 결심한 집사람이, 슬픔까지는 몰라도 얼마나 괴로웠겠는가. 이 정도로 집사람 이야기를 하자.

내 이야기로 돌아가자. 거저 얻은 군밤 한 봉지에서 단 한 개도 동생에게 주지 않고, 한편으로는 남동생들을 때린 나는, 말하자면 아벨을 죽인 카인이었다. 이 카인이 우선은 더 포악해지려 해도 모종의 구조적인 장치가 있어서 포악해지지 못하게 된 이야기를 지금까지 적었다. 사회에서 구조적으로 핍박받는 사람으로 자신을 새로이 인식해 그 역할을 담당해나간 사람들인 아브라함·야곱·요셉·모세·선지자들·예수를 닮아가는 것이 내가 해결할 과제로 남아 있었다. 나에게 주어진 이 과제를 어떻게 감당해나갔는지가 다음 장부터 쓸 이야기이다.

2

처음 들은 가르침

왜 가르침인가

학교 공부를 잘하지 못했던 내가 왜 가르침을 귀한 것으로 회상하나? 한마디로 가르침 아래에 학교 공부가 있어야 하며 가르침 없는 학교 공부는 사람과 문명에 해가 되어서이다. 이와 같이 가르침과 학교 공부를 변별하게 된 것은 어려서 병으로 학교 공부를 못했기 때문에 얻은 소득이다. 나는 초등학교 5학년 때 산술 시험에서 100점 만점에 60점을 받고도 기뻐한, 공부 못하는 어린이였지만, 그러기 전에 어린이 부흥회에 가서 어린 동생들 때린 것을 뉘우쳐 슬피 운 어린이였으니, 나를 뉘우쳐 울게 한 것, 즉 '가르침'이 학교 공부보다 더 앞선 셈이다. 아니, 학교 공부와 별도로 가르침이 있었다. 따라서 가르침을 동반하는 학교 공부가 좋은 학교 공부이다. 내가 배재중학교와 보성전문학교를 고맙게 생각하고 무교동 성결교회를 마음에 두는 것은 이곳들에 가르침이 있었기 때문이다.

가르침이나 공부나 다 피교육자가 자득(自得)하는 것이며, 오래 걸리는 것이며, 죽을 때까지 하는 것이다. 이 책을 쓰는 것도 어떻게 보면 내 자득과 오래 걸림과 지금 할 일을 궁리하는 과정이다. 아무튼 공부는 오래 걸린다. 오래 걸린 학교 공부를 내 아이들을 예로 해서 좀 말하면 다음과 같다.

　나는 세 아이들을 모두 박사까지 공부시켰다. 이 점이 바로 내가 공식 교육을 존중한다는 것을 말해준다. 앞에서 말했듯이, 내 집사람이 갈 기회가 두 번이나 있었으나 대학을 다니지 못했고, 내가 고려대 전임이 된 뒤에는 성균관대 야간대 영문학과에 입학했는데 큰딸을 임신하여 계속 다니지 못했다. 나는 이 점을 안타깝게 생각해, 두 딸에게는 이런 아쉬움이 안 들도록 길게 하는 공부에 돈을 댔다. 큰딸 현아(賢雅)는 두 아이를 키우고 있을 때조차 돈을 보내 미국 유학 후 16년 만에 일리노이대학교에서 박사과정을 마치게 했다. 그리고 좀 긴 기간 동안을 선아(善雅) 공부에 돈을 댔다. 아들 선표(善杓)는 후딱 공부하고 돌아와 이십대에 박사학위를 받았다. 내 집은 대를 이어서 자식들에게 공부를 시키는 집이다.

　나는 세 아이들의 학교와 전공 선정에 꼭 필요할 때에만 관여했다. 이런 결정까지 내가 하면 아이들이 일생을 할 공부를 망칠 수 있기 때문이었다. 일생까지도 말고 박사 공부도 하기 싫은 공부를 하면 어떻게 끝낼 수 있겠는가. 막내 선아를 위해서는 내가 미국까지 가서 박사과정 공부할 대학을 알아보기도 했다.

　가르침 없는 학교 공부가 사람과 문명에 왜 해가 되는지 이야기를 좀 더 하자. 나는 아이들에게 "공부 잘해라"라고 말하는 것을 싫어한다. 그 공부는 가르침이 아니기 때문이다. 하루는 텔레비전을 보는데 달동네에서 인사하는 어린아이들에게 한 할아버지가 "너희들, 공부 잘하고 있어라"라고, 하필이면 내가 싫어하는 말을 하는 것을 들었다. 이 프로그램에 영어 자막이라도 붙인다면 뭐라고 붙이나 하는 씁쓸한 생각이 들었다. 내 처조카의 딸은 경기고녀, 서울대, 프랑스 소르본대학교 박사라는 학력을 가진 교수인데, 언젠가 "그 사람은 머리가 좋아서"라고 말했다가 나한테 "왜 무엇이나 머리냐?"라는 꾸지람을 들었다. 이 세상에는 머리가 좋아서가 아니라 마음이 좋아서 칭찬받을 만한 행동을 하는 사람이 얼마든지 있다.

프랜시스 베이컨이 했다는 "지식이 곧 힘이다"라는 말, '국민의 정부'가 즐겨 말한 '신지식인'이라는 교육 정책, 한국 행정학자들이 잘 쓰던 말인 논리실증적인 지식, 교회가 해석하고 가르치는 교리적인 가르침 들이 내가 싫어하는 사이비 가르침의 예에 들어간다.

영국 사람이 "지식이 곧 힘이다"라고 말하는 것을 나는 크게 싫어하지 않는다. 다만 내가 한창 교육받던 때인 일본 식민지 때 일본 사람들의 해석을 통해 듣던 이 말을 싫어한다. 일본 사람은 화혼양재(和魂洋才)라고 하여, 일본의 침략 정신과 권위형 통치 정신은 유지한 채 우리에게 서양에서 지식만 배워 오라고 강조했다. 그러나 영국의 철학자 베이컨은 세계에서 제일 먼저 입헌군주제를 실천한 나라인 영국 사람으로, 그가 말한 지식은 이러한 민주 정신과 병행하는 지식이었다.

'국민의 정부'는 정보통신혁명을 이룩하고 신지식인을 양성하겠다고 말했다. 그러나 이 말도 균형을 잃고서 한 말로, 잘못된 말이다. 신지식인이란 따지고 보면 그 하는 일이 돈 버는 일이다. 돈을 벌지 말자는 뜻은 아니다. 돈을 벌기 위한 순서를 밟아서 벌어야 제대로 벌게 된다. 돈을 번 산업혁명이 일어난 순서는 다음과 같다. 유럽은 우선 문예부흥을 겪으면서 인간을 새롭게 발견했다. 둘째 과정으로 종교개혁이 있어서 교회가 기복 신앙을 벗어던졌다. 셋째 과정으로 종교개혁 후에 민주국가를 세웠다. 끝으로 민주국가를 세운 후에야 돈을 버는 산업혁명이 생겼다. 그런데 민주제도라는 기본과는 관계없이 사람들은 부귀와 영화를 미쳐라 하고 추구하고, 교회는 옳게 살 것이 아니라 잘살라고 가르치고 돈을 벌라고 부추기니, 어찌 나라의 백년대계가 흔들리지 않겠는가?

내 전공인 행정학은 행정의 능률 향상을 도모하는 공부만을 강조하지, 민주 행정을 강조하지 않는 경우가 많다. 행정학에 정치학과 인문학인 역사, 문학, 철학을 접목하지 않는 것은 잘못된 일이다. 다시 영국의 예를 들자면, 영국은 식민지가 세계 곳곳에 있어서 그 영토에 하루 종일 해가 떨어지지 않을 정도로 국운이 한창 좋을 때에, 옥스퍼드와 케임브리지라는 명문 대학의 문과 졸업생들 중에서 시험을 통해 고급 공무원을 뽑았고, 인간을 이해하는 소양이 있는 이 인재들에게 1, 2년간 실무 교육을 시켜서 영국을 통치·행정하게 했다. 조선조 때만 해도 일급 공무원은 시문학을 배우는 공부를 한 사람들이었지, 지금과 같이 실무를 하는 율과(律科) 출신들이 아니었다.

한편 지금 우리 교회가 제공하는 지식은 너무나 교리적이다. 다시 말해 가르침이 없다. 나는 목사가 설교하는 교리를 심취해 들으려고 교회 예배에 나가 앉는 것이 아니라 다음 세 가지를 예배에서 얻고자 해서 나가 앉는다. 좀 더 정확히 말하면 나는 이 세 가지 가르침을 예배에서 얻을 것을 전제로 목사의 설교를 듣는다.

첫째, '내가 버려야 할 죄가 무엇인가'를 하느님 앞에서 곰곰이 살피려고 예배에 나가 앉는다. 이러한 탐색은 성서를 교리적으로 접근해서는 그 답을 얻을 수 없고 그 취지를 탐구하고자 성서를 한없이 자유스럽게 해석해야만 가능하다.

둘째, '내가 무엇을 해야 합니까?' 하고 하느님께 묻기 위해서 나는 예배에 나간다. 이 물음은 예수의 행적에 내 생의 초점을 맞출 때에만 생긴다. 따라서 예수의 행적이 바로 예수에 관한 교리와 동의어는 아니다. 권력에 시달리는 약자나 죄인을 위하여 자기를 버린 예수의 우월함을 밝히는 것이 기독교 교리의 취지여야 한다.

마지막으로 나는 목사나 제도권 교회와 합일하려고, 그러니까 이들이 제공하는 지식을 얻으려고 교회에 나가는 것이 아니라, '하느님과 합일하고자' 나간다.

내가 배우고자 하는 이 세 가지 가르침은 사람이 가야 할 길에서 답해야 할 세 가지, 즉 어떻게 해야 할까, 무엇을 해야 할까, 이런 행위자인 나 자신은 무엇일까를 더듬는 몸부림이다. 나는 교리에 매몰되지 않은 진리 탐구자의 전형이 우리 역사에서 각 종교마다 있었던 것을 다행으로 생각한다. 불교의 경우는 원효가 그러했고, 유교의 경우는 율곡이 그러했으며, 기독교의 경우는 함석헌이 그러했다. 《삼국유사》는 아무것에도 매이지 않은 원효를 전한다. 율곡은 퇴계와는 달리 의인에게도 기쁨과 노여움과 슬픔 같은 감정이 있다고 말했다. 함석헌은 1970~80년대 쿠데타 정권을 향한 글들의 서명자 중에 제일 먼저 나와 있는 이름이었다.

이제 이 정도 전제하에 내가 이 세상에서 처음 받은 가르침이 무엇이었는지를 더듬어보자. 사람은 동서고금을 막론하고 먼저 이른바 1차 집단에 속한 후에 2차 집단에 속하게 된다. 내 이야기는 우선 가정에서 들은 가르침을 말하고, 이어서 공교육, 그 다음으로 교회 순서로 옮겨 갈 것이다. 공교육에서도 교(敎)를 하고 교회에서도 교(敎)를 하지만, 교회에서의 교(敎)는 종교(宗敎)의 교(敎)이며, 종교란 글자 그대로 크다는 뜻인 종(宗)자와 가르침이라는 교(敎) 자가 합해진 개념이다. 나에게 주어진 가르침이 최소에서 큰 데로 옮겨 간 경로는 다음과 같다.

첫 가르침을 주신 아버지

아버지는 내 나이 스물일곱일 때 예순다섯으로 작고하셨고, 어머니는 내 나이 예순 살, 어머니 연세 92세 때까지 모시고 살았으므로 나를 더 길게 가르치셨다. 어머니는 아주 정정하게 계시다가 돌아가셨다. 교회에서 예배를 마친 후 부인회를 끝내고 나오다가 교회 언덕길에서 넘어지신 후 집까지 혼자 오시고 혼자서 잠자리에 드셨는데 아침에 뵈니 의식을 잃고 계셨다. 어머니는 주일날 낮에 집에서 나에게 다음과 같은 마지막 말씀을 하셨다.

"문영아, 내 머리에 큰 혹이 생겼다. 좀 만져봐 다오."

나는 이 말을 어기고 가만히 있었다. 이 말씀이 내게 하신 어머니의 마지막 말씀이었다. 물론 변명을 할 수도 있을 것이다. 내 손이 더러웠다느니, 나는 손으로 하는 것은 아무것도 못한다느니……. 어머니의 큰 혹을 만지지는 못했더라도 그날로 큰 병원으로 모셨더라면 더 사시지 않았겠는가? 어머니는 22일 동안을 병원에 계신 채 깨지 못하고 불쌍하게 가셨다.

어머니는 고생을 많이 하시면서 우리를 길렀다. 아버지가 미일전쟁이 일어나 실직하신 뒤로는 양복점을 하지 못하셨다. 물자 부족으로 양복감 배급을 받지 못해서였다. 그 대신 조선 두루마기를 한 벌에 2원씩 받고 밤을 새워 지으셨다. 어머니가 번 돈으로 세 누님들의 전문학교 학비, 숙명전문에 들어간 화영과 보성전문에 들어간 내 학비를 댔다. 어머니는 늘, "너희들 학비는 아무 데도 손 벌리지 않았다" "나는 외국 선교사 돈으로 공부한 사람이 잘되는 것을 못 봤다" 같은 말씀을 하셨다. 어머니의 흔들리지 않는 손과 정직한 마음이 일제 말에 우리의 공부를 잇게 해주셨다.

내가 한창 민주화운동을 할 때 하루는 전화를 받고 옷을 입고 나서는 나를 잡더니 어머니는 기도를 하고 나가라고 하셨다. 그때 하신 기도 말씀이 "문영이가 나가서 진리를 말하지 않게 해주십시오"였다. 다시 교도소에 들어갈지도 모르는 나를 염려하신 것이다. 어머니는 이 기도를 하신 후 나에게는 "문영아, 네가 이런 기도를 좋아하지 않는다는 것을 나는 안다"라고 말씀하셨다. 이 말씀에 나는 침묵했다. 어머니의 마지막 부탁을 내가 묵살한 것이 침묵하는 내 버릇으로 변명이 좀 되었으면 좋겠다.

가까이 있던 사람들은 어머니를 존경했다. 어머니는 누가 뭘 가져오는 것을 몹시 싫어하셨다. "내가 대신 줄 것도 없는데 왜 받니?"라고 말씀하셨

어머니, 김대중 씨와 함께(1985. 3. 10). 어머니의 얼굴에 수심이 가득하다. 아들이 김대중 씨와 가까이 있으면 어려움을 겪으리라는 것을 잘 알고 계셨기 때문이다.

다. 어머니의 방문을 열어보면 뒷집 양말 공장에서 기계 돌아가는 소리가 요란했지만 개의치 않으셨다. 어머니는 공장에서 일하는 젊은이들에게 잘 해주셨다. 양말 공장 하는 내외가 꼭 어머니 방에 와서 인사를 드렸다. 지금도 두 내외가 나에게 내 어머니 얘기를 한다. 내 육촌 형수는 "그런 노인 분이 어디 있어요. 아주머니는 드러누워 계시면서도 두 손으로 편물을 하셨어요. 자신을 위하여 아무 옷도 안 사셨어요"라고 말했다.

교회에서 넘어지신 날도 당신의 빨래를 다 하고 나가셨다. 우리는 먼저 왔는데 어머니는 예배 후 부인회를 보고 온다고 하셨다. 아마 회의가 끝나기 전에 서둘러 내려오다가 넘어지셨을 것이다. 내가 집까지 택시를 타고 오시라고 돈을 드렸지만, 회의가 끝나고 다른 사람과 함께 나오면 누군가가 택시를 잡아줄 뿐 아니라 택시비까지 내주는 것이 싫어서 서둘러 나오다가 그만 넘어지셨을 것이다.

그런데 나는 이런 어머니를 두고도 나를 가르치신 부모로 아버지를 더 친다. 아버지는 내 집의 대표이다. 아버지는 어머니의 신앙과 달리 육화한 신앙이랄까, 악한 세상과 맞부딪치는 사상이 있으셨으니, 아버지는 어머니의 신앙을 실천하신 분이기도 했다. 아버지의 전성기는 실직 시절이었다. 사람의 진정한 값은 어려울 때 드러난다. 나는 예수의 진면모를 알려면 그의 일관성을 보아야 하며, 그가 제일 불행했던 재판 과정에서 어떻게 행했는가를 보아야 한다고 생각한다.

　아버지가 실직하여 집에 계셨을 때 내가 본 아버지의 생활을 적어보자. 아버지는 방에 책상 하나를 놓고 거기에 한문책을 펴놓고서 읽으셨다. 불경도 아니고 경서인 것 같지도 않았다. 한번은 무슨 책이냐고 여쭈었더니 한문소설《삼국지》라고 말씀하셨다. 아버지는 읽기만 하고 글을 쓰지는 않으셨다. 어떤 때는 소리 내어 읽으셨는데, 무슨 말인지는 몰랐지만 나는 이 소리를 아름답게 들었다.

　책상 앞에 앉아 있다가 아버지는 종종 일어서서 방 안을 왔다갔다 한없이 걸으셨다. 아버지는 눈을 감고 앉아 계실 때도 있었다. 나는 아버지의 이 모습을 복사하여 5년 정도 있었던 감옥에서, 그리고 오늘의 내 집에서 하고 있다.

　교도소 독방에 있을 때 나는 방 안에서 만 보를 걸었다. 방 안의 한쪽 끝에서 다른 쪽 끝까지 꼭 다섯 보였다. 다섯 보 거리를 왕복하면 열 보인데, 한 번을 왕복하면 손가락 하나를 꼽았다. 이렇게 열 번을 꼽으면 100보를 걸은 것이다. 100보를 걸으면 밥에 들어 있는 콩 하나를 한쪽에서 다른 쪽으로 옮겼다. 콩 열 개를 다 옮기면 1000보이다. 1000보가 되면 작은 종이 한 장을 한 곳에 놓았다. 이렇게 해서 하루에 종이 열 장을 모으면 만 보를 걷는 것이 되었다.

　지금도 나는 집에서 걷는다. 춥지 않을 때는 뜰의 둘레를 걷는다. 디귿

자 모양을 한 뜰을 왕복하면 120보를 걸으며, 실내에서 걸으면 한 번 왕복하는 데 40보를 걷는다. 오늘은 하루 종일 집에 있었고 시간은 저녁식사 하기 전인데 내가 오늘 걸은 걸음은 8800보이니까 성적이 좋은 날이다. 오늘 지금까지 쓴 이 책 원고의 분량은 200자 원고지 27매이다. 그러니까 나는 하루 종일 걷고 쓰고 한 셈이다. 거기에 더 한 것이 있다. 나는 낮잠을 두 번이나 잤다. 그러니까 나는 오늘 하루 종일 자고 걷고 쓰는 세 가지 일을 교대로 한 것이다.

내가 아버지를 따라 복사한 다른 한 가지 행동은 꽤 두꺼운 책인《논어·맹자와 행정학》을 쓴 일이다. 이 책은 실직 중일 때 아버지의 인상을 복사한 것이다. 한마디로 나는 아버지의 인상을 따뜻하게 보았다. 아버지는 나를 한 번도 때리신 적이 없지만 아버지가 존경스러워 내가 자진해서 담임 선생님께 낙제시켜 달라고 요청할 결단을 내렸다. 나는 윗사람이라고 마구 누르지 않고 아랫사람은 난동을 안 부리며 윗사람을 존경하는 상태의 통치가 따뜻한 통치라고 생각한다. 따라서 동생에게 비폭력을 실천했다고 내가 앞장에서 말했지만, 거기서도 형제간의 무질서를 비폭력이라고 말한 것이 아니었다. 유학입국을 했다는 조선조가 충효(忠孝)다, 칠거지악(七去之惡)이다, 항산책 없이 노비다, 지방분권 없이 관찰사다 하는 짓을 한 것은 유학의 원전인《논어》·《맹자》에도 없는 짓을 한 것이라고 고발한 책이 바로 이 책이다.

내 민주화운동의 첫 모형도 실직 중의 아버지였다. 하루는 내가 엎드려서 학교 숙제를 하고 있었는데 종로서 사복 경찰이 아버지를 찾아왔다. 두 사람의 짧은 대화를 나

나에게 처음으로 크나큰 가르침을 주신 아버지 이용사 씨.

도 들었다.

경찰: "왜 창씨개명을 안 하십니까?"

아버지: "창씨개명 하라고 어디 법에 있습니까?"

아버지는 잡혀갈까 봐 두려워 변명하거나 일본식 창씨를 하는 것이 나쁜 일이라고 힐난하거나 하지 않으시고 다만 위와 같이 한마디만 하셨다. 그 한마디는 적의 이성이 감히 거절하지 못하는 말씀이었다. 그 경찰은 일어나서 슬며시 나갔다. 아버지는 당신이 양대 광산에 계실 때 임영신 여사가 전주에 가서 〈독립선언서〉를 뿌릴 수 있도록 등사해준 것을 알고 있는 경찰에게 이렇게 의연하셨다. 나는 아버지에게서 간디가 대영제국에 대항하여 인도의 독립운동을 비폭력 투쟁으로 한다는 말씀을 이 무렵에 들었다. 나는 일본에서 나온 한 사상 전집 중에서 간디의 문집을 책방에 가서 구입해 읽었다. 나는 후에 이 책을 분실한 것이 아쉬워 같은 책을 일본에서 찾아 몇 년 전에 복사해 왔다. 발행 연도는 1929년이며, 세계사상전집 39권인 《간디 문집》이 이 책이다. 편역자는 고전웅종(高田雄種)이다.

중학교 때 우리 반 학생 68명 중에서 65명이 다 일본식 이름을 가졌는데, 나는 창씨개명하지 않은 이름을 갖고 있던 세 명 가운데 하나였다. 창씨하지 않은 학생 중 한 아이는 자기 할아버지가 일본으로부터 남작을 수여받은—그러니까 '빽'이 있는—집 아이였고, 다른 한 아이는 아버지가 종로에 있던 중앙감리교회 목사—그러니까 사상이 있는 저명인사—인 아이였다. 내 아버지는 일본 정부의 '빽'도 없었고 일개 미국 기업체의 직원인, 한 사람의 백성이었는데 이렇게 의연하셨던 것을 나는 마음속 깊이 긍지로 받아들였다.

아버지에게 배운 또 한 가지 가르침이 있다. 그것은 아버지가 가게에서 바느질하시는 어머니 대신 부엌에서 밥을 지으신 일이다. 어느 추운 겨울 날 아침에 아버지가 부엌에서 밥상을 들고 방으로 들어오셨다. 우리들은

임영신 여사가 내 부모님께 보낸 감사장. 삼일운동 때 양대에서 아버지가 글씨를 써서
등사한 〈독립선언문〉을 여비와 함께 줘서 전주에 가 뿌린 분이 바로 임영신 여사이다.

내 어머니와 아버지가 삼일운동 때 한 일을 치하하여 임영신 여사가 감사장 준 것을 다룬 신문 기사(1965.3.21).

밥상에 우 하고 모여들었다. 아버지는 아무 말도 하지 않고 다시 나가셨다. 콩나물국에 넣을 고춧가루를 잊고 오셔서 갖고 오시기 위해서였다. 아버지는 이런 때에 내가 하는 식으로 자식들에게 심부름을 시키는 법이 없으셨다. 이에 비하면 나는 어쩌다 들른 아이들보고 망치를 가져오라느니 수건을 가져오라느니 꽤 시켜먹고 있다.

　내가 도저히 지금도 못 하는 것이 하나 더 있다. 아버지가 한번은 물을 끓여서 한 대야를 나에게 갖다주셔서 염치없이 거기에 발을 씻었다. 그런데 아버지는 내가 발을 씻은 물에 다시 당신의 발을 씻으셨다. 나는 아버지께 왜 그렇게 하시는가 하고 물었다. 아버지의 대답은 "물에서 때가 옮니, 물이 때를 씻지?"였다. 밤에 잘 때에는 제일 따뜻한 자리에서 내가 잤고 아버지는 제일 차가운 곳에서 주무셨다. 이런 아버지가 1954년 12월 8일에 돌아가셨는데, 돌아가시기 몇 달 전에 강원도 화천에서 군대에 복무 중이던 나에게 편지를 보내셨다. 아버지가 나에게 주신 마지막 가르침이 들어 있는 편지의 앞부분은 다음과 같다.

　　9월 14일
　　문영이 보아라

　　제일 좋은 것은 몸이 건강하다 하니 나의 마음 좋으며 또 너의 편지에 농촌 생활을 대단 흠선하니 진실로 나의 마음에 평생에 원하던 바라. 내가 너를 먼저 농촌으로 지도하지는 못하여도 네가 먼저 원하니 나의 마음 대단 기껍다. 땅의 고용같이 마음이 편안한 일이 없다. 땅에게 아유부용할 까닭 없고 또 양심에 부끄럽지 않고 몸에 건강하고 시골 농촌의 예배당이든지 학교든지 양심껏 지도하면 어찌 참으로 하늘도 부끄럽지 않고 세상에 초월한 인생이 되는 것이 어찌 아름답지 아니하랴. 공명과 명예의 노

九月十四日

문영 이보아라

제일 조흔것은 몸이건강하다 하니 나의마음조흐며 너의편지에농
촌생활을 대단흠선하니 진실로 나의마음에평생에원하든바라 내가
너를 먼저 농촌으로지도하지는 못하야도 네가먼저 원하니 나의마음 더 단김
겁다 당의교용갓치 마음이 편안 헌일이 업다 당에게 아 유부용헐까 닥업
고 소양심에 붓그럽지안 코 몸에건강하고 시골농촌에 례배당 이돈 지학교든지
양심것 지도하면 엇지 참으로하날도 붓그럽지안코 세상에 초월헌 인생이
되는 거시엇지 아름답지안이 헐야 공명과 명여에 노예가 되지말고 초월하
기를바란다 100이나 150을말하얏는데 그 대본낼 대에 밧구어보내것다
네가 제대만 되면 기배짐 전지로 돈을수 ...하야 네 수동집반분도 팔아가
지고 돈을 수합하야 사것스니 너 거기서도 ...하야 아히들 통학 정도로 생각
하야라 그동안 금영 인연이 가다 일병으로 ... 가 인영은 나서학교에 단이고
금영은 신경통으로 아죽낫지못하야 매일 기도와 의사에게 칠요중이다 석준에 ...
서은 편지가 잘오며 숭학동 아주먼 이도 들어오시고 집을수리중이다 서울 오게 되거든 먼저
편지하여라

부서

예가 되지 말고 초월하기를 바란다.

이 책 어디엔가도 쓸 것이고 나의 또 다른 책《협력형 통치》에서 가장 빈도 높게 언급한 함석헌 선생님보다 나는 아버지를 더 존경한다. 세상 이치가 아버지는 만인에게 각각 존경받아야 할 존재이다. 〈주기도문〉은 신을 하늘에 계신 귀신으로 부르지 않고 나와 가까이 있었던 아버지라고 부른다. 나는 아버지가 제사 지내는 것을 못 보고 자랐고 나도 아버지 제사를 안 지낸다. 나는 아버지를 존경하지만 아버지가 내 귀신은 아니다. 아버지는 내가 지금까지 험한 세상 바다를 항해해가는 데 구체적으로 도움을 준 첫 번째 가르침을 주신 분이다.

아름다운 우리말을 들은 배재중학교

초등학교를 졸업하고 삼 년 만에 아홉 번째 본 입학시험으로 배재중학교에 들어간 것을 나는 심히 기뻐했다. 입학시험 번호인 711번을 내가 지금도 암기하고 있는 것을 보아도 이 기쁨을 짐작할 수 있다. 이 번호는 뭘 잘 암기하지 못하는 내가 암기하고 있는 몇 개 가운데 하나이다. 군대 사병 시절의 군번, 장교 때 군번, 처음 구속된 서울구치소의 수인번호, 그리고 최근에 암기한 주민등록번호 등을 나는 안 잊고 있다.

배재에 대한 내 첫인상은 아름답다는 것이었다. 아마도 이때 아름다움이라는 감정이 내 생에서 처음 생겼던 것 같다. 우선 집에서 걸어서 배재에 가는 길이 아름다웠다. 우리 집 앞길을 나서면 세종로였는데 지금의 세종로와 좀 달랐다. 동양 굴지의 건물이라는 조선총독부가 남면을 향해 서 있었고 높이가 약 3.4미터인 철봉이 담으로 둘러져 있어 안이 훤히 보였다.

일제 말에 총알을 만들고자 이 철봉들을 다 철수한 후에 만든 담이 지금의 낮은 돌담이다. 좌측에는 긴 한옥 행랑채가 연속해서 있었고, 아스팔트 길 옆이 포장이 안 되어 있었으며, 하수도 물이 흐르는 긴 도랑이 있었다. 길 가운데로 전차가 다녔는데, 정류장이 총독부 앞에 하나 있었고 세종로 네거리 충무공 동상 자리에 하나 있었다. 전차가 다니는 길 중 하나는 효자동을 종점으로 한 길이었고, 다른 하나는 안국동에서 제일은행 본점 앞까지 갔다. 지금과 같은 것은 길 가운데에 심어져 있는 은행나무들이다.

총독부를 뒤로하고 약 15분을 걸어가면 정동이었다. 세종로 네거리에서 서대문 쪽으로 걷다가 좌측으로 꺾으면 정동 가는 길이다. 나는 이 길을 좋아했다. 덕수궁 돌담을 끼고 걸었다. 미국 영사 집에 이르기 전, 길 중간에 큰 나무가 하나 있었다. 나무가 많이 심어진 법정 옆 모퉁이에 정동교회가 있었다. 나는 어마어마한 관청 모퉁이에 잘생긴 교회가 있는 것을 든든하게 보았다. 여기서 우측 길로 가면 예쁜 여학생들이 많은 이화고녀가 있었는데 나는 좌측 길로 갔다. 좌측 길에 들어서면 골목이 하나 있었는데, 나는 이 골목 안에 얼마나 들어가고 싶었는지 모른다. 이런 정감 있는 골목을 언젠가 스위스 제네바 뒷골목에서 봤다. 이 골목 안에 배재에서도 보이는 벽돌집인 선교사의 집과 교장 사택이 있었는데, 두 집 다 아름다웠다.

배재중학교 건물로는 강당, 동서로 마주보고 선 3층 문예부흥식 벽돌집 두 채, 강당 뒤의 유도 수련장, 부속 교무실 건물이 모두였고, 운동장을 사이에 두고 내가 들어가보고 싶던 두 집이 학교를 향해 서 있었으며, 운동장 서쪽 문 옆에 오래된 느티나무가 서 있었다. 나는 이때 느낀 아름다움을 못잊어, 1973년에 까만 지붕을 얹은 벽돌집을 짓고 뜰에 느티나무와 은행나무를 심은 뒤, 지금도 거기서 살고 있다. 내가 뜰에 심은 잔디도 배재 교정에서 바라본 두 집에 있던 잔디와 같은 잔디일 것이다.

나는 이 아름다운 건물에서 아름다운 우리말을 들었다. 토요일마다 강당에서 전교생이 참석하는 예배가 있었는데, 이 예배에서는 '조선어'가 사용되었다. 수업 시간에는 일본어만 사용되었는데 예배 시간에는 우리말 성서와 찬송가가 사용되었다. 그리고 기도와 설교가 우리말로 행해졌다. 나는 예배 볼 때가 좋았다. 예배 때마다 우리말의 아름다움에 심취했다. 이런 심취를 나는 내 나이 일흔넷에 쓴 책《인간·종교·국가─미국 행정, 청교도 정신, 그리고 마르틴 루터의 95개조》첫 장에 다음과 같이 바치는 글로 썼다.

> 일제시대 일본어 사용이 강요되던 때, 유독 배재학교 채플 시간에서는 '조선어'가 사용되었다. 열네 살 때 예배 시간에 들은 내 나라 말을 무척이나 아름답다고 생각했다. 그리고 이때 받은 느낌은 '이제부터 나는 내 나라를 위하여, 기독교의 틀 안에서, 공부를 잘하자'를 다짐케 했다. 일흔네 살인 오늘, 이 다짐 앞에 내가 공부한 것을 책으로 엮어 세상에 내놓는다.

공부를 잘하되 한편으로는 내 나라를 위하여 하고 다른 한편으로는 기독교의 틀 안에서 하자는 내 결심은 출세하려고 공부를 잘하고자 하는 것과는 달랐다. 나는 내 결심이 배재중학교의 교훈, "크고자 하는 자는 마땅히 사람에게 도움이 되어라(欲爲大者 當爲人役)"와 부합한다고 생각했다. 나는 배재중학교의 옛 교가, "우리 배재학당, 배재학당 노래합시다. 노래하고 노래하고 노래합시다"라는 가사를 가진 교가를 좋아했다.

이와 같은 결심에 따라 나는 공부를 잘했다. 말하자면《논어》에서 말한 비슷한 나이인 열네 살에 공부에 뜻을 두는 '지우학(志于學)'을 한 셈이다. 그렇다. 공부를 잘했다는 것보다는 공부 잘할 뜻을 세웠다는 표현이 더 낫겠다. 나는 영어와 수학이 재미있었다. 한번은 수학을 가르치시던 최동신(崔東信) 선생님께서 문제를 내고 한 시간 안에 풀게 했는데 정답 '8'을 내놓은 학생이 4학년 1반에서 나 혼자였다. 체육·유도·교련은 잘 못했다.

체육을 하도 못해서 유도 5단이던 한병철 체육 선생님이 내 이름을 기억하실 정도였다. 나는 알토를 맡은 합창부원이었다. 나는 혼자서 악보 읽는 법을 배웠다. 길을 걸으면서 첫 음을 잡고 8음계의 차이를 파악했더니 스스로 악보를 읽을 수 있었다.

그러나 나는 내 공부에만 전념할 수 없었다. 3학년 때부터 명륜동에 있는 하급생 집에 가정교사로 들어가서 공부 가르친 일, 아무 일도 못 저지르면서 싱숭생숭해지는 사춘기 총각의 괴로움, 아예 수업을 하지 않은 일제 말의 근로동원 등이 내 공부를 방해했다.

이런 일도 있었다. 하루는 모든 학생이 남산에 포대 만드는 데 흙을 나르는 근로동원을 나갔는데, 정한 시간까지 일하게 되어 있었다. 우리는 일을 하고 정한 시간에 모였다. 전교생이 다들 모였더니 어떤 선생이 몇 시까지 더 하라고 말했다. 다들 조용히 있는데 내가 "선생이 거짓말을 하다니"라고 말했다. 넓은 공간에서 내 말이 선생 귀에 들렸고 선생은 누구냐고 호통을 쳤다. 내가 손을 들었다. "너는 여기 와 서 있고 다른 사람들은 해산해!"라고 선생이 말해 앞으로 나갔는데 막상 선생은 나를 안 찾았다. 나도 슬며시 그 자리를 떴다.

지금 생각하니 배재중학교는 좋은 학교였다. 이렇게 좋은 선생님이 계신 학교이니 내 동기생들 중에서 기개 있는 인물들이 나왔을 것이다. 김형식은 체조도 잘하고 그림도 잘 그렸다. 그는 서울대 법대 학생이었던 6·25 때 무기수가 됐다가 풀려 나왔는데 죄수 그림을 그려서 나에게 줬다. 나는 이 그림을 고려대 박물관에 내 일기와 더불어 보냈다. 장일순은 서울대 미학과에 들어갔고 후에 원주에서 대성학교 교장을 지냈다. 그는 5·16 때 교도소 생활을 하고 나와서 문인화를 그렸다. 내 큰딸 현아가 결혼할 때 두 내외 앞으로 난초를 그려서 주기도 했다.

교련 선생이 한 달에 한 번씩 우리를 인솔해 남산에 있는 조선신궁에 참배를 갔다. 교련 선생이 앞에서 호령을 걸고 학생들은 구십 도로 허리를 굽혀서 절을 했다. 그런데 나는 보통 안 했다. 이유는 간단했다. 모두들 절을 하니까 내가 안 하는 것을 감시하는 놈도 없는데 미쳤다고 어디다 대고 절을 하느냐고 생각했다.

나는 꽤 자랐다. 어느 여름에는 수영을 해서 흑석동 한강다리 밑을 왕복하기도 했다. 일제 말인 1945년 봄에 총독부는 4·5학년 학생들을 서둘러 졸업시켰다. 나는 이때 4학년이었는데 졸업하고 상급 학교에 가야 했다. 나는 생일이 빨라서 다른 아이들보다 일 년 일찍 초등학교에 들어갔고 수송을 졸업하고 2년 동안 공백이 있었는데, 총독부의 이러한 조치로 동급생들과 연령이 같아졌다.

이제 어느 학교에 가느냐가 문제였다. 나는 경성제대의 예과에는 갈 수 없었다. 체육·유도·교련 같은 과목의 성적이 나빴고 창씨개명도 하지 않았으니 불온한 청년이었던 것이다. 연세대의 전신인 연희전문과 고려대의 전신인 보성전문 중 하나로 정해야 했다. 나는 보성전문학교 경제학과에 지원했다. 왜 연희전문이 아니었는가 하면, 나는 이미 기독교인이니까 또다시 기독교 학교인 연희전문학교에 가면 뭔지 형해화한 기독교에 매몰될 것 같은 생각이 나서였다. 보성전문에서 학생을 뽑는 과가 척식경영학과와 경제학과 둘이었는데, 척식경영학과는 졸업한 후 만주 같은 데로 몹쓸 짓을 하러 갈 것만 같아서 겁이 나 못 갔다. 뽑는 학생 수래야 몇 십 명인데 나는 11 대 1의 관문을 통과해 합격했다. 중학교 때와는 달리 '빽'이 전혀 없는 합격이었다.

젊은이들의 기를 살려준 보성전문학교

'경성척식전문학교'가 내가 입학한 보성전문학교의 일제 말 때 이름이다. 총독부가 조선의 두 사학 전문대학인 연희와 보성의 이름을 바꾸게 해서 연희전문은 '경성공예전문학교'로 이름이 바뀌었다. 둘 다 3년제 학교였는데 졸업 후 일반 대학에 전·입학할 수 있었다. 한국에는 종합대학이 경성제국대학 하나밖에 없었고, 제국대학은 편입생을 안 받았기에 보성전문의 졸업장을 가지고는 해외 대학으로 갈 수밖에 없었다. 보성전문은 해방 직후에 교명을 곧 환원했고 이어서 고려대학교를 세웠다.

따라서 내가 경험한 보성전문학교는 1945년 단 한 학기뿐이다. 조회 때 보는 학생 수는 약 400명 정도였다. 그때 건물이 지금도 있다. 석조로 지은 본관과 본관 동쪽에 있는 대학원도서관, 본관 양옆 뒤에 있는 작은 석조 건물들이 그때에도 있었다. 동쪽 작은 집은 보일러가 있는 곳이었고 서쪽 건물 안에는 교장의 승용차와 우물이 있었다. 두 건물에 수세식 변소가 있었다. 학교에 담이 있지는 않았다. 동대문에서 전차를 타고 오는 학생은 지금의 신세계백화점 앞에서 내려 둑길로 걸어서 왔고, 돈암동 전차 정류장에서 내리면 안암산록을 거쳐 개운사 앞으로 해서 '국제관' 뒤 오솔길로 왔다. 국제관 자리에는 농구장과 테니스장이 있었다. 테니스장 아래는 넓은 논이었다. 본관 앞의 잔디밭은 옛날과 거의 같다. 인촌(仁村) 동상은 없었다. 본관으로 향하는 양옆 길이 포장되어 있지는 않았다. 잔디밭과 길의 구분이 좀 불분명했다. 그러나 학생들이 아무렇게나 막 잔디를 밟지는 않았다. 잔디밭에 본관을 향하여 큰 대(大) 자 모양으로 난 길은, 이곳 보성전문이 총독부가 허가를 안 내준 민립대학임을 상징했다.

아침마다 운동장에서 전교생이 모이는 조회가 있었다. 과별로, 학년별로 군대식으로 정렬해 섰다. 교장선생님이 예를 받고 〈황국신민의 서약〉을 읽으면 우리도 따라 읽었다. 총독부의 굴욕적인 세뇌 교육장이 바로 이 조회였다. 이런 의식을 하지 않으면, 모르긴 해도 학교 당국이 총독부에서 중대한 문책을 받았을 것이다. 싫증나는 이러한 의식 속에서 하루는 우리의 눈을 뜨게 하는 일이 생겼다. 조회의 사회를 학생과장인 옥선진 교수가 보고 있었다. 이분은 해방 후 초대 검찰총장이 된 분이다. 우리는 뒤에서 앞만 바라보고 있었는데 느닷없이 옥 교수가 학생들의 열 뒤에서 다음과 같이 호통을 치셨다.

"적어도 우리 학교 학생쯤 된 사람이 지금 지각하고 들어온 학생처럼 매를 맞고 들어올 수는 없다."

우리는 모두 뒤를 돌아보았다. 돌아보는 순간 우리는 '와' 하고 웃었다. 지각한 학생은 교복이 흐트러져 있었고 얼굴에 핏자국이 많았다. 이 학생은 전찻간에서 흔히 겪는 일본인 학생과의 싸움을 겪느라고 늦게 온 것이었다. 옥선진 교수님의 말씀은 우리에게 일본 놈과 싸우라는 것이었다.

여든이 된 오늘에도 내가 즐겨 부르는 노래가 보성전문학교의 교가이다.

이 힘이요 이 생명을
쓸 데가 어딘가
눌린 자를 쳐들기에 굽은 것 펴기에
쓰리로다 뿌리로다
이 힘과 이 생명을
보성전문 보성전문
우리 모교 보성전문

나는 학교에 좌·우익 교수가 다 있는 것이 놀라웠다. 좌익의 박극채 교수가 돈암동 쪽으로 걸어가면서 상급생들과 열띤 토론을 하는 것이 인상적이었다. 윤행중(尹行重) 경제학 교수는 강의 시간에 지배적 생산관계가 어떻다느니 하며 좌익 이론을 토로했다. 윤 교수는 해방 후 북한에 가서 학술원 원장이 되었다. 나는 해방 후 북한에 간 김해균(金海均) 교수에게서 영문법을 들었다. 그리고 손진태 교수, 안호상 교수 등이 있었다. 유진오(兪鎭午) 교수는 강의 시간에 국민이 주권을 갖고 있으며, 국민이 제정한 헌법만이 현대 헌법이라고 말해서, 우리로 하여금 일본제국의 헌법이 현대 헌법이 아니라는 것을 알게 해주었다. 장덕수(張德秀) 교수가 내 담임선생님이었다. 장 교수님이 학교에 걸어 들어올 때에 정원에서 나무를 전지하고 있던 사람이 깍듯이 모자를 벗고 인사하는 것을 보았는데, 이분이 해방 후 교주가 된 인촌 김성수(金性洙) 씨였다. 교수진 묘사를 이렇게 하고 보니 몇 가지 생각이 떠오른다.

첫째. 김성수 씨가 훌륭하다는 생각이다. 나는 이분이 말년에 이승만 대통령의 독재에 항거해 부통령직을 그만둔 것을 후일에 높이 평가해, 1970~80년대에 학생들이 그를 친일 했다고 하며 그의 동상을 없애려고 하는 데 찬성하지 않았다.

둘째, 교수들의 학문 수준이 가히 높아 보이지는 않았다. 우선 해당 과목의 전체를 간추려주는 분이 없었고, 노트를 해 와서 그것을 읽어주어, 강의의 분량이 얼마 되지 않았다.

셋째, 이분들 중 학자로서 대성한 분이 없고 해방 후 대학 행정직과 정부 내 감투 등에 매달리다가 마침내 지성인으로서 변절의 길을 걷는 이도 생겼다.

하루는 일본인 교련 선생이 교련 시간에 방화 훈련을 했다. 물 뿌리는 기계를 가운데 놓고 반 학생들이 빙 둘러섰다. 몇몇 학생이 방화 시범을 보이라고 지명되었다. 이 학생들 중 나와 함께 배재를 졸업하고 입학한 열한 명 중 한 사람인 이병무가 있었다. 일본인 육군 소령인 교관이 교육하는 엄숙한 자리였다. 그런데 느닷없이 병무가 웃었다. 이 웃는 얼굴을 교관이 보고 야단을 친 후 제자리로 돌아가라고 명령했다. 그런데 그는 제자리로 돌아오면서도 웃었다. 그날 나는 그와 둘이서 논이 내려다보이는 호젓한 언덕의 무궁화나무 옆에서 다음과 같은 대화를 나눴다.

"너 어떻게 그 무서운 교관 앞에서 한 번도 아니고 두 번이나 웃었니?"

"어떻게 안 웃니? 웃음이 나오는걸. 나가서 보니까 방화기의 호스가 헐어서 구멍이 뚫려 있었어. 이 구멍 뚫린 것이 내가 신은 지카다비(일제시대에 나온 신발 이름) 창이 헐어서 열렸다 닫혔다 하는 것과 같다는 생각을 하니 웃음이 나더라."

"내가 너의 표정에서 읽었던 것과 비슷하구나. 네 얼굴에는 일본을 비웃는 표정이 있었어."

"그렇지. 나는 일본이 전쟁에서 진다고 본다. 자, 봐라. 방화기의 호스나 내 지카다비 창도 수선하지 못하는데 어떻게 일본이 미국을 이기니? 일본 말 신문인 《매일신문》(《서울신문》의 전신)에 미국의 B-29가 일본을 폭격했다는 기사는 있지만, 일본 비행기가 미국 본토를 폭격했다는 기사는 없지 않니? 그러니까 일본이 지는 거야."

이렇게 열여덟 살 먹은 학생의 마음에는 일본이 망할 것이 보였다. 하루는 저녁식사를 하고 세종로 거리에 나갔는데 사람들이 부민관(府民館) ― 지금의 서울시의회 회의장―쪽으로 걸어들 갔다. 나도 산보 겸 가서 봤더니 친일파들의 연설회가 열리고 있었다. 이 모임에서 바로 폭탄이 터져서 혼이 나, 뒤에 서 있던 나는 쏜살같이 뛰어나와 무교동으로 해서 집으로 왔다. 뒤늦게 헌병이 들이닥쳤을 텐데 나는 애매하게 고생할 뻔했다. 내가 부민관 사건을 회상함은 바로 열여덟 청년 병무가 본 진실을 나이 든 친일파들은 어찌하여 못 보았는가를 대비하기 위해서이다. 친일파가 사실을 못 본 이유는 사욕으로 눈이 멀고, 눈이 멀다 보니 일본제국이 강요하는 생각이 아닌 것을 생각하기는 겁이 나서 못 해서였다고 본다. 해방 전의 기운찼던 교수들이 변절까지 한 것도 다 욕심과 욕심을 채워주는 권력을 벗어나는 두려움 때문이었다고 생각한다.

병무가 바로 미국에 이민 가서 자기 자식들에게 나를 본받아 비폭력의 길을 가라고 말했던 사람이다. 그런데 이 병무가 쿠데타 정부를 무서워하는 사람이 된 것을 나는 나중에 알았다. 정기 있던 병무는 후일에 보건사회부 서기관까지 되었고, 재직할 때 미국에 가서 미국 교수와 함께 학술지에 논문을 게재하기도 했다. 그러나 병무의 학문적 접근이 계량적이어서 박정희의 비민주주의를 보지 않고 그의 경제적 업적만을 높이 보는 듯하여 나는 불안했다. 거듭 쓰지만, 지식 위에 가르침이 있어야 한다. 한편 병무의 부인은 잘나가는 미남인 병무에게 불안을 느껴서 이민 갈 것을 종용하는 듯했다. 박봉에 시달릴 필요 없이 미국에 가서 자기가 간호사를 하면 자기 남편은 낚시하고 바둑을 두며 살 수 있다는 논리였다. 나는 병무를 못 말렸다. 그래서 멀쩡한 사람이 이민을 갔는데, 이 사람을 1970년대에 미국에서 만났더니 미국에 살면서도 박정희를 무서워하는 사람이 되어 있었다. 병무와 나는 그때 이런 말들을 나누었다.

"너 내가 무엇이라고 말했니? 저번에 미국에 네가 왔을 때 아예 이민 오라고 말하지 않았니? 내 말을 안 듣고 가더니 거듭 감옥에 가다니! 그래 네가족은 어떻게 살았니?"

"나는 민주주의 때문이지."

"저번에 한국에 갔을 때 나는 너를 안 만나고 왔다. 무서워서."

병무는 그 후 미국에서 빛을 못 보고 아깝게 작고했다. 해방 전에 빛나던지성이 무너진 까닭을 지금 나는 곰곰이 생각한다. 왜 무너졌을까? 이 장의 모두(冒頭)에서 썼듯이, 학문 접근에서 논리실증적으로 보는 것만이 사실의 모두라는 착각으로 나라의 비민주주의를 못 보았던 것이 그 이유 가운데 하나이다. 다른 한편 병무는 키가 크고 잘생기고 노래를 잘 불렀으며, 촌스러운 고려대에 처음으로 사교춤을 도입한 한량이었다. 나는 자유분방함과 자유는 서로 거리가 멀다고 생각한다. 남편의 자유분방함을 본 부인이 남편을 잡고자 했을 것이다. 이러다 보니 한 가정의 주인 노릇을 남자인 병무가 하지 못하고 아내에게 매이게 되었을 것으로 짐작된다. 병무는 세 아이와 밤낮으로 나가는 부인의 출퇴근 교통을 봐주고, 아침 설거지를 하고 집 안을 치운 후에 시간이 남으면 골프를 치러 가야 해서 바쁘다고 나에게 말했다. "왜 집 안에서 고양이를 기르냐?" 하고 묻는 나에게 병무는 자기는 싫은데 자기 부인이 고양이를 좋아해서라고 말했다. 짐작건대 남자의 기가 죽어서 미국에서도 멀리 한국에 있는 박정희를 무서워했던 것이 아니었을까? 아니, 박정희를 무서워할 정도로 기가 죽어서, 집에서도 기가 죽었던 것일까? 사람이란 망가지기 쉬운 연약한 존재이며, 일단 기가 죽으면 몸이 망가지는 목숨이다. 일제 때 보성전문학교 같은 학교는 젊은이에게 기를 살려준 학교였다.

이 기를 심어준 보성전문학교에서 보낸 한 학기 동안에 잊을 수 없는 나의 '기죽은 행동'에 관한 이야기가 하나 있다. 보성전문학교 1년생일 때 일로 기억하는 까닭은 나의 동료 박윤배 군이 인수봉을 로프로 등반한 후, 몸을 바위에 비비느라고 교복에 붙은 보성전문 단추를 떨어트려 아쉬워했던 기억이 나서이다. 인수봉 등반을 주동한 친구는 원효로에 사는 배재중학교 동창 유 모(某)였다. 유 군이 로프를 매고서 배재 동창인 박윤배, 후에 서울대 의대생이 된 이규철, 그리고 나를 인수봉 등반자로 권유해 우리들은 시시덕거리며 즐겁게 우이동 계곡을 걸어갔다. 넷이서 인수봉 앞에 딱 섰다. 유 군이 로프를 어딘가에 걸더니 올라가자고 했다. 박과 이는 따라 나섰다. 나는 이때 안 올라갔다. 나는 인수봉 아래 풀밭에서 이들이 돌아올 때까지 기다렸다. 이 기다림 속에서 나는 친구들의 무사한 귀환을 염려하기보다는 나의 '기죽은 행동'을 곰곰이 생각했다. 내가 올라가고자 안 나선 것은 중학교 입학시험 때 턱걸이 하는 것을 아예 시도도 하지 않았던 것과 동일하다는 생각을 했고, 중학교 때 체육·유도·교련에 젬병이었던 것과 동일하다고 생각했다. 그 후에 나는 기개란 결코 육체적인 것이 아니라 정신적인 것이라고 생각했다. 설혹 내가 맞아 죽더라도, 악한 통치에 저항해 희생당할지언정 그에게 육체와 무력을 사용하지 않고 내 정신이 창출해낼 수 있는 '말'을 하는 것이 내가 할 일이라는 것을 이때 어렴풋이 짐작하기 시작했던 것 같다.

보성전문의 입학 동기 중 먼 곳에 살지만 전화로 긴 통화를 하면서 지금까지 사귀는 친구가 펜실베이니아 주립대학교 경제학과 명예교수인 유정희이다. 그는 학교 다닐 때 영어를 잘해 영어로 교수하던 이인수 교수에게 영어로 묻고 대답하는 학생이었는데, 6·25전쟁 때 미국에 유학 가서 재정학교수가 되었다. 그는 교수 정년 후에도 세미나 참석차 도쿄대·베트남대·남미 대학 등에 가고 있다. 그는 내 책 《논어·맹자와 행정학》을 국보급 저작이라고 찬사를 보내 왔었다. 대구에서 군 복무 중에 사귀었던 내 미국인 친구 핸슨(Hanson)과 마찬가지로 그도 미국 대통령 부시의 군사 일변도 정책을 비판한다.

배선표 목사님과 무교동 교회

내가 어려서 다닌 교회는 무교동에 있었다. 무교동 길과 다동 길이 맞닿은 지점의 모퉁이, 지금은 '국민투자' 건물이 들어선 자리에, 148평 대지에 일층 벽돌집인 예배당과 다동 길로 연한 한옥 목사 주택이 있는 허술한 교회였다. 무교동, 다동이라고 하면 남에게 말하기에 썩 좋은 동네 같지는 않았다. 시골 지주들이 서울 첩을 살게 하는 집들과 술집이 모여 있다는 것이 그곳들에 대한 내 인상이었다. 교회 맞은편에는 우춘관(又春館)이라는 냉면집이 있었는데 사람들이 많이 드나들었다. 그 집 아이가 나와 같은 주일학교 학생이었는데, 가난한 집 아이인 나는 그런 곳의 음식을 먹어보지는 못했다.

예배에 모이는 사람이 많지는 않았는데 그들은 나에게 사람이란 어떠해야 하는가를 실감나게 해준 이들이었다. 성결교의 모교회인 무교동 교회의 분위기는, 기회가 닿아 예배에 가 앉아본 감리교의 모교회인 정동교회나 장로교의 모교회인 새문안교회―이 교회들이 다 내 집에서 걸어서 갈 만한 위치에 있었다―의 분위기와는 달랐다. 내 교회에 모이는 사람들의 신분은 좀 '후졌다.' 그러나 교인들이 '사람'이었다. 교인들 몇몇을 소개한다. 시골서 아들 하나를 세브란스 의전에 보낸 할머니가 있었는데 그분 별명은 '감사 할머니'였다. 무엇에나 감사하다는 말을 연발하셨기 때문이다. 김우진 할머니는 인민군에게 잡혀갈까 봐 벌벌 떨던 내 머리에 손을 얹고 기도하실 때 제 집 아이도 아닌 나를 위하여 많이도 우셨다. 이 김우진 씨가 바로 어린이 부흥회 때 울면서 기도하는 내 곁에 와서 기도해주신 주일학교 교장선생님의 어머니이시다. 나보다 연상이었던 조흥은행 대부계 직원 한 분은 대부받은 사람이 주는 뇌물을 자신은 안 받아서 같은 과 직원들에게 '왕따' 당한다는 고민을 나에게 털어놓았다. 이분이 유병수 장로님이다. 유병수 장로님의 아들이 서울대 기계공학과 교수인 유정렬 장로이다.

그 당시는 장로님이래야 딱 한 분, 한상호 장로님이 계셨는데, 독립문 골목 안 구석에서 구두를 짓는 분이었다. 목사님은 배선표 씨다. 한 장로님과 배 목사님의 공통점은 한복을 입으셨고 눌변이라는 점이었다. 목사님은 얼굴이 '곰보'였다. 간교한 말을 하고 얼굴이 반질반질한 사람치고 어진 이가 드물다는 《논어》의 말, "교언영색선의인(巧言令色 鮮矣仁)"은 맞는 말이다.

이 말이 맞는 말이기에 그 반대말도 맞다. 이 두 지도자는 소박하고 따뜻하고 어진 분들이었다.

앞에서 말한 대로 나는 초등학교 2학년 때에 성홍열을 앓아 석 달 동안 순화병원에 입원했었고, 이때 배선표 목사님이 문병을 와주셨다. 내가 목사의 자질을 배선표 목사님과 같은 선량함 자체라고 보는 이유는 이때 일 때문이다. 나는 이렇게 배 목사님을 존경했기에 이 교회에 붙들려 있었을 뿐 아니라, 내 아들 이름을 우리나라에 빛을 가져온 이름으로, 이분의 함자를 따서 선표라고 작명했다.

배선표 목사와 박기반 전도사 두 내외분이 무교동 성결교회에 계셨던 기간은 1930년에서 1941년까지 11년간이다. 우리 집이 내가 다섯 살 때 무교동 교회와 가까운 세종로로 이사했으니까 내가 그분들을 직접 뵌 것은 다섯 살 때부터 열네 살 때까지 9년간이다.

그런데 9년간 뵈었던 이 두 분을 내가 왜 못 잊나? 그것은 한마디로 내가 두 분과 나의 만남을 사람과 사람의 만남이 아니라 영혼과 영혼의 만남으로 받아들여서이다. 우선 내 쪽 얘기인데, 이 9년간은 내 영혼에 와 닿은 사건들이 속출한 해였다. 어린이 부흥회 때 동생을 때린 것을 뉘우쳐 슬퍼운 데가 무교동 교회다. 그 후 연거푸 세 번 중병을 앓았고 1941년에 3년 만에야 간신히 배재중학교에 입학했다. 이 무렵에 나는 살기만 하는 것과 잘살려고 공부하는 세속적 가치에 회의를 느꼈으니, 이런 시련은 내 영혼을 정신 차리게 하기에 알맞은 시련들이었다.

그리고 두 분 쪽 얘기인데, 그분들의 행적이 내 행적을 미리 보여주었음을 내가 미리 알았기 때문이다. 사람의 영혼은 미리 보는 데가 있다. 1987년 9월 20일에 전농동 나사렛성결교회에서 배선표 목사와 박기반 전도사 두 분의 100회 생신 기념 예배를 봤다. 이때 참석자에게 배부된 예배 순서지에 두 분의 행적을 큰 아드님인 배은수 장로가 집필한 것이 인쇄돼 있었

배선표 목사와 박기반 전도사 두 분의 100회 생신
기념 예배지.

다. 배은수 씨가 일제 때 연희전문을
졸업한 후《조선일보》의 기자를 했던
분이어서 그런지 두 분의 행적이 200
자 원고지 약 30매가량 되게 잘 묘사
되어 있었다. 이 글에서 묘사된 두 분
의 삶과 훗날 내 행적에는 공통점이
몇 가지 있다.

먼저, 두 분 다 나처럼 토박이 서울
사람들이다. 그 글은, 큰아들에게 비
친 부모는 일생을 평민적인 '씨울'의
자세로 복음 전도의 일선에 섰던 일
꾼이었다는 말로 시작한다. 여기에
나온 씨울이라는 말은 유영모(柳永模)·함석헌 선생이 즐겨 쓰시던 것이어
서 반갑다. 박기반 전도사는 원래 감리교 신자였다. 박기반 전도사 가정에
구원의 손길을 뻗어준 교회는 아펜젤러(Henry Gerhard Appenzeller) 목사
가 우리나라에 와서 두 번째로 세운 교회, 곧 종로 네거리 이문 안에 세웠
던 중앙감리교회였다. 당시 중앙감리교회는 대감집 한 채를 사서 안채는
교회로 꾸미고 바깥쪽 행랑은 살 길이 막막한 교우들이 방 한 칸씩에 살도
록 내었는데, 여기에 살게 된 것이 인연이 되어 박 전도사는 언니 기천, 어
머니 김안나와 함께 이화학당에 들어갔다. 어머니는 기숙사 살림을 맡았고
두 딸은 학교에 다녔다. 이화학당은 1886년 미국 감리교회에서 파송된 스
크랜턴(Scranton) 부인이 세운 한국 최초의 여성 교육기관이었다. 나는 유
아 세례를 아현동 감리교회에서 받았으며, 내가 다닌 배재중학교는 아펜젤
러가 세운 최초의 신교육 학교였다.

배선표 목사님과 나의 만남도 그 전에 이미 있었다. 그분은 일본에 유학

가실 때 친구들의 격려를 받았는데, 그 친구들 가운데는 내가 일생을 스승으로 모시는 함석헌 선생님의 스승인 다석(多夕) 유영모 선생이 있었다. 배목사님이 공부를 마치고 처음 전도사로 부임한 교회는 연동교회가 세운 묘동교회였는데, 나는 해방 직후 지영(芝永) 누님 댁에서 유숙할 때 누님을 따라 이 교회에서 청년회 활동을 했다. 무교동 교회에 오시기 전에 두 분은 철원, 개성, 부여 등에서 14년을 봉사했다. 철원에 계실 때 군청에 근무하는 일본인 과장 대서정천(大西貞天) 부부를 기독교 신자로 만들었다. 후일 대서정천 씨의 딸은 일본 성결교회의 목사와 결혼했다. 나는 두 분이 일본 사람을 전도한 것이 내가 군사정부라는 적을 향하여 민주화운동을 하되, 적의 이성이 거절하지 못하는 말로 했던 것과 비슷하다고 생각한다.

두 분은 무교동 교회에 계실 때 황성택·황경찬·한명우·최창도 같은 제자를 기르셨는데, 나는 고려대에서 제자를 길렀다. 1943년 5월부터 8개월 동안 동료, 남녀 교역자(敎役者), 장로, 집사 들이 구속됐을 때 두 분도 서울 용산경찰서에 구속되었다. 나는 후일에 열일곱 번 잡혀갔고 5년 정도 감옥에 있었다. 두 분은 경찰서에서 전염병인 장질부사에 걸려 석방돼 순화병원으로 옮겨졌다. 내가 어려서 성홍열로 입원했던 병원도 순화병원이었다.

배 목사님과 무교회 신앙인으로 알려진 일본 근대사의 영적 거인 우치무라 간조(內村鑑三)의 관계는, 배 목사님의 은사라고도 할 수 있는 기독교청년회(YMCA) 총무 김정직 선생이 우치무라 선생과 가장 먼저 교분을 맺은 한국 분이어서 자연히 이루어진 것이다. 후일에 《성서인생》의 노평구는 이렇게 쓴 적이 있다.

어딘지 모르게 엄숙하고 경건한, 그러면서도 인자하고 온유한 모습은 아무래도 신앙의 선한 싸움에 개선한 노사도(老使徒)임에 틀림없으시다. 이분이야말로 우리의 미약한 무교회 진영에 큰 힘과 도움과 위로가 되어

주시는 선배이시며 한국 교회의 원로요 노장이신 배선표 목사이시다. 이 분은 한국의 무교회 진영과는 긴밀한 관계를 가지고 계시다. 《성서조선》 동인인 김교신, 송두용, 정상훈, 유석동, 함석헌, 노평구 등이 처음으로 조국의 수도 서울의 중심지에서 적은 집회를 시작하던 날 찾아주신 이후 거의 30년 동안 조금도 변하심이 없이 더구나 교회를 꿋꿋이 지키시면서 우리들과 항상 아름다운 사귐을 계속하시는 특유하신 분이시다. 나는 선생을 뵈올 때마다 머리가 숙으며 감격에 넘치는 바가 있다.

배선표 목사님이 교회를 맡은 목사이면서도 무교회 집회에 늘 참석하신 것을 오늘날 내가 닮고 있다. 나는 다섯 살 때부터 지금까지 한 교회의 교인이고 현재 원로장로이면서 무교회 정신을 표방하는 함석헌기념사업회 이사장을 맡고 있다. 1960년에 일선 교역에서 물러나 병상에 계시던 배 목사님은 그로부터 2년 뒤인 1963년 8월 29일 오후 열한 시에 고요히 잠드셨다. "저 좋은 낙원 이르니 그 쾌락 내 쾌락일세" 하는 찬송가를 유족들이 모여 은은히 부르는 가운데 "남을 나보다 낫게 여기고" 살면서 모든 사람에게 머리 숙여 봉사한 77세의 한평생이 편히 쉼을 얻은 것이다.

배 목사님의 죽마고우이며 동지인 다석 유영모 선생은 배 목사님과 안부가 궁금하면 서로 찾았다고 하면서, 1963년 4월 10일 일기에 배선표가 앓아누웠다는 소식을 듣고 문병 갔다고 적어놓았다. 또한 배 목사님이 산 날 수인 2만 7694일을 셈하면서 경기도 광주군 풍산리 가나안농군학교 뒷산에 있는 무덤에 다녀와서 쓴 일기에는 60년 친구인 배 목사와의 애틋한 우정을 한 편의 시조로 적어놓았다. 배 목사가 달려가 길을 마치고 난 지 11년 뒤 박기반 전도사는 88세를 일기로 남편의 뒤를 따라 세상을 떠났다. 1974년 10월 7일 오후 여섯 시였다. "예수, 예수" 이 두 마디가 그녀의 마지막 말이었다. 이날 아침, "아무래도 오늘은 내가 떠날 것 같다"라는 박 전도사님의 말을 듣고 유가족들이 모두 꼼짝하지 않고 온종일 찬미로 환송하는 가운데 고요히 눈을 감으셨다. 그 전날 박 전도사님은 주일 예배를 끝내고 문병 온 무교동 중앙성결교회와 전농동 나사렛교회의 교우들 50여 명에게 한 사람, 한 사람씩 그 가족의 안부를 묻고 마지막 인사를 나누었다고 한다. 박 전도사님의 임종은 최후의 순간까지 양 떼를 생각하고 염려하는 목자다운 임종이었으며 모든 사람에게 감동을 주었다.

나는 교회 예배에 나가 앉을 때면 성결교의 중심 교리인 사중복음(신유, 성결, 재림, 중생)을 생각하곤 했다. 정빈, 김상준 두 분이 1907년에 성결교회를 세울 때 사중복음을 내세웠는데, 나는 사중복음의 소박성과 관련하여 다음 두 가지를 생각해왔다.

첫째, 이 두 분이 도쿄 성서학원에서 공부할 당시 외국 문물을 잘 받아들였던 일본은 이미 톨스토이의 《전쟁과 평화》를 접했으리라 짐작한다. 일본 국회도서관에 소장된 《전쟁과 평화》 번역본은 1914~1915년에 '국민문고 간행회'에서 낸, 마장(馬場)이라는 사람의 번역본이다. 이 작품이 바로 사중복음의 실질적 내용인 네 가지 덕목, 곧 비폭력, 개인윤리, 사회윤리, 자기희생을 주장한 작품이라는 것을 두 분이 알고 있었으리라고 나는 짐작한다.

《전쟁과 평화》가 전하는 메시지는 전쟁이 끝났다고 평화가 자동으로 오는 것이 아니라 전쟁 중에 유의미한 고난을 통한 대안 창출자가 생겨났을 때에만 평화가 온다는 놀라운 메시지인데, 이 메시지는 우리를 강점한 일본제국의 포악함을 극복할 대안이 무엇인지 고민했을 두 분 선각자에게 영향을 끼쳤을 것이다.

나는 무교동 교회의 설립자 두 분이 비폭력·개인윤리·사회윤리·자기희생이라는 네 가지 덕목을 적절한 기독교 어휘로 표현하는 데 성공했다고 본다. 내 짐작으로는 비폭력에 해당하는 어휘가 신유이며, 개인윤리에 해당하는 어휘가 성결, 사회윤리에 해당하는 어휘는 재림, 자기희생에 해당하는 어휘는 중생이다. 비폭력·개인윤리·사회윤리·자기희생이라는 네 가지 덕목이 인간의 죄와 부자의 죄를 극복하는 대안이라는 점을 나는 《인간·종교·국가》에서 〈로마서〉 12장과 〈야고보서〉 5장을 갖고서 밝힌 바 있다.

나는 여기서 성결교회 사중복음인 신유가 왜 비폭력이고, 성결이 개인윤리이고, 재림이 사회윤리이고, 나아가 중생이 자기희생인가를 환기할 필요를 느낀다.

먼저, 네 가지 덕목 중 신유와 재림 부분에서는 덜 자명한 데가 있다고 본다. 신유는 사람이 하느님께 병 고쳐주시기를 (기도의 형식으로) 말해서 병이 낫는 행위이다. 그런데 하느님께 말함이란 사람이 그가 의지했던 자기 자신—내 경우 동생들을 때린 행위—과 물질—내 경우 군밤을 화영에게 한 개도 안 준 행위—을 포기하는 비폭력과 하느님이 부르시는 자비스러운 인력이 합해지는 지점에서 생기는 행위이기에, 신유는 비폭력을 전제로 한 행위이다. 기독교인이 섭생·절제하고 술·담배를 금하는 것 자체가 비폭력 행위의 하나이다.

한편 재림은 곧 사회윤리를 의미한다. 이를 밝혀주는 것은 〈마태오복음〉 25장에 나오는데, 가장 작은 자에게 최소한의 자비를 베푼 자, 즉 사회윤리를 실천한 자가 심판의 날에 하느님께 좋은 판정을 받는, 최후의 심판을 묘사한 부분이다. 나는 이 장면을 잘 묘사한 시가 롱펠로(Longfellow)의 〈에반젤린〉이라고 생각한다. 침공해 들어온 프랑스군 때문에 한 젊은 내외가 결혼식만 마치고 헤어졌는데, 일생을 교회에 의지하면서 환자를 간호하며 살던 신부 에반젤린이 환자의 한 사람으로, 죽기 직전의 노인인 신랑을 우연히 만나 그의 머리를 가만히 들면서 하느님께 감사하는 기도로 끝나는 긴 시가 바로 〈에반젤린〉이다.

이(利)와 인(仁)과 명(命)

나를 열여덟 살 때까지 가르친 아버지, 배재중학교, 보성전문학교, 무교동 교회의 가르침은 군대로 치면 기본 동작과 같은 것이었다. 나는 동서양의 고전이 모두 이 기본 동작을 가르치는 데 유의한다. 위의 소제목 세 마디는 《논어》의 〈자한(子罕)〉 편 첫 글의 "공자는 이와 명과 인을 드물게 말씀하셨다(子 罕言利與命與仁)"에서 석 자를 순서를 바꿔 딴 것이다.

다음 두 가지 점에서 《논어》〈자한〉 편의 첫 글은 인간이 모름지기 받아야 할 기본 동작이다.

첫째, 이(利)와 인(仁)과 명(命)을 현대어로 말하면, 이는 경제생활을, 인은 윤리생활을, 명은 상하 관계적 생활을 지칭한다. 이를 다시 쉽게 말하면, 사람은 먹고 산 다음에는 옳게 살아야 하고, 그 다음으로는 최소한 가까이에 존경할 만한 윗사람을 모시고 있어야 한다는 뜻이다. 이 말은 프로이트가 말한 1세에서 5세까지 유아의 발달 과정과도 부합한다. 갓난아이는 모유와 물을 구별해 먹는 것을 찾고, 그 다음에는 해로운 것을 몸 밖으로 내보내는 신진대사를 하며, 그 다음으로 부모를 알아본다. 사람은 이 세 가지 순서를 거꾸로 하면 죽는다. 즉 사람을 못 알아보고 선악을 구별하지 못하고 곡기를 끊으면 죽는다.

둘째, 이 세 가지는 일일이 설명해서 알게 되는 것이 아니라고 말한 이유를 정자(程子)는 이렇게 말했다. "이를 따지면 옳게 사는 의(義)에 해로우며, 명의 이치는 은미하며, 인의 도는 크기 때문이다." 이래서 공자나 플라톤이 말을 적게 사용하는 시(詩)를 교육의 첫 과목으로 꼽은 것 같다. 앞에서 언급한, 내가 받은 첫 가르침들은 말수가 적은 시라기보다 말수가 적은 어른들의 '행위'와 '실천'이었다.

조선조의 개혁가 조광조(趙光祖)의 애독서는 어려운 책이 아니라 그 당시 기초 행동을 가르치는 《소학(小學)》이었다. 내가 받은 가르침은 유학과 기독교이다. 고려대를 정년퇴임한 뒤에 내가 쓴 세 책은 행정학을 고전과 연결해서 쓴 것들이다. 1996년에 출간한 《논어·맹자와 행정학》은 유교를 다뤘고, 2001년에 출간한 《인간·종교·국가》는 기독교를 다뤘으며, 2006년에 출간한 《협력형 통치—원효, 율곡, 함석헌 그리고 김구를 중심으로》는 부제가 말하는 대로 우리나라 고전을 다뤘다. 나는 이 세 책을 통해 유교는 관료 조직[bureaucratic organization] 문화에, 기독교는 민회[citizen assembly] 문화에 각각 기여했다는 특징이 있음을 이야기했으며, 전자는 후자 속에 포함되지만 후자는 전자 속에 포함되지 않는다고 말했다. 즉 삼권이 분립된 민주국가에서 행정부는 관료주의 조직이 아니라 엄격하게 권한 위임이 되어 있는 관료 조직을 포함한다는 것이다.

이(利)와 인(仁)과 명(命)이 포함되어 있는 성서의 기초 동작서는 〈주기도문〉이다. 유교의 《소학》에 해당하는 기독교의 〈주기도문〉을 인용하면 다음과 같다.

9 하늘에 계신 우리 아버지,

　온 세상이 아버지를 하느님으로 받들게 하시며

10 아버지의 나라가 오게 하시며

　아버지의 뜻이 하늘에서와 같이

　땅에서도 이루어지게 하소서.

11 오늘 우리에게 필요한 양식을 주시고

12 우리가 우리에게 잘못한 이를 용서하듯이

　우리의 잘못을 용서하시고

13 우리를 유혹에 빠지지 않게 하시고

　악에서 구하소서.

나라와 권세와 영광이 영원토록 아버지의 것입니다. 아멘.(마태오 6:
9~13)

이 기도문에서 이(利)에 해당하는 글이 11절, "오늘 우리에게 필요한 양
식을 주시고"이다. 양식을 설명하는 세 단어, 곧 '오늘' '우리에게' '필요
한' 이 있음에 유의하자. 이 단어들이 뜻하는 바와 반대로 양식이 내일을 위
하여, 자기에게만, 풍요하기를 기도하지 않을 것을 11절이 우리에게 교훈
한다. 내 경우로 보자면, 순화병원에서 찾았던 먹을 것은 필요한 음식으로
보이며, 무엇보다도 우리 집이 가난하여 〈주기도문〉과 반대되는 기도를 드
리는 상황이 아니었으니, 이는 하느님이 주신 은총이었다고 생각한다.

〈주기도문〉을 계속 보면, 12절과 13절은 인(仁)인 윤리적 행동을 보여준
다. 여기에서의 윤리적 행동도 최소한도로 필요한 행동이지, 우리 모두를
무슨 애국지사가 되게 해달라고 말하지 않는다는 점에 유의하자. 〈주기도
문〉의 핵심 내용을 간추리면 다음과 같다.

1. 우리가 우리에게 잘못한 이를 용서하듯이 우리의 잘못을 용서하시고
2. 우리를 유혹에 빠지지 않게 하시고
3. 악에서 구하소서.

이 세 가지 요건을 갖춘 가르침의 전형적인 예가 죄를 짓지 말라는 내 어
머님의 가르침이라고 나는 본다. 물론 내가 받은 가르침이 위 세 가지 요건
에 안 맞는 듯한 것도 있을 것이다. 예를 들어 일본 사람과 싸운다든지, 학
자로서 지조를 지킨다든지, 자유가 아니라 자유분방을 삼간다든지…….
그러나 생각하기에 따라서 일본 사람과 싸우는 것은 일본 사람에게 빌붙지
아니하는 몸부림이며, 학자로서 지조를 지키는 것은 유혹에 빠지지 않음이

며, 자유분방을 삼가는 것도 유혹에 빠지지 않음이 아니겠는가. 보성전문학교에 좌·우익 교수님들이 공존했던 것은 "우리가 잘못한 이를 용서하듯이 우리의 잘못을 용서"하는 기초 행동의 표현이었다. 서로 관용하는 톨레랑스(tolerance) 없이 민주주의는 불가능하다.

이 기도문에는 아버지라는 단어가 다섯 번이나 나온다. 하느님이 무슨 도깨비가 아니라 이 세상에서 사람과 가장 가까이 있는 윗사람 아버지라는 데 나는 유의한다. 내게 첫 가르침을 주신 분이 바로 내 아버지인 점, 아버지를 비롯한 스승들이 보여준 모습이 일본제국이 결코 존경받을 아버지 같은 통치자가 아님을 알게 하신 것을 나는 하느님의 은총으로 생각한다. 이렇게 아버지는 아들에게 그가 따라야 할 명(命)을 내리는 궁극적 존재이다.

따지고 보면 내가 처음 들은 가르침은 한마디로 명(命)이었다. 명은 명령의 명이다. 아버지가 명하는 것 이외에 다른 아버지의 명이 나에게 있지 않았다. 나는 제사 지내는 것을 처갓집에서 처음 보았다. 경기도 벽제 사리현리에 있는 조상의 묘에 가서도 아버지가 절하시는 것을 나는 못 보았다. 우리 집은 생전에 점 보는 일이 없었다. 우리 집의 명은 아버지에게서만 나왔다. 나는 며칠 전 어머님의 기일을 지낸 주일날, 교회에 어머니를 추도하는 감사 헌금을 냈지, 추도 예배도 안 봤다. 형식에 구애받기가 싫어서이다. 나는 추석이다, 설이다 하며 부모를 만나려고 가는 일행으로 고속도로가 미어터지는 것을 좋게 보지만, 성묘에 매이는 것을 미풍으로 보지 않는다. 몇 가지 문제를 따져보자.

첫째, 조상이 그렇게 끔찍했으면 일본 놈들이 조상이 정한 성을 갈라고 했을 때에 어찌하여 내 중학교 때 예에서 볼 때 인구 68분의 65가 일본식 창씨개명을 했나?

둘째, 그러니까 일본식 창씨개명도 일본 놈의 명을 어기기가 무서워 살려고 한 행동이었을 것이다.

셋째, 그렇다면 오늘날 조상의 묘에 가 절하는 것도 무서워서—이 경우는 돌아간 분을 따뜻한 아버지라기보다는 화를 내리는 그 무엇인 귀신 같은 존재로 생각해—무슨 화라도 받을까 해서 성묘하는 것이 아닐까?

나는 이집트에서 종살이를 하던 유대인을 이끌어낸 야훼가 유대인에게 준 '십계명' 중 다음 세 가지 계명을 하늘의 명에 관한 계명이라고 본다.

- 다른 신들을 믿지 말라.
- 우상을 만들지 말라.
- 야훼의 이름을 망령되이 일컫지 말라.

이 세 계명 중에서 특히 세 번째 계명을 나는 중요하게 생각한다. 비록 사람이 첫 번째와 두 번째 계명을 지켰다 하더라도 마땅히 그 명에 복종해야 하는 야훼에게 나와서는 다른 신들이나 우상에게 이미 했듯이, 기껏해야 화를 면하고 이(利)인 복이나 빌 것이 아니겠는가? 그러니까 야훼는 정의를 실천하는 신이기에 기복 신앙의 대상인 신에게 하듯, 야훼의 이름을 망령되이 일컫지 말라는 것이다.

내 이름, 교수님이라는 이름을 망령되이 부르는 학생의 예를 하나 들어보자. 밤에 잠자리에 들기 직전에 한 학생에게서 성적을 걱정하는 전화가 걸려왔다고 치자. 내가 갖고 있는 학습 자료를 보고서 이 학생에게 "A학점은 어림도 없다. C도 될까 말까 한다"라고 말한다면 이 학생은 그 다음날 새벽에 전화로 다시 나를 망령되이 불러낼 것이다.

다른 예를 하나 더 들어보자. 정치가와 관련된 이야기이다. 내외가 열심히 뭘 보러 다니고 그러한 결과로 조상의 묘를 옮긴, 성공한 정치가를 나는 본 적이 있다. 이런 정치가일수록 성공한 후에 그 둘레에 그의 이름을 망령되이 부르며 따라다녀 이득을 챙겨 가기도 하고 이득을 주인에게 챙겨주는 사람들이 둘러싸이는 것을 본다. 이런 정치가는 하늘의 명을 따르는 사람이 아니라 사욕을 따르는 사람이다. 나는 이웃 일본 사람들과 정치가들이 가서 절하는 데가 많은 것을 염려한다. 일본의 최다선 의원이었던 오자키 유키오(尾崎行雄)는 2차 대전 직후에 《나의 유언》이라는 자신의 책에서 일본은 이런 도깨비를 포함한 모든 것, 심지어 일본어까지도 버려야 한다는 말을 남겼다. 나는 이 책도 《간디 문집》과 더불어 일본 도서관에서 복사해 왔다. 이 유언을 따라 철저하게 개혁하지 않고 6·25 때 군수산업으로 갑자기 돈을 버는 바람에 일본은 정신 차릴 기회를 놓쳤던 것이다. 오늘 일본의 문제점은 바로 야스쿠니 신사를 포함해 가서 절하는 데가 많은 데 있다고 본다.

부당한 이(利)를 구하는 것을 버리는 첩경은 우선 나라에서 우상을 버리고 참 명을 받아들이는 일이다. 조선에서 부당하게 이득을 취한 훈구 세력을 몰아내고자 했던 사림의 태두 조광조의 개혁안에는 복을 비는 도교의 관청 소격서(昭格署)를 혁파하는 것이 포함되어 있었다. 오늘날 정치가의 행태를 미루어 그 당시 훈구파 정치가들이 했을 행태가 훤하게 그려지는 듯하다. 훈구파 정치가들은 어느 산에 조상의 묘를 쓸까를 물었을 것이며, 어느 산에서 보이는 땅을 다 차지해야 길한가를 물었을 것이다. 훈구파의 거두 한명회(韓明澮)는 한 현이 모두 그의 것이었는데, 그는 아마도 풍수지리가에게 물어보고서 그 땅을 정했을 것이다.

배재중학교가 나에게 준 명은 그 학교의 교훈, 곧 "크고자 하는 자는 마땅히 남에게 도움이 되어라"에 나와 있다. 이 교훈은 권위형 통치 아래에서 출세를 목표로 하던 우리나라의 낡은 질서를 무너뜨릴 큰 명령이었다. 보성전문학교가 준 명은 앞에서 말한 바 있는 그 학교 교가에 잘 나와 있다.

무교동 교회가 나에게 준 명령을 간추리고자 할 때 떠오르는 분이 박기반 전도부인 후임으로 오신 김순영(金順永) 전도부인이다. 김순영 씨는 얼굴이 희고 잘생긴 부인이었다. 우리는 그분이 휴가로 고향인 평양에 갔다 오실 때 서울역까지 마중을 나갔었다. 이분은 우리에게 줄 인절미와 흰엿을 한 광주리에 잔뜩 담아 오셨다. 인절미는 얼어서 곧 먹을 수 없었다. 이분이 내 집에 오셔서 예배를 보시며 이렇게 말씀하셨다. 어떤 사람이 아이들보고 어느 지점까지 뛰어서 갔다들 오라고 경주를 시켰다고 한다. 이 사람은 제일 꼴찌로 들어오는 아이에게 상을 주었다고 한다. 다른 아이들은 다 콩밭을 밟고 돌아왔지만, 이 아이는 콩밭을 안 밟고 도는 길로 해서 오느라 꼴찌로 들어왔기 때문이라는 것이다. 기독교는 이렇게 정당한 절차를 존중하는 종교이지 상을 받으러 가는 것이 그 목적이 아니라는 말씀을, 겁이 많고 눈이 크고 얼뜬 내가 눈을 더 크게 뜨고 들었던 것 같다. 〈잠언〉 1장 7절에서와 같이 "야훼를 두려워하며 섬기는 것이 지식의 근본이다."

지금까지의 이야기를 간추려보자. 처음 들은 가르침은 이(利) 다음에 인(仁)을 알고, 인을 안 다음에는 그 인을 지키는 것을 목숨과 같은 명(命)으로 알고 지켜야 한다는 것이다. 내 경우 이가 다행히 일용한 양식을 유월하지 않았으니 인을 받아들이기에 장애가 되는 이가 없었다. 돌이켜보니, 나에게 명이 되었던 인은, 지켜나갈 순서로 봐서, 먼저 동생들을 형이라고 해서 때리지 않는 일이었으며, 다음으로는 공부를 잘하되 나라를 위하여 기독교의 틀 안에서 하는 일이었으며, 마지막으로 악한 통치자에게 저항하되 내 아버지같이 의연하게 하는 일이었다. 따라서 나에게 명을 내린 장소는 교회와 배재중학교와 우리 집이었다.

다음 장에서는 앞에서 죽 이야기한 결과로 내가 어떻게 삶의 기틀을 만들었는지를 살펴보고자 한다. 사람이 마련하는 삶의 기틀은 한마디로 직업이다. 나는 푸른 잔디밭이 있는 집이, 말하자면 〈주기도문〉에 나오는 "오늘 우리에게 필요한 양식"이라고 말한 바 있다. 나는 이 정도의 생활수준을 유지하게 하는 직업을 가져야 했고, 동시에 그 직업이 나로 하여금 나쁜 짓을 하지 않도록 덜 유혹받게 하는 윤리적인 직업이어야 했으며, 그 직업을 통하여 올바른 통치가 내 나라에 오게 하는 데 공헌하는 그러한 직업이 마련되었어야 했다. 그리고 이러한 직업이 마련되었다 하더라도 이 직업은 나에게 주어진 시련과 가르침의 결과이기에 내 업적이라기보다는 나에게 주어진 선물로 얻어진 직업이어야 했다.

3

교수직

법학을 선택하다

나는 8·15 날을 보성전문학교에서 맞이했다. 그날은 여름방학 중이었는데 군사훈련으로 학생들이 모였었다. 마침 교련을 하다가 잠시 쉬는 시간이었다. 일본 왕의 중대 방송을 들으려고 우리 중 몇몇이 본관 현관 입구에 붙어 있는 방, 서무과 카운터에 두 팔을 기대고 방송을 들었다. 모든 학생이 거기에 온 것은 아니어서 서무과 안이 한가했다. 이런 한가한 분위기는 보성전문학교 서무과만의 분위기가 아니라 8·15 이전 서울 거리의 표정이었다. 그 방송은 도쿄에서 오는 생중계였는데 찍찍거리고 잘 들리지는 않았으나, 일본이 미국에 무조건 항복한다는 일본 왕의 떨리는 목소리는 들렸다. 서울의 한가한 분위기가 깨지고 붐볐다. 나는 기뻤다. 나는 며칠을 흥분해서 밤잠을 이루지 못했다. 우리 학생들은 교련에서 쓰던 총을 들고 여운형 (呂運亨) 씨가 조직한 건국준비위원회에서 경비 보는 일로 동원되었다.

하루는 전차를 타고 학교에서 집으로 오다가 종로에서 내렸다. 종로 거리에서 인민공화국을 선포한 벽보를 읽었다. 이때 선포된 각료 명단 가운데 여운형 씨가 장관의 한 사람으로 들어 있는 것을 보았다. 이 벽보는 나에게 몇 가지를 동시에 생각하게 했다.

첫째, 우리가 세울 나라가 민주국가라면 유진오 교수가 강의에서 말한 대로 국민의 선거로 세워져야 한다. 그런데 벽보에 이승만이 대통령, 김구가 무엇이라고 누군가가 발표함으로써 세우는 나라는 민주국가가 아니다. 이 벽보를 보았을 때 김구는 망명지에서 환국하지도 않은 상태였다. 이들이 훌륭한 분들이겠지만 이들을 나는 내 지도자로 뽑은 적이 없다.

둘째, 건국준비위원회의 위원장이라는 사람인 여운형의 이름이 명단에 들어 있는 것이 못마땅하다. 여운형 씨가 할 일은 장관이 되는 것—아마 내무부 장관인가였다—이 아니라 통치자가 될 사람을 뽑는 선거를 관리하는 일이어야 한다. 그리고 자기 이름을 조각(組閣) 명단에 넣든지 넣게 하는 일은 잘못이다. 이 선거를 관리하기 전에 유 교수가 말한, 근거법이 되는 현대 헌법을 우리 국민이 만들어야 하고 이런 준비를 하는 일이야말로 건국준비위원회가 할 일이다.

셋째, 위 두 가지 일이 나라를 큰 혼돈으로 빠져들게 하고 있다. 그렇잖아도 보성전문에서는 좌·우익 학생들이 한쪽은 이중재, 다른 한쪽은 이철승으로 나뉘어 서로 토의가 아니라 격투를 벌이고 있었다. 명성가들이 선거를 거치지 않고 먼저 나라를 세운다는 벽보를 붙이는 것은 한낱 깡패 짓과 다를 바 없으며 민주주의에 대한 모반이다.

나는 비폭력이라는 기초 동작을 나름대로 몸에 익힌 사람이 아니었겠는가? 나는 이런 싸움패에 낄 수 없었다. 나는 그 후 건국준비위원회에 경비를 보러 나가지도 않았고 휘문중학교 교정에서 하는 연설회를 들으러 가지도 않았다. 또한 어느 쪽 학생운동에도 결코 기웃거리지 않았다.

8·15 이후 보성전문학교의 학제가 바뀌었다. 해방되던 해에 입학한 학생들은 새로 발족된 고려대학교의 2년제 과정인 제1전문부 아니면 3년제 과정인 제2전문부를 희망했다. 나는 새로 생긴 학과인 제1전문부 법학과

로 옮겼고, 1947년 9월에는 학부 법학과 1학년에 입학했다. 그러다 학부 4학년 1학기 때였던 1950년 6월에 6·25전쟁이 일어나 학업이 중단됐다.

해방 후 학제가 변경되었을 때 내가 선택할 수 있는 학과는 사회에 진출해 취직할 사람을 양성하는 학과다운 학과들인 경제학·상학·정치학·법학 네 학과뿐이었다. 이 네 학과 중 나라를 어떻게 세울 것인가에 관심이 있었던 나는 법학과를 택했다. 물론 정치학과도 나라

고려대 재학 시절(6·25 전).

를 세우는 것을 연구하는 학과이지만 법학과가 '좀 더 특정적이며 구체적'이라고 생각했다. 이 좀 더 특정적이며 구체적이어야 한다는 생각에서 법학과가 사법학과와 공법학과로 구분되었다면, 아마 나는 공법학과를 택했을 것이다. 학부로 진학했을 때에는 문과대학이 생겨서 철학과나 영문과 정도에 관심이 있었지만, 공부의 시작을 공공적이며 구체성이 있는 학문으로 잡고자 전공을 바꾸지 않았다. 학생과에서 붙여놓은 회사들의 사원 모집 광고를 4학년 1학기에도 아예 보지를 않았던 나는, 말하자면 공부하는 사람이기를 희망하는 학생이었다. 그러나 공부를 직업으로 하려면 대학원에 진학해야 한다는 것을 몰랐고 고려대에는 아직 대학원이 있지도 않았다.

나는 모름지기 공부란 한 전공으로 한정되어야 하지만 공부에 대한 접근이 한 전공으로 한정될 수 없는 것임을 짐작해서 공부했다. 이 무렵 공부하면서 내게 든 생각은 다음과 같다.

우선 이영섭, 주재황 교수를 제외한 대부분의 교수가 강의 노트를 읽어주는 방식의 강의를 했는데, 배울 것이 별로 없었다. 그나마 노트를 안 읽

어주는 두 분 교수는 대법관이나 법원장으로 나가셨다. 외부에 안 나간 교수들도 교내 보직이나 사회 활동으로 바빠서 강의를 소홀히 했다. 나는 학자의 기본은 성실이라고 보았다. 비록 노트 강의였지만 나는 박재섭 교수님을 성실하게 보았다. 하지만 맡은 과목을 노트를 안 보고 쉽게 훑어주는 교수가 없었다. 나는 차츰 로마법과 영국 헌정사 두 과목을 노트를 안 보고 강의해주는 교수만 있다면, 로마법을 통해서 사법의 골격을, 영국 헌정사를 통해 공법의 골격을 알 것 같다는 생각이 들었다. 한 과목을 꿰뚫어 쉽게 강의하기도 어려운데 어떻게 몇 가지 과목을 꿰뚫는 뿌리를 캘 수 있는 교수를 기대할 수 있었겠는가?

나는 문과대학 강의에서 역사학·문학·철학 등 인문학적 탐구를 탐색해 듣기도 하고 청강도 했다. 일제시대에 충분히 독서를 하지 못했던 나는 마치 스펀지가 물을 빨아들이듯 김성식·조지훈·박희성·현상윤 등의 강의에서 흘러나오는 말과 생각을 열심히 흡수했다. 서울대 문리대 역사학과로 전학 간 이규택을 따라가 당시(唐詩) 강의를 도강하기도 했다. 내수동에서 동숭동까지 규택과 함께 걸으면서 나는 규택에게 많은 말을 했다. 규택은 최근에 다음과 같이 나를 회상한 적이 있다.

"문영이는 애국자였어. 기독교에 귀의한 것도 내가 못 따르는 영역이었어. 나는 시골 지주의 자식으로 자식 잘되기만을 집안이 바랐기 때문에 오히려 그 목적 달성을 못 하는 형편이었어. 문영은 낭만적인 사람이었는데 그렇다고 술·담배를 안 했어. 공부 욕심이 많았어. 이런 것들을 다 통합하는 사상이 있었지."

나는 대학이란 좋은 박사학위 논문을 만들어내는 것이 그 목표라고 생각한다. 그리고 좋은 박사학위 논문은 각 학과의 지도교수가 학생들을 자신의 아류를 만들려고 붙잡고 있지 않고, 종합대학의 여러 교수들의 강의를 학생들이 마음대로 듣게 하여, 학생이 심지어는 지도교수가 읽어보지 못한 훌륭한 글을 쓰게 하는 데 있다고 생각한다. 이런 공부는 오래 걸린다. 고려대 정년 후에 책들을 써나간 내 경우가 바로 오래 걸리는 공부의 예이다.

그런데 나는 인문학의 하나인 학문으로서의 기독교를 고려대에서 들을 수 없는 것이 아쉬웠다. 나는 이런 데 저런 데 강의를 들으러 꽤 다녔다. 나는 성서를 인용하면서 회개를 종용하는 이성봉 부흥목사를 귀중한 분으로 생각했다. 그리고 나는 함석헌 선생의 성서 연구 집회에 거의 빠짐없이 나갔다. 함 선생님의 가르침이 이성봉 목사님의 메시지를 이 땅에 육화하는 것으로 보았다. 참석하게 된 경위는 잊었는데, 동대문운동장에서 하는 한 기독교인의 집회에 가기도 했다. 이 집회는 이승만이 기독교인이니까 그를 따라야 한다는 유치한 정치 집회였다. 그 당시 나는 《타임(The Times)》지를 사전을 가지고 열심히 읽었는데, 동·서독 평신도들이 "우리는 예수 그리스도 안에서 하나다"라는 구호 아래 모였다는 기사를 봤다. 열네 살 소년 시절에 공부를 하되 나라를 위하여 기독교의 틀 안에서 공부하고자 결심했던 나는 정치의 권위주의와 부패와 남북 간의 극한 대립 앞에서 속수무책이었고, 남몰래 많이 울었다. 그런 만큼 나는 공부하려는 동기가 강했고 이러한 울음은 내 공부가 일생을 건 긴 공부임을 말했다.

내가 후일에 《논어·맹자와 행정학》이니 《인간·종교·국가》니 《협력형

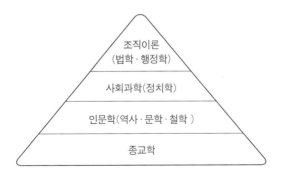

통치》 등을 저술한 근거는, 앞의 피라미드 그림이 보여주듯, 학문의 맨 밑바탕은 종교학이며, 그 위에 인문학이 있고, 그 위에 사회과학 일반으로서의 정치학이 있으며, 맨 위 끝자리에 특정 전공 분야(행정학—후일에 나는 전공을 행정으로 바꾸었다)가 있다는 생각이다. 이렇게 내 생각의 뿌리는 이미 대학생 시절에 내린 것이다.

한편 나는 학문을 하려면 외국어 하나는 해야 한다고 생각했다. 나는 영문학과에서 변영태 교수의 시론(詩論) 강의를 도강했다. 이때 후일에 나와 같은 해에 고려대에서 정년퇴임한 영문학과 김치규 씨가 우수한 학생임을 확인했다.

이상과 같이 크게 네 갈래 공부를 해내기가 나는 몹시 힘들었다. 집에서 학교를 왕복하는 데 통학 시간이 많이 걸렸다. 통학 시간을 줄이려고 내수동 집을 팔아 안암동에 이사하자고 아버님께 말씀드렸더니, 안암동에 가면 어머니에게 옷 수선 하는 일거리가 안 들어온다고 말씀하셨다. 나는 잘 먹고 학교에 다니는 학생도 아니었다. 또 공부할 과제가 네 가지나 되니 한 가지도 잘되지 않았다. 예를 들어 영어 사전을 안 찾고 전공 공부를 하게 된 것은 스물여덟 살 때쯤부터였으니, 영어 공부에 써야 할 시간만 해도 모자랐다.

6·25와 군대 생활

1950년은 나라가 좋아지는 듯한 해이기도 했다. 그 해 5월 30일은 제2대 국회의원 선거에서 여당인 대한국민당이 패배한 날이다. 동아일보사가 펴낸 한 연표를 보면, 당시의 정당별 의석 수는 무소속 126석, 민국당 23석, 국민당 22석, 한청 10석, 국민회 10석이라고 되어 있다. 이 선거에서,

암살당한 김구 선생의 책사였던 조소앙(趙素昻) 씨가 최다 득표로 당선되었다. 고려대 상대 경제학 교수였던 성창환 선생이 날보고 1950년은 나라의 경제지표가 좀 나아진 해였는데 아쉽게도 6·25가 터졌다고 말한 적이 있다. 나는 민주주의가 백성에게 활력을 불어넣고, 이 활력이 경제도 살려냈다고 본다.

위에 적은 5·30 선거의 국회의원 수 분포가 나와 있는 같은 연표에 의하면, 6월 7일에 북한이 — 그때는 북한을 북괴라고 불렀다 — 남북 총선을 제안했다. 6·25전쟁보다는 남북 총선이 훨씬 나은 대안이었다. 나는 총선을 한다면 민족진영이 — 그때에는 남한을 민주진영이라고 말하지 않고 민족진영이라고 말했다 — 질 거라고 생각했다. 삼일절이나 8·15 모임 같은 행사를 민족진영은 동대문운동장에서 하고 좌익은 남산에서 했는데, 두 곳 중 아무 데도 안 갔던 나는 몰랐지만, 남산에 모인 사람이 더 많았다는 말을 들었기 때문이다.

그러나 남북은 6·25로 전쟁에 들어갔고 1950년에 선거에서 패배한 이승만은 1952년 5월에 임시수도 부산에서 야당 의원 50여 명을 헌병대로 연행한 뒤 자신을 직선제 대통령으로 선출하는 개헌을 강행했다. 나라가 민주주의와 남북 공존에 착안하여 이를 실천하기 시작한 때는 6·25 이후 근 반세기 후인 김대중 정부 때의 일이다. 그사이 나라에는 전쟁, 독재, 쿠데타 정권으로 혼란과 학정이 이어졌다.

그런데 나는 6·25 때 이 소용돌이를 바로잡고자 무엇인가 할 수 있는 사람이 전혀 아니었다. 그러나 다행히 나는 6·25 때 나를 공부하는 사람으로 계속 준비해갈 수는 있었다.

우선 나는 학교에 매일같이 나갔는데, 어느 날 꼭 모두들 나오라는 날에 아버지께서 나가지 말라고 하셔서 안 나갔다. 숙대에 다니던 화영도 안 나갔다. 그날 두 학교에 모인 학생들이 인민군 의용군으로 다 끌려갔다. 그 다음날로 팔에 빨간 완장을 두른 동회 사람이 와서 나를 찾았다. 아버지께서 어제 학교에 갔는데 안 왔다고 거짓말을 하셨다. 딸도 학교 간다고 나간 후에 안 왔다고 말씀하셨다. 걱정하는 빛을 보이는 내 아버지에게 확인하러 온 사람이 서류에 뭔가를 적으면서 안심하라고 말했다. 이 직원을 향해서 아버지가 또 다른 거짓말을 하셨다. "두 젊은 아이들이 나갔고 아이들 셋은 초등학생이며 생활이 어렵게 되었소. 듣기엔 평양에 복지시설이 잘되어 있다 하니 우리 가족을 다 평양에 보내주시오"라고 한 아버지의 제의에 동회 직원이 대답을 하지 않고, 다만 이 댁은 부역 나오는 것을 면제해 주겠다고 말하며 갔다.

아버지는 집을 늘 드나드는 문이기도 한 구멍가게에 저고리를 벗고 앉아 계시다가 수상한 사람이라도 오면 "얘, 내 저고리 갖고 오너라"라고 말씀하셨다. 그러면 안쪽 구석방에 숨어 있던 나는 담을 넘어서 옆집으로 피신하도록 되어 있었다. 아버지의 이러한 놀라운 지혜로 나는 국군이 서울을 수복한 9월 28일까지 약 3개월간을 꼬박 내수동 집 골방에 숨어 있었다. 물론 나는 밤중에라도 동회 사람들이 뒤지고 들어올까 봐 조마조마했다.

그러는 동안 시간을 어떻게 보낼까 생각했다. 영어 공부를 하기로 마음먹고 새벽부터 방 안에 전등이 들어올 때까지 영어 교과서를 중학교 2학년 것부터 고등학교 2학년 것까지 쭉 훑었다. 공부는 기초부터 해야 한다는 생각을 말년인 지금도 나는 내 공부를 하면서 하고 있다. 나는 한 열 권가량 되는 미국 행정학 책들을 확대 복사해 이를 제자에게도 권하고 나도 다시 읽어나가고 있다. 그때는 교과서에 이어 문법책을 한 권 더 읽었고, 부독본으로 이성봉 목사님께서 부흥회 때 성서 공부 시간에 자주 활용하셨던 존 버니언(John Bunyan)의 《천로역정(Pilgrims' Progress)》을 사전을 갖고서 읽었다. 나는 깜깜할 때 기상해서 전등이 들어올 때까지 공부했다. 밤에는 어쩌다 전등이 들어왔고, 들어왔다 해도 공습이 염려되어 불을 켤 수가 없었다.

나는 이렇게 인민군이 점령한 서울 한복판에서 미래를 대비해 영어 공부를 했다. 나는 집이 수색을 당해 잡혀갈까 봐 겁이 났다. 그러나 겁이 난 만큼 열심히 공부했다. 어느 날 낮에 비행기가 뜨고 주위에 폭격 소리가 나고 집이 흔들려서 공부를 중단했다. 문득 무서움을 느꼈다. 무슨 일이 있을 때에 담을 넘어가기로 된 이웃집으로 넘어갔다. 그 댁 할머니가 바로 무교동 교회에 나오시던 김우진 씨였는데, 전쟁이 끝나고 있다며 폭격 소리에 맞추어 덩실덩실 춤을 추고 계셨다. 이 할머니가 나를 보시더니 춤추던 것을 멈추고 나를 앉히고 내 머리 위에 당신의 손을 꽉 누르시면서 하느님께 기도를 했다. 이문영이가 무서워하지 말게 해달라고. 이렇게 담대하고 동시에 성의를 다해 남의 집 아이를 사랑하는 인물을 나는 처음 보았다.

국군이 서울을 수복한 9·28이 왔다. 사람들이 길에 쏟아져 나왔다. 인민군이 점령했을 때에는 우리 집 문을 아버지가 지키는 가게 문만 열었었다. 늘 닫아두었던 우리 집 한쪽 문을 열고 밖을 걸어가는 사람을 보다가 나는 거의 봉변을 당할 뻔했다. 어떤 노신사가 내 집 문 앞을 지나가다가 내 앞에 딱 서더니, "너는 젊은 놈이 어떻게 이렇게 살아 있느냐? 내 아들은 어디에 갔는지도 모르는데 필경 너는 빨갱이였을 것이다"라고 말하더니 내 멱살을 잡고 무조건 보인학교 운동장으로 끌고 갔다. 힘이 없는 나는 이 노인에게 끌려갔다. 보인학교에 국군이 둘이 있었는데 그 노인이 나를 어느 소령 앞으로 끌고 갔다. 나는 끌려만 갔지 아무 말도 하지 못했다. 어머니께서 뒤에 쫓아오셔서 "이 아이의 긴 머리를 보셔요. 이 몰골이 어찌 밖에서 활동한 모습입니까. 꼬박 집에만 틀어박혀 있었는데요"라고 말씀하셨다. 공부도 못 하신 어머니가 어떻게 이렇게 말씀하실 수 있었을까? 그 소령은 내 신분을 물었다. 나는 고려대 학생이라고 대답했다. 내 당숙이 현재 충북 지사인 이광(李光) 씨라고 어머니께서 말씀하셨다. 그랬더니 그 소령의 말이 임시정부에 계셨던 이광 씨 말이냐고 묻고 나서는 나를 풀어주었다. 나는 나를 끌고 간 노인의 얼굴도 기억하지만 나를 풀어준 소령의 얼굴도 잊지 않았다. 이 소령이 바로 후에 한국전력 사장을 지낸 광복군 출신 박영준 씨라는 것을 나중에 알았다.

나를 끌고 갔던 노인이 그 후에 우리 집 구멍가게 앞을 또 지나갔다. 어머니에게 저기 그 사람이 간다고 얘기했더니 어머니가 그 노인을 불러 세우더니 그 사람 아들의 상태를 물으셨다. 긴장했던 그 노인의 얼굴이 좀 펴지면서 아들이 돌아왔다고 말하더니 웃으면서 갔다. 그러나 그는 전일에 우리에게 미안했다는 말을 안 하고 갔다. 짐작건대 심한 전체주의 사회에서는 민심의 각박함이 이렇구나 하는 것을 실감했다. 이 노인이 나를 끌고 갔던 사건에서 내가 무력했던 점이 놀라웠고, 또 나를 구해준 사람이 어머님이고 또 내 친척 어른을 직접 아는 소령을 만났던 우연이 화를 면하게 해준 것을 나는 심상치 않은 일로 생각했다.

돌이켜볼 때에 내 일생에서 6·25 때 사시나무 떨듯 떨며 한 노인에게 끌려가 무력했던 것이 내 겁 많은 밑바닥이었다. 그런가 하면, 5장에서 다시 이야기하겠지만, 고려대 노동문제연구소 연구원이었던 김낙중·노중선 두 사람의 봉급을 그들의 재판이 끝날 때까지 지불하겠다고 말한 것은 용기 있는 행동의 효시였다. 그렇잖아도 '겁 많은 자의 용기'는 내가 쓴 첫 수필집에 한완상 씨가 붙여준, 나를 잘 묘사한 말이다. 나는 이 제목이 나를 설명한다는 데 동의한다. 그런데 겁 많음에서 용기까지의 이 변이가 어떻게 가능했던 것일까? 돌연변이는 결코 아니고 겁 많은 내 속에 움츠리고 있던 용기의 인자가 연약한 나를 누르고 분출해서라고 생각한다. 그 과정을 좀 더 자세히 이야기하면 다음과 같다.

첫째, 인민군 통치 시대에 숨어서 공부했던 것이 영어였는데 이 결정을 내가 했다. 북한의 적인 미국 사람의 말인 영어를 숨어서 본격적으로 공부하겠다는 결심은 겁 많은 나 아닌 용기 있는 나의 결정이었다.

둘째, 내 머리에 손을 얹고 눈물 흘리며 기도한 이웃집 김우진 할머니의 기도가 헛되지 않아 내 속에서 용기가 자랐다.

셋째, 내 어려서의 세 가지 깨달음, 곧 어린이 부흥회 때 동생들 때린 것을 뉘우쳐 운 것, 열네 살 때 배재중학교 예배에서 공부를 잘해야겠다고 한 결심, 종로경찰서 형사 앞에서 의연하셨던 아버지가 나에게 준 감동 등은 하나로 꿰뚫어 말해 나 개인이 아닌 '나라'를 위한 깨달음이었다. 한마디로 줄여서 나에게는 처음 들은 가르침이 내 안에 있었고 이 가르침이 자라고 있었다.

넷째, 내가 겁 많고 무력하고 학교 공부도 못하는, 한마디로 세상에 내세울 것 없는 사람이었기에 내가 공부한 영어와 김우진 할머니의 기도와 내가 어려서 들었던 가르침이 내 안에서 돌연변이의 그날을 향하여 성장할 수 있었다.

1950년 겨울에 아버지께서 나에게 제2국민병에 지원하라고 말씀하셨다. 어느 초등학교 운동장에 모인 청년들은 모두 서울역에서 부산행 곳간차(지붕이 있는 화물차)를 타고 가 육군통신학교에 입학했다. 나는 무선통신 교육을 받았고, 우리 반에서 반장을 했다. 나는 이런 일 맡기가 싫었다. 3개월 동안 훈련을 받은 뒤에 하사가 되면서 배치를 받을 때 대학생들을 따로 뽑았는데, 나는 거기 끼어서 일선에 배치되지 않고 대구에 있는 육군본부 통신 감실에 배속되었다.

하루는 통신감실 밖으로 나갔다가 대구에 피난 온 신영 누님의 남편을 만나 통신감실에서 한 십오 분쯤 걸어가다가 피난 나와 세 살고 있는 식구들을 만났다. 6·25 때 우리에게 감자 가루를 쭉 대주었던 중국 사람이 대구에 피난 올 때 따라오셨다고 했다. 9·28 수복 후 미국 대사관에 전화 교환원으로 취직했던 동생 화영의 주선으로 미 해병대 트럭을 타고 대구까지 피난을 왔다고 했다. 이때 도움을 준 미 해병대 병사와 화영이 국제결혼을 이미 해서 미국에 갔다는 것도 알게 되었다. 해방 전, 같은 해 같은 달에 나보다 한 살 아래 여동생인 화영은 숙명여전에, 나는 보성전문에 입학했는데, 화영이 학업을 중단하고 미국 대사관에 취직한 것이 나는 늘 마음에 걸렸었다. 남자를 위해서 여자가, 가난해서 여자가 제일 고통과 수난을 겪는 곳이 우리 집이었다. 화영이 국제결혼을 해서 잘되었다고 생각했지만, 한편으로 나는 속수무책이었다. 그때 초등학교에 다니던 두 여동생 보영과 금영, 막내 동생 인영은 대구에서 길장사를 하고 있었다.

나는 장교가 아니라 사병이어서 영내에 거주했다. 대학생 병사 일고여덟 명이 통신감실에 배속되었는데, 처음에는 내가 할 일이 마땅치 않았다. 그때는 컴퓨터가 있을 때도 아니고 공문을 다 펜으로 써야 했는데, 나는 악필이어서 쓸모가 없었다. 그러나 좀 있다가 나는 쓸모 있는 사람이 되었다. 통신감실에 미국군 고문이 와 있었는데 내가 통역을 맡았기 때문이다. 처음에는 말하는 것보다 듣기가 어려웠다. 미국 사람 말을 못 알아들으면 종이를 주고 써달라고 했다. 나는 글을 알아보니까 쉽게 통역할 수가 있었다. 한국 장교가 말하는 내용 중에서 통신 업무에 관한 것은 잘 몰랐지만 단어를 알아낸 후 머릿속에서 영어로 구문을 해서 영어 교과서를 읽듯이 말했다. 그랬더니 미국 장교가 알아들었다. 군사 교본을 번역하기도 했다. 문학 작품이 아니어서 쉬웠다. 장교가 날보고 천재라고 칭찬했다. 나는 천재가 아니라 인민군이 점령한 서울에서 고등학교 2학년까지의 교과서를 공부한 기초가 있었을 뿐이었다. 공부란 맹자의 말과 같이 자득이 있어야 하는 것이다.

군대 생활은 장교들에게 따귀도 맞고 노예 생활과 같았다. 그러나 그런대로 졸병 생활이 견딜 만했다. 그러나 내가 도저히 못 하는 일을 맡을 것이 예견되었다. 전시가 되어 계급이 빨리 올라가 상사로 진급할 것이 예견되었는데, 나는 병사를 지휘하는 일은 도저히 못 할 것 같았다. 인수봉 등반을 거절했던 행위가 다시 나타난 것이다. 그래서 통역장교 시험을 봤고, 이 시험에

군대에 있을 때 핸슨이 찍어준 내 모습.

합격해서 임관 훈련을 받았다. 훈련할 때 총기를 분해하는 과정이 있었는데 나만 하지 못했다. 나는 육체적인 것에 아예 성의가 없었다. 미군이 훈련소에 와서 훈련하는 사람들 중에 통신 업무를 아는 사람을 찾았다. 손을 들고 나선 결과 내가 졸병으로 있던 과의 통역장교로 근무하게 되었다. 내가 운동을 해서가 아니라 자율적인 선택에 의한 인사였다. 그래서 나는 대구 봉산동에 있는 셋집에서 약전 골목에 있는 통신감실까지 출퇴근을 했다.

이 무렵에 나는 미군 고문단의 타이피스트로 근무하던 학사 출신 병사 제임스 핸슨(James R. Hanson)을 친구로 사귀게 되었다. 그는 오하이오 주에 있는 오벌린대학(Oberlin College) 졸업생으로, 오하이오 주 디파이언스(Defiance)에 있는《디파이언스 신문》기자로 일하다가 디파이언스가 고향이며 역시 오벌린대학 졸업생인 포셔 피터스(Portia Peters)와 결혼하자마자 한국에 파병된 사람이었다. 그는 미국으로 돌아가서는 변호사로 일하다가 지금은 은퇴하여 오하이오 주 콜럼버스에서 살고 있다. 그는 2001년

12월 19일자 《콜럼버스 디스패치(Columbus Dispatch)》에 〈이스라엘에 대한 마셜의 판단은 옳았다(Marshall was correct in his assessment of Israel)〉라는 글을 기고했다. 이 글은 2차 대전 후 마셜플랜을 세워 독일을 살게 했을 뿐 아니라 미국도 살려낸, 트루먼 대통령 때의 국무장관 마셜의 정책은 옳았다는 내용인데, 이는 2001년에 출판된 내 책 《인간·종교·국가》에서 언급한 취지와 동일한 주장이다. 나는 20세기 말 동구권이 망한 후 미국이 마셜플랜 같은 원조를 안 한 것을 못마땅하게 생각했었다. 나의 이 생각에 맞추기라고 하듯, 핸슨은 마셜이 국무장관으로서 1948년 5월에 이스라엘 공화국을 미국이 승인한 것을 반대한 것은 옳았다고 주장했다. 이러한 핸슨과 내가 친구로서 교감을 나눈 것은 이미 대구 육군본부 시절부터였다. 나는 그를 1970년대에 한 번, 1980년대에 한 번 만났는데, 그때마다, 그리고 최근에 나에게 다음 몇 가지 일을 회상하며 말해주었다.

먼저, 그는 1970년대에 디파이언스대학 부총장으로 있던 자신의 장인에게 나를 소개하는 편지를 쓸 때 "이문영이라는 선교사를 미국에 보내겠다"라고 썼다고 한다. 나는 핸슨과의 인연으로 1956년 2월에 디파이언스 대학에 학사 편입했는데, 핸슨에게 비친 내 인상은 선교사였던 것이다.

그리고 1980년대에 그의 집을 함께 방문한 내 아이들에게 그 당시의 일기를 읽어주며 "이문영 씨를 애국자라고 묘사했다"라고 말했다고 한다.

얼마 전 그가 내게 보낸 안부 편지에서는 내 집사람을 '특별한 여인(special lady)'이라고 했다. 군복무 시절, 서울에 가서 처음 석중을 만나고 왔을 때 얘기를 아마도 내가 그에게 했나 보다. 그때 석중과 내가 신흥사 잔디를 밟으며—나는 학생들이 보성전문 본관 앞 잔디밭을 큰 대(大) 자가 뭉개지게 밟는 것을 마음에 걸려 했다—"이렇게 풀을 밟아도 봄에는 살아날 것입니다"라는 말을 내가 했더니, 그녀가 "저는 밟히면 못 살아납니다"라고 했다는 이야기도 그때 했을 것이다.

핸슨의 집 앞에서 그의 아이를 안은 핸슨과 함께.

핸슨이 한국에 있을 때 찍은 사진.

1953년에 휴전이 되자마자 후방 근무자들이 모두 일선에 배치되어 나도 강원도 2군단 사령부에서 근무하게 되었다. 그리고 1954년 12월에는 6·25 당시의 대학생들이 다 제대했다. 제대할 때까지 강원도 화천에서 약 1년 5개월간 있었던 셈인데, 나는 이 1년 5개월간이 몇 가지 이유로 지루했다.

우선 전쟁이 끝났으며 나는 군대에서 영구한 직업을 찾는 사람이 아님이 자명했다. 일선에서 근무하는 동안 나는 우리나라 장교의 부패상을 직접 보게 되었다. 한번은 군단장 식당에 미국 텔레비전과 비디오를 전하러 갔는데, 군단장이 신발을 벗고 앉아 요리를 드는 모습을 보았다. 이런 지도자를 본 나는 갑자기 도망병이 되고 싶었다. 한편 결혼 전에 아내 될 사람이 흔들리는 듯 보였다. 내가 식구 많은 집 장남인 데다가 신랑인 나를 처갓집에서 될성부르지 않게 생각하는 듯했다. 내가 생각해도 나는 좋은 신랑감이 아니었다. 결혼하는 신랑의 요건은 부인을 먹여 살릴 직업이 있는 것이라고 생각했기 때문이다. 나는 마치 신경통 환자같이 되기도 했다. 그러나 나는 군대 생활의 부조리를 고발한 어느 소설에 나오는 대안과는 달리, 높은 계급의 장교가 되고자 하지는 않았다. 지금은 그 이름을 잊었는데, 같은 과에 근무하던 통신장교 중에 군대 생활을 하기 전에 교사였던 사람이 있었다. 말하자면 세상을 좀 아는 사람이었다. 그가 나에게 인사말로, "당신 같이 지순하기만 한 사람이 장차 어떻게 험한 세상에서 어떻게 살며 어떻게 성공할지가 궁금하다"라고 말했다.

경영학과 행정학을 공부한 미국 유학 시절

1954년 6월에 나는 군대에 있으면서 결혼을 했다. 나와 결혼하지 않으면 자기가 죄받을 것 같은 생각이 들어서 석중 씨가 나의 결혼 신청에 응했다. 육군 중위이던 나의 한 달 봉급은 쌀 한 가마니 값 정도였고, 집사람은 계속 초등학교 교사 생활을 했다. 나는 그해 12월에 예비역으로 편입되어 한 학기를 고려대에 복학해 졸업에 필요한 학점을 채워서, 졸업장을 1951년 8월로 소급해서 받았다. 졸업 후 나는 내 조카뻘 되는 손상교(孫祥敎) 씨가 교주로 있는 인창고등학교에서 영어 선생을 했고, 밤에는 단국중학교에서도 영어를 가르쳤다.

내 결혼을 기해서 고모님이 내수동 집을 팔고 사직동 304-15번지 37평짜리 집을 어머니 명의로 구입하도록 허락하셨다. 나는 두 곳에서 전임 봉급을 받았고 석중이 계속 교사 생활을 했다. 이와 동시에 내수동 집의 구멍가게를 아버지가 더는 못 하시게 되었을 뿐 아니라 어머니도 양복 수선 일을 못 하시게 되었다. 동생 둘은 연세대학교 학생들이었다. 이런 상황에서 나는 으레 살림을 책임지고 살아야 할 처지였다. 어떤 점에서는 좀 안정도 되고 행복했다. 그런데 나는 어느 날 문득 다음과 같은 결심을 굳혔다.

'아내보고는 교사 생활을 하면서 동시에 과외 공부 선생을 해서 내 공부 뒷바라지를 하라고 하고 나 혼자서 핸슨 씨 장인이 부총장으로 있는 대학에 유학을 간다.'

아버지는 내가 이 결심을 굳히기 전 해에 이미 작고하고 안 계셨다. 이 계획은 어떻게 보면 아버지가 1954년에 나에게 쓰신 마지막 편지의 취지에 맞지도 않았다. 그러나 나는 아버지가 못다 하신 일을 완성하고 싶었다. 보성중학을 우등으로 졸업하신 아버지가, 할아버지가 작고하신 후 보성전문의 법학과를 졸업하지 못해 회사의 사무원으로 다니셨던 것을 나는 늘 안되게 생각했다. 밤낮으로 영어 선생을 하고 다니던 하루, 나도 잘못하면 내 아버지같이 실패한 인생을 살 것이라는 생각이 들었다. 고려대 법대의 이희봉(李熙鳳) 학장에게서 미국에 가면 '공공행정(Public Administration)' 공부를 할 수 있는데, 이 공부가 법학과 졸업생에게 맞는 공부인 동시에, 신생국

나의 결혼 사진(1954. 6. 21).

대한민국에 유용한 학문이라는 말씀도 들었다.

영어 선생을 하면서 나는 인생이란 무엇인가를 다음과 같이 정리했다. 영어 동사를 통한 관찰이었는데, Have, Do, Be 세 가지 동사는 세 가지 형태의 삶을 보인다는 것이다. 중학생들에게 영어 시간에 나는 이런 말을 했다. 학생들이 알아들었는지 모르겠다. Be동사에 속한 사람은 먹고 자기만 하고 존재만 하는 사람이다. Do동사에 속한 사람은 움직이며 행동하는 사람이며, Be동사에 속한 사람보다 윗길의 사람이다. 뭔가를 하는 사람이기 때문이다. 제일 윗길의 사람은 남의 반대를 무릅쓰고서, 혹은 남이 시키는 것을 반대하고 자신의 의사 결정을 밀고 가 자신의 것을 갖는 사람이다. 이런 사람은 Have동사에 속하는 사람이다. 그 당시 나의 인생 신조로 내가 읊조리던 두 마디는 다음과 같았다.

To have is preferred than to do.
To do is preferred than to be.

한편 나는 미래를 표시하는 조동사에 단순미래와 의지미래가 있다는 데 주목했다. 내가 바라는 미래는 내 의사와 별도로 존재하는 단순미래의 세계일 수 없다는 생각이었다. 나는 동사의 세 단계와 두 가지 미래 형태를 다음과 같이 결합해서 사람이란 어디에 속해야 하는가를 생각했다.

미래 동사	단순미래(A)	의지미래(B)
Have	A1	B1
Do	A2	B2
Be	A3	B3

이 도표가 보여주는 여섯 가지 인생형 중에 군대 졸병 생활은 A3형이고, 밤낮으로 영어 교사를 하고 다니던 것은 A2형 정도라고 생각했다. A3이건 A2이건 둘 다 내가 싫어하는 단순미래의 구도 속에 있었다. 우선 나는 내가 속한 구도를 의지미래의 구도 속으로 옮기고 싶었다. 유학을 가겠다는 결정이 나를 의지미래 구도에 들어가게 하는 시작이었다.

돌이켜보니 이러한 영어 동사는 주어 다음에 목적어를 쓰고 마지막에 동사를 놓는 문장 구문에 익숙했던 나에게 충격이었다고 생각된다. 영어는 내 나라 말이나 일본어와 달리, 주어 다음에 동사가 오고 마지막으로 목적어를 놓는 문장 구문이다. 주어를 '나'로 볼 때에 나 다음에 목적어가 오는 것보다 동사가 오는 것이 나를 덜 물질 지향적으로 만든다는 생각도 들었다. '주어→목적어→동사' 순서를 가진 언어는 샤머니즘이 주 종교인 우랄알타이 문명권의 언어인 것도 나의 이 관찰을 뒷받침했다. 아브라함이 빠져나온 수메르 문명이 바로 우랄알타이 문명이었고, 아브라함이 속한 유대 문명은 '주어→동사→목적어'의 세계에 속한다는 생각도 든다. 아무튼 나는 청년 시기부터 목적어를 분별하면서 대하는 새 문명의 행위에 감탄해온 것이 사실이다. 고려대 정년퇴임 후에 연이어서 쓴 내 책《논어·맹자와 행정학》이나《인간, 종교, 국가》두 권 다 '주어→동사→목적어'를 사용하는 문명을 다뤘다.《협력형 통치》는 '주어→목적어→동사' 문명과 비교되는 '주어→동사→목적어' 문명을 외국 고전을 통해 검토했다.

이 영어 동사의 구분은 바로 나의 첫 논문, 〈우리나라에서의 적용을 위한 행정개혁의 이론 모색〉의 원형이기도 하다. 세 가지 동사는 행정개혁의 목적 세 가지에 해당한다. 미래조동사 두 개에 해당하는 것은 행정개혁의 장소이다. 행정개혁의 장소도 의지미래적인 장소와 단순미래적인 장소로 계속 분화해나간다.

한편 이러한 'Be→Do→Have'로의 움직임은 해방 이후에 내가 한 공부에서 보인 접근 방식이기도 하다. 다시 말해 '좀 더 특정적이며 구체적인 학문'이 무엇인지는 몰라도 그 공부를 하는 것은 Be동사에 해당하는 행위였다. 나는 Be동사의 세계를 '방법'의 세계로 보았다. Do동사의 세계는 사회과학(정치학)과 인문학(역사·문학·철학) 공부로 보았다. Do동사의 세계는 '방법'이 만들어진 후에 하는 '일'의 세계이며, '일'은 인간 이해를 그 내용으로 한다고 생각했다. 이 공부는 열네 살 때 결심한 내 나라에 관한 공부이며, 〈요한복음〉 3장 16절에 나오는, 하느님이 극진히 사랑하신 세상에 관한 공부이다. 종교학 공부는 Have동사의 세계였다. Have의 세계는 '사람'을 탐구하는 궁극적 과제라고 보았다. 후일에 내가 고려대 대학원에서 첫 교재로 사용한, 행정철학자 체스터 버나드(Chester I. Barnard)의 《행정부의 기능(The Functions of the Executive)》(Harvard University Press, 1938)에는 인간의 격을 높이는 최고의 지점은 소유(Properties)라는 개념이라고 되어 있는데, 여기서 소유한다는 것은 무슨 재산을 소유한다는 말이 아니라 자신의 결정을 소유하는 것이라고 설명되어 있다. 나는 이 설명이 나의 생각과 합일한다는 것을 알게 되었다. 그리고 사람이 소유하는 최고의 결정은 자유의사에 의하여 자신을 버리는 결정, 곧 자기희생이라는 주장을 나는 1991년에 출간한 내 책 《자전적 행정학》에서부터 해왔다.

지금 생각하니 그 당시는 '태곳적'이었다. 내가 받은 여권에는 인종난인가가 있었는데, 거기에 나는 몽골리언(mongolian)이라고 적혀 있었다. 한국인이 아니라 몽골인이었다. 당시 비행장은 여의도 모래사장에 활주로를 낸 곳이었다. 환송객이 비행기 둘레에 서 있었는데 비행기 프로펠러가 돌자 모래가 날렸다. 미국 가는 직행이 없어 도쿄에서 하루를 자고 갔고 괌섬에서 비행기에 기름을 넣고 갔다. 부인과의 동반 유학은 정부에서 허용하지 않던 때였다. 갖고 나갈 돈도 없었지만, 달러를 갖고 나갈 수도 없었다. 나는 코트 안에 암달러상에게서 구입한 70불을 숨겨서 가지고 갔다. 석중이 매달 송금해준 100불 정도와 내가 학교에서 청소를 하거나 대학원 건물 안내하는 곳에서 코트 받는 일을 해서 번 100불을 보태 만 3년을 공부했다. 1년 반은 디파이언스대학 경영학과에 학사 편입하여 학사학위를 받았고, 나머지 1년 반은 미시건 주 앤아버(Ann Arbor)에 있는 미시건대학교(University of Michigan)의 행정대학원에서 행정학 석사과정을 마쳐 학위를 받았다. 내가 앤아버에 간 것은 그때 핸슨 씨가 미시건대의 법과대를 졸업하고 그곳에서 변호사를 개업하고 있어서였다. 두 학교에서 내가 한 공부는 다 실무에 관한 공부였다. 디파이언스에서 경영학을 공부하고 나자, 한국에서 법률을 공부했으니 법학과 행정학을 결합한 공부를 하고 싶어져, 일반 대학원이 아닌 행정대학원으로 갔다. 물론 행정학이라는 공부가 미국에 있다는 이희봉 교수님의 힌트가 그런 결정을 하는 데 중요한 역할을 했다.

나는 네 학기 내내 학기마다 회계학을 들었다. 회계학 숙제를 하면서 학문에 대한 접근은 '좀 더 특정적이며 구체적이어야 한다'는 생각을 더욱 굳혔다. 실무에 관한 공부를 하면서 내가 얻은 것은 다음 몇 가지로 간추릴 수 있다.

우선, 나는 공부가 어려워서 죽는 줄 알았다. 학부 때는 어찌어찌해서 우등생이 되었다. 디파이언스에서 보낸 세 학기와 여름학교 한 학기 때 내가 보인 공부에 대한 집중도는 6·25 때 3개월간 내수동 집 골방에서 냈던 집중도와 같았다. 그러나 전등불을 못 켜던 6·25 때와는 달리 디파이언스에서는 밤에도 공부했다. 8·15 이후에 못 먹고 통학에 시간을 빼앗기는 일 같은 것이 거기선 없었다. 내가 가는 곳은 기숙사와 강의실과 도서관 세 군데뿐이었다. 어느 날부터인가는 도서관에 갈 때 늘 갖고 다니던 영어 사전과 일어 사전을 안 들고 갔다. 미시건대 대학원에서 보낸 첫 학기는 여름학교 학기였다. 앤아버에서는 남들처럼 석 달 동안 일하거나 하지 않고 학점을 따는 공부를 했다. 공부에 마음이 급해서였다. 앤아버에서 열심히 하느라고 했는데 첫 학기에 세 과목을 택했던 것이 과중했던지 성적이 나빴다. 성적은 차차 나아졌고 첫 학기에 나에게 시플러스(C⁺)를 주었던 헤디(Heady) 교수가 석사논문 성적으로는 에이플러스(A⁺)를 주었다. 그러나 행정대학원에서 나는 헤맸다. 석사과정을 마친 후 미국의 시 지배인(city manager)으로 취직해서 나가는 사람들과 미국 생활에 관해선 아무것도 모르는 내가 나란히 앉아서 토론하자니 듣기가 고통스러운 과목들이었다. 예를 들어 나는 '교통공학(Traffic Engineering)'이라는 과목을 들었는데, 나는 자동차 운전도 못하는 사람이니 뭘 몰랐다. 자동차 운전은 지금도 못한다.

그러나 이 어려운 공부를 나는 좋아했다. 사람이 세상을 살면서 갖춰야 하는 첫째가 바로 일하는 '방법'을 습득하는 것이라는 생각을 미국에서 터득했다. '방법' 다음은 '일', '일' 다음에는 일을 해낼 제대로 된 '사람'이 발전해야 한다는 생각은 지금까지 내 행정학을 꿰뚫는 사고이다. 예를 들어 1962년에 내가 처음으로 쓴 행정학 교과서 첫 장에서 행정과 행정학을 정의할 때 나는 그것을 다음 셋으로 나누었다. 첫째, 일을 해낼 '사람'에 해당하는 것으로 관료 제도를, 둘째, 할 '일'에 해당하는 것으로 현대 국가의 기능을, 그리고 셋째, 일할 '방법'에 해당하는 것으로 협조 구도를 두었다. 이렇게 사람, 일, 방법으로 분류하는 방식은 얼마 전에 출간한《협력형 통치》에서도 여전히 쓰인 방식이다.

그러나 나는 실무가 모두라는 생각은 안 했고 실무 뒤에 숨겨진 미국 문화의 실태를 몸소 느꼈다. 디파이언스대학은 청교도가 처음 세운 교파인 회중교회[Congregational Church]가 지원하는 대학이었다. 1967년에 가 있었던 하버드대학교도 회중교회가 세운 학교였다. 형식과 의식을 중요시하지 않고 검소·근면하고 학구적이며 나라를 사랑하는, 이 학교들의 기풍을 나는 좋아했다. 미국은 능률에 선행하여 민주주의가 있어서 능률을 올리는 사회임을 실감했다.

디파이언스대학 졸업식 날(1957. 6).

하루는 집에 보낼 소포를 싸서 우체국에 갖고 갔다. 소포를 창구에 내밀었더니 창구에 앉아 있던 영감님 직원이 송료가 얼마라고 말했다. 호주머니에 있던 돈이 모자라서 다시 소포를 들고 나가려고 하자 그 직원이 이 다음에 올 때에 차액을 갖고 오라고 했다. 나는 소포를 다시 가지고 오겠다고 고집을 부렸다. 그러자 그는 나에게 소포를 보이면서 이미 찍힌 우체국 소인을 보여주었다. 나는 이때 이 우체국 직원을 거의 하느님의 아들 같게 느꼈다.

나는 유학 가기 전 디파이언스대학에 서류를 보낼 때 광화문우체국에서 보냈다. 우표를 사서 서류봉투에 붙인 후 창구에 내려고 하는데, 이 창구에 우편물을 내민 어떤 서양 사람이 직원에게 자기가 보는 앞에서 우체국 소인을 우표에 찍어달라고 말했다. 이 서양 사람은 이미 붙여놓은 우표를 우체국 직원이 뜯어서 횡령할까 봐 염려했던 것이다. 이 광경을 목격했던 나는 미국의 우체국 직원을 다음과 같은 이유에서 하느님의 아들과 같다고 느꼈다.

우선 그에게 낯선 고객인 나를 믿어주는 권한이 있는 것이 신과 같았다. 신은 전지전능하다고 하지 않는가. 그리고 그가 고객에게 친절한 것이 놀라웠다. 하느님은 친절해서, 〈요한복음〉 3장 16절에 의하면, 비참한 이 세상에 그의 독생자를 보내셨다. 끝으로 그는 정직했다. 그가 일생을 정직하게 산 사람이었기에 내가 돈을 떼어먹고 안 오리라고는 감히 생각하지 않았다. 그리고 이 정직함이 곧 공무원이 행정 능률을 갖추는 데 기본이 되는 자세라는 것을 나에게 알게 했다.

이 우체국 직원의 권위는 단순한 행정 기술자인 데서 생겨난 권위가 아니라 안정된 조직 내 상하 관계와 인간의 선량함에 궁극적 가치를 두는 민주주의에서 생겨났다는 것을 나는 느꼈다. 이 몸소 느낀 미국 문화의 실체가 근 50년 동안 나에게 계속 숙제를 주어, 2001년에 출간된 《인간·종교·국가》가 나왔다. 그리고 이 실무 뒤에 숨겨진 실체에 대한 탐구는 앞에서 언급한 피라미드형 기초 탐구를 구체화한 것이었다. 즉 나는 미국 우체국 직원의 정직함을 루터가 '95개조'에서 강조한 회개와 연결했다. 우체국 직원의 친절함은 교인들이 연옥을 면하고자 연보 궤에 돈을 내는 대신에 이웃에게 봉사하는 것으로 바꾸었던 것에 기인한다고 보았다. 끝으로 우체국 직원의 권한 행사를, 모름지기 교인은 신 앞에 서는 존재여야지, 부당하게 돈을 내게 하는 사제와 교회 앞에 서는 존재여서는 안 된다는 것에 견주었다.

인생사에는 우연이 있고 주어진 것이 있는 법이다. 내가 다닌 미시건대학교에 고려대학교 대학원장이었던 회계학과 김순식(金旬植) 교수가 한 학기를 와 계셨는데, 이분이 법학과 졸업생인 내가 회계학을 아는 것을 신기하게 여기셨다. 나에게는 이분이 학점 안 주기로 유명하고 아는 분도 많아 대하기가 어렵기만 한 어른이었다. 그런데 뜻밖에 이분이 귀국하신 뒤 나를 고려대 행정학과의 첫 행정학 교수로 부르셨다.

생각해보니 내 동기들 가운데 생존한 사람이 다섯인데 이 다섯이 다 미국에 이민을 갔다. 하지만 나는 미국에서 살지 않겠다고 작정했다. 그래서 디파이언스대학 총장인 케빈 메캔(Kevin McCann) 씨가 덜레스(Dulles) 국무장관 이름으로 집사람을 초청했을 때 나는 이를 거절했다. 집사람과 내가 살 데는 미국이 아니었기 때문이다. 당시 미국에 부인을 오게 하는 것은 큰 혜택이었는데 집사람도 미국에 오겠다는 이야기를 하지 않았다. 나를 필요로 하는 데는 미국이 아니라 내 나라였다. 내 동기들과 내가 이렇게 갈라져 살아도 우리들은 다 내 조모·부모가 교육해낸 청교도들이다. 악한 정치가 싫어 미국에 갔든지, 아니면 내 경우같이 악한 정치와 싸워서 해직과 옥고를 치르든지 했으니, 다행한 일이다.

나를 좋은 나라 미국에서 살지 귀국하지 말라고 붙잡는 부인이 내 곁에 있는 것도 아니었으니 김 교수님의 초청을 받자마자 나는 짐을 쌌고, 샌프란시스코 항만에서 인천으로 가는 화물선을 타고 귀국했다. 미국을 떠나기

미시건대학교에 유학 중이던 친구들과 함께. 맨 아랫줄 왼쪽에서 세 번째가 나다.

전에 나는 미국의 수도인 워싱턴과 뉴욕을 구경하고 기차를 타고 미국 대륙을 횡단해 샌프란시스코를 구경했다. 배가 일본 요코하마와 고베에 닿아 일본 구경도 했다. 그러나 나는 내가 할 일이라는 목적을 향하여 밀고 갈 뿐이었다. 나중에 경기대 총장이 된 손종국의 할머니가 내 귀국 보따리 푸는 것을 우리 집에 와서 보셨는데, 나오는 것이 빨래뿐이라고 말씀하셨다. 그러나 그분이 주의 깊게 보시지 않은 것이 두 가지가 더 있었는데, 한 가지는 책들이었고 다른 한 가지는 쉰 장가량 되는 고전음악 음반이었다. 그때나 지금이나 글을 읽으면서, 혹은 책을 쓰면서 나는 고전음악을 잘 듣는다. 지금은 음반을 듣지는 않고 한국방송 에프엠 방송을 고정해놓고 듣는다. 그러니까 나는 괴롭고 슬픈 내 나라가 나를 끌어서 들어오기도 했지만, 동시에 책과 고전음악을 제공하는 즐거움이 나를 끌어서 들어온 것이다.

내가 고려대 교수가 된 것은 김순식 교수님의 부르심에 응한 결과이기에 나는 고려대 교수직을 나의 업적으로 분류하지 않고 나에게 주어진 은총으로 분류한다. 고려대 교수직에 이어서 이야기할 내 가정이나 재산도 나에게 주어진 은총으로 본다. 조상은 주어진 존재이며, 아내 석중은 누님이 발견한 사람이며, 세종로 집은 부모님이 남기신 것이었고, 내수동 집은 고모님의 재산이었다. 이 주어진 것과 내가 행한 것의 미묘한 배합을 생각할 때마다 생각나는 것은, 비록 희미한 생각이기는 해도, 나를 긍휼히 여기신 신의 은총이 나를 만드셨다는 것이다. 주어진 것들을 받아서 그 안에 겸허하게 살되, 그 주어진 것을 기반으로 해서 나에게 명령하는 신의 새로운 소명을 따라 사는 것이 삶이라는 생각을 했다.

고려대에서 처음으로 행정학을 가르치다

돌이켜 생각하니 1950년대는 우리 대학인들이 행정을 학문의 대상으로 착안하기 시작한 때였다. 고려대와 연세대에 행정학과가 처음 생겼고 서울대에 행정대학원이 생겼다. 연세대의 백낙준(白樂濬) 총장이 한국행정연구회를 발족했다. 서울대의 정인흥 교수가 첫 행정학 교과서를 썼다. 고려대의 윤세창 교수가 미국의 첫 행정학 교과서 레너드 D. 화이트(Leonard D. White)의 《Introduction to the Study of Public Administration》을 공역했다. 서울대 정인흥 교수의 제자들이 미국의 원조 계획으로 미네소타대학교에서 행정학 공부를 마치고 대거 돌아왔다. 나는 고려대 법과대학 졸업생으로 미국 디파이언스대학에서 경영학을 공부한 후 미시건대학교 행정대학원을 사비로 마치고 귀국하여, 고려대에서 행정학을 처음으로 가르쳤다.

1950년대의 이러한 움직임을 나는 몇 가지 점에서 심상치 않은 현상으로 보았다.

첫째, 1950년대에 겨레가 남북으로 나뉘어 전쟁을 한 폐허 속에서 뭔가를 해야 한다는 것을 대학인들이 제일 먼저 생각했으니, 이것은 경사였다. 우리나라에서 행정학은 경영학과 쌍벽을 이루어 뭔가를 하는 담당자(사람)의 마땅한 모습과 마땅히 할 일과 일하는 방법을 강구하는 학문으로 생겨났다. 경영학이 상학(商學)에서 변신하여 발족된 것도 행정학의 태동과 때를 같이했다. '뭔가를 해야 한다는 것'은 '누가, 무엇을, 어떻게 할 것인가를 도모하는 것'인데, 영국의 한 일간 신문이 전쟁으로 폐허가 된 땅, 그러니까 쓰레기통에서는 장미가 필 수 없다고 우리를 낮게 평가했을 때 우리 대학인들은 그 말이 틀렸다고, 아니라고, 우리는 할 수 있다고 생각한 것이다. 이렇게 대학인들이 조직이론—공공조직이건 사기업이건 사람들이 한 가지 목적으로 모여서 일하는 조직—을 탐구했다는 것은 우리 겨레에 학운(學運)이 찾아왔다는 것을 의미하며, 이 학운은 삼성과 현대 등 몇몇 사기업의 창설과 더불어 의미 있는 겨레의 변화를 뜻했다.

둘째, 행정학과의 탄생은 우리 겨레의 내재적 욕구에서 비롯한 것으로, 같은 문명권인 동북아 이웃 나라들이 대학에 행정학과를 만들지 않았을 때에 우리는 만들었다. 일본이나 중국에는 지금도 행정학이 발달하지 않았다. 동북아 문화권에서 이런 변이가 생긴 원인을 나는 동북아 국가 중 우리나라가 유일하게 기독교 박해자를 많이 냈고 기독교인들이 많으며 훌륭한 기독교 고등교육기관을 갖고 있는 데서 찾는다. 새 문명에 대한 충동이 이미 강했던 것을 눈여겨본다는 말이다.

백낙준 총장은 내가 귀국했을 때 나에게 연세대 전임강사 직을 제의했었다. 백 총장과는 전부터 알던 사이도 아니었는데 기독교인인 나를 자신의 학교에 데려가고자 했던 것이다. 한편 정인흥, 윤세창 두 분은 백낙준 총장이 프린스턴대학에 제출했던 박사논문 〈한국 개신교 역사〉에서 기독교 고등교육기관 1호로 소개했던 배재학당 졸업생들이었다. 신문명으로서 기독교를 받아들인 인사들이 행정학을 신문명에 이바지할 학문으로 생각했던 것이다.

셋째, 암흑의 밤을 깨뜨리고 새벽이 오게 하려면 우선 뭔가 일을 해야 한다고 착안했던 선인들의 생각은 러시아 작가 솔제니친이 자신의 작품 《이반 데니소비치의 하루》로 러시아 공산 독재의 동토(凍土)를 깨뜨린 것과 같았다. 이 소설에는, 비록 죄수들이지만 교도관의 지시가 아니라 죄수들의 의사에 의해 작업반장을 뽑아 그 새 지도자 밑에서 일을 하자 능률이 오른 하루가 묘사되어 있다. 이와 같은 착안이 바로 이승만 독재 체제 밑에서 신음했던 우리 대학인들이 그 뇌리에 움트게 한 생각이었다.

나는 1959년 봄학기에 맞춰서 귀국했다. 고려대 전임강사가 된 1960년

3월까지 나는 고려대와 연세대 행정학과에서 강의했다. 그 무렵 내가 갈 수 있는 길은 세 가지가 있었다. 첫째, 삼성 창업자 이병철 씨의 장남 이맹희(李孟熙) 씨의 소개로 삼성에 가는 길이었다. 이맹희 씨와는 미시건대학교에서 친구로 지냈다. 둘째, 재무부 예산국의 과장으로 특채되는 길이 있었다. 한국행정학회의 누군가가 다리를 놓았다. 셋째, 한국행정학연구회 회장이자 연세대 총장인 백낙준 박사가 내정한 연세대 전임강사로 가는 것이었다. 이 역시 학회에서 맺은 인연인 셈이었다. 하지만 나는 이 세 가지 길을 모두 거절하고 마침내 고려대학교를 택했다.

나를 부른 분이 고려대 김순식 교수였기에 나는 기업체나 행정부, 연세대에 한눈팔지 않고 고려대에 가야 했다. 어쨌든 다른 데 갈 수 있었는데도 안 가고 내가 고려대를 선택한 이유를 밝히고 싶다. 우선, 나는 나에게 주어진 길이 셋이 있음을 뜻있게 생각했다. 〈히브리서〉 9장 4절에 의하면, 이스라엘 성전 지성소에 모신 보물로 만나를 담는 그릇, 아론의 지팡이, 십계명을 새긴 석판 세 가지가 있는데, 이 세 가지 보물은 유대인들이 출애굽 과정에서 겪은 백성들의 경제활동, 정치활동, 문화활동을 상징하는 표시였다. 이 세 가지 다 뜻있는 분야인데, 나는 어느 분야로 갈 것인지를 새삼 생각해야 했다. 나는 십계명을 새긴 석판을 선택했다. 나라의 스승이 있어야 기업체도 가르치고 관도 가르칠 수 있으므로 석판이 중요하다고 생각했다. 가르치는 스승이 되는 길이 연세대에도 열려 있었는데 왜 안 갔는가를 나는 답해야 한다. 1945년에 연희 · 보성 두 학교 중 하나를 택해야 했을 때보다도 안 가야 할 이유가 더 분명했기 때문이다. 그것은 핸슨 씨가 자기 장인에게 보낸 편지에 썼던 대로, 나는 한 사람의 선교사, 특히 유학하고 돌아온 나는 민주주의라는 새로운 가치의 담지자인 선교사였고, 선교사를 필요로 하는 곳은 연세대학교가 아니라 고려대학교였기 때문이다.

나는 1960년에 들어간 고려대 교수직에서 정부의 압력으로 세 번이나 내쫓겼지만 세 번 모두 복직했다. 언젠가 한 번 복직할 때에는 고려대가 아니라 다른 대학에 복직을 희망하면 가게 하겠다는 정부의 말에도 응하지 않았다. 후에 안 일인데, 중앙대 총장이었던 임영신 박사는 내가 중앙대에 가겠다고 안 찾은 것을 섭섭하게 생각하셨다고 한다. 박해받던 정치인 김대중 씨가 나에게 자기가 만든 정당의 부총재로 오라고 하고 국회의원 공천을 주겠다고 했는데 나는 이를 다 거절했다. 옥고를 두 번이나 함께 한 김대중 씨에게 나는 관직을 구하지 않았다. 내가 고려대 현직에 있을 때 경기대 설립자인 손상교 선생과 그 아들 손종국 박사가 나에게 그 대학의 책임을 맡아달라고 부른 적이 있었는데, 나는 가지 않았다. 손종국 박사가 초빙했을 때는 고려대 정년퇴임이 멀지 않은 시점이었는데도 응하지 않았다. 나는 고려대 교수직을 내 일생일업(一生一業)인 천직으로 생각했다.

고려대학교 전임강사로 임명된 1960년부터 고려대 졸업생으로서는 처음으로 법학 박사학위를 수여받은 1970년까지 10년간이 내가 스스로를 교수로서 다듬어낸 마지막 훈련기였다. 이 시기는 학문 층이 네 개 있는, 해방 이후 나의 공부 피라미드를 재현한 기간이기도 했다. 피라미드 모양으로 설명되었던 실무 위주의 행정학(해방 이후에는 이 자리에 법학이 있었다), 정치학과의 접목, 인문학과의 접목, 기독교와의 접목 등 네 가지 접근은, 뒤의 것이 앞의 것의 기초가 되는 학문의 접근이었다. 이 네 가지 접근을 좀 더 자세히 설명해보자.

실무 위주의 행정학

실무 위주의 행정학이 모습을 드러낸 곳은 강의였다. 예를 들어 나는 재무행정론 강의 첫 반 학기에 '돈셈의 원리'라는 제목으로 복식부기에 입각한 정부회계를 강의했다. 내가 디파이언스에서 했던 첫 번째 회계학 숙제를 학생들과 함께 흑판 위에서 푸는 것으로 강의를 시작했다. 학생들을 한 사람씩 흑판 앞에 불러내 첫 문제를 풀게 해, 한 세탁 대리점이 한 달에 얼마를 벌고 이 돈이 기업체의 재정 현황에 어떻게 영향을 미쳤는가를 가감산을 통해서 돈셈을 하는 데 한 세 시간을 썼다. 그런 후에야 회계의 목적과 재무제표 설명이 뒤따랐다.

그 다음은 가감산으로 하는 돈셈의 불편함을 열거했다. 이 가감산의 불편함을 극복하는 복식회계법 계산을 통한 재무제표 작성을 공동으로 흑판 위에서 했다. 이 두 번째 과정을 보고서야 차변이니 대변이니 분계니를 설명했다. 그런 후에 좀 더 복잡한 문제인 복식부기도 공동으로 풀었다. 이런 식으로 되풀이한 후에 복식부기에 입각한 정부회계 설명에 들어갔다.

재무행정의 나머지 반 학기는 예산의 원리를 강의했다. 이 예산론 강의 중 성과주의 예산제도[Performance Budget]를, 회계를 모르는 교수들의 강의와는 다르게 했다. 성과의 회계적 표현이 곧 비용인 것을 안 학생들은 성과주의 예산 편성을 내 강의실에서 실습할 수 있었다.

강의의 예를 하나 더 들어보자. 나는 행정학 강의를 "여러분의 이름을 쓰지 말고 최근에 화났던 일 한 가지를 길어야 5, 6행 정도로 써 내세요"라고 하여 그 대답을 받아내는 것으로 시작했다. 나는 화났던 일을 적은 쪽지를 일일이 읽으면서 사람을 화나게 하는 요인을 셋으로 분류했다. 일이 실현은 되었으나 힘이 든 경우(방법 요인에 해당), 일이 전혀 안 된 경우(일 요인에 해당), 마지막으로 일을 해낼 사람이 없는 경우(사람 요인에 해당)로 자료를 편집해 분류하는 것을 학생들과 공동으로 했다. 학생들은 내가 자료를 읽을 때마다 이를 흥미로워해 많이 웃었다. "행정부 내 관료제도가 현대 국가에 부여된 과제를 능률적으로 수행하는 것을 연구하는 학문이 행정학이다"라는 사실을 사람, 일, 방법이라는 세 가지 측면을 부각하여 설명하는 것이 첫 시간이었다. 방법, 일, 사람이라는 세 범주는 인창고등학교 교사 때부터 내가 가진 생각의 틀이었다. Be동사는 방법, Do동사는 일, Have

고려대학교 학생들과 함께(1960. 10. 25). 아랫줄 가운데 앉은 사람이 나다.

동사는 사람에 해당한다.

그런데 나는 첫 시간에 받은 자료를 첫 시간에만 사용하지는 않았다. 그 것으로 사람, 일, 방법을 설명했다. 사람, 일, 방법을 준비하기 위하여 사람 들이 어떠한 덕목을 구비해야 하는가를 따졌다. 우리 선인들이 내세웠던 신인의예지(信仁義禮智)라는 덕목을 사람, 일, 방법에 맞추어서 설명했다. 사람에게 의(義), 일에 인(仁), 방법에 신지예(信智禮)가 부합한다고 말했 다. 덕목 간의 발달 순위도 따졌다. 왜 덕목의 발달 순위가 문명마다 차이 가 나는지를 토론했다. 그러다 보니 문명을 차이 나게 하는 것은 통치자와 피치자의 관계 차이임이 밝혀졌다. 첫 시간에 만든 행정학의 정의에서 학 문이라는 말 한마디를 가지고 한 시간 동안 얘기하기도 했다. 앞에서 내가 이야기한 학문의 피라미드를 이때도 설명했을 것이다.

이상으로 두 과목의 서두 부분을 좀 설명한 셈이다. 나는 주변의 작은 것 들을 물고 늘어졌다. 실무는 일상적이며 작은 것들의 모음이다. 연륜이 쌓

고려대 행정학과 제자들과 함께 고대 교정에서(1967).

일수록 이 학문의 실무성에 대한 내 강의는 더욱 풍부해졌다. 이는 내가 고려대 경영대학 부속으로 있는 기업경영연구소의 연구 프로젝트를 연속으로 맡아서 한 데서도 기인했다. 나는 프로젝트마다 조교를 두었다. 이 조교를 나는 꼭 행정학과 학생으로 두지는 않았다. 정년 후에 쓴 책만 해도 그렇다. 《논어·맹자와 행정학》 때의 조교는 박응수 경기대 동양사 석사였다. 《인간·종교·국가》 때의 조교는 정유정 경기대 미국사 석사였다. 나는 연구를 맡으면 조교 훈련을 먼저 했다. 따라서 프로젝트를 겹치기로 맡아도 내 분신인 조교들이 여럿이 있으니 일을 해낼 수 있었다.

여러 교수들과 공동 연구도 했다. 한 예로 체신부의 보험제도 개선 연구의 경우, 한 열 명의 교수와 함께 했다. 소속 대학도 제각각 달랐다. 건국대, 서울대 행정대학원 교수들도 있었다. 이 연구를 할 때에 나는 우선 연구 교수들이 모인 회의에서 내 가설을 받아들이게 하는 데 성공했다. 이런 과정을 내 조교가 지켜보게 함으로써 내 조교를 교육했다. 이때의 조교는 나의 첫 번째 조교인 정경모(鄭慶謨)였다. 정 군의 눈이 반짝거리더니 그가 모든 조교의 우두머리처럼 되었고 이 연구에 필요한 자동화된 계산 기계를 구입하려고 체신부 공무원과 함께 일본에 가기도 했다. 이 일본 여행이 그에게는 첫 외국 나들이였다. 정경모는 그 후 강원대 행정학과 과장, 1급 공무원, 세종연구원 사무총장, 청담대학장, 오산대학교 이사장 등을 역임하며 학문으로서의 행정을 훌륭하게 실천했다.

체신부 보험제도 연구는 어떻게 보면 이른바 과학적 관리 접근을 증명하는 연구이기도 했지만, 내가 논리실증주의적인 연구에 한계를 느낀 계기이기도 했다. 어쨌든 이 연구를 계기로, 주판으로 계산된 계수를 펜으로 기재하는 장부 제도가 전국적으로 폐지되었으며, 모르긴 해도 오늘의 은행 업무를 전산화하는 데 포문을 연 연구였을 것이다. 이 연구에서 나는 일의 과정이 이러이러하게 바뀌어야 하고, 이러한 과정을 자동으로 처리하는 전산 기계가 반드시 있어야 한다고 말했으니, 이 연구는 과학적 관리에 맞는 연구였다.

그러나 나는 그때 이런 기계를 직접 알지는 못했고, 또 곧 나의 학문 접근 방식이 달라져, 컴퓨터와 인터넷을 사용하는 정보통신혁명을 어떤 점에서는 부정적으로 보게 되었다. 나는 지금도 원고를 원고지에 쓰고 틀린 것을 지우개로 지운다. 내 필기도구는 컴퓨터가 아니라 원고지와 연필과 지우개와 연필을 깎는 칼이다. 지금 쓰는 원고만 해도 연필로 쓴 원고를 조교에게 주면 조교가 컴퓨터로 글을 다듬는다. 컴퓨터를 안 써서 좋은 점이 몇 가지 있다. 어른거리는 화면을 덜 보니 눈을 보호할 수 있고, 젊은 학생이 글을 현대어로 다듬어주며, 읽기 좋게 인쇄되어 나온 글을 나는 누워서도 교정할 수가 있다. 한마디로 나는 컴퓨터를 연구 도구의 하나로 보지 목적으로 안 본다. 그래서 나는 김대중 정부 때의 '신지식인운동'을 이런 점에서 부정적으로 보았다. 정보통신혁명은 기껏해야 돈을 버는 일인데, 돈을 버는 산업혁명은 역사적으로 문예부흥→ 종교개혁→ 계몽사상→ 민주국가의 과정을 먼저 겪었다. 이 체신부 연구 때 다른 교수의 조교로 참여했고 '국민의 정부' 시대에 전자정부위원장을 맡았던 안문석(安文錫) 교수가 나에게 다음과 같이 말함으로써 나의 두 가지 안목―컴퓨터가 필요하기도 하지만 컴퓨터가 다가 아니라는 안목―을 뒷받침해 주었다.

"선생님이 체신부 보험제도 연구에서 하셨던 지적은 맞는 것이었어요. 그런데 오늘날 행정개혁의 핵심은 대통령이 국회의원 공천권을 행사하지 않게 되는 일이에요."

정치학과의 접목

복지국가 행정정책을 세우려면 정치와 행정이 일원화되어야 한다는 미국 행정학의 학문적 영향 때문에 내가 행정학과 정치학의 접목을 시도한 것은 아니다. 나의 경우는 행정학자인 내가 정당성 없는 현실정치에 부딪

1960년 4월에 있었던 고려대 교수 데모에 나도 참여했다. 이 일은 내가 정부와 부딪친 첫 번째 행위였다. 앞줄에서 네다섯 번째 좌단에 까만 테 안경을 쓴 얼굴이 나다.

혀서 동기가 생긴 경우였다. 정당성 없는 현실정치란 국민의 지지가 없는, 선출에 따르지 않은 정권을 일컫는다. 이러한 화두를 나에게 처음 들려준 교수는 앞에서 쓴 바와 같이 유진오 교수였고, 이 화두에 안 맞는 혐오할 만한 현실을 처음 발견한 것은 8·15 직후 종로 거리에 붙은 벽보였다.

내가 1960년대에 정부와 부딪친 행위는 세 가지였다. 내가 교수직 전임이 된 1960년 4월에 교수 데모에 참가한 것이 그 첫 번째였다. 내가 소속된 학과의 학장인 이항녕(李恒寧) 교수와 중국철학자 이상은(李相殷) 교수 등이 고려대 교수로서 교수 데모에 앞장선 분들이었다. 그때 데모하던 사진이 고려대 박물관의 백년사 전시실에 있다. 4·19 의거 며칠 전에 김성식

(金成植) 교수가 강사실에서 몇몇 교수들 앞에서 부정선거에 속수무책인 교수들을 크게 지탄하셨던 것을 내가 들었으니, 모르긴 해도 김성식 교수님도 주동자 가운데 한 분이었을 것이다.

두 번째 행동은 박정희·김종필이 맺으려던 한일협정을 반대하는 교수 데모였다. 이때 데모 행렬의 출발을 동숭동에 있는 서울대 교수회관 앞에서 했다. 이곳에서 서명들을 했다. 모인 숫자가 100명 내외였던 것 같다. 4·19 때와는 달리 이때는 성명서와 서명자가 일간신문에 게재되었다. 정치 정당성이 없는 정권이 하는 중대한 일, 즉 내 나라를 빼앗았던 나라의 악을 용서할 능력이 없는 정권이 용서한다는 것이 문제였다. 또한 일본이 전과를 뉘우치지 않는 것이 더 중요한 문제였다.

용서할 자격이 있는 세력이 용서하고, 악을 저지른 자가 전과를 뉘우쳐야 한다는 이 두 가지 요건이 한국 정치에서는 이 글을 쓰는 오늘까지도 충족되지 않고 있다. 예를 들어 김대중 씨가 박정희기념관을 세우는 데 참여한 일이 바로 그런 일이다. 1998년에 집권한 김대중 씨는 박정희의 동지인 김종필과의 연립으로 집권했고, 이 불완전한 정권이 전과를 뉘우치지 아니한 박정희를 용서한다는 불완전한 행위를 한 것이다. 다만 국민주권론자인 나는 이 불완전한 김대중 씨의 행적을 김대중 씨에게만 책임이 있다고 보지는 않는다. 20세기 말에 악한 정권이 붕괴한 나라들과는 달리, 악한 정권인 박정희가 붕괴한 후 18년 만에야 수평적 정권 교체를 이룬 국민이 바로 이 불완전한 행위의 근본 원인이라고 본다.

세 번째 행동은 1965년 군인들이 처음으로 고려대 캠퍼스에 난입해 들어왔을 때 본관 현관 앞에서 이종우(李鍾雨) 총장, 교수들, 학생들 앞에서 항의문을 낭독한 일이다. 이때 광경이 《동아일보》 호외에 나왔었다. 이 호외와 항의문을 지금은 찾을 수 없어서 안타깝다. 다만 이 당시 학생이었던 박정훈 국회의원이 그때의 내 모습을 찍은 사진 한 장을 자신의 보좌관 안

1965년 8월 25일, 무장 군인들이 고려대에 난입했을 때 나는 이에 항의하는 교수 성명서를 대표로 읽었다.

병원 씨를 통해 보내주어, 그 사진을 나는 고려대박물관에 보냈다.

이 성명서를 기초한 사람은 나 혼자만이 아니었다. 정한숙(鄭漢淑)·민병기(閔丙岐)·김치규(金致逵)·이문영 넷이었다. 성명서 작성자가 네 명이나 되는데 막상 낭독하는 자리에는 나 혼자만 있었다. 이 시점에서 나는 〈창세기〉 3장 9절에서 아담을 향하여 야훼가 한 말인 "너 지금 어디 있느냐?"를 생각할 수밖에 없다. 나는 이 '너 어디 있느냐?'를 내 생에서 의미 있는 물음으로 보아, 이 책의 서문 제목을 '너 어디 있느냐?'로 잡았다. 내가 항의문을 낭독할 때 사람들이 잔뜩 모였는데, 이때 항의문을 초안한 자가 어디 있느냐고 사람들이 물었다. 나는 이때 나설 수밖에 없었다. 다행이었다. 나는 본관 현관 앞 돌계단 위에 서서 시계탑을 내려다보며 항의문을 읽었다. 그 당시 시계탑에서는 매 시간 전봉준이 처형당한 후 유행했던 민요 〈파랑새〉가 울려 나왔다.

정한숙은 1975년 월남이 패망하자 교내에서 교수들이 강제로 모여 궐기대회를 할 때 완장을 하고 교수들이 줄서는 것을 감독하더니 정년퇴임 후에는 '예총(한국예술문화단체총연합회)' 회장인가를 했다. 민병기는 군사정부 시절에 주 프랑스 대사를 했다. 김치규는 길에서 날 보더니 나를 비현실적 이상주의자라고 말했다.

만일 내가 이때에 그 자리에 없었더라면, 그래서 그때 성명서를 읽기 위하여 안 나섰더라면 그 후에 나를 필요로 했던 야훼가 나를 향하여 '너 어디 있었느냐'라고 계속 물으셨을 것이 아니겠는가! 그래서 나는 교수로서 야훼가 내리신 명을 받아 이를 따르려고 애써왔다.

1960년대에 정부와의 부딪침 세 가지는 모두 하나같이 민주주의를 위한 것이었다. 크게 보아 민주주의 문제 말고도 빈곤 문제나 민족 문제가 있었다. 서울 해방촌의 빈곤 문제와 6·25전쟁이 남긴 상처를 다룬 이범선의 〈오발탄〉이 《현대문학》 1959년 10월호에 게재되었고, 강압적인 통치가 내세웠던 금기인 미국을 비판한 남정현의 〈분지〉가 《현대문학》 1964년 3월호에 게재되었으며, 성남으로 쫓겨 나가는 무허가 주택 입주자를 다룬 조세희의 〈난장이가 쏘아올린 작은 공〉이 《문학과지성》 1976년 겨울호에 게재되었다. 이 작품들을 나는 당대인의 심금을 울린 명작으로 읽었다.

한편 나는 박사학위 논문에서 북한 행정권력의 변화를 다루었다. 내가 처음 해직된 것은 고려대 노동문제연구소 문제 때문이었고 YH 노동자들 때문에 4개월간 감옥에 있기도 했다. 그러나 남북 문제와 빈곤 문제는 민주주의 문제에 비하면 2차적인 문제였다. 민족 문제는 민주주의의 틀 안에서 해결될 수 있으며 빈곤 문제도 민주주의의 틀 안에서 해결되어야 한다는 것이 나의 정치관이었다.

나는 아마도 앞으로 이 삼자 간의 갈등을 꽤 언급할 것이다. 나는 지켜야 할 최소를 지키려 하는 최소주의자였다. 한 예로 나는 1998년 2월에 출현한 '국민의 정부'를 수평적 정권 교체를 한 민주정부로 보는데, 이 민주정부가 출현하고서야 노동자를 도와만 줘도 국가보위법에 걸렸던 유신정부에서와는 달리 노동자·사용자·정부가 공동으로 협의하는 노사정협의회라는 국가기구가 생겼고, 안보를 빙자해 권위형 통치를 군혔던 전 정권들과는 달리 김대중 씨가 평양을 다녀온 후 남북 공존이 비롯되었다. 그런가 하면 김대중 씨의 측근 정치로 민주주의가 흔들리게 되니까 그가 쌓아올렸던 정책들이 애석하게 흔들렸다.

인문학과의 접목

나는 내가 쓴 첫 교과서인 《행정학》(일조각, 1962) 이후 처음으로 쓴 논문 〈우리나라에서의 적용을 위한 행정개혁의 이론 모색〉(《법률행정논집》, 제7집, 고려대 행정문제연구소, 1964년 9월)에서 정치적·인문적 고찰을 내놓았다. 행정개혁이 이루어져야 할 장소 안에 관료제도 이외에 관료제도의 소프트웨어인 공무원의 결정 작성이라는 정치적·인문적 실제가 포함되어 있다는 내용이었다. 여기서 결정 작성이란 상술한 영어 동사 연구에서 의지미래인 'Will'의 세계이며, 관료제도는 단순미래인 'Shall'의 세계이다. 이 논문에서도 나는 행정 목적에 영향을 주는 인자로 사람, 일, 방법을 언급했다. 이 세 가지 인자는 내가 행정학 과목 첫 시간에 학생들에게 화나는 것을 써보라고 하여 분석한 데서 만든 인자였다. 이 세 가지 인자가 관료제도에 대한 것과 동등하게 정치, 가치관, 공무원의 역량 등에도 영향을 미친다고 보았다. 요컨대 다음 표에서 보듯, 나는 행정개혁의 지점을 스물한 가지로 보았다.

이 스물한 가지 지점 중 정치적·인문적 모체를 구성하는 세 가지 지점의 과제를 간추리면 다음과 같다.

A1 : 정당성 없는 정치
B1 : 다른 사람보다 자기가 높다는 부당한 권위주의

목적 \ 장소	결정 작성			관료제도			
	문화의 성격		공무원의 역량	조직	사업	인사	재무
	정치	가치관					
1. 담당자 형성 (사람-누가)	A1	B1	C1	D1	E1	F1	G1
2. 효과 수행 (일-무엇을)	A2	B2	C2	D2	E2	F2	G2
3. 능률 향상 (방법-어떻게)	A3	B3	C3	D3	E3	F3	G3

C1 : 타인의 동의 없이 타인에게 영향을 미치는 결정을 하는 일

A2 : 프로그램의 과다 요구
B2 : 일을 못 해본 데서 생기는 비합리주의
C2 : 발생한 외부 문제와 결정 간에 상관관계가 없는 일

A3 : 행정부에 에너지를 안 주는 일
B3 : 공식적인 조직의 단일성을 파괴하는 파벌
C3 : 무능

이 스물한 가지 지점을 다 활용해서 합리성 이전의 과학적 관리가 안 된 상황—C2·D2·E2·F2·G2와 C3·D3·E3·F3·G3가 안 된 상황—에서 고객인 국민이 공무원을 움직이게 하는 요령은 다음과 같다고 생각했다.

1) 그 공무원을 누를 수 있든지(B1), 그 공무원과 같은 파벌 사람(B3)의 소개장을 가지고 가되
2) 갈 때에 무엇을 가지고 간다. 이때에 가지고 가는 것은 높은 자리(A1)

나 일거리(A2)나 돈(A3) 같은 것이 된다.

3) 가서는 말을 잘하며(B2),

4) 데리고 나와 술을 먹이고 여자를 붙여주어 공무원의 존엄을 파괴하는 데 성공하면 된다(C1·D1·E1·F1·G1).

나는 이 생각이 지금도 맞다고 생각한다. 그러니까 인창고등학교 영어 교사 때 한 영어 동사에 관한 생각이 여전히 바뀌지 않은 셈이다. 나는 이 첫 번째 논문의 틀을 우리나라 법령을 대상으로 분석해 그 다음 해에 《고대 60주년 기념논문집》에 실었다. 이렇게 행정 원형이 만들어지자, 나는 이 원형과 현실 사이의 괴리를 《사상계》 1966년 3월호와 9월호, 《법률행정논집》 1966년 12월호에서 지적했다. 역기능을 극복하려는 모색은 1967년에 《한국행정학회보》 제1호에 〈사회 발전과 행정의 역할〉이라는 글로 쓰기 시작했다.

그리고 '원형 모색 → 원형과의 괴리 지적 → 역기능 극복 모색'을 종합한 연구는 내가 고려대에 1970년 2월에 제출한 박사학위 논문 〈북한 행정권력의 변질 요인에 관한 연구〉였다. 이 연구는 아시아재단에서 연구비를 받아 북한의 《로동신문》을 두 시기로 나누어 살펴보고 행정권력의 변이 과정을 분석한 것이다. 검토한 시기는 1958년 3월부터 1960년 8월까지 30개월과 1965년 1월부터 1967년 6월까지 30개월이었다. 신문 1면의 톱기사, 제1사설, 제1논문을 서른여섯 가지 요인으로 분류하는 것이 작업의 내용이었다. 이 작업은 1967년에서 1968년 사이 일 년간 미국 하버드대학교 옌칭 장학생으로 초청되어 갔기에 가능한 일이었다.

이 연구에서 나는, 민족주의[Nationalism], 노동당[Party], 계층[Hierarchy], 효과[Effectiveness], 능률[Technology], 개인[Individual]이라는 여섯 가지 요인이 주도 요인도 되고 종속 요인도 되어 서른여섯 가지 자극 요인(정권이 국민을 선동하고 자극한다는 의미의 자극 요인)이 되는데, 이 서른여섯 가지나 되는 자극 요인을 정권이 활용한다는 것을 신문 분석으로 밝혔다. 주도 요인에 알파벳 대문자를 붙이고 종속 요인에 소문자를 붙여서 표시하면 다음과 같이 서른여섯 가지 자극 요인이 만들어진다.

Nn	Np	Nh	Ne	Nt	Ni
Pn	Pp	Ph	Pe	Pt	Pi
Hn	Hp	Hh	He	Ht	Hi
En	Ep	Eh	Ee	Et	Ei
Tn	Tp	Th	Te	Tt	Ti
In	Ip	Ih	Ie	It	Ii

신문 기사를 서른여섯 가지 요인별로 어떻게 구체적으로 분류했는지 P를 주도 요인으로 하는 여섯 가지 요인을 예로 설명하겠다.

Pn : 애국보다 사회주의가 더 선행하는 것
Pp : 다른 다섯 개의 요인으로 분류되지 않는 것으로, 당이나 사회주의를 내세우는 것
Ph : 국가 기관이나 개인보다는 당이 높다는 것
Pe : 당의 지도하에 모든 부문에서 성과를 내라는 것
Pt : 당의 지도하에 기술 발전을 이룩하라는 것
Pi : 당이 행하는, 국민을 위한 대우 개선

나는 이상의 분석을 통해서 '지배하는 힘' '지배하는 힘 밑에서의 효과와 능률' '새 힘' '새 힘 밑에서의 효과와 능률' '개인이라는 힘' '개인이라는 힘 밑에서의 효과와 능률'의 전이 과정을 전망해보았다. '새 힘'은 '지배

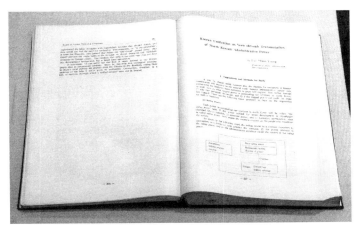

영문으로 번역되어 《아세아연구》, Vol. 8, No. 4(고대 아세아문제연구소, 1970. 12.)에 실린 내 박사학위 논문이 고려대 박물관의 백년사 전시실에 전시되어 있다.

하는 힘'이 일의 추진 때문에 자신의 권력 행사를 억제하는 현상이며, 이 권력 행사의 억제인 '새 힘'의 등장을 묘사한 솔제니친의 작품이 바로 《이반 데니소비치의 하루》인 것을 나는 후일에 알았다. '개인이라는 힘'은 인간인 국민이 주도권을 잡거나 정권에 의하여 고려를 받는 상황이다. '지배하는 힘'에서 '개인이라는 힘 밑에서의 효과와 능률'에 이르는 여섯 단계는 다음 표에서 보는 바와 같다.

주 개념 종속 개념	N P H	E T	I
n p h	지배하는 힘	새 힘과 새 힘 밑에서의 효과와 능률	개인이라는 힘
e	지배하는 힘 밑에서의 효과	개인이라는 힘 밑에서의 효과와 능률	
t	지배하는 힘 밑에서의 능률		
i			

이 표에서 '지배하는 힘'은 아홉 가지 자극 요인 중 Pn, Pp, Ph의 출현 횟수가 높은 현상을 말한다. 이렇게 볼 때 나는 내 책에서 '새 힘'의 분석을 통하여 정치학과의 접목을, 그리고 '개인이라는 힘'의 분석을 통하여 인문학과의 접목을 시도한 것이다. 이 논문에 나오는 두 가지 조직인 '새 힘'과 '개인이라는 힘'이 만든 조직들은 고려대 정년퇴임 후에 쓴 책 두 권, 《논어·맹자와 행정학》과 《인간·종교·국가》에서 본격적으로 다루었다. 《논어》·《맹자》 연구는 '새 힘'을, 마르틴 루터 연구는 '개인이라는 힘'의 근원을 따진 연구였다.

내 박사학위 논문은 연구 자료를 《로동신문》으로 했기에 중앙정보부에 의해 금서로 지정됐었다. 그런데 1970년 가을에 아세아문제연구소에서 개최한 남·북한 통일에 관한 국제회의에 내 논문을 영어로 써서 냈더니 금서로 안 되었을 뿐 아니라 고려대 4·18기념전시실에 이 논문이 전시되었으며 그 후 고려대 박물관 백년사 전시실에서도 쭉 전시되고 있다. 내 논문의 요지는 북한에 노동당 조직 이외에 일하는 조직과 개인을 존중하는 조직이 생기기 시작하면 남·북한의 교류와 공존도 가능하다는 것이었다. 나는 내 논문이 고려대 박물관에 전시된 것을 내 교수직에 대한 격려로 받아들였다. 나는 열일곱 번 잡혀가고 해직된 동안에는 이 논문에서 제시한 문제의 원형을 연구하지 못하다가 정년퇴임 후에 경기대 석좌교수로 가서 마무리할 수 있었다.

내 박사학위 논문은 한번 쓰고 내팽개칠 논문이 아니었다. 그것은 살려나가야 할 최소였다. 나는 정년 후에 출판할 책이라는 최대로 만들어낼 묘목을 하나 심었던 것이다. 논문에서 돋아난 싹은 다음과 같이 자랐다.

- 일하는 조직의 원형 연구 →《논어·맹자와 행정학》
- 개인을 존중하는 조직의 원형 연구 →《인간·종교·국가》

• 남북의 공존과 교류 →《협력형 통치》

기독교와의 접목

1970년까지 나의 학문과 기독교의 접목을 설명하는 성서 구절은 예수와 세례자 요한이 맨 처음에 한 말, "회개하라, 천국이 가까이 왔다"이다. 교수로 자리를 잡았을 때 나는 사직동 집에서 무교동 교회까지 100여 일을 새벽기도회에 나갔다. 나는 새벽길을 걸으면서 줄곧 내 마음이 향하는 지향이 돈과 여자와 자기 잘난 생각이라고 생각했다. 이 무렵 나는 고려대 서화회의 지도 교수를 했는데, 학생들이 그리는 서양화가 주로 풍경화임을 보고, 누드나 인물화는 왜 안 그리는지 학생들에게 물었다. 그런 그림들은 그리기가 어렵다는 대답을 들었다. 나는 왜 학생들이 풍경화 말고 누드와 인물화를 그리기를 원했는가? 이는 이 세 종류의 그림을 그리는 것이, 다음 표에서 밝히듯, 잠을 자고 일어나 무의식적으로 향하는 죄 짓는 생각보다 승화된 것이기 때문이었다.

죄	승화된 몸부림으로서 그림 그리기
돈 생각	풍경화 그리기
여자 생각	정욕으로 치닫는 것보다 누드라도 그리기
자기 잘난 생각	자기 잘난 생각을 하는 자화상이라도 그리기

나는 이 세 가지 죄를 잘 설명하는 성서 구절은 〈로마서〉 1장 18~32절이라고 생각했다. 썩지 않는 하느님의 영광을 썩어질 인간이나 새나 네 발 가진 짐승이나 기어 다니는 동물의 형상으로 바꾸는 것(1:18~23)은 바로 물신주의를 가리킨다. 사람의 정욕이 동성연애의 경지로 떨어짐을 〈로마서〉는 말한다(1:24~27). 〈로마서〉는 또한 자기가 잘났다고 생각하는 죄목

을 일일이 열거한다(1:28~32). 나는 이 자기 잘난 체하는 성서의 구절을 외면서 새벽기도회 가는 길을 울며 걸었다. 그 당시에는 공동번역 성서를 안 쓰던 때이므로 나는 그 구절의 일부를 개역한글판 성서에서 따서 다음에 적는다.

> 28 또한 저희가 마음에 하나님 두기를 싫어하매 하나님께서 저희를 그 상실한 마음대로 내어버려두사 합당치 못한 일을 하게 하셨으니 29 곧 모든 불의, 추악, 탐욕, 악의가 가득한 자요, 시기, 살인, 분쟁, 사기, 악독이 가득한 자요, 수군수군 하는 자요, 30 비방하는 자요, 하나님의 미워하시는 자요, 능욕하는 자요, 교만한 자요, 자랑하는 자요, 악을 도모하는 자요, 부모를 거역하는 자요, 31 우매한 자요, 배약하는 자요, 무정한 자요, 무자비한 자라, 32 저희가 이 같은 일을 행하는 자는 사형에 해당한다고 하나님의 정하심을 알고도 자기들만 행할 뿐 아니라 또한 그 일을 행하는 자를 옳다 하느니라.

나는 그림 그리기와 함께 늘 성부·성신·성자를 생각하는 것이 대안이라고 그때부터 생각했다. 돈보다는 신을 생각하며, 여자보다는 성신을 사모하며, 자기 잘난 생각보다는 예수를 생각하는 것이 대안이라고 본 것이다. 이 돈 생각, 여자 생각, 자기 잘난 생각 중 돈 생각과 자기 잘난 생각은, 1장에서 말한 내 유아기의 죄 두 가지, 즉 군밤 한 알도 동생에게 안 준 죄와 동생들을 때린 죄에 해당하기도 한다.

나는 내 책 《인간·종교·국가》 4장에서 물질에서 신에 이르는 선인 X선과 나에게서 이웃에 이르는 Y선으로 이루어진 그림을 다음과 같이 그리고, 그림에서 3사분면의 세계를 '죄 짓는 삶', 1사분면의 세계를 '거듭난 삶'으로 표현했다.

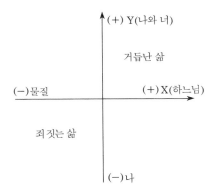

앞의 그림에서 물질을 버리지 않고 화살표 방향과 역행하거나, 자기 자신을 버리지 않고 화살표 방향과 역행하는 사람은 죄 속에서 사는 사람이다. 이 그림에서 화살표 방향으로 움직임은 곧 폭력의 포기를 의미한다. 이를테면 비폭력적 움직임이다. 따라서 폭력 행사란 마땅히 사람이 행해야 할 비폭력의 길을 걷지 아니하는 행위를 말한다. 이 그림에서 −X에 있는 사람은 돈 생각을 하는 사람이고, −Y에 있는 사람은 자기 잘난 생각을 하는 사람이며, −X와 −Y의 교차로 형성되는 3사분면을 인도하는 정신은 정욕이다. 이에 반하여 +X에 있는 사람은 하느님을 생각하고, +Y에 있는 사람은 이웃과 예수를 생각하며, +X와 +Y의 교차로에 형성되는 1사분면을 인도하는 정신은 성령이다.

나는 새벽기도로 영혼의 회복을 느꼈고, 이 영혼의 회복이 결코 내가 잘나서 이룩된 것이 아님을 알았다. 이 경지를 설명하는 성서 구절은 〈시편〉 23편 3절(개역한글판), "내 영혼을 소생시키시고 자기 이름을 위하여 의의 길로 인도하시는도다"이다. 거듭 말해서, 내가 내 이름을 위하여 의의 길로 가는 것이 아니라 하느님의 이름을 위하여 나를 의의 길로 하느님이 인도하시는 것이다. 이 점에서 나는 교수직 처음 13년 동안에 겪은 회개를 내 공적으로 돌리지 않는다. 당신의 이름을 위하여 나를 의의 길로 인도하신 것은 분명 신이 나에게 주신 은총이었다.

"회개하라, 천국이 가까워왔다"의 후반부 일은 전반부 "회개하라"의 결과물이기에 후반부의 일도 역시 내 업적은 아니었다. 후반부에 신의 나라를 가까이 하기 위하여 내가 행한 일은 두 가지였다. 하나는, 앞에서 말했듯이, 고려대 캠퍼스에 군인이 난입했을 때 몸을 피하지 않고 세상 앞에서 성명서를 읽은 일이요, 다른 하나는 삼십대가 아직 끝나기 전에 당대의 지성인 기독교 사상 저항 잡지 《사상계》의 편집위원 3인(지명관, 정명환, 이문영) 중 한 사람이 된 일이다. 이때의 사정을 정확히 알고자 당시 《사상계》 편집국장이었던 유경환 교수에게 물었더니, 그 당시는 위원들에게 거마비를 지불하지 못하던 때여서 지명관 교수가 나를 부른 것이라고 이야기해주었다. 말하자면 이름도 빛도 없이 '남는 자'의 역할을 했으니 다행한 일이다. 나는 박정희에 의하여 폐간될 때까지 《사상계》 편집위원을 했다.

나는 이 장에서 해방 이후와 6·25를 거쳐 유학 후 고려대 교수직을 어떤 자세로 받아들였는가를 밝혔다. 이 장에 '교수직'이라는 제목을 단 이유는 교수직이 해방 이후의 여러 과정을 거쳐서 생긴 최종 생산물이기 때문이다. 나는 교수직을 고려대 교수직과 분리해서 생각할 수 없다. 고려대 교수직이 나의 교수직을 성장시킨 온상이다. 이 시점에서 고려대학교가 왜 나를 성장시킨 대학이며, 왜 오늘에도 고려대가 타 대학들보다 더 성장하는 대학인가를 말하고 싶다.

최달곤 전 법대 학장이 말한 대로, 고려대학교에서 제일 훌륭한 사람들은 대학 사환 아이들이고, 그 다음으로 훌륭한 사람들이 직원들이고, 그 다음으로 훌륭한 사람들이 교수들이다. 이 말은, 해군사관학교 교수로 있다가 고려대 체육학과로 옮겨 온 김오중 교수가 언제인가 나에게 고려대에 와서 보니 교수 휴게실 사환 아이들까지도 존경스럽다고 했던 말과 일치한다.

훌륭한 정원은 이끼가 있고 지렁이가 사는 정원이라는 말이 있다. 한 공동체 내의 최소 단위가 존경스러웠던 곳이 고려대학교였다. 고려대에서는 교수님 중 공식 교육을 전연 받지 않은 한문학과 김춘동 교수나 전문학교밖에 안 나온 조지훈 교수가 선생님이고 큰 어른이셨다. 이 광경은 내가 하버드대학교에서 본 광경과 같았다. 그곳에서는 교수들 상호간에 미스터(Mr.), 그러니까 우리로 치면 '선생'으로 부르고 조교를 '박사'로 불렀다. 이에 비해 당시 연세대에서는 교수 중에 박사학위를 가진 교수에게만 박사라고 불렀다. 일제 때 미시건대학교에서 철학 박사를 받으신 박희성 노교수님은 여자 사환 아이들과 도시락 데우는 일로 교수 휴게실에서 곧잘 싸우셨다. 박희성 교수는 명강의를 하시는 권위 있는 교수님이었는데, 이 권위가 사환 아이의 권위와 동등했던 것이다.

사람들 사이에 이렇게 존경심이 있었으니 사람들이 의리가 있었다. 내가 연세대 백낙준 총장의 스카우트 대상인 것을 알고 총장실에 뛰어 들어가 이문영을 안 잡으면 연세대에 빼앗긴다고 우긴 교수가 이희봉 교수님이었다. 이 교수님은 게으른 분이어서 교무처장을 맡으셨을 때 입학시험지가 들어 있는 캐비닛 열쇠를 아무 보직도 없는 나에게 맡기신 어른이었다. 이렇게 통이 큰 분이 이희봉 교수님이었다. 요컨대 고려대라는 정원은 생물의 최소인 이끼와 지렁이가 잘 살아 있어서 좋은 정원이다.

본론으로 돌아가자. 다음 장에서 나는 내 가정과 재산을 소개하고자 한다. 어떻게 보면 내외간이 직업, 가정, 재산의 기점이므로 가정을 앞세우고도 싶어진다. 내 경우가 그랬고, 내 세 아이들도 그랬기 때문이다. 직업이 있는 남자가 어여쁜 여자에게 가서 결혼을 청해 가정을 이루며 두 사람이 협력하여 재산을 만든다.

한편 삶은 주어진 것이다. 나는 1장에서 '괴로움과 슬픔'을, 2장에서는 '처음 들은 가르침'을 적었는데, 이것들은 다 내가 만든 것이 아니라 나에게 주어진 것들이었다. 그리고 이 주어진 것들의 소산물로 직업이 생겼다고 나는 본다. 재산만 해도 그렇다. 조세희의 《난장이가 쏘아올린 작은 공》에서 난장이 아버지의 무허가 주택을 소설의 주인공은 아버지가 천년을 걸려서 지은 집이라고 묘사한다. 나는 빚 없이, 무허가가 아닌 제대로 된 집 37평을 유산으로 받아서 출발했는데, 이 집도 말하자면 조세희의 말과 같이 천년을 걸려서 지은 집이었다.

가정과 재산

비석 없는 무덤

이 장은 '1부 나에게 주어진 은총'의 마지막 장이다. 내 생각의 흐름이 '괴로움과 슬픔 → 처음 들은 가르침 → 내가 받은 교육 → 교수직 → 가정과 재산'으로 이어짐이 발견된다. 이 생각의 흐름에는 두 가지 특징이 있다.

하나는 정신이 우선이지 물질이 우선이 아니라는 생각이다. 괴로움과 슬픔은 정신적인 것이며, 재산은 물질이다. 이런 생각은 글 쓰는 지금만의 생각은 아니다. 1960년대에 국무총리를 했던 김종필이 늘 하던, "우리도 지엔피(GNP) 1000달러가 되면 민주주의를 하겠소"라는 말을 나는 이상한 말로 들었다. 세계에서 제일 먼저 민주공화국을 이룩한 나라가 미국이다. 이 미국의 건국자들이 민주공화국을 논의하는 데 그 당시 미국의 지엔피가 얼마였는지를 고려했을까? 이해찬 씨가 총리 후보로 청문회장에 섰을 때, "오늘의 제일 과제는 안보와 일자리 만드는 것입니다"라고 했던 것을 나는 잘못된 말이라고 《씨올의 소리》에 기고한 바 있다. 사람은 떡으로 사는 것이 아니라 하느님의 '말씀'으로 살며, 말씀은 사상에서 생기지 물질에서 생기는 것이 아니다.

또 다른 생각은 가정과 재산이라는 물질도 물질이 만든 것이 아니라 정신이 만들었다는 생각이다. 가정의 시작은 부모 두 분의 사랑으로 비롯되는데 사랑은 물질이 아니라 정신이다. 정신이 물질을 만들었다는 것을 밝힌 책이 독일의 막스 베버(Max Weber)가 쓴 《프로테스탄티즘의 윤리와 자본주의 정신》이다. 그의 실증적 조사에 의하면, 가톨릭이 아니라 개신교인이 많은 지방에 부자들이 많은데, 이 부자들은 탐욕으로 돈을 번 것이 아니라 일생을 검소하게 생업에 종사해서 부자가 되었다고 한다.

본론으로 들어가자. 내가 어렸을 때 가까이서 뵐 수 있었던 어른은 부모님과 할머님 말고도 할아버지의 여동생 한 분과 이용진 고모님이 계셨다. 할아버지와 큰할아버지는 이미 작고하고 안 계셨다. 어릴 때는 큰할아버지댁의 식구들을 잘 몰랐다. 큰할아버지의 큰아들들의 아들은 포천에 살고 계셨고, 또 다른 아들 한 분인 이광 씨는 중국에 망명했었기 때문이다. 따라서 우리 집은 할아버지의 여동생의 손자인 배정현(裵廷鉉) 대법관 집과 아버지의 누님의 손자인 손종국 총장네와 가까웠다. 배정현 형은 변호사 사무실을 중학동에 냈고, 손 총장네는 청진동에서 살았다. 회사가 부도가 나 아버지가 서울구치소에 들어가고 그 충격으로 어머니가 작고하셔서 빈소에 홀로 앉아 있던 손종국에게 다가가서 나는 이렇게 말했다. "내가 이번에 미국 하버드대학교에 가게 됐는데, 너를 조기 유학 시켜보겠다." 나는 여권 내는 데에서나 비자 받는 데에서 고려대학교라는 학연을 이용했다. 홍승직(洪承稷) 교수가 미국 대사관에 말해주었다. 나는 살림이 어려워도 공부시키는 내 집과 권력 쪽인 배정현 대법관 집, 돈 있는 집인 손종국네를 비교하면서 모름지기 사람은 어떻게 살아야 할까를 곰곰이 생각했다. 망명하여 중국에 가 계시던 당숙 이광 씨 생각도 가끔 했다. 이분의 행적이 김구(金九) 선생의 《백범일지》에 세 번 나오는 것을 나는 후일에 알았다. 가계로 보아서 말하자면 '막된' 집안은 아닌 것을 알았다. 사람은 이 세상에 나서 아는 것이 있든지, 아니면 사람을 많이 알든지, 돈이 있어야 하는데 나는 어떤 길을 갈까를 생각했다.

우리 집의 가계도는 다음과 같다. 부모님께 들은 할아버지 이황원(李潢遠) 씨는 근면한 공무원으로 탁지부 주사였다. 할아버지의 형님 이종원(李淙遠) 씨는 공주 관찰사일 때 태극기를 고안해 왕에게 바친 분이라고 듣고 자랐다. 그리고 그 아드님인 이광 씨가 임시정부 요인이라는 것도 나에게 자긍심을 심어주었다. 큰할아버지와 태극기에 관한 기록이 문일평(文一平) 씨의 《사외이문(史外異聞)》(新丘文化社, 1976)에 다음과 같이 적혀 있다.

우리 집 가계도

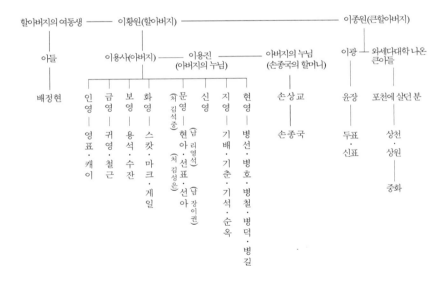

태극국기의 유래

구한(舊韓) 시대에 태극국기(太極國旗)가 있었다.

그러면 이 태극국기가 어떤 기연(機緣)으로 언제부터 국기가 되었는가.

1876년 고종 13년 병자(丙子)에 한일(韓日) 양국 사신이 강화(江華)에 모여 수호조규(修好條規)를 논정(論定)할새, 일본 사신은 국기를 높이 내어 걸었지만 조선 사신은 국기가 없어 내어 걸지 못했더니, 일본 측에서 조선 측에 향하여 왜 조선은 국기를 띄우지 않는가 하고 질문하였다 한다.

이때 일본 사신의 수원 일인으로 왔던 미야모토(宮本某)가 말하되, 내가 일찍기 조선에서 문루(門樓)와 기타 그림에도 흔히 태극(太極)을 그렸음을 보았노라, 귀국에서 태극으로써 국기를 삼는 것이 어떠한가, 하는 의견을 말하였다 한다.

그러나 조선에서는 아직 외국과의 교섭이 없으므로 국기의 필요를 느끼지 않으니만큼 그 말을 그대로 흘려버렸다.

그 후 한미조약(韓美條約)이 성립되며 외국과 교섭이 열리게 되매, 차차 국기의 필요를 느끼게 된 모양이다. 그리하여 임오(壬午) 이후에 이르러 공주 관찰사(公州觀察使) 이종원(李淙遠)이 제출한 태극팔괘(太極八卦)의 도식(圖式)에 의하여 비로소 태극국기로써 국기를 결정하였다 한다.

그러나 태극국기를 사용하게 된 것은 임오란(壬午亂) 후 박영효(朴泳孝)가 일본에 특파 대사로 갈 때 맨 처음으로 내어 걸게 되었다. 그 후 박정양(朴定陽)이 미국 공사로 갈 때도 미국 함선에서 이 태극국기를 내걸었다. 그러나 국내에서 사용하게 된 것은 을미(乙未) 이후의 일이다.

큰할아버지의 큰아들은 일본 와세다대학교 졸업생인데, 젊은 나이로 작고했다. 그 아들이 포천에 이주해 살았는데 한미(寒微)해서 나는 늘 가슴 아팠다. 내가 중학교에 다닐 때에는 포천에 가서 방학을 보내기도 했다. 조카뻴 되는 상천(相天)은 나보다 나이가 많았지만 나와 친했다. 그는 농협에 취직해 다니고 있었는데 6·25 때 실종되었다. 상천의 부인이 큰집의 맏며 느리인 종부(宗婦)로 생존하신다. 그분을 만날 때마다 집사람이 용돈을 좀 드렸다. 일가 부인들이 모여서 화투를 칠 때 집사람이 돈을 따면 헤어질 때 딴 돈을 그대로 다 종부님께 전해드렸다. 상천의 아들 중화가 종부님을 모시고 있다. 상천의 동생 상원(相元)은 청주에 살았는데 작고했다. 가장 작은 최소가 커질 것을 바라는 나는 포천으로 갔던 일가가 든든해질 앞날을 기대한다.

배정현 변호사는 인격이 있는 분이었고, 손종국네는 아흔아홉 칸 집 부자였는데 가풍이 소박했다. 손종국의 아버지인 손상교 씨가 손수 양말 깁는 것을 나는 그 댁에서 보았고, 무슨 때면 그 댁의 일하는 사람이 아니라 손상교 씨가 직접 자전거를 타고 먹을 것을 실어 왔다. 손종국의 증조부와 할아버지의 호(號)에는 성실할 성(誠)이니, 작을 소(小)니, 소박하다는 뜻의 소(素)가 들어 있다. 손종국의 할아버지는 일제시대에 서울 근교 미아리에 인창보통학교를 설립했다.

벽제 사리현리에는 우리 윗대부터 근 200, 300년간 이용한 가족묘소(묘지)가 있는데, 푯말에 '전주이씨 광평대군파 윤강공계 가족묘지(全州李氏 廣平大君派 潤康公系 家族墓地)'라고 적혀 있다. 나는 이 산소에 어려서부터 아버님을 따라 성묘를 다녔고, 어쩌다 가끔 확대가족들과 그 윗대가 모셔져 있는 불광동 묘지, 그리고 그 윗대가 모셔져 있는 한강 건너 봉원사 근처에 간 적이 있다. 사리현리 묘소는 종중회에서 관리한다. 종중회 회장은, 계보로 봐서 내 큰할아버지의 아들들, 예를 들면 포천에 가 있는 후예가 책임져야 한다. 하지만 내가 우겨서, 나에게 심부름을 시키며 가족묘소 일을 열심히 보셨던, 아저씨 되는 한 어른의 아들인 이흥주(李興柱) 씨를 종중회장으로 모시고 있다. 이흥주 씨는 연세대를 졸업한 후 줄곧 한국방송공사에 있었다. 나는 이렇게 한 직업에 오래 있는 사람을 존경한다. 종중회에는 임대 수입도 있고 정기예금으로 수억이 있어 봄마다 장학금을 주고 모일 때마다 식사도 한다. 이런 모든 일을 이사 네 명(이사 중 한 사람이 내 아들이다)과 이홍주 씨가 책임을 진다.

협력형 통치를 의미 있게 생각하는 나는 우리 역사가 경험한 왕 제도 중 제일 잘된 것은 화백(和白) 제도였고, 제일 잘못된 것은 나이가 어려도, 무능해도, 일할 수 없는 형편인데도 무조건 큰아들을 고집한 일이라고 생각한다. 이 점에서 영특한 세종이 적자주의를 택한 것은 잘못이었다. 그 아들 문종이 병약한데 어떻게 왕이 되며, 문종의 아들 단종이 어린데 어떻게 왕이 된단 말인가? 조선에도 화백 같은 종중회가 있어서 종중회원에게 왕의 선출권을 주어, 가톨릭 교회에서 교황을 선출하듯이 하게 하되, 종중회원들에게는 남을 가르치는 일 정도의 일에 종사하게 하며 관직을 주지 않고, 적절한 수준으로 생활은 유지하게 하고, 다만 엄하게 감찰하여 돈을 받고 청탁이나 부탁하고 다니는 회원을 종중회에서 제명했어야 한다고 생각한다. 묘지를 관리하는 종중회의 장이 한 일을 맡는 사람이듯이, 나라를 관리하는 왕도 나라 일을 맡은 한 사람이어야 한다.

한편 내 어머니가 돌아가셨을 때 이 가족묘소에 왔던 시인 고은(高銀)이 우리 집 묘지에 관한 시를 그의 시집 《조국의 별》에 '비석'이라는 제목으로 썼다. 이 시는 타이즈의 앤서니 신부(Brother Anthony of Taize)와 김영무 씨가 공동 번역하여, 'Tombstones'라는 제목으로 《The Sound of My Waves》(Cornell University East Asia Program, 1993)에 실려 있다. 나는 이 영어 번역본도 운치 있다고 생각하지만, 한글로 된 원래 시를 내게 겸손을 가르치는 시로 받아들인다.

비석

1
비석 없는 무덤은 만인이다
그 무덤에는
어느 누구에게도
어머니 같은 아버지가 있다
비석 없는 무덤은
단 한 사람이 아니다
단 한 사람이 아니다
병든 짐승도 불러서
해 질 때까지 달래주는 친구들이다
죽어서
비석 없는 무덤은 거룩하다
거룩하다는 것은 왕릉이 아니다
용인 땅 명당이 아니다
비석 없는 무덤은
무덤이 아니라

우리 모두 다 모였다 헤어진
만인의 따뜻한 울음이다
밤하늘 기러기 반겨주는 만인의 잠이다
비석 없는 무덤은
수많은 무덤은
만인의 꿈이다 정치이다

2

듣자니 이문영 교수네

벽제 선산 발치엔

비석 하나 서 있지 않는다지요

무덤에 비석 따위 세우는 거만

부디부디 그거만 내던져 버렸다지요

아버지 무덤도 자그마해서

산신나무 한 놈도 없다 하지요

그 집안의 모진 겸허 대대로 이어

말 한마디에도

언제나 저는 저는 그러지요

그러다가 그 오랜 눈 내리는 겸허로

눈이 오지요

눈이 오지요

이제 내 동기간들을 소개하겠다.

지영(芝永) 누님은 경기고녀를 나온 똑똑한 여자였다. 묘동교회에 속한 유치원의 보모일 때 그 교회 목사 아들이 결혼을 안 해주면 죽는다고 해서 결혼했다. 매부 강철희 장로는 서른셋에 늑막염으로 죽은 내 누님의 병원비를 마련하지도 못했으면서 모든 재산을 교회에 바치는 사람이었다. 나는 대학생일 때 강철희 씨 댁에서 자주 유숙했다. 지영 누님의 아들 기배는 수학과를 졸업한 후 교사 생활을 하다가 작고했다. 기춘은 훌륭한 목사가 되었고, 기석은 대기업에서 토목기사로 일한다. 순옥은 전도사가 되었다.

과부가 된 현영(賢永) 누님은 내가 고려대 조교수였을 때 사직동 산동네에서 연탄가스를 마시고 돌아갈 때까지 사직동에 사는 우리를 의지했다. 현

선표 돌잔치 하던 날 가족들과 함께. 왼쪽 윗줄에서 한복을 입은 이가 현영 누님이고 그 옆에 안경을 쓴 이가 신영 누님이고, 아랫줄 맨 왼쪽이 인영, 그 옆이 보영, 어머니, 현아, 내수동 고모님이다.

영 누님의 아이들인 병선·병호·병철 가운데 병철은 내가 좀 봐준 것이 있고 병덕의 대학 학비와 취직을 돌봤다. 병길도 병덕과 더불어 훌륭한 토목 기사가 되었다. 딸을 일찍 여읜 내 어머니의 애처로워하는 마음에서 우러나온 간절한 기도의 공력으로 현영, 지영 두 누님의 자식들이 다 잘되었다.

나는 집안 생활의 책임을 안 지고 3년이나 유학 가 직무 유기를 했지만, 우리 집 살림을 내 집사람 혼자서만 책임진 것은 아니었다. 세종로 집 값으로 보상받은 돈을 손씨 댁에 빌려주어 매달 이자를 좀 받았다. 보영(寶永)이가 영어와 터키어를 알아 이모가 하는 선물 가게에서 돈을 벌었다. 시집가 있던 신영(信永) 누님은 초등학교 6학년 담임을 하면서 과외를 해 두 동생, 금영(金永)과 인영(仁永)의 대학 학비를 보탰다. 보영에게는 내가 뭘 해준 것이 없었다. 그 내외가 미국으로 가 열심히 일해서, 용석은 수학자로, 수잔(Susan Chai)은 변호사로, 그것도 인권 변호사로 길렀다. 자기 어머니에게서 늘 내 얘기를 들은 조카딸 수잔은 자신이 미국에서 약자를 위해 변론을 하는 것은 자기 외갓집의 영향이라고 말한다. 이렇게 조카딸이 나를 존경하는 것은 금영네에서도 볼 수 있다.

금영은 연세대를 졸업한 후 배화고녀에서 수학 선생을 하다가 연세대 우광방 교수와 결혼했다. 그 집 딸 귀영(Patricia Young Dhar)은 뉴욕에서 인도인 사업가 마다르 다르(Madhar Dhar)와 사이에 세 쌍둥이를 낳아 기르고 있다. 그런데 이 삼남매의 이름을 인도 말로 짓되, 한 아이는 내 이름에서 문(文) 자를 따서 에일러 문 다르(Ayla Moon Dhar)로 짓고, 한 아이는 영(永) 자를 따서 마야 영 다르(Maya Young Dhar)로 지었으며, 또 한 아이는 내 아들 선표의 이름에서 착할 선(善) 자를 따서 아르준 선 다르(Arjun Sun Dhar)로 지었다. 귀영은 미국 출생자인데, 세 쌍둥이를 낳고 이름을 정할 때 아버지가 동석한 가족회의에서 이렇게 세 아이의 이름을 정했다고 한다. 이런 일을 접하면서 나는 가족 속에서 내가 지닌 책임을 무겁게 생각할 뿐 아니라 한국과 미국의 좋은 것을 다 지닌 조카딸 귀영을 귀중하게 생각한다. 이 귀영이는 시집도 잘 갔다. 그 아이의 시아버지를 딱 한 번 뉴욕에 강연차 들렀을 때 만난 적이 있다. 그분은 마침 인도에서 아들 집에 와 머물고 있었다. 노령이었는데 가운을 입고 덧신을 신고 나를 만나러 나오셔서 과거에 교도소에서 얼마나 고생했는가를 물으시고 미국에서 내 책의 번역이 잘 되어가는지 물으셨다. 네루 수상이 집권했을 때 주미 유엔 대사를 한 분다운 인사말이었다.

보영의 남편 최광전 장로는 이제 은퇴해서 연금으로 매달 3000불을 받는다. 보영과 보영 남편은 미국에서 미군인과 결혼한 한국 부인들을 위하여 교포 교회를 만들어 열심히 일한다.

신영 누님은 자식이 없고 남편이 광폭했다. 하지만 남편이 누님에게만은 폭행을 가하지 않았고 누님의 외유를 허락했다. 1960년대 초에 내가 한미

1955년에 찍은 가족사진. 윗줄 왼쪽부터 보영, 금영, 인영, 집사람이고 아랫줄은 어머니와 나.

교육위원회 위원일 때 미국 문화원장에게 부탁해 신영 누님을 미국에 양재 배우러 가게 했다. 그 후 한국에서 남편이 죽은 뒤 신영 누님은 요리점 하는 필리핀 사람과 재혼했다. 이 누님이 미국에 갈 때 나에게 집 한 채를 맡기고 가셨는데, 내가 해직되었을 때 이 집을 팔아서 쓰라고 했다. 나는 다행히 한 푼도 안 썼고 지금도 그 집을 맡아서 집세를 받아 혼자 사시는 누님께 보내드린다.

막내 동생이 남자인 인영이다. 인영은 연세대 물리학과를 졸업한 후 미국에 건너가 석사학위와 박사학위를 받고 일생을 시카고에 있는 알곤 연구소 환경학자로 근무했다. 한때는 서울의 국립환경연구소 고문으로 와 있기도 했다. 지금은 은퇴했다. 부인은 작가 최인호 씨의 누나 명욱 씨로, 일생을 한 공장에 열심히 다닌 명랑한 분이었는데 정년 직전에 교통사고로 아깝게 돌아갔다. 인영은 두 자녀를 두었는데 아들 영표(Dennis)는 시카고대학교를 나온 후 2년 동안 박봉을 받으며 미국 내 빈민의 초·중·고등 교육을 하는 'Teach for America'의 일원으로 일했다. 영표는 석사 공부를 컬럼비아대학교 영화제작과에서 했다. 이 아이가 석사학위를 받은 뒤 만든 첫 작품이 줄리아 로버츠가 여주인공으로 나온 〈정원의 반딧불이〉이다. 인영의 딸 캐이(Kay)는 브라운대학교를 나온 의류 디자이너이다. 이렇듯 인영과 인영의 아이들은 미국을 위하여 헌신하는 좋은 한국 사람들이다.

내 집사람 얘기를 다시 해야겠다. 내 집사람은 나보다 세 살 아래이다. 결혼한 후에 내가 고려대 전임강사가 될 때까지 초등학교 교사 생활을 하다가 오랫동안 좌골신경통을 앓아 사표를 냈다. 그 사람의 수고가 없었더라면 지금의 내가 없었을 것이다. 내가 결혼하기 전에 집사람의 집에 손님으로 가 목격한 일을 다시 언급하고 싶다. 1장에서 집사람의 괴로움과 슬픔이 가정의 평화로움으로 감싸여 있었다고 말했다. 내가 재론하고 싶은 것은, 이 평화가 이른바 공부 잘한다는 예리함을 무색하게 했다는 이야기이다. 석중이 자기 오빠가 혼자 저녁 밥상을 받을 때 나와 함께 있던 자리를 떠나 오빠의 시중을 들었던 일이다. 공부 잘하던 딸인 집사람이 공부를 떠난 언니들 틈에 끼어 있는 것이 돋보였다. 이 세상에서 공부 잘하는 것이 제일은 아니라는 것을 실감하게 하는 광경이었다(나는 이 광경을 이 책 다음에 쓸 《새 문명에서의 공직자》에서

집사람의 젊은 시절. 이 사람의 수고가 없었더라면 지금의 내가 없었을 것이다. 길거리 사진사에게 찍힌 사진이다.

자세히 다룰 것 같다). 나는 그때 석중의 오빠가 올 때까지 화롯불에서 보글보글 끓고 있던 찌개가 맛있어 보여 그 찌개가 무엇이었는지 그 후 종종 묻곤 했다. 소래기에 쇠고기 조금과 김치 빤 것을 넣고 끓인 것이었을 거랬다. 내 처남은 이런 찌개를 식구들에게 둘러싸여서 드셨으니, 이 세상에서 더 좋을 수 없는 성찬을 드신 이다. 이런 것들이 신기한 광경이었다고 말하는 나에게 석중은 종종 "오빠를 고생시키면서 대학 공부를 할 수가 없었어요"라고 말했다. 이런 생각이 굳어진 그녀는 거의 습관적으로 아내가 남편을 위하여, 혹은 자식을 위하여 수고하는 것은 당연하다고 생각했다. 그러나 나는 집사람이 고생한 이야기를 더 써야 한다.

우선 결혼한 1954년부터 내가 제대로 취직한 1960년까지가 그녀의 첫 수고 기간이다. 시집살이를 하면서 나의 유학 뒷바라지를 한 것이 수고의 내용이다. 사직동 산동네에서 결혼 생활을 시작했는데 과부로 사는 큰누님네 네 아들이 우리 집에 와서 식사를 함께 했다. 그래서 이 조카들이 지금까지 무슨 때가 되면 꼭 우리 집을 찾아온다. 내 둘째 누님이 또 일찍 작고해서 조카딸인 강순옥(姜順玉)이 내 집에 와 있었으니 집사람의 일이 더 늘었을 것이다. 아마 매일같이 반찬으로 멸치를 좀 넣고 김칫국이나 우거짓국을 한 솥 끓였을 것이다.

두 번째로 결혼한 뒤 8년 동안이나 아이가 없어서 심려가 많았다. 그러다 서른두 살 때 초산을 했다. 첫아이가 딸 현아(賢雅)다. 그리고 2년 후에 아들 선표(善杓)를 낳았고, 다시 그 2년 후에 막내딸 선아(善雅)를 낳았다. 선표 낳을 때 나는 집사람을 동국대 근처에 있는 제일병원에 입원시키고—세 아이 모두 의사 이동희 씨가 출산시켰다—나는 근처에 있는 을지극장에 가서 영화를 봤다. 영화를 보고 병원에 가보니 집사람이 아이를 출산한 뒤였다. 나는 으레 집사람이 모든 일을 잘한다고 생각해서 이렇게 무심한 사람이었다. 언젠가 집사람에게 이 일을 미안해 했더니, 집사람은 내가 초

선표 돌잔치 하던 날 집사람과 선표. 결혼한 뒤 오랫동안 아이가 없어서 마음고생이 심했던 집사람은 세 아이를 기르면서도 늘 명랑했다.

현아와 선아와 선표의 어린 시절.

조해서 영화관에 갔을 것이라고 말했다. 집사람은 세 아이를 기르는 데 몰두했다. 우유를 물에 타서 먹이며 신명이 나 노래를 부르는 것을 보았다. 집사람은 또 구제 옷을 사와, 그것을 줄여 아이들 옷을 짓느라 바빴다. 이 모든 일을 하면서 늘 명랑했다. 그러니 아이가 없었을 때의 괴로움이 얼마나 컸겠는가. 매일같이 빨래가 많이 나왔는데, 그때는 세탁기가 없어서 머리에 잔뜩 이고 동네 빨래터로 가서 빨래를 해 왔다.

집사람의 세 번째 수고는 약 5년간 이어진 내 옥바라지이다. 나는 문익환 목사, 이해동 목사와 함께 두 번을 감옥에 갔는데, 내 집은 쌍문동, 문 목사 집은 수유리, 이 목사 집은 미아동이어서 부인들 셋이 함께 매일 모여서 행동했다. 세 부인은 북부서원들의 감시와 미행을 피해가며 외신 기자를 만났고, 한국기독교교회협의회(KNCC)의 인권위원회를 찾았고, 기도회에 참석했다. 세 부인이 1980년 '김대중 내란음모 사건' 때는 변호사를 못 구해 애를 먹었다. 함께 운동했던 동지인 윤보선 전 대통령이 부인들 앞에서 전두환이란 사람이 밉지는 않게 생겼다고 말하는 변절을 목격하기도 했다.

사직동에 살 때에 누가 대문을 두들기고 도망친 일이 있었다. 이때 집사람이 쏜살같이 뛰어 나가더니 긴 계단을 내려가서 한참을 뛰어가기도 했고, 경동시장에서 무거운 짐을 끌고 와 우리 집 뜰에서 민주화운동자들이 드실 음식을 만들기도 했다. 그 사람은 경기고녀 때 테니스 선수로 전위를 봤던 기민한 몸체의 여인이었다. 그런데 나이 들어서는 류머티즘성 무릎병이 생겼고, 혈압에 신경을 써야 했으며, C형 간염지수가 나빴다. 그러나 이 사람의 특징은 밝고 명랑한 것이었다. 아픈 사람의 얼굴이 왜 이리 밝냐고 내가 물으면 자기는 많이 버리고 사는 사람이라고 말했다. 집사람은 고뇌·결핍·유혹을 이겨내는 용기나 깨끗함을 뜻하는 영어 단어, 'fortitude'라는 말에 맞는 사람이었다. 집사람은 수고와 어려움 속에서도 여전히 마음의 행복을 잃지 않는 여인이었다. 그러던 사람이 77세로 뇌종양을 앓아 병상에 있다

갔다. 불쌍하다. 그래서 내 몸이 마르고 휘청해졌다. 그러나 나는 생로병사의 네 과정 중 그 사람의 '생'을 기억하면서 살고자 노력한다. 집사람의 삶을 읊은 고은의 시를 그의 《만인보 12》(창작과비평사, 1996)에서 뽑는다. 이 시에 나오는 김석중은 혼자서 아름답다기보다는 나라는 돌 옆에 핀 난초 같아서 불쌍하다.

김석중

재야에서는 3·1사건이라 하고
정부에서는 3·1사건이 못마땅해
명동사건이라 했지
3·1민주구국선언 사건의 한 사람 만나

그 이전부터 기독자교수협의회 의장
해직교수협의회 대표도 지냈던 사람 만나
그 사람 소정(小丁) 이문영의 아내는
막 뽑아낸 파처럼 새롭게 매웠다
싸아
싸아

지난날 총각 이문영이 선보러 갔을 때
마당 수곽에서
요강 씻는 뒷모습 보고 마음에 딱 들었던 아가씨
경기고녀 아가씨

가을 배 맛 차라리 서러워라

그도 아니면 다음 해 흐드러진 앵두나무 가지 휘어져라

민주주의 그것 하나 실현하고자

영어 사전 불어 사전 너덜너덜 걸레 만든 사람 만나

늘 생각에 잠기다가

그 생각에 겨우 울다가 하는 사람 만나

거짓말 한마디 못하는 사람 만나

주색도 없이 비리도 없이

이마에 모기 앉아도 잘 쫓지 않는 사람 만나

그 사람 마음속에 가득 찬 사랑이었다

걸음 하나 헛디디지 않고

말 한마디도 과녁 맞춰

똑! 소리 난다

부엌의 그릇들 그대로인데

쨍그랑! 소리 난다

끝내 말 한마디도 메조소프라노쯤 노래였다.

이러한 견디어냄을 보여준 우리 집 여인 가운데 또 한 사람은 미국 오하이오 프리먼트(Fremont)에 사는 화영(花永)이다. 그녀는 중년에 신경통을 앓아서 잘 걷지 못했다. 그런데 조금씩 걷기 시작하더니 뛰는 습관을 가졌다. 보스턴마라톤대회나 동아마라톤대회에서도 연장자 그룹에서 완주했

마라톤에 참가한 화영의 밝은 모습.

다. 화영이는 내가 군사재판으로 감옥에 있을 때 오하이오 주의 수도인 콜럼버스에서 행해진 마라톤대회에서 일등을 하기도 했다. 같은 콜럼버스에 거주하던 내 친구 핸슨이 화영을 응원했다. 이때 신문기자가 어떻게 이렇게 잘 뛰었는지 묻자 화영은 "아무 죄 없이 깜깜한 감방에 갇혀 있는 오빠 생각을 하면서 뛰었어요. 오빠를 대신해서 뛴 것이죠"라고 말했다. 화영은 손재주가 있어서 동네 부인들 옷도 지어주고 그림도 잘 그린다.

이 모든 여인들―고모, 신영, 화영, 보영, 가난을 무릅쓰고 대학을 마친 두 동생, 그리고 집사람의 수고를 총지휘하며 고생을 몸소 안고 사신 분이 계셨다. 그분은 내 어머니였다. 어머니는 나를 낳으시고 기르셨는데도, 말하자면 나를 소유하시지 않아 나에게서 아무것도 가지고 가지 않은 분이다. 예를 들어 어머니는 22일간을 병원에서 혼수상태로 계시다가 돌아가셨는데, 놀랍게도 어머니의 은행 통장의 잔고가 꼭 병원에 낼 입원비만큼 되었다. 말년을 맞이하는 내 모습이 내 어머니의 모습과 달라 나는 초조하다.

한 대학이 잘되고 못되고는 졸업생들이 잘되는가, 못되는가에 달려 있다. 고려대 법대가 한 해에 고등고시 합격자 170명을 배출하는 대학이 된 것은 김형배(金亨培)라는 뛰어난 졸업생이 교수가 된 다음부터이다. 나라의 미래는 그 나라의 젊은이를 보면 알 수 있다. 나는 내 자식들과 손자들이 내 집을 빛내는 인물이 되기를 기대한다. 그런 바람으로 내 아들, 딸, 그리고 이 아이들에게서 생긴 손자들의 현황을 적는다. 두 딸은 결혼한 뒤 아이들을 기르면서 박사학위를 땄는데 그 학비를 내가 댔다. 이는 어려서 신영 누님이 일본에 가서 수학 박사를 하겠다고 별렀는데 그 꿈을 실현하지 못했던 것을 내가 알았고, 일제 때 같은 해에 나와 같이 전문학교에 입학했으면서 남자인 나만 공부를 계속해 끝까지 공부하지 못했던 여동생 화영과, 세 번을 입학했으면서도 대학을 못 마친 아내 석중을 생각해서였다. 여자는 집에서 대주고 밀어주지 않으면 결코 공부를 할 수 없다.

현아: 1962년생. 사회복지학을 공부하여, 서울신학대학교 복지학과 교수로 있다. 대학생일 때 교회 청년부 활동을 할 때와 같은 심정으로 같은 교단의 신학대학에 있다. 사위 리영석(李永錫)은 물리학 박사학위를 받았는데 현재 어플라이드 머티어리얼(Applied Material) 사의 상무로 있다. 현아는 서울신학대학에서 휴직 중이지만 주거지에 있는 산호세(San Jose) 주립대학에서 강의하고 있다. 딸 성윤(成允)과 아들 성진(成眞)을 두었다.

선표: 1964년생. 기계공학을 공부했다. 살림하는 딸들과는 달리 공부만 해서 이십대에 미국에서 박사학위를 받았다. 현재 경기대 기계공학과 교수로 있다. 며느

어머니는 나를 낳으시고 기르셨는데도 나를 소유하시지 않아 아무것도 가지고 가지 않은 분이다.

3·1민주구국선언 사건으로 수감되었다가 출옥한 후 가족들과 함께. 왼쪽부터 어머니, 나, 선아, 석중, 선표, 현아.

가족사진. 윗줄은 왼쪽부터 선아 내외, 현아, 선표 내외이다. 집사람이 안고 있는 아이는 손녀딸 혜연이다.

리 김성은(金成恩)의 내조가 크다. 딸 혜연(惠延)과 아들 충원(忠原)을 두었다. 선표 말이 혜연이가 머리 좋은 것은 혜연이의 할머니를 닮은 것이라고 했다. 선표의 이 말을 독자들은 음미하기 바란다. 선표는 자기 딸이 머리 좋은 것은 나를 닮아서라고 말하지 않았다. 석중은 경기고녀 급장까지 할 정도로 머리가 좋았고, 나는 중학교를 여덟 번 시도한 후에야, 그것도 어머님의 연줄로 들어갔다. 다만 배재중학교 예배 시간에 공부를 잘하겠다는 결심을 했는데, 이것도 내 뒤에 계신 하느님이 시켜서 한 것이다. 어차피 나는 하느님의 은총으로 사람 꼴이 좀 된 사람이다. 하느님이 신영 누님을 통해서 나에게 석중을 마련하셨으니 혜연의 공부 잘함도 하느님이 열어 주신 셈이다.

선아: 1966년생. 노어노문학을 공부했고 현재 고려대 강사이다. 사위 장이권(張二權)은 생물학을 공부한 이로 현재 이화여자대학교 생물학과 연구교수로 있다. 선아의 딸 서영(瑞永)은 아직 초등학교 입학 전이다. 서영의 영 자를 내 이름에서 땄다.

나는 '머리 곱하기 마음'이 사람의 가치라고 본다. 머리의 지수는 아무리 떨어져도 마이너스까지 떨어지지는 않지만 마음의 지수는 마이너스까지 떨어질 수 있다. 그래서 나는 내 자식들과 후손의 마음 지수가 플러스에 있어서 마음이 바르기를 바란다. 이 마음 바르기를 권하는 의미에서 내가 흐뭇하게 생각하는 후손 자랑을 몇 가지 더 적는다.

하나는 선표 이야기이다. 내가 고려대에서 중앙정보부의 압력으로 처음 해직되었을 때 선표는 초등학교 5학년생이었다. 그때 선표가 누나와 여동생에게, "너희들은 뭘 부끄러워하니? 나는 학교에서 아버지가 대학에서 쫓겨났다고 말했다"라고 했다는 것을 집사람이 나에게 이야기한 적이 있다.

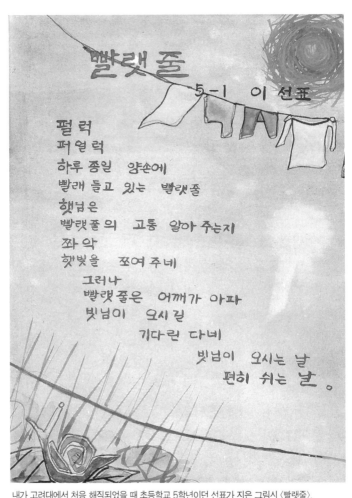

내가 고려대에서 처음 해직되었을 때 초등학교 5학년이던 선표가 지은 그림시 〈빨랫줄〉.

그 당시 선표가 숙제로 '빨랫줄'이라는 제목의 그림시를 썼다. 이 시는 빨래를 걸고 있는 괴로움이라는 현실의 제한성과 빨래들이 걷히는 날을 기다리는 견인한 의지를 보여준다.

빨랫줄

펄럭
퍼얼럭
하루 종일 양손에
빨래 들고 있는 빨랫줄
해님은
빨랫줄의 고통 알아주는지
좌악
햇빛을 쪼여주네

그러나
빨랫줄은 어깨가 아파
비님이 오시길
기다린다네

비님이 오시는 날
편히 쉬는 날.

1975년 어느 날엔가 이 그림시를 넣은 액자를 한신대 김이곤(金二坤) 교수가 보고 가셨다. 그 해 김 교수는 나에게 크리스마스 카드에 "빨랫줄과

햇빛, 우리의 염원은 거기에 함께 묶여 있습니다"라고 적어 보냈다.

이번엔 한 대 아래로 내려가 현아의 딸 성윤이 자랑을 하고자 한다. 성윤이가 초등학교 2학년일 때 내 외손녀의 한 동급생 어머니가 이렇게 칭찬하는 것을 내 딸이 들었다고 한다. "성윤이가 참 훌륭해. 집에서 잘 키우셨어. 며칠 전에 우리 집에 성윤이가 와서 하는 말이 서슴지 않고, '어머나, 집이 참 좋구나. 어쩌면 이렇게 넓니? 너 우리 집에 한번 와봐라. 얼마나 작은 아파트인데……'라고 하지 않겠어요?" 이 말은 말하자면 성윤이가 받아들여야 하는 선택의 제한성을 알고 있을 뿐 아니라, 사람이 작은 집에 사는 것이 결코 부끄러운 일이 아니라는 담담함을 지녔음을 보여준다.

집사람의 마지막

2006년 11월 21일 여섯 시 세종문화회관에서 열린 한승헌 변호사의 출판기념 모임에 석중과 나는 같이 갔다. 이것이 우리 둘의 마지막 외출이었다. 나는 접수대에서 한 변호사에게 인사하고 충정로 경기대 캠퍼스에 강의가 있어서 석중을 혼자 두고 나왔다. 내가 밤강의를 마치고 귀가해 보니 석중의 표정이 피곤하고 저조했다. 첫마디가 "강자에게 붙어먹는 사람들의 모임이었어요"였다. 나는 누구를 지목하는지 묻지 않았다. 택시 값을 잊고 나가 김종완 의원 부인에게 3만 원을 빌려서 택시로 왔다고 했다. 이 모임에서 석중이 극도로 외로웠던 이유를 나는 다음 두 가지로 생각한다. 석중에게서 확인한 것은 아니고 어디까지나 내 짐작이다.

첫째, 남편인 내가 자신을 혼자 두고 강의한답시고 간 것이 ─ 강자에게 붙어먹으러 간 것이 아니라 자신의 길을 갔던 것이 ─ 외로웠을 것이다. 나는 세상 나쁜 것을 강의와 책으로 달래왔지만 석중은 큰 집에서 살림하고 나를 보살피느라 쓸쓸함을 달랠 길이 없었을 것이다. 그리고 공부에 몰두해 세상이 알아주지도 않는 딴 길을 가는 듯한 나를 한 여자로서 원망했을 것이다. 석중이 입원했을 때 찾아왔던 누군가가 나더러 책 쓰는 일을 칭찬하자 석중이 괴발개발 쓰는 거라고 폄하한 것을 미루어 이를 짐작할 수 있다. 선아 말이, 내가 쓴 책들이 다 그게 그거라고 엄마가 말한 적이 있다는 것이다. 현아는 아빠가 책 쓰는 일이 자신에 대한 배려의 결핍에서 비롯되었다고 엄마가 해석한 것 같다고 말했다. 나는 비록 박수근의 작품집을 펼치더라도 장마다 인상이 비슷한 점이 있다고 자위한다.

둘째, 석중은 김대중·노무현 두 정권이 민심을 잃는 것을 가슴 아파했고, 정권을 바로잡지도 못하면서 관직에 들어간 재야 동지들을 민주화 후에 강자에 붙어먹는 사람들이라고 매도해왔다.

이런 생각도 난다. 김대중 씨가 날더러 당의 부총재로 들어오라고 한 적이 있다. 내가 부총재에 순위가 있느냐고 물었다. 김씨는 순위가 없다고 했다. 이 말을 듣는 순간, 나는 내 사명을 다할 수 없는 구도임을 알고 "우리가 잡혀갔을 때는 집사람과 의논하고 잡혀간 것이 아니지만, 이 경우는 의논해야겠습니다"라고 말했다. 나중에 집사람과 의논도 하지 않고 "하지 말라고 합니다"라고 말했더니, 그가 다음에 부탁할 때는 해달라고 말했다. 나는 맹세하기가 싫어서 듣기만 했다. 비록 내가 부당하게 핍박받는 정치인 김대중 씨를 도왔지만 그의 말, "다음에 부탁할 때는 해달라"에 나는 거부감을 느꼈다. 나는 내 고유의 권리로 나라에 봉사하고 싶지, 한 개인의 부탁으로 나랏일 하기는 싫었다. 예를 들어 당이 나를 수석 부총재로 선출하면 내 고유의 권리로 직을 얻는 것이 된다. 그렇다. 생명을 던져서 악한 정부를 무너뜨린 재야가 대통령의 아들이나 측근의 횡포를 막지 못하고 그저 자기 자리를 유지하기에 급급하다면, 이는 한낱 강자에 붙어먹는 것에 불과하다.

이 일이 있은 후부터 석중의 행동이 느려졌다. 밥때에 부엌에 가는 것을 잊었다. 잠자리에 들지 않고 텔레비전만 봤다. 2006년 12월 11일에 고려대 안암병원 내과 의사에게 갔다가 갑자기 뇌 검사를 받으라고 해서 3.5센티미터 되는 종양이 뇌 속에 있음을 발견해 그날로 신경외과에 입원했다. 선아가 이날 석중을 동행했다. 지루한 기다림 후에 종양이 악성임이 밝혀졌다. 이 조직검사 직전에 석중이 원해서 이해동 목사의 부인인 이종옥 씨를 불러 예배를 보았다. 이때 이종옥 씨가 전일에 한승헌 변호사 모임 때 집사람이 막 성을 내고 감정을 터트렸는데 그 까닭을 모르겠다고 나에게 말했다. 나는 "세상이 나빠서겠죠"라고만 말하고 석중이 뭐라고 말했는지는 묻지 않았다.

그때 마침 현아네 식구가 휴가차 한국에 들어와 있었다. 암 치료는 방사선과 약물로 하기로 했다. 석중은 평화스러워 보였다. 며느리 성은을 대하는 얼굴이 자비로왔다. 석중은 치료를 잘 견디는 듯했다. 종양의 크기가 2.1센티미터로 줄기도 했다. 의사가 믿어지지 않을 정도라고 말했다. 그러나 그 말 잘하던 석중이 듣기만 했다. 간병인이 좋은 사람이었다. 서영을 데리러 가는 시간까지 선아가 병상을 지켰고 취침까지는 선표가 지켰다. 두 자식을 다 볼 수 있는 교대 시간에 내가 병실에 있었다. 간병인이 일주일에 한 번 집에서 자고 올 때 성은이 밤샘을 했다. 석중은 자식들을 활짝 웃으면서 반겼다.

2007년 1월 28일은 내 여든 살 생일날이었다. 이날이 주일날이어서 그 전날인 1월 27일에 내 생일 모임을 가족끼리 병원 식당에서 했다. 현아가 사준 이쁜 모자를 쓰고 옷을 평상복으로 갈아입고 나온 석중이 그때도 활짝 웃었다. 그러나 슬픈 그림자가 곧 그에게 다가왔다. 병실로 돌아온 석중에게 간호사가 어디에 갔다 왔느냐고 묻자, 내 생일 모임에 갔다 왔다고 하지 않고 약혼식에 갔다 왔다고 딴소리를 했다. 약혼식만큼 즐거웠는지 모

른다고 나는 좋은 방향으로
해석하고자 했다. 나는 선표
같이 석중을 안지도 못하고
자리에 옮겨 눕히지도 못했으
며, 두 딸들같이 아양을 떠는
것도 못하는, 별 쓸모가 없는
무능한 남편이었다. 석중이
투병 중에 정신이 되살아날
때마다 다음과 같이 외마디를
남겼다.

내 여든 살 생일의 전날, 고려대학교병원에서 투병 중이던 아
내와 함께. 이날 가족들과 같이 저녁식사를 했다. 이것이 아
내와 같이한 마지막 식사였다(2007. 1. 27).

선표에게: "나의 구세주 선
표야."

조직검사를 마치고 환상을
보면서 헤맬 때 상자 속에 갇
혀 물에 떠내려가던 자신을
건져준 이가 아들이었다고 말하면서 한 말이다. 선표는 72일간 투병한 어
머니를 극진하게 간호하여 자기 부인 성은과 옆에 누운 다른 환자를 감동
시켰다.

날보고: "또 신문에 보도가 되었어요? 사진이 나왔어요? 그러면 안 돼요."
이 말은 내가 출세하면 안 된다는 뜻이었다. 이 말은 내가 지키기 어려운
말임이 곧 밝혀졌다. 2007년 4월 6일, 그러니까 그 사람이 죽은 지 두 달도
안 된 어느 날, 나는 한국행정학회로부터 내가 학술원 회원으로 추천되지
않았다는 전화를 받고서 섭섭해 했기 때문이다. 나는 섭섭해 한 후에야 날

보고 한 집사람의 이 말을 떠올렸다.

간병인보고: "나쁜 년."
이 말을 그 후 종종 했다. 이 말을 듣고 간병인이 환자가 입을 열었다고 기뻐서 선아에게 전화했다. 이 욕은 간병인에게 한 말은 물론 아니고 재야 인사 중 정권의 악을 바로잡지 못한 이를 향한 말이다.

선표에게: "내 일생에 요즘같이 호강할 때가 없다."
지금까지는 석중이 모든 사람에게 봉사만 하다가 모든 사람에게 사랑을 받는다는 말이니 눈물겹다.

날보고 전화로: "내가 (당신을) 승리하게 해준 사람이 저야요."
생전에 우리 사이에 '당신'이라는 말은 안 했다. 문장에서 목적어를 써야 하기에 당신이라는 말을 나는 여기에 썼다. 출세하게 해준 사람이 아니라 승리하게 해준 사람이라는 것에 뜻이 있다.

간병인에게: "나는 내 죄를 아옵니다"라는 글귀가 분명히 들어 있는 고백의 기도문을 썼다. 그러나 그 기도문은 군데군데 초점이 안 맞는 데가 있었다. 하지만 석중이 온 힘을 다하여 하느님 앞에 서 있는 모습을 담은 기도문이었다. 선표가 이 기도문을 보관하고 있다.

나에게: "옆방의 간병인이 훌륭해요."
나는 그 간병인이 자기 책임도 아닌데 집사람의 궂은일을 돕는 것을 보고 성금을 좀 전했다.

선아에게 화장실에서: "애야, 나는 그만하면 잘 살다가 간다. 남편이 살아 있고 잔디밭 있는 집에서도 살았고⋯⋯."

여러 사람들에게: "욕심을 버려야 행복하다."
나도 이 말을 들었다. 이 말은 입원 중에 유지했던 그의 편안한 모습에 부합하는 말이었다.

선아에게: "간병인에게 맛있는 것을 사드려라."
선아가 이 말을 듣고 곧 나가서 죽을 사 왔다. 간병인이 후일에 선아에게 환자 중에 그렇게 말하는 이가 드물다고 말했다.

다시 선아에게: "아버지는 착한 사람이다. 불쌍하다."

미국에서 온 현아에게: "갈 때 돈을 좀 주었어야 했는데⋯⋯."
현아는 연봉 3억 원을 받는 남편을 두었는데도 석중은 이렇게 자식들에게 늘 더 주고 싶어했다.

육촌형 윤장 씨 부인에게: "요전에 오셨을 때 은행 말린 것을 더 드릴 것을 제가 잊었어요."
마침 입원 직전에 윤장 씨 부인과 그 집 아들 두표가 쌍문동 우리 집에 왔었다. 그때 석중이 윤장 씨에게 드리라고 꿀 한 병과 고려대에서 온 무공해 쌀 한 봉지를 준 것을 고마웠다고 윤장 형 부인이 말하자, 이 말을 듣고 석중이 한 말이다. 집사람은 시부모님, 시동생, 시누 들의 자식들을 위하여 밥을 지었던 사람이어서 늘 손이 컸다.

선표와 성은에게: "성은이가 두 딸보다 낫다."

이는 성심껏 효도를 다한 자식들의 대표를 며느리 성은으로 생각하는 이성적 판단이며 자식들을 향해 어른으로서 마지막으로 한 인사말이었다.

약물 치료가 끝나고 방사선 치료만 몇 번 더 하기로 되어 있어서, 나는 퇴원할 때 석중을 데리고 나올 자동차를 내 생애 처음으로 샀다. 운전사더러 2월 20일 아침 아홉 시에 우리 집에 오라고 일러놓았다. 택시비 3만 원을 빌려서 귀가했던 것이 마음에 걸려서이기도 했다.

2월 19일이었다. 한때 호전되던 석중이 갑자기 백혈구 수치가 떨어져 격리 수용되어 열흘이 지난 때였다. 선표가 전날 내가 석중 옆에 있었던 것을 석중이 의식하고 있었다고 말했다. 효심이 두터운 아들이 나더러 병원에 가 있으라고 종용하는 것으로 나는 받아들였다. 그날 밤은 나 혼자 석중 옆에 있었다. 간병인이 내가 왔다고 석중에게 소리쳤다. 석중이 눈을 떴다. 크게는 아니었다. 시력이 쇠잔한 듯 보였다. 그 눈이 나를 알아보자마자 눈에서 눈물이 흘렀고 동시에 입가에 웃음이 번졌다. 나를 약혼식에서 만난 듯해 좋아서 웃었을 테고 남기고 가는 내가 불쌍해 슬퍼서 울었을 것이다. 선아가 왔다. 석중이 먹은 것을 한없이 토했다. 제대로 된 음식도 아니고 기계로 먹던, 어린아이의 흰색 이유식 같은 것을. 사람이 출생하자마자 찾는 것이 먹을 것이고 이 먹을 것을 거절해 곡기를 끊으면 마지막이라는 생각이 들었다. 이 말을 나중에 선아에게 했다. 팔에 꽂는 바늘로 약이 잘 안 들어간다고 가슴 동맥에 바늘 꽂는 시술을 목격했다. 맥박과 혈압 지수가 안정되었다. 선아와 나는 안심하고 간병인에게 석중을 맡기고 쌍문동 집으로 귀가했다.

그런데 다음날 새벽 두 시에 간병인에게서 전화가 왔다. 선표가 전화를 받았다. 맥박과 혈압이 걷잡을 수 없이 떨어지니 내과 응급실로 급히 오라고 했다. 선표 차로 둘이서 급히 갔다. 차 안에서 간병인의 독촉 전화를 또 받았다. 지하 내과 응급실에 갔다. 의료진들이 석중 위에 올라타서 호흡을 시키고 있었다. 내 어머니의 마지막에도 목격했던 광경이었다. 의료인이 나와서 우리에게 인공호흡을 멈추겠다고 말했다. 갈비뼈도 부러졌다고. 우리는 이에 동의했다. 응급실 철문을 잡고 밖에 선 나를 선표가 부축했다. 나는 소리 내어 이렇게 기도했다.

"자비하신 하느님이시여, 당신의 따님 김석중의 죄를 용서하시고 그의 영혼을 받아주시옵소서."

석중은 두 시 사십 분에 운명했다. 우리 둘이 석중에게 다가갔다. 나는 석중의 손을 만졌다. 아직은 따뜻했다. 선아가 왔다. 선표와 며느리를 병원에 남겨두고 나는 택시로 집에 왔다. 석중의 퇴원에 맞추어 일을 시작하도록 되어 있던 자동차 기사에게 와달라고 전화했다. 그가 곧 왔다. 집에 가서 옷을 갈아입고 나와 영안실로 갔다. 퇴원할 석중을 데리러 간 것이 아니라 그가 쉬고 있는 영안실로 갔다. 병문안 왔던 조카사위 이정린 장군의 말과 같이 내 아내이며 동지인 김석중이 이렇게 세상을 떠났다. 악한 정부를 심판하면서, 정의를 생각하면서, 죄를 덜 짓고자 애태우면서 이렇게 이 세상을 떠났다.

문득 이런 생각이 든다. 석중은 예수님이 돌아가시기 전에 "내가 가면 성령을 보내겠다"라고 〈요한복음〉 16장 7절에서 말씀하신 은총을 생의 마지막에 덧입은 것 같다. 성령이 오시면 하시는 일이 무엇인가를 밝힌 글을 다음에 인용한다.

8 그분이 오시면 죄와 정의와 심판에 관한 세상의 그릇된 생각을 꾸짖어 바로잡아주실 것이다. 9 그분은 나를 믿지 않은 것이 바로 죄라고 지적하실 것이며 10 내가 아버지께 돌아가고 너희가 나를 보지 못하게 된다는

경기도 고양시 벽제 선산에 있는 아내의 묘 앞에 가족과 친척들이 모여 삼우제를 지냈다(2007. 4. 8).

것이 하느님의 정의를 나타내시는 것이라고 가르치실 것이고 11 이 세상의 권력자가 이미 심판을 받았다는 사실로써 정말 심판을 받을 자가 누구인지를 보여주실 것이다.(요한 16:8~11)

문익환 목사 부인인 박용길 장로도 장례식에서 조사를 읽으셨지만, 나에게 전해진 글은 이해동 목사의 부인인 이종옥 여사의 조사뿐이다. 다음은 이 여사가 장례식에서 읽은 조사이다.

석중 사모님,
이렇듯 황급히 우리 곁을 떠나셔야만 했나요. 우리는 억울해서 빨리 죽을 수는 없다고 하셨던 사모님!
70, 80년대 그렇게도 엄혹했던 시절, 저 악명 높은 안기부도 우리 삼총사를 두려워했던 지난날, 정말 우리는 억척스럽게도 잘 견디고 이겨왔었습

니다. 그런데 이렇게 홀연히 우리를 두고 가시다니요.

지난 12월 10일 입원하셨다는 소식을 이 박사님으로부터 듣고 너무도 믿기지 않아 안절부절 못했었습니다. 박용길 장로님은 미국 아드님 댁에 가시고, 30여 년을 매일같이 만나고 전화로 통화하며 시국에 관한 이야기, 또 무얼 해먹느냐는 이야기, 서로의 정보를 나누던 석중 사모님의 입원 소식은 제겐 너무도 큰 충격이었는데, 이렇게 황급히 가져버리니 어찌하면 좋습니까?

석중 사모님,

우리가 그리도 피나게 투쟁했던 옛이야기조차 한가로이 앉아 오순도순 나누지도 못했는데 사모님을 이렇듯 떠나 보내야만 하나요?!

생각하면 지난 30여 년, 궂은 일, 즐거운 일, 그 수많은 사연, 때론 기동 경찰과 맞서고 끌려가던 일, 또 푸른 동산 여의도 등, 곳곳에 우리를 경찰 차로 실어다 버리면 되짚어 택시를 타고 경찰보다 먼저 법원으로 왔던 일, 따라다니던 정보 형사를 따돌리려 좁은 골목(종로 5가)은 안 가본 곳 없이 헤매던 지난날, 통제된 언론 때문에 보도 안 된 남편들의 억울한 옥살이를 알리려고 이곳저곳 발로 뛰던 지난날, 아픔이 있는 곳이면 우린 언제나 함께였었잖아요, 사모님. 자화자찬일 수도 있지만, 이만하면 우리도 민주화투쟁의 공로자라고 훈장이라도 받을 수 있지 않을까요?! 민주화된 오늘의 현실에서는 말예요.

석중 사모님,

정말 훌륭하게 잘도 싸웠어요. 힘없는 여자들을 법정 밖으로 끌어내어 (80년 군재에서) 끌려가면서도 '우리 승리하리라'를 목청껏 외쳐대던 일, 죄 없는 김대중 선생님 사형 구형에 의논한 적도 없이 모두가 〈애국가〉를 부르던 기억, 석중 사모님이 외치셨지요. "김 선생님, 800만 기독교 신도가 기도하고 있습니다"라며 용기를 북돋워드렸던 일, 등등, 그 수많은 이야기들 못 쏟아내시고 혼자 먼저 가시면 남은 우린 어쩌란 말입니까?!

사모님,

지금 생각하니 정말이지 참 당차게도 우리 투쟁했었어요. 아픔이 있는 곳 어디나 우린 함께였지요. 낮이나 밤이나 제가 전화해서 나가시자고 하면 집안일 모두 다 접어두고 우리 함께 쫓아다녔지요. 석중 사모님, 생각나세요? 구로구청 투표 부정 사건, 80년 기독교회관 김의기 투신 사건 시 탱크 옆에 피가 낭자한 그곳에 달려갔던 기억, 이제와 생각해보면 80년에는 우린 정말 무서운 줄도 모르고 겁 없이 다녔던 것 같아요. 어디서 우리에게 그런 힘이 났었는지 모르겠어요. 아마도 하느님이 언제나 우리를 지켜주셨던가 봐요.

석중 사모님,

벌써 이렇게 보고 싶은데 어쩌지요? 사모님이 그토록 사랑하시던 '우리 선생님'(이 박사님을 늘 그렇게 부르셨음)을 홀로 두고 그렇게 발길이 돌아설 수 있으셨어요? 이제 하루가 지나면 사모님의 시신을 땅에 묻어야 된다고 생각하니 마음을 가누기 힘들군요. 억장이 무너질 것만 같아요. 돌이켜 생각하니 76년 3·1민주구국 사건으로 남편들이 구속된 후 우리들의 날마다의 삶은 곧 투쟁이었지요. 날이면 날마다 우리의 민주투쟁을 어떻게 이어가야 될지를 놓고 피곤도 잊은 채 머리를 맞대고 상의하던 기억, 언제나 무거운 가방들을 하나씩 들고 거리의 여자들로 살았던 일, 숱한 날들을 구치소로 또는 육군교도소로 전국을 누볐지요. 어디서나 쉴 새 없이 뜨개질로 빅토리 숄을 짜서 팔아 그 수익금으로 전국 교도소에 수감되어 있는 학생들에게 영치금을 넣어주었던 일, 내복을 구입해 무의탁 재소자들에게 넣어주던 일, 또 감옥에 있는 남편들에게 용기를 주려고 버스에서든 기차에서든 엽서를 써서 보내던 추억, 학생들의 징벌방 해제를 위해 보안과장 혹은 소장을 상대로 농성을 벌이던 일 등등, 그 수많은 이야기들 너무 많아 기록하기 힘들 정도잖아요, 사모님. 기동경찰들과 대치하여 부딪치기 전까지는 몹시도 떨리던 우리, 막상 그들과 몸싸움이 시작되면 악을 쓰고 달려들던 우리였지 않아요? 그러고 나면 우리는 지치고 온몸에 멍이 들기도 했었지요.

석중 사모님.

기억나세요? 이런 일도 있었지요? 아키노가 죽었을 때, 필리핀 대사관 앞에서 데모하다가 우리 몽땅 강남경찰서에 연행되어서 며칠을 강당에 갇혀 함께 지냈지요. 아침이면 경찰서 앞마당 쪽의 창문을 열고 "전두환 물러가라" 하고 외치시는 이 박사님을 말리느라 애쓰셨던 기억, 이리도 생생히 떠오르는데 그런 이야기들 나누지도 못하시고 어떻게 그리 가실 수 있으세요.

석중 사모님.

80년 5월 17일, 정체불명의 괴한들에게 남편들이 험상궂게 끌려간 후 오랫동안 종적을 알 수 없었을 때 국보위에 실종 신고를 냈던 일은 정말 기발한 아이디어였잖아요. 일주일 후의 답변은 조사 중이라 연락이나 면회가 안 된다는 거였지만요.

이런 일도 있었잖아요. 76년 3·1민주구국선언 사건 때 변론하셨던 변호사님들이 변호인단을 구성하려다가 박세경, 이돈명 변호사님 등이 연행되고 또 영업 정지를 당하게 되자 우리 가족들이 세 사람씩 조를 짜서 변호사 간판 달린 곳이면 무작위로 들어가서 선임해달라고 요청하면 하나같이 거절했고, 우리는 못해주는 그 사연을 적어 국제엠네스티에 보냈던 일, 그 후 국제적인 압력이 일자 이제는 또 변호사를 선임하라고 당국(정보기관)에서 우리를 못살게 굴었던 일.

80년 사건 그 당시 박용길 장로님과 김석중 사모님, 그리고 저 이종옥은 언제나 붙어 다녔고, 안기부를 비롯한 기관원들은 우리 세 사람에게 암호명을 붙여 박용길 장로님을 도봉산 1호, 석중 사모님을 도봉산 2호, 그리고 저는 도봉산 3호로 칭하여 저희들끼리 연락을 주고받으며 우리들을 밀착 감시하였고, 또 우리들을 일컬어 삼총사라는 칭호도 붙여주었었지요.

이런 일도 있었지요.

석중 사모님과 저는 당시 아이들이 어려서 매일 도시락을 싸야 되는 형편이라 성명서는 셋이서 같이 쓰고 발표자 이름은 아이들이 다 커서 도시락을 쌀 염려가 없는 박용길 장로님만을 내세워 결국 박 장로님만을 연행되게 만들었던 일. 돌이켜 생각하면 꽤나 지혜롭게 대처했던 것 같아요.

석중 사모님,

기억나세요? 김해교도소로 셋이서 함께 이 박사님 면회 갔던 일. 장로님과 저는 밖에 있었고 석중 사모님만 면회를 하고 나오시면서 깔깔거리고 웃으셔서 왜 그러냐고 물었더니 이 박사님께서 행형법에는 부인이 자고 가지 말라는 규정이 없으니 사모님더러 자고 가도 된다고 하신다며 배꼽 빠지게 웃었던 일.

80년, 우리 셋은 종로5가 기독교회관을 드나들 수 없게 극심하게 제지를 당했었지요. 목사님들이라도 만나 하소연이나 할 수 있었으면 하고 연동교회 뒤에 있는 옛 정신여고 뒷담을 넘으면 기독교회관 주차장으로 들어갈 수가 있어서 담을 뛰어넘기로 하고 제가 맨 먼저 뛰어넘고, 다음 석중 사모님이 넘었는데, 마지막으로 박용길 장로님이 뛰어넘으려다가 걸려 넘어지시면서 무릎을 크게 다쳐서 많은 피가 흘렀고, 우리가 손수건으로 상처를 싸매드리는데 장로님께서 10년, 20년씩이나 저 아래인 것들이 똑같이 하란다고 역정을 내셨던 일, 기억나세요? 결국 우리는 못 들어가고 형사들에게 쫓겨서 다리를 절며 그냥 집으로 돌아왔던 일.

또 이런 일도 있었지요. 육군교도소에서 이학봉이가 김대중 선생님을 회유하기 위해 몰래 밖으로 데려간 바람에 육군교도소 면회가 중단된 적이 있었는데 그때 우리가 육군교도소 정문에서 면회 될 때까지 안 돌아간다고 농성을 시작하며 쇼로 김정완 씨의 차 트렁크에서 솥단지까지 꺼내놓고 판을 벌이자 성남경찰서 기동대가 총출동을 했었지요.

이렇듯 수많은 이야기들, 30여 년 동안 동고동락하던 우리가 석중 사모님을 먼저 보내며 여기에 그 많은 이야기들을 다 풀어놓을 수는 없지만 지난 30년의 뜻 깊은 삶이 아쉽고 그리워 가슴 메어지는 심정을 잠 안 오는 밤에 몇 자 적어 아픈 마음을 그렸습니다.

2007년 2월 21일
이종옥

나의 재산 만들기

직업, 가정, 재산, 이 세 가지는 한 사람이 만들어 자리를 잡기 위한 기반이다. 여기서 한 사람은 나를 지칭한다. 교도소에 갔을 때를 제외하고는 내 집에서는 내가 돈을 썼다. 월급을 타서 집사람에게 안 갖다 줬다는 말이다. 몇 가지 이유에서 그랬다. 하나는 내가 미국에서 유학할 때 미국에서 남자가 지갑을 갖고 있는 것을 보아서이다. 다시 말해 행정조직으로 치면 계선 상의 상급자인 남자가 약한 정부도 독재 정부도 아닌 강한 정부여야 한다는 생각을 했기 때문이다. 따라서 재산을 만드는 데 집사람이 도움을 주었지만 어디까지나 재산을 만드는 책임은 나에게 있다고 생각했다. 이런 이유도 있다. 나는 확장가족에서 살았는데 지갑을 어머니에게 드리는 것도 문제가 있었고 집사람에게 주는 것도 문제가 있었다.

　내가 재산을 만든 과정은 세 시기로 나눌 수 있다. 첫 번째 시기는 기반 형성기로 1960년에서 1970년까지이다. 두 번째 시기는 첫 번째 시기에 형성한 기반을 바탕으로 재산을 늘린 시기이다. 고려대에서 정년퇴임한 1992년까지이다. 세 번째 시기는 고려대 정년 후 지금까지, 말하자면 안정기이다. 이 세 시기를 합하면 40년이 넘는다. 각 시기별로 좀 더 자세히 이야기해보겠다.

기반 형성기

　오래 참은 결과 돈을 번 이야기를 먼저 하자. 나는 재무행정론 강의 시간에 기금[fund]을 설명할 때면 학생들에게 꼭 다음과 같은 질문을 던져서 그 답을 들은 후에 강의를 시작했다.

　"여기 봉급 생활자가 있습니다. 그가 첫 번째 목돈—목돈이라는 뜻은 목적이 있는 뭉칫돈으로, 그 목적 이외에는 안 건드리는 돈이라는 뜻이다—으로 30만 원 만들기가 어렵습니까, 100만 원 만들기가 어렵습니까? 어느 쪽입니까?"

　정답은 30만 원이다. 그 이유를 설명하는 것으로 기금이란 무엇인가를 나는 설명하기 시작한다. 물론 100만 원이 30만 원보다는 큰 돈이기에 100만 원 만들기가 더 어렵다고 생각할 수 있다. 그러나 내 물음에 '첫 번째 목돈'이라는 함정이 있었다. 목돈이란 생활비로 쓰려고 손을 대지 않는 별도의 돈이므로 목돈이 마련된 후에는 월급에서 돈을 떼는 일이 멈춰진다. 다른 한편, 이 별도의 돈이 따로 늘어나니 돈이 느는 재미도 있다. 이러한 성격을 지닌 돈이 목돈이다. 그 당시엔 직장에서 받는 봉급이 10만 원도 안 되던 때였다. 그러니 우선 한 달에 1만 원씩 적금으로 떼기가 쉬운 일은 아니었을 것이다. 그사이에 큰 병도 안 걸리고 2년 반을 한 달에 꼬박꼬박 1

만 원씩 모아야 목돈 30만 원이 생긴다. 30만 원 목돈 만들기가 쉽지 않다는 것을 학생들이 이해하면 나는 다음과 같은 질문을 했다.

"목돈 30만 원을 생활비로 조금도 건드리지 않고 한 달에 10퍼센트씩 증식을 해서 30년을 늘리면 30년 후에는 얼마쯤 되겠습니까?"

내가 전임강사가 되었던 당시의 사금리 이자가 월 10퍼센트였다. 세종로 집 값을 경기도청에서 보상받은 돈에서 내가 미국 갈 때 탈 비행기 값을 뺀 나머지를 학교를 짓느라고 한창 돈이 필요했던 손상교 씨에게 갖다주었더니 손씨가 이자로 원금의 10퍼센트씩을 우리 집에 매달 갖다주었다. 그러니까 그때의 이자는 일 년 후면 원금보다도 더 많았다. 내 질문을 놓고 계산하기에 바쁜 학생들에게 3년이면 배가 된다는 가정을 세우자고 한다. 이 훨씬 하락된 이자율로 흑판 위에 나는 다음과 같은 계산을 적어나갔다. 30년 안에는 3년이 열 개 있으니까 10회에 걸쳐 형성된 금액을 다음과 같이 적었다.

1회   60만 원

2회   120만 원

3회   240만 원

4회   480만 원

5회   960만 원

6회   1920만 원

7회   3840만 원

8회   7680만 원

9회   1억 5360만 원

10회 3억 720만 원

3억 720만 원이면 지금도 큰 돈이니, 당시 학생들이 크게 놀랄 만한 액수였다. 나는 이 자료를 놓고 이런 얘기도 했다. 억대가 된 때가 9회 때이니 27년 만의 일이다. 따라서 사람이 무엇을 이루려면 마지막을 잘 참아야 한다고 말했다. 밥을 지을 때 마지막 1분을 못 참고 미리 내려놓으면 설익어서 못 먹는다고 말했다. 30년이면 한 세대가 형성되는 시간인데, 30만 원이라는 최소를 지닌 채 30년을 외길로 가면 말년에 반드시 최대에 이르는 성공을 하지만, 이것을 했다 저것을 했다 왔다 갔다 하면 말년에 30만 원을 유지하기는커녕 30원도 없을 수 있다는 말도 했다.

학생들에겐 내가 끝까지 참아야 하다고 말했지만, 내 경우 어떻게 끝까지 참을 수 있었겠는가? 나는 고려대에 취직한 지 얼마 되지 않아 해직되고 감옥에 갔는데, 재산을 다 헐어서 쓰지도 않고, 팔아먹지도 않고, 또 신영 누님이 자기 집을 팔아서 쓰라고 했는데도 이것도 팔지 않고 집을 지켰으니 집사람의 참음과 공이 대단히 컸다. 돈이란, 들어왔을 때 안 써야 모이는 법인데, 그것을 해내는 사람이 있어야 한다. 이런 사람의 우두머리는 남자이다.

끝까지 참는 것도 중요했지만 처음부터 결심을 세운 얘기도 하나 하고 싶다. 나는 결혼 전에 빈털터리였고 집사람에게 돈이 있었다. 우리는 신혼여행을 필동에 있는 경동호텔이라는 데로 갔는데 내 호주머니에는 돈이 별로 없었다. 오므라이스 정도 사 먹는 식비도 모자랐다. 나는 집사람에게 으레 돈이 있는 줄 알았다. 그런데 집사람이 시집올 때 돈을 과부인 자기 어머니에게 다 드리고 무일푼으로 왔음을 신혼여행 가서야 알았다. 집사람의 이 무일푼이 나를 교훈했다. 나는 집사람의 행동이 여러모로 훌륭하다고 생각했다. 내가 이제부터 가정을 책임질 생각을 조금은 해서 우선 호텔비를 마련하러 가까이에서 가게를 하시던 이모 댁에 갔다. 이때같이 창피한 때가 없었고 이 창피함이 있어서 나는 정신 차린 남자가 되기 시작했다. 이 정신 차린 것도 시작에 불과했다. 마치 공부 잘할 것을 초등학교 5학년 때 결심했어도 실천이 뒤늦게 있었듯이, 내가 모든 책임을 진 것은 그로부터 6년후 고려대 전임강사가 된 다음의 일이다. 미국에서 유학할 때는 집사람이 매달 생활비를 많게는 130불까지 송금했다. 그것도 한 달도 안 빠지고.

빚 없이, 그리고 살 집을 가진 채 출발한 나는 1960년에서 1970년까지 기반을 이렇게 만들었다.

첫째, 고려대에 취직한 후 5, 6년쯤 지났을 때 월급을 안 받더라도 생활할 수 있을 만한 기금을 만들었다. 프로젝트도 많이 맡았고, 출강하는 데도 많았다. 나는 번 돈을 쓰지 않았다. 나는 술·담배 하는 습관도 없었고 휴일에 등산도 안 갔다. 고려대에서 귀가하는 버스를 종로에서 내린 후 그곳에서 택시를 타고 사직동 집까지 오는 유혹을 물리치려고 집사람보고 종로로 나오라고 하고 서로 시간을 맞췄다. 내가 늦게 오면 집사람은 한없이 기다렸다가 같이 걸어왔다. 신혼여행 갈 때 이모 가게에서 빚을 냈던 나였기에 이렇게 할 수 있었다.

둘째, 1967년에 고려대 교직원 주택조합이 쌍문동에서 분양한 택지를 평당 3500원에 샀다. 김신조가 내려왔을 때, 내가 산 택지 뒤에 있던 택지를 무섭다고 팔고 나가는 이가 있어 평당 1만 원씩에 덧붙여 대지 178평을 만들어, 사직동 집이 팔리자 1973년에 집을 짓고 그 집에서 지금까지 살고 있다. 지금은 내 집에서 얼마 안 걸어서 버스 정류장이 있지만 처음 이사 왔을 때에는 정류장까지 20여 분을 걸어갔었다.

셋째, 이미 쓴 것처럼, 하버드대학교 옌칭 장학생으로 일 년간 갔다 와서 2000불을 벌어와, 고모님이 사실 집을 사서 그 집의 두 방을 전세로 내주고 받은 24만 원으로 311평짜리 밭을 샀다. 시외버스를 타고 가 내 종중 산소가 있는 동네에 내려서 길가에 있는 밭을 하나 샀다.

끝으로 내가 만든 기반이 하나 더 있었다. 그것은 돈 문제로 정직을 실천한 일이었다. 근 10년 넘게 내 집 돈을 늘려줬던 손상교 씨의 학교 법인이

부도를 내, 내가 소개한 돈까지 다 부도를 당했는데, 돈을 회수하는 순서를 내가 소개한 사람 것을 먼저 하고 내 것은 나중에 했다. 나의 이러한 처사는 괴로운 일이었다. 내 돈을 못 받는 것도 괴로웠지만, 내가 소개한 사람은 으레 내 돈을 먼저 받았으려니 생각했기 때문이다. 그러나 나는 남의 돈을 먼저 갚았다. 내가 근면과 정직이 돈을 만들게 한다는 말을 하는 것은 바로 이런 이유 때문이다.

재산을 늘린 시기

1970~80년대는 내 재산이 좀 는 시기이다. 이때는 고려대에서 봉급을 받지 못했고 감옥에 5년간 있었던 시기이다. 그런데 어떻게 재산이 늘었을까?

첫째, 1970년 초에야 나는 손상교 씨에게서 꿔주었던 돈을 돌려받았다. 나는 내 돈을 다른 사람 돈보다 먼저 받지 아니한 복을 받은 것이라고 생각하는데, 누가 소개하는 이가 있어서 이 돈으로 용인 풍덕천에 있는 길가의 좋은 밭 100평을 샀다. 학교 법인조차도 부도가 날 수 있다는 것을 경험했기에 나는 땅 살 생각을 했다. 그것도 후에 토지공사가 구입할 만한 좋은 땅을 샀다.

둘째, 1973년 7월에 나는 처음으로 강제퇴직을 당했고, 이때 퇴직금으로 170만 원을 받았다. 이 돈은 우리 집 식구들이 일 년을 살까 말까 한 돈이었다. 이 돈을 살림에 쓰는 것을 내 오기가 허락하지 않았다. 나는 이 돈으로 집 앞 큰길에서 시외버스를 타고 나가 여기저기를 가보고 의정부 너머 덕계리에 가서 전기가 들어오고 작은 집이 있는 길가 밭 1600평을 샀다. 이 땅은 내가 장기간 해직되면 쌍문동 집을 팔고 여기에 나가서 살 작정을 하고 구입한 것이었다. 그런데 나는 쌍문동 집에서 지금도 살고 있고 이 땅을 지금도 갖고 있다.

셋째, 처음 해직되었을 때 한 학기 만에 복직되자 수중에 있던 돈과 어디선가 받은 연구비, 집에 전화기 놓을 돈을 합쳐서 덕계리 밭에 가서 일할 때 봐두었던 야산 2250평을 샀다. 나는 이 땅을 10년 후쯤에 2억 2500만 원에 팔아서 그 땅의 관리인에게 나가서 살 집을 사라고 2000만 원을 주고 나머지는 우체국 통장에 넣고는 세 아이들의 미국 유학비로 충당했다. 나는 관리인에게 전세 얻을 돈으로 500만 원을 주려고 단호하게 마음먹었었다. 그런데 막상 500만 원을 주려고 하니까 그 관리인이 자기는 이곳에서 죽을 때까지 있을 줄 알았는데 지금 나가라고 하면 어디에 가서 살라는 말이냐고 하소연했다. 나는 이 사람에게 생존권이 있음을 알았다. 나는 집 사라고 2000만 원을 관리인에게 덥석 주고 와서는 집사람을 설득하지 못해 한참 혼이 났었다.

복직되었을 때는 봉급이 나오니까 문제가 안 되었고 교도소에 있었던 5년 간을 포함한 10년간이 문제였다. 그 동안에도 자금 원천이 몇 가지 있었다. 우선 나는 감옥에 갈 때에 집사람에게 돈을 좀 만들어놓고 갔다. 처음에 말한 '목돈'을 놓고 갔다. 내가 실직했을 때 먼 데 있던 어느 교회에서 초청하여 강의한 뒤 강사료로 3000원을 받았을 때 나는 이 돈으로 교통비만 쓰고 밥은 집에 와서 먹었으며 나머지 2000여 원을 집사람에게 갖다 주었었다.

내가 이렇게 만들어놓는 데에는 뭔가가 있었다. 무교동 교회 청년회장을 할 때에도 나는 회에 돈을 만들어놓았다. 고려대 노동문제연구소장이었을 때도 빚이 있던 연구소를 돈이 좀 있게 만들었다. 1998년에 내가 사단법인 함석헌기념사업회 이사장직을 맡고서는 오늘까지 7억 원을 만들어 아무도 원금을 안 쓰고 은행 이자로만 사업을 하고 있다. 기념사업회의 사무실 직원 월급과 사무비는 회비로만 충당하고 있다.

둘째, 퇴교당하고 감옥에 갔다 온 대학생들을 상대로 기독교장로회 선교 교육원에서 목사 교육을 했는데, 나는 이곳에서 교수를 했다. 여기서 내가 세 번째로 감옥에 갔을 때에도 월급을 40만 원씩 주었다.

마지막으로, 십시일반(十匙一飯)이라는 말이 있다. 열 사람이 밥 한 수

저씩 보태면 한 사람 먹을 분량이 된다는 뜻이다. 내 집이 어려웠을 때 내 집은 십시일반의 도움을 받았다. 그 당시의 민심이 어떠했는지 말해보자.

　내가 감옥에 있는 동안 집사람이 지갑을 세 번 분실했다. 한 번은 전화 걸고서 지갑을 안 들고 나왔다. 또 한 번은 택시에 놓고 내렸고, 또 한 번은 은행 카운터에 놓고 나왔다. 그런데 세 번 다 습득한 사람이 돌려주었다. 주운 사람의 아버지가 집사람 주민등록증에 쓰여 있는 내 이름을 보고서 이분의 돈은 결코 건드릴 수 없는 돈이라고 말했다고 한다. 검사로 있던 제자들이 사무실 사환 아이를 시켜서 금일봉을 보내오기도 했다. YH 사건 때 나는 몸이 묶인 채 검찰청 엘리베이터를 지하에서 탄 적이 있다. 마침 출근 시간이어서 1층에서 몇 사람이 탔다. 그중에 한 사람이 나를 보자마자 눈시울을 붉혔는데, 이 사람이 바로 나에게 성금을 보낸 제자였을 것이다. 나는 이 십시일반이 고마워서, 어디 가 강연이라도 하면 나가는 문간에 서서 만나는 사람들에게 대통령 긴급조치 9호 위반으로 감옥에 들어간 초등학교 교사 박만철(朴万澈) 선생을 위하여 1000원씩 걷어서 그의 가족에게 보냈다. 어떤 분이 1만 원을 내면 열 달로 나누어서 보냈다. 예를 들어 김수환 추기경의 돈을 그렇게 했다. 박만철 선생은 그 돈이 고마워 수필집을 낼 때 제목을 '하느님이 주신 상'으로 하기도 했다.

안정기

　고려대에서 정년퇴임을 한 1992년부터가 나의 안정기이다. 이 안정을 생각할 때에 나는 플라톤의 《국가론》에 나오는 첫 번째 논의, 곧 사람에게 노년에 왜 돈이 필요한가 하는 논의를 먼저 떠올린다. 플라톤은 이런 돈은 남의 몫과 내 몫을 잘 구별하는 데서 생기며, 돈의 분배 문제가 공정과 정의와 연결된다는 말도 했다. 집사람은 내가 감옥에 있을 때 교회에서 딱 한 번 돈을 받았는데 그 돈을 헌금으로 도로 냈다고 한다. 한국행정학회에서 준 학술상을 받을 때 부상으로 받은 50만 원을 나는 집사람에게 주었다. '정일형(鄭一亨) 박사상'으로 받은 500만 원은 시상식 때 왔던, 억울하게 죽은 대학생 이한열과 박종철의 부모님이 하시는 단체에 드리고 집에 갖고 오지 않았다. 나는 그런대로 정직한 사람이라는 평을 듣고 있다. 노명식(盧命植) 전 기독자교수협의회 회장은 자기 제자에게 함께 운동을 했던 나를 평가할 때 거짓말 못하는 사람이라고 말했다. 미국에 사는 신영 누님과 동생 인영은 자신들의 재산과 통장을 나에게 맡기고 있다.

고려대 교수였을 때에는 봉급만으로 살았는데, 퇴임하고 나자 봉급액이 고려대 때보다는 좀 적었지만 경기대에서 봉급을 받는 데다가 그 전에 없던 수입이 생겼다. 우선 사립대학교 연금공단에서 주는 연금이 생겼다. 그리고 덕계리 땅을 공장에 임대하여 수입을 만들었다. 또 풍덕천 땅이 수용되자 유치원 건물을 샀는데 그것을 임대해 임대료를 받았다. '국민의 정부' 때 이후 잠깐 봉사했던 아태평화재단 이사장직과 덕성여자대학교 이사장직 수당을 받았다. 마지막으로 광주항쟁 보상금으로 1억 2000만 원을 정부에서 받았다.

이중에 뒤의 세 가지 자금은 세 아이가 박사과정 공부를 마무리할 때 썼다. 경기대 봉급, 연금, 임대 수입은 남을 위하여 쓴 것이 좀 있다고는 하지만 대체로는 내가 쓰고 있다. 예를 들어 어느 목사님 아들 유학비로 500만 원을 쓴 적이 있지만, 주로 경기대 석좌교수 연구실 운영에 썼다. 《인간·종교·국가》를 출판할 때에도 연구비를 꽤 썼다. 책이 나온 후에는 내 책을 1000만 원어치 정도 구입해 사람들에게 선물했다. 《논어·맹자와 행정학》이 중국 동방출판사에서 번역되었을 때 나는 중국어 번역료를 지불했다. 이런 연구비들은 늘 모자란다.

어쨌든 나와 집사람은 이 시기에 일생에서 처음으로 안정되게 살았다. 고려대를 퇴임한 후 처음으로 돈을 쓴 데는 소파를 좋은 것으로 구입하는 일이었다. 현아가 병원에 입원하여 집사람이 미국에 갔을 때, 나는 서재 앞, 식당 앞, 선아가 쓰던 방 앞의 벽을 다 헐고 넓은 창을 내 남쪽으로 햇볕이 들어오게 하고, 정원으로 난 창문들만 열면 정원으로 곧장 나갈 수 있게 만들었다. 지금은 식당에 앉아서도 낮은 소나무와 그 아래 잔디밭을 늘 볼 수 있다. 집사람이 세상을 떠난 뒤로는 집안일을 도와주시는 분이 입주했다.

어느 해 봄에는 뜰에서 양지바른 데에 꽃나무인 백일홍과 석류나무를 심었다. 지난가을에는 기와 대문을 떠받치고 있던 나무 기둥을 화강암으로 갈았다. 이제는 비가 와도 안 썩을 것이다. 느티나무 앞에 있던 큰 돌 세 개를 치웠더니 맨흙에 솟아 있는 굵은 나목을 거실에서 보게 되어 즐겁다. 〈시편〉 23편에 나오는, "푸른 풀밭에 누워 놀게 하시고/ 물가로 이끌어 쉬게 하시니/ 지쳤던 이 몸에 생기가 넘친다"라는 구절을 나는 요즘 생각한다.

내가 가장 귀중하게 생각하는 것

내가 어렸을 때 성홍열이 전염되어 내 동기 셋이 사망한 후 내 동기인 누님, 여동생, 막내 남동생 등 여덟이 살아남았다. 이 여덟 가운데 둘째 누님인 지영 누님은 내가 유학 중일 때 늑막염으로 삼십대의 나이에 3남 1녀를 남기고 제일 먼저 가셨다. 남편이 교회에 미쳐서 내 누님을 치료할 돈도 남기지 않고 전 재산을 교회에 바쳤다고 했다. 지영 누님은 경기고녀를 졸업한 후 중앙보육전문을 나왔다. 천방지축인 나에게 "너 문영아, 내 방에 좀 들어와라" 하고 나를 자기 앞에 앉히고 일일이 나의 잘못을 교육했던 똑똑한 여자였는데, 어떻게 결혼해주지 않으면 자살하겠다는 중학교 중퇴자 남자의 위협에 넘어갔는지 모를 일이다. 다행히 누님이 작고하신 후 재혼해 들어온 분이 좋았고, 고생하면서도 아이들이 목사, 전도사, 토목기사로 성

뜰이 내다보이는 내 집의 작은 온실에도 나는 책상을 놓고 책을 읽거나 글을 썼다.

아내, 막내딸 선아, 손녀 서영이가 나무의 잎이 짙은 초록으로 바뀌기 시작하는 5월에 정원에서 즐거운 한때를 보내고 있다(2006. 5. 13).

장했다. 그러나 매부도 고생 많이 한 생을 사셨다.

나는 지영 누님의 경우가 떠올라 언제인가 유행했던 "나 혼자만이 그대를 사랑하고"로 시작하는 노래를 싫어한다. 사랑 노래는 '나 혼자만이 그대를 사랑하고'가 아니라 '나는 그대만을 사랑하고'라야 한다. 사랑은 나 혼자만이 그대를 사랑하기보다는, 이를테면 '나는 그대만을 비가 오나 눈이 오나 언제든지 사랑하겠다'여야 한다는 깨달음을 나에게 하게 한 이가 둘째 매부였다. 이런 사람은 내 누님 말고 다른 여자를 또 사랑하지 않는다는 보장을 할 수가 없다고 생각했다. 다행히 매부는 딴 여자는 아니고 다만 사랑한다는 여자의 병을 못 본 체하고 다른 것에 미쳐 전 재산을 교회에 바쳤다. 교회에 열심인 이 매부는 이상한 데가 있어서 나를 만나면 지난 주일날 교회에 갔었느냐고 꼭 묻곤 했다.

이 매부는 지영 누님만 망쳐놓은 것이 아니라, 자기 친구이며 역시 목사의 아들이었던 이를 내 아버지에게 소개해, 셋째 누님인 신영 누님과 결혼하게 해서 신영 누님도 망쳐놓았다. 셋째 매부는 교회에는 안 미쳤지만 진짜로 좀 미친 사람이었다. 그는 얼굴만 멀쩡히 생긴 무능력자이기도 했다. 동회에 내는 서류도 만지작거리고만 있었지 쓰지를 못했고, 구두를 신는 데 오래 걸리기도 했다. 그런 처지에 초등학교 교사였던 내 누님을 제외한 우리 집 식구들에게 폭행을 가했다. 그 매부가 다행히 자기 부인이 미국에 가도록 허락해, 내가 고려대 교수로 있을 때 나는 누님을 미국에 이민 보냈다. 이 매부는 누님이 미국에 간 지 얼마 안 있다가 돌아갔다. 나는 신영 누님이 그 시집을 빠져나온 것은 누님의 비폭력적 선량함 덕이었다고 생각한다.

가장인 아버지의 실직이 이렇게 딸들에게 치명타를 안겼다. 딸들을 공부시켜서 목사 집들이라고 믿고서 내놓았던 것이다. 그렇잖아도 아버지가 보잘것없어서 신영 누님은 이미 골탕을 먹었었다. 신영 누님이 경기도 향남에서 교사로 있을 때 그곳 유지의 아들이 경성제국대 학생이었는데, 이 남자가 우리 집까지 와 우리 사는 형편을 보고는 누님을 배신했다. 둘째 매부의 소개로 잡은 목사 아들의 얼굴 생김새가 신영 누님을 배반한 남자와 비슷했다.

큰누님인 현영 누님도 아무렇게나 치웠다. 집마다 다니는 중매쟁이 말을 듣고 한 아이를 낳고 상처한 초등학교 교사와 결혼했다. 현영 누님을 아무렇게나 치운 것은, 큰매부가 사람이 얌전하고 경기고보를 나와 머리도 있어서였다. 그러나 그 집 형제 중에서 제일 처졌고 술고래였다. 열등의식을 가진 사람은 못쓴다. 큰매부가 드디어 술로 작고했고, 누님은 연탄가스로 고생하다가 육십대에 가셨다. 큰누님은 사직동 산동네에서 내 집을 의지하며 살았는데, 지영 누님과는 달리 네 아이를 길러놓고 가셨다. 그중에 두 아이는 서기관까지 올라간 노력가들이다.

여덟 동기 중 두 분이 내가 젊어서 돌아가셔서 이제 여섯이 남았다. 바로 아래 동생인 화영이 6·25 때 내가 군에 있을 때 국제결혼을 해 미국에 간 것은 내가 어찌할 수 없었지만, 나머지 넷은 내가 손을 좀 쓸 수 있었다. 내가 도움을 좀 준 동생들은 다음과 같다.

바로 아래 여동생 화영은, 앞에서도 말했듯이 6·25 때 국제결혼을 해서 미국에 거주한다. 효자들인 2남 1녀를 두었고, 반신불수인 남편에게 지성이다. 손재주가 좋아 옷도 손수 짓고 그림도 그린다. 지금도 마라톤을 한다.

평택에 있는 미군 부대에 직원으로 다니던 남편과 결혼한 보영도 미국으로 이민 갔다. 1남 1녀를 수학자와 변호사로 잘 키웠고 남편 최태영 장로와 함께 국제결혼한 한국 여자들을 위한 교회를 창설했다. 보영의 남편은 일생을 다니던 포드 사에서 정년퇴직했다.

연세대를 졸업한 금영은 배화여고 교사로 있다가 미국에서 유학했는데, 유학 중에 연세대 우광방 교수와 결혼했다. 수학과 박사과정에서 종합시험을 합격해놓고는 미 연방 고급 공무원으로 근무하다가 정년퇴직했다. 1남 1녀를 훌륭하게 키웠고 두 내외 모두 미국 시민이다.

친동기간은 아니지만 가까이 지낸 정수경 누님.
내 어머니가 이 누님에게 잘해주셨다.

미국에서 박사학위를 받은 막내 인영은 일생을 시카고에 있는 알곤 연구소에서 일한 환경물리학자이다. 그림도 그리고 손재주가 좋아 도장도 판다. 명문대에서 예술을 공부한 1남 1녀를 둔 미국 시민이다.

친동기간은 아니지만 가까이 지낸 이로 정수경 누님이 계신다. 이 누님은 어머니가 양복점 하실 때부터 양녀같이 내 누님들 틈에서 키운, 바느질 잘하던 분이다. 1남 2녀의 어머니인데, 아들은 공무원이고 장군과 토목기사 사위를 봤다. 내 어머니가 이 누님에게 잘해주셨다.

이렇게 적고 보니 생존한 친동기 여섯 명 가운데 나만 빼고는 모두 미국 시민들이다. 큰딸 현아는 미국에 이민 간 집안의 아들과 결혼했다. 내 손자들과 외손자들도 모두 미국에서 출생했다. 그런데 나는 디파이언스대학에 유학 중일 때 아내를 미국으로 불러 눌러앉을 수도 있었지만 그렇게 하지 않았다.

왜 그랬을까? 미국은 이민으로 이루어진 나라이고, 세계에서 제일 먼저 민주헌법을 제정했으며, 연방국가로서 앞으로 이룩해야 할 세계정부의 패러다임을 보여주었기에 내 형제들이나 딸이나 손자들이 미국 시민이 되는 것을 나는 반대하지 않았다. 이렇게 생각하면서도 나는 왜 한국에 돌아왔는가? 배재학교 예배 시간에 받았던 영감, 즉 이제부터는 공부를 잘하되, 기독교의 틀 안에서 내 나라를 위하여 공부를 잘하자는 영감이 내 나라를 못 잊게 했다고 나는 생각한다.

이 영감에 따라 내가 한 것이 무엇인가? 하나는, 이 책의 2부에서 다룰 내용이기도 한데, 독재 정부에 반대해 10년간 고려대에서 해직되고 교도소에 세 번 간 일이다. 다른 하나는, 이 책 3부의 내용이기도 한데, 이런 행함 후에 민주화된 정권에서 관직을 얻지 않고 교수직으로 돌아가《논어·맹자와 행정학》,《인간·종교·국가》,《협력형 통치》등을 쓴 일이다.

첫 번째 책은 내 박사학위 논문에서 제기한, 일하는 조직의 원형 연구이기도 하고 쿠데타 정부와 그 후예에게 항복하고 들어가 정권을 잡은 문민정부에 관료 조직 문화가 덜 보인다는 것을 밝힌 책이다. 두 번째 책은 내 박사학위 논문에서 제기된 개인을 존중하는 조직의 원형 연구이기도 하고 김대중 씨와 내가 두 번 옥고를 함께 치르면서 만든 '국민의 정부'에서 측근 정치 때문에 민회 문화가 안 보인다는 것을 밝힌 책이다. 세 번째 책은 내 박사학위 논문에서 제기한, 일하는 조직과 개인을 존중하는 조직이 생긴 후에는 나라와 나라가 공존·교류함을 연구한 책이기도 하고 내가 이사장으로 있었던 아태평화재단이 만든 햇볕정책을 탐구한 책이기도 하다.

이렇듯 내 나라에 끌리어 내가 올 때 중요한 사실은 나를 끈 것이 두 가지가 있었다는 것이다. 그 하나는 감옥이다. 나는 YH 사건으로 서울구치소의 뜰을 다시 밟았을 때나, 언제인가 기회가 닿아 0.75평 독방살이를 했던 순천교도소를 방문했을 때나 흡사 고향에 온 사람처럼 마음이 편안했다. 그리고 이 편안함이 고향에 있을 때 생기는 편안함이라고 느꼈다.

나를 내 나라로 이끈 또 다른 일은 책을 쓰는 일이다. 나는 감옥에서 나온 후에 관직 쪽으로 안 가고 책 쓰는 쪽으로 갔다. 책을 쓰되 고려대 정년 후에도 세 권을 썼으며, 지금 이 책을 쓴 후에도 또 책 쓸 계획을 세우고 있다. 나는 왜 이렇게 끈질긴 것인가? 오늘도 아침에 눈을 뜨자마자 나를 부르는 데를 따라서 온 곳이 바로 내 서재의 이 책상이었다.

사실 나는 감옥과 책상에서 고향을 느낀다. 고향이라니! 한마디로 고향에서의 삶은 아무 위해를 안 받는 편안한 삶이다. 한번은 내 집 내 서재에서 느티나무 쪽을 바라보고 있는데 앞집 다세대 주택 3층 베란다에서 놀던 두 살 먹은 아이가 졸지에 아래 콘크리트 바닥으로 떨어지는 것을 보았다. 나는 급하게 뛰어갔다. 그런데 아이가 죽지는 않았고 크게 울기만 했다. 부랴부랴 그 아이의 엄마가 동네 병원에 데리고 갔는데 며칠 후에 그 아이 엄마가 아이를 안고 나와 다녔다. 어린아이, 즉 고향에 있는 어린아이의 육체가 이렇게 유연한데, 그 마음이야 얼마나 더 유연하겠는가.

따지고 보면 나는 유연한 마음을 감옥에서가 아니라 1973년에 고려대에서 첫 강제해직되었을 때부터 갖기 시작했다. 나는 중앙정보부가 고려대 총장에게 명령하여 강제해직되었는데 왜 편안함을 느꼈는가? 이는 교수직 자리와 이에 따르는 경제적 이익을 유지하기 위해서 더는 유신정부를 무서워하지 않아도 좋은 데서 오는 편안함과 자유를 느꼈기 때문이다. 예수는 아마 이래서 우리가 어린아이와 같지 않으면 천국에 들어가지 못한다고 말했을 것이고, 시인 윌리엄 워즈워스(William Wordsworth)는 어린이가 어른의 아버지라고 말했나 보다. 어린아이는 어른들과는 달리 감투와 돈의 구애를 받지 않는 자유스러움 그 자체이다. 따라서 가정이란 사람에게 자유혼을 키워주는 요람이다. 언젠가 종로 한일관에서 후식으로 나온 강정 하나 남은 것을 놓고서 두 젊은이가 가위바위보 하는 것을 보았다. 미국의 어느 일본식 우동 가게에 앉아 있었을 때 두 노인이 들어왔는데, 음식 나올 때까지 두 사람이 나란히 앉아서 카드놀이 하는 것을 보았다. 이들은 지위가 높거나 부자같이 보이지 않았다. 아마 이런 구경을 제공해준 어른들은 필경 자유스런 혼을 어려서부터 닦은 사람들일 것이다.

교도소에 가는 것이나 밤낮을 잊고 몰두해서 책을 쓰는 것이나 다 말하자면 '새로운 종류의 결정'에 참여하는 일이다. 그리고 이 '새로운 종류의 결정'은 해직과 옥고를 무릅쓴, 혹은 쾌락을 무시하고 즐거움을 택하는 결정이었다. 해직·옥고·쾌락을 넘어서 죽음을 무릅쓰고라도 '새로운 종류의 결정'에 참여하자는 생각을 나는 1980년 5월에 있었던 이른바 '김대중 내란음모 사건'에서 좀 했다. 불이익을 무릅쓴 의사표시가 연이어 생각난다. 고대 노동문제연구소에 있을 때 김낙중·노중선에게 법대로 봉급을 주겠다고 말했던 것이 그 하나이다. '갈릴리교회'를 만들자고 말한 것도 그 하나이다. 나는 1979년 YH 노동자에게 직장을 찾아주기 위하여 김영삼 씨 집에 찾아가자고 말했다. 김대중 내란음모 사건으로 죽는 줄 알았는데 사형 구형은 아니고 무기형을 받았다.

이제 나의 속이야기 하나를 정리할 단계에 다다랐다. 인간이 속에 감추는 것은 가장 귀중한 것일 수 있는데, 나에게 귀중한 것 가운데 하나는 이렇게 목숨을 무릅쓰고 잇속 쪽이 아니라 올바름 쪽을 택하는 의사표시였다. 그리고 사람에게 또 다른 가장 귀중한 것은 재산권의 신성함이라는 속이야기를 할 차례이다. 방금 이야기한 의사표시의 자유와 곧 이야기할 재산권의 신성함은 사법(私法)을 떠받치는 두 기둥이다. 나는 이 점에서 이런 점을 밝힌 로마법이 인류의 진보에 기여했다고 본다. 이 두 곳 신성한 데가 바로 이 책의 서문에서 언급한 +Y와 +X의 영역이다.

한편 사람은 보물만을 감추는 것이 아니다. 사람은 부끄러운 데도 감춘다. 그러니 어떻게 보면 사람은 몸에서 감추는 데가 신성한 데이기도 하다. 감추는 것 중에서 부끄러운 것들을 이 자리에서 나는 털어놓고 싶다. 나는 마치 남자가 예쁜 여자를 골똘하게 생각하듯이 재물을 골똘하게 생각했다. 그 심각성을 제시하겠다. 나는 감옥에서도 재물 생각을 골똘히 했다. 예를 들어 1976년에 처음 감옥 생활을 할 때는 퇴직금을 받아서 산 땅 옆에 있던, 돼지우리가 붙은 길가 땅을 못 사고 들어온 것이 못내 아쉬웠다. 그 땅을 사야만 내가 구입했던 산에 접근하는 길이 생길 수 있어서였다. 사형을 받을지도 모르는 김대중 내란음모 사건으로 구속되었을 때에는 바닷가 길과 바다 사이에 있는 대지를 사고 싶다는 생각을 열심히 했다. 감방 안의 냄새와 부자유함이 너무나 싫어서 햇빛과 오존과 넓은 공간이 있는 바닷가를 나는 환장하도록 꿈꾸었다.

김종태 경기대 토목학 교수는 내가 존경하는 교수다. 경기대에서 학술상을 받기도 했고 대학원장도 했다. 언제인가 오랜만에 식당에서 만났을 때 그에게 어떻게 지냈느냐고 물었더니 김 교수의 대답이 이랬다.

"속된 생각과 일이 머리에 가득한 생활입니다. 들어가는 길이 없는 제 주말농장 집 콘세트를 오랜만에 꾸미는 생각입니다. 나무로 마루를 놨습니다. 마루에 앉아서 밖의 나무를 바라보았습니다."

이쯤 되면 이 한없이 치닫는 물욕을 적절하게 제어하는 장치, 즉 남의 몫의 재산과 내 몫의 재산을 구별하는 장치가 인간에게 필요해진다. 이것이 들어온 돈의 합계만 내는 단식부기가 아니라 자기 몫인 자본과 남의 몫인 부채를 구분하면서 돈셈을 하는 복식부기에 입각한 회계이다. 옛날 개성 사람들이 하던 돈셈이 복식부기였던 것을 나는 크게 생각한다. 그렇잖아도 개성 사람들 중에는 남에게 폐를 안 끼치는 영악한 사람들이 많았다. 사람의 죄가 많은 곳에는 하느님의 은총도 많아야 한다. 마치 자신의 이성에서 나온 의사표시를 무시하며 감투와 부를 향하여 돌진하는 것을 제어하는 장치가 비폭력 교훈과 해직과 감옥이었듯이, 나는 이 물욕을 억제하는 장치가 '영업에서 생긴 수입에서 비용을 공제한 금액인, 손실이 아니라 이익 남긴 것을 자기의 몫인 자본으로 늘려나가는 장치'라고 생각한다. 이익과 자본의 관계를 나타내는 도식은 다음과 같다.

수입 – 비용 = 이익
↓
자산 = 부채 + 자본

한마디로 자본주의는 타인의 몫이 아니라 나의 몫인 자본을 늘려나가는 것, 즉 자본을 늘리는 근원이 되는 이익 내는 것을 정치가 보장하는 제도인데, 이 제도를 긍정하는 나는 이런 의미에서 자본주의자이다. 혹 오해를 피하기 위하여 시장경제라는 표현도 사용할 수 있겠지만, 나는 자본주의라는 말을 선호한다. 자본주의는 다음 두 가지 조건을 충족하는 것이기 때문이다.

첫째, 영업 이외로 들어온 돈은 영업에서 생긴 수입으로 따지지 않는다. 예를 들어 부동산업도 아닌데 회사가 갖고 있는 부동산을 판매한 돈이라든가 정부가 은행에 압력을 가해 얻은 융자 등은 영업에서 생긴 수입이 아니라 영업 이외로 들어온 돈이다. 이런 돈을 가지는 것은 수입이 아니라 자산이나 부채를 늘리는 행위이다. 그리고 위 도식에서 이익을 올리는 구도와 자산이나 부채는 아무런 관계가 없다. 이익은 언제나 모든 수입이 아닌 영업상 수입에서 영업을 하기 위한 비용을 공제한 결과물이어야 한다. 내 경우, 1967년에 쌍문동에 대지를 마련한 것을 시작으로 한 부동산 구입은 내 집이라는 한 경제 주체가 검소한 생활의 결과로 목돈을 마련해 이 목돈으로, 그 당시 이자 늘리는 것은 위험하고 또 주식 시장이 있는 것도 아니었으니, 대지나 토지를 마련한 것은 올바른 수입 늘리기였다. 그러나 이 경우 올바른 일은 대지나 토지를 산 일이 아니라 검소한 생활, 즉 비용을 줄이는 행위가 앞서 있었던 것이다.

둘째, 나간 돈이 모두 비용인 것은 아니다. 예를 들어 기업주가 사용(私用)으로 갖고 간 돈은 비용이 아니다. 이는 한낱 자본으로부터 환불한 행위일 뿐이다. 빚을 갚은 돈은 현금의 감소를 통해 부채를 감소시킨 것이지 비용이 늘어난 것은 아니다. 자산을 구입해서 나간 돈도 비용이 는 것이 아니다. 이는 현금의 감소를 통해서 자산을 늘린 것이다. 그러나 돈 나가는 것은 비용을 줄이기만 하면 되는 것도 아니다. 큰돈이 나가기도 한다. 나는 집사람이 고려대병원에 입원한 2006년 12월 11일부터 그가 세상을 떠난

2007년 2월 20일까지 내 일생에서 처음으로 많은 돈을 썼다. 내 집에서 가장 큰돈을 나가게 한 일은 자식들이 미국에서 박사학위를 받을 때까지 끈질기게 공부를 시킨 일이다. 내 집이라는 경제 주체가 자식을 끝까지 공부시키는 것은 투자이며 올바른 금전 지출이다. 내 부모님은 아버지가 실직하셨을 때에도 내 동기들을 전문학교에 보냈다. 다행히 내 형편은 부모님보다 나았다. 장학금이 마련되지 못하면 개인 돈을 써서라도 자식들 공부를 시키는 것은 보수주의가 지닌 장점이다. 보수의 기초가 없는 진보는 한낱 과격에 불과하며 민주주의도 아니다. 최대는 최소들의 집합이며, 최소들이 없으면 최대도 없다.

나를 필요로 하는 현장에 뛰어들 수 있는 의사표시의 자유와 재산권의 존중은 하느님이 나에게 준 선물인 가정과 재산이라는 보루에서 움터 나왔다. 그런데 두 가지 지표가 서로 다투며 갈등을 빚을 때 나는 어떤 생각을 했을까? 한마디로 말해서 두 가지 지표를 다 충족시키자는 입장을 취했다. 예를 들어 나는 빈자에게 재산을 분배해야 한다고 보지만, 이 분배는 주권자의 의사표시를 존중하는 민주주의의 틀 안에서 해야 한다고 본다. 또 내가 있었던 고려대, 덕성여대(이사장직), 경기대(석좌교수직)는 다 설립자가 있는 사립학교였는데, 나는 설립자의 재산권과 교수들의 의사표시가 공히 존중되어야 한다는 입장이었다. 고려대는 1980년대에 부속병원 수입을 챙겨서, 총장이 아니라 교주에게 갖다 주는 병원 관리처장을 연이어서 세 명이나 총장으로 임명한 법인이었지만, 나는 이를 비판만 했을 뿐이다. 나는 교주의 것을 빼앗고 들어가기가 싫어서 한국외국어대학교의 이사장직 제의를 거절하고 덕성여자대학교의 이사장직을 맡았다. 그런데 나에게 자리를 제의했던 덕성의 교주가 나를 의심했고, 동시에 교주를 대학에서 배제하려는 교수협의회 측의 말도 나는 안 들었다. 나는 고려대 정년 후 지금까지 교주가 총장을 하는 대학에 쭉 있었다. 경기대는 덕성여대와는 달리 교주를 비판하는 교수를 내쫓지 않고 오히려 행정직을 주고 공존을 모색하고 있음을 다행으로 생각했다. 나는 사립학교의 부정이 철저하게 시정되어야 한다고 보지만, 어디까지나 학교 설립자의 대리인을 통해 시정해야 하지 관선 이사가, 그것도 여당원인 관선 이사가 시정하는 것을 나는 재산권의 침해로 본다. 꺼져가는 불도 불어서 끄지 않는 마음으로 국민의 재산을 보호해줘야 정부이지, 그렇지 않을 시에 정부는 큰 과격을 저지르는 단체에 불과하다.

의사표시와 재산권의 신성 문제가 함께 적용되는 상황에 관한 이야기를 좀 더 하겠다. 나는 의사표시를 하는 권리와 돈 내는 의무가 동시에 있어야 하는 경우가 있다고 늘 생각해왔다. 예를 들어 2002년에 처음 시작된 지방 의원 입후보자 선거인단 구성을 보았을 때, 당비를 내는 선거인단이 극소수인 것을 발견하고 의사표시만을 앞세우고 회비 지출 의무를 안 지키는 풀뿌리 민주주의의 결핍을 안타깝게 생각했다. 민주주의를 발상한 나라들이 실시한, 구빈법의 대상이 되거나 세금을 국가에 안 내면 숫제 선거권을 주지 않던 제한선거제도를 우리도 택했더라면, 통일주체국민회의 대의원들을 서울 잠실체육관에 모이게 하고 거의 100퍼센트 찬성표로 유일한 대통령 입후보자가 당선됐던 유신정부보다는 천지 차가 나게 좋았을 것이라고 나는 생각한다.

나는 함께 고생하다가 국회의원이 된 몇몇 이들의 후원회장을 쭉 맡아왔는데, 후원회 때마다 회장 인사말로, 선거 때마다 찬성표를 던져주는 유권자 한 사람이 보통 때 한 달에 1000원씩만 후원해주면 정치인의 부패가 근절된다고 말했다. 말하자면 찬성표를 던지는 사람 3만 명이 1000원씩 내면 후원금 3000만 원이 생긴다. 이 돈을 매달 걷으면 의원과 그 보좌진이 식비·교통비·용돈·정책개발비에 충당할 수도 있는데, 이 3000만 원이나 되는 돈을 한 기업인에게서 걷어 그 기업인에게 혜택을 주고, 이 돈을 자기도 많이 먹지만 후원금을 냈어야 하는 후원자의 경조사에까지 쓰니, 이것이 어찌 민주주의인가.

내가 후원회장직을 맡고 있는 임채정 국회의원이 언제인가 행사에 와서 내가 돈을 걷어 오는 데 도움이 안 되는 사람이라고 농담을 했지만, 나는 후원회에 나가서 한 달에 1000원씩 내라고 분명히 말했다. 나는 내가 이사장을 맡고 있는 사단법인 함석헌기념사업회에도 낼 때가 되면 1만 원을 내지, 이사장이라고 해서 더 내지는 않는다.

이렇게 말해놓고 보니 왜 우리나라 사람들은 세금·당비·후원비를 안 낼까 하는 의문이 든다. 내 답은 국민 일반이 더럽게 벌었기에 깨끗한 데 돈을 못 쓴다는 것이다. 돈을 더럽게 번 사람은 자신을 타락시키는 데와 세속의 복을 더 받게 해주는 점술가·철학자·기복사인 교회에만 돈을 쓴다. 나부터도 '정일형상'이라는 깨끗한 돈을 받았을 때 이 돈을 집에 못 갖고 오고 1980년대에 자식을 민주제도에 바친 부모님들에게 주었다.

어느 일요일에 볼일로 고려대 이상신(李相信) 교수와 청량리역에서 춘천까지 가는 기차를 동석해 탄 적이 있다. 기차 안에서 젊은이들이 초만원을 이루며 떠들어대고 있었다. 그런데 글쎄, 이 교수가 벌떡 일어서더니 너희들이 무슨 돈으로 이런 데 와서 노느냐고 호통을 쳤다. 아마 이 교수는 잘 가지도 않겠지만, 롯데백화점에라도 가서 젊은 아이들이 그 아버지가 벌었다는 돈을 쓰고 나가는 것을 보면 이렇게 호통을 칠 것이 분명하다. 내 말을 독자들은 확인하시라. 세금·당비·후원회비를 잘 내는 나라치고 돈 못 버는 젊은이들이 백화점에 얼씬거리기라도 하는 나라가 있는지를.

어쩌면 재산권의 신성을 마련하는 일이 의사표시의 신성을 마련하는 것보다 선행되어야 할 과제인지도 모른다. 맨 처음에 언급한 문제, 말하자면 의회민주주의 속에서 사회주의적 정책이 실현되려면 부자들이 깨끗한 재산을 만드는 전통이 먼저 세워져야 한다. 사립대학에서 발생하는 설립자

문제의 핵심도 설립자 자신이 깨끗한 부자, 곧 청부(淸富)가 되는 데 있다.

무릇 인간의 활동을 경제활동, 정치활동, 문화활동으로 나누어볼 때 자기 몫인 자본을 늘리는 경제활동이 정치활동이나 문화활동보다 더욱 가시화된 성과를 행위자가 얻게 한다. 위에서 언급한 원리는 자본을 늘리면서 동시에 부채를 자본으로 착각하지 않게 하는 원리인데, 다음 표에서 보듯 경제활동 이외의 두 가지 활동은 부채를 자본으로 착각하기 쉽게 하는 활동이다.

분야	문제점
정치활동	자신의 인격의 힘으로 국민의 지지를 얻기보다는 권모술수, 즉 부채라는 작위를 통하여 정치가들이 국민의 지지를 얻고 있는 것이 현실이다.
문화활동	실사구시(實事求是)가 아니라 남의 나라 사례와 이론을 모방하기를 잘하는 학자가 아직은 인기가 있다.
경제활동	수입에서 비용을 공제한 활동에서 마이너스를 계속 내는 경제 주체는 파산한다. 이 파산은 정치활동에서의 행세나 문화활동에서의 모방 행위가 통하지 않음을 뜻한다.

정치활동과 문화활동은 의사표시의 자유 영역에서 이루어지는 활동이며 경제활동은 재산권이 신성시되는 영역이다. 따라서 재산권의 신성이 확보된 상황이 의사표시의 자유가 확보된 상황보다 선행적으로 해결되어야 할 상황이다. 이 점을 막스 베버는 개신교의 윤리가 자본주의를 탄생시켰다고 지적한 바 있다. 그리고 여기에서 경제활동이란, 곧 '일하는 조직'의 출현을 인류 진보의 첫걸음으로 본 내 박사학위 논문의 취지와 맞으며, 1964년에 발표한 내 논문 〈우리나라에서의 적용을 위한 행정개혁의 이론 모색〉에서 제시한 논의이기도 하다.

나는 사람의 몸이 신성하다고 본다. 사람의 몸이 재산을 만들며 사람의 몸에서 의사표시가 나온다고 본다. 나는 새 문명에서의 종교는 사람의 몸이 교회인 종교여야 한다고 보며, 장래의 종교에서는 십일조 헌금이 아니라 자신의 모든 재산이 하느님의 것으로 바뀌어야 한다고 생각한다. 따지고 보면 내 몸에도 이미 이런 증후가 좀 있어왔다. 나는 나름대로 내 몸을 신에게 산 제물로 바쳐왔다. 재산만 하더라도 재산의 10분의 1을 교회에 낸 것이 아니라 32년 고려대 교수직 중 10년간을 봉급을 안 받았으니 32분의 10을 낸 셈이다. 1973년에 고려대에서 강제해직되었을 때 나는 퇴직금 받은 돈으로 쌍문동 집을 팔고 나가 살 곳으로 시골 땅을 샀는데, 나는 아직도 쌍문동 집에 살고 있고 이사 가 살고자 했던 그 땅이 마침 수용 대상이 되어 보상금을 논의하는 중이다. 이 보상금을 받으면 이자는 생전에 내가 쓰고 원금의 많은 부분은 내가 죽은 후에 공공 기관에 기부할 생각을 하고 있다. 나의 이런 생각에 동의한 선표는 내가 죽은 후가 아니라 죽기 전에 기부해, 그 돈이 잘 쓰이고 있는 것을 내 생전에 봐야 한다고 말한다. 내가 이르게 기부할수록 그만큼 자신에게 돌아올 이자 수입이 적어지는데도 그렇게 말하니, 선표는 선의의 사람이다. 다행이다. 그러나 더 다행한 것은 내 수입의 10분의 1 이상을 남에게 주고자 하는 생각이 나에게 있는 점이다. 왜냐하면 내 몸이 성전이며 내 모든 재산이 하느님의 것인 새 문명을 나는 꿈꾸고 있기 때문이다.

이제 내 사생활 얘기를 끝내고 공생활 얘기로 옮겨 가는 시점에 다다랐다. 사생활이 사람에게 준비해주는, 가장 속에 있는 깨달음은, 위에서 한 나의 속이야기를 통해서 볼 때, 물질을 깨끗한 것으로 받아들이고 나만이 잘난 것이 아니라 다른 사람도 의사표시를 할 신성한 권리가 있음을 깨닫는 일이다. 이렇게 볼 때 신이 사람에게 사람의 가장 속에 있는 귀중한 것이 무엇이라고 말했는가를 상기하게 된다. 〈마태오복음〉 22장 37~40절에 있는 첫째가는 계명이 바로 그것이다. 이 계명에 의하면, 신은 하느님과 이웃을 가장 깊은 데서 우러나오는 마음으로 사랑하라고 말한다. 이 경우 하느님은 더러운 물질의 반대말이기에 깨끗한 물질과 동의어이다. 이웃은 나와 동일하게 의사표시를 갖는 나와 동등한 사람들이다. 첫째가는 계명, 그러니까 사람의 마음속에서 이 가르침의 소중함을, 늘은 어림도 없고 어쩌다가라도, 무도한 내가 이야기해야 할 계명은 다음과 같다.

> '네 마음을 다하고 목숨을 다하고 뜻을 다하여 주님이신 너희 하느님을 사랑하라.' 이것이 가장 크고 첫째가는 계명이고, '네 이웃을 네 몸같이 사랑하라'는 둘째 계명도 이에 못지않게 중요하다. 이 두 계명이 모든 율법과 예언서의 골자이다.

괴로움과 슬픔, 처음 들은 가르침, 고려대 교수직, 그리고 재산과 가정, 이 모든 것을 하느님이 나에게 마련하신 의도가 이제 밝혀진 셈이다. 내게서 성장해서는 안 될 밀밭의 가라지 같은 것들을 제거하고 밀 이삭이 자라도록 밀 이삭의 성장점, 내 영혼 속의 이성이 당신을 향하도록 배려하신 하느님의 긍휼하심과 자비가 이 모든 것을 통해 움직이셨다.

다음 부에서는 내가 세상에서 무엇을 행했는지를 살필 것이다. 따라서 내가 행한 모든 것도 내 안에서 움직인 하느님이 움직여서 하신 것이니, 내가 행한 것도 아니다. "하늘에 계신 우리 아버지,/ 온 세상이 아버지를 하느님으로 받들게 하시며/ 아버지의 뜻이 하늘에서와 같이 땅에서도 이루어지게 하소서."(마태오 6:9~10)

2부

내가 행한 것

<h1 style="text-align:center">5</h1>

첫 번째 해직과 복직

모반의 등장

모반이란 한자로 '謀反'이라고 쓰고 영어로 'conspiracy'라고 쓴다. 모반은 국가나 군주를 뒤집어엎으려고 군사를 일으킴을 말한다.

우리가 세울 나라는, 보성전문학교 유진오 교수의 가르침대로, 국민이 주권을 행사하는 민주국가이다. 나는 이미 해방 이후 선거도 없었는데 종로 거리에 나라를 선포한 벽보를 보고 충격을 받았었고, 부정선거로 대통령이 된 이승만 씨에게 저항해 1960년 4월 25일 교수 데모에 참가했으며, 머슴이 안방을 차지하고 들어오는 행위에 해당하는, 박정희 군인들의 고려대 캠퍼스 난입을 항의했었다. 이 모든 일은 다 모반에 대한 반대였다.

내가 박사학위를 받은 1970년 2월 이후 박정희는 더욱 강도 높은 모반을 강행해, 통일주체국민회의 대의원이 박정희를 대통령으로 뽑는 유신헌법을 1972년 11월 21일에 국민투표 찬성 91.5퍼센트로 확정한다. 이 모반을 전후한 정치 사정을 다음에 간추려본다.

나는 1970년에 발생한 중요한 일은 두 가지라고 본다. 먼저, 새로운 정책을 내세우되, 박정희와 협상·공존을 서슴지 않던 당수 유진산(柳珍山)의 중압을 물리치고 1970년 1월에 김대중(金大中) 의원이 야당 대통령 지명전 출마를 선언하고 같은 해 9월에 전당대회에서 대통령 후보로 지명된 일이다. 4대국 보장론과 대중경제론을 내세우되, 여당인 공화당과는 달리 당내 민주주의를 통해 김대중 씨가 출현한 것은 놀라운 사건이었다.

앞에서 나는 김대중 의원의 정책을 새로운 정책이라고 썼는데, 그의 정책이 새롭다는 것을 알아볼 수 있는 눈이 나에게는 이미 있었다. 그러니까 나는 이를 1970년 2월에 고려대에 제출했던 내 박사학위 청구논문 〈북한 행정권력의 변질 요인에 관한 연구〉에서 이미 발견한 것이다. '일하는 조직'에 이어 '개인을 존중하는 조직'이 나와야 북한이 새롭게 되고 남북 간의 공존이 가능해진다는 것이 내 논문의 핵심 내용이었다. 이 세 가지 새로움을 요약하면, 첫째, 상하 간의 안정된 관계, 둘째, 비록 정권과 맞서지는 않더라도 이와 별도로 존재하는 조직의 출현, 셋째 이웃 나라와의 공존이다. 이런 새로움을 김대중 의원이 대통령 후보로 출현했을 때 다음과 같이 볼 수가 있었다.

새로움의 내용	김대중의 경우
상하 간의 안정	유진산 당수의 지명이 아니라 대통령 출마를 선언한 행위가 당내 민주주의를 실현했다.
개인을 존중하는 조직	군사정권을 향하여 수평적 정권 교체를 요구한 행위가 그러했고, 대중경제론은 정권과 별도로 자율적으로 움직이는 경제조직의 출현을 제의했다.
다른 나라와의 공존	4대국 보장론은 그 후의 햇볕정책과 6자회담의 효시가 되었다.

위 표에서 볼 때 4대국 보장론은 김대중 의원이 펼친 정책의 종착점이다. 4대국 보장론은 상하 간의 안정과 개인을 존중하는 일 다음에 있기 때

문이다. 김대중의 정신적 지주였던 함석헌의 통일론도 상하 간의 안정과 개인을 존중하는 현상을 전제로 했는가를 살펴보는 것이 나는 의미가 있다고 생각한다. 함석헌 선생도 김대중 씨와 같이 상하 간의 안정과 개인을 존중하는 현상에 해당하는 두 가지를 남북통일의 전제로 말했다. 다만 사상가인 함석헌 선생은 상하 간의 안정에 해당하는 말로 사람의 상에 있는 하느님과의 관계가 제대로 된 종교를 통일의 첫째 전제로 보았다. 함석헌 선생은 1962년에 쓴 〈민족통일의 종교〉(전집 3:172~191)에서 근본적이며 인간적이며 정신적이며 우주적인 경험을 하게 하는 종교가 통일을 만든다고 말했다. 함 선생님의 다른 전제도 개인을 존중하는 전제에 해당하는 말로, 통일은 정권이 아니라 민중이 해야 하는 것이라고 주장했다. 즉 1970년대 초반에 함석헌 선생은 참된 통일은 민중의 민주주의를 통해서만 이뤄질 수 있다고 주장했다(전집 14:63~83). 2007년 2월 10일 씨올사상연구회 월례 발표회에서 정지석 박사는 함석헌 선생이 종교적 통일과 민중적 통일 이외에 다른 통일을 일절 언급하지 않음이 놀랍다고 발표한 바 있다.

다시 김대중 씨 얘기로 돌아가자. 나는 생의 네 가지 과정인 생로병사 가운데 생의 빛나는 업적을 다른 세 과정인 노병사에서도 그 빛을 잃지 않게 하는 것이 인생의 과제라고 생각한다. 내가 볼 때 김대중 씨의 경우, 그의 생이 가장 빛나던 시절은 거의 무명 정치인으로서 대안을 창출했던 1970년이었다.

1970년에 있었던 두 번째 큰일은 11월에 평화시장 노동자 전태일(全泰壹) 씨가 근로조건 개선을 요구하며 분신자살하고, 이것이 학생 데모를 유발한 일이다. 이 두 분의 움직임은 나라의 방향을 제시하는 움직임이었다. 첫째 민주국가를 이루되, 민주주의의 틀 안에서 경제활동과 노동운동이 정착해야 하고 드디어는 남북 간의 공존이 도모되어야 했기 때문이다.

1971년은 주권자의 세력이 더욱 신장한 해였으며, 동시에 박정희가 이

신장된 세력을 강경 조치로 맞선 해였다. 민권 신장을 보여준 예로는 다음 몇 가지가 있다. 첫째, 김대중 씨가 제7대 대통령 선거에서 비록 패배했으나 득표에서 박정희를 바짝 쫓아갔다. 둘째, 야당의 당수인 유진산 씨가 자신의 선거구에서 출마하기를 포기해, 박정희의 처조카가 당선하게 만든 부패한 야당에게 국민이 제8대 국회의원 선거에서 많은 표를 던져주어, 여당이 헌법 개정을 하지 못하게 만들었다. 셋째, 각종 집단운동이 생겨났다. 서울대학교병원 인턴들의 처우 개선 요구와 광주 단지의 난동이 그 두드러진 예이다. 서울대학교병원 인턴들의 처우 개선 요구에는 현장에 문교부 장관과 국무총리가 나갔으면서도 처리를 하지 못했다. 나는 이때 정부의 무능을 보고 정부에서 강경책이 나올 것이라 생각했다.

아니나다를까, 1971년 말에 정부의 강경책이 쏟아져 나왔다. 박정희의 국가비상사태 선언에 이어서 국가보위법을 국회에서 변칙으로 통과시켰다. 국가보위법은 노동운동을 국가보위 차원에서 다루겠다는 법이었다. 유신헌법이 1972년에 공포되기 전에 '7·4조국평화통일원칙'이라는 남북 간의 합의가 있었다. 이것은 김대중 씨의 4대국 보장론을 잠재우고, 통일이라도 될까 해 국민 일반을 흥분 속에 몰아넣고선 통일 논의를 주도하려고 유신이라는 수작을 벌인 박의 권모술수였다. 평양에서도 7·4 남북공동성명 후 자기네 체제를 강화하는 헌법 개정을 했다. 남북 정권은 정권 유지를 위하여 서로가 서로를 이용하는 '사쿠라'였다.

박정희는 국민 쪽에서 취한 조치인 '민주주의 → 빈부 격차 좁히기 → 남북 공존을 내용으로 하는 평화'라는 진행을 역행하는 조치로 일관한 셈이다. '국가보위에 관한 특별조치법 → 7·4남북공동선언 → 유신헌법'이 바로 이 역행 공정(工程)이다. 이 연이은 모반 행위의 핵심은 이런 것이었다.

국가보위에 관한 특별조치법은 1971년 12월 27일에 통과되었다. 전체 12조로 된 이 법률의 핵심 조항은 제2조에서 국가안전보장에 대한 중대한 위협에 효율적으로 대처하기 위하여 대통령이 국가비상사태를 선언하겠다는 것과 제9조에서 비상사태하에서는 노동운동을 당국의 허가 없이 못 한다는 것이었다.

두 번째 모반 행위는 국가보위법이 발표된 후 약 6개월이 지났을 때 이루어졌다. 이후락 중앙정보부장이 1972년 5월 2일부터 5월 5일까지 평양을 방문하여 평양의 김영주 조직지도부장과 회담을 진행했으며, 김영주 부장을 대신한 박성철 제2부수상이 1972년 5월 29일부터 6월 1일까지 서울을 방문하여 이후락 부장과 회담을 진행했다. 이 회담에서 쌍방이 합의한 것을 7월 4일에 다음과 같이 발표했다(이 합의서의 핵심 언어는 남북 국민의 뜻을 받들거나 주변국 4대국이 보장하는 남북 간의 평화 시도가 아니라 서로 상부의 뜻을 받들어 서명했다는 말이다).

1. 쌍방은 다음과 같은 조국통일 원칙들에 합의를 보았다.

첫째, 통일은 외세에 의존하거나 외세의 간섭을 받음이 없이 자주적으로 해결하여야 한다.

둘째, 통일은 서로 상대방을 반대하는 무력 행사에 의거하지 않고 평화적 방법으로 실현하여야 한다.

셋째, 사상과 이념, 제도의 차이를 초월하여 우선 하나의 민족으로서 민족적 대단결을 도모하여야 한다.

2. 쌍방은 남북 사이의 긴장 상태를 완화하고 신뢰의 분위기를 조성하기 위하여 서로 상대방을 중상·비방하지 않으며, 크고 작은 것을 막론하고 무장 도발을 하지 않으며, 불의의 군사적 충돌 사건을 방지하기 위한 적극적인 조치를 취하기로 합의하였다.

3. 쌍방은 끊어졌던 민족적 연계를 회복하며 서로 이해를 증진시키고 자주적 평화통일을 촉진시키기 위하여 남북 사이에 다방면적인 제반 교류

를 실시하기로 합의하였다.

4. 쌍방은 지금 온 민족의 거대한 기대 속에 진행되고 있는 남북 적십자 회담이 하루빨리 성사되도록 적극 협조하는 데 합의하였다.

5. 쌍방은 돌발적 군사 사고를 방지하고 남북 사이에 제기되는 문제들을 직접, 신속·정확히 처리하기 위하여 평양과 서울 사이에 상설 직통전화를 놓기로 합의하였다.

6. 쌍방은 이러한 합의사항을 추진시킴과 함께 남북 사이의 제반 문제를 개선·해결하며 또 합의된 조국통일 원칙에 기초하여 나라의 통일 문제를 해결할 목적으로 김영주 부장과 리후락 부장을 공동위원장으로 하는 남북조절위원회를 구성·운영하기로 합의하였다.

7. 쌍방은 이상의 합의사항이 조국통일을 일일천추로 갈망하는 온 겨레의 한결같은 염원에 부합된다고 확신하면서 이 합의사항을 성실히 이행할 것을 온 민족 앞에 엄숙히 약속한다.

서로 상부의 뜻을 받들어

리후락, 김영주

1972년 7월 4일

7·4공동성명이 나오니까 대한민국 국민들은 곧 통일이라도 될 듯한 착각에 들끓었다. 이 들끓는 국민에게 박정희가 곧 찬물을 끼얹었다. 통일 논의를 자기만이—그러니까 북한도 상부만이—하려고 우선 1972년 10월 17일에 전국에 비상계엄령을 선포하고 헌법 일부 조항의 효력을 정지시켰다. 그리고 열흘 후인 10월 27일에 비상국무회의에서 새 헌법을 의결·공고했고, 11월 21일에는 헌법 개정의 찬반을 묻는 국민투표가 실시되는 사이에 유덕한 인사라는 이들이 지명되어, 새 헌법을 찬성한다며 전국을 누볐다. 신문에

이들의 이름이 올랐다. 이 '유덕한 인사' 중에 내가 소속된 고려대 법대의 이 항녕, 윤세창, 이건호 선배 교수가 포함되어 가슴이 아팠다. 이 해 11월 21 일에 치러진 선거 결과가 어땠는지 아는가? 국민을 얼마나 공포에 질리게 했으면 유권자 가운데 92.9퍼센트가 투표했는데 투표자의 91.5퍼센트가 찬 성했다. 그러나 정부가 무섭다고 이렇게 움츠리는 백성이 어디 있는가? 예 를 들어 사반세기를 거슬러 올라가 북유럽을 가보자. 러시아 소비에트 군대 가 현지민의 손목시계를 빼앗아 다섯 개나 차고서 진주해 들어왔지만 다 선 거로 국민이 결의해 내보내지 않았던가. 이쪽의 상부는 1972년 12월 27일 에 비상계엄령을 통과시켜서 다음과 같이 자신의 권력을 강화했다.

1. 기본권 제한의 사유로서 국가안전보장이 추가되고 자유와 권리의 본 질적 내용을 침해할 수 없다는 조항을 삭제한다.

2. 자유권적 기본권이 약화된다.

3. 노동3권의 주체의 범위가 대폭 제한된다.

4. 통일주체국민회의를 설치하여 대통령을 선출하고 국회의원 정수의 3 분의 1에 해당하는 국회의원을 선출한다.

5. 대통령은 국회의 동의나 승인을 필요로 하지 아니하는 사전적·사후 적 긴급조치권을 비롯하여 국회해산권, 국회의원 정수 3분의 1의 추천권 등 절대 권력을 행사할 수 있게 된다. 뿐만 아니라 중임이나 연임 제한에 관한 규정을 두지 아니함으로써 1인 장기집권을 가능하게 한다.

6. 국회의원 수와 국회의원 선거에 관한 사항을 법률로 정한다. 이로써 선거구를 넓혀 한 선거구에서 둘째도 당선되게 함으로써 여당이 다수당이 되는 길을 보장한다.

7. 회기의 단축과 국정감사권의 부인 등으로 국회의 권한과 기능이 대폭 축소된다.

8. 대법원장을 비롯한 모든 법관을 대통령이 임명 또는 보직하거나 파면할 수 있게 함으로써 사법부의 독립을 위협한다.

9. 헌법위원회를 설치하여 여기에 위헌법률심사권·위헌정당해산결정권·탄핵심판권 등 헌법재판권을 부여한다. 후일에 노무현 대통령이 국회에서 탄핵받았을 때 그를 살려준 데가 이 헌법위원회의 후신인 헌법재판소이다. 나는 헌법재판소를 후진국이 가진 장치로 본다.

지명(知命)을 향한 몸부림

명(命)은 하늘 아버지로부터 나오며, 사람은 하늘 아버지의 명을 따라야 한다. 모반의 시대란 이 명을 내릴 수 없는 자가 감히 거룩한 자의 자리에 앉아, 하늘 아버지로부터 명을 받을 자를 향하여 자기 명을 받으라고 강요하는 시대를 말한다. 유신헌법을 놓고 1972년 11월 21일에 국민투표를 하기 한 달 전쯤 해서 박정희는 국회를 해산하고 비상계엄령을 선포했으며, 대학에 휴교령을 내리고 신문·통신에 사전 검열을 실시했다.

나는 이 무렵 석조 건물인 중앙청을 마주보는 파출소 앞에서 아침저녁으로 고려대 통근차를 타고 내리며 중앙청 정문 앞에 세워놓은 탱크와 보초병을 보았다. 나는 탱크에서 쏟아져 나오는 포탄이 무서워, 국민들이 개헌 국민투표에 찬성할 수는 없다고 생각했다. 나는 일부러 탱크와 보초병 앞을 걸으면서 죽더라도 박정희의 명을 따를 수는 없다고 생각했다. 나는 국민투표 때 반대표를 던졌다. 그런데 국민투표에서 우리 국민이 91.5퍼센트 찬성으로 유신헌법을 통과시키는 맥없는 국민임을 알았다. 마치 일제 때 우리 반 학생들 68명 중에서 65명이 일본식 창씨개명을 한 것과 비슷하다고 생각했다. 나는 일본의 명을 따른 65명이 전체의 몇 퍼센트인지 계산해

하버드 옌칭 장학생 시절(1967). 두 번째 줄 오른쪽 끝이 나다.

보았다. 68:65＝100:X라는 방정식을 풀면 찬성표의 비율이 나온다. 95퍼센트였다. 그런데 유신헌법을 찬성하는 자는 91.5퍼센트였으니 약 3.5퍼센트가 나아졌다고 생각했다.

나는 1965년 8월 25일 무장 군인이 고려대에 난입했을 때 이에 항의하는 선언문을 읽었다. 이때 나는 조교수였다. 권오병 문교부 장관은 9월 4일에 한일협정 반대 데모를 주동한 교수들 21명을 모두 징계했다. 나는 이때 해직되지 않고 1967년에 오히려 부교수로 승진했으며, 마침 하버드의 옌칭 장학생으로 선발되어 미국에 갔고 그곳에서 박사학위 논문도 썼다. 박사학위는 1970년 2월에 고려대에서 받았다.

나는 이때 《논어》의 말로 하자면 이른바 입(立)한 셈인데, 입한 후 누구의 명을 따를 것인가를 생각하고 결정해야 했다. 지천명(知天命)까지는 안 가더라도 흔들리지 아니하는 불혹(不惑)의 단계까지는 가야 할 처지에 놓여 있었다. 이 불혹의 단계는 천명을 아는 단계의 전 단계인데, 이 단계의 특징은 머리만으로 생각하지 않고 행위로 하는 몸부림이라는 점이다. 내 공부가 행위로 다듬어진 것을 보여주는 몸부림이었다. 이 모습을 행정학에서 기독교와 접목해보려던 학문 접근으로 다음에 설명할까 한다. 이 몸부림은 행정학, 정치학과의 접목, 인문학과의 접목, 기독교와의 접목으로 이어지는 경험이었다.

해직의 원인이 된 글 두 편

내가 중앙정보부의 압력으로 김윤환(金潤煥) 교수와 더불어 고려대 교수직에서 해직된 날은 1973년 7월 14일이다. 해직된 경위는 뒤에 따로 말하겠지만 이것은 해직의 직접적인 원인이고, 원인(遠因)이 있게 마련이다. 나는 점차 비중이라 할까, 영향력을 더해간 교수였는데, 정치 정당성이 없는 정부가 싫어하는 글을 쓴 것이 먼 데 있는 원인이었다.

나는 1969년에서 1972년 4년간 한국행정학회 부회장을 거쳐, 이후 2년 간 회장을 했다. 학회장 때에 나는 당연직으로 비록 비상임이기는 하나 장관급 행정개혁조사위원회의 위원을 했다. 1971년 3월부터는 고려대 부속 노동문제연구소 소장을 맡았다. 그 당시는 외국에 학술회의차 출국하는 것이 신문의 동정난에 날 정도로, 외국에 나가는 것은 교수의 격을 높여주는 일이었다. 나는 학회장 자격으로 마닐라에 한 번 간 적 있고, 노동문제연구소 일로 방콕, 마닐라, 일본의 교토 등에도 나갔다.

이 시기에 나는 이런 데 저런 데 글을 꽤 썼다. 일 년에 한 열 편 넘게 썼다. 《기독교 사상》《월간 다리》《법률행정논집》《문학과지성》《제3일》《샘

터》《고대신문》《여성동아》《동아일보》《중앙일보》《신동아》《월간 대화》
《노동문제》《조선일보》 등에 썼고, 김재준(金在俊) 목사가 주관하고 약 10
명이 동인으로 활동한《제3일》의 동인 활동을 했다.

해직되기 얼마 전, 나는 당국이 싫어하는 글을 두 편 썼다. 한 편은 1973
년 3월 2일자《조선일보》에 나온〈2·27 총선과 민주주의〉라는 글이다. 이
글은 한 선거구에서 두 명씩 뽑는 유신헌법 아래서 행해진 첫 국회의원 선
거에서 여당이 압승했다고 기뻐하는데, 한 선거구에서 한 명을 뽑았다면
야당이 압승했을 것이라고 분석한 글이다. 당시 한국기독교교회협의회(예
전에는 KNCC로 약칭했는데 지금은 NCCK로 약칭한다)의 총무이던 김관석(金
觀錫) 목사가 이 글을 당국이 싫어할 것이라고 나에게 말해주었다.

한편 고대 교무처장을 한 한만운(韓万運) 교수가 날보고 내가 1973년 2,
3, 4월 석 달간《서울신문》사설을 분석해 고려대 총학생회에서 주최한 강
연회에서 '권력과 지성'이라는 제목으로 강연했던 것이 미움을 샀다고 말
했다. 이 글은 '최소한의 시작'이라는 제목으로 내 책《한국행정론》(일조각,
1980)에 게재돼 있다. 앞에서 말한 글
은 국민 일반을 향한 것으로,《조선일
보》는 내 글 옆에 전국 행정구역이 유
신헌법으로 어떻게 재조정되었는가
를 밝혀놓았다. 고려대 강연은 의자
가 없는 앞자리 맨바닥에까지 학생들
이 모여들었던 강연이었다. 이 두 글
의 내용을 간추리면 다음과 같다.

2·27 총선과 민주주의

선거 결과로 나온 숫자가 민의를

《한국행정론》(일조각, 1980. 2).

대표한다. 국민 일반이 정부를 생각하는 믿음의 정도를 선거 결과로 나온 숫자가 보여주는 경우, 이 숫자를 타당도가 높다고 말한다. 9대 의원 선거의 숫자가 타당도를 지닌 것임을 몇 가지가 보여주기도 한다. 여당 대변인의 말, "전국적으로도 질서 있고 평온하게 진행된 총선거"였다는 것이 그 하나이다. 비록 행정적 혹은 사무적 차원에서의 자체 견제이기는 하나, 한두 개 선거구에서 여당 후보에 대한 사전투표를 적발하기도 했다. 공영제 선거운동과 중선거구제 선거였던 것도 숫자의 타당도를 높이는 데 그런대로 기여했다. 그러나 높은 타당도를 지닌 숫자를 만드는 데 공헌한 군사정권의 정당인 여당에 나는 축하만을 할 수가 없었다. 이는 이 숫자를 가지고 지난번 선거인 8대 선거의 상황에서 결과를 평가할 때 9대 의원 선거 결과는 여당으로서는 오히려 우려할 만한 걱정거리를 가져다 준 것이기 때문이다. 8대 의원의 선거 상황은 최소한, (1) 한 선거구에서 의원을 한 명만 뽑는 것과 (2) 야당이 분열 안 된 것의 두 가지였다.

이 두 가지 조건으로 9대 의원 선거를 평가하면 여당이 22구, 야당이 49구로 여당이 크게 진다. 서울이나 부산의 경우를 볼 때에 신민당과 통일당의 표를 다 합친 표수보다도 더 많은 표수를 딴 여당은 단 한 곳뿐이다. 이런 식으로 따질 때 경기에서 2:5, 강원에서 2:3, 충북에서 2:2, 충남에서 1:6, 전북에서 1:5, 전남에서 6:4, 경북에서 4:7, 경남에서 2:6 등과 같이 여당이 참패한다.

물론 좋은 자위책이 마련돼 있다. 한 선거구에서 두 명을 뽑는 것이 좋으며, 정당은 많아도 좋다는 자위책 말이다. 그런데 이 자위책이 옳으냐 그르냐를 가지고 너무 심각한 논쟁을 여기에서 할 필요는 느끼지 않는다. 다만 제시하고 싶은 사실은 여야의 대수가 22:49이니 국민 7명 중에 단 2명만이 여당을 실질적으로 지지하고 있다는 사실뿐이다.

야당인 신민당과 통일당도 숫자에서 읽어야 할 것이 있다고 본다. 갈라져 나가는 것을, 그리고 갈라져 나가게 하는 것을 국민이 원치 않는다는 사실이다. 통일당의 부진과 양 야당이 없었더라면 생겼을 표의 누적이 이를 말해준다. 못난 야당이 어진 야당이 있는 것만은 못하지만 못난 야당이라도 있는 것이 아주 야당이 없는 것보다는 낫다는 것이 헌정 질서의 의미이다. 9대 선거의 투표율이 꽤 높아 72.8퍼센트이니, 이 선거는 유권자의 관심이 높은 선거이니만큼 집권당에게 해결할 문제를 부여하고 있다. 외부 견제로서의 민주주의와 국민 참여 기능으로서의 민주주의가 절실했다.

권력과 지성

1973년 2, 3, 4월 석 달은 무서운 달이었다. 1월에 막 긴급조치 1, 2, 3호가 선포되었으며, 4월에는 다시 새 긴급조치가 선포되었다. 갑자기 무엇을 하면 15년 징역을 받으며 혹은 사형에 처하게 된다는 것이다. 그러나 이 석 달은 무섭기만 한 달은 아니었다. 3월 위기설이라는 말이 바로 이것을 설명하는데, 위기가 올 정도로 민권운동도 그만큼 있을 법한 때였기 때문이다. 이 석 달 동안의 《서울신문》 사설을 읽어서 정국이 과다 긴장하는 근거와 양상을 알아보고 바람직한, 적당한 양의 긴장의 구조를 전망해본다(3개월간의 《서울신문》 사설 75개를 분석하는 방법은 앞장에서 언급한 내 박사학위 논문의 연구 틀과 동일한 것을 사용했다. 사설은 내셔널리즘과 권력의 상호 관계를 솔직하게 보여주었으며, 동시에 권력을 합리화할 수 있는 전망도 시사했다).

1) 내셔널리즘
전체 사설 중 안보에 관한 사설이 38개인 반 정도이다. 이중 북한에 관한 기사가 제일 많다. 북한이 남침을 기도하기 때문에 우리는 군사적 방위 태세를 굳게 하고 외교에서 성공해야 하며 사회적 안정이 필요하다는 것이다. 두 번째 기사는 미국이다. 군사 지원을 더욱 기대한다는 것이 그 내용이다. 셋째로 빈도가 높은 사설은 남북 적십자 회담을 촉구하는 일이다. 끝으로 외국과의 관계를 통하여 경제 실리를 추구하는 내용이다.

2) 권력

통치자와 피통치자의 관계를 기술한 사설이 14개이다. 이중 반이 넘은 8개 사설이 안보와 국민 간의 관계에 관한 것이다. 안보와 국민 간의 관계는 '국민은 통치 체제에 복종하고 통치 체제는 국가에 복종한다'여야 한다는 것이다. 다음 두 그림 중 국민이 아니라 국가가 강조되는 B형이 우리의 형태인데. 이 B형의 단점은, 국가는 국민과 같은 구체적인 사람이 아니기 때문에 통치 체제가 감독자인 국민을 윗사람으로 가지지 않는 점이다. A형이 국민이 주권자인 민주국가형이다. 문제는 B형인데, B형은 《로동신문》에서 본 '지배하는 힘' 현상이며, 국민에게 반란을 일으킨 유신정부형이다. 통치 체제가 국가에 복종한다고 하지만 실제는 통치 체제가 애국을 이용하는 Pn 현상을 유지하겠다는 말이다. 통치 체제 밑에 국민이 복종해야 한다는 것은 Ph이다. 그리고 Pn과 Ph의 두 개 강조가 바로 북한의 '지배하는 힘'의 핵심을 형성했었다.

3) 합리화 전망

통치 체제가 국가를 위해 국민을 누르는 형태를 취하기보다 합리적으로 일하라는 사설이 네 개가 보인다. '통치 체제가 국민을 누르되 일을 하라'고 말하는 사설들이 이것이다. 이 경우 '일'의 도입을 통치 체제가 한 점은 한 걸음 진전이다. 다만 여기에서의 '일'이 통치 체제 밑에 예속되어 있는 것이 특색이다. 일단 '일'이라는 가치가 도입된 이상, 만일에 '일'에 통치 체제가 예속되는 현상이 생겨나면 이는 진일보가 아닐 수 없다는 것이다. 이 현상은 《로동신문》에서 본 '새 힘'에 해당하는 현상이며 E, T에 n, p, h가 복종하는 현상이다. 국가도 '일'이라는 실리를 위해서 양보하며, 경제 성장을 위해서 권력의 원리를 덜 적용하며, 나아가 민간 주도하의 경제 건설을 해야 한다고 말하고 있다.

한편 국민이라는 개념이 등장해 《로동신문》의 분석에서 본 '개인이라는 힘' 현상이 좀 보였다. 국민을 의식하는 통치 체제, 국민에 의하여 견제를 받는 통치 체제, 그리고 통치 체제가 손을 안 대는 '일' 현상도 좀 나타났다. 이러한 진전을 엿보는 상황에서 정부는 ① 불필요한 물리작용을 줄여야 하고, ② 통치 행정구조의 기능 분화를 해야 하며, ③ 정치 요원과 공무원에 대한 정당하며 적절한 자극을 부여해야 하며, ④ 통치 행정구조와 견제 구조의 수준별·분야별 대화가 필요함을 제의했다.

노동문제연구소 일과 노동문제와의 만남

1971년 1학기가 시작되기 직전에 나는 김상협(金相浹) 총장 방에 불려 갔다. 김윤환 노동문제연구소장 후임으로 날보고 소장을 하라고 했다. 사람에게는 직감이라는 것이 있다. 이 자리는 이른바 감투가 아니라 어려운 자리임을 직감했음에도 나는 거절하지 못했다. 어려운 일감이라고 느꼈을 때 감정은 이 책의 첫 장에서 말한 '괴로움과 슬픔'이라는 감정과 비슷하다. 아마 내 집사람이 나와 결혼했을 때 지녔던 감정도 이런 것이 아니었을 까 싶다.

우선 이 연구소는 빚이 많은 연구소였다. 여러 사람이 모여 있고 드나드 는 사람이 많았으며 하는 일이 분주했다. 나는 다행히 빚을 갚았을 뿐 아니 라 돈 만드는 비결을 발견했다. 그것은 이미 있는, 열심인 사람들을 잘 활 용하는 것이었다. 출근부를 없앴고, 내가 필요한 사람은 직접 찾았다. 나는 은행 통장을 네 개 만들어 사무국장인 김낙중(金洛中), 국제부장인 권두영 (權斗榮), 교육부장인 황인준(黃仁俊), 산재보험을 맡은 김경수(金慶洙)에 게 나누어주었다. 네 부문 중에 세 부문에서 생기는 수입의 10분의 1만을 사무국 통장에 넣고 나머지는 각 부서에서 필요하면 각자 인출하되, 나에 게 도장을 받으라고 했다.

네 부장이 미치도록 일했다. 일요일에도 나오고 밤에도 사무실에 전등이 켜져 있었다. 돈은 이런 식으로 모았다. 예를 들어 교육을 맡은 황인준 교 수가 나에게 미리 자기와 함께 갈 데가 있다고 아무 날을 비워두라고 말하 면, 나는 이날을 수첩에 적었다. 하루에 한 일곱 군데 회사의 사장들을 둘 이서 만나, "3개월 노동자 교육을 하는 데 3인분의 학비를 주십시오. 인사 부에서 올 한 사람 몫과 노동조합에서 올 한 사람 몫에 장학금으로 한 사람 몫을 더해서 3인분을 지급해주십시오" 하고 말했다. 사장들이 단 한 사람 도 이 부탁을 거절하지 않았다. 성서에서 전도하러 갈 때 둘이 함께 가라고 한 이치를 그때 알았다. 황 교수와 함께 있으니까 거절하지 못하는 듯했고, 황 교수가 내 말을 보충할 수 있었다.

1971년 3월부터 내가 고려대에서 해직된 1973년 7월까지 내가 거의 해 결하지 못한 다른 괴로움과 슬픔이 있었다. 그것은 노동자들 속에 있으면 무력감을 느끼는 괴로움과 슬픔이었다. 처음에는 내가 노동자를 위하여 무 엇을 해준다는 우월감 같은 것을 느꼈다. 수요일마다 노동자들이 모인 곳에 가서 현장의 소리를 들었다. 노동운동 하는 데도 갔다. 나는 '방법 → 일 → 사람'에 이르는 다음과 같은 내 연구 접근이 노동운동에 적용되는 것을 점차 몸으로 깨달았다.

접근 방향		노동운동의 원칙
방법	비폭력	부당노동행위를 금할 것
	개인윤리	단체협약을 지킬 것
일	사회윤리	노동조합은 조합원의 것이어야 하므로 회사나 외부 단체의 지시를 받지 않을 것
사람	자기희생	노동조합은 회사를 소유하거나 계급투쟁을 하고자 함이 아니라 순수한 노동쟁의를 목적으로 할 것

말하자면 나는 내 접근 방법이, 긴 좌절과 착오 끝에 1886년에야 정착한 전미노동연맹(American Federation of Labor: AFL)의 철학과 동일하다는 것을 알게 되었다. 이 네 가지 노선이 〈야고보서〉 5장에 나오는 부자의 죄와 그것의 극복책에 부합함도 알게 되었다. 〈야고보서〉 5장에 나오는 부자의 죄와 그 극복책을 나는 늘 다음과 같이 대비하여 생각했다. 난동이나 마구 부리려고 치닫게 마련인 노동자들에게 나는 열심히 〈야고보서〉 5장을 설명하고 타일렀다.

접근법	접근법과 반대되는 길을 가는 부자	노동자가 갈 길
비폭력	6절	9절
개인윤리	5절	11절
사회윤리	4절	7, 8절
자기희생	1, 2, 3절	10절

여기서 비폭력에 관한 부자의 죄와 노동자의 할 일만을 대비해보자. 부자들은 〈야고보서〉 5장 6절에서 "당신들은 죄 없는 사람을 단죄하고 죽였

습니다. 그러나 그는 당신들을 대항하지 않습니다"와 같은 죄를 짓는다. 이에 비해서 노동자는 9절에서 "형제 여러분, 심판을 받지 않으려거든 서로 남을 탓하지 마십시오. 심판하실 분이 이미 문 앞에 서 계십니다"라고 한 것처럼, 부당노동행위를 하지 말아야 한다. 독자들은 앞의 대비표를 보고 다른 세 덕목에 관련된 성서를 읽어보기 바란다. 그리고 드디어 1, 2, 3절과 10절을 대비해봄으로써 스스로의 의사 결정으로 자신의 몸을 희생한 전태일의 길을 내 몸에 지니기가 얼마나 벅찼는지를 짐작해보시라.

내가 느낀 또 다른 괴로움과 슬픔은, 주권자가 통치자를 뽑지 못하는 나라에서는 노동자가 끝없이 고생하고 만다는 것을 새삼 느끼면서 생긴 괴로움과 슬픔이었다. 생각해보라. 내가 노동문제연구소장이 되기 전해인 1970년은 김대중 씨라는 한 주권자가 움직였으며 이 움직임을 못 기다리고 한 노동자 전태일 씨가 분신자살하고 만 일이 동시에 발생한 해였다. 소장 임기 중이었던 1971년 12월 27일은 기막힌 날이었다. 먼저 12월 27일에 노동자를 편들면 국가보위법 위반자로 감옥에 가두겠다는 법률이 통과되었다. 나는 국가보위법이 통과된 지 8년 만인 1979년 8월에 해고된 YH 노동자 편을 들어 국가보위법의 첫 위반자가 되었다. 1972년 12월 27일은 통치자를 통일주체국민회의 대의원들이 서울 잠실체육관에서 선출하는 유신헌법이 선포된 날이기도 하다.

이 정치 정당성 없는 정부와 노동자의 헤맴을 동시에 경험한 일은 바로 앞으로 내가 겪게 될 옥고의 축소판이기도 했다. 1976년 3월에서 1977년 12월까지 내가 구속된 이유는 긴급조치 9호 위반, 이른바 3·1민주구국선언 사건 때문이었다. 이때 내 행위는 정당성 없는 통치에 대한 저항이었다. 이 사건 후에도 정치가 바로잡아지지 않았으니, 노동자 문제가 생겨날 수밖에 없지 않았겠는가! 1979년 8월에서 같은 해 12월까지는 '국가보위에 관한 특별조치법' 위반, 이른바 YH 사건으로 교도소에 있었다. 드디어 기회주의자 전두환 장군이 출현해 주권자인 김대중 씨를 내란음모자로 모는 사건이 생겼다. 이 사건으로 나는 1980년 5월부터 1982년 12월까지 옥고를 치렀다.

노동문제와 관련해 내가 괴로움과 슬픔을 겪은 또 다른 영역이 있었으니 바로 내 공부였다. 행정학이라고 하면 기껏해야 관청의 한 과와 다른 과의 유사 기능을 통·폐합하여 능률을 올리는 것 정도를 생각하는 것이 그 당시 행정개혁의 수준이었다. 나는 행정개혁조사위원회에서 행정부와 국민 간의 관계를 따져서 세무 행정이나 법무 행정을 개혁하자고 말했는데, 이런 말은 엉뚱한 의견에 불과했다. 이 괴로움과 슬픔은 그 후 쭉 내가 몸에 지닌 괴로움과 슬픔이었다.

2007년 2월 27일에 열린 함석헌기념사업회 이사회에서 이사인 문대골 목사가 1971년 11월에 경동교회에서 있었던 《씨올의 소리》 주최 전태일 1주기 추모 강연을 회상하면서 이렇게 말했다.

"함 선생님 이외에 한 분을 연사로 더 모시고자 애썼는데 다 실패한 후에 이문영 박사께 갔더니 쾌히 승낙해주셨습니다. 놀라웠습니다."

이 말을 들으니 내가 그때 무슨 말을 했을지 궁금해졌다. 모르긴 해도 위에 적은 대안—전태일이 안 죽을 수 있었던 대안—을 말했을 것이다. 나에게 대안이 있었으니까 남들이 나서

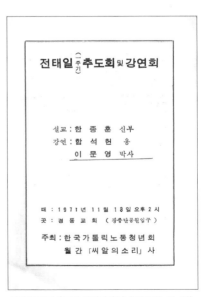

전태일 1주기 추도회 및 강연회 안내문(1971. 11. 13).

지 않은 자리에 용감하게 나섰을 것이다. 이 대안을 박정희가 안 받아들여 다음 네 가지 일이 생겼다는 생각이 든다.

1. 강연 한 달 후에 노동자를 돕는 이를 단속하는 국가보위법을 박정희가 통과시켰다.

2. 같은 법률로 8년 후에 내가 잡혀서 이 법률을 위반한 첫 부류에 포함됐다. 박정희가 8년 동안 잘 지냈다고 자위할 만했다.

3. 그러나 내가 감옥에 갇힌 사이에 내 사건의 처리를 과격하게 해 자기네끼리 총질이 생겨 박정희가 사망했다. 그러니까 대안을 안 받아들인 값이 사망이었다.

4. YH 사건 후 28년이 지난 오늘엔 정부에 노동부나 노사정협의회가 있다. 이런 기구들이 비폭력에 해당하는 부당노동행위 금지, 개인윤리에 해당하는 단체협약 준수, 사회윤리에 해당하는 외부 간섭 금지, 자기희생에 해당하는 노동쟁의에 한정한 쟁의 행위 들을 노동조합에 강조하거나 교육하고 있는지 의심이 간다. 다시 말해 나는 오늘에도 28년 전의 대안을 안 받아들이는 일이 생기고 있다고 본다.

인문학과의 접목

박사학위 논문을 쓴 뒤부터 처음으로 해직된 1973년 7월까지는 학문에서 인문학적 접목을 시도한 시기였다. 이 시기에 내가 한 일은 두 가지였다. 하나는 1972년과 1973년 양년에 걸쳐 크리스챤아카데미가 주최한 '대화'에 적극 참여한 일이다. 2년간 열린 '대화' 43회에서 참석 인원수를 알 수 있는 37회분을 합계하면 총 참석자가 1010명이나 되며, 그중 주제 발표

크리스찬아카데미 활동가들과 함께(1970년대). 맨 윗줄 오른쪽 부분의 안경 낀 사람이 나다.

자가 115명이다. 모이면 이틀간 숙식하는 이 대화에 나는 운영위원으로서 쭉 참석했는데, 이때 참석한 이들은 인문학 분야의 인사들이 많았다.

나의 인문학적 접목을 단적으로 보여주는 또 다른 일은, 1971년 겨울 초에 《문학과지성》에 〈민중을 위한 행정〉이라는 글을 게재한 일이다. 당시에 행정학자로서 인문학 잡지인《문학과지성》같은 데 글을 쓴 것부터가 특이한 일이었다. 나는 이 글의 마무리에서 제1공화국, 제2공화국, 박정희 시대가 어떠한 '일'을 '어떻게' 해왔는가를 따지고, 미래에는 무슨 '일'을 '어떻게' 해야 할 것인가를 따졌다.《창조》1971년 9월호에 낸 글 〈근대화가 빚은 정치화 현상〉에서도 다음과 같이 '일'과 '통치 방법'에 대한 설명을 인용했다.

'일'에 대한 설명

로시터 교수에 의하면, 국가 목표는 ① 국가 존립, ② 민주 정부의 유지, ③ 자유의 신장, ④ 경제적 번영, ⑤ 사회 정의로 나뉜다. 반공을 하며 국내의 질서를 유지하는 것이 국가 존립이며, 선거를 실시하는 것, 각양의 권력 분립 체제를 갖는 것이 민주 정부의 유지 작업이니 자유의 신장이니 하는 일의 예이다. 국민이 돈을 잘 벌어야 한다는 것이 경제적 번영이며, 이 돈 버는 데서 생기는 극심한 경제상 혹은 사회 부정의에 대한 교정 작업이 사회 정의 작업이다.

이 다섯 가지 일 중 피치자의 참여와 능력 발휘를 충분히 보장할 수 있는가 하면, 다른 한편 비록 피치자에게 억압을 요구하는 것이기는 하나 결과적으로 유익을 제공하는 것이 있다는 것이다. 전자의 시책은 피치자에게 만족감을 느끼게 한다는 점에서 '만족'이라는 명칭을 부여하고, 후자는 아무 일도 안 된 상태에서 오는 불만을 해소해 준다는 점에서 '불만'이라는 명칭을 부여하기로 한다.

'불만'과 '만족'의 차이는, 전자는 국가의 강제력과 세수입을 가지고 시설하고 마련해야 할 시책들을 대상으로 하는 데 반하여, 후자는 국민 개인 개인의 창의와 참여를 통하여 이룩되는 성과를 뜻한다. 상술 기능 중 질서 유지를 내용으로 하는 국가 존립 업무, 사회간접자본의 형성이니 도로의 확장 같은 것을 내용으로 하는 경제 번영 프로그램 중 일부 같은 것들이 전자의 예이다. 이 밖의 프로그램, 예를 들어 중소기업의 육성, 농어촌 발전, 대학의 자율화…… 이런 것들이 후자의 예다. 이 시책의 종류에서 이해해야 할 다른 한 가지 점은 불만이 해소된다고 곧 만족이 충족되는 것도 아니며, 또한 만족이 충족되었다고 곧 불만이 해소되는 것으로 보아서도 안 된다는 것이다. 예를 들어 치안 유지가 안 되며, 길에 나가면 포장이 안 되어 있어서 먼지로 눈이 아플 정도의 상태를 제거하면 불만은 해소되지만, 그렇다고 곧 자기의 완전한 실현을 통하여 느껴지는 만족감을 느끼게 되는 것은 아니라는 것이다. 반대로 아무리 자기 개인의 기업을 성공시키고 있어서 만족을 충족시키고는 있더라도 그렇다고 환경과 기간산업의 미비가 있다면 이러한 미비에서 오는 불만이 만족 때문에 해소되는 것도 아닌 것이다.

'통치 방법'에 대한 설명

통치 방법을 다음 세 가지로 유형화할 수가 있다고 본다. 다음 중 가장 높은 정치적 정당성을 부여받는 것은 아무래도 '강하다'라고 가정한다.

	국민의 자유	통치자의 권한
약하다	유	무
강하다	유	유
독주한다	무	유

'강하다'를 가장 높은 정치 정당성이 있는 것으로 보는 이유는 '강하다'에 '약하다'에서 보는 통치자의 권한 결핍이 지양되기 때문에 사회질서의 안정이 있으며, 또한 '독주한다'에서 보는 국민의 자유 결핍이 지양되므로 개인의 능력 신장이 가능하기 때문이다.

이상의 개념을 사용하여 우리의 역사 과정을 설명할 수 있는 다음과 같은 표를 만들 수 있는 것은 다행한 일이다.

통치 내용＼시책 내용	불만 불해소		불만 해소	
	만족 불충족	만족 충족	만족 불충족	만족 충족
약하다		민주당 때		
강하다				바람직한 미래
독주한다	자유당 때		군정 이후	

자유당 때인 제1공화국에서는 이를테면 간접자본이 투자된 때는 물론 아니니 '불만 불해소'의 때이다. 그렇다고 국민이 자유스럽게 활동한 때도 아니니 '만족 불충족'의 때이다. 한편 그때의 정부는 4·19로 뒤엎어야

할 정도로 독주를 한 '독주한다'의 정부였다.

민주당 때인 제2공화국에서는 불만이 불해소의 상태에 있었던 것은 여전했으나, 그러나 국민 일반의 사기가 진작되어 제 나름의 창의를 발휘하고자 한 것, 즉 '만족 충족'의 시기였던 것은 사실이다. 그러나 민주당 정권은 국민이 데모로 밑에서 들이받을 정도의 약체 정권인 '약하다'의 정권이었다.

공화당 때에 와서 비로소 불만을 해소했다고 보아야 한다. 경부고속도로, 울산에 공장을 세웠으며 질서 유지도 된 셈이다. 그러나 공화당 때는 경제가 이른바 민간주도형이 못 될 정도로 '만족 불충족의 시기'이다. 정치부재의 국회에서의 법안의 변칙 통과니 정보정치니 하는 말은 다 그때에 사용되던 말들이며, 이런 말들은 다 '독주한다'를 설명한다.

그 당시 공장이 세워지고 경부고속도로가 완공됐다고 국민들이 무슨 큰 만족을 하고 있다고 생각하면 큰 잘못이라고 본다. 왜냐하면 불만 해소는 곧 만족 충족을 뜻하는 것이 아니기 때문이다. 당시의 역사적 과제는 이 새 시대, 즉 만족은 충족되며, 통치는 독주도 약한 것도 아닌 강한 것을 택해주는 그런 시대를 바라고 있었다고 생각한다.

민중을 위한 행정이 가능해지리라는 전망을 가질 수 있는 거의 유일한 근거는 그 당시의 집권자가 국민을 눌러서 엔조이도 했지만 동시에 경제 개발에 관심을 갖는 데 있었다는 것이다. 경제 발전에 관심을 갖다 보면 자기의 권력 남용을 견제해야만, 즉 '새 힘'인 GNP가 올라가며, 국민들의 물질적 혜택 요구가 오히려 경제를 돌게 해주는 필요하고도 당연한 요구가 되며, 전문가의 말을 들어야만 일이 잘되는 새로운 상황에 부딪치게 된다는 것이다.

조직을 분권화하며 국민의 돈과 국민을 키워서 사용하는 행정 방법도 다 경제 발전을 구현하기 위하여 불가피하게 사용하지 않을 수 없는 방법임이 분명하다는 것이다. 국민의 불만 해소에 만족 충족으로서의 프로그램

변이(變移)도 다 경제 발전의 과정인 것이다. 이런 점에서 비인간적인 통치를 실험하고 있는 것같이 보이는 경제 발전도 종당에는 그 체제를 민중을 위한 복지 발전으로 변할 것을 기대해보았다.

기독교와의 접목

나는 김재준 목사가 1970년 9월에 처음으로 낸 월간지 《제3일》 1호를 편집하는 회의 자리에 앉았다. 이때 나는 '어두움의 원리'라는 제목으로 200자 원고지 13매 정도의 원고를 썼다. 〈요한복음〉 1장 1절부터 18절까지와 한국의 현실과 내 공부 세 가지를 연결한 글이었다. 이 글이 좋다고 그런 식의 글을 또 쓰라는 말을 회의에서 들었다. 김재준 목사가 내 글에 무엇과 무엇이 유사하다는 뜻의 희랍어인 '아나로기아'라는 제목을 붙였다. 나는 이 잡지가 폐간될 때까지 '아나로기아'를 30회 썼다.

'아나로기아' 18회 때 쓴 글이 1972년 8월호에 실린 〈신앙고백〉이라는 글이다. 이 글은 신·구 기독교가 공동으로 신앙고백 하는 글에 내 나라 현실과 내 공부를 반죽해 만든 글이다. 이 글을 갖고서 세계교회협의회(WCC)에 나가 있던 박상증(朴相增) 박사가 독서회를 했다는 소식이 일본 잡지 《세카이(世界)》에 실린 것을 보았다. 민주화에 열심이었던 한 기독교인인 나의 신념을 보여주는, 내 〈사도신경〉 번안문을 다음에 옮긴다.

전능하사 행정부를 만드신 아버지 국민을 내가 믿습니다. 그 국민의 외아들 우리 주 민주적 대통령을 믿습니다. 이 민주적 대통령은 민주 사상으로 잉태하사 깨끗한 표로 나시고 구악(舊惡)에게 고난을 받으사 십자가에 못 박혀 죽으셨습니다. 장사한 날과 그 다음날은 어두운 날이었으나 그 다음날은 밝은 날이어서 그가 죽은 자 가운데서 다시 살아나시며 국민의 마음에까지 오르사 전능하신 국민의 우편에 앉아 계시다가 정의로써 산 자와 부패한 자를 심판하러 오실 것입니다.

민주 사상을 믿습니다.

민주주의를 위한 결사(結社)와 집회와 동지들이 서로 교통하는 것과 툭하면 권력 남용으로 향하는 나의 죄를 사하여 주시는 것과 옳은 일을 하다가 한 곳에서 좌절하더라도 또 다른 곳에서 일어설 것과 옳은 일을 함으로 직장에서 쫓겨나더라도 옳은 정신만은 그 직장과 더불어 영원히 남을 것을 믿습니다. 아멘.

내 글은 일단 위와 같은 변형을 〈사도신경〉에 가해놓고는 이 변형을 설명하는 것으로 채워졌다. 이어서 이를 옮겨본다.

이 세상의 사람을 죄에서 해방시키기 위하여 독생자가 오셨고, 덴마크의 국민을 체제에 대한 불신에서 해방시키기 위하여 햄릿이 왔다면 권력을 쥔 자들을 부패에서 해방시키기 위하여는 누가 와야 하나? 민주적 대통령이 와야 한다는 것이다. 따라서 위 글은 '사도신경'이 아니라 '민주국민신조'라고 명명할 수도 있었다. 이 신조가 믿는 것은 크게 나누어 역사, 이데올로기, 행동 방법 등 세 가지이다. 각각에 관하여 풀이를 붙여본다.

역사
왕이 만민의 아버지인 줄 알았는데 만민이 왕의 아버지가 된다 하니 이는 새 역사가 아닐 수 없다. 우리의 가슴이 아플 정도로 심한 충격을 주는 사실은―그렇지 않아도 그 충격 때문에 그를 믿는 것인데―만민의 외아들인 왕, 즉 민주적 대통령의 더없이 멋있는 생애이다.

그는 민주 사상, 말하자면 성령으로 잉태하사 깨끗한 표, 즉 동정녀 마리아에게 나신 것이다. 예를 들어 쿠데타라든지 쿠데타 한 사람이 편을 들어줘서 대통령이 되듯이 육(肉)으로 난 것이 아니다. 그는 대통령으로 재임 중 구악(舊惡), 다시 말해서 육으로 난 자로부터 고통을 꽤 받으시고 십자가에 못 박혀 죽는다. 그래서 어두움이 다시 땅을 뒤덮는다. 아마 이 어두움은 옛날의 어두움보다 더 어두운 것인지도 모른다. 왜냐하면 이 어두움은 빛 다음에 온 어두움이기 때문이다.

그러나 이 어두움보다 빛이 더 강하다는 것이 역사상에 전개된다. 어두움의 지배는 단 이틀뿐인 것, 사흘째는 다시 밝아오는 것(이 사흘째에 밝음을 바라보면서 김재준 목사는 잡지 이름을 '제3일'이라고 붙였다), 더 밝아와 국민의 마음과 마음에 민주 의식이 생기는 것, 그리고 무엇보다도 이 의식을 가지고 국민 통제의 결핍에서 오는 부패를 지적하는 것 등과 같다.

이데올로기

이데올로기는 하나뿐이다. 이는 곧 민주 사상이다. 이는 곧 대통령을 낳게 하고 또 죽게 한 정신이다.

행동 방법

그렇다면 이제 우리는 어떻게 살아야 하나? 어떻게 해야 하나? 무엇을 하나? 그런데 다행히 우리가 할 일이 많지 않다. 그저 민주적 대통령을 믿기만 하면 된다. 그 사람을 그리워하며 불쌍히 여기며, 애처롭게 생각하면 된다. 다만 문제는 이런 믿음이 우리를 아무것도 안 하게 가만 놔두지 않는 데 있다. 그래서 우리는 모이는 일에 힘쓴다. 우리끼리 돕는다. 역시 그분 때문에 우리의 미치지 못하는 것과 더러운 것을 비로소 깨닫는다. 그러나 새 믿음을 가진 이제는 옛날과는 다르다. 이 흉한 죄들이 이런 모든 것들 때문에 오히려 치유돼 나가는 것을 몸에 새겨 안다. 옳은 일을 하다가 으레 우리는 넘어진다. 그러나 우리는 좌절하지 않는다. 무슨 일이 있어도 또한 무슨 일을 당하여도 다시 일어서며 같은 길을 걸어가는 것이다.

어쩌면 이중에서 가장 중요한 것이 죄들의 사함을 받는 일인지도 모른다. '죄들'이라고 했으나 원래는 하나의 죄다. 무슨 범죄의 차원이 아니라 죄스러운 인간성의 차원에 더 상처를 느끼기 때문이다. 또한 '이런 모든 것들 때문에'라고 했으나 역시 원래 그분에 대한 믿음 하나뿐이다. 믿으면 죄를 알게 되며 믿으면 죄를 사함받게도 된다.

〈사도신경〉의 신(信)이나 〈민주국민신조〉의 신(信)이나 다 믿음이 본질이다. 믿음이란 내 몸을 불타게 하는 것이다. 믿음이란 사랑이다. 주는 것이다. 빼앗기는 것이다. 겉옷을 달라고 하면 속옷까지 벗어주어도 또 모자라는 아쉬움이다. 일곱 번을 다시 일흔 번 용서해줘도(마태오 18:22) 그래도 못 미치는 커다람이다. 그런데 현실의 국민은 얼마나 큰 아쉬움에 가슴 조이고 있을까? 얼마나 주며 심지어는 얼마나 빼앗기고 있을까.

그러나 국민을 너무 탓할 수는 없다. 어차피 국민을 들볶는 것은 율법 시대(律法時代)의 관리 방식이다. 아무리 국민이 애를 썼다 해도 구원이 오는 것이 아니다. 구원은 정당하게 선출된 대통령이 옴으로써만 가능해진다.

　　내가 《제3일》에 〈사도신경〉을 고백할 무렵에 나라는 이미 어두웠다. 1972년 가을에 딱 두 개 있던 기독교 저항 잡지 《창조》와 《씨올의 소리》가 폐간되었다. 그러다 1973년 부활절, 남산에서 열린 대중 집회 때 박형규 목사가 군중에게 정부를 비판하는 유인물을 배포해 구속되는 사건이 생겼다. 박형규 목사의 구속은 기독교 민주화운동의 효시가 되었고 그는 그 후 다섯 번 더 옥고를 치렀다. 우리는 그가 출옥할 때마다 그가 목회하는 제일교회에서 그를 맞이했고 그의 힘있는 설교는 우리를 늘 격려했다.

또 하나 기독교계 경사가 1973년 5월 20일에 생겼다. 독재 정부를 비판하는, 서명자들을 밝히지 않은 목사들의 선언서가 발표된 것이다. 이 선언서는 우리 사이를 도는 초대 교회의 서신 역할을 꾸준히 했고 이 선언이 발표되고 1년 후인 1974년 5월 5일에는 《뉴욕타임스(The New York Times)》 일요판 전면에 〈Manifesto of Korean Christians by Christian Ministers in the Republic of Korea〉라는 글로 번역되어 발표됐다. 이때 번역은 그 당시 프린스턴대학교에서 박사논문을 쓰고 있던 김용복 교수가 했다. 광고비는 일본인 성직자 다나카 마사오, 리누마 지로, 오쿠다 시게다카, 하마오 후미오, 와다 다다시가 댔다. 나라와 나라의 연대는 두 나라의 핍박받는 백성들이 연대함으로써 가능하다는 것을 보여준 예였다.

이 당시 기독교와의 접목이 없었다면 나는 완성되지 못했을 것이다. 나는 내가 때려서 울리는 종이라면 그 종에서 나오는 음색이 세 가지이기를 바랐던 것 같다. 하나는 내 전공 행정학이고, 또 하나는 나라 사랑이며, 나머지는 기독교였다. 그러니까 이 음색은 내가 열네 살 때 배재중학교 예배 시간에 결심해서 내고자 했던 음색이었다. 따라서 《제3일》에 기고했던 신앙고백은 이문영이라는 종이 낸 소리였다. 《제3일》에 쓴 내 글을 보고 세상 사람들은 내가 신학 박사나 기독교장로회에 속한 장로인 줄로 알았다. 그러나 나는 행정학자였으며, 신학 공부를 해서 '아나로기아'를 쓴 것이 아니라 내 교회에서 답답한 설교를 들으면서 그런 해석이 성서의 본모습이 아니라는 생각을 골똘하게 한 결과 그런 글들을 썼으니, 역설적으로 나에게 도움을 준 이는 내 교회의 이만신 목사인 셈이다.

《민우지》 사건으로 해직되다

앞 절에서 썼듯이, 나는 마치 귀신 들린 사람처럼 미쳐 있었다. 귀신 들린 사람은 자기를 부르는 이가 있어서 그를 따라간다. 나를 오라고 불러대는 이가 둘이 있었다. 한 분은 군사정권의 학정으로부터 우리 동포를 해방시키고자 애쓰시는 하느님이었고, 다른 한 분은 노동자 전태일이었다. 위에 쓴 신앙고백 첫머리에서 나는 나를 부르는 이가 하느님이었음을 말했다. 그러나 하느님이 그 외아들을 이 땅에 보낸 동기가 이 땅의 불쌍한 사람들이기에(요한 3:16), 하느님 이외에 명을 내리는 이는 〈민주국민신조〉에서 밝힌 대로, 민주국가의 주인인, 이 땅의 모든 불쌍한 사람들이다.

나는 1973년 7월 14일에 고려대학교에서 처음으로 해직을 당했는데, 당국의 말을 안 듣고 누구의 명을 들었기에 해직당한 것일까? 이때 나를 부른 이는 하느님보다는 그 하느님이 긍휼히 여기실 것으로 추정되는 한 초라한 지식인이었다.

유신정부가 들어서자 교문에 유신을 찬양하는 긴 플래카드가 걸렸는데, 누군가가 이 헝겊 조각에 불을 질렀다. 짐작건대 어떤 학생이 담뱃불 붙이는 척하며 라이터를 켰을 것이다. 잘한 일이다. 학교에 《고대신문》이 있었건만 지하 신문인 《민우지(民友紙)》가 나왔다. 검열되는 《고대신문》에 뭘 못 쓰니 이런 짓을 한 고려대생들과, 노동문제연구소의 김낙중 씨와 노중선(盧重善) 씨를 주모자라며 잡아갔다. 이 일을 진짜 이들이 했는지 안 했는지를 나는 지금까지도 확인하지 않았다.

여름방학이 시작되던 날, 연구소 이사 가운데 한 분인 김진웅(金振雄) 교수가 중앙정보부에서 김과 노 두 사람에게 봉급을 주지 말라고 한다는 말을 나에게 전했다. 나는 이 문제를 의논하고자 이사회를 소집했다. 그런데 이사회에 김 교수만 참석했다. 나는 "아직 이들이 재판 중이고, 형이 대

고려대 노동문제연구소장 시절.

법원에서 확정될 때까지는 무죄로 간주되는 것이 현행법이니 봉급을 안 줄 수 없습니다" 하고 말했다. 따지고 보면 이 말은 일제 때 아버지께서 형사에게 하신 말씀과 닮은꼴이었다. 내 경우 박정희의 법대로 하겠다는 것이었다. 그리고 이 말은 그 후에 내가 한, 행동하는 말 가운데 첫 말이었다. 나는 이렇게 내 아버지 덕으로 쉽게 비폭력 투쟁을 시작할 수가 있었다. 이때 한 말이 무서울 때 했던 말이었고 그 후에 행동으로 한 말들이 모두 무서울 때 한 말이었음을 회상하며 나는 이를 뜻있게 생각한다. 예수도 세례자 요한이 잡혀갔을 때―나는 내 부하들이 잡혀갔을 때―말하기 시작했다. 말하자면 예수는 무서울 때 "회개하라, 천국이 가까웠다" 하고 말하여, 악한 정권에 대한 심판과 정의와 죄가 무엇인가를 말했다. 내가 한 말도 악한 정권에게 네 법이라도 지키라는 말, 즉 자기 법도 안 지키는 박정희를 심판하는 말이었다. 이것은 정의를 말한 것이며 사람이 마땅히 가야 할 길―그 길을 가지 않으면 죄를 짓는 길―을 말한 셈이다. 무섭지 않을 때 말 많이 하는 현실을 보면서 나는 이렇게 무서울 때 말했던 것을 종종 음미하곤 한다. 무섭지 않을 때 말하면 말도 많고 말 많은 만큼 잇속도 많이 챙기지만, 무서울 때는 최소의 말을 해야 하고 이 말 때문에 손해를 보아 정의의 길을 걷게 된다. 이 말이 어떠한 불이익을 나에게 가져왔는지를 살펴보자.

며칠 후 나는 남산에 있는 중앙정보부 지하실에 불려갔다. 대충 다음과 같은 말이 나와 무례한 조사관 사이에 오갔다.

그: 뭐? 무죄로 추정되니까 봉급을 준다고? 두 직원이 어떤 사람들인지 알아? 사상이 나쁜 것을 말이다.

나: 사상이 나쁜 것을 알아내는 것은 중앙정보부 여러분의 의무인데 왜 나에게 묻습니까?

그: 소장으로 책임을 안 느끼나?

나: 안 느낍니다.

이상의 논리로 봐서 나는 저쪽의 사과라도 받고서 나왔어야 했다. 그런데 실제로는 교수가 만년필도 안 갖고 다니느냐는 야단을 맞아가면서 자필로 연구소장직이 아니라 교수직 사직서를 쓰고 나왔다. 나는 이때 이후로 열여섯 번 더 끌려갔는데, 이때가 제일 무서웠다. 그 후로 나는 담력이 늘어, 한번은 조사관이 조사해놓은 두툼한 문서 뭉치를 확 뺏어서 대화만 하자고 해놓고는 약속 위반이라고―조사관이 지켜야 할 자신의 말을 위반한 것이라고―찢어버리기까지 했는데도 매를 안 맞았다. 크리스챤아카데미 사건으로 잡혀간 신인령·한명숙 등의 석방대책위원장을 했을 때 일이었다.

다음날, 총장이 나를 불렀다. 나에게 전날 중앙정보부에서 쓴 사표를 돌려주었다. 나는 고맙다고 말하고 돌아서 나왔다. 돌아서 나오는 내 뒤에다 대고 총장이 "자체적으로 해결하라고 해요"라고 말했다. 그 뒤 총장은 안 나타나고 내가 속한 단과대학의 학장이 매일같이 나를 따라다니며 사표를 쓰라고 했다. 나는 학장의 모습이 카프카의 소설 《성(城)》에 나오는 측량사 같이 값없어 보였다. 학장이 안 쓰면 또 끌려갈 거라고 했다. 이런 사람이 지금은 학술원 회원이다. 유신정부 세울 때 덕망 있는 인사로 강연 다니던 은사 교수님 한 분도 나를 따라붙으셨다. 그는 한때 진보적인 학자였는데, 그가 진보적이었기에 이제는 오히려 심부름 하는 것을 보았다. 나는 결국 사표를 썼다.

나는 사표 쓴 일이 화가 나기에 앞서 부끄러웠다. 후일에 알았는데 내가 끌려가 있던 건물에서 서울대 법대 교수인 최종길 교수가 시신으로 나온 것이 그 해 일이었으니, 아마 내가 사표를 안 썼더라면 나는 다시 끌려갔을 것이며, 이번에는 더 호된 일을 겪었을 것이 분명했다. 버티지 못해 부끄러운 와중에 실낱같은 세 가지 생각이 나를 위로했다.

첫째는 내가 법이 두 직원에게 봉급 주는 것을 보장한다고 말했던 것은 종로경찰서 형사에게 딱 한마디 하셨던 아버지의 모습을 내가 닮았다는 생각이다. 둘째, 내가 불쌍한 두 직원을 버리지 않았다는 자랑이었다. 나는 윗사람들에게 아첨하고 아랫사람들은 함부로 누르기만 하는 권위주의 문화에서 흔히 보는 악을 행하지 않은 것을 자랑스럽게 생각했다. 셋째, 앞서의 생각보다는 늦게 생겨난 생각인데, 사표를 내게 된 경위가 너무나 불법인 것이 '민주화운동'의 시각에서 볼 때에 오히려 내게 유리한 점이 있었다는 생각이다. 이 '운동' 하는 생각은 이때를 기점으로 해서 점점 성장해, 그 후 나는 한국교회협의회 회의에서 민주화운동에 도움이 되는 행동 지침을 고안해냈다. 그래서 한국교회협의회의 오충일(吳忠一) 목사에게서, 권력의 악을 덜 보고 사회과학적 훈련이 안 되었던 목사들과 달리 나는 '거꾸로 돌아가는 시계 바늘'이라는 평을 듣기도 했다.

나는 그 두 직원을 채용했던 전직 연구소장 김윤환 교수와 함께 해직되었다. 김 교수와 나는 그 후 함께 몰려다니지도 않았고, 교수들이나 학생들과 만나지도 않았다. 나는 전체 교수회의 때에도 발언하고는 회의가 끝나면 곧장 내 연구실로 왔지 교수들과 어울리지 않던 버릇을 고집했다. 나는 중앙정보부에 한 차례 더 불려갔다. 매일같이 내 동정을 살피던 북부서 형사가 뭘 고자질했는지 모르겠는데, 불평을 말하지 말고 있으라고 했다. 이때 나는 나를 버렸고 나는 버려졌다. 그러나 하느님이 나를 버리지 못하셨다. 학기 도중인 11월 13, 14, 15일 사흘 동안 고대생 2000여 명이 가두시위를 하면서 《민우지》사건 관련자의 석방을 요구했다. 데모는 신이 하시는 것이다. 이놈들은 세에 몰리면, 그러니까 하느님께 몰리면 풀어주고, 세를 피해서, 그러니까 하느님을 피해서 악을 저지른다는 것을 알게 되었다. 이들이 학기 중에는 나를 가만두었다가 방학이 된 7월에야 중앙정보부에 끌고 간 것은 바로 이 학생들의 세를 피하기 위함이었으며, 학생들의 데모에 밀려 우리 두 사람을 해직시킨 지 한 학기 만에 복직시켰다.

거듭 내가 버려진 얘기를 쓰자. 나는 처음 해직되었다가 복직되기 전에 거친 여름과 한 학기와 겨울의 반을 한마디로 땅 속에 묻힌 암흑기라고 생각한다. 그들이 흙을 파고 나를 묻고 꾹꾹 밟아 묻어버려 나는 세상에서 사라진 존재였다. 어느 신문도 단 한 줄이라도 우리 두 사람의 해직을 기사화하지 않았다. 내 집에 찾아오던 사람들은 발길을 싹 끊었다. 강사로 부르던 대학들도 나를 안 불렀다. 장군이 있고 사장을 하는 내 어머니 쪽 일가는 아예 내 집에 오지 않았다. 내 집에 와 식사도 하고 호두 조린 것을 맛있게 먹고 갔던 미국 대사관 노동 담당관 리츠블로(Lichtblau)도 싹 등을 돌렸다.

그런데 노동문제연구소 일로 관계를 맺었던 한 독일 재단의 도쿄 지점장이 일부러 나를 찾았다. 히틀러 때 고생을 했던 독일 사람들이 안이한 미국 관료와는 다르다는 것을 그때 알게 되었다. 김재준 목사가 쌀 두 가마니를 사 오셨다. 내 교회의 홍정희 전도사가 열심히 와주셨다. 김상근(金相根)

목사의 수도교회 예배에 기웃거렸지만 김 목사가 별 착안을 못 하는 모습을 봤다.

　나는 이 어두운 시기에 사람들이 모여야 하고, 모이되 기독교인들이 모여야 하고, 이 모임은 동지애로서 민주주의를 지지해주는 외국인과 연대하는 것이어야 한다는 감을 갖기 시작했다. 그러니까 나의 첫 번째 해직과 복직 때는 나의 학문 접근 방법에서 '기독교와의 접목'이 충분히 활용되지는 못했다. 기독교와의 접목은 기성 교회와 이루어진 것이 아니고 해직된 교수들이 주 회원이 되어 주일 오후에야 모이는 갈릴리교회와 이루어졌다. 그것은 아주 작은 움직임이었다. 그러나 씨는 작아야만 씨이다. 예수는 믿음이 겨자씨만큼만 있어도 산을 옮긴다고 말했다. 겨자씨가 어떻게 이 땅에 생겼는지를 다음 장에서 살펴보자.

6

3·1민주구국선언 사건

내가 지켜본 유신정부의 악

첫 번째 해직이 길지는 않았다. 여름방학과 한 학기에 이어 겨울방학을 한 번 지난 후, 그러니까 8개월 만인 1974년 2월 28일에 복직되었다. 그때 부터 베트남 패망 후인 1975년 6월 9일에 두 번째로 해직될 때까지 1년 반을 고려대에 머물렀다. 다시 해직될 만한 이유가 있었다. 유신정부가 싫어하는 교회 활동을 해서 미움을 받았기 때문이다. 나는 정부의 미움을 받을 것을 알고도 행동했다. 교회와 독재 정부는 물과 기름이 서로 안 맞듯이 안 맞았다. 나는 복직되자마자 그 해 한국기독자교수협의회 회장에 피선되었다. 그때 총무는 서울대 한완상(韓完相) 교수였다. 한국기독자교수협의회 회장을 맡은 것, 그로부터 4년 전인 1970년 9월 《제3일》에 '아나로기아'를 쓰기 시작한 일, 두 번째로 해직되었을 때인 1975년 8월 17일에 해직 교수들이 갈릴리교회를 만들었을 때 6인 설교자 가운데 한 사람으로 참여한 것은 다음과 같은 공통점이 있는 행위들이라고 생각한다.

첫째, 이 세 가지 모두가 이미 있던 제도 교회를 떠난 일이었을 뿐 아니라, 제도 교회의 형태를 취하지 않은 교회였다. 말하자면 예수의 이름으로 두세 사람이 모여도 교회라고 했을 때의 교회였고, 사람의 몸이 곧 교회라는 의미의 교회였으며, 예루살렘에서만 드려야 하는 것이 아니라 성령과 진리로 어디서든지 드려야 하는 것이 예배라는 의미의 교회였다. 이것은 우리 역사에서 함석헌의 무교회 정신을 모범으로 두고 그것을 재현한 일이기도 했다. 따라서 이 새로운 형태의 교회는 순수했다.

둘째, 이 세 가지 모두가 세속 학문을 존중했다. 예를 들어 한국기독자교수협의회의 경우, 이 협의회가 발족된 박정희 시대의 회장들은 신학자들이어서 초대 회장만 해도 이화여대 신학과의 현영학 교수였는데, 1970년대 들어와서는 역사학자인 노명식, 화공학자인 김용준, 행정학자인 나로 회장이 옮겨 갔다. 《제3일》과 갈릴리교회도 교수들이 활동하던 곳이었다. 함석헌은 공부하고 또 공부한 고전 연구가였다. 따라서 이 교회 구성원들은 까다롭고 예리했다.

셋째, 이 세 가지 일 모두가 권위형 통치가 아닌 국민주권의 통치 체제 회복에 중심을 두었다. 한국기독자교수협의회를 맡았을 때 내가 수행해야 할 과제는 앞에서 말한 두 가지 일만이 아니라 새 통치를 향하여 행동하는 것을 전제로 했다. 1975년 3월에 새문안교회에서 연세대 김동길·김찬국 교수 들의 출옥 감사 예배를 협의회가 주최했는데, 이때 한완상 총무가 중앙정보부에서 죽어 나온 서울대 최종길 교수의 사인을 정부는 밝히라는 성명서를 읽었다. 함석헌은 1970년대에 늘 민주화를 요구하던 성명서 제일 첫 자리에 서명했다. 따라서 이 교회는 힘이 있었다.

나는 이 세 가지 특징이 내가 어려서 경험한 세 가지 의미 있는 일을 반영한다고 보았다. 즉 순수함은 어린이 부흥회 때 동생들 때린 것을 뉘우친 것에 해당하며, 예리함은 열네 살 때 공부를 잘해야겠다고 한 결심에 해당하며, 힘 있는 것은 아버지가 일본제국의 형사 앞에서 딱 한마디 하셨던 힘에 해당했다. 나는 이 세 가지 특징을 가진 곳이 내 집이라고 생각했다.

한국기독자교수협의회 총회 때(1970년대).

할머니와 아버지는 교회에 출석은 잘 안 하셨지만 기독교인이었다. 65세로 작고하신 아버지가 작고하시던 해에 군에 있던 나에게 편지를 보내셨는데, 시골에 살면서 교회당에 잘 다니고 공명과 명예에 초월하라고 하셨다. 우리 집은 가난해도 딸들까지 다 고등교육을 시켜, 아들인 내가 원예기술학교에 가고 싶었지만 감히 그 뜻을 부모님께 말씀드리지 못할 정도로 신학문을 시키는 집이었다. 끝으로 생존한 내 동기 여섯 명 중 다섯 명은 마치 메이플라워호를 탔던 청교도와 흡사하게 미국으로 이민을 갔고 나만 유학을 끝내자마자 돌아와 5년간 교도소에 가 나라의 민주화를 위하여 애썼으니, 나도 청교도였다.

나는 우리 겨레가 기독교를 받아들인 모습도 앞서 말한 이 세 가지 특징을 지녔다고 생각한다. 내가 미국서 귀국한 후 고려대와 연세대에서 강사를 할 때 당시 연세대 총장이었던 백낙준 선생이 예부터 나를 알던 분도 아넌데 나를 연세대를 끌 사람으로 봐주셨다. 그분과의 교호 작용을 생각해 며칠 전 그분이 1927년에 예일대학교에 제출했던 박사학위 논문을 다시 출간한 《한국개신교사》(연세대출판부, 1973)를 구했는데, 나는 이 책을 놀라 움으로 대하고 있다. 위에서 말한 세 가지 특징이 이 책에 잘 묘사되어 있 기 때문이다.

한편 이 책에는 또 내가 졸업한 배재학당을 소개하는 글도 나온다. 이 책 에 따르면, 1885년 가을에 풀크(G. C. Foulk) 미국 공사가 배재의 설립자 아펜젤러에게 다음과 같은 내용의 편지를 보냈다고 한다.

(1) 나는 당신께서 교육하기 위하여 여기 오셨다는 것을 국왕에게 아뢰었 다. (2) 나는 당신에게 학교와 생도를 모아주라고 정부에 청구할 수는 없 었다. 왜냐하면 만약 내가 이렇게 요청한다면 오래전부터 한국 정부가 미 국 정부에 부탁해온 선생들이 오는 것을 반대하는 결과가 되기 때문이다. (3) 당신은 당신이 책임지고 가르칠 생각을 하고 있으나 정부나 일반 대중 의 의향을 잘 모르기 때문에 자의로 생도를 모집하여 가르치려고 하지는 않았다는 것을 아뢰었다. (4) 당신은 미국에서 학교 교육의 경험자로서 잘 가르칠 수 있는 사람이라고 아뢰었다. 국왕께서는 당신이 한인들에게 그 렇게 큰 관심을 가지고 있는 것은 갸륵한 일이며, 당신이 한인들을 가르쳐 준다면 참말로 훌륭한 일이라고 말씀하셨다. 다시 말하면, 국왕께서는 반 대하지는 않는다는 말씀이었다. 나는 이에 대하여 더 보태지도 않으며, 더 깎지도 않고 그대로 말한다. 국왕께 아뢴 대로 또한 국왕께서 분부하신 대 로 말하는 것뿐이다. 이는 곧 당신이 학생들을 모으고 학교를 시작할 수만 있다는 뜻이니 소신대로 하여보시오.(《한국개신교사》, 135~136쪽)

백낙준 박사가 묘사한 초기 배재학당의 모습을 인용하면 다음과 같다.

1887년에 와서는 이 학교가 놀랄 만한 발전을 이룩하여, 드디어 정부의 인가를 받게 되었다. 고종께서는 이 학교의 이름을 "인재를 배양하는" 배재학당이라 지어주었다. 정부는 뛰어난 학생을 관직에 등용함으로서 학교 사업의 필요성을 인정하였다. 1887년에 67명의 출석 학생이 있었다. 그 해에 문예부흥식의 교사가 신축되고, H. W. 워런(Warren) 감독에 의하여 "미국인들이 한국에 보내는 선물"로서 봉헌식이 거행되었다. 이 건물은 예배실 하나와, 교실 넷과, 도서실 하나와, 교장실과, 산업부용의 지하실 하나로 되어 있었다. 이 학교는 "대가를 낼 줄 모르는 자에게는 도움이 없음을 생도들이 깨닫게 하기 위하여" 학생 자조 정책을 채용하였다. 1888년에 자조부가 설치되어 학교 구내를 돌보고 지키는 일을 고학하는 학생들이 맡아 하였다. 1889년에는 82명의 학생이 있었는데, 그중 넷은 전문부에 들어갈 준비가 갖추어져 있었다. 자조 정책은 엄격하게 운영되어 "누구든지 다 월사금을 내었으며 제 손으로 벌지 않는 학생에게는 도움을 주지 않았다." 1890년에 이르러서는 학생들이 예배에 많이 참석하고 있었다. 이렇게 오늘날의 배재고등학교가 시작되었다.(《한국개신교사》, 136~137쪽)

끝으로 백 총장은 초기 기독교인들이 기독교를 믿은 동기는 많은 이들이 20세기의 긴장에 직면하여 자기 조상들이 전해준 고대 문명은 실패했다고 생각해서라고 말했다. 즉 기독교 국가들은 오늘날 최고도의 문명과 문화를 향유하고 있으며, 옛것을 버리고 새것을 바란다는 사실을 보고 있었다는 것이다. 이 새로운 문명에 대한 갈망은 영혼의 기근을 느끼는 사람들의 갈망과 기독교에 귀의해 일본인의 학정으로부터 일신을 보호하겠다는 욕구와 비슷한 비중을 가진 동기라고 백낙준 총장은 썼다.

다시 내 이야기로 돌아가자. 복직한 후 한 학기를 보내고, 1974년 여름 방학에 한국교회협의회와 서독 교회가 슈투트가르트에서 양국 교회협의회를 개최했을 때에, 나는 사회과학 전문가로서 참석했다. 독일에서 귀국하는 길에 나는 미국에 들렀다. 이때 친구 이병무와 핸슨을 만났고, 알턴 커츠(Alton R. Kurtz) 교수와 함께 미 대통령 닉슨이 사임하는 장면을 텔레비전을 통해 지켜보았다. 그리고 육영수 여사의 피격 소식도 미국에서 들었다. 한 번 해직되었던 내가 독일로 출국할 수 있었던 것은, 내가 처음 해직되었을 때 예견했던 대로, 인권운동과 민주화운동에 앞장설 수 있는 힘이 기독교에 있었기 때문이다.

이처럼 내 자리가 고려대가 아니라 고려대 교수직을 전제로 한 외부 기독교였던 것이 이 시기의 특징이다. 엄격하게 말하면 이 시기에는 내 자리가 학교에도 있었고 밖에도 있었다. 학교에도 내 자리가 있었음은 내가 벌벌 떨면서도 전체 교수회의에서 발언했던 것을 보면 알 수 있다. "이런 중요한 때에는 교무회의에 평교수들을 좀 앉게 해서, 의결까지는 아니더라도 의견을 말하게 하기를 원합니다. 왜냐하면 전체 교수회의에서 의견이 보직자와 평교수가 양분되고 있으니까요"라고 나는 말했다. 교수회의에 참석했던 김오중(金午仲) 교수의 말이, 내 말을 듣고 있던 김상협 총장의 얼굴이 하얘졌단다. 그때 사회를 보던 총장은 회의석상에서 "이 교수 말은 혁명 하라는 말입니다"라고 대답했다. 나의 이 발언 후에 전체 교수회의가 없어지고 대학별 교수회의가 생겼다. 그 후 총장은 나를 만나서, "이 교수는 다 좋은데 조금만 머리를 숙이면 좋겠습니다"라고 말했다.

내가 교수 성명서를 내려고 주동한 적이 있다. 아마 1975년 3월경이었을 것이다. 그때 총장이 나를 총장실로 불렀다. 총장이 교무위원들을 쭉 앉혀놓고서 날보고, "여기가 이 교수 학교요? 교무처에 가서 교수들의 주소를 왜 알아가셨소?"라고 물었다. 내가 휴교 중인 교수들에게 성명서를 우송하려 한 일을 두고 한 말이었다. 나는 "이 학교가 그렇다면 당신의 학교입니까?" 하고, 인촌의 조카인 총장에게 묻지 않고 "총장이 나를 불렀으면 총장만 나하고 얘기해야 하니까 다른 사람들은 나가게 해주십시오"라고 말했다. 다들 나갔다. 다들 나가자, 우석대학교 병원을 당국의 허가하에 합병해야 했던 총장이 뭐라고 했는지 아는가? "이 교수 한번만 봐주시오"라고 말했다. 그때 나는 "그 말을 왜 애당초 하지 않고, 교무위원들을 데리고 나를 위협할 작정이었습니까?"라고 말했다. 나중에 교정에서 만난 김성식 교수님이 나를 말렸다. 나는 결국 교수들의 서명을 성명서에 받아내지 못했다. 이렇게 권위형 통치에 순응해 열심이었던 총장에게서 1975년 4월 10일에 정부가 총장직 사표를 받아냈다. 총장이 말을 덜 들었던 모양이다.

나는 이렇게 대학 내 자리, 대학 밖 자리, 해외여행이라는 자리에 앉아서 유신정부의 악이 착착 진행돼가는 것을 보았다. ① 바른말 하는 사람을 제거하는 일 → ② 정치 경쟁자를 핍박하는 일 → ③ 세상이 이쯤 되니까 국민 일반이 옳게 살고자 하는 의욕을 상실해 도덕이 타락하는 일 → ④ 정권이 부국강병을 강조하는 일 → ⑤ 국제적으로 고립되는 쇄국정책을 취한 일, 이렇게 다섯 단계로 진전되는 것을 나는 몸소 느꼈다. 나는 이미 체제 밖으로 내쫓겼던 경험이 있는 사람이었고, 장래에는 이 체제를 바로잡고자 하는 한 기독교인이었으며, 중요한 교수 단체인 기독자교수협의회의 장이었다.

나는 악은 민(民)이 아니라 정당하지 않은 정권에서 나오며, 이 악을 분석함으로써 이를 극복할 대안이 나온다고 생각했다. 이 악과 대안의 관계를 나는 이미 노동문제연구소장 때 〈야고보서〉 5장을 통하여 본 바 있다. 문제 해결의 대안인 비폭력, 개인윤리, 사회윤리, 자기희생이라는 네 가지 덕목을 《논어》와 《맹자》도 말하고 있음을 생각했다. 비폭력에 해당하는 덕목이 신(信)이며, 개인윤리에 해당하는 덕목이 지(智)와 예(禮)이며, 사회윤리에 해당하는 덕목이 약자를 긍휼히 여기는 마음인 인(仁)이며, 자기희생에 해당하는 덕목이 자신을 부끄러워하는 의(義)임을 읽었다. 이런 생각은 내 일생을 관통하는 사상이며, 이 책을 관통하는 중요한 주제이기도 할 것이다.

이 네 가지 대안을 골똘히 생각하다 보니 이렇게 생각하는 내 원천이 무엇일까 곰곰이 생각하게 되었다. 그것은 바로 내가 어려서부터 다닌 성결교회의 사중복음인 신유·성결·재림·중생이라는 것을 알게 되었다. 사중복음 이야기는 2장에서 이미 언급했지만, 다시 언급한다. 비폭력에 해당하는 성결교회의 교리는 하느님이 병을 고친다는 신유이다. 안식일에는 몸을 쉬고, 담배와 술을 하지 않고, 화내지 않는 것은 몸에 폭력을 가하지 않는 일이다. 어차피 어려서부터 병약해서 몸조심해야 했던 나에게는 비폭력이 첫째가는 덕목으로 받아들여졌다.

그 다음은 개인윤리인데, 사중복음 중 하나인 성결(聖潔)이 여기에 해당한다. 돈셈이 정확하고 여자관계에서 약속을 지키는 것이 개인윤리인데, 예컨대 구약성서의 요셉 같은 사람이 개인윤리를 지킨 사람이다. 나는 내 교회의 성결이라는 가르침 때문에도 미국의 청교도에게 호감을 가졌다.

사회윤리가 세 번째 덕목이다. 사회 내 약자에 대한 배려인 사회윤리에 해당하는 성결교회의 복음은 재림(再臨)이다. 여기서 재림이란 예수의 재림을 믿는다는 뜻인데, 이 재림이 약자에 대한 배려와 직결됨을 나에게 가르친 글은 〈마태오복음〉 25장에 나오는, 최후의 심판에 관한 글이다. 여기서 예수가 이 세상에 다시 오셔서 지극히 작은 자 한 명에게 최소한의 배려를 한 자가 천국에 가는 판정을 받는 이야기가 나온다. 더욱이 재림한 예수는 〈마태오복음〉 25장 45절에서 준엄하게 "여기 있는 형제들 중에 가장 보잘것없는 사람 하나에게 해주지 않은 것이 곧 나에게 해주지 않은 것이다"라고 말한다.

끝으로 자기희생에 해당하는 성결교회의 복음은 중생(重生)이다. 스스로 자기를 버려야 거듭난다는 뜻이다.

왜 성결교회는 이 사중복음을 생각해냈을까? 정빈, 김상준 두 목사는 1907년에 성결교를 세울 때―이 두 분은 1907년에서 1913년까지 성결교의 모교회인 내 교회의 담임목사들이었다―성결교의 기본 교리인 사중복음을 세웠는데, 이 소박한 사중복음의 형성에 대해 나는 이렇게 생각한다. 이 두 분이 도쿄 성서학원에서 공부하던 당시 외국 문물을 잘 받아들였던 일본에는 이미 톨스토이의 《전쟁과 평화》 번역본이 출판되었을 것이다. 이 작품이 바로 사중복음의 실질적 내용인 네 가지 덕목, 곧 비폭력, 개인윤리, 사회윤리, 자기희생을 주장한 작품이라는 것을 그 두 분도 알고 계셨을 것이다.

《전쟁과 평화》가 전하는 메시지는 전쟁이 끝났다고 해서 자동으로 평화가 오는 것이 아니라, 전쟁 속에서 유의미한 고난을 통해 대안을 창출하는 자가 생겼을 때에만 평화가 온다는 놀라운 메시지였는데, 이 메시지는 일본제국의 포악함을 극복할 대안을 찾고 있던 두 선각자에게 영향을 끼쳤을 것이다.

《전쟁과 평화》에 등장하는 주요 인물은 네 사람이다. 첫 번째 인물은 비폭력을 상징하는 러시아의 총사령관 쿠투조프이다. 프랑스 군대와 싸우지 않고 모스크바를 비워줌으로써 오히려 전쟁을 승리로 이끈 비폭력을 상징하는 인물이다. 근면한 생활을 강조한 개인윤리의 상징은 니콜라이 로스토프이다. 처녀 때부터 고아가 된 조카를 기르고 악한 정치 체제에서 시달리는 사람들에게 연민을 갖는 마리아 보르곤스키는 사회윤리의 상징이다. 혜택을 가장 많이 받은 귀족 신분이면서도 인생의 진리는 자기가 가진 것을 버림으로써 오히려 자유를 얻는 데 있다고 생각하는, 자기희생의 상징은 주인공 피에르 베즈호프이다.

무교동 교회의 설립자였던 두 분은 비폭력, 개인윤리, 사회윤리, 자기희생이라는 네 가지 덕목을 적절한 기독교 어휘로 표현하는 데 성공했다. 나는 이처럼 다행스럽게 비폭력, 개인윤리, 사회윤리, 자기희생을 성서적으로 해석하는 교회의 교인이었다.

이처럼 동서양이 지닌 대안에 대한 생각은 같은데, 다만 정권의 악이 무엇인가 하는 데 차이가 있다고 나는 생각했다. 《논어》와 《맹자》를 성리학적으로 해석하는 시각에서는 대안인 이(理)로서의 신인의예지(信仁義禮智)와 반대되는 것을 기(氣)로서의 희로애구애오욕(喜怒哀懼愛惡慾)이라고 보았다. 나는 이(理)와 기(氣)의 대립은 따질 것이 못 된다고 보았다. 그리고 이(理)의 반대는 자의적인 군주의 믿을 만하지 않은 짓(신의 반대), 군주의 머리가 모자라고(지의 반대), 부하들이라고 사람들에게 예의를 안 지키는 것(예의 반대), 천한 사람들에게 먹을 것을 안 주는 것(인의 반대), 못났더라도, 혹은 나이가 어리더라도 꼭 적자를 후계자로 세우려 하는 왕의 탐욕(의의 반대)이라고 생각했다. 《맹자》를 보면 이런 데 저런 데서 이 점들이 발견되는데도 이런 것들을 이(理)의 반대물로 적시하지 않은 것이 군주제의 한계라고 생각했다. 나는 이 점을 후일에 내 책 《논어·맹자와 행정학》에서 지적했다.

이에 비하여 왕을 체제 밖에서 비판하는 선지자가 있는 기독교 문화에서는 이 대안에 대한 반대물의 제시가, 비록 〈창세기〉의 5대 설화 형식을 띠기는 해도, 분명하다는 것을 알게 되었다. 5대 설화를 기록한 이는 남들이 볼 때 유대 역사에서 황금기라는 다윗과 솔로몬 두 왕 시대의 작가, 구약학자들이 J기자라고 일컫는 이인데, 이 작가는 세속적인 영화 속에 숨겨진 왕의 비리와 악을 설화 형식으로 묘사해놓았다. 그리고 이 5대 설화에 비로소 그냥 신이 아니라 야훼라는 이름의 신이 등장한다. 아마 야훼의 첫 글자 J를 따서 5대 설화의 작가를 J기자라고 칭했을 것이다. 따라서 5대 설화는 정의의 신인 야훼가 왕의 통치를 준엄하게 비판한 글이라고 할 수 있다.

나는 5대 설화가 유신정권의 악 속에서 어떻게 전개되는지를 보았고, 이런 이야기를 '아나로기아'에 쓰거나 청중 앞에서, 예컨대 해직 기자들이 모인 자리에서 말하기도 했다. 그 이야기를 좀 더 자세히 하겠다.

첫 번째 설화: 아담과 하와가 징계받다

신의 첫 번째 징계는 선악을 알게 하는 나무의 열매를 먹지 말라는 명령을 어긴 아담의 이야기이다. 선악과를 보고 유혹을 느낀 이가 하와였고, 이 하와가 아담을 꼬여서 죄를 범했다. 이 비유를 볼 때에 통치자 아담의 악은 보필하는 자인 하와의 말을 듣는 데 있는데, 여기에 해당하는 내 나라의 사실은 중앙정보부장의 말을 듣고 선악을 판단하는 교수, 기자들을 해직 형식을 통해 '따 먹는' 행위였다. 이렇게 되면 선악을 국민이 판단하는 것이 아니라 독재자가 판단하게 된다. 선악을 국민이 판단하지 말라는 법률이 연이은 긴급조치들이었다. 1974년 2월에서 1975년 6월까지 선악과를 따 먹은 악을 열거하면 다음과 같다.

1974. 4. 3: 민청학련 관련자 32명에 대한 판결을 비상보통군법회의에서 내렸는데, 7명은 사형을 선고하고, 7명은 무기징역을 선고하여 대학생들의 입을 막음.

1974. 7. 6: 비상보통군법회의에서 전 대통령 윤보선(尹潽善)을 민청학련 관련 혐의로 기소함.

1974. 12. 9: 백낙청(白樂晴), 김병걸(金炳傑) 교수 파면.

1974. 12. 26: 《동아일보》 광고 무더기 해약.

1975. 3. 14: 김지하(金芝河) 재구속.

1975 3. 22: 한승헌(韓勝憲) 변호사 구속.

1975. 4. 9: 인혁당 관련자 8명, 사형 판결 후 18시간 만에 사형 집행.

1975. 4. 10: 김상협 고대 총장 사표 수리.

1975. 5. 13: 박 대통령의 헌법 비방을 금지하는 긴급조치 9호 선포.

1975. 6. 9: 한신대, 연세대, 고려대에서 교수 11명 해임(여기에 내가 포함된다).

두 번째 설화: 카인이 아벨을 죽인 후 카인이 징계받다

신의 두 번째 징계는, 동생 아벨의 제사를 신이 더 좋게 받아들이시는 것을 보고, 동생을 시기해 죽인 장자 카인에게 내려진 것이다. 우리의 경우로 말하면, 체제를 자동으로 이을 자인 장자 카인에 해당하는 박정희 패거리가 국민에게 인기가 있는 김대중을 시기해서, 그를 동해에서 죽이려 한 일이다. 그러나 1973년 8월 13일에 김씨가 서울 자택으로 귀환하여 생존하게 되었으니, 자신의 의도를 펴지 못한 점에서 카인이 징계를 받았다고 볼 수 있다.

세 번째 설화: 노아의 홍수로 남녀 간의 성 문란을 징계하다

남자들이 여자들을 좋아하는 성 문란을 징계한 설화가 세 번째 설화이다. 정주영(鄭周永)이 홍세미에게 백지수표를 써줬다는 이야기가 스포츠 신문에 기사화되었던 시기가 이때이다. 바른말을 하면 잘리고(첫 번째 설화에서), 첫째 아들이 무섭게 앉아 있어 경쟁해서 올라갈 수도 없으니(두 번째 설화에서) 일반 국민은 마음껏 타락만 한 시기였다.

네 번째 설화: 부국강병 정책인 바벨탑을 세우다

지금까지 경상도에서 서울에 올라와 통치했던 단결이 무너질까 봐 세운 부국강병의 바벨탑에 해당하는 설화가 네 번째 이야기이다. 이에 해당하는 일을 몇 가지 나열하면 다음과 같다.

1974. 6. 28: 현대조선, 26만 톤급 유조선 완공.

1974. 8. 15: 수도권 전철 개통.

1975. 4. 29: 박 대통령, 남침하면 북괴 자멸한다고, 서울을 사수하겠다는 특별 담화문 발표.

다섯 번째 설화: 부패가 만연한 현지를 조사하는 천사를 내쫓다

이 경우 천사에 해당하는 사람들은 외국, 특히 미국을 비롯한 서방 민주국가 사람들을 뜻한다. 공산주의 체제는 구소련의 반체제 인사였던 솔제니친의 작품《수용소 군도》가 서방 세계에 알려지면서 붕괴되기 시작했다. 독재자는 자신의 악이 밖에 알려지는 것을 싫어한다.

1974. 11. 9: 김종필 총리, 외국인 교역자들의 반정부운동은 탈선이라고 경고.

1974. 11. 22: 포드 대통령 내한.

1974. 12. 14: 황산덕 법무부 장관, 산업선교사인 오글 목사 추방.

1974년 2월 28일부터 1975년 6월 9일 사이에 나에게 경사가 생겼다. 말하자면 내 아들 격인 제자가 생긴 일이다. 이렇게 무서운 때에 행정학과 4학년생인 고창훈 군이 나를 찾아와 조교를 하겠다고 말했다. 내가 그를 부른 것이 아니라 그가 찾아온 것인데, 나는 고시 공부를 하지 않고 공부하려면 내 방을 쓰라고 말했다. 내가 고창훈을 보고 놀란 것은 그가 나를 찾아와서만이 아니라 그가 읽던 책이 정약용의 책이어서였다. 그와 관련해서 잊을 수 없는 또 다른 일은, 그가 내 연구실에 앉아 있을 때 내가《새생명》인가에 보낼 수필을 쓰고 있었는데, 이때 내 호를 소정(小丁)이라고 정한 일이다. 작은 일꾼이 되겠다는 뜻을 보여주는 호였다. 여기서 정(丁) 자는,

어렸을 때 공부를 못한 나의 성적표에 적힌 갑을병정(甲乙丙丁) 중 정이었고 남들이 천히 여기는 백정의 정이었다. 나는 무서운 유신정부 아래서 꼭 필요한 저항을 하는 최소의 한 일꾼, 바닷고기로 치면 고래는 당연히 아니고 삼치나 갈치나 조기도 아니고 이런 것들이 먹는 멸치도 아니고 멸치들이 먹는 부유생물 플랑크톤이 되자고 다짐했다.

그러나 회상컨대 내가 최소이기를 바랐던 이 무렵이 바로 나의 최고의 시기라는 생각이 든다. 앞에서 김대중 씨를 논하면서 그분의 최고의 때가 겨레를 향해 대안을 냈던 1970년이라고 썼듯이, 나의 최고의 시기를 나 스스로 지적한다면 1975년 초 정도, 그러니까 내 나이 48세 정도가 그렇다고 말하고 싶다. 길게 볼 때, 그때의 제자들이 내가 어려웠을 때 나를 찾았다.

예를 들어 2006년 12월 11일에 집사람이 뇌종양으로 입원했을 때 그때 사람들이 나를 찾았다. 그때의 제자들을 좀 말해보자. 내가 제일 먼저 결혼식 주례를 해준 이승배는 내가 감옥에 가 있을 때에도 늘 내 집을 찾았다. 고창훈의 동기생인 송인회, 윤성식, 정세균 등이 이 무리에 포함된다. 내가 처음 해직되었을 때 송인회, 김길조 등이 쌀 가마니를 들고 내 집을 찾았다. 정인화는 박사 공부를 할 때 식구들 넷이 내 집 이층에 와서 살았다. 1968년에 입학했는데 교도소에 자주 갔다 오느라고 1984년에야 졸업한 조성우도 물론 이때의 제자이다. 조성우는 나와 함께 김대중 내란음모 사건 때 옥고를 치르기도 했다. 그의 공부 못 마쳐준 것을 뉘우쳐 도쿄대의 와다 하루키(和田春樹) 교수에게 유학 보낸 적도 있다. 이런 제자들이 고려대 졸업생만 있지는 않았다. 예를 들어 나는 사단법인 함석헌기념사업회의 이사장을 쭉 맡고 있는데, 이곳 회원들이 한 번도 아니고 꾸준히 찾아왔고 내게 사모님 없는 밥을 어떻게 먹느냐며 걱정을 해주었다. 내겐 의외의 방문이어서 왜일까 곰곰이 생각해보니, 그들을 만난 때가 내가 고생했던 때임을 알게 되었고, 이 발견이 근심만 하고 있던 나를 격려해주었다.

해직 교수들이 주동이 되어 세운 갈릴리교회

고려대 교수직에서 두 번째로 강제해직된 때는 1975년 6월 9일이다. 이때 해직된 후 복직된 날이 1980년 2월 29일이다. 두 번째 해직과 복직을 한 묶음으로 해서 다뤄야 할 것 같다. 죽었다가 다시 사는 것이 기독교인의 생활 리듬이기 때문이다. 물론 1980년 2월에 이루어진 두 번째 복직은 독재자 박정희 정권이 붕괴한 후인, 이른바 '서울의 봄'에서 이루어진 복직이니 두 번째 해직과 복직 사이에도 죽음과 삶의 리듬이 있었다.

그러나 두 번째 해직은 곧 두 번째 복직을 자동으로 만들지 않았다. 두 번째 해직되었을 때 나는 손 놓고 가만히 있을 것이 아니라 해직에 뒤따르는 책임과 의무를 동반하는 개혁이 있어야 한다고 생각했다. 두 번째 해직 후 내가 가만히 있지 않고 만든 것이 해직 교수 4인, 이에 동조하는 교수 2인과 함께 만든 갈릴리교회였다. 따지고 보면 내가 주님으로 고백해 믿고 십자가에 못 박혀 돌아가신 예수는 돌아가셔서 가만히 계신 예수가 아니라 세상에 남은 사람들에게 성령을 보내시고, 새 계명을 준수하라 명하시고, 하느님 우편에 앉아 산 자와 죽은 자를 심판할 준비를 하시고, 드디어는 심판하러 오시고, 그리고 특히 이런 모든 일을 감당해낼 기구인 교회를 당신의 몸값으로 이 땅에 남기신 분이다. 도대체 교회가 무엇이기에 갈릴리교회가 만들어졌고, 이 교회 구성원들이 주동이 되어서 한 일은 무엇이었는가?

나는 이때 이미 사람이란 물질을 버리고 하느님께로 향하는 +X로의 움직임과, 나 자신에 집착하지 않고 '나와 너'가 함께 사는 +Y로의 움직임이 있어야 한다고 골똘히 생각했다. X, Y축 사상은 말하자면 내 멜로디의 하나이다. 그런데 내가 두 번째로 해직되었을 때 내 교회는 사람을 위한 교회가 아니어서, +X로 향하는 교회가 아니라 복을 빌고 재앙을 물리치기를 바라는 −X로 역행하는 교회였고, 나라는 더 말할 것도 없이 박정희 독재인

갈릴리교회를 만든 동지들과 함께. 왼쪽부터 안병무, 서남동, 문동환, 나다(1977).

−Y로 치닫는 나라였다. 마치 영국의 청교도 102명이 메이플라워호를 타고 1620년에 종교의 자유와 제임스 1세의 권위형 통치를 벗어나고자 아메리카 대륙을 향했듯이, 나도 탈출이 필요하다고 생각했다. 이 −X와 −Y를 벗어나고자 한 것은 서기전 1200년경에 우리가 따로 가서 하느님께 예배를 드리겠다고(+X로 향한 마음) 이집트의 학정에서 벗어났던(+Y로 향한 마음) 출애굽 역사와 동일한 움직임이었다. 출애굽 할 때의 지도자 모세가 가졌던 두 가지 의도를 보여준 말은 바로 압제자 파라오에게 모세가 나아가 한 다음과 같은 말이었다.

> 모세와 아론이 파라오에게 나아가 말하였다. "히브리인들의 하느님 야훼께서 이렇게 말씀하십니다. '너는 언제까지 내 앞에서 굽히지 않고 버틸 셈이냐? 내 백성을 내보내어 나를 예배하게 하여라.'"(출애굽기 10:3)

1975년 4월 30일에 베트남 정부가 공산당 쪽에 무조건 항복했다. 이 베트남 동맹국의 붕괴를 미리 안 박정희는 베트남이 붕괴되기 하루 전인 4월 29일에 북한이 남침하면 북한—그때는 북괴라고 했다—이 자멸한다며, 서울을 사수하겠다는 특별 담화문을 발표했다. 이어 5월 13일에는 유신헌법의 비방·반대를 금하는 긴급조치 9호를 선포했다. 박정희의 강경책이 실효가 있어서 데모가 없었고, 오히려 정부를 지지하는 관제 데모가 유행했다.

하루는 고려대 교수들이 운동장에 다 모였다. 교수들 머리에 띠를 둘러야 했는데, 이를 감독하는 교수 중에는 1965년 8월 25일 고대에 무장 군인이 난입했을 때 나와 함께 항의 성명서를 기초했던 정한숙 교수가 끼어 있었다. 민병기 교수는 프랑스 대사로 나가 있었다. 십 년이면 강산도 변한다는 말은 맞는 말이었다. 반대하다가 한 자리를 주면 가만히 있는 자는 한낱 '반항아'이고 한 자리를 주어도 계속 반대하는 자는 '혁명아'라는 사회신학자 에리히 프롬의 말을 나는 생각했다.

드디어 두 번째 해직의 날이 왔다. 한국신학대학, 연세대, 고려대 세 대학을 정부가 휴교 조치했고, 다음 열한 명의 교수를 해직시키면 세 학교에 개교를 허락한다는 독재자다운 조치가 내려졌다.

한신대: 문동환(文東煥), 안병무(安炳茂)
연세대: 서남동(徐南同), 김동길(金東吉), 김찬국(金燦國)
고려대: 김윤환, 김용준(金容駿), 이세기(李世基), 이문영

두 분이 더 있는데 생각이 안 난다. 이들은 어떤 사람들인가? 우선 내가 그 전해에 미국을 방문했을 때 민청학련 사건으로 구속 중이었던 김동길, 김찬국 두 교수가 포함되었다. 내가 1974년 여름에 이분들이 구속된 것을 기억하는 이유는 그 당시 《뉴욕 타임스》 사설이 두 교수를 석방하라고 주장

한 것을 읽었기 때문이다. 김동길은 에이브러햄 링컨 전문가였고, 김찬국은 미국의 정신적 지주를 양성하는 유니언신학교에서 공부한 분이라는 소개도 이 사설 안에 있었다.

해직 교수 가운데에는 두 계통의 기독교인이 더 있었다. 한 부류로 김재준 목사가 창시한 교단인 기독교장로회의 한국신학대학교가 그간 학생 데모에 앞장서 왔기에 이를 꺾자는 의도였을 것이다. 사실 한신대의 등장은 그 당시엔 이변이었다. 데모가 있을 때마다 고려대 전체 교수회의가 열렸는데, 학사를 보고하던 교무처장이 문교부 브리핑에서 한신대를 주목해서 말했는데 자신은 그 학교가 정확히 어디에 있는지도 모르겠다고 했다. 교무처장은 이 학교가 수유리에 있어서 그 파장이 거리가 가까운 고려대에 미칠까 봐 염려된다고도 했다. 이 말이 내가 주목할 만한 말이었다. 고려대 학생이 한신대에 파장을 미치는 것이 아니라 한신대 학생이 고려대에 파장을 미친다는 말을 나는 한국 역사에서 기독교가 한 공헌으로 받아들였다.

다른 계통의 기독교인은 내가 1974년부터 2년 임기로 회장직을 맡았던 한국기독자교수협의회 회원이었다. 김용준 교수가 전직 회장이었고 내가 현직 회장이었다. 이 협의회는 중앙위원 열한 명 가운데 열 명이 다음 해인 1976년 1학기에 정부에 의해 전원 해직될 정도로 영향력이 있는 단체였다. 고려대의 경우,《민우지》사건에 나와 함께 책임을 졌던 김윤환이 명단에 포함되었다. 이세기 교수는 고대 총장의 비서실장이었다.

나는 내가 해직되리라는 것을 미리 알고 있었다. 연세대 이극찬(李克燦) 교수가 부모상을 당했을 때 그 댁에 갔다가 성균관대 차기벽(車基壁) 교수에게서 내 이름이 중앙정보부 명단에 있었다는 얘기를 들었다. 차 교수는 자기 제자가 중앙정보부에 있어서 그 사실을 알았다고 했다. 이때는 무서운 때였다. 그러나 나는 이 말을 듣고 집에 돌아오면서 마음이 흐뭇했던 기억이 난다. 이 악한 정부가 자기네들과 다른 생각을 가진 사람이라고 지목하는 이름에 내가 끼여 있지 않다면 부끄럽다는 것이 내 생각이었다. 말하자면 다행히 나는 내가 있을 자리가 해직 교수 명단이기를 바랐던 것이다. 한편 나는 이번에는 총장에게서 자유의사로 사표를 낸 것이 아니라는 내용의 각서를 받아내, 이 각서 덕분에 고대의 다른 해직 교수들이 복직될 때 신규 채용이 아니라 직이 이어진 것으로 되어 연금 혜택을 상실하지 않게 했다. 나는 처음 해직 때와는 달리 생각도 하고 여유를 좀 갖기도 했다.

두 번째로 해직되었을 때 나는 움직였으며, 외롭지 않았다. 첫 번째 해직 때 비하면 왕이었다. YMCA 총무로 있던 강문규(姜汶奎) 씨의 빈 방에서 김상근 목사와 대책을 논의하다가 나는 해직 교수들이 돌아가면서 설교하는 교회를 하나 만들자고 제의했다. 이 제의를 아마도 김 목사가 자신의 스승인 문동환 교수에게 전한 듯했다. 문동환·안병무·서남동·이문영 네 해직 교수와 여기에 동조한 전 한신대 교수 문익환(文益煥) 목사와 서울여대 현직 교수였던 이우정(李愚貞) 여사가 모여 여섯 명이 돌아가면서 설교하는 교회를 만들기로 했다. 당회장으로 기독교장로회의 이해영(李海榮) 목사를 모셨다. 교회 이름을 예수가 죽기 전의 주 선교지였고 부활하여 다시 나타난 고장인 갈릴리의 이름을 따 '갈릴리교회'로 정했다. 첫 예배는 을지로에 있는 흥사단 강당을 빌려서 드리기로 했다. 그리고 첫 번째 설교는 이해영, 첫 번째 기도는 내가 하기로 했다. 그런데 사람들이 서른 명 정도밖에 못 모였다. 건물 밖 길목에 사복 형사가 서서 오는 사람들을 막았기 때문이다. 흥사단 건물의 예약이 취소되었다. 이날이 바로 장준하(張俊河) 선생이 산에서 비참하게 작고한 1975년 8월 17일이었는데, 이분을 특별히 오시게 했더라면 돌아가시지는 않았겠다고 우리는 아쉬워했다.

갈릴리교회는 다른 교회에서 예배가 끝나는 오후에 예배를 보았는데도 그 많은 교회에서 장소를 얻고자 했으나 얻지 못했다. 우리 국민은 이미 유신헌법을 91.5퍼센트가 찬성한 백성이었고, 그 후 정권은 더욱 무서워져

3·1 사건 무렵 갈릴리교회에서 열린 예배 광경. 함석헌 선생님과 아내 석중의 얼굴도 보인다.

미국에 가서 사는 내 친구 이병무까지도 무서워하는 정권이 되었다. 이미 미국인 선교사 오글 목사를 법철학자였다가 법무부 장관이 된 황산덕(黃山德) 교수가 추방한 상태였다. 다행히 예배 장소를 성북구 미아동 골목길에 있는 기독교장로회 한빛교회가 제공했다. 이 교회는 당회장이 이해동 목사이고, 해직 중이던 문동환 교수가 다니고 있었으며, 교회 창립자는 문동환 박사의 형님인 문익환 목사였다. 서울여대의 이우정 교수와 문익환 목사의 부인인 박용길(朴容吉) 여사가 그 교회의 장로로 있었다. 무슨 일로 한빛교회에 못 모이게 되면 문동환 박사 댁과 내 집에서 모였다. 말하자면 한빛교회는 내 집 같은 교회였다.

한빛교회는 예배에 오는 사람을 경찰이 막기 좋은 좁은 골목길 끝에 있었다. 예배를 볼 때는 대체로 서른 명 정도가 모였다. 내가 이런 교회를 만들자고 함께 의논했던 강문규·김상근 두 분조차 참석하지 않았다. 내가 속한 중앙성결교회 신자는 단 한 명도 없었다. 해직 교수 열한 명 중 설교자가 아닌 나머지 여섯 명도 안 왔다. 겨레의 스승 함석헌 선생이 가끔 오셨다. 윤반웅(尹攀熊)·이두수·전학석·유운필 목사님 들이 가끔 오셨다. 사형당한 인혁당 사건자들의 가족과 자식을 감옥에 보낸 어머니들은 그까짓 길가에 선 사복 경찰을 무서워하지 않았고, 못 가게 말리면 싸움을 하고들 왔다. 우리는 이분들을 '가족'이라 불렀는데, 김남식 선생과 그분의 친구 분들이 늘 오셨다. 늘 오셨던 분으로 또 캐나다에서 기독교장로회로 파견되어 나와 있던 외국인 선교사 구미애 씨와 구애련(具愛蓮, Marion Current) 씨가 있다. 이 두 분은 캐나다에서 공부한 이우정 교수의 친구였다.

　이쯤 설명하면 갈릴리교회의 성격이 드러나기 시작할 것이다. 무엇보다도 모반하는 집권자에게 항의하는 설교자 여섯 명은 우선 교회를 설립한 목적을 성취했다. 설교를 듣는 청중이 집권자에 의해 구속된 학생들의 어머니들이었기 때문이다. 다시 말해 이 여섯 사람을 부르는 인력(引力)의 원천은 악한 집권자에게 희생당한 사람들이었다. 이 여섯 동지는 하느님이 존재하느냐 그렇지 않으냐, 그리고 신 앞에 선 인간의 모습이 어떠해야 하느냐를 따지는 개인적인 신앙의 시각을 가진 이들이 아니었다. 그렇다고 하느님에게서 오는 인력이 없는 것과는 거리가 멀었다. 하느님에게서 오는 인력이 있어서 우리가 예배를 보았는데, 하느님이 보시기에 비참한 사람들에게서 오는 인력에 우선 끌리어 하느님께로 향한 것이 우리가 걸은 길이었다. 나는 우리의 경우를 성 아우구스티누스의 경우와 견주어 생각하기도 했다. 즉 56세 때 자신이 기독교 국가라고 철석같이 의지했던 도시 로마를 골트족(Golths)이 사흘간 약탈하는 것을 목격한 후 비로소 세상 사람들의 '현장'에 눈을 돌려, 58세에서 72세까지 14년에 걸쳐 《신국》을 집필한 이가 아우구스티누스였다.

　시인인 문익환 목사가 '현장'에 푹 빠져서 애태우는 모습은 그림이었다. 키가 크고 잘생긴 그는 꼭 신사복을 입고서 원고 설교를 했다. 시와 신학과 성서를 엮은 설교였다. 문동환 목사는 교육학자였다. 그는 이미 '새벽의 집'이라는 공동체를 세워 생활하고 있었을 뿐 아니라 자기 아이들 셋이 있는데도 고아원에서 한 아이를 입양해 기른, 능력 있는 산 교육자였다. 문 박사가 '현장'을 보고 더욱 미치는 모습에—죄송한 표현이다—나는 울음을 참을 수 없었다.

서남동은 조직신학자였다. 그는 신학 이론서가 아니라 현실 자료를 엮어서 설교를 했다. 어떻게 보면 마르크스주의자 같아 보이기도 했다. 그러나 고려대 행정학과의 정문길(鄭文吉) 교수가 마르크스를 연구하여 《소외론》이라는 명저를 일조각에서 출판할 만큼 학풍이 성숙해졌음을 이미 알고 있던 나는 서 교수의 설교에 심취했다. 다만 나는, 5월 17일 밤에 서 교수님도 잡혀갔는데, 이때에 아마도 서 교수님이 공산주의자가 아닌가 하여 모진 고문을 받으셨으리라 생각했다.

안병무는 신약학 교수였다. 그는 예배에 나와서 고발하는 '가족'들의 이야기를 듣고 충격을 받아 못 견뎌 했다. 그는 서남동과 더불어 민중신학이라는 한 학파를 이곳 갈릴리교회에서 익혔다. 그는 민중을 부각하는 〈마르코복음〉이 사복음서 중에서 제일 먼저 기술된 책이라는 점에 착안했다.

이우정은 희랍어·신약학 교수였다. 이분은 여성의 날카로운 눈으로 봐 온 인권 현장을 회중에게 내놨다. 영어가 능한 그녀는 '가족'들의 고발과 설교를 미국인 문동환의 부인 문혜림과 더불어 영어로 번역해 선교사들에게 알렸다. 이 선교사들은 이우정, 문혜림 덕에 〈창세기〉에서 소돔과 고모라라는 현장을 찾았던 천사 역할을 할 수 있었다.

나는 행정학자였다. 나의 학문적 접근은 이미 정치학·인문학·기독교와의 접목을 염두에 두고 있었다. 나는 민주주의의 뿌리를 캐면서, 민주주의 제도를 설계하는 설교를 했다. 나는 다섯 동료의 설교를 통해서 많은 것을 배웠다. 내가 정년 후에 쓴 책들은 다 다른 사람들의 강의를 들어가면서,

혹은 많은 사람들의 교정을 받으면서 썼는데, 이 습관은 이때 생긴 것이다. 노년기에 남의 말을 듣는 이순(耳順)을 겪게 된 것을 나는 다행으로 생각한다. 나는 이 여섯 사람 중에서 가장 성서적이라는 평을 들었다. 내 학문 접근의 기저가 성서인 것이 거듭 확인되었다. 아우구스티누스는 현장이 제공하는 충격을 받은 후 14년 만에 《신국》을 썼지만, 나는 갈릴리교회가 설립된 후 26년 만에 마르틴 루터의 '95개조'와 미국 행정을 연결한 책을 썼다. 그러니까 이 당시 내가 한 설교가 후일에 내 책의 소재가 된 셈이다.

갈릴리교회에서 한 중요한 경험 가운데 하나는 이와 같은 '행함'이나 설교라는 '말씀'이 먹는 것에 대한 개념을 바꾼 것이다. 우리들은 자주 만나서 먹었다. 우리는 서로 만나기에 편한 위치에 살고도 있었다. 방학동에 이우정과 문동환이, 수유리에 문익환과 안병무가, 쌍문동에는 내가 살았다. 문익환을 빼고는 세 집에 다 널찍한 잔디밭이 있었다. 이집 저집 옮겨 다니면서 꽤 먹었다. 예수께서 반대파 사람들에게 먹기에 열이 났다고 비난받은 이유를 알 듯도 했다. 얼마나 먹기를 좋아했으면 잡혀가기 전날에도 모여서들 잡수셨으니까. 내 집사람이 대접할 음식을 차리느라고 수고를 많이 했다. 경동시장에서 장을 봐서 버스를 타고 정의여중 앞에서 내려 짐을 든 채 육교를 오르내렸던 수고를 내가 교도소에 가서도 가끔 기억할 정도로 수고했다. 갈릴리교회 말고도 내 집에서 참 많이 손님 대접을 했다. 아마 이렇게 짐을 나르느라고 집사람이 나이 들어 무릎병이 났을 것이다.

하루는 예배 때 성만찬이 있었다. 둘러앉은 우리는 잔과 빵을 돌렸다. 마실 것과 빵이 내 입 안에 들어가 입에 넣은 음식이 슬며시 없어질 때 내 눈에서 슬며시 눈물이 흐르는 것을 느꼈다. 내 입에 든 것과 같은 음식을 내 동지들도 먹고 있다는 생각을 하니 감정이 복받치는 것을 억누를 수가 없었다. 나는 그 후 21년 만인 1997년 12월 대통령 선거 때 투표함에 김대중 씨를 찍은 투표 용지를 넣으면서도 슬그머니 눈물을 흘렸다. 이 표가 다른

안병무 박사 댁에서 재야인사들이 함께 한 식사 자리(1984. 4. 19). 함석헌, 고은, 안병무, 이종옥, 예춘호, 계훈제, 김석중 등이 함께 했다.

유권자들의 표와 합해져 내 나라에서 처음으로 수평적 정권 교체가 이뤄진 다는 느낌이 들어서였다.

그런데 성만찬 때의 내 눈물은 심상치 않은 눈물이었다. 3·1민주구국선 언 사건으로 우리가 잡혀가기 전에 열린 성만찬이었기 때문이다. 성만찬과 관련하여 3·1민주구국선언 사건에 대해 좀 더 이야기하고 싶다.

예수가 한번은 보리빵 다섯 개와 작은 물고기 두 마리로 오천 명을 먹이 는 기적을 행하신다. 이 기적 후에 하늘에서 내려온 빵 이야기가 〈요한복 음〉 6장 27~65절에 전한다. 이 이야기에 따르면, 그 후 기적을 바라는 군 중에게 "너희가 지금 나를 찾아온 것은 내 기적의 뜻을 깨달았기 때문이 아 니라 빵을 배불리 먹었기 때문이다"(6:26)라고 말씀하시고 드디어 "나는 하늘에서 내려온 살아 있는 빵이다. 이 빵을 먹는 사람은 누구든지 영원히 살 것이다"(6:51)라고 말씀하신다. 유대인이 이 말에 반문하자, 예수는 "만일 너희가 사람의 아들의 살과 피를 먹고 마시지 않으면 너희 안에 생명을 간직하지 못할 것이다"(6:53)라고 말한다. 제자들도 이 말씀이 어렵다고 수군거린다. 예수의 살을 먹으라는 이상의 이야기는 예수가 곧 로마제국에 억울하게 잡혀 십자가형으로 죽을 테니, 이 죽임을 부당하게 생각하는 사람들이 생기며 예수를 의인으로 믿게 된다는 뜻이다. 아니, 좀 더 엄격히 말하면 이 말씀은 예수를 무슨 영웅으로 숭배하라는 뜻이 아니다. 예수의 말과 같이 "나는 내 뜻을 이루려고 하늘에서 내려온 것이 아니라 나를 보내신 분의 뜻을 이루려고"(6:38) 오신 것이다. 예수의 제자인 우리도 우리의 뜻을 이루려고 모인 것이 아니라, 우리를 보내신 이의 뜻인, 이 땅에 유신독재가 아니라 민주주의 하는 일을 위해 모인 것이었다. 따라서 이 십자가는 말만 하는 것을 넘어서는 것이었다. 십자가가 없이 하는 단순한 말은, "교묘한 말과 번지르르한 얼굴의 사람 가운데 어진 이가 드물다(巧言令色 鮮矣仁)"라는 공자의 가르침에서 보듯, 한낱 사람들을 속이는 말이며 겉이 번지르르한 박사나 교수의 말이다. 그렇다면 '교언영색'을 면하기 위해 우리는 어떻게 행했는가?

반박정희 연대를 구축하다

유신헌법을 비방·반대하는 것을 금지하는 박정희의 긴급조치 9호가 선포된 지 1년이 가까워오는 삼일절에 가만히 있을 수만은 없다는 논의가 우리들 사이에서 나왔다. 삼일절날 유신헌법 폐지를 주장하고, 이 좋은 날 주장자가 다 감옥에 가자는 프로그램이었다. 선봉대장으로 '미친' 분이 문익환 목사였다. 이분의 주장은 남한에서 민주주의를 하여 통일에 대비하자는 것이었다. 이런 내용의 글을 쓴 문 목사님이 어느 주일날 내 집에 초안을 갖고 오셨다. 내가 사회과학자니까 글을 훑어보라는 것이었다. 나는 그때 이 성명서에 서명했다.

한편 이심전심(以心傳心)이었는지 재야뿐만 아니라 정치인인 김대중 씨와 정일형(鄭一亨) 씨, 윤보선 씨 등이 삼일절에 뭐 하나를 내고자 기도하고 있었다. 윤보선 씨의 부인인 공덕귀(孔德貴) 여사와 박용길 장로는 과거에 일본 유학을 함께 한 동창이었으며, 안병무가 정일형 내외와 가까웠다. 이 연결을 통하여 갈릴리교회 안(案)이 성명서의 대본으로 채택되었다. 서명자는 가나다 순으로 다음 열한 명이었다.

김대중, 문동환, 문익환, 서남동, 안병무, 윤반웅, 윤보선, 이문영, 이우정, 정일형, 함석헌

그러니까 서명자는 갈릴리교회의 여섯 설교자, 기독교인이며 정치인인 세 명, 기독교장로회 원로목사인 윤반웅, 그리고 함석헌 선생이었다. 성명서의 맨 첫 번째 서명자는 늘 함석헌 선생이었다. 물론 우리는 서명자를 더 얻으려고 했다. 밤에 서명하고 새벽같이 취소하러 온 분도 있었다. 우리는 〈창세기〉의 소돔과 고모라 고사에서 의인이 열 사람만 있으면 그곳은 멸망하지 않는다는 야훼의 말씀을 생각했고, 열한 명이면 —이 열한 명을 의인이라고 감히 생각했음이 죄송하다— 열 명보다 한 명이 더 많으니까 내 나라에 살길이 생길 것이라고 생각했다.

이 성명서는 원래 삼일절 명동성당에서 열리는 저녁 미사에서 윤반웅 목사께서 낭독하기로 되어 있었으나, 지방에 가서 못 오시게 되었다. 이우정 교수는 전날 밤에 선교사 친구인 구애련 씨의 집에서 자 중앙정보부 직원에게 안 잡히고 미사에 나올 수 있었다. 한편 이우정은 밤에 그 집에 안 돌

3·1 사건 가족들이 석방을 요구하는 시위를 하는 모습.

3·1 사건 관련자들과 그 가족들의 모임. 갇힌 사람들의 부인들이 남편의 수인번호를 옷에 달았다. 맨 아랫줄 오른쪽에서 두 번째가 석중이고, 석중의 바로 뒤에 있는 두 사람이 '삼총사'로 불렸던 이종옥 씨와 박용길 장로이다.

아오면 잡혀간 것이니 구애련 씨가 외신에 연락하기로 되어 있었다.

　삼일절 저녁은 좀 추웠다. 명동성당의 상들리에가 아름다웠다. 미사에서 김승훈 신부가 강론을 했다. 문동환 목사가 증언을 했다. 미사 후에 이우정이 성명서를 읽었고, 서명자 열한 사람의 이름을 읽었다. 그날 밤으로 이우정은 잡혀갔다. 미사가 끝나고 성당 밖에 나오니 추운 밤인데도 중앙정보부 직원들이 서 있었다. "잘들 한다"라는 비아냥거리는 소리를 들으며 나는 누군가와 함께 나왔다. 노명식 교수가 외투의 옷깃을 세우고 손을 호주머니에 넣고 가셨던 생각이 난다. 나는 그날 밤에 불려가지는 않았다.

　3월 9일, 공안부장이 조사를 끝내고 나더러 대기실에 가 있으라고 했다. 그곳에서 김대중 씨를 처음 만났다. 나는 취조받을 때 말하자면 당당했다. 조사가 끝나고 대기실에 가 있으라고 하기에 나는 버스로 우리를 제각기 집으로 보내주는 줄 알았다. 그만큼 나는 양심범이었다. 그런데 버스가 서울구치소로 갔다. 옷을 벗고 죄수복으로 갈아입을 때 김대중 씨가 발이 불편해 엎드리지 못하니 옷을 챙겨달라고 문동환 목사에게 부탁했다. 문 목사가 바구니에 얌전히 옷을 개켜 넣었다. 김대중 씨가 함세웅 신부더러 "신부님은 성서를 더 안 읽어도 좋으니 성서를 빌려주시오"라고 말했다. 함 신부가 성서를 내놓았다. 나는 이때 내가 잡혀온 이유를 알았다. 김대중 씨를 잡기 위하여 우리가 잡힌 것을. 나는 이때 '김대중 씨가 이렇게 박해받는 한 나는 그를 도와주리라' 하고 마음먹었다. 이때 나는 다행히 김대중 씨를 멀리해야 내가 살 것이라는 따위의 생각은 결코 하지 않았다. 이 일로 구속된 사람이 열한 명이었고, 불구속된 사람이 일곱 명이었다. 그 명단은 다음과 같다.

　구속된 사람: 김대중, 문동환, 문익환, 문정현, 서남동, 신현봉, 안병무, 윤반웅, 이문영, 이해동, 함세웅

불구속된 사람: 김승훈, 윤보선, 이태영, 이우정, 장덕필, 정일형, 함석헌

함석헌, 윤보선, 정일형은 일흔이 넘어서 구속되지 않았고, 이우정을 구속하면 정부가 세계 기독교 여성과의 대결을 무릅써야 했기에 구속되지 않았을 것이다. 함세웅, 문정현, 신현봉은 신부들이다. 이러한 조치는 자연적으로 다음과 같은 반(反)박정희 연대를 만들게 했다.

• 국민과의 연대: 1972년 11월 21일에 있었던 개헌 국민투표에서 91.5퍼센트가 찬성할 정도로 잠자던 국민을 눈뜨게 했다. 유신이 아닌 다른 가능성을 가시화한 것이다.

• 재야 정치인의 신·구파 연대: 김대중, 정일형은 신파이고 윤보선은 구파였다.

• 에큐메니컬(ecumenical) 연대: 신·구교의 교인과 교역자가 구속되자, 양 종파가 연대했다. 함석헌은 무교회주의자였고 이문영은 한국교회협의회에 들지도 않은 교단인 기독교 성결교회의 신자였다.

• 외국과의 연대: 이우정이 구속에서 빠진 것이 정부에 도움이 안 되었다. 이 교수가 우리의 대변인이었기 때문이다. 외국과의 연대에서 고리 역할을 한 곳은 제네바에 본부가 있는 세계교회협의회(WCC, World Council of Churches)였다.

• 일본 지식인과의 연대: 김대중 씨가 일본에서 납치되었기 때문에 일본 지식인들이 늘 빚진 마음을 갖고 있었는데, 이제 그들이 나서서 김대중 씨를 도와야 했다.

민주통일이 되게 하는 힘은 군사력도 아니고 경제력도 아니고 그것은 민주 역량입니다. 국민의 민주주의에 대한 반석 같은 확신과 그 민주주의를

이룩할 수 있는 슬기와 역량, 경험, 그것만이 정치적인 통일에서 민주통일을 이룩할 수 있는 힘이라고 믿습니다. ……

그런데 과연 대한민국은 지금 어떻게 하고 있느냐, 국민들의 민주주의에 대한 확신이 더 튼튼해가고 있느냐, 그렇지 않으면 무너져가고 있느냐? 민주주의를 형성하는 능력이 자라가고 있느냐, 그렇지 않으면 시들어가고 있느냐? 여기에 대한 답변은 물으나마나 부정적입니다.

사실은 생각이 여기까지 미쳤을 때에 소름이 끼치는 것을 느꼈습니다. 이 나라의 통일은 다가오는데, 그것은 결국 독재에 의한 통일밖에 없지 않겠느냐 하는 그러한 공포, 그러한 두려움에 제가 사로잡혀 있었습니다. 뿐만 아니라 과거 30년 동안 한 세대를 이북은 이북대로, 이남은 이남대로 제각기 양 길을 걸어왔습니다. 사회적으로, 경제적으로, 제도적으로, 정치적으로, 문화적으로, 교육적으로 모든 부문에 있어서 상극을 달려왔습니다. 그런데 이제 막상 통일이라고 하는 것을 앞에 놓고 생각할 때에 이 모든 문제들을 앞으로 어떻게 풀어나가느냐? 이것은 어느 한 사람의 지시로 되는 일이 아닙니다. 지시와 복종으로 될 일이 아닙니다. 이것은 전 민족의 슬기와 지성이 총동원되어야 하는 일입니다. 그리고 그것을 위해서 우리가 풀어나가야 되고 준비를 해야 합니다. 부딪혔을 때 당황하지 않게끔. 그런데 과연 이 나라에서는 이 민족의 슬기가 개방되게 하는 것이 아니라 복종을 강요당하고 있고 이 민족의 슬기가 지금 침묵을 강요당하고 있습니다. 그리고 유신체제가 어떻게 통일을 지향하는 체제라고 말할 수 있습니까?

위 인용문은 3·1민주구국선언 사건에서 선언을 기초한 동기를 묻는 박세경 변호사의 반대 심문에 대한 문익환 목사의 답변 중 일부이다(NCCK 인권위원회 편, 《1970년대 민주화운동 1》, 728~729쪽에서 재인용). 선언의 핵심 말이 민주주의와 통일임을 밝히기 시작한 답변이다. 과연 진술된 문 목사의 선언 작성 동기에 맞게 선언문의 마지막 절은 다음과 같이 민주주의가 민족통일을 위하여 절실하다고 말한다.

> 이때에 우리에게는 지켜야 할 마지막 선이 있다. 그것은 통일된 이 나라, 이 겨레를 위한 최선의 제도와 정책이 '국민에게서' 나와야 한다는 민주주의의 대헌장이다. 다가오고 있는 그날을 내다보면서 우리는 민주 역량을 키우고 있는가, 위축시키고 있는가? 승공의 길, 민족통일의 첩경은 민주 역량을 기르는 일이다. 이것이야말로 우리 오천만 온 겨레가 새 역사 창조에 발 벗고 나서는 일이다. 이것이야말로 3·1운동과 4·19 때 쳐들었던 아세아의 횃불을 다시 쳐드는 일이다. 이것이야말로 민주주의와 공산주의 틈바구니에서 당한 고생을 살려 민주주의의 진면목을 세계만방에 드날리는 일이다. 이것이야말로 통일된 민족으로, 정의가 실현되고 인권이 보장되는 평화스런 나라 국민으로 국제사회에서 어깨를 펴고 떳떳이 살게 하는 일이다.
> 민주주의 만세!

문 목사가 이 글을 쓴 동기와 그 내용을 이해하려면 이 글이 나온 지 21년쯤이 지난 시점, 즉 김대중 씨가 당선된 제15대 대통령 선거를 앞두었을 무렵에 우리 겨레가 안고 있던 현실과 과제를 정리할 필요가 있다고 본다. 다음 몇 가지 점에서 이 글은 그 후의 현실과 과제를 미리 내다본 예언의 글이다.

첫째, 1961년 5월 16일 박정희의 군사 쿠데타 이후 우리의 현실 정치를 지배한 패러다임은 한반도 남쪽 반의 동(東)이 서(西)를 압박하고 남(南)은 북(北)을 흡수통일하려는 것이었다. 그 기간은 36년이라는 긴 세월이었다. 이 36년이라는 기간은 일제 통치 기간과 동일하다. 위 선언에서 나오는 말로 표현하면 이 시기는 '지시와 복종'으로 일을 한 시기이다.

둘째, 엄격하게 말해서 우리의 대안은 1952년 5월 26일 부산 임시수도에서 이른바 '부산정치파동'이 발생하여 야당 의원 50여 명을 공산주의자로 몰아붙여 헌병대로 연행하고, 사흘 후에 김성수 부통령이 대통령을 탄핵하며 국회에 사표를 제출한 데서 비롯된다. 이 김성수의 뿌리에서 오늘의 야당이 생겼으며, 겨레의 문제를 푸는 다원주의가 움텄다. 그 뿌리에서 나온 대통령 후보인 신익희 씨, 조병옥 씨가 연이어 돌아가셨다. 그 후에 같은 뿌리에서 나온 대통령 후보는 역대 군사정권이 몇 번을 죽이려 했지만 간신히 살아남는다. 그가 김대중 씨이다. 1992년에 네 번째로 출마한 그는 국내 정치에서는 수평적 정권 교체를, 대북 관계에서는 흡수통일이 아닌 남북공존을 주장했다. 이 주장이 바로 문익환 목사가 진술한 "전 민족의 슬기와 지성이 총동원되어야 하는 일입니다"에 해당하는 주장이다.

고려대 노동대학원에서 주최한 한 조찬 모임에서 당시 민주당 총재이던 이기택 씨가 김대중 씨는 머리가 좋아서 훌륭한 통일관을 갖고 있다고 강연한 적이 있다. 나는 논평자의 한 사람으로서 김대중 씨는 머리가 좋아서가 아니라 마음이 훌륭해서 그런 생각을 했다고 말했다. 부당한 강자에게 수난을 겪은 자만이 강자를 견제하고 보복 정치를 끝내며, 강자와 더불어 살 준비를 할 수 있는데, 이런 결단은 다 머리가 아니라 마음에서 나온다는 말이었다.

셋째, 군사정권 세력과 김대중 씨가 한 주장의 차이를 대하면서 나는, 역시 문익환 목사의 말대로 사회적으로, 경제적으로, 제도적으로, 정치적으로, 문화적으로, 교육적으로 모든 부문에 있어서 상극을 달리는 상황을 보며, 문 목사가 보았던 것보다 오히려 더욱 심각한 위기감을 느꼈다. 동양의 고전 대안서인 《논어》와 《맹자》가 제시하는 인의(仁義)와 서양의 고전 대안서인 '십계명'이 제시하는 생활 규범이 무너져 내리는 것을 실감했다.

십계명을 예로 들어보자. 김대중 정부의 최장수 장관이었던 문화체육부 장관이 관장하는 대중매체인 텔레비전을 통하여 국민들은 사람을 죽이며 폭력을 쓰는 것을 매일같이 보았으며(제6조 위반), 간음하는 것을 쉽게 시사받았으며(제7조 위반), 이웃의 넓은 아파트와 자동차—십계명의 소나 나귀에 해당하는 것—를 부러워했으며(제10조 위반), 드디어 도적질하는 것(제8조 위반)에 불감증 상태로 있었다. 그리고 상대방 후보를 비방하는 것이 정치로 여겨졌다(제9조 위반). 그러니 돈 없고 권력이 없는 부모를 자식들이 공경할 리가 없었으며(제5조 위반), 일요일에는 자가용차에 식구들을 태우고 놀러 다니는 노동을 하기에 바빴다(제4조 위반). 오늘 우리의 신(神)은 신이 아니며 그 앞에서 돈과 권력을 더 달라고 그 이름을 망령되이 불러 비는 이미지이다(제1조~제3조). 학교에서는 돈 벌고 출세하는 데 필요한 지식을 암기하도록 교육하지, 도덕과 고전을 가르치지 않았다. 끝으로 교회에서는 목사가 이런 모든 것을 회개하라고 가르치지 않고 오히려 이런 악한 세상에서 복을 받으라고 가르쳤다.

선언문의 핵심을 밝히려면 국내의 민주주의와 남북통일 중 어느 것을 선행되어야 할 것으로 보느냐가 분명해야 하는데, 이 선언문은 선통일이 아니라 선민주를 이야기했다. 문 목사의 진술은 통일된 나라를 만드는 마지막 선—말하자면 무슨 일이 있어도 지켜야 하는 선—을 제도와 정책이 '국민에게서' 나오는 민주주의라고 말한다. 이렇게 민주주의를 앞세워 민족통일을 이룩한 서독의 예를 살펴보자.

우리는 4·19 이후에 짧게 민주 정치를 경험했으나, 독일은 바이마르공화국 체제를 우리의 제2공화국보다 12년 긴, 1919년부터 1932년까지 13년을 경험했다. 물론 히틀러의 등장으로 전체주의를 경험했으나 독일 국민은 치열한 저항운동을 했다. 우리는 이승만 정권이 친일파를 수용했지만,

서독은 히틀러의 동조자를 철저하게 처형했다. 우리는 악명 높은 군사 통치를 길게 겪었지만, 서독은 빛나는 민주주의를 경험했다. 우리는 유신헌법을 제정하면서 통일이 될 때까지 지방자치를 하지 않겠다고 못 박았고 지역차별로 동이 서를 흡수하는 정책을 취했지만, 서독은 국내 정치에서 연방제를 유지하여 서로가 서로를 관용하는 정치를 했다. 물론 서독은 동독이 갑자기 무너지는 바람에 결과적으로 동독을 흡수통일하였지만, 그러기 전에 동서 공존 방책을 끈질기게 실천해왔다. 우리의 기독교인들이 무조건 이승만의 반공 노선의 전위가 되어 있을 때, 서독과 동독의 기독교인들은 장소를 옮겨 가면서 평신도 대회를 열었다. 고려대 학생일 때 나는 동대문운동장에서 이승만 정부의 동원으로 열린 궐기대회에 갔지만, 그때 나는 서독의 기독교인들과 동독의 기독교인들이 모두 예수 안에서 하나라는 명제하에 대중 집회를 열었다는 기사를 《타임》지에서 읽었다. 우리는 북의 남침으로 6·25를 겪었지만, 서독은 동독의 서침을 겪지 않았다.

재판에서 내가 한 말

나는 구속된 상태에서 재판을 받았다. 그러니까 재판에서 한 말은 옥중에서 한 말이다. 구속되지 않고 재판에서 하는 말과 구속되어 재판에서 하는 말에는 차이가 있다고 생각한다. 만일 내가 구속되지 않은 상태에서 재판을 받았다면 재판이 끝난 후에 구속되지 않으려고 검사와의 정면 대결을 무의식중에 회피하려는 유혹에 빠졌을 것이다. 나는 〈주기도문〉에 있는 "우리가 시험에 들지 말게 하시며"라는 문구는 나 같은 약한 사람에게 맞는 말이라고 생각한다.

내가 검사의 심문, 변호사의 반대심문, 최후진술에서 어떻게 말했는지는 법정 기록에도 남아 있을 것이고, 몇몇 사람이 낸 방청기도 있다. 여기서는 다른 사람들이 아니라 내가 본 나 자신을 회상하고자 한다. 내가 재판에서 한 말을 한마디로 표현하면, 나는 정부에 대드는 말을 했다. 예를 들면 동료 구속자인 안병무에게서 1심 선고 직후 교도소로 가는 버스 안에서, "우리 중 몇몇을 1심에서 석방하고자 했을 터인데, 이문영 박사가 너무 대들어서 석방하지 않을 거예요"라는 말을 들었다. 나의 몇 가지 대듦을 밝히고자 한다.

나는 우선, 검사가 내 동료들을 심문하는 동안 그가 사기꾼이라는 것을 알아챘다. 유난히 친절을 다해서 묻는 것이 나는 역겨웠다. 검사가 길게 물어도 대답하는 피고인들은 짧게 '그렇다', '아니다'라고만 하는 문답이 반복되는 것을 보았다. 심문하는 글을 읽어 내려가면서 문자 하나까지도 미리 해당 검사의 상급자에게 결재를 받아 오는 것으로 볼 때, 묻는 검사에게 자유재량이 조금도 없다는 것을 감지했다.

내 차례가 왔을 때 '검사의 화를 돋워 미치게 만들고, 나는 길게 말하고, 검사가 결재받아 오지 않은 것을 물음으로써 악한 정권의 본색이 내 질문으로 폭로가 되게 하고, 이렇게 폭로된 것이 내신에는 물론 안 나오겠지만 외신에라도 나오게 하자'라는 생각이 내 머리에서 일순간에 정리되었다. 판사가 내 이름을 부르자 나가서 섰다. 검사가 나에게 묻기 시작했다. 나는 검사가 아니라 판사를 향하여 "나는 교도소 밥을 먹고 추운 방에 있다가 나왔고, 검사는 쌀밥을 먹고 따뜻한 사무실에 있다가 나왔으며, 나는 서 있는데 검사는 앉아 있는 것은 공정하지 않습니다. 나나 검사나 동등하며 누가 잘못인지는 재판을 받아봐야 압니다. 사정이 이러한데, 왜 검사에게는 마이크를 주고 나에게는 마이크를 안 줍니까?"라고 물었다. 판사는 대답하지 않았고 부장검사가 마이크를 서둘러 치웠다. 이 부장검사는 나중에 국회의원이 되어 15대 대선 때 김대중 씨의 비자금 문제를 검찰에 고발했다. 질문을 시작한 검사에게, "옹졸하게 마이크를 치우지 마시고 나에게도 주면 되지 않습니까?"라는 말로 내 대답을 시작했다. 검사를 약올리자는 계산이었다.

드디어 검사가 결재받고 오지 않은 질문을 나에게 했다. 나더러 법대 교수이면서 왜 국민투표로 결정된 헌법을 비방하느냐고 물었다. 교수라는 사람이 왜 점잖지 못하게 그러느냐는 말이었다. '법대 교수' 운운하는 말은 그 검사가 결재받아 온 말이 아니었을 것이다. 나를 법대 교수라고 시비 거는 말이 나오자 나도 시비 거는 말로 시작할 수 있었다.

"그 말 잘하셨어요. 검사는 어느 대학 법대를 나왔는지 모르겠는데, 민법총칙 시간에 무효의 의사표시라는 것을 안 배웠어요? 강박에 의한 의사표시는 무효예요. 예를 들면 밤중에 으슥한 골목에서 어떤 남자가 칼을 들고 나타나 나와 결혼하자고 여자를 협박을 해, 그 여자가 결혼하겠다고 말했으면, 그 여자의 의사표시는 무효예요. 검사님, 댁에서 말하는 국민투표 때에는 중앙청 앞에 탱크를 세워놓고 국민투표를 해 국민을 협박했는데, 어찌 그 국민투표가 유효해요?"

외신에 유신헌법이 강박에 의한 의사표시로 성립된 것이 보도되었다. 이런 식으로 검사가 묻지 않기로 된 것을 나는 또 물었다. 나는 이 정권이 자유민주주의에 역행하는 정권임을 밝힐 기회를 얻었다. 내 말의 요지는 대략 다음과 같았다. 미국의 〈독립선언문〉에는 세 가지 원칙이 들어 있다. 그 첫째 원칙은 국민의 기본권을 존중하는 것이 정부가 하는 일이며, 둘째는 이 일을 하기 위하여 정부는 강력해야 하는데, 정부란 국민이 동의할 때에만 강력한 것이며, 셋째는 정부가 위 조건을 구비하지 않을 때에는 국민이 그런 정부는 언제든지 개폐할 수 있어야 한다고 말했다. 사리가 이러한데도 유신정부는 정부가 하는 일을 정부가 일방적으로 정하고 있으며, 국민이 동의하지 않은 너무 강력한 독재 정부이며, 이런 정부야말로 국민이 그 개폐를 요구해야 한다는 말이었다. 이 말이 외신에 보도되어 나왔다. 한편 국내 신문은 내 말에서 국민이 언제든지 정부를 개폐할 수 있다는 말만 따서 보도해 나를 국가 전복을 기도한 사람으로 부각했다.

반대심문을 한 변호사는, 심하게 말해 나를 약하게 보이게 함으로써 판사 앞에서 점수를 따게 하려는 것으로 보였다. 예를 들어 그는 나에게 해직 후 뭘 하고 있었느냐고 물었다. 무슨 설명을 붙여가면서 물었는데, 학자로서 조용히 연구하고 있지 않았느냐는 식의 물음이었다. 나는 학자의 중요한 기능은 현실 비판을 하는 것이라고 말했고, 그사이에 사격술은 배우러 다니지 않았지만 악한 정권이 나쁘다는 말은 하고 다녔다고 말했다. 변호사는 안병무와 내가 죄를 뉘우쳐 자진 출두했다고 말하기를 바라는 듯했다. 변호사는 고소장에 적힌 글을 보면서 물었다. 나는 정해놓은 틀 속에서 묻는 것을 원래 싫어하나 보다. 고소장을 안 따른다면 물었어야 할 질문이 몇 가지 있다고 생각했는데, 피고인인 나로서는 왜 이런 것을 안 묻느냐고 물을 수가 없었다. 변호사는 고소장을 반대심문하면 내 죄가 없어진다고 생각했던 모양이다. 변호사는 선언 초안을 읽어보고 제일 관심이 가는 부분이 어디냐고 물었다. 나는 다행히 단어를 10여 군데 정도 수정했다는 식으로 말하지 않고, 이 초안에는 세 가지 특색이 있다고 말했다. 첫째는 3·1운동과 4·19를 잇는 글이어서, 이는 마치 기적을 바라는 청중에게 예수가 자신의 피를 마셔야 한다고 〈요한복음〉 6장 22~59절에서 질책했듯이, 유신정부하에 안주하는 국민을 향한 질책이며, 둘째는 정권을 나쁘다고 말했으니 정권의 미움을 받아야 마땅하며—이 점을 나는 〈요한복음〉 7장 7절의, "세상이 너희는 미워할 수 없지만 나는 미워하고 있다. 세상이 하는 짓이 악해서 내가 그것을 들추어내기 때문이다"라는 구절로 설명했다—, 셋째는 정권의 제일 나쁜 점을 알렸다고 말했다. 이 세 번째 설명에서도 나는 예수가 유대 정치 체제의 핵심인 안식일 법에 걸려든 이야기를 했다. 예수가 안식일에 병자를 고치자 안식일 법을 어겼다는 비판을 받았다. 예수는 안식일이 사람을 위하여 있는 것이지, 사람이 안식일을 위하여 있지 않다고 제도 종교의 아킬레스건을 건드리는 말을 했다. 이 안식일 논쟁은 〈요한복음〉 7장 10~24절에 나온다. 이와 같이 나는 독재에 시달리는 약자 편들기에 맞춰 말했다.

최후진술에서는 나의 기쁜 감정을 여러 가지로 설명했던 기억이 생생하다. 문동환도 기쁨의 신학을 말했다. 이 기쁜 감정의 형성은 감방에서 한 경험으로 증폭되었다. 그러나 나는 최후진술에서는 감방 이야기는 안 했다. 나의 기쁜 감정을 설명하는 데 도움이 될 것 같아 여기서는 감방 경험을 적을까 한다.

3·1 사건으로 감옥에 갇혀 있을 때, 사건 관련자 가족들이 모여 석방을 요구하는 모임을 열었다. 그때 우리 아이들도 함께 했다.

나는 밤중에 배정된 감방으로 가려고 어둠침침한 감옥 안 복도를 걸었다. 감옥의 복도는 폭이 넓었다. '할 일'이 있어서 걷는 나는 이 복도가 국제공항의 복도만큼 넓다는 생각도 했으며, 내 마음속으로 김포 국제공항의 복도를 걸어 1974년 여름에 감시와 질곡의 땅을 벗어나면서 기뻤던 때만큼이나 기쁘다는 생각을 했다. 그러나 감방 생활은 불편했다. 첫째는 먹는 것이 불편했고, 둘째는 방에 온기가 없는 것이 불편했다. 먹는 것은 위생적이고 간이 짜지만 않으면 견딜 만하다는 착안을 차차 했다. 짠 깍두기는 물에 빨아서 먹었다. 국이 들어오면 대접 밑바닥에 흙이 가라앉아 있는 것을 보고 처음엔 아찔했다. 그러나 맑은 우물 밑바닥에도 흙이 있다는 생각을 하고 적당히 먹었다. 방 안이 추운 것이 문제였다. 밤낮으로 집에서 넣어준 속옷을 껴입고 있었는데도 잠을 자는 밤에는 추워서 네 번이고 다섯 번이고 잠을 깼다. 잠이 깰 때마다 몸 안에 오줌이 들어 있으면 더 추울 것 같아 일어나서 소변을 봤다.

한번은 이렇게 잠이 깨는데 웃으면서 깨는 나 자신을 발견했다. 나는 순간 벽 쪽으로 향하여 누우면서 웃었다. 왜냐하면 밖의 복도를 걸으면서 시찰구로 나를 들여다볼 교도관이 내가 밤중에 웃는 것을 보면 이문영 교수가 실성했다고 상부에 보고할 것이 귀찮아서였다. 그렇지 않아도 교도관은 뭐든지 보고하는 눈치였다. 나는 벽을 향하여 돌아누우면서 내가 왜 웃는가를 생각했다. 이때 내가 생각한 것은 인간의 기쁨에는 두 계통이 있다는 것이었다.

한 계통의 기쁨은 좋지 않은 환경과 부족한 물질에서 연유하는 불만 요인이 해소될 때에 생기는 기쁨이며, 다른 한 계통의 기쁨은 환경과 물질을 초월하여 존재하는 인간의 내면과 정신에서 생기는 기쁨이다. 전자의 기쁨은 불만—내 경우 먹는 것이라든지 춥다든지 하는 것—을 해소하는 효과를 지녀, 굳이 이름을 붙인다면 '불만 해소'에 불과하다. 후자의 기쁨은 인간의 참여와, 고난과 역경의 도전을 극복하는 보람에서 생기는 일을 이룩하는 효과를 가져, 이름을 붙인다면 '만족 충족'이라 할 수 있다. 그런데 불만 해소와 만족 충족은 일직선상에 놓이는 감정이 아니다. 즉 사람에게서 불만이 해소되었다고 자동으로 만족이 충족되는 것도 아니며, 만족이 충족되었다고 해서 불만이 해소되는 것도 아니다. 그러니까 불만 해소와 만족 충족 관계를 표시하는 그림을 그리면 그림 A가 맞는 그림이지, 그림 B는 틀린 그림이다.

여기에 적은 어휘 '불만 해소'와 '만족 충족'은, 내가 앞에서 쓴 대로, 《창조》 1971년 9월호에 쓴 내 글 〈근대화가 빚은 정치화 현상〉에서 등장했던 개념이다. 그러니 5년 전에 학문으로 제시했던 두 가지 감정의 차이를 나는 교도소에서 몸소 체득한 셈이다. 교도소 생활을 한 후에 내 학문의 접근 방법이 고전이라는 인문학을 접목하는 방향으로 굳어졌는데, 인간을 이해하는 공부인 인문학은, 사람이란 불만 해소 정도가 아니라, 아니 불만 해소가 안 되더라도 만족 충족을 지향하는 고귀한 존재임을 밝히는 학문인 것을 교도소에서 체득했기 때문이다. 다른 한 가지 발견은, 불만 해소가 안 될수록 오히려 만족 충족의 기쁨이 증폭한다는 점이다. 나는 이래서 최후 진술에서 "나는 여기 있는 게 참으로 기쁘다. 영광이다. 예수가 미움받으시고 박해당했듯이, 나는 지금 기쁘다"라고 말했을 것이다. 〈마태오복음〉 5장 11~12절은 "나 때문에 모욕을 당하고 박해를 받으며 터무니없는 말로 갖은 비난을 다 받게 되면 너희는 행복하다. 기뻐하고 즐거워하여라. 너희가 받을 큰 상이 하늘에 마련되어 있다. 옛 예언자들도 너희에 앞서 같은 박해를 받았다"라고 말한다.

감옥에서 내가 한 일

나는 감옥에서 얌전하게 있었다. 나는 하루 종일 내 전공 공부와 전공 공부를 위한 기초 공부를 했다. 이 공부는 방금 쓴 대로 고난 속에서 오히려 인간의 존귀함을 깨닫는 인문학적 영향을 받은 공부였다. 이때부터 시작한 한문 공부가 토대가 되어 훗날에 《논어·맹자와 행정학》이 탄생했다. 사전을 가지고 불어 성서를 읽기도 했다. 장마 때 비가 들이치는 것을 피해 감방 한구석에 있더라도 개의치 않고―불만이 해소되지 않더라도 만족이 충족되는 것이니―나는 공부를 했다. 가고 오는 거리가 다섯 보밖에 안 되는 감방에서 하루에 만 보를 걸었고, 아침에 일어났을 때와 취침 전에 물수건을 찬물에 짜서 냉수마찰을 했다. 저녁에는 책을 볼 수 없을 정도로 내 몸이 피곤했고 또 전깃불이 침침해서 책을 볼 수도 없었다. 저녁에는 쓸쓸했다. 그때는 요가를 했다. 나는 교도관에게 꼭 존댓말을 썼고, 아침저녁 점호 때에는 내 방에서 정좌를 했다. 2심 재판이 끝날 무렵에 양심범에 대한 교도 행정에서 고쳐져야 할 점이 내 머릿속에 정리되기 시작했다.

드디어 내가 교도관에게 말해야 하는 시점이 되었다. 나는 습관대로 추운 겨울날 어느 저녁에 심호흡과 요가를 했다. 몸에 땀이 흠뻑 났다. 나는 냉수마찰을 하고 나서 자리를 깔고 취침을 했다. 밤중에 잠이 깨더니 갈증이 났다. 그래서 저녁에 받아둔 물을 마셨다. 몸이 갑자기 떨리기 시작하더니 좀처럼 가라앉지를 않았다. 나는 복도로 난 문을 똑똑 두드렸다. 교도관이 왔다. 따뜻한 물 한 모금을 달라고 말했다. 그는 더운물이 없다고 말하고는 가버렸다. 나는 또 문을 똑똑 두드렸다. 그가 왔다. "만일 댁에서 지금 물을 마시고 싶다면 어떻게 하세요?" "저 난로에서 끓여 마시지요." "그러면 저에게도 난로에서 끓여 주세요." "안 됩니다." 그와 나 사이에 이런 대화가 오갔다. 내가 더운물을 못 얻어마시는 것은 인도주의 정신에 어긋나는 일이며 갈릴리교회에서 성찬을 함께 한 동료들도 나처럼 찬물을 마시고 덜덜 떨 것이라는 생각이 뇌리를 스쳤다. 나는 더운물 한 모금은 인간이 가져야 할 최소라고 생각했다.

생각 후에는 행동이 있어야 하는 법이다. 나는 다시 문을 두드렸다. 교도관이 안 왔다. 그러자 나는 플라스틱 베개로 쇠문을 사정없이 두드렸다. 교도관이 달려왔다. 다시 더운물을 달라고 말했다. 물을 안 주겠단다. 그러면 더운물을 달라는 청원을 교도소장에게 하겠으니 교도소장을 만나게 해달라고 말했다. 알았다고 그가 말했다. 나는 식사를 안 하기도 했고 못하기도 했다. 낮이 되자 근무자에게 교도소장을 불러달라고 계속 말했다. 교도소장이 안 왔다. 교도소장이 높은 사람이어서 안 오는 것이 괘씸했다. 어쩔 수 없이 나는 소장에게 처우 개선에 관하여 청원서를 내고자 하니 필기도구를 달라고 말했다. 교도관이 갖다 주지 않았다. 만일 필기도구를 줘서 내가 청원서를 제출한다 해도 소장이 묵살해버리면 그만이며, 아예 소장에게 제출되지도 않고 서류가 중간에 증발해버릴지도 모른다는 생각이 들었다. 그러자 내 요구는 한 가지 더 늘고 좀 더 견고해졌다. 나에게 청원서를 쓸 필기도구를 주고 이 청원서를 소장에게 내용증명으로 송부한 청원서 사본을 내 손에 쥐어줄 때까지 단식을 하겠다고 말했다.

나는 한 사흘을 단식했다. 이 단식이 내가 일생에 처음 한 단식이었다. 그 후에도 세 번에 걸쳐 4년 10개월을 한 옥중 생활 중에 단식을 종종 했는데, 단식은 건강할 때 해야 한다. 단식 처음 단계에서는 오만 가지 음식 생각이 나지만 차차 나아지고 뱃속에 아무것도 안 들어 있을수록 오히려 손끝까지 생기가 생긴다.

교도관이 청원서 쓰는 것은 허용되지 않으니 그 대신에 변호사를 만나서 얘기하고 단식을 풀어달라고 요구했다. 나는 변호사와, 그와 동행해 온 교회협의회의 김상근 목사를 만났다. 나는 원래 여섯 자리 전화번호도 잘 못 외우는 사람이었는데, 열여덟 가지 양심범 처우 개선안을 쭉 말했다. 내 말을 김상근 목사가 꼼꼼하게 적었다. 김상근 목사가 적은 이 메모가 그대로 외신에 보도되었고 국내 보도에는 안 나왔다. 이 보도가 나오자 비로소 양심범에 대한 처우가 개선되었다.

나는 열여덟 가지 요구사항 중에서 김대중 씨에 관한 요구사항을 제일 앞자리에 놓았다. 첫 번째 요구는 정치범의 방으로는 교도소 외부 건물에서 관찰하거나 사격할 수 있는 위치의 방을 주어서는 안 된다는 것이었다. 식사 때 사용하는 숟가락과 젓가락은 음식에 독극물이 있는가를 확인할 수 있도록 은수저로 달라는 항목도 있었다. 내가 출소한 후 연세대 해직 교수 한 분이 날보고 미련하게 그런 요구를 했느냐고 책망했다. 이 책망을 듣고서야 나는 일부러 김 선생에 관련된 것을 제일 앞에 놨던 것이 생각났다. 방 벽에 붙여놓은 태극기 인쇄한 것과 〈교육헌장〉을 제거하고 새벽에 기상 시간이 되자마자 마이크에서 박정희 노래인 〈새마을 노래〉가 안 나오게 해달라고도 요구했다. 쥐똥, 파리, 모기, 빈대를 방에서 치워달라는 내용도 썼다. 방 안에 물이 얼지 않을 정도로 난방을 해달라고도 말했다.

내가 한 열여덟 가지 요구사항은 외신을 통해 세계에 알려지면 박정희가 나쁜 놈이라는 것이 자명해지는 그런 요구였다. 자유세계가 러시아 내부에 있는 수난자에게 관심을 가지면 가질수록 수난자의 처우라도 좋아진다고 한 솔제니친의 이론을 내가 실천한 것이다. 이렇게 우리의 대우도 좋아졌고 박정희가 나쁘다는 소식도 세계에 전할 수가 있었다. 이때 교도관과 교도소장은 경직된 체제 속에서 못난 짓을 한 것이고, 이 못난 짓으로 골탕을 먹은 자는 독재자였다.

나뭇잎 하나의 변화를 보면 가을이 다가옴을 안다는 '일엽지추(一葉知秋)'라는 말이 있다. 체제 내 말단 공무원 한 사람이 이렇게 제구실을 못하면 체제가 망한다. 재판이 끝나고 나는 순천교도소—미운 놈은 서울에서 먼 데로 보냈다—로 이감되었다. 도착하자마자 나는 0.78평짜리 방에 갇혔다. 관 크기의 방이었는데 다만 천장이 높았다. 양쪽은 벽이고 한쪽은 화장실 문이고 그 반대쪽은 철문이었다. 나는 괴로웠다. 그런데 얼마 안 있어 교도관에게 말을 걸 수 있는 정보를 얻게 되었다. 복도에서 일하는 죄수들이 "다른 징벌방에도 배식이 다 끝났냐?"라고 하는 대화를 들은 것이다. 나는 내 방에 배식하는 죄수에게 이 방도 징벌방이냐고 물었다. 그의 말이 그렇단다. 이때 하나 더 정보를 알았는데, 내 방 같은 방은 소록도로 이감되는 이른바 '문둥병자'를 수용하는 방이라는 것이었다.

이번에는 말로만 해결을 보았지, 단식을 안 해도 되었다. 누군지는 잊었는데, 높은 사람이 내 방을 지나갈 때 내가 행형(行刑)에서 무슨 잘못을 저질렀기에 나를 징벌방에 넣었느냐고 물었다. 그가 우물쭈물하며 그냥 가버렸다. 마침내 집사람이 면회를 왔다. 나는 말이 느린 데다가 더욱이 교도소에 불리한 말을 하지 못하게 교도관이 말리고 있었기에 내 의사를 집사람에게 전달하지 못할까 봐 걱정됐다.

그런데 다행히 집사람이 내가 말하기 좋게 말문을 열었다. "참 좋은 데 오셨어요. 날도 따뜻하고 밖에 채소밭이 다 있어요"라고. "그것은 밖에 있는 사람이나 그렇지. 나는 깜깜한 0.78평짜리 방에 있어. 내가 서울구치소에서 처우 개선 요구를 해서 골탕 먹이는 것 같아"가 내 말이었다. 며칠 후 밤중에 쇠문 따는 소리가 났다. 청와대에서 사진을 찍으러 왔다고 했다. 그 후 며칠 만에 나는 도배가 잘 되어 있고 양지바른 4.3평짜리 2층 독방으로 옮겨졌고, 교도관 한 사람이 전속으로 나를 지키게 되었다. 그 후에 어느 교도관이 나에게 말해주길, 그곳 교도소장이 촌놈이라며 청와대에서 야단을 맞아서 내 처우가 달라졌단다. 집사람이 다시 면회를 와서는 청와대가 갑자기 선량해져서 내 처우를 개선한 것은 물론 아니라고 말했다. 나를 깜깜한 방에 넣은 것이 일본《아사히 신문》등 외신에 보도되어, 이 외신을 보고서 청와대가 이를 확인하려고 사진사를 보내 내 방 사진을 찍어 갔던 것이다.

4.3평짜리 2층 독방에서 잘 지내면서 나는 교도소 당국에 "내가 동일 사건자 중 서울에서 제일 먼 데에 있어, 집사람이 면회 왔다가 통행금지가 있는 하루 만에 집에 돌아가기가 힘이 드니 집사람을 교도소에서 자고 가게 해달라"라고 말했다. 그러자 교도관이 "박사님은 꼭 행형법에 있는 것만을 요구하셨는데 그러라는 법은 없습니다"라고 했다. 이 대답에 나는 "행형법에 부인을 재워 보내지 말라는 법이 어디 있느냐"라고 했다. 이 말은 나를 멀리 보낸 것에 대한 항의이기도 했고, 나만 가둬놓으면 되지 집사람을 학대할 수 없다는 취지에서 한 말이었다. 면회하고 밖에 나온 집사람이 같은 사건 가족들에게 이 얘기를 해서 모두들 한바탕 웃었다고 한다. 내가 이렇게 서울구치소에서 행형 제도를 갖고서 까다롭게 대해, 미움을 받아 서울에서 멀리 보내진 것에 대하여 구속 가족들이 신나게 웃게 하는 계기를 만들었다. 어차피 이 사건은 우리에게 축제였다. 지금도 그 가족들이 나를 보면 부인을 교도소에서 자고 가게 해달라고 했던 사람이라며 웃는다. 그러나 그렇게 바라던 집사람이 지금은 이 세상 사람이 아니다.

순천교도소에서도 내 공부나 일과는 서울구치소에서와 같았다. 그러나 나는 괴로웠다. 세상일이 궁금했다. 나에게는 신문이 들어오지 않았고, 집에서 오는 편지에는 세상 이야기를 못 쓰도록 되어 있었다. 전임으로 있는 교도관 대신에 잠깐씩 들어오는 교도관이 세상 이야기를 좀 해주었다. 어떤 사람은 신문을 넣어주기도 했다. 집사람이 편지에 옥자네와 결혼이 잘 안 되고 화영이네와도 결혼이 안 된다고 써 왔다. 옥자와 화영이는 각각 일본과 미국에 있는 아는 이름이니까 옥자네는 일본, 화영은 미국을 뜻했다. 한편 김대중 씨에 대해서는 홍걸이 아버지라는 별명을 써서 그의 근황을 알려왔다. 홍걸이는 김대중 씨의 막내아들이다. 면회 왔을 때 교도관이 우리가 하는 말을 다 적고서 서류를 덮으면 집사람이 쏜살같이 세상 돌아가는 소식을 전하기도 했다.

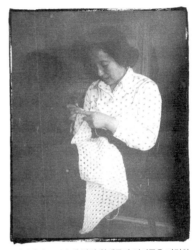

집사람이 교도소에 갇힌 학생들의 영치금을 마련하기 위해 뜨개질로 열심히 숄을 만들던 모습.

나는 이렇게 저렇게 해서 일본과 미국에서 우리 사건 관련자들의 석방을 요구하는 여론이 높으며, 특히 미국 내 여론을 무마하려고 박동선이라는 로비스트를 한국 정부가 미국에 파견했으나, 박씨의 활동이 미국 국내법에 저촉되어 미국 정부가 박씨를 체포하지는 않고 우리를 석방시키는지 예의 주시하고 있다는 것을 알게 되었다. 나는 이런 징후를 알고서 내 방에 있는 짐을 챙겼다. 교도관이 왜 짐을 챙기느냐고 물었다. 나는 그냥 좀 정리하는 것이라고만 했다. 내가 짐을 챙긴 지 이삼 일 만에 석방되었다. 나는 그 후 두 번 더 감옥 생활을 했는데, 그때마다 출소될 것을 작은 기미로 보아 알고서 짐을 챙겼다. 재판이나 옥중에서 외신을 향하여 메시지를 보냈던 최소의 노력이 있었기 때문이었다고도 할 수 있지만, 무엇보다도 정적인 김대중 씨의 구속을 자유민주주의 우방들이 허용하지 않았으니, 김대중 씨의 헌신적인 노력이 컸다.

박정희의 못난 짓 앞에서 마치 교도소장들이 과잉 충성 하듯이 측근 부하들이 과잉 충성 경쟁을 하다가 유신체제의 자멸을 종국에 자초하고 만 이야기가 다음 장에 이어진다.

7

YH 사건

반체제운동의 중심에 서다

나는 3·1민주구국선언 사건으로 3년형을 받았다. 그러나 1년 9개월쯤 산 1977년 12월에 사건 관련자 모두가 풀려났다. 나는 복직이 안 됐다. 1975년 베트남이 붕괴한 후 해직당한 교수 열한 명은 박정희 사후인 1980년 3월이 되어서야 복직되었다.

그 당시 해직 교수는 늘고 있었다. 해직 교수들 사이에선 복직에 대하여 세 가지 입장이 있었다. 첫째는 '당당하게 복직한다'였고, 둘째는 '각서라도 쓰고 중앙정보부의 주선으로 복직한다'였으며, 셋째는 '아예 복직을 안 한다'였다. 이 셋 중에 내 입장은 첫 번째였다. 김병걸·이우정은 세 번째 입장이었다. 내가 당당하게 복직해야겠다고 생각한 이유는 고려대학교 교수직이 내 자리였기 때문이다. 그러나 나에게 이 자리가 주어지지 않았다. 나는 1977년 12월에 출옥한 후 복직하기 전 약 2년 3개월 동안 몇 가지 일을 했다.

첫째, 갈릴리교회 일을 계속 했다.

둘째, 안병무가 기독교장로회 선교교육원 원장으로 있었는데, 거기서 민청학련 사건 등으로 퇴학당한 대학생들을 상대로 목사 교육하는 프로그램

내 수필집 《겁 많은 자의 용기》(새밭, 1979).

李文永 隨想集

겁 많은 자의 용기

에 갈릴리교회의 구성원인 여섯 교수가 다 함께 참여했다. 나는 '사회집단론'이라는 강의를 맡았다. 이때의 강의안은 조잡했다. 갈릴리교회에서 한 설교가 교회와 민주제도의 관계에 초점을 맞춘 것이었기에, 국가의 공공 조직을 만들기 전에 국민이 만드는 조직이 먼저 생겨나야 하고 이 국민이 만든 조직은 교회라는 조직의 닮은꼴이어야 한다는 것이 내 근본 전제였다. 그 당시는 동구권이 상당히 위세를 떨치고 있었을 뿐 아니라 더욱 강경해지는 통치 체제 속에서 진보적 대안이 논의되었던 때여서 노동당 산하의 사회단체가 학생들에게 그럴듯하게 보여, 내 말을 해내기가 어렵기도 했다. 따지고 보면 이때의 강의안이 발전된 것이 2001년에 출판한 내 책《인간·종교·국가―미국행정, 청교도 정신, 그리고 마르틴 루터의 95개조》이다.

셋째, 어느 대학에서도 나를 강사로 부르지 않았고, 연구비를 안 주었으며, 내 글을 학술지에 낼 수 없었다. 그러나 나는 강연을 꽤 많이 다녔고 글을 썼다. 말하자면 나는 반체제 지식인이었다. 1980년 3월에 복직되기 전까지 《한국행정론》(일조각), 《민주사회를 위하여》(청사)와 수필집 《겁 많은 자의 용기》(새밭)를 냈다. 이 무렵에 쓴 글들을 추려보면 다음과 같다.

미식축구식 전진―중간집단 교육에서 느낀 것(크리스찬아카데미, 1978. 1)
높으며 동시에 낮은 인물(한국기독교학생회총연맹, 1978)
그 가슴속에 나의 만종(晩鐘)을(엘레강스, 1978. 4)
민주 사회의 우상(씨올의 소리, 1978. 6)

사회 속의 교회(기독교 사상, 1978. 8)

사랑에 대한 세 가지 이야기(YMCA, 1978. 11)

매카디즘과 권력(기독교 사상, 1978. 11)

지성과 권력(씨올의 소리, 1978. 12)

역사 앞에서 '이 시대에 부는 바람'(태창, 1979)

인권과 평화(기독교 사상, 1979. 7)

평화 사회를 위한 법(씨올의 소리, 1979. 7)

넷째, 나는 반체제운동의 거의 중심에 있었다. 국내 신문은 이를 보도하지 않았다. 그러나 예를 들어 1978년 2월 22일자와 3월 3일자 《뉴욕 타임스》는 내가 공개석상에서 박정희 정부를 비판해 경찰에 잡혀간 것과 풀려난 것 등을 보도했다. 나는 '한국교회협의회 → 노동 현장에서 자유민주주의적 노동운동을 돕는 일 → 김대중을 정치적 대안으로 생각하는 일'로 연결되는 고리 속에 있기를 자처했다. 1979년 3월 1일에 '민주주의와 민족통일을 위한 국민연합'(이하 줄여서 국민연합이라 부름)이 발족되었는데, 이때 의장은 함석헌·윤보선·김대중 세 분이었고, 나는 상임중앙위원이었다. 이때에 찾아가지 않은 중앙위원 임명장이 내 집에 아직도 몇 장 보관되어 있는 것을 보면, 직책명은 잊었지만 내가 무엇인가 중책을 맡았던 것 같다. 박형규 목사가 운동 자금도 맡으라고 말했던 기억이 난다. 그러나 국민연합이 엄하게 감시를 받고 있어서 중앙위원들이 임명장을 받으러 윤보선 씨 댁에도 못 가는 형편이었으니, 행동의 중심은 세 의장 가운데 김대중 씨와 3·1민주구국선언 사건자 가운데 한 사람인 내가 되었다.

내가 한국교회협의회를 반체제운동의 기점으로 생각한 이유는 기독교만이 통치 체제 외부에서 선지자적 위치를 견지할 수 있었기 때문이다. 그런데 한국교회협의회에 실망하는 일이 1979년 3월 초에 생겼다. 《맹자》의 첫 글에서와 같이, 이(利)를 따르면 인의(仁義)를 못 따르게 된다. 내가 노동조합을 중요시한 이유는 사회단체 중에서 노동조합이 형성되기가 제일 어려운 단체였기 때문이다. 그리고 김대중 씨를 대안으로 생각한 이유는 쿠데타 정부가 박해하는 표적이 '양김'이 아니라 '일김'이었기 때문이다. 이렇게 교회, 노동조합, 정치적 대안을 중요시한 이유는 출애굽 과정에서 생겨난 세 가지 보물이 십계명을 새긴 석판, 만나를 담는 그릇, 아론의 지팡이였던 것과 같다. 즉 누구에게나 만나가 하늘에서 내려왔듯이, 오늘날에도 노동자에게까지 먹을 것이 나누어져야 한다고 생각했다. 십계명을 새긴 석판에 해당하는 것은 큰 가르침을 주는 교회였다. 출애굽 과정에서 아론

3·1 사건으로 감옥에 다녀온 뒤 나는 다양한 활동을 했다. 말하자면 나는 반체제 인사였다. 문서를 읽고 있는 이는 서남동 씨다.

이 군중에게 도전받았을 때 야훼 신이 아론의 지팡이를 통해 정치 정당성을 인정해준 것처럼, 쿠데타 정권이 박해하는 인물인 김대중 씨가 국민에게 의로운 인물로 보였다.

다섯째, 나는 YH 사건으로 문동환·고은·서경석(徐京錫)과 함께 1979년 8월에서 12월까지 다시 구속되었다가, 우리가 첫 번째로 위반했다는 국가보위법 재판을 받지 않고 박정희 사후에 출옥했다. 내가 3·1 사건으로 출옥한 뒤 윤보선 전 대통령을 찾았을 때, 그분이 정부의 강경 정책 때문에 노동운동이 심상치 않다고 말씀하셨다. 윤보선 씨의 말도 그랬지만, 고려대 노동문제연구소 소장으로 있을 때 나는 이미 강경한 정권은 노동문제를 못 다룬다는 것을 예견했었다. 탄압하는 정권 밑에서 노동자가 고통을 겪는 것과 닮은 기독교 고사가 있다. 유대 나라의 위대한 왕이라는 솔로몬 사후 데모하던 군중이, "임금님의 부왕은 우리에게 무거운 멍에를 메웠습니다. 이제 임금님께서는 부왕이 메웠던 이 무거운 멍에를 가볍게 해주시고 심한 일을 덜어주십시오. 그래야만 우리는 임금님을 받들어 섬기겠습니다"(열왕기상 12:4)라고 한 요구를 후계자 왕이 거절하여 나라가 이스라엘과 유대로 두 동강이 난 일이다. 이때 두 동강이 나서 2차 세계대전 후까지 이어졌으니, 노동자 문제를 풀지 않은 정치의 폐단은 실로 크다.

이 시기의 아픔을 대변하는 소설은 《문학과지성》 1976년 겨울호에 게재된 조세희의 단편소설 〈난장이가 쏘아올린 작은 공〉이었다. 이 소설은 조씨의 다른 소설과 더불어 같은 제목으로 1978년에 문학과지성사에서 출판되었는데, 1986년까지 36쇄를 발행할 정도로 당대인의 심금을 울렸던 글이다. 이 소설은 난장이인 아버지와 어머니, 두 아들과 딸 하나로 이루어진 한 가족이 살던 무허가 주택이 헐리게 되자, 딸 영희가 그 집을 25만 원에 사서 45만 원에 팔아먹으려는 부자에게 몸을 버린 대가로 아파트 입주권을 얻어 오지만, 난장이 아버지는 동네 벽돌공장 굴뚝 속으로 떨어져 죽는 이야기이다. 주인공은, "우리의 조상은 상속·매매·기증·공출의 대상이었다"라고 말하며, 자기 집은 "천년을 걸려서 지은 집"이라고 말한다. 주인공의 형은 인쇄소 직공인데, 언제나 동생보다 생각이 깊은 괴로운 표정을 짓는 젊은이이다. 형의 공책에는 이런 글이 적혀 있었다.

폭력이란 무엇인가? 총탄이나 경찰 곤봉이나 주먹만이 폭력이 아니다. 우리의 도시 한 귀퉁이에서 젖먹이 아이들이 굶주리는 것을 내버려두는 것도 폭력이다. 반대 의견을 가진 사람이 없는 나라는 재난의 나라이다.

이 글에 이어서 형은 "누가 감히 폭력에 의해 질서를 세우려는가?"라고 적으며 17세기 스웨덴의 수상이었던 악셀 옥센스티르나가 아들에게 한 다음과 같은 말을 덧붙이고 생각을 적어나간다.

"얘야, 세계가 얼마나 지혜롭지 않게 통치되고 있는지 아느냐?" 사태는 옥센스티르나의 시대 이래 별로 개선되지 않았다. / 지도자가 넉넉한 생활을 하면 인간의 고통을 잊어버리게 된다. 따라서 그들의 희생이라는 말은 전혀 위선으로 변한다. 나는 과거의 착취와 야만이 오히려 정직하였다고 생각한다. / 햄릿을 읽고 모차르트의 음악을 들으면서 눈물을 흘리는 (교육받은) 사람들이 이웃집에서 받고 있는 인간적 절망에 대해 눈물짓는 능력은 마비당하고, 또 상실당한 것은 아닐까? / 세대와 세기가 우리에게는 쓸모도 없이 지나갔다. 세계로부터 고립되었기 때문에 우리는 세계에 무엇 하나 주지 못하고, 가르치지도 못했다. 우리는 인류의 사상에 아무것도 첨가하지 못했고…… 남의 사상으로부터는 오직 기만적인 겉껍질과 쓸모없는 가장자리 장식만을 취했을 뿐이다. / 지배한다는 것은 사람들에게 무엇인가 할 일을 준다는 것, 그들로 하여금 그들의 문명을 받아들이게 할 수 있는 일. 그들이 목적 없이 공허하고 황량한 삶의 주위를 방황하지 않게 할 어떤 일을 준다는 것이다.

일기를 쓰기 시작하다

나는 처음 출옥한 직후부터 일기를 썼는데 한동안 중단했다. 그러다 1979년 2월 21일부터 다시 하루도 빠트리지 않고 일기를 쓰기 시작했다. 3·1 사건으로 출옥한 뒤 일기를 쓰기 시작하기까지 약 1년 동안은 위에 적은 대로 주로 다섯 가지 활동을 한 것을 회상할 수 있으나, 구체적인 진전은 이 책을 쓰는 지금 재구성하기가 어렵다. 다행히 일기가 있기에 1979년 2월부터는 일기를 활용하고자 한다. 다만 교도소에 가 있을 때는 일기를 못 썼다. 종이와 펜을 안 주었기 때문이다.

나는 아침마다 화장실에 앉아 그 전날의 일을 거의 매일 썼다. 처음에는 공책에 적었다. 그러다 공책에 적으면 성명서라든지 자료를 끼워두기가 불편해 언제부터인가는 문방구점에서 파는, 셀로판지 속에 양면으로 자료를 넣는 면장철에 일기를 한 장씩 써서 넣기 시작했다. 일기를 모은 이 면장철을 장독 속에 넣어두면, 툭하면 조사 나오는 기관원의 눈을 피할 수 있었다. 그리고 투명한 셀로판지 속에 일기가 들어 있으므로 앞뒤로 쓴 것을 다 읽을 수 있었다(내가 일기를 쓴 지 이십 년이 넘었으니 면장철이 꽤 모였는데, 이 일기를 포함한 민주화운동 자료를 고려대 박물관 고문서반에서 달라고 해서 얼마 전에 그것들을 모두 박물관에 전달했다).

나는 왜 일기를 쓰기 시작했는가? "너 어디 있느냐?"라는 물음에 이 일기를 내놓기 위해서였다. 이 말은 엄청난 말이며, 거짓말일 수가 있다. 내 마음이 한순간에 경험하는 것을 적으려면 하루 종일도 모자라는 것이 글이

74. 6. 22 土

KL 002 자리는 L28-C 이며 시간은 오후 7시 4분
이다. 아까 7시에 떠나기로 되어있는데 아직 안 떠나
고 있다. 매차 승무원이 방송으로 한 번을 하며 알몸이
닫혀지고 있은들 아니라 engine 도는 소리가
난다. Belt는 다 잡그게 하고 있다. 엔진 소리
가 훨씬 커지고 있다. 비상용 救命服과 마스크의
사용법을 여자승무원이 앞에 서서 가르치고 있다.
시간은 7시 8분인데 아 이제는 떠나려는 듯 움직
이기로 한다. 비행기가.

11시 13분인데 아직 움직이고는 있으나 아직 뜨지 않고
고 있다. 16분이다. 두 sentence 사이인 3분간 동에
이 비행기는 활주로를 거쳐 상공에 올라가는 중이다
글을 쓸 정도로 안정된 상태에 놓여 있다. 20분
인 지금도 여전히 하늘로 올라가는 중이라고 느껴진다.

이렇게 해서 나는 떠나본다. 저쪽 창 아래로
딕계리 걸는 애선이 보인다. 왜 나는 이 비행기의
이륙을 초조히 기다렸을까. 그래서 아까, 8분의
틀린을 「아」라고 섰을까. 아무 애선(비행기가움직이기
이 미래다 보내로 내가 희까리는 시작한 교생가)
안카 희생으로서 선 딕계리선 잘 하는 좋은
교향을 떠나버린 말이다. 날라도 날라도
되돌아 올곳은 여기인데 왜 나르기를 바래야할까.
이런 무거운 마음의 동반은 무엇을 의미하는 설입까.

나는 감옥에서 처음 출옥했을 때부터 일기를 쓰기 시작했다. 사진은 1974년 6월 22일 일기의 첫 장이다.

므로, 일기라는 기록에는 고유의 제한성이 있다. 더욱이 나는 부끄러운 것을 일기에 다 적지도 않았을 것이다. 다만 나는 비록 부끄러움을 감추기는 했어도 부끄러움 속에서 최선을 다하고 싶었다. 당시 나는 복직을 하지 못하는 삶을 살고 있었지만 일기라도 쓰는 삶을 살고 싶었던 것이다. 나의 이 심정은 사인(私人)이 아니고 싶었다는 말로 표현할 수 있겠다. 한문자 '私' 자를 보자. 벼나 곡식인 '화(禾)'를 한 팔로 끼고 겨드랑이에 움켜쥔 모습인 사(厶)를 합한 글자가 '私' 자이다. 좀 아까 나는 하느님이 나에게 "너 어디 있느냐?"를 물었다고 썼는데, 하느님이 나에게서 찾는 사실은 내 위치가 사(私)인지, 공(公)인지였다.

다음은 기독교 신앙의 조상인 아브라함에게 아브라함의 사적인 근거인 아비의 집과 고향을 떠나라는 명령이 나오는 〈창세기〉의 구절이다.

> 네 고향과 친척과 아비의 집을 떠나 내가 장차 보여줄 땅으로 가거라. 나는 너를 큰 민족이 되게 하리라. 너에게 복을 주어 네 이름을 떨치게 하리라. 네 이름은 남에게 복을 끼쳐주는 이름이 될 것이다. 너에게 복을 주는 사람에게는 내가 복을 내릴 것이며 너를 저주하는 사람에게는 저주를 내리리라. 세상 사람들이 네 덕을 입을 것이다.(창세기 12:1~3)

이렇게 볼 때 나는 1973년에 처음 해직된 후 6년 만에야 이런 형식으로 공인이기를 바라는 마음이 생긴 듯하다. 독자들이여, 나의 늦은 깨달음을 용서하시라. 그런데 나는 왜 1979년 2월 21일부터 일기를 다시 쓰기 시작했을까? 그날 해직 교수들이 복직하는 방법을 두고 토론을 했기 때문이다. 돌이켜볼 때, 나는 고려대학교 교수직을 천직으로 생각했다. 나는 김대중 씨가 만든 정당에 가입한 적이 없다. 국회의원 공천을 주며 당의 부총재로 들어오라는 청을 거절했다. 정년이 거의 다 되었을 때 경기대 총장을 맡아달라는 부탁도 거절했다. 나는 고려대에서 세 번을 해직당하고 세 번을 복직했다. 복직 후에는 밤강의도 하고 여름방학에도 강의를 맡는 한 사람의 교사·교수직을 즐겼다. 나는 해직 교수들 가운데 목사 공부를 하시는 분들에게 서슴지 않고 교수가 강의가 없을 때는 강의 준비를 해야지, 목사 공부가 다 뭐냐고 말하곤 했다. 해직 교수가 목사를 하다가 다시 교수로 복직하는 것을 나는 못마땅하게 생각했다. 목사가 될 때 신 앞에서 선서까지 하면서 취임했으면서 다시 교수직으로 돌아가는 것도 문제이지만, 이러한 엄격하지 못한 마음을 갖고서 교수직을 택하는 것도 문제라고 생각했다. 내 경우, 첫 번째 출옥 후엔 교수직에 복직이 되지 않아 앞에서 말한 다섯 가지 활동을 했지만, 다행히 이 활동들이 내 공부를 심화시켰다. 반체제 지식인의 경험이 없었다면 나는 고려대 정년 일 년 전인 1991년에 출간한 《자전적 행정학》을 잇는 책들을 도저히 쓰지 못했을 것이다. 이 책들은 모두가 자전적인 내용을 담고 있다.

이제 첫 번째 출옥 이후의 분위기를 알 수 있는 한 사례로 우선 내 일기의 1979년 2·3월분을 간추려볼까 한다.

1979년 2월과 3월 일기

1979. 2. 21(수)

한완상 말이 노명식과 나를 뺀 고대 해직 교수 세 명은 곧 복직이 된다라고 한다. 한완상이 어디에서 들은 것을 노명식으로부터 확인했다고. 이 소식을 들을 때는 마음에 평정이 없었는데, 집에 오면서 기분이 안 나쁘다. 외로운 것이 오히려 긍지같이 느껴진다.

문득 제주의 김태현(金兌鉉), 당진 어느 병원에 취직했다는 김순경 의

사, 시인 고은, 박형규 목사의 부인인 조정하 여사 이 네 사람이 모여 앉아서 파안대소하는 얼굴을 그림에 담으면 좋겠다는 생각이 든다. 이들 얼굴의 공통점은 어린아이 같다 할까, 병신 같다 할까, 괴짜라 할까, 그리고 성인(聖人)이라 할까 뭐 그런 사람들이다. 이분들을 내 집에 모시고 식사 대접을 하고 싶다. 왜 나는 나만이 복직이 안 된다는데 이런 얼굴들을 머리에 떠올리는 것일까?

고은의 천관우(千寬宇)론을 듣는다. "3·1 사건 때 안 낀 것을 섭섭해 하고 있는데, 다만 감옥 가는 것을 두려워하더군." "나에게 중앙정보부 직원이 와 하는 말이 천관우는 끝난 사람이래. 술로 죽을 사람이고." "《동아일보》에 중앙정보부는 해체하라고 썼을 때는 천관우가 날렸는데……." 이 말을 들으며 구정 모임에서 천관우가 한 앞뒤가 안 맞는 말, 즉 "정치인이 끼는 성명서 서명은 안 하겠고 정치인을 기피하는 결벽증은 안 된다"는 말이 생각난다. 고민하는 천관우의 모습이다. 백낙청 교수는 다르다. "저는 약합니다. 그러나 이것은 하겠습니다"라고 말하는 이는 백이다. 나는 천관우를 나무라지 않는다. 그는 부상당한 장군이다.

1979. 2. 24(토)

새벽 6시 10분 김찬국 부인과 내 북부서 담당인 민병선 형사와 함께 광주고속을 타고 가 10시 개정하는 성래운(成來運) 교수 재판에서 2년 선고를 듣는다. 언젠가 수유리 아카데미하우스에서 교육철학자인 성 교수와 나 사이에 다음과 같은 대화가 오간 적이 있다.

이: 우리 교육자에게 박정희가 〈국민교육헌장〉이라는 것을 읽게 하는 것은 마치 일제 때 무슨 때면 천황의 〈교육칙어〉를 학생들이 듣게 한 것과 동일한 것입니다.

성: 이 빌어먹을 헌장을 들이받을 만한 교수 그룹이 서울에는 없고, 광주
　　에나 있겠죠.

　이 정도의 말의 오고 간 후에 우리는 헤어졌다. 그런데 부지런한 성 교수
가 어느새 광주에 내려가 전남대 교수들을 만나서 일을 벌여, 전남대 교수
들이 박정희의 〈국민교육헌장〉을 비판하는 성명서를 내서 긴급조치 9호로
잡혀가는 큰일을 만드셨고, 그도 긴급조치 9호 위반으로 구속되었던 것이
다. 방청객이 많아야 30명이다. 재판이 11시쯤 끝났다. 석 달 전 일인데,
12·12성명서를 문동환이 내자는 것을 이곳 광주의 재야 사람이 거절했고,
또 박만철 가족에게 매달 1000원을 모으자는 것도 그곳에서 따로 이미 하
고 있다고 거절당했던 야속한 생각이 난다. 재야 친구를 찾을까 하다가 재
판에 배석한 두 사람 판사를 나는 찾는다.
　"형량이 2년이라는 작은 양이 문제가 아닙니다. 무죄를 못 내린 것이 문
제입니다."
　"긴급조치 9호의 재판을 맡으면 법원 분위기가 막 적적해집니다."
　"이런 재판은 제발 안 걸렸으면 좋겠습니다."
　"저희는 다 정규 교육을 받은 사람들입니다. 그런데 이게 뭡니까. 우리에
게도 고민이 있습니다."
　이상이 두 판사로부터 들은 의외의 말이다. 나는 판사의 봉급을 민 형사
에게 묻는다. 박봉이다. 이렇게 체제 내 사람이 흔들리는 기미가 보이는데,
서울서 왔다고 섣불리 광주에 계신 분들을 찾지 않기를 잘했다는 생각이
든다. 박만철 가족에게 내가 한 행위도 지나친 행위일 수가 있고, 오늘 재
판한 성래운 교수만 해도 광주의 자율성을 해친 행위일 수가 있다는 생각
이 든다. 이런 생각을 하니 내 마음이 엄숙해진다. 따라서 광주 법정에 와
서 엄숙한 마음을 갖고 서울로 돌아서는 내 심정은 내가 오늘 제일 먼저 법

정에서 느꼈던 순간과 같다는 생각이 든다. 나는 아까 법정 의자에 앉자마자 하느님께 기도를 혼자서 드렸던 것이다.

1979. 2. 25(일)

저녁 5시 반경 민 형사를 대동하고 동일방직 똥물 사건 1주년 기념 모임에서 강연하기 위하여 동인천 답동성당에 간다. 형사들이 쫙 깔려 있다. 한 형사가 나에게 온다. "이 교수님입니까?"라고 묻는다. "그래요"가 내 대답인데, 나를 안 잡는다. 형사들이 집회에 오는 청년들을 되돌려 보낸다. 강당이 아름답다. 나는 이 비슷한 아름다움을 76년 3월 1일의 명동성당에서 느꼈다. 강당에 청중이라고는 한 사람도 없고 기관원만이 건물을 포위하고 있다. 경찰과 청중 사이의 옥신각신 끝에 행사를 못 한다. 구내에 들어와 있던 구속자 가족들을 포함한 40, 50명과 함께 전철역을 향해 걷는다. 길이 길 가는 이로 혼잡하고, 지하상가도 길다. 이런 데서 노래를 부르고 유신헌법 철폐를 외친다. 나는 이런 일을 잘 못했고, 거의 뒤쪽에서 쫓아간다. 문익환 목사 부인인 박용길 장로가 다칠 뻔했다. 형사들이 발로 들이찼으니까. 내가 부축해 일어서게 하고 "괜찮으세요?"라고 묻는다. 형사에게 따지지도 못하는 나에게 박 장로님은 넘어진 탓이 꼭 형사들에게 있지는 않다고 말씀하신다. 나는 마음에 걸린다. 전철 안에서 내 옆자리에 앉으신 박 장로님이 명랑하시다. 박 장로님이 명랑하시기에 나는 더 마음에 걸린다. 형사를 못 꾸짖은 나의 연약함이 자책이 된다.

1979. 2. 26(월)

현영학 교수가 명예 박사학위 받는 이화여자대학교 리셉션에 간다. 현 교수는 기독자교수협의회의 회장을 지낸 현직 교수이며 나를 교수협의회 회장 직을 유임케 한 분이다. 여러 사람을 만난다. "창피하게 왜 왔느냐?"가 그의

말인데, 나는 서남동 같은 근사한 말대꾸를 현영학과 못 한다. "나는 감옥에
라도 갔다 왔지만 당신은 뭘 했다고 박사학위요?"가 서 교수의 말이다. 서광
선이 현영학을 가운데 놓고 김찬국, 서남동, 정상복, 서광선, 나 이렇게 둘러
서 사진을 찍으려는데 오재경이 합세하려고 한다. "이런 악당들과 사진을 찍
으면 어떡하려고 그러세요?"가 서광선의 오에 대한 말이다.

　135번 버스를 타고 원효로 함석헌 선생 댁에 간다. 〔일기에는 왜 갔었는지
가 안 씌어 있다. 짐작건대 삼일절 60주년 기념으로 나오는 성명서 때문이었던 것
같다.〕 몇 번을 갈아타고 집에 온다. 구청장이 와서 날보고 구 자문위원이
되어달란다. 거절한다. 크리스찬아카데미에서 삼일운동에 관한 세미나가
있으니 오라는 독촉을 받고 나간다. 오늘의 기독교가 삼일 정신을 잇기 위
하여 교육의 필요성이 제기된다. 나는 교회 갱신과 종교개혁을 말한다. 사
회자 김정준 한신대 학장이 이미 초안해 온 성명서를 통과시키고자 한다.
나는 미리 누군가가 정해갖고서 나오는 비민주주의가 싫어서 시간을 두고
하자고 말했지만 통하지 않는다.

1979. 2. 28(수)

　내일의 삼일절 행사를 재야인사가 못 하게 형사들이 미리 준동하는 날이
다.《기독교 사상》에 가는데 민 이외에 정보부 수사국 직원이 따라온다. 정보
부 이진우 말이 "내일 무엇이 있는지 감이 안 잡혀요. 외신 기자들이 서울에
많이 와 있어서 덮어놓고 여러분을 연금할 수도 없어요"라고 실토한다. 저녁
에 민 형사가 또 온다. 현아가 〈1812년〉이라는 곡을 튼다. 슬프게 듣는다.

1979. 3. 1(목)

　집 밖에서 형사들이 자가용차를 대기하면서 나를 못 나가게 지키고 있
다. 김대중, 함석헌, 윤보선 세 분 댁도 연금당했단다. 북부서 관할에 15명

이 연금이란다. 이날 재야인사가 모이지 못했지만 삼일운동 60주년에 즈음한 민주구국선언이 나왔고, 이 선언에 따라서 '민주주의와 민족통일을 위한 국민연합'(약칭 국민연합)이 결성된다. 의장이 윤보선, 함석헌, 김대중이다. 국민연합에 동의하는 사람들의 명단이 안 밝혀지고 개신교, 가톨릭, 학자와 교수, 언론인, 문인, 법률가, 노동자, 농민, 정치인, 양심범 가족, 여성운동가, 민주 청년, 민주 학생 그리고 기타 민주 시민이라는 14개 분야만이 적시된다. 국민연합의 발족과 이 발족이 근거한 선언에서 보이는 특징은 다음과 같았다.

1. 회의 이름에서 보듯 "오직 민주 정부 아래서만 우리는 국민의 참여와 지지 아래 성공적인 통일 논의를 할 수 있다"는 입장이다.

2. 1976년의 민주구국선언에서와는 달리 국민을 민중이라는 말로 표현하고 있다. 예를 들어 "그들은 냉전 논리를 무기로 하여 민중적 자유와 권리를 말살하고, 민주제도를 거부해왔다"라는 글에 민중이라는 말이 보이며, 냉전 논리라는 좀 더 민중주의적, 즉 'populism'적 언어가 보인다.

3. 1976년의 민주구국선언 때와는 달리 명성가들의 이름이 아니라 국민연합이라는 이름이 등장한다.

1979. 3. 2(금)

KNCC의 '교회와 사회 위원회' 통일에 관한 기초 위원들과 중앙정보부 사람들과의 예정된 모임을 12시 30분부터 14시 30분까지 신라호텔 23층에서 갖는다.

〔당시 KNCC '교회와 사회 위원회' 간사였던 손학규가 간추린 토의 내용을 다음에 옮긴다. 회의는 정보부 측 전재덕 차장의 대략 다음과 같은 요지의 인사말로 시작된다.〕

전재덕: 한국의 정치적 상황은 다음 네 가지 요소에 의해 특징지어지고 있다. 1) 남북 분단과 2) 경제 발전의 과제를 안고 있으며 3) 민주적 전통이 일천하며 4) 지정학적 특수성을 지니고 있다. 이러한 특수성에 의해 한국은 항시 준전시 상태하에 있으며, 이 때문에 1) 참여의 과잉에서 오는 혼란이 항시 우려되고 있으며, 2) 도덕적 기준과 정치적 기준이 상이할 수밖에 없다. 남북대화를 정권적 차원에서 한다는 논의도 있는 것으로 알고 있으나 이는 전혀 민족적 차원에서 전개되고 있지 않으며, 각기 정치권력을 대표하는 당국 간에 이루어져야 하고 이런 의미에서 창구의 다원화는 불가능하다.

전재덕 차장의 인사말이 끝나고 회의를 어떻게 진행할 것인가에 관해 가벼운 말을 주고받던 중 전재덕 차장이 정홍진 국장에게 잘 설명해주라고 하면서 탁구(단일팀 구성 문제)는 어떻게 되어가냐고 묻자,

정홍진: 얘기 서너 번 하겠죠.
한완상: 본제에 들어가기 전에 한마디 하겠다. 나를 방범대원을 시켜서 지키게 하고 연금해 가두어놓았다. 정부가 우리를 도둑놈 대하듯 하는 원시적인 대처를 하고 있다.
이문영: 교사위에서 남북대화에 관한 성명서 기초 위원으로 위임받아 이를 위한 의문점 등을 묻기 위해 만났다. 두 가지 방향, 1) 통일 논의와 민주주의와의 관계, 2) 당면 문제 중심 해서 묻겠다. 현 정부는 안보와 통일 논의를 구실로 그간 통치를 해왔다. 남북 공히 민주주의는 안 하고 어찌 통일 논의 데땅뜨를 하겠는가.
구체적으로 문제점을 제기하면, ㄱ) "무조건" 대화를 하자고 했는데 "무조건"과 민주, 통일과의 함수 관계는 어떠한 것인가?

ㄴ) 당사자 문제에 있어서 이쪽이 민주화되면 상대방이 누구이건 간에 이쪽 문제는 해결될 것이다. 여기서 만들어놓은 헌법조차도 존중하지 않고 있다. 이쪽 대표 중 통일주체국민회의 대의원이나 통일원에서 나온 대표조차도 들어 있지 않다. 민관식 씨는 국회의원 선거에서 2등으로 당선된 사람이며 함병춘 씨는 미국 스캔들에 관련된 사람이다.

ㄷ) 7·4남북공동성명서에 "이념과 체제를 초월한다"라고 되어 있는데, 이렇다면 민주주의에 대한 보장이 없는 것 아닌가.

ㄹ) 전쟁 방지의 보장이 요구된다.

정홍진: 남북대화에 대한 기본적 인식, 가정이 틀리다. 대화의 기본 목적은 전쟁 방지에 있는 것이지, 당장 통일을 모색하자는 것이 아니다. 즉 대화 과정에서 전쟁 도발이 안 되지 않겠느냐는 발상이다.

지금은 구체적인 교섭의 대상이 없는 것이다. 남북의 특수성인 지독한 적대 관계에서 대화로 가는 중간 단계로서 구체적인 문제는 다음 단계로 넘어가서, 예를 들면 불가침협정 등을 논의할 수 있을 것이다. 즉 지금의 대화는 분위기 성숙의 중간 단계의 추구인 것이다. 그렇다면 성과도 없는 단순한 '만남'만 가지고 왜 떠들썩하는가? 북에서 소위 '조국통일민주전선' 대표의 파견을 고집하는 이유는 어디에 있는가. 김일성의 국민 교육은 두 가지 측면에서 파악할 수 있다. 즉 남한, 그들이 말하는 '조선민주주의인민공화국'의 '남반부'에는 한 줌의 권력 집단과 나머지 3600만의 탄압받는 국민이 있다. 따라서 이 억압받는 3600만 '인민'을 '해방'시켜야 한다는 증오심과 사명감이라는 두 가지 측면이다. 따라서 '조국통일민주전선'은 통일을 위한 범조선적(남북 통틀어) 기구라고 주장하며 이를 통해 논의가 이루어져야 한다는 주장이다. 당국이 당사자로 나온다는 것은 공존을 인정하는 것이고, 따라서 분단을 고정화하는 것이기 때문에 안 된다는 것이다. 박 대통령의 1·19 제의를 자세히 살펴보면 당국자라면 무조건 만나자고 한 것이지 덮어놓고 무조건 만나자고 한 것이 아니다. 당국 간에 대화하자는 것은 적대, 조절이라는 특수 관계 및 평화 공존의 조건이 붙는 것이다.

민관식 씨나 함병춘 씨의 남북대화의 대표 자격 문제는 그 사람들을 어떻게 조절위원으로 임명했느냐는 인사 문제로는 제기할 수 있으나, 그 사람들이 어떻게 남쪽을 대표할 수 있느냐는 문제로 제기될 수 없다. 예를 들자면 양쪽 집안에서 각기 아들을 내세워 만나자고 했으면 그 아들이 술주정꾼이건 난봉꾼이건 간에 그쪽 아들로 나오는 데 이쪽에서 문제 삼을 수 없는 것과 마찬가지다.

조절위원회를 확대 개편할 수는 있다. 예를 들면 정계, 노동계, 종교계 대표들을 포함시킬 수도 있고 그때가 되면 통일주체국민회의 대표도 넣을 수 있다. 이번에 저쪽 '조선' 대표들을 만난 것은 저쪽의 조절위가 나오도록 전달해주는 연락자로 간주해서 만나는 것이다.

이문영: 정부의 통일 의지를 어떻게 믿을 수 있느냐?

한완상: 정부의 통일에 대한 자세는 불신을 받을 만하다. 이번 남북대화 문제가 제기된 이후 정부는 온갖 매스컴에 '예스 맨(Yes Man)' 교수를 동원해서 북을 헐뜯으며 부정적인 면에서만 선전을 하고 있으니, 이것은 대화를 안 하자는 얘기가 아니냐. 대화를 하려는 당국의 성실성이 의문스럽다.

대화를 통한 전쟁 억제 정책은 이북 공산주의를 잘못 본 것이 아닌가. 당사자 문제만 하더라도 우리 국민의 의사와 조절위원의 성격을 저쪽이 잘 알고 있다. 조절위의 확대에 있어서도 우리 나름의 원칙이 있어야 한다. 불신에서 파생되는 문제는 큰 것이다. '조절'은 당국으로 볼 수 있는 것인가?

전재덕: 헌법 문제에 있어서 이상적인 헌법을 갖느냐, 현실에 맞는 헌법을 갖느냐 하는 문제가 있으나 우리는 이상적인 헌법을 갖기 위해 나가는 과정에서 현실에 맞는 헌법을 채택하고 있는 것이다. 더불어 안보와 자유의 가치를 놓고 자유에만 치우치려는 경향도 있다.

강문규: 우리가 안보를 제쳐놓고 자유라는 가치만을 고집하는 게 아니다. 통일에 관한 대 이북 입장은 국론 통일이 되어 있다. 선통일·후민주는 못 받아들인다. 오히려 7·4공동성명 제3항의 '이념과 체제를 초월'한다는 말은 이북의 입장이 아니냐. 국제 여론에서는 논리의 고지를 점해야 할 것 아닌가?

정홍진: 불신의 문제에 대해서 말하면, 유신체제는 북과의 대결에서 필요한 체제이지(국내용이 아니다) …… 남북대화의 성과가 없다고 말하는데 성과가 있다면 있다. 전쟁이라는 대결에서 교섭 대상을 가질 수 있는 회담이 되려면 중간 단계가 필요한 특수성이 있는 것이다.

7·4공동성명 7항 말미에 보면 "서로 상부의 명을 받들어" 이후락과 김영주가 서명한 것으로 되어 있다. 각기 최고 통치자의 직함을 밝히지 못하고 상부라고 막연히 표현할 수밖에 없는 특수성이 있는 것이다.

'조전'의 1·23 성명은 박 대통령의 1·19 제의에 대한 응답으로 나온 것이 아니다. 작년 이른바 그들의 9·9절 김일성(남북 정치 협상)을 구체화하기 위해 1·23 성명이 나온 것으로, 원래 1월 25일 발표될 것으로 예상했었다. 1·19 제의에 대해서는 응답이 없을 것으로까지 생각했다.

1·23 이후 우리가 '당국' 나오라고 하니까 박성철이 'endorse'를 한다든지 그들의 '조전' 성명에 그들의 소위 '조선인민공화국'을 운

위하는 등 궤도 수정을 가한 것이다. 저쪽에서는 '부' 자를 가진 직책이 세다. 조민당 부위원장은 노동당원으로 노동당에서 파견한 사람이다.

'조전'도 실질적으로 노동당의 하수 기관이지만 형식논리로는 노동당이 '조전'의 하나의 구성원으로 되어 있다. 이창선은 내각의 장관이다. 당국이 나오면 공존이 된다.

이문영: 굳이 당국을 강조할 필요가 있을까?

이재정: 통일에 관한 국민의 의사의 광범위한 통일이 요구된다. 국내의 정치적 불만 요소를 제거하는 것이 필요하다. 작년까지는 안보라는 명분으로 통치하더니 금년부터는 통일 문제로 국민을 통치하려는 인상으로, 통일 문제를 국민의 운동이 아니라 관 주도로 해나가고 있다. 국민 전체의 신뢰를 획득해야 할 것이다.

통일 문제나 남북대화 문제에 대하여 우리 정부 쪽에 일관성이 없다. 탁구에 관한 기사가 난 같은 날 같은 신문에 '북괴', '북한'이 혼용되고 있다. 남·북한 단일 탁구 연맹의 가능성을 물어보자는 말은 단일팀 구성을 안 하겠다는 쪽으로 유도하려는 것이 아니냐?

국민의 의사를 집합할 수 있는 정치적 상황의 변화, 예를 들면 긴급 조치 해제들이 있어야 하지 않겠는가?

이문영: 두 번의 국민투표도 계엄령하에서 행했다.

한완상: 통일 문제에는 전문가가 따로 없다.

정홍진: 통일 문제라고 하는 데 혼선이 있다. 우리 대표의 자격을 따지는 것은 위험한 일이다. 저쪽을 따지자면 한이 없다. 저쪽에서 받아들일 수 있는 사람으로 내놔야 한다는 견해는 위험하다. 이쪽에서 어떤 사람을 내보내면 그 사람들이 저쪽에 말려들어 갈 것 같아서 광범위한 참여를 안 시키는 게 아니다. '대민족회의'는 김일성이가

의장을 하자는 뉘앙스이기 때문에 안 된다.

강문규: 남북대화에 있어서 우리가 국제적으로 이니셔티브를 장악해야 한다. 저쪽이 말하는 대민족회의도 말이 안 된다. 그러나 대화로 통일은 안 되고 긴장 완화만을 꾀할 수 있다는 식의 방어적인 자세만으로는 우리의 형식논리가 제3자에게 (국제적으로) 명분은 약하다. 또한 국민적인 납득은 가야 하지 않겠는가?

정홍진: 형식논리상 국제적으로 명분이 약한 점이 있는 것을 솔직히 시인한다. 이것이 회담 전략상 가장 큰 고충이다. 조절위원회는 2월 17일에 한다고 제의하니까 저쪽에서는 우리를 조통을 위한 연락 대표로 간주하겠다고 나섰고 우리 쪽은 그렇게 간주할 수 없는 데 고충이 있는 것이다.

조절위원회는 공포되어 있는 것이고 저쪽 부위원장은 조명일이다. 2월 17일 회의에 명분상으로 안 가야 된다. 그러나 도망가는 인상을 줄 수도 없어서 만나서 거절하는 전략을 세웠다. 국제적인 여론의 극복을 위해 어쩔 수 없는 것이다.

저쪽은 유장식 등이 남북조절위 책임을 지고 실각했으며 조절은 김일성만이 할 수 있는 것이다. 당국이 나올 때만 변화를 기대할 수 있고 현재 저쪽에서 나오는 대표에 상응하는 대표단 구성만을 연구 중이다.

남북조절위가 깨진 것은 사실은 6·23 선언 때문이었다. 남·북한 동시 유엔 가입=공존이 통일이라는 원칙에 어그러지기 때문에 저쪽에서 거부한 것이다.

대표(이후락 씨)의 성격 문제는 단지 표면적인 명분에 불과했다. 저쪽 조절위원장 김영주는 저쪽에서 선출한 것이 아니라 이쪽에서 지명한 것이다.

7·4공동성명 중 '이념과 체제를 초월하여' 하는 말은 이념과 체제를 우선 '덮어두자'는 뜻을 그렇게 표현한 것이다. 저쪽에서 제기하는 반공법, 정치범 문제 등을 일단 덮어두고 넘어가게 하자는 데 이쪽의 의도가 있었다.

대화와 국내 정치는 독립적인 변수로 놓아야 한다. 지금 하고 있는 것은 통일 문제 논의가 아니다. 우리의 통일 정책은 첫째 불가침협정을 체결하고, 둘째 교류를 통해 상호 신뢰를 회복하고, 셋째 인구 비례에 의한 선거를 하도록 하는 것이다. 이 세 번째 단계에 가서야 국민의 논의가 바람직하다. 그 이전 단계에서는 국민적 합일은 비현실적이다.

한완상: 통일 문제에 관한 국민적 컨센서스(consensus)는 있다. 고려연방제의 내용은 어떠한 것인가?

정홍진: 자문기구를 두는 것을 배제하지 않는다. 고려연방제의 내용은 대민족회의를 발전시킨 것이다.

강문규: '연방'이면 쳐 내려와도 '내란'이 되는 것이다. 체제가 다른데 '연방'이 어찌 가능한가?

정홍진: 부탁이 있다. 통일, 대북 문제에 관한 한은 (사회)단체에서 공개적으로 말할 성질이 아니다. 그 이유는 일반인들이 이 문제에 관해 정확을 기할 수 없어서 위험하다. 이는 지금까지의 반공 정책의 죄과이기도 하다(공산권 정보의 통제 등).

이문영: 일반인들이 통일 문제에 관여해서는 안 된다는 말은 모순이다. 그렇다면 어떻게 '천만인 서명운동'을 받을 수 있는가?

정홍진: 모순이라면 모순이다.

전재덕: 다시 말하거니와 도덕적인 가치 기준과 현실적인 가치 기준이 다른 것, 즉 가치 상대주의를 인정해달라.

공식 대화가 끝난 후,

강문규: 성명은 내야 하겠다. NCC가 성명을 안 내면 지하 성명이 나간다.
정홍진: 내더라도 사전에 협의를 하자. 잘못하면 반공법에 걸린다.

질문 요지

1. 남북대화에 대한 정부의 성실성 여부
2. 통일 문제에 대한 전 국민적 참여 및 국민에 대한 신뢰
3. 민주주의에 대한 보장 및 국내 정치의 민주화
4. 통일 문제에 대한 국제적 입장의 강화
5. 대표의 자격 문제

답변 문제

1. 남북대화의 기본 목적은 평화 공존을 통한 전쟁 방지에 있다. 현 단계에서 통일을 목표로 하는 것이 아니다.

2. 평화 공존을 목표로 하기 때문에 회담 당사자가 양쪽 당국이 되어야한다. [1970년 대선에서 김대중 후보가 낸 4대국 보장론에 대한 반작용으로 7·4 남북공동성명을 했고 그 연장선상에서 한 얘기다.]

3. 형식논리상 국제적으로 우리 쪽의 명분이 약한 점을 솔직히 시인한다.

4. 남북조절위원회의 파탄 원인은 6·23 선언(남북한 동시 유엔 가입안) 때문이었다.

5. '조국통일민주전선'의 1·23 성명은 박 대통령의 1·19 제의에 대한 응답이 아니라 기왕에 예정된 것으로 이쪽에서는 저들이 1·25 성명을 발표할 것으로 예상했다.

6. 통일과 국내 정치는 독립변수이다. 유신체제는 북과의 대결에서 필요

한 체제이다.

7. 통일 문제, 대북 문제는 일반인들의 취급 사항이 아니다. 정확을 기할 수 없기 때문이고, 이는 지금까지의 반공 정책의 죄과이기도 하다.

8. 도덕적인 가치 기준과 정치적·현실적 가치 기준의 차이를 인정해야 할 것이다.

〔이상은 손학규가 간추린 내용인데 그의 솜씨가 훌륭하다.〕

대화를 끝내고서 김관석 KNCC 총무 말이 이 대화를 정보부가 시도한 목적은, 미국 카터 대통령이 방한할 때 카터가 현 정권에 불리한 말을 하면 북쪽으로 붙어버리겠다고, 미국을 위협하려는 용도 같다고 말한다. 후술하는 문맥에서 볼 때에 김 총무의 말은 통일에 관한 성명서가 나간다는 정보를 정보부가 알게 한 책임을 면하자는 말이다.

강문규가 "오늘 발언의 히트는 회의 시작에 한 한완상의 말과 통일 문제는 비밀을 요하므로 성명서는 안 냈으면 좋겠다는 정의 마지막 말에 이문영이가 그렇다면 왜 10, 20명도 아닌 천만 명 상대의 통일꾼 서명을 받고자 하느냐는 말에 저쪽이 말을 못 한 것이다"라고 말한다. 회의가 끝나고 나오면서 정홍진이 강문규 보고 성명서 나온 것을 외부에 내기 전에 안 보여주면 반공법을 걸겠다고 위협했는데, 이 정의 말이 정보부가 회의에 응한 목적으로 보인다. 따라서 아까 김관석 총무가 한 말은 거듭 말해서 성명서를 낸다는 정보를 노출한 책임을 덮으려는 말이다. 민주화운동의 제1조는 이쪽의 정보를 저쪽에 안 빼앗겨야 하는 것인데 성명서 낸다는 정보를 저쪽에 빼앗긴 것이 바로 문제이다. 회의 끝내고 나오면서 한완상이 뼈 있는 말, "김 총무는 자기 후임에 똑똑한 이가 오도록 신경을 써야지, 김 총무가 다음 자리로 어디에 들어갈까를 신경 써서는 안 된다. 손학규는 유학 가려고 신경을 쓰고 있다. 강문규는 왜 저쪽의 비위를 맞추는가?"를 말한다. 〔독재 치하에서 기독교 단체의 장 자리를 지킨다든지 유학 가는 여권을 받기는 극히 어려운 일이었다.〕

나는 "오늘 저쪽이 제일 싫어한 말을 한 사람이 성명서의 기초 책임자가 됩시다"라고 말한다. 이때의 내 말은 내가 오늘날까지 갖고 있고, 하고 있는 말이다. 마치 운동 경기에서 선수들이 뛰어야 하는데 선수를 뒷바라지하는 관리자가 선수들이 차지할 영광을 차지해서는 안 된다는 생각이다.

언젠가 KNCC 회의에서 나오면서 문익환 목사가 날보고 "우리는 하느님께서 먹이십니다"라고 말했던 생각이 난다. 민주화운동을 통해서 열매를 따는 이가 선수가 아니고 관리자가 됨을 염려한 말이었다. 나는 이 말에 동의했다. 그렇다고 선수인 내가 열매를 따자는 것은 아니고 선수는 경기가 끝났으면 자신의 고유직으로 복직해 돌아가야 한다는 것이다. 나는 교회협의회에 참석했던 목사도 또 다른 행정직을 맡아 나가는 것이 아니라 비록 초라한 농촌 교회의 목사로라도 나가야 한다고 생각한다.

며칠 전인 2월 21일 일기에 나의 이 집념을 적고 있다. 나라의 주인은 명성가가 아니라 주권자여야 한다. 현대가 겪었던 4대 혁명 중 프랑스와 러시아의 두 혁명과 영·미 두 나라 혁명의 차이점을 비교한 크레인 브린턴 (Crane Brinton)의 책 《The Anatomy of Revolution》(Engleword Cliffs, 1957)이 이 점을 밝힌다. 영·미 두 혁명은 성공했지만 프랑스·러시아 두 혁명은 실패했던 것이다. 나는 차기벽의 번역서로 이를 읽었다. 혁명을 했던 사람들은 혁명 후 제자리로 가서 그간 움츠리고 있었던 국민 일반이 주권자로 활성화했던 나라가 영·미이며, 혁명가 뒤에서 혁명가를 조정해 살아남은 자가 정권을 차지한 나라가 프랑스와 러시아라는 것이다. 왜 〈하이 눈〉인가 하는 서부 활극에 있지 않은가? 악한을 처치했으면 악한이 없는 현지는 현지의 그곳 국민에게 맡기고 영화의 주인공은 그곳을 떠나야 한다.

1979. 3. 5(월)

3일 토요일 저녁의 괴산군 대성교회에서의 연합 예배, 4일 일요일 연풍교회에서의 삼일절 60주년 기념 예배, 그리고 오늘 있었던 김대중과의 대담 중 연풍 예배를 쓰고 싶다. 내가 설교자인 개체교회에 약 200명의 예배 인원이 모이는 삼일절 60주년 기념 예배에 면장, 초등학교장, 유신정부의 대의원, 지서장, 정보부 이병대가 출석한다. 이런 사람들을 불러 모은 문영학(文榮學) 목사가 놀랍다. 예배 후에 본 교회 뜰에 있는 느티나무가 아름답다. 느티나무 아래에서 충북대생 교인들과 대담을 한다. 이렇게 충북대생을 포함한 200명의 인간과 연풍교회라는 교회와 면장과 경찰서장과 같은 관청이 함께 어울려 사는 그림이 바로 내가 꿈꾸는 그림이다. 〔이 그림을 그린 책이 그 후 22년 후에 쓴 내 책《인간·종교·국가》이다.〕

1979. 3. 11(일)

괴산 연풍교회에서의 설교와 삼일절 국민연합 발표문을 조사한다고 북부서에 끌려가 2박 3일간을 지내고 밤 아홉 시경에 귀가한다. 이런 일을 마치고 아홉 번째로 집에 돌아오는 나를 어머니가 여유 있게 문을 따고 나오시며 맞아주신다. 집사람이 경찰의 과장과 계장에게 "들어와 차라도 드시고 가세요" 한다. 감옥에서 내가 5급 담당 직원에게 깍듯이 대해주던 심리와 집사람의 심리가 같다고 생각한다. 이들은 악한 통치 체제 밑에 있는 한낱 하수인들이다.

사흘 중에 고려대 해직 교수인 김윤환 교수가 복직되셨다고—2월 21일에 논의가 이루어져서—인사 오셨다고 한다. 정부는 사흘 중에 나를 금요기도회, 토요일의 전주 집회, 그리고 오늘의 인천 집회에 못 가게 했다. 그러나 나는 저쪽의 심문을 거절했고, 집중해서《문학과지성》과 이기백의《한국사신강》을 읽었다.

1979. 3. 14(수)

송건호, 정상복, 홍 모(某) 대학생하고 서부서 정보과장실에 잡혀간 조성우를 만나러 간다. 공덕귀, 이우정, 한완상, 이경배가 이미 와 있다. 어디에선가 전화를 받더니 정보과장 말이 조성우 조사가 안 끝났기에 우리는 조성우를 면회할 수가 없다고 말한다. 나는 "조 군과의 면회를 못하게 되면 조군의 생사를 확인하지 못 하게 되었군요"라고 말한다. 우리를 면회 안 시키면 조군의 생사를 모른다고 말하게 된다는 위협의 말이다. 이 말을 정보과장이 듣고도 저쪽은 이미 면회 불가 방침을 세웠던 것을 변경하지 못한다.

이 자기가 한 말을 못 바꾸는 통치 체제의 불융통성이 현실 정치에서도 보인다. 내일 새 국회가 개원 못 하는 것이 유정–공화원들의 불융통성 때문인 것이 그것이다. 즉 신민당은 국회의장을 유정회 출신으로 뽑는 것을 저지하고자 하니 여당은 아예 국회 개원을 않겠다는 것이다. 같은 상황의 설명을 이왕이면 '이미 이룩한 대화 분위기를 깰 수가 없어서 개원을 늦춘다' 정도로 여당이 말해도 좋으련만 반대한다고만 말한 것이 답답하다. 〔이날 일기에서 나는 처음으로 현실 정치에서 신민당이 움직이는 것을 유의미하게 보았다.〕

1979. 3. 23(금)

기독교빌딩 복도에서 손학규를 만나 통일에 관한 성명서가 어떻게 됐는가를 묻는다. 손 말이 김관석 총무에게 물으란다. 이 말은 KNCC 총무가 쥐고 있다는 뜻이다. 한편 김덕재 목사가 "29일날 땅굴 구경 가는 데 오세요"라고 말한다. 나는 곧 "총무가 CBS 방송국 사장으로 가면 갔지, 왜 통일에 관한 성명서는 깔고 있고 땅굴에 왜 가나?"라고 말한다. "땅굴 가는 것은 총무 생각이 아니고 인권위원회 생각이라오"라고 김덕재 목사가 발뺌을한다. 나는 마침 프로젝트 위원회가 모이는 6층 방 앞에서 인권위원회의 이경배 총무를 만난다. 이경배는 자기는 땅굴 가는 것을 모른다고 말한다. 이경배와의 얘기를 들으면서 김관석 총무가 지나간다. '사모아' 식당에서 프로젝트 위원들이 점심 식사로 모인다. 주문한 음식이 들어오기 전에 김 총무가 "땅굴을 가는 것이 좋다고 나는 생각해요"라고 말문을 연다.

> 나: 그렇잖아도 김덕재 목사가 날보고 가자는데, 나 개인이 아니라 인권
> 운동을 어떻게 보기에 가자는 거예요?
> 김 총무: 못 갈 것이 뭐예요. 가면 가죠.
> 나: 지금이 어느 때인데 할 일이 없다고 아직 통일에 관한 성명서도 못
> 내고 있으면서 중앙정보부 차를 타고 땅굴 구경을 가요?
> 김 목사: 나는 본 적이 있는데 또 가요.
> 나: 땅굴을 사랑하면 한 번 아니라 열 번도 가는 거죠. 그러나 이 일은 공
> 적인 일이고 공적으로 볼 때에 늙은 목사들을 몰고 가는 것은 독재
> 치하에서 최선을 다하는 제스처로 이해가 가지만 인권운동 하는 이
> 들까지도 끌고 가는 것은 잘못이에요. 총무 일을 똑똑히 해야지, 그
> 게 뭐예요?
> 김 총무: 개인적으로 만나서 얘기합시다.

CBS 방송국 사장으로 옮겨 앉고자 정부의 비위를 맞추며 김 총무가 흔들리고 있다. 언젠가 회의에서 정부에 유리한 발언을 한 목사가 회의가 휴식할 때 기록자보고 자기 말을 기록해 꼭 써달라고 말했던 생각이 난다. 그는 그 후 기독교서회 총무로 옮겨 갔는데 이렇게 정권에 대한 충성을 표시해서 중앙정보부의 협조를 얻고자 했던 것이다. 김병걸 해직 교수는 이번에 정보부의 배려로 복직한 교수들은 배신자라고까지 말했던 생각이 난다. 수요일 밤에 강원용 목사가 "아카데미 뒤에는 서독이 있어요"라고 말한 생각도 난다. 나는 외국 교회 돈으로 유지되는 KNCC, CBS 그리고 크리스챤

아카데미 등을 생각하면서 내 어머니가 가끔 하셨던 말씀인 "기독교인이 선교사 돈을 먹는 사람치고 잘된 사람은 못 보았다"를 생각했다. 또한 나는 어두운 징조를 느꼈다. 즉 민주화의 승리가 꽤 오래 유보될 것이며, 회복될 정의는 쉽게 무너질 정의일 것이라는 예감을, 〈민수기〉 14장에 나오는 모세에 대한 백성의 반란을 생각했다. 모세가 가나안 땅을 열두 지파의 장에게 명하여 정탐하게 한다. 정탐원 12명 중 10명은 갔다 와서 군중 앞에서 가나안 현지민이 강대해 무서워 떨면서 보고를 했다. 이 말을 듣고 온 회중이 떠들썩하게 아우성을 쳤다. 그날 밤새도록 통곡하며 온 이스라엘 백성이 모세와 아론을 원망하였다. 이 백성의 반란을 보고 야훼가 내린 징계의 말씀은 다음과 같았다.

> 너희가 사십 일 동안 그 땅을 정탐하였으니, 그 하루를 한 해로 쳐서 사십 년 동안 너희는 너희의 죄의 짐을 져야 한다. 그제야 나를 배반하는 일이 어떤 일인지 너희는 알게 되리라.(민수기 14:34)

1979. 3. 24(토)

날보고 아카데미 사건〔크리스챤아카데미의 중요한 교육 프로그램은 노동·여성·농촌 등 중간집단을 교육하는 것이었다. 이 교육을 군사정부는 독재 정부에 저항하는 의식을 부양하는 교육이라고 보고 교육자들을 공산주의자로 날조해 체포했다.〕 대책위원장을 강원용 목사가 맡아달란다. 강 목사와 동향인 초동교회의 신익호 목사쯤 하면 운동의 베이스(base)가 넓어질 듯한데, 어젯밤 기도회 때에 호소하는 가족들의 울음이 나를 거절 못 하게 만든다.

1979. 3. 29(목)

강원용이 화요일 아침에 중정에 연행되어 지금까지 안 나오고 있다. 미국 가톨릭 신부 두 사람의 비자 연장이 불허된다. 한완상에게 중정원들이 붙어 다니는데 4·19에 뭘 할 책임자가 한이라는 첩보 때문이란다. 이우정이 갈릴리교회에 못 나온단다. 내일 밤 광주 유 목사 교회에 강연을 못 가게 하기 위하여 나를 형사 다섯이 지키고 있다. 국민연합 세 의장 댁은 여전히 출입 금지이다. 정부 사정이 급한 모양이다. 건강만 허락한다면 강 박사가 나오질 말고 제발 기소되기를 바란다. 그래야 이미 아카데미 사건으로 들어간 6인도 산다.

서대문 적십자병원 356호로 구속 중 신병 치료차 나와 있는 계훈제를 방문한다. 사복을 입은 교도관이 내가 면회하고자 함을 안 말린다. 생각보다는 괜찮다. 밝은 표정으로 힘이 있다. "아무것도 못 하고 있어요. 내 나이 육십인데 하도 괴로워서 울었습니다"라고 하신다. 선교교육원 월급에서 선불한 2만 원을 전한다.

1979. 3. 30(금)

광주 신광교회, 전경연 박사 회갑, 금요기도회 등을 형사 넷이 내 집을 지켜 못 갔다. 민 형사 말이 내일 아침 KNCC 회의에는 가란다. 4·19 설교를 우리 없이는 이미 죽은 이들을 완성할 수 없다는 〈히브리서〉 11장을 본문으로 준비한다. 무교동 교회 사람들이 대심방을 왔다. 이 사람들은 세상이 좋기만 한 표정이다. 이런 교회 사람들은 교회협의회 운동이 무엇인지도 모르며, 말하자면 〈히브리서〉 11장에 보이는, 이미 죽은 이들을 오히려 비웃는 사람들이다. 이런 교회의 지원을 못 받고 있는 것이 오늘의 기독교 민주화운동의 문제점이다. 한편 이런 사람들을 보면 내가 전일에 김·손·강 등에게 엄격하게 대했던 것을 후회하게 된다. 무교동 교회에서 본 오늘의 교회는 〈요한〉 16장 8절에 나오는 성령의 역할 중 심판의 역할을 잊은 채 심판해야 할 통치자 밑에서 혜택을 받고 그 혜택 받은 것을 복을 받았다고 착각하면서 사는 교회이다. 따라서 성령의 역할에 나오는 죄와 의도 잘못 해석하고 있다.

YH 사건과 두 번째 옥살이

이제 내가 두 번째로 구속되었을 때 얘기를, 1979년 4월부터 8월 구속될 때까지 쓴 일기와 교도소 당국에 의해 일기를 쓰는 것이 허락되지 않았던 4개월간의 경험을 토대로 짧게 간추릴까 한다. 1979년 2월과 3월의 일기를 읽으며 새삼 발견하고 느낀 것이 있다. 이번에는 무엇이 나올까 가슴이 설레기도 하고, 나도 읽기 어려운 악필과 다듬지 않은 글이 원망스럽기도 하다. 그렇지만 참아보자. 이 시기 일기는 1979년 8월 9일(목)까지 적혀 있고, 같은 해 12월 11일(화)부터 다시 쓰였다. 12월 11일자 일기에 "어제 오후 5시경에 집에 온다"라고 썼으니까, 나는 8월 10일부터 12월 10일까지만 4개월간 국가보위법 위반으로 문동환, 고은과 더불어 서울구치소에 수감됐다가 박정희 사후에 재판을 안 받고 나온 것이다.

잡혀가기 전의 상황은 어떠했고, 내가 무엇을 했기에 잡혀갔으며, 잡혀간 후에 왜 재판을 안 받고 나왔는지 살펴보자.

구속 전 상황

유신정부가 들어선 1972년과 박정희가 사망한 1979년의 두드러진 차이는 비상계엄령의 선포 여부를 기준으로 이야기할 수 있다. 풀어서 보면, 1971년 전태일의 죽음을 전후한 시기의 사회 압력에 정부가 7·4남북공동성명이라는 큰 사술(詐術)을 구실 삼아 비상계엄령의 선포라는 억지로 국민을 누르고 있었는데, 1979년에 와서는 새로운 '사술'을 정부가 고안해내지 못해 비상계엄령을 선포하지 못했다. 그런데 이러한 정부에 대하여 1979년에 새로운 사회 압력이 더욱 강하게 생겨나고 있었다. 좀 더 정확히 말하면, 다음과 같은 새로운 사회 압력 앞에 정부가 감히 비상계엄령을 선포할 수 없었던 것이다.

첫째는 신민당이라는 압력이다. 1978년 12월 12일에 치러진 제10대 국회의원 선거에서 신민당이 득표율에서 집권당인 공화당보다 1.1퍼센트 앞질렀다. 그러자 15일에 박정희가 물가고와 조세 부담에 대한 국민의 불만이 이러한 형태로 나타난 것이라고 자인하기까지 했다.

둘째는 1979년 4월에 크리스찬아카데미의 중간집단 교육 간사였던 신인령·한명숙·이우재·황한식을 포함한 열아홉 명을 반공법 위반으로 구속할 정도로, 그 당시 현실에서 버티어나갈 만한 온건하며 건전한 사회 압력이 생겼다. 나는 이 사건의 대책위원장을 맡아 이들 구속자들은 공산주의자가 아니라는 글을 일면 톱기사로 쓴 유인물을 냈다. 이 일로 나는 5월 25일(금) 밤에 강서서에 잡혀갔다. 강서서에서 나는 몇 가지 점에서 유신정부가 약해져 있다는 것을 확인했다. 우선, 나는 다음날 아침 아홉 시부터 묻는 데 응하겠다고 했는데 그들이 다음날 아침 아홉 시에 나를 취조실에 불렀다. 나는 그 유인물을 내가 냈고, 너희들은 아카데미 사람들을 공산주의자라고 보지만 나는 그렇게 안 본다고 말했다. 간부급 경찰이 내가 말한 것을 조서로 만들어 와 손도장을 찍으라고 하자, 나는 그것을 빼앗아서 찢어버렸다. 이 경찰이 나를 때릴 줄 알았는데 내가 잤던 방에 속한 걸음으로 들어가더니 내 가방을 들고 나와 날보고 나가래서 나왔다.

셋째는 안보를 빙자해 독재를 하는 유신정부의 강압이 안 먹혀들어 갔다. 1978년에 생긴 박동선 로비 사건 때 유신정부가 미국 정부에 혼이 났고, 미국 카터 대통령은 민주주의를 하지 않는 남한에서 미국군을 감축하거나 철수하겠다는 압력을 가했다. 이런 카터 대통령이 방한해 박정희보고, "당신이 자랑하는 경제 발전에 상응하는 정치 발전을 하라" 하고 압력을 가했다. 1979년 8월 9일(목)에 고은, 김승훈, 이문영이 작성한 한 성명서에서 우리는 이렇게 말했다.

우리는 한국에서 유신독재의 장기화로 인하여 경제가 파탄 상태에 이르며 민심이 유신정부를 이탈하고 있는 사실을 유의한다. 민주화의 대안이 조속히 마련되지 않을 경우 민생고에 시달리며 날이 갈수록 정치적 권력의 정당성을 찾지 못하고 있는 일반 민중들이 좌경화하며 독재 체제 지속의 책임을 독재자와 우호 관계에 있는 우방국에 돌려, 이를테면 반미국의 사상이 나오며 나아가 공산주의하에서라도 남북이 통일된 국가를 갖고자 하는 욕구와 행동이 팽배케 될 것을 염려한다. 미국과 일본을 포함한 자유 우방국들은 독재자 박정희 씨를 돕는 것을 중단함으로써 한국의 민주화에 장해가 되지 않아주기를 바란다.

내가 한 일

1979년, 청량리 밖에 YH무역상사라는 봉제 공장이 있었는데 기업주가 재산을 빼돌려 뉴욕으로 도망갔다. 그러자 노동자들이 회사를 계속 하게 하든지, 아니면 취업을 알선해달라고 정부에 요구하며 회사 안에서 농성에 들어갔다.

한국기독교산업사회연구원(원장 조승혁)에서 노동문제와 관련하여 자문을 하고 있던 고은, 금영균과 나는 8월 6일(월) 오후 네 시에 YH무역상사 노동자들 약 300명이 농성하고 있는 곳에 갔다. 조승혁 목사는 원고 쓸 일로 못 간다고 했다. 가보니 폐업했으니 퇴직금을 찾아가라는 상황이었다. 일행이 노조원을 만나기 전에 회사 직원을 만났다. 나는 그에게 이렇게 물었다.

문: 폐업이 법원 공고냐? 만일 그렇지 않다면 노동자를 내보내기 위한 것일 수 있고, 그렇다면 부당노동행위가 되는데······.

답: 아니다. (좀 있다가 답이 '모른다'로 바뀐다.)

문: 저번에 왜 경찰이 농성 중인 노동자를 때렸느냐? 진상을 알아내 KNCC 인권위원회가 고발하려고 한다.

답: ······.

문: 회사를 살릴 방안이 있는가?

답: ······.

농성 중인 노동자들을 통해 작업을 끝내고서 농성을 시작했다는 것을 알았다. 우리가 다녀온 다음날인 7일에 정부가 YH 노동자 기숙사에 물을 끊었다. 9일(목) 아침 일곱 시에 이원희가 내 집에 왔다. YH무역 노동자들이 농성을 더 계속하면 지도부가 파괴되며, 노동자의 가족을 정보원들이 불러서 퇴직금을 타게 하면 운동이 끝나므로 농성 중인 노동자들이 새벽에 다들 기숙사를 나와 아침 아홉 시 반을 기해 신민당사에 모인다고 했다. 여덟 시에 기독교장로회 선교교육원에서 대책회의를 한다고 해서 가보니 고은, 문동환이 와 있었다. 신민당이 아이들을 거절하면 어떻게 하느냐가 문제였다. 내가 "지금 곧 김영삼 총재를 만나러 가자"라고 제의했다. 고은이 동의했다. 김 총재의 전화번호와 주소를 찾았다. 김 총재와의 첫 대면이었다. 이런 일이 생긴 것을 김 총재가 반겼다. 때 묻지 않은 사람이라는 인상을 주는 그가 곧 대변인을 당사로 보냈다. 문동환과 나는 신민당사로 갔다. 4층 강당에 YH 노동자 약 200여 명이 앉아 있었다. 김승훈 신부가 와 있었다. 노동자를 대하는 당의 표정은 귀한 손님을 맞는 태도였다. 나를 안다는 고려대 졸업생들이 당에 꽤 있었다. 내외 신문기자들이 많이 와 있었다. 박한상 의원이 농성자에게 위로의 말을 했다. 아래층에서 노동자 대표 다섯 명이 총재단과 기자회견을 했다. 당사에 나온 김 총재가 노동자는 처음 다루어보는 것이라고 말했다.

구속의 결과

문동환과 고은과 나, 우리 셋은 곧 잡혀갔다. 잡혀간 사이에 세상이 급하게 돌아갔다. 우선 정부가 신민당과 대화를 하여 문제를 풀지 않고 못난 짓을 연속해서 했다. 신민당사를 포위한 경찰이 강당에 뛰어 올라가 여공들을 잡아 끌어내렸다. 김경숙이 떨어져 직사했다. 그리고 노동자 대표들을 잡아갔다. 이들의 이름은 최순영(崔順英), 이순주(李順珠), 박태연(朴泰連) 등이며, 배후 조종 혐의를 받은 사람은 우리 셋과 서경석과 인명진(印明鎭)을 더한 다섯 사람이었다.

국회에서 다수당 표를 쥔 여당이 김영삼 씨를 제명한다는 결의를 했다. 김영삼 씨가 제명되니까 그의 선거구인 부산·마산 주민들이 시가로 나와 항의를 했다. 정부는 이 항의를 무력으로 탄압했다. 이른바 '부마 사태'는 이렇게 해결되었는데, 부마 사태 같은 소요가 서울에서 생길 것이라는 루머가 서울에 팽배했다. 박정희는 10월 26일에 청와대 안가에서 청와대 경호실장인 차지철, 중앙정보부장인 김재규와 함께 구수회의(鳩首會議)를 하되, 여자 가수의 노래를 들으면서 했다. 이 회의에서 박이 강경론자인 차의 말을 듣는 것을 안 김이 화가 나서 권총을 허리에서 빼서는 두 사람을 차례로 죽였다. 고은, 문동환에게 "지금 곧 김영삼 총재를 만나러 가자"라고 한 내 말이 김영삼의 총재직 제명에 이어 박정희의 사망을 낳았던 것이 내 마음에 새겨졌다. 예전에 내가 문동환에게 "해직 교수들이 돌아가면서 설교하는 교회를 만듭시다"라고 말한 것이 '갈릴리교회 → 3·1민주구국선언 → 김대중의 등장 → 김대중의 재야인사로서 자리 굳히기'로 이어진 생각도 났다. 최소가 최대를 만든 것이다. 그런데 박정희는 민주주의 속에서 빈부 격차를 좁히는 일을 역행해, '국가보위에 관한 특별조치법 → 7·4남북 공동선언 → 유신정부'라는 자기의 길을 간 사람이다. 이런 역행을 한 그는 일면으로는 이솝 우화에 나오는, 독수리의 깃털이 달린 화살에 맞아서 떨어져 죽는 독수리의 고백, "내가 하필이면 내 동족의 깃털로 만든 화살에 맞아서 죽다니!"를 깊이 깨닫고 죽은 사람이다. 그에게 총을 쏜 김재규는 그와 동향인 선산 사람이자 육사 동기생이었고 유신 동족을 지키는 수문장인 중앙정보부장, 말하자면 박정희 동족의 깃털이었다.

나는 타이완의 한 화가가 그린, 떼 지어 날뛰는 말을 그린 그림, 곧 군마도(群馬圖)를 본 적이 있다. 이 말들은 한 방향으로 뛰는 모양인데 하나같이 화가 나 있고 신경이 곤두서 있어서 서로가 서로를 걷어찰 듯했다. 나는 이 그림을 1983년에 미국에 있는 유종근(柳鍾根) 씨 댁 거실에서 보면서 이런 모습이었던 우리 과거를 더듬었다. 그 과거가 바로 내가 두 번째로 구속되기 직전이었다. 이때 나는 가는 데도 많았고 만나는 사람도 많았으며 말도 많이 했다. 그러던 내가 1979년 8월 5일(일), 그러니까 YH 사건으로 잡혀가기 직전에 나의 외로움을 일기에 털어났다. 일일이 친구들의 이름을 거명하면서, 즉 함께 같은 방향으로 뛰어야 하는 친구들의 이름을 쓰면서 이들의 지성소가 각각 다르다며 다음과 같이 적었다.

    김관석 — KNCC
    한완상 — 강연(그러니까 재판에 안 온다)
    문동환 — 민중 교육(중요 모임에 빠진다)
    서남동 — 선교교육원(12·12 서명을 않는다)
    송건호 — 강연·원고 쓰는 데 지장이 있다고 도청하는 전화를 날보고 걸
            지 말란다.

안병무 — 신학연구소

함석헌 — 씨올의 소리(3·1 사건 재판 때의 본인의 말씀)

예춘호·김상현 — 신민당

김찬국 — 복직해 들어갈 연세대

그 다음날 일기에는 강원용이 내가 수첩 들출 때 수첩에 적힌 것을 보더니 무슨 해직 교수가 그렇게 바쁘냐고 농담한 이야기가 적혀 있다. 나는 우리가 그림의 말들같이 한 방향으로 뛰고 싶은데 각자 자리가 있어서, 말하자면 서로가 불가피하게 으르렁대고 있다는 생각을 했다. 어떻든 이렇게 뛰는 말들이었는데 갑자기 뛰던 것을 멈추어 선 것이다. 갑자기 구속. 이 '갑자기'는 하늘이 내 머리에 영감을 쏟아 붓는 한 틈새였다. 이런 '갑자기'의 경험이 전에도 종종 있었다. 예를 들어 열네 살 때 배재중학교 예배 시간 때 한 결심이 그렇다. 그리고 역시 중학생일 때 여름에 기차가 원산 아래 지점을 우회전할 때 갑자기 본 동해의 아름다움이 한 틈새였다.

4개월간 이어진 두 번째 옥중 생활이라는 틈새를 나는 한마디로 슬픔이었다고 회상한다. 첫 옥중 생활을 회고할 때 나는 기뻤다. 그때 나는 2심 재판에서 이 기쁨을 신학화해서 말하기도 했다. 그때 나는 사기가 높은 전사였다. 악한 세력과 유신체제가 우리 전사들 때문에 심하게 흔들렸다. 그런데 두 번째 옥중 생활은 유난히 슬프고 괴로웠다. 콧물감기 같은 알레르기와 창을 넘어 기어 들어오는 벌레 떼와 방구석에 놓인 변기통 냄새가 싫었다. 내가 서울구치소에 잡혀가는 모습을 인명진 목사 부인이 구치소 문 옆에서 지켜봤는데, 그때 내 인상이 슬펐다는 말을 인 목사 부인이 내 집사람에게 했다고 한다. 인 목사 부인 말이 맞았다. 나는 슬펐다. 그 이유가 무엇이었을까? 사람에게는 감이라는 것이 있다. 특히 싸움꾼은 감을 가지고 싸운다. 내가 슬펐던 이유는 내가 싸워서 이긴 것이 아니라 우스운 싸움의 종

서대문형무소 안에 있는 벤치에 앉아서 먼 옛일을 떠올려보았다(2007. 4. 28).

말을 감 잡아서였다. 나는 이 우스운 싸움의 종말이 승리가 아니라는 경험을 8·15에도 했었다. 물론 8·15 때 나는 좋아서 며칠을 잠을 못 이루었지만, 그 후 내가 본 나라의 몰골은 매우 추잡하고 비참했으며 드디어 동족상잔까지 하고 말았다.

유신정부가 너무 못난 짓을 해서 우리를 잡았지만, 이 일로 내가 감 잡은 것은 이런 못난 짓 하는 놈은 스스로 망한다는 것이었다. 나는 나를 찾는 중앙정보부의 직원에게 "너희들은 유신헌법이라도 지켜라. 안 그러면 너희들이 큰일을 맞는다"라는 말을 종종 했었다. 너희가 만든 법이라도 지키라는 것은 내 아버지가 하신 말씀이기도 했다. 나는 《한국행정론》 마지막 부분에 〈최소한의 시작〉이라는 장을 넣었는데, 여기에 동일방직 노동자들이 경찰에 집회 신고를 했는데 그 경찰이 회의장에 와서 노동자들에게 똥물을 끼얹은 것은 자기가 만든 규칙도 안 지키는 일이라고 썼다. 1976년에 평화

시장의 전태일이 근로기준법을 지키라고 분신자살한 것도, 악법이라도 지키라는 것이었다.

통치 체제가 악법조차 안 지키면 체제 내 구성원들이 행동의 준거를 잃어 체제의 정당성을 믿지 못하게 된다. 이런 체제는 적에 의해 망하기보다는 자기 스스로가 망하게 된다. 그런데 나는 저놈들끼리 싸워서 망하는 것이 아니라 나와 싸워서 변하기를 바랐다. 저놈들이 우리와 대화해서, 저놈들이 우리와 맞부딪쳐서 우리의 말을 듣고 꼴이 바뀌어야 하며, 저놈들이 10대 선거에서처럼 아슬아슬한 표차가 나는 것이 아니라 좀 더 시원하게 표차가 나서 새 세상을 우리 힘으로 만들어내야 하는데, 이게 뭐냐는 것이었다. 나는 명예혁명가였다.

나는 교도소에 넘겨지기 전에 서대문경찰서에서 취조를 받았는데 취조한 놈이 나를 때리기도 했다. 이때 맞으면서 느꼈던 것은, 내가 맞아서 슬픈 것이 아니라 나를 때릴 정도로 아무것도 모르고 무지하기 때문에 분명히 자기네끼리 망할 것 같다는 예감이 나를 슬프게 한다는 것이었다.

아니나다를까, 출옥하자마자 이틀 만인 12월 12일에 나는 곧 이놈들의 계속되는 못난 짓을 목격했다. 못난 놈의 특징은 잡기만 하는 것이다. 박정희 사후 청와대를 지키라고 놔두었던 전두환이 '잡을 생각'을 하고 우선 12월 12일 정승화 계엄사령관—박정희가 죽은 다음날 제주도를 제외한 전국에 또다시 비상계엄령이 내려졌다—을 연행하는 충격 사건을 일으켰다. 12월 26일에는 국민을 무서워하는 창구인 계엄사령부가 YMCA 집회 사건 관련자를 연행한다고 발표했다. 12월 24일 명동 YMCA 회관에서, 통일주체국민회의에서 대통령을 선출하는 데 반대한다고 말한 함석헌·박종태·양순직·김병걸 등 96명을 검거하겠다는 것이었다.

그러나 잡으려는 사람, 즉 전두환 장군은 무섭기만 한 정국보다는 자신의 정체를 감추는, 이른바 '안개 정국'을 창출했다. 안개 정국의 핵심은 다음과 같았다.

　전 장군은 박정희 사망으로 졸지에 대통령이 된 최규하를 조종했다. 그 당시 우리끼리는 요즘 최규하가 가끔 자신의 허벅지를 꼬집어 생시인지 아닌지를 확인한다는 농담을 했다. 이는 대통령 자리에 앉기를 좋아하는 사람을 빗대어 한 농담이었다. 또 다른 안개 정국 유지책은 김대중과 김영삼을 분열하게 하는 일이었다. 신문 검열을 쥐고 있던 전 장군은 신문에 김대중이라는 이름을 못 내게 했다.

　나는 이 안개 정국 속에서 1980년 3월 1일자로 고려대에 두 번째로 복직했다. 나에게도 교수직이라는 지성소가 생겼다. 그러나 김대중과 김영삼 두 사람이 힘을 합해서 민주화투쟁을 하겠다는 성명서를 낸 다음날인 5월 17일 밤에 이른바 김대중 내란음모 사건으로 민주 인사들이 한 떼로 구속되었다. 나도 이 안에 꼈다. 정당성이 없는 정부가 1976년 3월, 민주구국선언으로 바로잡아지지 않아 노동자들이 헤매게 되어, 나는 YH 사건으로 잡혀갔고, 정치권력으로 박정희를 이은 전두환이라는 기회주의자가 등장해 정치 정당성이 있는 김대중을 오히려 내란음모자로 구속한 것이다. 다음 장에서 내가 세 번째로 구속되었을 때의 이야기가 이어진다.

8

⚜

김대중 내란음모 사건

벼락같이 찾아온 5·17

전두환 육군보안사령관이 중앙정보부법에 의하여 겸직이 금지된 중앙정
보부장 서리에 취임한 1980년 4월 14일부터 내가 낀 김대중 내란음모 사건
자들이 중정 지하실에 불법으로 끌려간 5월 17일까지를 나는 '5·17 직전'
으로 이름 붙이고자 한다. 이 5·17 직전에 내가 무엇을 했는가를 알기 위
하여 내 일기를 간추려 옮기기로 한다. 여기서 간추린다는 말은, 4월 14일
일기가 보여주는 것같이 하루하루가 나는 바빴고, 하루의 일기가 적어도
200자 원고지 3~4매는 되는 분량인데, 그것을 약 1매 정도로 줄여보겠다
는 뜻이다. 날짜 뒤 괄호 안에 쓴 글은 《신동아》 1990년 1월호 별책 부록으
로 나온 〈80년대 민족·민주운동 일지〉에서 따온 것이다.

전술한 것처럼 나는 좀 오래전부터 아침에 화장실에서 하루 전에 일어난
일을 일기로 한 장 한 장씩 써서, 기관원에게 빼앗기지 않게 독 속에 숨겨뒀
었다. 물론 내란음모 취조 때나 재판 때 내란음모가 아닌 비폭력적이며 평화
적인 민주화운동을 했다는 것을 일기를 제시하여 밝힐 수도 있다고 생각했
다. 그러나 나는 그렇게 하지 않았다. 진실을 밝히는 재판이 아니라 정치재

판이라는 것을 알아서였다. 이제는 아는 것을 좀 드러내보자.

1980년 4월 14일(월)

(전두환 국군보안사령관, 중정 부장서리에 취임)

08:00 문익환, 예춘호, 김종완과 서울호텔 11층서 만나다.

09:00 문익환, 예춘호와 서울구치소에 가서 수감 중인 양순직, 박종태, 양관수, 임채정, 박종렬, 백기완 등을 만나다. 생각보다 건강들 하다.

12:00 뉴욕에서 온 김정순이 참석한 진여〔음식점 이름〕에서의 조직 검토 모임.

참석자: 한완상, 박세경, 김병걸, 심재권, 고은, 예춘호

14:00 예춘호와 제일교회 박형규 방문.*

17:00 동교동에서 이희호와 이야기.**

18:00 쎄실에서 서남동·백낙청·리영희와 저녁식사.***

* 내 말: "해위〔海葦, 윤보선 씨의 아호〕가 이런 말 하고 문익환이 저런 말 하고 이 말들을 조정하는 일만을 재야가 할 수는 없다. 재야는 재야의 할 일만을 해야 하는데……."

** 칼라일의 《영웅숭배론》과 감상협의 《기독교 민주주의》를 이 여사〔이희호〕에게 빌려드리다. 한완상이 신당에 들어갈 인물로 자신의 이름을 뺀 7인이 추천된 것을 안다. 문동환, 이우정, 서남동, 이문영, 한정일, 장을병, 김용준 등의 이름을.

*** 학원 문제 성명서는 마침 현직 교수가 활성화하고 있으니 복직 교수들은 침묵하자. 그러니까 무위(無爲)가 철학이다. 후광〔後廣, 김대중 씨의 아호〕의 전법도 무위여야 한다. 자신이 하면 남이 안 하기 때문이다. 신당을 서둘러도 안 되

고 명단을 내면 더욱 안 된다. 명단에 없는 사람은 안심하고 밖에 있을 것이 아닌가. 손정석 건은 서남동이 총장을 만나기로 한다.

서울대에서 학생들이 최규하를 규탄하는 벽보를 냈다. 최규하의 망언, 전두환의 중정 부장서리 반대, 신현확의 망언 등을 파헤친 글이다. 저쪽〔전두환〕은 마음껏 못난 짓을 하고 있는데…….

1980년 4월 16일(수)

'명상의 집'에서 안병직, 서남동과 함께 기상한다. 현직 교수인 안병직이 와서 기쁘다.

15:30 수유리 아카데미에서 후광이 한승헌, 서남동, 고은, 이문영에게 민주제도연구소 이사 명단 작성을 의논하다. 이 모임에서 신당 신중론을 문익환, 서남동, 김병걸이 편다.

1980년 4월 17일(목)

중앙대와 총회신학교 두 곳에서 맡은 강연으로 국민연합 상임중앙위원회의에 안 간다. 학교 강의는 데모로 휴강이다. 유진오는 라디오에서 후광이 신당 만들면 안 된다고 단언한다. 나는 두 곳 강연에서 후광의 민주 정통성을 강조해 민주개국론을 말한다. 다만 다음과 같은 조건이 있다고. 1) 재야가 업적을 낼 것, 2) 계엄령이 풀릴 것, 3) 신민당이 정풍〔당의 개혁〕을 못하는 경우, 4) 후광이 거산〔巨山, 김영삼 씨의 호〕보다 인기가 좋을 것 등.

1980년 4월 18일(금)

(서울평화시장 노사분규 11일 만에 극적 타결 후 청계 피복노조, 〈8백만 노동자에게 보내는 메시지〉 발표)

동교동에서 후광, 예춘호, 김종완, 정대철, 이문영 등이 만나다. 예춘호 말이 문익환, 한완상이 흔들리고 있다고 한다. 김기수와 민주제도연구소를 방문하다. 후광이 신당을 창당하지 않는다고 석간에 발표하다.

13:50～17:00 충북대에서 강연.

1980년 4월 19일(토)

13:00～14:45 부산대에서 거산계 학생들의 방해가 있었는데도 약 1500명에게 〈4·19와 부활〉 강연.

비행장에 배웅 나온 학생이 내 신앙을 묻는다. "혼자 있을 때는 하느님을 사랑하고, 둘이 있을 때는 이웃을 사랑한다"라고 답한다. 집에서 저녁을 고대 법대 교수 열한 명들에게 대접한다. 화기애애한 분위기다.

1980년 4월 20일(일)

14:30 갈릴리교회에서 '회개도 감옥도 아닌 길'을 설교한다.

회개의 기준은 평범한 사람이 아닌 것을 회개하는 것이다. 비일상성(非日常性)이 판치는 독재 정권 아래에서는 양심 있는 자가 감옥에 안 갈 뿐만 아니라 악에게 승리해야 한다. 일상성의 반대는 비일상성인데, 비일상성은 독재에 대한 승리를 통하여 일상성으로 돌아간다. 이런 전제로 승리하는 체제를 말한다.

1980년 4월 21일(월)

(사북 사태 발생, 강원도 사북광업소 광부 700여 명 어용노조에 반발 농성 중, 경찰과 충돌)

10:00 5가[기독교빌딩을 지칭함]에 가서 도쿄대학에서 온 초청장을 복사한다.

12:00 한강〔음식점 이름〕에서 김종순(미국 교포), 한완상과 식사한다. 김종순 말이 여름에 한완상을 미국에 청하자고 한다. 서울에 와서 인권운동의 주 라인(line)이 박형규, 김관석이 아닌 것을 확인했다고.

14:00~15:30 도쿄대학에 가는 여권을 받는 절차로 반공연맹에서 소양교육 받다. 가든호텔에서 후광 연설을 한완상, 예춘호, 조세형, 이문영이 돕는다.

1980년 4월 22일(화)

07:00 문익환, 계훈제를 픽업(pick up) 해서 고은 집에 간다. 예춘호가 와 있다. 국민연합 사무국에 이현배, 심재권, 장기표 등을 임명한다. 사무실을 계훈제가 〔알아보고〕 소개하기로 한다. 성명서를 계훈제가 함세웅과 의논하기로 한다.

내 집에서 저녁에 기독교민주동지회가 모인다. 박형규, 김관석, 이우정, 조남기, 이경배, 이해동, 서남동, 이문영, KSCF(한국기독학생회) 총무 등이 출석한다. 총무, 서기, 산업선교 쪽 김용복, 한완상 등 불참, 5월 1일에 복직 교수 환영 조찬기도회를 열기로 한다.

1980년 4월 23일(수)

7:30 동교동에서 민주제도연구소의 입회 원서를 예춘호, 문익환, 한승헌, 김종완, 박세경, 김병걸, 서남동 등에게 받아 오게 하다.

16:00 가든호텔에서 후광의 연설 연습을 듣다. 송원영, 조세형, 한승헌, 이문영 등 참석. 송원영 참석이 특이. 나는 후광이 재야의 중심임을 강조할 것을 말한다.

동원탄광 난동 표면화. 한미 국방장관 회의 무기 연기. 과도 정부가 약하다.

1980년 4월 24일 (목)

(서울지역 14개 대학 교수 361명, 〈학원 사태에 대한 성명서〉를 발표하고 대학의 민주화가 시급하다고 강조)

16:00 가든호텔에서 장을병, 송원영, 박영록, 김상현 등과 모의 기자회견을 하다.

18:00 기장 선교교육원 월례 모임.

1980년 4월 25일 (금)

박찬기가 거산을 재야가 헐지 말란다. 김성식이 교수로 있으려면 후광과 가까이하지 말란다. 김용준은 서남동이 신학자인데 오늘 밤 관훈클럽 토론회에 방청을 가면 웃긴다고 말한다. 이렇게 모두가 후광을 기피하고 있다. 밤에 관훈클럽 토론회에서 후광이 악의에 찬 기자들의 질문 앞에 선 것을 본다. 한완상, 김승훈, 서남동, 장을병, 박영록, 박용길, 김병걸, 고은, 이태영, 예춘호 등 참석. 문익환, 박형규 불참.

1980년 4월 26일 (토)

오랜만에 식구들과 느티나무 밑에 앉아도 있고 집에서 저녁식사를 한다. 저녁 식탁에서 〈시편〉 23편이 인생의 과정인데, 우리의 경우 5절을 모색하는 단계로 말한다. "주께서 내 원수의 목전에서 내게 상을 베푸시고 기름으로 내 머리에 바르셨으니 내 잔이 넘치나이다." 지난 주일 갈릴리교회 설교에서 비일상성의 반대가 승리라는 개념을 나는 끈질기게 찾고 있는 것이다.

1980년 4월 27일 (일)

15:00~17:00 대전 YMCA 3층 약 60명 앞에서 유영소 목사 민중교회 주관 강연. '잔치의 신학'을 말한다. 어제 저녁에 식구들에게 한 말을 이은

설교이다. 강사료를 안 받는다.

1980년 4월 28일(월)

중앙정보부의 배종철 직원이 내가 도쿄대 초청으로 연구차 나가는 것이 불허라고 한다. 6시 세종문화회관에서 김상협의 《지성과 이성》 출판기념회에 간다. 유진오를 만난다. "신문에서 자주 봤지"가 그분 말이다. 3·1 사건 때는 병이라고 증언을 안 나온 사람이 여기서는 멀쩡히 서서 "김상협 총장은 학교에만 머물 사람이 아니다"라고 말한다. 출옥한 한 학생이 "반동들이 얼마나 모였는가를 보러 왔어요"라고 말한다.

1980년 4월 29일(화)

(동국제강 부산 공장 종업원 1000여 명, 임금인상을 요구하며 농성 중, 출동한 경찰과 투석전)

11:30 플라자(Plaza)에서 중정 제3국장이 나에게 도쿄대 방문 목적을 묻는다.

12:00 플라자 21층에서 이한빈 경제부총리가 네 명의 경제 관료와 더불어 나에게 복지 정책에 관하여 묻는다.

16:00 강원용이 장충동 사무실에서 나에게 하는 말이 후광이 거산보고 대통령직과 당수 중 택일하게 한 후 거산을 밀어주자고 한다. 누군가 강 박사에게 와서 부탁한 것도 같다.

1980년 4월 30일(수)

7:30 문익환 댁에서 중앙상임위 모임. 참석자: 문익환, 고은, 계훈제, 김승훈, 이문영, 국장 세 명. 후광, 김녹영(통일당수 대리)이 제의한 '범야권 전선'을 의논한다. '비록 국민연합은 비정당이지만 민주화를 위하여 정당과

협력을 하자'라고 결의한다.

10:00 이를 해위에게 7명 중 고은만 빼고 가서 보고하니 반대다. 이유는 '국민연합은 순수해야 하기 때문'이라고.

12:00 고대 교수회의에 불참하다. 계훈제가 빠지고 후광 댁 방문. "해위와의 관계를 말할 위치가 아니다. 결정을 연기하자"가 후광의 답이다.

16:00 계훈제, 문익환과 함석헌 방문. "문제별로 정당과 협의하는 것이 좋다"고. 이때에 함 옹이 한 말씀. "어차피 변화가 일어나고 있는데 후광은 초조해하면 안 된다. 서남동이 왜 관훈클럽에 갔는가를 말하는 사람이 있더라"가 함 선생님 말씀이다.

1980년 5월 1일(목)

(계엄사령부 전국 지휘관 회의는 사북 사태, 학원 사태 논의 후 국가안보적 차원에서 단호한 조치를 결의)

08:00 기독교회관 강당에서 기독민주동지회 첫 모임을 복직 교수 환영으로 56명이 모인다. 조남기 사회, 박형규 설교.

동교동에서 문익환, 이우정, 한완상, 이문영, 김병걸, 김승훈, 고은, 예춘호, 박세경, 김동완, 세 국장들이 모여서 민주제도연구소를 발족한다. 이사장에 예춘호, 소장에 이문영, 국민연합에서 세 의장을 고문으로 모시기로 한다. 5월 5일 12시에 필동에서 비당권파 신민당과 만나기로 한다.

1980년 5월 2일(금)

(서울대, 13일까지 민주화투쟁 기간으로 정하고, 충남대생 3000여 명은 계엄령 철폐를 요구, 최초로 가두 시위)

08:00 고은 집에서 국민연합 상임중앙위원회 개최. 세 의장을 고문으로 모시는 규약을 예춘호, 계훈제, 장기표가 손질하기로 한다. 학원 문제 성명

서를 계훈제, 예춘호가 초안 잡기로 한다.

16:00 NCC 인권위 재편한다. 위원장 조남기, 부위원장 조승혁, 이문영, 서기 이대용, 회계 김상근, 감사 구세군?〔구세군에서 온 누군가〕, 오충일.

19:00 경향에서 오재식을 맞기 위한 안재웅 씨 모임. 참석자: 김찬국, 김용준, 조요한.

석간에 해위는 국민연합이 후광을 따르는 것을 반대한다고. 오늘만 2000명 서울대생이 계엄령 해제를 요구해 데모하다. 서울대가 학생운동의 리더이다. 조요한은 화제를 학원으로 돌린다. 복직해서나 정당에서 감투 쓰지 말자고 말한다. 김찬국은 모임을 끝내고 나오는 길에서 김동길 수필이 들어 있는 《주부생활》을 구입하러 책가게에 들어간다. 김찬국이 김동길 누님〔당시 문교부 장관이던 김옥길 여사〕에게 해직 교수들이 편지 보내는 것에 반대하던 생각이 뇌리를 스친다. A〔실명을 숨긴다〕는 작년 12월 12일 성명 때 자신의 아들이 의무관 시험 본다고 불참했고, B는 서명 받으러 간 한완상보고 "내 이름을 빌려줄 수도 있는데……" 해 아니꼬워서 그냥 나왔었다. 이 사람은 좀 있다가 남북 적십자회담 고문이 되었다.

1980년 5월 3일(토)

김상협을 치켜세운 4월 28일의 유진오의 발언, 후광을 비난하는 어제의 해위의 발언, 그리고 복직된 자리에 연연하는 어제의 모습이 나를 우울케 한다. 언젠가 후광이 국민연합에서 나가야 한다고 말한 문익환도 걸리고, 후광이 고은과 소곤거리는 것이 싫었다는 모 시인의 생각, 안병무의 문익환에 대한 불만 등이 주마등같이 내 머리를 스친다. 혼인 잔치에 초청을 받았는데 나는 내 일이 있다는 격이다.

1980년 5월 4일(일)

주간 《샘터》 광고에 법정이 사람이 산다는 것은 거슬러 올라가는 데 있다고. 그런데 왜 법정은 70년대에 안 거슬러 올라갔는가? 말하기는 쉽다는 것인가?

이상국이 와서 하는 말이 고급 공무원과 군인들은 반김대중이라고 말한다. 공덕귀(남편이 뻬딱해서인가? 내각제가 되면 대통령을 원해서인가?), 이우정(오늘 출국), 안병무, 문익환(병결), 문동환(출국)이 갈릴리교회에 불참이다. 3·1 사건 2심 재판 때에 교도소 버스 안에서 C가 날보고 왜 그렇게 심하게 법관에게 대들었냐고 나무랐던 생각이 난다. D는 잔치에의 초대에 응해야 한다고 방금 설교했는데, 나에게는 내일 낮 12시 필동 모임에 꼭 가야 하는가를 묻는다. 나는 내 결점을 못 보며, 요 며칠 사이에 우리는 허덕허덕 숨이 차며 힘들어하고 있다.

1980년 5월 5일(월)

11:00 한강, 함 신부관에서 중앙상임위 회의. 전일에 결정한 세 의장 고문 추대 규약 통과. 정치 단체와의 연대는 상정하지 않고(왜냐하면 함 신부와 계훈제가 정치화를 반대해서) 시국선언만 내기로 한다. 문익환은 함 신부를 용하다고 칭찬한다. 자신은 12시 회의에 안 가겠다고 하더니 참석한다.

12:00 후광 처남 댁에서 재야와 신민당 비당권파의 합동 회의. 참석자: 후광, 서남동, 고은, 문익환, 한완상, 이문영, 예춘호, 송원영, 이용희, 조세형, 박영록, 정대철, 천 모, 최 모, 한건수 등이다.

각 측이 금주 내에 시국선언을 내고, 후광은 모레 회의에서 민주화촉진회를 발족해달라고 부탁. 문익환은 11시 회의 결과에 따라 시국선언 후 따로 모이라고. 후광은 화를 내고 불안해한다. 왜냐하면 후광이 재야와 협의 없이 국민연합을 중심으로 민주화 촉진을 하였다고 이미 말했기 때문이다.

또한 회의의 협의 없이 기자에게 동교동 저녁 모임 이야기를 했기 때문이 아닐까? 이렇게 일을 저지르고는 고흥문을 만나서는 신민당을 베이스로 해서 하자는 생각을 한 것은 아닐까?

저녁에 한완상 집에서 자신의 형이 거산과 연결된 것 같아 불안하단다. 부인이 정치하지 말라 해서 며칠 전에 부인과 싸웠단다.

21:00 동교동에 들러 예춘호, 김동완, 김대중, 이문영 회동.

1980년 5월 6일(화)

07:00 김승훈 신부관에서 중앙상임위. 함세웅, 예춘호, 계훈제, 문익환, 김승훈, 이문영, (고은 결석), 〈민주화 촉진 국민선언〉 초안 작성. 점심을 기독교회관 지하에서. 도미 지리 나올 때까지 다음을 한다.

- 문익환, 계훈제가 이경배에게 연락해 5가에 방을 얻고,
- 집회 신고 낼 것을 내가 제의해 → 문익환이 글을 써서 → 계훈제가 동대문서에 신청 → 집회 불허 → 서명만 받아서 성명서를 내·외신에 돌릴 것을 결정.

15:00 계훈제, 예춘호, 이문영이 백범연구소에 모여서 함석헌 방문해 서명 받다.

17:00 예춘호, 계훈제, 이문영, 문익환, 김승훈, 함세웅, 이현배, 심재권 등이 해위를 방문해 함세웅의 지혜로 해위의 서명을 받다.

18:00 이현배를 뺀 전원이 동교동에 가 후광의 서명을 받다. 저녁식사. 쎄실에서 서남동 서명.

22:20 예춘호, 문익환, 이문영이 한완상 댁에 가서 서명 받다.

문익환, 이문영이 김관석에게 가 서명을 거절당함. 안병무는 시간이 없을뿐더러 병이 있는 그를 다시 옥고를 치르게 하지 말자고 서명 받기를 포기한다.

1980년 5월 7일(수)

오늘 성명서 〈민주화 촉진 국민선언〉을 발표하기에 앞서 신변 정리를 한다. 도장을 현아 엄마에게 맡기고 감옥에 넣을 책 20여 권을 고른다. 이렇게 감옥 가는 것을 불사하고 내는 선언의 요점은 일곱 가지인데, 요약하면 민주주의 하자는 것이다. 1) 계엄령 해제, 2) 신현확 총리의 사퇴, 3) 전두환의 공식 사퇴, 4) 민주 인사들의 복직, 5) 언론·방송에 대한 각성 촉구, 6) 유정회와 통일주체국민회의의 해체, 7) 정부 개헌심의위원회의 해체 등이 이 일곱 개의 요구들이다.

07:00 동대문성당에서 고은, 이태영, 김종완, 김윤식, 김병걸이 와 계셔서 서명(단, 이태영은 김종완이 받아 옴).

08:20 중앙상임위원이 5가 현관에서 기자들 약 20명과 만나다. 발표할 장소가 없어서 서명한 성명서를 뿌린다.

10:00 해위 댁에 가서 성명서 발표를 보고하다. 딴 행동을 못하시게(문익환, 김승훈, 고은, 계훈제, 이문영).

16:00 고려대 구내에 대자보로 국민연합 성명서가 나와 있다. 성명서를 보고 있던 어느 학생 말이 국민연합을 민주화운동의 총본부로 결의해야 한다는 것이다. 그런데 석간에는 단 한 줄도 안 난다. 재야가 단결하는 것을 정권이 싫어해서인데, 《중앙》 석간에 꽤 큰 백지 부분이 나와 있는데 짐작건대 성명서 기사일 것이다. 서명자는 21명이다. 이중 5·17 사건으로 가톨릭인사 5명은 아예 기소가 안 되고, 나머지 16명 중 내란음모자 5명, 계엄령 위반 5명 그리고 불구속이 6명이다.

1980년 5월 8일(목)

(외대 교수 일동, 〈현시국에 대한 우리의 입장〉 발표)

9:30 함석헌 사모님 추도식에 참석(한승헌, 안병무 서명 받음).

11:00~13:00 문익환이 한강성당에서 오태순, 김택암, 정덕필 서명을 받음.

13:00 충정로 선교교육원에서 원본을 복사하고 송건호, 문익환, 서남동, 이문영이 점심.

14:00 대법원 판사에 아카데미 사건 진정서를 내기 위하여 대법원 방문 (서남동, 변형윤, 조남기, 박경서, 김승환, 이경배 등).

15:30 쎄실에서 예춘호, 문익환, 심재권, 이문영이 만남.

16:00 서울구치소에 있는 백기완, 서경석을 예춘호, 문익환, 이문영이 방문.

정부가 못난 짓을 해서 정부가 오히려 손해를 보고 있다. 예를 들어 나를 중정이 일본에 못 가게 한 대신 어제 같은 성명서가 나왔다. 어제 집회 허가를 안 해주니까 이 점을 함세웅이 언급해 해위가 정부에 대해 화를 내고 서명을 했다. 어제 성명서 일부를 김상협 고대 총장에게 주면서 개헌심위의 부위원장을 사임하라고 한 것도 작은 득이다. 아카데미 사건으로 진정서를 오늘 대법원에 낸 것도 하나의 득이다.

1980년 5월 9일(금)

(전국금속노련 산하 조합원 1000여 명, 금속노련 80년도 정기 대의원총회장 점거)

6:00 지식인선언준비위원회가 충정로 선교교육원에서 모인다. 변형윤, 김철수, 리영희, 유인호, 이호재, 현영학, 장을병, 홍성우, 김용준, 이호철, 김병걸 등 포함 15명 참석. 문동환은 미국에 갔고 백낙청은 연구실을 지키겠다고 하고 성내운은 피신 중이다. 이 회의를 서남동과 내가 잘 가동해서 재야에 붙여야 할 텐데…….

1980년 5월 10일(토)

(정부, 제헌 공청회를 취소. 최규하 대통령, 사우디·쿠웨이트를 공식 방문하기 위해 중동 향발. 전국 23개 대학 총학생회장이 교내 시위 비폭력 원칙을 발표. 동국대 교수 198명, 민주화와 학원 자유화를 요구하는 시국선언문 발표)

09:00 동교동에서 후광이 예춘호, 문익환, 이문영과 스케줄을 의논하다. 국민연합이 촉진운동을 해달라, 동학제에 오라 등을 제의.

12:30 YWCA 조남기 아들 결혼식에서 김용복, 이재정, 김상근으로부터 지식인선언에 서명 받음. 문익환은 동학제에 안 가는 것을 확인. 나 혼자만이라도 갈까를 묻는다. "그런 곳에 가면 해위와의 관계가 어려워진다"가 그의 말이다. YWCA에서 만난 김관석 부인은 후광이 경주에서 제복 입은 것을 비난한다. 김관석은 5월 7일 서명을 거절하면서 사건이 일어나면 조정하는 일을 하겠다고 문익환과 나에게 말했는데, 이런 고루한 생각으로 남편을 잘 도울까?

14:00 정동회관에서 김병걸 딸 결혼. 고은이 동학제에 안 간단다. 결혼식에 온 이희호 여사가 실망한다.

16:00 문익환, 계훈제, 이문영, 심재권이 해위 댁 방문. YWCA 사건 지지와 구속자 석방을 요구하는 성명서 건으로. 우리가 갔는데 거산이 와 있다. 그의 말에 영향받은 듯 해위가 "학생들 중에 공산주의자는 없을까요? 학생들이 더 심하게 안 나왔으면 좋겠는데……"라고 말한다. 아무도 동학제에 안 간다. 저녁에 나는 고대 이종범 교수 댁에 간다. 총장 내외와 법대 교수들이랑. 이렇게 나는 동학제라는 잔치에는 안 가고 동료 교수네 잔치에 간다.

1980년 5월 11일(일)

쉬고 싶고 지쳤다. 어제 잔치에 못 간 좌절감이 크다. 6인 설교자 중 문익환과 나만 갈릴리교회에 참석하다. 저녁 뉴스에 후광이 재야와 협의해서 거산에게 입당 권유하겠단다.

1980년 5월 12일(월)

15:30∼01:00 북악스카이파크 호텔서 재야 15명이 모이다. 안병무, 박세경, 문익환, 한승헌, 이문영, 계훈제 등이 정당에는 안 들어가겠단다. 한 박사 모친 작고하다.

1980년 5월 13일(화)

(고려대 교수 236명, 교수협의회 발족. 연세대생 주축의 시내 6개 대학 2500여 학생이 광화문에서 '계엄 철폐'를 외치며 야간 시위)

한완상 모친 상가 댁에서 09:00, 13:00∼16:00, 20:00∼23:00 재야 사람들이 만나다.

1980년 5월 14일(수)

(전국 27개 대학 총학생회장단 가두 시위 결의)

07:00 국민연합 중앙상임위 회의. 참석자: 문익환, 예춘호, 이문영, 계훈제, 조성우, 장기표, 김영남. 3개 행동강령을 결의함. 1) 리본을 단다, 2) 군대 불복종운동, 3) 20일 장충동 집회. 성명서 초안을 NCC 인권위에서 타이프 치다.

12:00 김승훈 신부관에서 함세웅이 행동강령에 반대한다. 과격한 책임을 이쪽이 지게 된다고.

14:00 시립대 강연 약속을 데모로 못 지킨다. 집에서 쉰다. 전화가 문익환으로부터 와 나간다.

5가에서 사회안전법 공청회에 참석. 리영희, 문익환이 신민당 공격.

끝나고 사모아에서 함세웅 안을 검토. 차라리 내지 말자고. 왜냐하면 북한 이야기 하는 것이 불필요해서이다.

22:30 예춘호, 계훈제, 문익환과 함께 광화문에 가 데모 학생들을 본다. 대규모 데모이며 가두 진출의 둘째 날이다. 예춘호 말 "E는 안 되겠구만. 윤보선 지지해. 그래서 전에 서명을 안 했어. 고은은 이 때문에 화가 났어." 걱정이다.

1980년 5월 15일(목)

(서울 시내 30개 대학 7만여 명, 도심서 밤늦게까지 시위)

8:30 함 신부관에서 문익환, 예춘호, 계훈제, 이문영, 김승훈, 함세웅(장기표, 심재권)이 두 개 안을 합친다.

11:00 해위 댁 방문(문익환, 예춘호, 계훈제, 이문영). 행동을 시작하는 시한을 안 넣기로 한다. 점심 후 동교동 방문. 서남동, 이해동이 이미 와 있다. 후광이 행동강령 2, 3을 부드럽게 고친다. 군이 무력 사용하지 말 것을 종용하되, 시청 앞 집회도 말 것, 행동일도 늦출 것 등이다. 내일 9시에 동교동에 거산이 와 민주화를 위해 후광과 협력 다짐을 한다.

17:00 문익환, 예춘호, 이문영, 함석헌 방문 서명.

20:00까지 문익환, 예춘호와 데모 구경. 서울역 앞에서 남대문, 옛 명지대 앞길, 중앙일보, MBC를 걷다. 남대문 길이 학생과 시민으로 메워져 있다. 남대문 옆에서 페퍼백 자동차가 불타고 있다. 군인 트럭이 남쪽으로 질주해 간다. 문익환의 손을 잡고 뛴다. 곳곳에서 숨이 막힐 정도로 가스에 시달린다.

20:00~22:00 셋이서 저녁. 문 목사 말이 "이 박사가 맥주 마시는 것이 처음이다"라고 한다. 나는 전두환의 양동작전에 말려든 대학생 데모가 불안했고, 내 몸은 몹시 지쳐 있었다.

밤에 동교동서 전화. 내일 9시에 예 의원과 배석해달라고.

1980년 5월 16일(금)

(최 대통령 일정 앞당겨 귀국. 전국총학생회장단 가두·교내 시위 일단 중단키로)

09:00 후광·거산의 6개항에 걸친 공동 결정에 배석한다. 재야 이문영, 예춘호, 신민당 박일, 박권흠.

16:00 (부산)수산대 약 350명 앞에서 강연.

17:30 영락교회 청년·학생회에서 강연.

23:00 침대차로 귀경.

1980년 5월 17일(토)

(전국 55개 대 학생 대표 95명. 회의 도중 대다수 연행됨)

이날 일기는 비어 있다. 새벽에 서울역에 나갔을 텐데, 그날 생각이 안난다. 5월 17일 일기는 5월 18일 아침에 써야 했기에 없다. 이날 일기를 지금 쓴다면, 한마디를 쓸 수 있다. 5월 18일 0시를 기해 비상계엄령이 확대되어, 정치 활동이 중지되었고, 대학에 휴교령이 내려졌다. 이런 일들이 일어나기 직전인 5월 17일 밤 열한 시경에 나는 내 집에서 중정 직원 세 명에게 끌려갔다.

빛이 없는 어두운 곳으로 가다

나는 열일곱 번째 강제연행에 당황하지 않았다. 다행히 나를 데리러 온 중정 담당 직원이 나에게 선하게 대했다. 이층 서재에 그 부하 직원 두 명이 올라가 갖고 갈 증거를 찾아 뒤지고 있는 사이에, 담당은 나에게 뭐 감출 것이 있으면 감추라고까지 말했다. 그러나 나는 윗저고리를 입으면서 안주머니에 있는 수첩을 오히려 꺼내지 않았다. 취조할 때에 드러내지 못할 것이 없는 당당한 일을 했으므로 일정이 적혀 있는 수첩이 필요하다고 생각해서였다. 큰딸 현아는 중정 직원에게 차 대접을 했고, 내 마음을 가라앉히라고 〈사계〉 음반을 틀었다. 나는 세 아이를 모아놓고 한마디 했다. 세 아이는 고3, 고1, 중3 학생들이었다. 아버지가 감옥에 간 것이 구실이 되어 공부하는 책임을 소홀히 하면 안 된다는 것이 내 말의 요지였다. 이 아이들이 연이어 대학에 들어갔고 셋 다 미국에서 박사가 되었다. 물론 아이들이 유학 가 있을 때에는 내가 복직되어 아이들을 도울 수 있었다. 그러나 그때는 아이들이 자기 책임을 다해준 것이다. 나는 아버지의 불행이 자신들의 눈을 뜨게 했다고 생각한다. 중3이던 작은딸 선아가 연행되어 가는 자동차 뒤의 번호판 사진을 찍느라고 플래시 터트리는 빛을 끌려가는 자동차 안에서 나는 감지했다.

그러나 나는 빛이 없는 어두운 데로 갔다. 남산에 있는 중정 지하에는 여러 층이 있는 것 같았다. 그중 한 층, 약 세 평쯤 되는 취조실이 쭉 연이어 있었다. 거의 끝에 있는 방이 내 방이었다. 55일간을 갇혀 있었는데, 담당이 나에게 심하게 대하지는 않았다. 나는 이놈들이 우리를 어떻게 할 것인지를 더듬어야 했다. 육군형무소에 옮겨지기 직전엔 감시원이 없고 내 방이 비어 있었다. 고려대 졸업생이라는 사람이 들어와서 "광주에서 사람이 많이 죽어서 사형되지는 않을 겁니다"라고 한 말이 나에게 직접 전해준 정보였다. 그러나 55일간 나에게 정보를 주는 이가 거의 없었다. 다만 여름이라 방문을 열고 있어서 복도에서 취조관들끼리 말하는 것이 들렸고, 내 양옆 방에서 한승헌과 이해동을 툭하면 두들기는 소리를 들었으며, 멀리서 나는 비명 소리도 들었다. 복도나 방 안을 살펴서 동료들의 표정을 확인할 수도 있었다. 누가 잡혀왔는지도 알게 되었다. 화장실 갔을 때 김동길을 만났는데, 아마 그로부터 광주에서 사람들이 많이 죽은 것을 들었던 것 같다.

설훈, 송기원, 이석표, 이신범, 이해찬, 조성우 등 대학생들은 물론 맞았고, 이들을 제외한 세 그룹이 맞은 것도 알 수 있었다. 한 군데는 내 양 옆방에 있는 이해동, 한승헌 두 분이었다. 이해동의 조사관이 건너편에 있던 한완상 취조실에 가서 한완상의 조사관보고 "나는 애국심까지는 몰라도 애향심이 있습니다"라고 말하는 소리를 들었다. 한승헌, 이해동이 호남 사람이니까, 대구 사람인 전두환이 겸직을 법으로 금지한 중정부장의 서리를 하면서까지 우리를 잡아들인 의도가 알 만했다.

다른 하나는 정치인들이 호되게 매 맞는 소리라는 것을 알게 되었다. "이택돈이 때렸다고 몸이 어떻게 그렇게 튀어 올라오지?" "별거 아니던데"라고 자기네끼리 주고받는 말을 들었다. 아마 예춘호가 되게 맞았을 것이라고 걱정했다.

끝으로 하나는 진보적인 사상을 가진 사람이 호되게 다뤄진 것을 알았다. 서남동이 취조받던 방이 바로 화장실 앞방이었는데, 서남동이 나를 보고도 못 본 체했을 뿐 아니라 안구가 죽은 사람의 눈같이 움직이지 않는 것을 보았다. 그래서 서남동을 공산주의자로 몰고 있는 것을 직감했다.

저 사람들이 후광을 죽이려 하는 것을 알았다. 하루는 조사관이 중정부장 대리의 훈시가 있어서 나갔다 와서는 날보고 부장대리가 역사를 만드는 방향으로 일하라는 말을 했다고 전했다. 그러니까 후광을 죽이는 것이 그들의 방향이었던 것이다. 나는 민주화운동을 하는 사람이다. 이놈들이 후광을 죽이려 하니, 후광을 살리며 운동이 되도록 해야 한다는 것이 내 생각이었다.

단순히 전라도 사람으로 죽이게 할 수 없고, 정치욕으로 환장한 사람으로 사건을 조작하게 할 수도 없고, 그렇다고 공산주의자로 조작하게 할 수도 없으며, 다만 재야 사람으로 후광을 부각해야 한다는 생각이 들었다. 어차피 국내는 어두운 세상임을 직감했다. 다만 재야 사람이라야 국제적인 연대가 가능하고, 솔제니친의 말과 같이, 국제적 관심만이 악한 체제 밑에서 박해받는 사람을 살려낼 수 있다고 믿었다.

내 조사관이 북한《로동신문》5개년분을 대상으로 해서 쓴 내 박사 논문을 갖고서 한참을 끙끙거리는 모습을 보고선 나를 공산주의로 모는 조사는 하지 않는다는 것을 감지했다. 어차피 내 연구는 5개년을 두 시기로 나누어서 비교한 것인데, 후기가 전기보다 나빠졌기 때문에 나를 북한 고무·찬양으로 몰 수는 없었다. 연세대 김동길 교수와 진보적 학자 리영희 교수를 복도에서 봤었는데, 그 뒤에 안 보이는 것을 알았다.

취조 과정에서 내가 확인한 몇 가지 사실을 정리하면 다음과 같다.

첫째, 이미 1976년 3·1 민주구국선언에서 알았던 사실인데, 나를 포함해 우리가 잡혀온 것은 후광을 잡되, 이번에는 그를 죽이기 위해서라는 사실이었다. 내 취조관이 "오늘 전두환 중앙정보부장 직무대리가 '취조관 여러분은 역사를 만드는 방향에서 일하십시오'라고 말했다"고 나에게 귀띔한 것이 중요한 귀띔이었다. 이 취조관이 나를 잡으러 왔을 때 다른 직원들이 내 서재에 올라가 있을 때 날보고 뭔지 감출 것이 있으면 감추라고 말했던 그 사람이니, 그가 나에게 말하자면 정보를 준 셈이다. 정치·행정 체제가 자신이 지켜야 할 최소한의 이성을 상실하고 나갈 때에 통치 체제 내 사람도 흔들리는 것을 보여준 한 예였다.

둘째, 내가 그들이 미워하는 호남 사람이 아니고, 그들이 정의하는 공산주의자도 아니며 그들이 미워해 때리는 정치가도 아닌 것이 취조에서 밝혀졌다. 나는 집에 있는 일기를 제출하면 이런 것들을 증명할 수 있다고 생각했다.

셋째, 재야인사인 내가 여기에서 살아 나가면─이미 복도에서 보았던 몇몇 인사들이 풀려 나갔듯 내가 풀려 나가면─후광이 호남인이나 공산주의자나 정치가로 죽게 된다는 것이었다.

끝으로 이 어둠 속에서 김대중 씨가 살고 민주주의가 살고 내가 사는 길은 우리가 재야로서 잡히는 것이라는 생각이 들었다. 3·1 사건 때 이 사건이 미국의 관심을 끌었기에 우리가 이겼던 경험을 상기하고 나는 계산을 했던 것이다.

나는 취조관이 하도 안 때려서 걱정이 생기기 시작했다. 만일에 죄가 없다고 나가라고 하면 큰일이라는 생각이 머리를 스쳤다. 그러나 이 점은 안심했다. 왜냐하면 4월 14일에 전두환이 불법으로 중정부장 대리가 된 이유가 바로 우리를 잡기 위해서이며, 내가 도쿄대학에 다녀오도록 여권 내주기를 이한빈 부총리에게 부탁했는데도 부결된 것도 다 미리부터 나를 내란음모에 포함시키려는 각본에 의한 것이라는 생각이 들어서였다. 멀리서 매맞아 지르는 비명을 계속 들었다. 학생들이라고 생각했다. 한승헌, 이해동도 계속 매를 맞았다. 재야가 내란음모 했다고 조작해 올라옴을 감지했다. 나는 매도 안 맞고 손도장을 찍을 수는 없었다. 취조관이 약 오르게 일부러 깐죽거렸다.

내 조사관이 자리를 비웠다. 그사이에 때리는 사람이 한 명 들어와 다짜고짜 "네가 말이 많다면서?" 하면서 침대 각목으로 나를 아무 데고 닿는 대로 때렸다. 나는 비명을 안 질렀다. 양쪽 방의 한승헌, 이해동, 건너편 방의 한완상도 내 비명을 안 들었을 것이다. 몸에 쫙 붙는 바지에 비단 셔츠에 금 목걸이를 했고 수제 구두를 신은, 얼굴이 좀 길고 검은 사람인데, 후에 나와서 들으니 서남동도 담당 조사관이 안 때리고 이 사람이 때렸단다. 이 사람은 나를 한 시간가량 때린 후에 아무 말도 하지 않고 나갔다. 또 때리러 들어올 줄 알았는데 때리는 것은 그것으로 끝냈다.

한참 있다가 조사관이 들어왔다. 내 손도장을 찍게 하고 조작한 허위 사실은, 5월 12일 밤 북악스카이파크호텔에서 각목을 준비하는 격렬한 가두 시위를 모의했다는 것이었다. 나는 그날 밤 모임은 단 한 사람도 앞으로 정치하겠다는 재야인사가 없음을 확인한 회의였다고 말했다. "왜 다들 그랬다는데 당신만 아니라고 해? 정신을 못 차리고 있군"이라고 조사관이 말했다. 좀 옥신각신한 끝에 묵시적 동의를 나타내는 어휘를 그가 골랐고, 이 글에 나는 손도장을 찍었다. 내 계산대로 된 것이기도 했다.

그러나 나는 이 손도장을 찍은 후 앞의 취조 과정에서 한 계산을 철저하게 잊었다. 나에게 다른 생각이 엄습해 왔다. YH 사건 때 슬픔을 느꼈던 나는 이놈들이 미치면 나를 죽일 것이라는 점을 상기했다. 이놈들이 어차피 죽일 요량으로 우리를 잡아들인지라 나는 죽음의 그림자를 느꼈다. 사람이란 매 맞는 것을 죽는 것보다 더 무서워한다는 것도 느꼈다. 그리고 무엇보다도 내 생각만 했다는 후회를 금할 수가 없었다. 후광이 나 때문에 죽는다는 생각보다는 내가 죽을지 모른다는 내 생각만을. 아까 쓴 대로 누가 나에게 광주에서 사람들이 많이 죽어서 사형당하지는 않겠다고 한 말도 들었다.

육군형무소에 옮겨진 후 면회 온 집사람을 통해 계엄령 위반자는 서울구치소에 보내졌고 육군형무소에는 이른바 내란음모자만 보내진 것을 알았다. 한승헌, 이해동, 한완상이 서울구치소에 있다는 소식을 들었다. 육군형무소에는 학생들과 재야만 있으니까, 학생들을 55일간 실컷 때려서 내란음모를 조작해 어른들보고 시인하게 했던 것이다. 집사람이 "여기 온 몇 사람은 죽인대요"라는 말도 했다.

이러한 흔들리는 마음속에서 우선 내 마음에 아무 자랑이 없었다. 그러고 보니 찬송가 중에서 부를 만한 노래가 없었다. 찬송가에 나오는 십자가를 지겠다는 가사를 노래할 기운이 안 나는 나임을 알았다. 내가 약해졌을 때 내가 남을, 후광을 죽게 한 것을 깨달았다.

그러던 어느 날 면회소에 갔다가 구내에 서 있는 큰 은사시나무를 보고서, 이 큰 나무도 나무를 심어서 자라게 한 것이 아니라 종자를 심어서 그 종자가 땅 속에서 썩어서 움터 나왔다고 생각하니 마음이 좀 편해지는 듯했다. 민주주의라는 나무도 그럴 것이라고 생각했다. 집사람과 면회소에서 이런 말도 나눴다. 나는 이런저런 자괴를 그 후부터 지금까지 쭉 하고 있다. 2000년 7월 어느 날, 대통령이 된 후광이 사건자들 내외를 모두 청와대에 부른 적이 있다. 이때에 집사람이 내 남편은 죄 없는 선생님을 매 맞게 하고 손도장 찍은 것을 늘 부끄러워하고 있다고 여러 사람 앞에서 말했다.

조사 과정에서 나만이 똑똑해 김대중 씨를 포위하게 된 것이 아니라는 것을 알았다. 김대중을 괴수로 하고 그 다음 자리에 문익환, 이문영, 예춘호, 고은인 것이 반가웠다. 목사, 교수, 비호남 정치인, 시인이 후광을 포위하면 후광의 정당성이 높아지는 것이니 안심이 되었다. 그리고 이 네 사람은 17년 후에 탄생한 후광의 정권 창출을 계속 도왔고 재야인답게 후광에게서 관직을 구하지 않았다.

재판 첫날, 나는 후광의 얼굴을 봤다. 꽤 수척해져 있었다. 그런데 그가 죽지 않을 것이라는 확신이 순간적으로 내 마음에 생겼다. 나는 사람을 보는 눈이 종종 있었다. 첫눈에 배선표 목사를 선한 분으로 알아봤고 고려대 특강 강의실에서 함석헌을 의로운 청교도로 알아봤다.

내 재판을 맡은 변호사는 1976년 3·1민주구국선언 사건 때와 동일한 변호사인 이세중 씨였다. 김대중 내란음모 사건 때는 변호사들이 무서워 기피했는데 나의 지명을 이세중 씨가 흔쾌히 받아줬다. 그는 내가 석방된 후 금일봉을 전하려 했으나 거절하셨다.

나는 재판관을 향해서 손을 들었다. 재판관이 멋도 모르고 내 발언을 허용했다. "재판 일정을 정하는 데 관계가 되어서 말하겠습니다"로 말을 시작했다. 재판관이 내 발언을 제지하지 않았다. "조사받을 때 내 양쪽 방에 한승헌, 이해동이 있었는데" 하고 잠시 말을 끊었다. 제지를 당하지는 않았다.

나는 뒤이어 다음과 같이 쏟아 부었다. "이분들은 저와 달리 무지하게 고문을 당해 몸 사정이 나쁘니 재판을 천천히 하십시오"가 내가 한 말이었다. 뒤에 앉아 있던 외신이 이를 받아서 고문으로 조작된 사건임을 보도했다. 내신은 죽어 있었다. 이 대담함은 취조 과정에서 한 계산 안에 포함된 것이었다. 후광이 외신의 주목을 받으면 그가 죽지 않을 것임을 나는 알았다. 나는 후광이 죽도록 손도장을 찍어준 약한 사람이었지만, 재판정에서는 다행히 담대했다. 이 담대함을 나는 하느님의 은총으로 알고 감사한다. 날보고 재판관이 앞으로 정치하겠느냐고 물었다. "정치를 하고 안 하고는 국민의 고유 권리이며 사적인 것인데 왜 묻습니까? 내가 정치를 하지 않겠다고 말하면 군인들이 들어서서 정치하려고 묻습니까?"라고 별들 앞에서 말했다. 참 다행이었다. 어떤 계엄령 위반 정치가는 이제는 집에 가서 아이들이나 돌보겠다고까지 말했는데…….

검사의 심문과 변호사의 반대심문이 이어질 때 내 말만을 하지 않고 이때 후광은 어떠어떠했다고 말했다. 후광을 '김 선생님'이라고 칭했다. 재판관이 날보고 "피고인을 존칭으로 언급하지 마십시오"라고 말했다. "김대중 선생을―여전히 김대중 선생으로 나는 말했다―특별히 존경하는 것은 여러분도 마찬가지 아닙니까? 그분에게만 깔고 앉을 방석을 주고 있지 않습니까?"라고 말했다. 이 말은 재판관을 놀리는 말이었다. 형무소로 가는 버스 안에서 후광은 "이 박사, 나는 다리가 아파서 담요를 받고 있는데 그렇게 말해서 이것마저 빼앗기

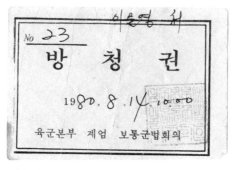

내가 김대중 내란음모 사건으로 재판받을 때 집사람이 받았던 재판 방청권(1980. 8. 14).

워싱턴에서 열린, 김대중 내란음모 사건 관련자들의 석방을 촉구하는 시위 장면.

면 어떻게 해요?"라고 말했다. "그렇게 되면 내놓으라고 말하죠"가 내 말이었다. 이 말을 후광이 대통령이 된 후 두 번이나 나에게 말했다. 나는 이렇게 별을 단 장군 법관을 놀리는 말만 한 것이 아니라, "내가 이 법정에서 혹살아 나가면 내 본적을 전라남도 광주로 옮기겠다"라는 진지한 말도 했다. 나는 전라도 사람을 편드는 것은 객관적인 마음이라는 생각을 그 후에도 변치 않고 하고 있다. 이 변치 않음을 쭉 보아온 우리 동네 사람들은 나를 지금도 전라도 사람으로 알고 있다.

나는 무기형 구형에서 20년 선고로 줄었다. 그런데 후광은 사형이 선고되었다. 교도관이 입회하는 면회에서는 집사람에게 국제연대가 어찌 되었는지 물을 수가 없었다. 은연중에 암호가 발전했다. 예를 들어 "홍걸이네와옥자네 결혼이 안 될 것 같다"라고 말하면 "후광 문제로 전두환과 일본의관계가 나빠지고 있다"는 뜻이 되는 식으로. 전두환이 레이건 대통령의 첫

국빈으로 미국에 간다는 것을 알았다. 나는 그 후 마음을 놓았다. 후광이 드디어 무기로 감형되었다.

나는 김해교도소에 있었는데 내가 석방되는 것을 이런 식으로 미리 알았다. 나를 지키러 들어온 한 교도관에게 나는 "일본 놈들이 나쁜 놈이죠?"라고 말했다. 일본이 서울 육군형무소에 갇혀 있는 후광을 일본에 데려다 놓으라고 해서 한일 관계가 나빠지니까 전두환 정부가 반일운동을 부추기는 것을 교도소 라디오를 통해서도 알 수 있었다. 천안의 독립기념관도 이 운동의 일환으로 생겨난 부산물이었다. 구내 방송을 통해 재소자들에게 독립기념관 기금으로 500원씩을 갹출하라고 했다. 그러던 어느 날, 교도관에게 내가 또다시 "일본 놈들이 나쁜 놈들이죠?"라고 말을 걸었다. 그랬더니 교도관이 "나쁜 것을 일본 놈들이 알기는 아는 모양입니다. 특사가 온답니다"라고 말했다. 나는 이 말을 듣자마자 감방 안에 있던 짐을 정리했다. 교도관이 왜 그러느냐고 물었다. 나는 "나도 나갈 날이 있지 않겠어요?"라고만 했다. 이 교도관이 나를 출옥시키려고 서울 근처의 의정부교도소에 내보내면서 나의 예견을 놀라워했다. 나는 1982년 12월 24일에 출옥했고, 후광은 1982년 12월 23일부터 1985년 2월 8일까지 미국에 망명했다.

우리는 무엇인지 알게 한 세 번째 옥살이

첫 번째 옥고는 기쁨을, 두 번째 옥고는 슬픔을 주었다. 세 번째 옥고는 나에게 무엇을 주었는가? 내가 죽을 뻔한 데서 나왔고, 우리가 실패해 군인 정권이 계속 이어졌으니, 내가 어찌 나는 무엇이며 우리는 무엇인가를 생각하지 않을 수 있었겠는가? 두 번째 옥고에서 얻은 깨달음은 자기 체제 내의 분열을 자초하는 적을 아는 것이었다면, 세 번째 옥고에서는 우리를 알게 되었다.

우선, 나에 대해 알게 되었는데, 나는 내 계산대로 승리하고 나온 사람이라기보다 조서에 하지도 않은 내란을 음모했다고 손도장을 찍고 살아남은 자이다. 이 손도장은 나를 죽게 하는 손도장이기도 했지만, 잘못하면 잡혀온 이들의 우두머리인 김대중을 죽이는 손도장이었다. 예수는 죽음을 맞이한 날 한 설교에서 서로 사랑하라는 새 계명을 주면서, 서로 사랑하는 예로 친구를 위해 죽는 것이 있다고 말했는데, 내 경우는 친구를 죽이고 나는 살겠다는 수작을 한 것이다. 나는 왜 예수가 서로 사랑하라는 예로써 이를테면 적을 사랑하라고 하지 않고 친구를 위하여 목숨을 버리라는 말을 했는지를 곰곰 생각했다. 함석헌 선생님의 제자들이 왜 선생님의 시 〈너 이런 사람을 가졌는가〉를 애송하는지를 곰곰 생각했다. 적을 사랑하는 것보다 친구를 위하여 죽는 것이 더 어려운 일이다.

내가 살기 위하여 친구를 죽이는 관행이 현실 정치로 옮겨 갈 때에 그 정치·행정 체제가 어떻게 되는가를 행정학자인 나는 곰곰이 생각했다. 각자의 이익을 위하여 상대방을, 심지어 자기 윗사람을 죽이는 《맹자》의 첫 부분 생각도 났다. 맹자를 본 양혜왕이 어른께서 내 나라에 오셨으니 내 나라가 이롭게 되겠다고 말하자, 맹자는 나라가 이(利)를 좇으면 서로가 서로를 죽이며, 심지어 당신의 신하가 당신을 죽이게까지 되니, 나라는 이(利)가 아니라 인의(仁義)만을 따라야 한다고 말한다.

이의 구도를 만들 것이냐 인의의 구도를 만들 것이냐를 결정할 이는 후광이었는데, 나는 5·17 직전의 후광에게서 어두운 그림자를 발견해 내 마음속 깊이 불안해했었다. 앞서 적은 간추린 일기에서 보듯, 후광이 마치 자기가 부릴 아랫사람을 찾듯이 재야인사를 정치하자고 찾는 데 열심이었던 것이 나는 불안했다. 이 불안은 점점 커졌다. 그 후 후광이 평민당 당수가 되었을 때 나는 문동환 국회의원의 추천으로 평민당을 진단한 적이 있는데 후광이 이를 반기지 않았고, 재야 시절에는 후광에게 "당신께서 이렇게 독주하면 출애굽에서의 모세같이 산을 못 넘게 됩니다"라고 말한 적도 있다. 그가 정권을 얻은 후인 1999년 5·6월호 《씨울의 소리》에서 그에게 당내 민주주의와 행정부 내 권한 위임을 권한 적이 있다. 이는 정치·행정 체제 내 구성원이 이가 아니라 인의를 향하도록 구도를 짜자는 말이었다. 즉 국회의원 공천을 대통령이 하지 말고 장관들도 임기를 길게 하라는 말이었다.

나와 후광 이야기는 이 정도로 하고 우리가 얼마나 잇속으로 움직였는지를 살피고자 한다. 일단 사형을 면해 살아남은 내 눈에 이런 일들이 비쳤다.

첫째, 해위는 1980년 4월 30일에 국민연합은 박해받는 후광과 관계를 끊어야 한다고 말했다. 5월 2일 석간에 이 의견을 냈다. 이런 태도를 가진 해위는 아니나다를까, 1980년 4월 14일에 그를 찾은 박영숙(안병무 부인), 이종옥(이해동 부인), 김석중(내 집사람)에게 어느 미국서 온 사람의 말이라 하며 두 사람 중 한 사람─그러니까 후광을 두고 하는 말─은 사상이 나쁘니까 죽여야 한다고 말했다. 5월 16일 양 김씨가 발표할 공동 선언의 기초 작업을 하는 데 후광 측으로 참가했던 나는 거산이 전두환의 중정부장 서리 겸직을 사임하라고 요구하기를 꺼리는 것을 확인했다.

해위는 전두환이 정권을 잡자마자 곧 변절했다. 우리가 교도소에 있을 때 그를 방문한 이해동 부인과 내 집사람 앞에서 텔레비전에 비치는 전두환의 얼굴을 가리키면서, "사람이 밉지는 않게 생겼죠?"라고 말했다. 1980년 삼일절을 기해서 국민연합이 성명을 냈을 때에도 해위는 성명서에도 없는, 양 김씨를 조정하겠다는 엉뚱한 말을 했다. 해위는 "거산이 민주화운동을 하도록 종용하겠습니다"라는 말을 하지 않고, 거산을 높이고 양 김씨의 분열을 도모하는 과도 정권의 술책에 장단을 맞췄다.

둘째, 정치가들의 생각이 이 정도인데, 정치가들에게 비판적이어야 하는 언론인은 이러한 정치가들보다 더 고루한 것을 확인한 곳이 바로 4월 25일

김대중 내란음모 사건으로 수감되었을 때 나는, 재야는 무엇인가 알게 되었다. 적을 사랑하는 것보다 친구를 위해 죽는 것이 더 어려운 일이다.

관훈클럽 토론장이었다. 나는 이 토론에 참석한 후 왜 십계명에 증거 없이 이웃을 비방하지 말라는 계명이 있는지를 생각하게 되었다. 독재 체제 밑에서 시달렸던 유대인들이 바로 이 터무니없는 비방에 시달렸을 것이 자명했다. 후광을 공산주의자로 매도하고 이것만으로 안 되니까 전라도 사람이라 매도했던 것이다.

셋째, 학계는 어떠했나? 기자를 길러내는 대학의 총장이나 총장을 지낸 사람들은 어떠했나? 자기 밑의 학장을 시켜 나의 복직 조건을 한 번도 아니고 여러 번 저울질했던 고려대 총장은 피 흘린 정권의 초대 총리가 되었다. 이 총장이 학계에만 있을 사람이 아니라고 예언한 유진오 헌법학자는 피 흘린 정권의 국정 자문위원이 되었다. 뭔가 이 두 사람이 이상하다고 내 마음에 걸려서 일기에 적었더니, 과연 내가 교도소에 있는 동안 각각 제 길로 가고들 말았다.

넷째, 학생들은 어찌했는가? 그들은 계엄 당국의 양동작전에 놀아났다. 초강경 정권, 그중에서도 정치군인들이 이렇게 여러 가지로 깨어 있지 못한 국민을 향해서, 구체적으로는 대학생을 향해서 5·17 직전에 한 일이 무엇이었는가? 데모를 자발적으로 한 것처럼 대학마다 교문을 활짝 열게 하고 학생들이 대거 거리로 쏟아져 나오게 한 양동작전을 편 것이 전두환의 신군부였다. 학생들은 데모를 자제할 생각이 있었고, 특히 5월 16일에 전국총학생회장단이 가두·교내 시위를 일단 중단하기로 했지만, 대학마다 이상하게도 교문이 아예 열려 있었다. 5월 16일은 금요일이었고, 주말만 지나면 개회하기로 된 국회에서 계엄령 해제가 의결될 일정이 있던 때에 오히려 과격한 시위가 일어난 것을 우리는 의심하고 걱정하는 마음으로 바라보았다.

다섯째, 재야 일반은 어떠했는가? 김정순 장로의 염려와 같이, 김관석, 박형규는 소극적이었다. 이들은 교회협의회를 못 떠나는 듯했다. 문익환은 후광에게 힘을 실어주기보다는 뭔가 독자 노선이 있었다. 한번은 조간 신문에 예춘호가 후광의 비서실장이고 내가 연구실장이라고 보도된 것을 보고 문익환은 나에게 와서 후광을 떠나라고 말했다. "저놈들이 후광을 박해하는데 어떻게 떠납니까? 박해받는 자를 버리고 무슨 재야가 있고, 순수한 재야가 무엇 때문에 필요합니까?"라고 나는 단호하게 말했다. 문익환은 출옥 후 선민주가 아니라 선통일 노선으로 고정되었다. 그러나 큰사람 문익환은 홀로 자신의 말에 책임을 지는 선통일론자였다. 그는 혼자서 거듭 옥고를 치렀다. 서남동과 안병무는 민중신학으로 갈라졌다. 전두환은 민주화하겠다는 사람을 겁을 내지, 통일이니 민중이니 말하는 이를 덜 무서워했다. 전두환이 덜 무서워한다는 것은 우리의 단결이 해이해진다는 뜻이었다. 5월 12일 회의에서 보듯, 정치하겠다는 재야는 나를 포함해 한 사람도 없었다. 5월 10일 토요일에 나는 동학제라는 '잔치'에 가자고 친구들을 불러댔으나 아무도 응하지 않았으며, 나는 지치고 피곤해서 그 다음날인 일요일에는 집에 누웠다. 그렇게 분주하게 다니던 내가.

그러나 나는 재야의 정치 기피증을 오늘에서야 이해한다. 재야운동까지 한 사람들을 담아내는 민주제도가 제시되지 않는데 어떻게 정치를 한다고 나설 수가 있었겠는가. 봉사하는 것이 정치인데, 한자리하는 것이 정치였기에 우리는 순수했다고 보아야 하지 않을까? 이러한 정치 참여관이 그 후 바뀌어, 김대중 정권 때는 측근 정치가 있었는데도 문동환, 이우정 등은 정치에 직접 참여했다. 나는 이 참여를 못마땅하게 생각했다. 이들의 참여로 김대중 씨의 측근 정치가 바로잡힌 것도 아니고 이들이 속해 있던 한국기독교장로회가 그만큼 바른말을 못 하게 되었기 때문이다. 제1공화국 때 함태영 목사가 부대통령이었기에 교회가 이승만을 향해서 바른말을 하지 못했던 것과 같다. 재야는 정치에 대하여 바른말하는 데 그 생명이 있다. 목사, 전도사는 끝까지 목사, 전도사여야 한다.

뉴욕에서 열린 민주화운동 인사 환영회에서 김대중 씨와 함께(1983. 9. 30).

　어쨌든 나는 이 툭하면 갈가리 찢길 인자를 가진 운동체를 어떻게 하나로 만들까를 고심했다. 이러한 내 고심을 후광이 아는 듯했다. 날보고 후광이 "이 박사를 사람들이 좋아합니다"라는 말을 자주 했다. 그러나 나는 자신이 없었고 시간도 없어서 그날이, 5월 17일이 벼락같이 우리에게 다가왔던 것이다. 벼락 맞은 후 나는 긴 싸움이 남은 것을 직감했다. 법정에서 후광은 민주화가 10년은 늦어질 것이라고 말했지만, 나는 더 길게 보았다. 나는 문익환, 서남동, 안병무 등의 이탈을 심상치 않은 분열의 조짐으로 보았다. 더 길게, 모르긴 해도 내가 이 책의 집필을 끝낼 때까지도 이런 식의 분열은 계속될 것이다.

　1983년 겨울에 미국의 레이건 대통령이 방한했을 때 성래운과 나는 기독자교수협의회 프로그램으로 미국과 유럽에 3개월간 강연 여행을 떠났다. 국내에서 레이건 방한 반대 운동을 하게 하는 것보다는 두 사람을 내보내는 것이 낫겠다는 중앙정보부의 판단에 따른 것이기도 했다. 나는 방미

중에 미 국무부의 한국과장을 만났다. 망명 중인 후광이 날보고 내가 자신보다 낫다고 말했다. 후광은 그 정도의 관변 측 인사도 아직 못 만나고 있었다. 나는 이 만남에서 전두환은 5년 임기만을 끝내고 더 하지 않을 것임을 시사하는 말을 들었다. 나는 국무부 한국과장에게 해직 교수의 복직을 청했다. 귀국한 뒤에 두 가지가 생겼다. 첫째, 1984년 5월에 민주화촉진협의회가 발족되었을 때 문익환, 예춘호, 이문영은 이 협의회가 양김의 단합을 의미하는 것으로 기대해, 김상현을 후광 쪽 대표로 거명했다. 말하자면 정치를 정치인에게 맡긴 것이다. 둘째, 1984년 9월, 학기 중에 미국에 있던 한완상을 포함한 전체 해직 교수들이 복직되었다. 9월 학기보다 6개월이나 앞선 3월 13일자 신문에 대문짝만 한 글씨로 신문마다 미복직 교수의 명단이 나왔다. 문교부의 발표였다. 짐작건대 우리를 복직시키고자 한 미 국무부의 고려에 의한 것이었다고 생각한다. 나에게 김대중 내란음모 사건의 종점은 고려대 교수직 복직이었다.

3부

버림인가, 버려짐인가?

9

세 번째 복직 이전

새로이 싹튼 소망

이 장에서 다루는 시기는 내가 세 번째로 출옥한 1982년 12월 24일부터 고려대에 복직한 1984년 9월 1일까지 약 1년 9개월간이다. 이 1년 9개월 동안 '우리가 실패했다'는 패배감이 오히려 내 안에서 새로운 소망을 잉태하게 한다는 것을 알았다. 함석헌 선생의 말과 같이 테니스 공은 땅에 떨어져야 튀어 오르며, 피아노의 건반은 사람의 손이 두드려서 베토벤의 〈월광〉을 만든다는 것이다.

그런데 이 소망은 1, 2년을 참는 데서 생기는 것이 아니라 긴 시간 지평의 것이었다. 김대중 씨는 법정에서 우리가 억울하게 잡혀서 민주화가 한 10년은 늦어지겠다고 말했다. 이 말을 듣고 나는 35년 전이라는 먼 과거에 열여덟 살 학생일 때 유진오 교수가 "주권재민에서 만들어진 헌법만이 현대 헌법이다"라고 한 말을 생각했다. 국민이 실망하고 두들겨 맞은 후에 올라와 주권자로 살아남으려면 긴 시간 지평이 필요했다. 이 긴 시간 지평은 나에게 이런 것들을 의미했다.

첫째, 우선은 동지애와 동지들과의 연대를 키워야 했다. 사랑과 연대는 하나의 잔치이다. 이 잔치는 후광이 미국에 가 있었기에 후광이 부르는 잔치가 아니었다. 이 잔치는 앞으로도 후광이라는 한 인물보다 더 고난받을 더 많은 백성이 베푸는 잔치여야 했다. 따라서 이 잔치에는 실패한 집단의 구성원들이 서로 미워하고 실패의 책임을 동지에게 돌릴 시간이 허용되지 않았다. 이 동지애는 오히려 동지에 대한 관용과 존경이 마음속 깊은 데서 스며 나오는, 그러한 기다림이며 참음이어야 했다.

둘째, 우리가 베풀어야 할 잔치를 설명하는 언어 안에 주권자라는 언어가 생겨야 했다. 잔치를 베풀며 참여하는 자가 동일인인 주권자 국민이라는 것이다. 나는 1983년 가을에서 1984년 1월까지 3개월간 북미·유럽·일본을 거친 한 강연 여행에서 새로운 말을 했다. 나는 '보통사람'이기에 이 모든 고통을 참는다고 말했다. 백성의 고난이 있기에 소망이 있다는 말이었다. 나는 곳곳에서 외국인들과 교포들에게 기립 박수를 받았다. 일본 《아사히 신문》은 '사람'이라는 기사를 1983년 11월 3일자로 냈고, 일본 월간지 《세카이(世界)》는 1984년 8월호에 내 강연 내용을 게재했다. 내 강연을 들은 미 국무부 인권 차관보는 나에게 그런 강연은 아무나 하는 것이 아니라는 평을 했다.

셋째, 나는 나를 버림으로써 나를 살릴 생각을 하기 시작했다. 아니, 어떻게 보면 나는 실제로 버려지기도 했다. 교도소에 세 번 갔다 온 나는 내 자리를 주장할 만도 했는데 그렇게 하지 않았다. 예를 들어, 한국교회협의회 정치에서는 밀렸고, 복직된 고려대에서는 철저하게 한 사람의 교수였다. 내가 복직되어 한 첫 강의에서 뱉은 첫마디는 강의 내용에 관한 것이었지 신상 발언이 아니었다. 나는 과 교수회의에 누구보다도 일찍 나가 끝까지 않아서 주로 듣기만 했다. 이런 버림과 버려짐이 왜 필요했나? 가장 큰 이유는 그렇게 하는 것이 내 몸에 편해서였다. 이를 좀 더 현학적으로 말하면, 이것은 내가 죽음으로써 살아나고자 함이었다.

어느 날, 나는 위에서 말한 첫 번째 생각에 해당하는 범주가 일하는 '방법'이요, 두 번째 생각에 해당하는 범주는 할 '일'이요, 세 번째 생각에 해당하는 범주는 일을 할 '사람'이라는 내 생각을 오재식, 오충일 두 사람에게 말하기도 했다. 오재식이 날보고 밤을 같이 새면서 내 머리에 든 것을 빼내야겠다고 말해, 오충일, 김용복도 함께 있던 그 자리에서 방법, 일, 사람이라는 세 범주를 다음과 같이 말했다.

"민중을 사랑하는 '일'을 하면서 강조해야 할 것이 둘이 더 있다. 하나는 민중을 사랑하는 이가 자기 자신을 '사람'으로서 어떻게 생각하면서 사랑하느냐이고, 다른 하나는 민중을 사랑하는 '방법'이 뭐냐는 것이다. 민중에 대한 사랑은 할 '일'이라는 과제를 제시할 뿐, 일하는 이인 '사람'과 일하는 '방법'을 제시하지는 않는다."

나는 이 무렵에 쓴 일기에 이 세 가지 생각의 '배경이 되는 생각(behind thought)'이라고 쓰고서 "인간, 과제, 방법은 성부, 성자, 성신 혹은 믿음, 사랑, 소망의 세 가지와 같다"라고 썼다. 사람은 신과의 합일을 통해서 원래의 모습이 드러나므로, 믿음으로 살아야 사람으로 살아난다. 사람이 세상에서 할 과제란 이웃을 사랑하는 일인데, 이 이웃의 전형은 나를 위하여 자신의 목숨을 버린 예수이다. 일은 지식·정신·성신 등의 방법으로 하며, 사람에게 이런 것들이 있기에 소망이 생긴다. 이러한 세 가지 분류는 3장에서 이미 쓴 것처럼 나의 첫 저서 《행정학》 1장 1절에 나오는 분류이기도 하고, 내가 인창고등학교 영어 교사로 있을 때 Be동사, Do동사, Have동사를 구별하면서 생각했던 것이기도 하다. 이 세 가지에 제목을 붙이면 다음과 같다.

일하는 방법 ― 동지와의 연대
일의 내용 ― 주권자의 등장

사람—버림으로 사는 나

돌이켜보니 방법, 일, 사람에 관한 사고의 전환은 더 일찍 있었다. 어린 시절 배재학당에서 이제부터는 공부를 잘하되, 나라를 위하여 기독교의 틀 안에서 하자고 한 결심은 '일'에 관련된 사고였고, 종로서 형사 앞에서 의연하셨던 내 아버지의 모습에서 나는 마땅히 있어야 할 사람의 모습을 보았다. 교회에서 동생들 때린 것을 뉘우친 것이 내 '방법'의 시작이었다. 연세대를 졸업한 후 고려대 행정학과 교수로 취임해 나를 예전부터 아는 문명재 교수는 나를 "순수하고 예리하고 힘이 있는 사람"이라고 평해주었다. 나는 이 평을 내가 갈 길을 말해준 격려로 받아들인다. 순수하다는 것은 사람의 바탕을 말하며, 예리하다는 것은 일할 준비가 되었다는 뜻이고, 힘이 있다는 것은 악한 통치자와 부딪쳐 희생당한 이가 터득한 생명의 오묘함을 뜻한다. 문 교수의 세 마디와 어릴 때의 고사 세 가지를 비교해보자.

문명재의 말	내 어릴 때의 고사
순수하다(방법)	동생 때린 것을 뉘우친다. -Y를 면하려는 것이니 순수하다.
예리하다(일)	공부를 잘하되, 나라를 위하여 기독교의 틀 안에서 한다는 것은 일의 목표가 다목표인데, 이 다목표가 나를 그만큼 예리하게 만든다.
힘있다(사람)	독재에 저항해 민주주의를 지향하니까 힘이 있다.

고려대에 복직하기 직전에 나는 이 방법, 일, 사람에 관한 생각을 좀 더 견고하게 만들었다. 모르긴 해도 앞으로도 이 진지함이 적어도 한 번쯤은 더 있을 것 같다. 예를 들어 이 책을 탈고할 무렵 정도에 아마 나는 다시 '사람'으로서 자신을 버린 공직자를 탐구하고, 세상이 좀 더 윤리적인 새 문명이기를 '일' 면에서 바라고, 이런 것들을 준비하기 위한 '방법'으로 고

전 공부에 좀 더 충실해야겠다고 다짐할 것 같다. 내가 생각하는 새 문명이란 이 사람, 일, 방법을 맴돌 것이다. 맨사람이 공직자이고, 마땅히 해야 할 일이 새 문명이며, 일하는 방법은 고전 연구인 미래를 나는 꿈꿀 것이다.

지금부터 내가 상술하는 내용은 한낱 주권자라는 소망을 안고 행한 나의 첫 몸부림에 불과하다. 이 책의 집필이 끝날 무렵인 2007년 초이면 내가 세 번째로 옥고를 치른 지 25년이 되는데, 이렇게 25년이 흐른 뒤건만 동지와 연대가 안 될 것이고, 주권자가 정확하게 등장하지 않을 것이며, 나를 버리지 않은 사람 천지일 것이다. 다시 말해 동지들인 세 의장 중 한 사람인 윤보선은 전두환 쪽으로 갔고, 나머지 사람들은 선통일·선민중·선생명·선정치·선반공, 그리고 무엇보다도 참여의 구실 하에 '선잇속'으로 갈라졌으며, 올바르지 않은 정치가 주권자보다 앞서는 세상이 민주화되었다는 세상일 것이다. 그러나 아무리 어렵고 길게 걸려도 좋은 시작을 시작해보자.

김영삼 씨 동조 단식투쟁의 전말

출옥 후 추운 첫 겨울이 지난 어느 날, 말하자면 백화난만(百花爛漫)의 봄이 왔다. 1983년 4월 어느 날에 평화의 동산에 꽃들이 피었다. 평화를 주제로 한 기독교사회문제연구원의 한 세미나에서 의견들이 많이 나왔다. 이 회의는 이 연구원의 지난 세미나에서 리영희가 '미군 철수안'을 내고 내가 '긴장 완화를 동반하는 민주화안'을 내서 박형규가 중간 안으로 '평화'라는 안을 제의해 모인 회의였다. 우선 김용구(金容九), 이삼열(李三悅)이 많은 자료를 가지고 발제를 했다. 이를 기점으로 해서 그날과 그 다음날 이틀에 걸쳐 대충 다음과 같은 의견들이 나왔다.

서남동: 평화를 기능적으로 다루자.

송건호: 한반도 문제와 연결 짓자.

권호경: 군사 통치를 종식하자고 말하자.

함석헌: 평화는 세계평화 없이 불가능하다.

문익환: 국내 정치에서의 평화가 평화로 통칭되는 것이 구약성서의 입
　　　　장이다.

이우정: 남쪽에 민주 정부 세우기보다 남북이 통일부터 하자는 논의는
　　　　안 된다.

강구철: 평화 논의는 전두환 나가라는 직언을 피하는 말이며, 청년들이
　　　　싫어하는 말이다.

　이렇게 모인 사람이 한 차례씩 말을 했다. 나는 세계정부를 수립하는 것
까지를 최종 목표로 세우는 것이 오히려 현실적 대안이라고 말했다. 이 생
각이 익어서 2002년부터 쓰기 시작한 《협력형 통치》라는 책에서 나는 여러
단계를 거쳐서 형성되어야 할 정부를 세계정부라고 불렀다. 곧 세계정부는
국가 단위의 관료 조직과 민회 조직이 형성된 다음에야 기대할 수 있다는
말이다. 함석헌 선생은 세계정부까지는 몰라도 세계평화여야 한다고 하시
며, 인권운동이 국제 연대 없이 어떻게 가능하겠느냐고 지적하셨다. 유인
호는 내 말을 비현실적인 말이라고 했다. 그러나 곧이어 고은이 현실에서
민주화를 진일보시키다 보면 그 진보된 현실 속에 세계와 평화롭게 사는
세계정부의 인자가 잉태되게 마련일 것이라고 말했다.

　이러한 논의를 마친 다음날인 1983년 4월 14일에는 장소를 두 곳으로
옮겨가면서 문익환의 선통일론을 바로잡는 논의가 활발히 이루어졌다. 내
일기에는 국내 정치를 존중하던 문익환이 왜 하루 사이에 의견이 달라졌는
지 안 적혀 있다. 다만 문익환은 민주화가 곧 통일이며 통일이 곧 민주화라

고 분명히 말했다. 문익환이 날보고 의견을 말하라고 했다. 나는 민주화가 통일에 이를 수는 있어도 통일이 곧 민주화라는 논의는 통일을 빙자한 독재 정부의 출현을 불러온다고 지적했다. 나는 선통일론은 운동에서 기피해야 할 인기주의라고까지 극언을 했다. 여러 의견이 속출했다.

이우정: 통일이 민주화를 보장하지는 않는다. 문익환은 통일을 가지고 강연을 하지 말라. 통일 정부가 독재하는 나라가 얼마든지 있다.

고은: '래디칼'보다도 더 앞선 것은 현실 속에서 민주화를 진일보시키는 일이다.

박형규: 통일 논의는 운동을 붕 뜨게 만든다.

서남동: 전두환을 비판하지 않는 통일 논의는 무의미하다. 남이 민주주의 하고 북이 공산주의 하면 어떠냐? 각각 좀 나아지기만 하면 좋지.

권호경: 민주화가 당면 과제다.

이경배: 이문영의 의견에 동의한다.

이해동: 서독은 통일을 안 했는데도 잘하지 않는가? 실향민의 귀향 심리로 통일을 말할 수는 없다.

그러다 통일을 깎아 말하는 것을 삼가자는 말들이 나왔다. 이처럼 문익환 목사와 나는 의견이 달랐다. 그러나 쿠데타 정권을 향한 우리의 행동은 한가지였다. 예를 들어보자. 4·19 날 안병무 교수 댁에서 예춘호, 김종완, 고은, 김상현, 문익환 내외, 이해찬, 이해동 내외, 우리 내외가 모였을 때 다음과 같이 의견을 모았다.

'어차피 쿠데타 정부는 넘어지게 되어 있고, 후광은 나가 있으니 안전하고, 다만 재야가 과격해지지 말아야 이 사람들이 파쇼화하는 구실을 안 주게 된다.'

이렇게 문익환을 포함한 여러 사람들이 의견 통일을 이루었다. 안병무 교수 댁에 형사가 와서 문익환을 찾았다. 안병무의 부인인 박영숙이 나가서 내 집에 온 손님을 만나게 할 수 없다며 싸움을 해서 보낸다. 같은 날 저녁에 문익환의 부인이 나에게 전화를 했다. 안기부(전두환 집권 이후 중앙정보부가 이름을 바꾼 관청) 직원 7, 8명이 출두요구서를 갖고 왔고 어머니는 충격을 받아 누워 계시는데 어떡하면 좋냐고 했다. 나는 이돈명 변호사에게 전화로 자문을 얻은 뒤 곧 집사람과 함께 문익환 댁에 갔다. 출두요구서는 국가보안법 위반 혐의를 조사하겠다는 내용이었다. 안기부 직원과 옥신각신한 끝에 그 다음날 아침 여덟 시 반에 세종호텔에서 문익환 내외와 안기부 직원이 질의와 응답을 하기로 했다. 나는 혼신의 힘을 다해 교섭했다. 이때 교섭 상대였던 안기부 최 과장의, "이 교수님 눈이 마치 수사관같이 날카로웠습니다. 언제 한번 같이 대포 합시다"라는 말이 그때의 나의 열심을 말해준다.

동지와의 연대를 보여주는 다른 한 가지 예가 있다. 이는 1983년 5월 18일부터 거산(巨山) 김영삼 씨가 단식투쟁에 들어갔을 때 전두환을 반대하는 동지들이 연대한 일이다. 이때 앞으로 거산 편을 들고 정치할 사람과 정치하고자 민주화운동을 하지 않은 내가 연대했다. 이 단식 후에 거산이 날 보고 함께 정치하자는 제의를 했을 때 나는 정치를 하지 않겠다고 맹세하는 듯한 말은 하지 않고, 다만 정권이 거산이 아니라 후광을 박해하고 있으므로 거산은 후광과 경쟁하거나 후광을 앞설 수 없다고 말했다. 내가 거산을 단식으로 도왔으면서 거산과의 정치적 연을 이렇게 끊었으니, 거산 동조 단식은 내가 생각하는 동지 간의 연대가 무엇인지를 보인 사건이기도 했고, 동시에 내가 거산으로부터 혜택을 거절한 것이니 속되게 말해 내게 이득이 되는 일을 버린 사건이기도 했다. 거산은 그 후 나를 부르지 않았고, 대통령이 된 후 청와대에서 YH 사건 관련자들을 불렀을 때에도 나를 안 불렀다. 동조 단식에서 거산의 제의 거절에 이르는 진전은 다음에 인용한 내 일기에서 보는 바와 같이 지루하고 힘들었다.

1983년 5월 23(월)

나는 5월 19일(목) 1시에 출발해 23일 2시에 귀가하는 전남지방 강연을 다녀온다. 서울에 도착한 날 지학순 주교의 출판기념회에서 문익환 말이 "18일부터 김영삼이 단식인데 혼자서라도 단식하겠다"는 것이다(이 혼자서라도 단식하겠다는 말이 감히 나왔다는 것이 의미 있다. 이 무렵 갈릴리교회를 이제는 그만두자는 말을 문익환이 했었다. 혼자서 평양에 갔다 올 생각의 징조이다). 나는 "합의가 되면 성명서를 내죠"를 말한다. 문 목사는 "백기완이 성명서에 서명한다고 했어"라고 말한다.

1983년 5월 25일(수)

아침내 내 집 서재에서 문익환, 예춘호, 계훈제와 김영삼 단식 문제를 논의한다.

2시 KNCC 인권위원회 참석. 박형규 위원장 말, "아침에 이민우 씨가 인권위가 김영삼 씨에게 관심을 가져달라고 전화가 있었는데 뭔가를 해야겠다"라고.

이문영: 단식 중인 김영삼 씨를 위원장이 방문하고 이분의 연금, 단식을 둘러싼 인권 문제에 관하여 위원장이 성명을 발표하자.

금영균: 반대다. 정치인이다.

이문영: 정치인이라고 더 소외당할 수 없다. 김씨 단식이 외신에 크게 보도되어 있어서 이 일을 무시할 수가 없다.

저녁에 원풍모방 구속 노동자를 위한 기도회가 홍제동 성당에서 있은 후 10시경부터 새벽 2시 30분까지 교회 근처 조성우 집까지 기도회에 갔던, 다음과 같은 사람들이 모여서 대책을 논의한다.

이부영, 문익환 내외, 계훈제, 예춘호, 김종완, 문국주, 강구철, 최열, 조성우, 송기원, 이석표, 이해찬, 설훈, 이문영

이 모임에서 김영삼 단식 지지는 박형규 인권위원장 방문 시 내가 동행하며 NCC 인권위가 조치를 취하는 것으로 족하며, 거산의 성명서에서 전두환 물러가라는 말을 못 했는데 재야가 낼 시국성명은 무조건 물러나라고 쓰며, 월요일에 피크닉을 가장해 도봉산에서 확대회의를 하기로 한다. 다만 시국선언을 내면 과열해지고 있는 학생 시위를 고려해, 가톨릭과 비기독교가 고루 참여하는 시국선언을 내자는 것이 내 의견이다. 시국선언의 베이스를 넓히기 위해 서명자들을 몇몇이 분담해 접촉하기로 한다.

이문영은 박형규, 조남기, 권호경을,

이부영은 백기완, 리영희, 성래운을,

문익환은 김승훈, 함세웅을,

예춘호는 박종태, 양순직, 고영근을,

김종완은 김상현, 한승헌 등을.

이 시도는 국민연합이나 김대중 내란음모자가 주동했다기보다는 계훈제, 이부영, 최열, 문국주 등이 첨가된 것이다. 회의에서 김종완이 문익환의 단독 동조 단식을 반대한다. 학생들이 어려운 때에는 않고 김영삼 씨 때문에 하는 것이 서툴고, 김영삼을 도왔다고 그가 우리의 말을 들을 사람이 아니라는 것이다.

1983년 5월 26일(목)

사회선교협의회 총무인 권호경 목사와 의논한다. 그는 가톨릭이 움직이

고 기독교지도자회의가 승인하지 않으면 성명서를 못 낸다는 것이다. 따라서 6시에 목민선교회 주최 교양 강좌에 참석해, 이 모임에서 보는 사람들에게 성명자를 다다익선 식으로 구할 수가 있었는데 나는 〔그렇게〕 안 한다.

1983년 5월 27일(금)

2시에 NCC 인권위에서 문익환, 박형규 등과 회동. 박형규 서명 불참을 시사. 문익환은 중요 인사가 않더라도 서명자 수를 늘리다 보면 가톨릭과 개신교가 각각 움직일 것이라고 말한다. 나는 중요 인사가 않는 것은 서명할 만한 명백한 사태가 아니라는 것이며, 그런 성명서는 김영삼을 보호할 수도 없고, 우리의 단결에 금이 간다고 말한다.

저녁 7시 30분 성결교회 청년 연합 집회에서 '회개와 인간 존엄의 행동'을 200명 청중 앞에서 한 시간 반 동안 강연한다. 나올 때 현아보고 어느 여자가 "강사가 친아버지냐?"를 물었다고 한다. 그렇다니까 "참 좋겠다" 하면서 "감동을 주는 강연이었어요"라고 말했다 한다.

1983년 5월 28일(토)

10시. 청담교회 조남기 목사의 말, "김대중 내란음모 사건자들만 갖고서 성명서를 내놓는 것은 여러 가지로 뜻이 있으나 확대는 안 된다."

12시에 그랜드호텔에서 송원영을 만나다. 4, 5년 후에나 정치 변화가 온다는 시국관이다. 나도 다른 해직 교수와 같이 매달 50만 원을 받도록 김준엽 총장에게 말해주겠다고 한다〔나에게만은 학교 당국이 끝까지 50만 원을 안 주었다〕. 병이 있는 분에게 호의와 대접을 받는다.

1983년 5월 29일(일)

조성우, 최열, 문익환, 이문영이 갈릴리교회 후 마론에서 회동. 조·최가 동지들과 의논한 안이 '문익환, 이문영, 예춘호 3인만 하라'는 것이다. 신·구교가 정확히 뒷받침 않는 것을 할 수가 없다면서. 문익환은 동의. 나는 의아해함. 모임 후 나는 예춘호 댁에 간다. 예춘호 찬성. 나는 우리만 붕 뜬다고 이의. 함석헌, 지학순, 박형규 등을 합해 6인이 하기를 제의. 밤늦게 귀가해서 성명서에 담을 논리를 다음과 같이 구상한다.

의미 있는 민주화 요구가 있었는데도 불구하고 이 요구를 정부가 안 들어주면 사회 혼란이 생길 것이다. 민주화 증후는 다음과 같다.
- 원풍모방 구속 노동자의 단식, 가족들과 민주 인사들의 농성 단식
- 연금을 당하면서도 모이는 광주 의거 3주년 추모 예배
- 원풍모방 노동자를 위한 홍제동 성당에서의 2000명가량의 기도회
- 26, 27일 양일간에 보여준 대학생들의 가두 진출 기미

1983년 5월 30일(월)

6시 30분경 문익환이 성명서를 만들어 옴. 함석헌으로부터 서명을 받으러 함께 댁에 간다. 함께 가서 문 목사께서 읽고 이를 들은 함 선생께서 "이제는 뭔가를 해야 한다"라고 하시면서 서명하시다.

8시에 기독교장로회 회의실에서 김관석, 박형규, 권호경, 김상근, 이해동, 문익환, 이문영 등이 회동. 권호경 제의로 '문익환, 예춘호, 함석헌 세 분만 하라'를 합의한다. 왜냐하면 셋만 있으면 더 할 사람도 있는데 안 했다는 인상을 안 받는다는 것이다. 일리가 있다. 회의 후 이해동이 날보고 "박형규가 안 들어가니까 이 박사까지 빠지는 것입니다"라고 말한다. 물론 그런 저의를 짐작할 수는 있다. 후속 성명에도 박형규가 빠질 터인데 나도 빠지는 것일까? 문익환이 원주로 지학순 주교에게 서명을 받든지 내용을 알리러 가다.

11~1시: 도봉산 종점 초입 숲에서 윤반웅, 계훈제, 이부영, 성래운, 두세 분 목사들, 설훈, 송기원, 조성우, 최열, 박용길, 김석중 등 회합. 내가 경과를 보고한다. 단, 계훈제의 '다다익선론'이 나오고 서명을 안 할 바에는 왜 불렀느냐고 항의다. 이 회의는 계속되고 나는 종로5가 인권위로 향한다.

2시 30분: 인권위원장 박형규 목사, 윤수경 간사 등과 함께 서울대병원으로 김영삼 씨를 방문한다. 그의 연금이 간밤 자정 현재로 해제되었기에. 수염을 안 깎았고 파리한 모습이다. 사심이 없는 동기에서라는 강조를 하며, 혼잣말만을 하고, 감옥에 갔다 온 나에게 인사말이 없다. 내려오다가 광주 부상자를 방문하다. 이름은 잊었는데 육군 중위 출신자다. 하반신을 못 쓰는데 수기를 세상에 남기고 싶다고 박 목사에게 전한다. 얼굴 표정이 밝다. "저는 앞으로 할 일이 있습니다"가 그의 말이다.

인권위로 돌아와 원주에 갔다 온 문익환 목사를 만난다. 서울 강남성모병원에 입원 중이란다. 문익환, 예춘호, 이문영이 강남성모병원에 간다. 위독하다고 면회를 거절당한다. 지 주교는 일전의 그의 출판기념회 때 신부라고는 단 두 명이 참석한 것에 충격을 받으셨다고 한다. 그가 외롭고 우리는 그런 외로운 분을 잡으려는 것인데, 그를 잡지도 못할 정도로 우리는 외롭다.

또 마론에 문·예·이가 최열의 인도로 간다. 이부영, 조성우가 와 있다. 광주의 홍남순 변호사를 모시러 누군가가 갔다는 것이다. 내일 10시 30분에 NCC 사무실에서 5인이(그러니까 홍남순이 온다는 전제로 내가 들어가고) 모이면 내·외신 기자들이 오게 돼 있다는 것이다. 나는 NCC 쪽 동의를 받아달라고 말한다. 최열이 권호경 목사의 오케이를 받았으니 참가해달라는 것이다. 긴 시간을 다음 안건으로 토의한다.

1. 조성우는 자기가 건넨 두꺼운 성명서를 왜 문익환 목사가 사용하지 않았는가의 성토이다. 내 말은 밤 2시 30분에 어떻게 문 목사가 이를 다듬

느냐이다. 그대로 복사만 하는 데도 시간이 걸리는데……. 그리고 나는 문 목사 문안을 좋다고 생각했다는 것이다.

2. 이부영 말은 참가자를 넓혀서 시간을 연기하더라도 발표하자는 제의를 한다. 나는 가톨릭과 NCC를 무시하고 할 정도의 중요 사태는 아니고, 다만 김영삼 씨는 10일 이상을 단식한 점에서 위급하다고 말한다.

3. 조성우·이부영의 불만은 회의 결과를 무시하는 처사이나 나는 타협안으로 1) 내일 발표는 계획대로 하고, 2) 두꺼운 성명은 ① 비기독교 신자들의 거물급들, 예를 들어 이호재, 백기완, 리영희, 변형윤 등이 서명한다는 전제 하에 하되(왜냐하면 그 정도 사람이 움직여서 문제가 명백하게 드러나니) ② 나는 성명서에 백지 위임은 않겠고 반미·선통일 경향의 논의에는 동의할 수 없고, 3) 따라서 내일 성명서 발표 후 이부영, 조성우가 나와 만나 문안 검토를 해달라고 결정한다.

1983년 5월 31일(화)

일찍이 함석헌 선생 댁에 간다. 김영삼 씨만을 위한 단식은 못 하겠다고 말씀이시다. 다만 10시 30분경에 NCC 총무실에 나오신다고 하신다. 나는 따로 간다. 10시 30분이 좀 못 되어서 총무실에 들어섰더니 NHK 기자가 이미 와 있고 김소영 총무, 문재린, 김신묵, 문익환, 박용길 등 문 목사님 댁 식구가 계신다. 좀 있다가 예춘호, 홍남순, 함석헌 등이 들어오시다. 나는 문 목사에게 김관석 목사에게 가, 내가 사인하는 것에 동의를 받아달라고 갔다 오시게 한다. 박형규 목사가 들어와 권·김의 양해를 구한 바를 말하고 내가 사인한다는 것을 박 목사에게 통지한다.

기자들보고 우리가 서명하는 절차가 있으니 별실로 나가달라고 문 목사가 말한다. 문 목사가 문안을 읽으신다. 내가 김영삼 씨와 더불어 단식한다는 말을 **빼자**고 제의한다. 홍남순, 함석헌이 동의한다. 연령순으로 함석헌,

김영삼 씨 단식투쟁을 돕겠다는 성명서를 발표하기 위해 모인 재야인사들. 아랫줄은 왼쪽부터 문익환 목사의 부모인 문재린 목사와 김신묵 여사, 함석헌 선생, 홍남순 목사이시고, 윗줄 왼쪽은 문익환 목사, 가운데는 나, 오른쪽은 예춘호 씨이다.

홍남순, 문익환, 이문영, 예춘호가 서명한다. 김 총무가 지락스(복사)를 한다. 최열이 들어와 외신 기자들이 많이 와 총무실이 아니라 사무실에 좌석을 마련한다.

문익환, 이문영, 예춘호: 서다
김신묵, 문재린, 함석헌, 홍남순: 앉다

문 목사가 나를 보고 읽으란다. 플래시들이 터지는 가운데 마이크 앞에서 읽는다. 다 읽은 후 기자와의 문답이 다음과 같이 이어진다.

문: 왜 이제 와서야 전두환 씨를 반대하나?
답: (대답이 길다) 처음부터 그를 인정하지 않았다. 다만 최근에 와서 원풍모방 구속 노동자를 위한 대규모 기도회, 연금 중에도 행하여진 광

주 의거 3주년 기념 예배, 대학생들의 가두 진출—이 가두 진출을 우리가 바라는 것이 아니고 학생들의 요구를 정부가 들어주기를 바라는 것인데—, 김영삼 씨의 단식이 14일째에 들어서고 있는 것— 우리는 그의 생명이 위험한 것을 좌시할 수 없는 것 등 일련의 민주화 요구가 있는데도 불구하고 정부가 무반응한 것에 긴급성을 느껴서 이 성명을 내는 것이다.

문: 왜 5인뿐인가?

답: 우리들 동지 사이에서 동의한 바에 따른 것이다.

문: 그렇다면 외로운 싸움이 아닌가?

답: 그렇다. 보다시피 이곳에 내신은 단 한 사람도 없다. 인권운동 사정이 그간 외신에도 잘 보도 안 되었던 것이 외롭다는 것을 뜻한다.

문익환, 박용길, 인권위 직원들 말이 내 대답이 좋았다고 한다. 나는 곧 회관을 나선다. 어제 말이 나온 성명서를 이부영, 조성우와 다듬기 위해서이다. 3시경까지 어느 여관 2층 방에서 다음과 같이 두 가지를 고친다.

1. 안보를 빙자해 독재하는 전두환을 비판한 것이지, 미국을 비판하는 것이 아니게 고친다.

2. 함석헌 선생님의 의견은 성명서는 만들어두었다가 좀 더 명백한 사건이 생길 때 내자.

3시 30분에 경희대 김성식 교수를 방문한다. 아무리 바빠도 너무 잦게 전화해 오라고 하시는데 시간을 안 낼 수가 없다. 고려대 졸업생들의 성금 100만 원을 주신다. 아이들 학자금에 쓰라고. 곧 택시로 대학교로 해 기독교빌딩 앞에 차를 세운다. 마침 현아 엄마와 안 박사 부인이 현관에 나오면서 지금 기동대가 농성 중인 네 분을 다 데리고 갔다는 것이다. 오후 세 시 경에 200명이 들이닥쳐서. 그러니 피하라는 것인데 연동교회 쪽으로 한 20 미터도 걷기 전에 뒤에서 사복 경찰들이 와 나를 잡는다. 내 차로 간다니까 자기네 차로 집으로 모신다는 것이다. 북부서 강 형사가 나를 잡는다. 북부 서 정보과에 현아 엄마가 같이 간다. 계장실 하나에 함 선생님이 깊이 있고 생각하시는 표정으로 앉아 계신다. 문 목사님이 독이 나서 과 사무실에 앉 아 계신다. 나는 과장실로 안내된다. 조금 있다가 형사가 와서 과장보고 "문 목사가 반공계로 자리를 옮기자 하니, 나를 짐짝같이 끌고 왔으니 끌고 가라고 안 움직여요" 한다. 과장이 "뭐? 죄인이 무슨 큰소리야?"라고 악을 쓰며 나간다. 나는 길길이 악을 쓴다. "이 깡패 놈아, 네가 죄인이지 누가 죄인이냐? 죄를 졌으면 영장을 가지고 와야지. 집에 데려다준다고 해놓고 경찰서에 끌고 온 놈이 깡패이고, 너 과장이란 것은 깡패 두목 아니냐!" 마 침 박용길, 박영숙, 김석중이 밖에 있어 야단들이다. 밥을 안 먹고 수사에 안 응한다(문 목사님도 수사에 안 응하셨단다. 나중에 전화로 안 일인데).

밤 7시 30분경 민 형사가 와 "귀가하시는데 나가시기 전에 잠깐 대화를 하기 위해 안기부 최 단장이 복도에서 기다리고 있습니다"라고 말한다. 나 간다니까 나갔는데 나가서는 대화를 거절하지 못한다. 아마 나간다는 조건 이 있어서였나 보다. 금번 내란음모 사건 석방 후 이래서 관(官) 사람들과 의 첫 대화이다. 어느 음식점엘 간다. 두 직원이 최 단장을 보필하고 탄다. 음식점 앞에서 내리더니 한 직원보고는 내 집에 가, 나를 인도하게 현아 엄 마를 데리고 오라고 말한다. 이 직원은 구자호라는 고려대 행정학과 졸업 생이란다. 최 단장, 또 한 직원(역시 고려대 졸업생이며 내 강의도 들었단다), 그리고 나하고 얘기를 나눈다.

술을 못 해서 실망이다. 따져서 안 되고, 말로도 안 되니까 술로 나를 잡 자는 것인데, 술이 안 되니 실망하는 듯하다. 이것저것 말을 한다. "더 말을 하면 내가 넘어갈 것 같으니까 그만둡시다"가 최 단장의 마지막 말이다. 나는 예의 있게 대한다. 나는 잡혀와서 이야기하자는 이런 모임이 싫다. 보기도 싫다.

나는 사건에 대해서는 말하지 않았고, 근본적 불안을 말한다. 또 전(全)이 대통령이 또다시 될 뿐 아니라, 선거에 99퍼센트로 선출되는 비민주적인 세상인 불안을. 저쪽은 어떻게 하면 단식을 풀겠는가를 묻는다. 성의를 보여주는 것이 중요하다는 것이 내 말이다. 예를 들어 원풍모방 구속자의 석방이라든지 광주 부상자의 치료와 같은. 오늘 아침에 집을 나섰을 때 한길에서 겪은 경험을 이야기한다.

"길에서 놀고 있던 네 명의 아이들이—모두가 내 손에 미치지도 못하는 꼬마들인데—나를 보고 인사를 했어요. 그리고 좀 지나오는데 행상인 생선 장수 내외가 나에게 인사를 해줬어요. 나는 이런 사람들의 기대에 어울리게 살아야겠다는 생각을 하면서 아침길을 걸었어요. 내 생각이 우리 국민의 심층부에 있는 생각이에요. 그러니까 아까 말한 성의 표시를 하세요."

새벽 1시 30분에 택시로 구자호가 우리 내외를 집에 데려다준다. 이해동 목사가 늦더라도 전화해달라 했다고 해서 전화를 한다. 예춘호가 제일 먼저 돌아왔고 함·문 다 귀가하셨단다. 다만 홍 변호사는 기동대가 닥쳤을 때 화장실에 계셨고 서울기동대가 그분을 못 알아봐 피하셨단다.

1983년 6월 1일(수)

첫 번째 한 일은 함 선생님 댁을 찾는 일이다. 내 집 초소(내 집 네거리 모퉁이에 나를 지키는 초소가 여러 해 동안 있었다)에 지키는 사람들이 자고 있고 또 같은 골목에 사시는 함 선생 댁을 지키는 이들도 차 안에서 자고 있다. 갔다가 나오는데 여전히 사복 경찰들이 자고 있다. 내가 함 선생 댁에 갔다가 나온 것을 이 사람들은 몰랐을 것이다. 예비 단식을 한다. 미음, 우유, 참

외인데 속이 나쁘다. 머리가 빠지는 것 같다. 과로다. 낮잠이나 자고 밀린 일기를 쓰고, 핸슨에게 편지를 쓰고, 22일 강연 준비를 하고…… 등등 할 일을 정한다. 아침에 박영숙, 이해동 내외, 오후에 이두수, 전학석, 또 한 분 목사가 오셨고, 문익환, 예춘호, 함석헌 등으로부터 전화다. 저녁에 선영이 모자와 그 집 둘째가 온다. 미국 소식을 좀 듣는다. "김대중 씨를 미국 교포들이 지지하는 것이 전라도 사람이어서이냐, 아니면 합리적 이유 때문이냐?"를 나에게 묻는다. 나는 후자임을 설명한다.

1983년 6월 2일(목)

아침 몸무게 166파운드. 그러니까 170에서 4가 줄었다. 오늘도 예비 단식. 아침에 토스트 한쪽에 치즈 한쪽, 우유 반 컵. 아침에 한잠을 자다. 한화갑, 박성철, 고흥의 한 정치인 등이 함께 방문 오다. 한화갑 인편으로 문익환 목사에게 메모를 전한다.

1. 어제 석간에 전(全)이 개헌 않겠다는 성명은 우리의 선언에 대한 반응으로 보이는데, 그의 말에 개헌 논의는 북한의 흑색선전에 놀아난 것이라고 했으니, 이는 우리에게 경고장을 낸 것이기도 하다.

2. 더 이상의 액션(action)―선언문을 동지들이 더 내는 것―은 반대다. 왜냐하면 5인의 액션으로 충분하고 우리의 단결이 어차피 안 되면 저쪽이 강경해질 구실을 준다.

3. 김영삼 단식 해제와 정부의 긍정적 반응(예 외신의 뉴스감이 될 만한)이 있기 전에 지금까지 안 나왔던 강경 발언을 하고 단식을 풀 수 있을 것이다.

설사. 점심에 미음. 설사를 우선 고쳐야 한다. 교회사회연구원에서 김민하, 함 선생의 손자들이 연구비 50만 원을 갖고 오다. 함 선생께서 내가 어지럽다 해서 걱정이시란다.

3시~5시 30분: 안기부 구자호가 또 오다. 단식을 풀라고. 밤에 차 안에서 나에게 한 말, "수사를 하면 선생님은 제가 합니다"가 마음에 걸린다. 눈치를 보러 온 것이다.

김경남 사회선교의 간사가 들어온다. 김영삼 총재 단식 대책위원회 전체 회의의 시국선언(6월 1일자)을 가지고 오다. 전 신민당 국회의원 32명, 원외 당 간부 26명이 김영삼 총재의 5개항 민주화 요구를 현 정권이 수락할 것을 요구한 것이다.

문제점: 어떻게 이 많은 사람들이 모여서 강경 발언을 했는데도 안 잡혀갔나? 한편 김대중 내란음모 사건 재야 5인의 긴급민주선언, 재야와의 유대를 언급하지 않았나?

내일 11시 인권위가 열리고 일일 단식에 들어가며, NCC는 종합 성명서를 낼 것이며, 가톨릭의 정의사제단 모임이 13일에 입을 열 예정이란다. 한편 김준영 목사가 주동이 되어 약 20, 30명 목사가 성명을 따로 낼 가능성이 있다고 한다. 마지막 수습은 김수환, 박형규가 할 예정이란다. 비기독교 신자가 내는 성명서에 신부 3인쯤(예 문정현은 계층 질서를 따지지 않으니까 하고), 개신교 목사 20, 30명이 가담할 가능성이 있다고 한다.

나는 더 이상 서명 활동을 않겠다고 말한다. 그 이유는 1) 정부의 양동작전에 놀아날 가능성이 있고(예 정치인의 양동 가능성이 있고 어제의 전두환 성명이 그렇다), 2) 김영삼에 기울어 있는 박형규가 라스트 카드(last card)를 쥐려고 하는 점이 불순하며, 3) 정치인의 선언 중 김대중 사건자들, 재야 5인의 긴급민주선언자들 그리고 재야와의 협의가 빠져 있는 것이 보여서이다. 단합으로 해야지 굴복으로 운동을 할 수는 없다. 잡아갈까 봐 무서워서, 5인이 성명도 내고 단식도 했더니 경찰에 끌려는 갔지만 그날로 풀려나니까 기회주의적으로 편승하는 걷잡을 수 없는 물결을 나는 느낀다. 즉 문익환, 예춘호, 이문영이 선언을 작성하고 이미 문익환 목사 댁에 인사 온 사람들로부터 서명을 받고 있다 하니, 단식을 끝내면서 홍남순 변호사가 터트리자는 것을 나는 반대한다. 이부영은 김영삼 사람이라는 의심을 받고 있어서 더욱 그렇다. 꼭 YWCA 사건 때 주동하던 사람들이 같은 행동을 하는 것이다.

김홍일이 온다. 예춘호 댁에 다녀왔는데 설훈, 조성우 등이 와 얘기가 그간의 움직임이 다 최열을 통해 김영삼 씨에게 전해졌다는 것이다. 신중론을 펴라는 것이다. 남민전 가족 다섯 명이 오다. 신환 어머니가 기도를 하고 가다. 석중이 목요기도회에 갔다가 오다. 나에게 문 목사가 쪽지를 보내셨다. 문 목사는 한마디로 신중론이 아니다.

미국 워싱턴 D. C.의 박 집사가 전화다. 미국서 단식 모임을 계획 중이란다. 이를 나는 반대한다. 도청되는 전화여서 말을 못 했지만 김대중 씨를 곤란케 만들기 싫어서이다.

1983년 6월 3일(금)

성래운, 유중람, 황인성, 안병무 등 방문자에게 후속 성명의 불필요성을 언급한다. 안병무는 1) 후속 성명을 내더라도 이미 단식하는 3인이 포함될 수 없으며, 2) 예 의원에게 들었다고 백지 위임을 했느냐고 묻는다. 나는 화요일 성명 시 박용길 장로가 아무 말 없이 백지에 서명을 더 받기에 한 장을 빼앗기는 경우에(아직 지락스 전이어서) 대비하는 것으로 알았으니 놀라운 일이다. 함석헌 선생이 안병무에게 전화해 후속 성명에 쓸 것을 몰랐다는 것이다.

구자호가 10시경에 와서 하는 말이 김영삼 씨가 단식을 끊고 링거 주사를 맞고 있으니 우리도 끊으란다. 그의 단식 중단을 확인하고 5인과의 회의가 선행해야 한다고 말한다. 예춘호 씨가 전화할 것이라고 구가 말했는데 전화가 없다. 문익환이 전화로 하는 말이 중정 사람을 야단해보겠다고 하신다. 뉴욕의 임 박사 전화다. 그곳 월요일 8시~8시 30분에 항의 집회에서 한완상 박사와 내가 전화로 대화하는 것을 집회에서 확인해 듣겠다는 것이다.

1983년 6월 4일(토)

165파운드. 수요일에 설사이고 목요일에 화장실에 안 갔는데 오늘 아침엔 쾌변. 머리 아픈 것도 덜하다. 이제는 예비 단식이 끝난 것으로 보여 완전 단식에 들어간다. 안병무 내외, 석중 등이 아침에 문 목사댁에 가서 5인이 2차 성명에서 빠지기로 합의한다.

핸슨에의 편지 초를 잡는다. 뉴욕 목요기도회에의 메시지를 구상한다. 월요집회에 확대해 발표하겠다는 것에 맞추기 위함이다. 중정의 구자호와 배종철이 온다. 우리가 신민당 정치인과 합세할까 봐 눈치를 보는 듯하다. 나는 가만히 있고 내 속을 안 말한다. 내 속마음은 '인위적 합세가 재야 활동이 아니고, 감옥에 가는 것을 대가로 하는 합세, 서명이 재야 활동이다.' 나는 세가 덮어놓고 커지는 것을 원치 않는데 내 속을 말하지 않는다.

남민전 가족 장열달, 배기선 등이 온다. 계속 서명을 하지 말라는 사람과 하라는 사람이 다음과 같이 윤곽을 나타낸다.

하지 말라는 이: 강구철(조성우 내외, 문국주와 함께 왔는데도 반대한다), 김종완, 한승헌(성명서 초안을 봤는데 보안법에 걸리는 말이 있더라고 말한다)
하자는 이: 이부영, 조성우 내외, 문국주, 박형규(전화로 김영삼이 위독하

니까 뭘 해달라는 식으로 동의)

석간에 보면 뭔가 정국이 움직이고 있다. 학생들이 구속·제적되고 있다. 전씨가 불개헌을 말하고 있고, 윤보선, 김수환, 유진오가 김영삼을 방문했고, 국회가 열릴 예정이다. 앞으로 어떻게 하나? 다섯 번 단식을 한 김영삼 씨가 링거를 맞았다는 것이 〔중요한 것이〕 아니라 단식을 풀면 푸는데, 풀 때에 어떻게 푸나?

A: 대책위원회를 만들고 푼다(문익환 안).
B: 강경 발언을 하고 푼다(이문영 안이지만 김영삼 때문에 사람이 다칠 수는 없다고 안병무 반대).
C: 후속 성명을 내고 푼다(조성우, 이부영, 최열 등 안).
D: 그냥 둔다(이문영의 제2안. 계훈제는 싱겁다고 반대, 안병무 찬성).

A가 제일 반대가 없는 것 같다. 이렇게 되면 신민당 구정치인이 회를 발족했으니 이쪽에서도 회를 발족하는 셈이다. 대책위원회 구성을 어떻게 하나? 5인이 포함되는가, 아닌가? 김수환, 박형규, 김관석(?), 또 누가 첨가될 수 있고 또 누가 원할까? 이민우를 어떡하느냐? 다음이 윤곽을 드러낸다.

5인
가톨릭: 김수환, 함세웅, 김승훈
개신교: 박형규, 김관석(?)
김영삼계 정치인: 이민우
비기독교 신도: 계훈제, 성래운, 이부영(?)

1983년 6월 5일(일)

밖에 지키던 경찰이 없다. 계훈제가 온다. 함석헌 선생이 단식을 그만두자고 하니 어떻게 하느냐며 답답해하신다는 것이다. 아침에 댁을 들른다. 갈릴리교회에 오신다고 말씀하신다. 예 의원도 갈릴리교회에 온다는 전화다. 나는 내 교회에 안 가고 쭉 낮잠을 잔다.

갈릴리교회 예배 후 한빛교회 사찰방〔교회 청소하시는 분의 살림방〕에서 함석헌, 문익환, 예춘호, 계훈제, 조성우, 이석표, 이해찬, 설훈, 이해동 등과 회의. "김영삼 씨가 단식을 끝낸 것이 확인된 2, 3일 후 5인이 합의해서 적절한 성명을 내면서 단식을 끝낸다"가 결정이다. 예 의원 생각이 김영삼 씨가 어차피 뚜렷한 것을 못 받아내 단식할 것이라는 것이다. 대책위의 안이 부결된다. 5인이 낄 성질이 아니며, 김영삼계 정치인이 껴야 되고 복잡하다는 것이 이유이다. 한편 계속되는 다른 성명서를 내자는 조성우의 제의가 부결된 이유는 다음과 같다.

- 가톨릭과 개신교가 함께 않으니 서명자를 보호할 수 없다(이문영).
- 김영삼 씨를 이제는 더 지원할 필요가 없다는 동지들이 있다(김종완).
- 문안이 과격하다는 동지들이 있다(한승헌).
- 이슈가 명백하지 않고 김영삼 씨를 위해서 단식하는 것도 원은 마음에 안 내켰다(함석헌).

안기부 직원이 귀가하는 데 기다리고 있어 회의 내용을 캐려고 애를 쓰며 내일 아침에 국제전화를 받지 않았으면 좋겠다고 말한다. 다시 경찰이 내 집을 지킨다. 연금이 된다.

1983년 6월 6일(월)

9시에 구자호가 미국에서 전화가 왔었느냐고 온다. 그가 다녀간 후 10시경에 뉴욕 강연회장에 약 700여 명이 모이고 김대중 씨가 참석한 자리에서 한완상이 전화다. 서로 안부를 교환한다. 오후 3시경에 임병규 씨 전화가 온다. 정부가 국제전화의 선을 연결시켜주는 것을 보면 정부의 선의가 보인다는 것이며 반전두환 독재 정권이면 족하고 반미까지는 하지 말아달라는 것이다.

김병걸 교수가 온다. 문익환에게도 간다고. 왜 확대한 성명이 불안한가를 설명한다. 문인끼리 따로 하겠다고 한다. 나는 좋은 생각이라고 말한다. 핸슨에게 편지를 보낸다. 《서울신문》 사설 약 1개월분을 읽는다.

1983년 6월 7일(화)

계훈제가 온다. 함석헌 선생께서 충청도에서 강연을 두 차례 하고 오셨는데 혼자서라도 단식을 풀겠다고 하시는 것을 함께 풀어야 하며, 다른 한편 운동이 되고 있으니 참으시라고 말씀드렸다는 것이다. 나는 약을 잡수시기 위해서라도 죽을 잡수시라고 말씀드렸다. 뾰족한 수가 없다. 예 의원 말씀이 신민당 정치인들이 회의를 갖는 것이 막혀서 안 되고 있다고 한다(내가 전화해서 안다). 무슨 변화가 있으면 내 집에 오신다고 한다. 이 전화를 도청해서인지 오후에 형사 두 명이 와서는 길에서 내 집을 지키고 있다(그저께 밤부터 오늘 아침까지는 안 지켰다. 아마 미국과의 통화에서 나쁜 말이 나갈까 봐 그랬을 것이다).

조성우가 다시 와서 계속 성명을 내자고 한다. 같은 말이 오고 간다. 석중이 언성을 높인다. 이해동, 박영숙, 이종옥, 박 모 전 국회의원이 온다. 김영삼 지지를 중지하란다. 이해동 목사는 1) NCC 인권위에서 6인 단식을 권유키로 결의, 2) 인권위 회의 중에 권호경 목사가 들어와 김영삼 씨가 위독하다고 거짓말(후에 권이 이 목사에게 인권위 결의를 내게 하기 위하여 거짓말을 했다고 실토).

계훈제가 저녁에 와서 하는 말이 광화문 길에서 우연히 김덕영을 만났는데, "김영삼이 위독하여 5인이 가서 단식을 함께 풀자고 하면 어떻겠는가"라고 했더니 김덕영 말이 "김영삼 씨가 5인의 말을 들을 것 같다"는 것이다. 나에게 김덕영의 전화를 알려준다. 계훈제 씨는 이 말을 전하면서 말끝에 계속 성명을 내자고 말한다.

1983년 6월 8일(수)

함 선생이 외손자를 보내와 함 선생 댁에서 함, 계, 이가 이렇게 이야기한다.

이: 그러면 5인이 김영삼 씨에게 가서 그의 건강을 위해 단식을 풀고 짧은 글의 성명을 내자.

계: 아니다. 2, 3일을 더 기다리자. 이유는 젊은이들이 성명서를 준비 중이기 때문이다.

이: 나는 서명하지 않겠다. NCC 쪽에서 이미 너무 김영삼을 지원했다고 비난하기 때문이다.

함: 김영삼이 단식을 푸는 것은 그의 부하들이 솔선해 풀게 해야 하고, 만일에 그들이 못 풀게 하면 우리가 나서야 하니 2, 3일 더 기다리자.

이런 대화가 오고 간 후에 두 사람이 들어와 다음을 이야기한다.

김옥두: 김영삼계 대책위에서 김대중계 인물들을 넣었다가 뺐다.

장영달: 청년들의 움직임이 불순하니 이제 더 확대는 마시라. 즉 지금은

마무리 단계이다.

이희호 여사가 전화다. 미국에서는 〔운동하시는 분들이〕 순수한 것을 짐작하겠다. 이희호의 목소리가 상기되어 있었다. 문동환, 한완상 등이 단식 중이고 내일 김상돈, 김대중이 연사로 강연을 하며 카 퍼레이드로 시위를 한다고 한다. 나는 단식투쟁을 말라고 말한다. 이 정도면 얻은 것이 있다는 것이 내 생각인데, 계훈제는 얻은 것이 없다는 것이다.

내 생각은 지금으로서는 다음 다섯 계통의 믹스가 불가하다는 것이다.

1) 재야 주류(김대중 사건자인 문익환, 이문영, 예춘호, 고은……)
2) YWCA 사건
3) NCC
4) 가톨릭
5) 김영삼계

왜냐하면 1)은 그 정도 밀었으면 된다고 나부터 생각하고 있다. 5)는 김영삼계에서는 아직 인사도 안 왔고 내가 문안 갔을 때 김영삼 씨는 나에게 고생한 인사를 하지 않고 자신의 말만 했다. 김영삼계 대책위도 찾아오지 않았다. 한편 김영삼계 핵심 인물인 김덕영 씨 전화번호를 그쪽 사람으로 의심받고 있는 계훈제 씨가 나에게 전해주는 형편이었다.

2)는 아무래도 신군부의 양동작전에 말려들었던 것 같아 어떻게 함께 행동할 것인지 전망이 안 선다.

3)은 박형규가 김영삼 쪽이면서도 아직 성명서에 서명을 않고 있다.

4) 가톨릭은 미쳤다고 할 것인가?

사태가 이쯤 되면 YWCA 사건으로 소외되었던 비기독교 인사들이 차제에 김영삼을 더 밀어줘(이미 최열, 이부영, 조성우는 그쪽이라는 말이 있다) 재야 조직의 주도권을 잡자는 것이 아니겠는가? 무슨 재야운동을 순정으로 해야지 헤게모니를 잡기 위해서 한다는 말인가? 조성우가 어제 나에게 했던 다음과 같은 말이 생각난다.

"김대중 씨가 미국에 가 있는 것은 우리 운동이 승리해 나아갈 징후라는 말을 공식석상에서 하지 마세요."

박형규, 금영균이 온다. 인권위의 단식 푸는 권고를 전하고 간다. 갈 때 보니 자가용은 김관석 목사의 것이다. 문익환이 석중에게 전화다. 일본 NCC가 15일날 하루 단식을 한다고. 문 목사가 메시지를 보내겠다고. 그렇다면 15일까지 굶어야 하는데 나는 이미 거의 지쳐 있었다. 금영균 말이 "이 박사의 몰골이 김영삼보다도 더 나쁘다"는 것인데······.

틈틈이 《서울신문》 사설을 분석한다. 2시까지 두 차례 잔다. 안병무 내외가 온다. 내 혈압을 잰다. 100~140. 수척하다고 걱정이다. 어른인 함 선생 말을 듣고 단식을 끊으라고 한다. 그러자고도 말한다. 송건호 내외와 유인호 부인이 오신다. 링거 한 병을 가지고. 국제적 반향이 크고, 31일 성명서도 짧게 잘 썼고, 내일 1일 단식으로 NCC 인권위가 단식을 한다고 한다.

1983년 6월 9일(목)

함 선생님이 오신다. 안병무 말을 듣고 단식을 끊으려고 했는데, 미국에서 방금 온 전화가 카 퍼레이드를 막 하고 돌아오는 길이라고 하니 좀 더 하라고 하신다. 계훈제가 온다. 함, 계 두 분이 뜰에 서 계시는데 예춘호의 전화가 온다. 김영삼이 아침 9시 30분에 단식을 풀었다는 것이다. 함, 계가 그러면 우리가 더 해야 한다고 하시면서 가신다.

안 박사 내외가 오신다. 혈압 90~120. 안 박사 말이 일본 NCC가 15일날 김영삼 씨를 위하는 것이 아니라 5인을 위해서 단식을 하는 것이라고 하니 버티라는 것이다. 김영삼의 단식 중단 성명을 인권위에서 전화로 듣고 받아쓴다. 얻는 것의 표시는 없고, 앞으로는 앉아서가 아니라 서서 투쟁하겠으며, 자신의 단식을 중단시키기 위한 모략이 있었다는 것이다.

예, 문, 이 등이 함 선생 댁을 간다. 다음을 합의한다.

1) 단식을 계속하는 성명을 이문영이 초안을 쓴다. 예춘호가 글씨를 쓴다.
2) 일본 NCC에 보낼 글을 문익환이 초안을 쓴다.
3) 홍남순 변호사에게 보내는 편지를 이문영이 쓴다.

5월 31일에 시작한 단식을 계속하는 성명서의 취지는 다음 두 가지이다. 하나는 성인들이 나서는 것은 그간 학생들의 제적·구속을 무릅쓰는 시위가 중단되고 학업에 전념하게 되기를 바라는 것이며, 둘은 김영삼 씨가 23일간을 단식했음에도 정부가 듣는 것이 없다고 오히려 그의 단식을 중단시키고 그와 재야의 연대를 끊고자 하는 음모뿐이기 때문이라는 것이다.

2시경에 귀가하니 예춘호의 부인, 이종옥과 박영숙 등이 집에 와 있다. 혈압이 90~130으로 정상이다. 다섯 차례 손님이 들이닥친다. 이득수, 전학석 등 3인 목사, 김철재 씨와 사회당 활동을 함께 하던 한 분, 박영록, 김녹영, 박종율, 또 어떤 한 분, 유중람, 계훈제, 이해찬, 설훈 등이다. 오신 분들 중 젊은 층은 계속 성명서를 내라고 말한다. "아니다. 앞으로의 성명서도 5인이 합의해서 할 것이다"라고 말한다. 돌이켜볼 때에 김영삼계 대책위 사람들은 차제에 재야운동의 헤게모니를 잡으려고 하는 것이 잘못이다. 박영록, 김녹영, 박종율 등의 불평이 그것이다. 그런가 하면 차제에 비기독교인들(계훈제, 조성우, 최열, 이부영 등)이 공을 세우려는 것은 막아야 한다. 공을 세운 후 한자리하지 않는 것이 민주화운동이어야 한다. 앞으로 김영삼 씨의 과제는 정치인의 수평이 아니라 재야의 수평으로 옮겨 오는 데 성공하는 일이다.

1983년 6월 10일(금)

함 선생 외손자가 5인 중 한 분인 광주 홍남순 변호사에게 잘 다녀온다. 그가 10시경에 NCC 사무실에 나오라는 문 목사의 전갈을 갖고 온다. 밖에 형사가 있어서 못 나간다. 윤수경이 석중에게 내가 안 떠났으면 안 나와도 좋다는 것이다. 이 말은 일본 NCC에 가는 메시지의 전달과 9일부 5인의 성명을 외신에 전하는 일이 순조롭다는 뜻으로 생각되어 안심이다.

장영달이 와서 다음을 나에게 전한다.

1) 가톨릭, 개신교 10명씩이 움직이고 있다고 한다.
2) 지금까지 뛰지 않던 청년들이 아니라 각 요소를 망라한 청년들의 연합이 가동 중이라고 한다.
3) 왜 김영삼 단식을 재야와 의논 없이 했으며, 김영삼이 단식을 중단하는 것을 민정당이 먼저 알고 있었던 것이 이상하다는 것이다.

1), 2)는 좋은 일이다. 그러나 3)은 염려되는 일로서, 김영삼 씨의 양심에 맡길 수밖에 없다. 설혹 체제 내 야당이 그가 되더라도 좋은 것 아니겠느냐가 내 의견이다. 결국 자기네끼리 싸우게 되는 것이니까 말이다. 박정희 말기에도 체제 내 정당인 신민당이 반대했었다. 다만 재야는 재야의 길이 있는 것뿐이다.

문익환 목사에게 전화한다. 문 목사 어머니와 사모님이 김영삼을 문병 갔는데 김씨는 침대에서 내려와 앉아 있었다고 한다. 석중 말이 "왜 또 갔느냐? 좀 신중하게 계시지……." 함 선생 반응은 "거긴 왜 갔냐?"

함 선생 댁에 갔다 온다. 담담하시다. 내가 선생님의 외손자가 광주 갔다 온 여비로 썼을 오만 원을 드리니 거절하신다. 나는 "어떻게 선생님이 쓰게 합니까?"라고 말하며 놓고 온다.

안기부의 구자호가 나를 만나보고 가겠다고 하여 두세 시간을 거실에서 기다렸고 그사이에 석중이 응대했다고 한다. 나는 그사이에 홍영희 어머니, 이태복 어머니 등의 방문을 받고 있었다. 나를 연금해놓고 안기부 직원이 용건도 없이 날 만나러 올 수는 없는 것이다.

석중의 말이 구자호에게 "우리가 요구한 것에 대한 대답을 갖고 왔느냐?"라고 물으니, 그가 자기는 정치 파트가 아니라고 했단다. 석중의 말이 "그렇다면 수사국 직원으로 온 것인데 그 사람은 끌려가도 말하지 않는 사람인데 무엇을 알아보려고 왔느냐?"라고 말했다고 한다.

중앙교회 박 목사가 와서 〈이사야〉 58장에 있는 "참된 근심은……"으로 시작되는 구절을 읽어주고 가신다.

일본에서 왜 단식을 계속하는가를 문 목사에게 물어 왔고, 《동아일보》 석간에 김영삼 씨의 단식을 제목으로 한 사설이 나온다. 안병무, 문익환 등과 재야로서 김영삼 씨를 돕는 한계를 고민한다. 여러 가지로 보아 김영삼은 체제와 가깝고 김대중은 재야인데, 체제와 가까운 사람이 재야가 망명 중일 때에 두 사람의 관계나 두 사람 각각과 재야와의 관계가 정확해야 하기 때문이다.

1983년 6월 11일(토)

몸무게는 옷 입고 162파운드. 나는 2층에서 부산 강연을 준비한다. 구자호가 나에게서 무슨 액션이 나오는지 살피러 또 온다. 심재권이 온다. 고영근 목사가 5만 원을 놓고 가신다.

며칠 전 공덕귀 여사가 와서 한 말이 괘씸하다. "꿈에 문익환 목사 부인을 봤는데 검정 저고리에 흰 치마를 입고서 날 보면서 울었어요. 전두환이 사람을 죽인 사람인데 재야 단식을 아무렇지도 않게 생각할 것이 아니요? 윤보선 씨가 김영삼을 보고 왔더니 협박 전화가 많았어요." 이미 전두환을 겁먹고 있는 사람의 말이며 동시에 자신이 속해 있어야 할 재야를 무시하는 말이니 괘씸했다.

1983년 6월 12일(일)

중앙교회와 갈릴리교회의 예배에 공히 안 나간다. 오후 4시 30분에 한빛교회의 교육관에 나오라는 전화에 응한다. 문익환, 예춘호, 박영록, 김상현, 김종완, 이해동, 한승헌, 송기원, 이해찬, 설훈, 이석표, 이문영 등이 모인다.

1) 박영록, 김상현, 김종완, 이해동 등이 김영삼 불신론을 편다. 차제에 민주국민협의회를 김대중계 정치인의 동의 없이 만들고 여기에 재야보고 들어오라는 것이 잘못이라는 것이다. 나는 김영삼이 외신 기자 회견을 해 단식 중인 5인을 지지하게 함이 어떤가를 말한다. 예춘호는 김영삼이 자기에게 유리하게 전개할 사람이라고 반대한다. 김종완은 나를 찬성한다. 이해찬의 안이 나와서 내 안을 철회한다.

2) 이해찬 말이 13일에 가톨릭이 5인을 지지하는 성명이 아마 나오고, 가톨릭이 나오면 문인, 김대중계 정치인 등이 나오며, 15일에 일본 NCC가 일일단식을 한 후, 5월 31일 긴급민주선언을 동의하는 서명운동을 벌이겠다는 것이다.

그러나 나는 아직도 문제점이 있다고 본다. 5·31 긴급민주선언을 동의하는 서명이 광범위하게 과연 나올 것이냐에 관한 의문이다. 석중의 말이 80년에 정치인 윤보선을 동참시켰다가 그가 배신하니까 재야가 손상을 받았듯이 이제 김영삼을 동참시켜 우리가 또다시 손상을 입지 말아야 한다고 말한다. 이에 대해 문익환 목사의 말이 김영삼 씨에게 윤보선의 자리를 주지 않겠다는 것이다. 나는 이에 동의한다. 김영삼이 체제 내 정치인이 되어도 좋다는 것이 내 견해이다. 즉 김영삼이 명예혁명을 한다면 비록 그 게임에 김대중 씨를 포함시킬 수는 없겠지만 다행이라는 생각이다.

이해찬의 말이 그간 뛰던 청년들이 안보 관계로 조정을 넓게 하지 못하고 뛰었는데 이제는 그 사람들이 후퇴하고 자기네가 뛴다는 것이다. 동지를 좋게 말하느라고 안보 관계라고 말하는 것이다. 말하자면 김영삼 지지계가 후퇴했다는 뜻인데, 그 이유는 1) 계속 성명을 못 낸 책임만일까? 아니면 2) 5인이 김영삼 단식 후에도 계속 단식을 하니까 이제 더 뛰면 5인, 즉 김영삼 아닌 사람들을 부각시키게 되니까 후퇴한 것이라고 볼 수도 있다고 생각한다. 이번 기회에 김영삼계와 김대중계가 노출된 것이 슬픈 일이다. 계속 성명을 안 낸 것이 이 노출을 덜하게 했다고도 생각된다.

돌이켜볼 때 심재권의 말과 같이 1) 5·31 성명만 낼 것을 그랬나 보다. 2) 5·31 성명을 내고 단식에 들어가더라도 경찰에 의하여 단식장이 해산된 후는 단식을 끊을 것을 그랬나 보다. 지금 김영삼 단식을 끊은 후 우리가 계속 함으로써 재야의 지위를 회복했다고는 하나 국내 여론에는 김영삼 얘기만 나오고 우리 얘기는 단 한 줄도 안 나온다. 정치인인 김영삼은 고작 자기의 연금 해제와 해금 정도를 따낼 것인데 구속자 석방, 복교·복직 등은 어림도 없을 것이다. 후자를 요구하는 소리는 정부만이 아니라 김영삼 씨에 의해서도 경원시될 것 같다.

김영삼 씨는 체제 내 인물인 증거가 다음과 같이 나와 있다고 볼 수 있다. 1) 단식 중단의 의논을 우리와 하지 않은 것, 2) 우리에게 아무런 인사를 전해 오는 것이 없다는 것이다. YH 사건 때의 생각이 난다. 1) 내가 서울구치소에 수감되어 있을 때 김영삼이 자기 정당 사람과 함께 문부식을 만나러 서울구치소를 방문했어도 우리는 안 만났다. 2) 내가 두 번이나 정치 차원의 활동을 말고 우선 민주화운동을 해주면 우리가 김씨를 밀겠다고 말했는데도 일을 하지 않았는데, 5월 17일 밤과 우리가 잡혀간 날 아침에서야 데모 학생들이 드세지니까 동교동에 찾아와 민주화운동을 함께 하겠다고 기자회견을 했다. 이때에는 공동 성명서에 안기부장 서리를 하는 전두환을 나무라는 것을 김영삼 씨는 꺼려했다. 3) YH 사건으로 내가 출옥 후에도 인사를 하지 않았다. 나는 이런 것들이 야속하다는 것이 아니다. 다만 나는 그가 체제 내 인물임을 규정하고 싶을 뿐인 것이다. 그리고 체제 내 인물이 민주화를 위해서 할 수 있는 일이 있다고 본다. 마치 김관석 목사를 비롯한 NCC 인물들이 할 수 있는 일이 있다고 보듯이. 이런 상황에서 재야의 길을 찾는 것이 문제일 뿐이다.

1983년 6월 13일(월)

신영, 인영이 미국에서 전화가 왔다. 교회에 나가서 단식 소식을 들었다고 한다. 나는 이들이 한국에 오면 100만 원을 여비 보조로 주겠다고 말한다. 오히려 인영의 말이 우리 두 내외를 가족 방문으로 미국에 초청하겠다고 말한다. 커츠(Kurtz) 씨가 위독하다고 한다. 어떻게 대처할지 모르는 일이다.

장영달이 온다. 청년 그룹이 민청협, NCC와 가톨릭 등의 기관에서 일하는 그룹, 그리고 배기선, 장영달, 정영화 등 학생 쪽에 닿아 있는 그룹으로 삼분되는데, 민청협 그룹이 독주를 해 후퇴했고, 두 번째 그룹은 5인 성명과 단식에 찬사를 보내기는 하나 행동으로 이에 지지를 못 하고 있다는 것이다.

박종윤 의원이 최춘근 한의학 박사를 모시고 온다. 혈압 80~130, 맥박 정상이라고 한다. 정신력으로 내가 버티고 있다고 말한다. NCC 인권위에서도 의사를 모시고 온다고 하는데, 오늘은 오지 않았으면 한다.

김병걸 교수가 오신다. 70년 초에 그렇게 많이(약 100명) 뛰던 문인들이다 생활하느라고 이제는 5·31 선언에 지지할 사람이 김병걸, 박래순, 송기원, 양성우, 김종완 5인 정도이고, 동아투위는 3인인데 아마 김종철, 이부영, 임채정 정도일 것이라는 것이다. 김병걸 교수는 자기는 그러나 외롭게 느끼지 않는다고 말한다. 어려울 때는 소수자만이 남기 때문이기에.

전학석, 이두수, 그리고 장위동에서 고대 쪽으로 꺾어 가는 큰길에서 들어가는 골목 안에 있는 교회 목사 3인이 오신다. 이두수 목사님이 기도하신다. 오늘도 밖에서들 3, 4인이 지키고 있다. 함 선생님 외손자가 함 선생님이 부산에 다녀오셨다고 온다. 어제 회의에서 들은 것을 전해달라고 말한다. 부산에서 오시는 차 안에서 주무시지도 않으셨다고 한다. 기막힌 건강이다. 《교우회보》가 온다. 겉장에 이사회를 하는 천연색 사진의 졸업생 사진들이 나온다. 현아 엄마 말이, "모두들 이렇게 잘사는데 우리는 이게 뭐예요. 굶고 있으니……"라고 한다. 나는 가만히 안방 문을 닫고 위층으로 올라온다.

1983년 6월 14일(화)

함석헌, 문익환, 예춘호, 이문영이 내 집 식탁에 앉아서 수박과 물김칫국을 든다. 5가의 소식을 들으러 간 박용길 장로가 안 오신다. 13일 가톨릭, 지원 성명을 이해찬이 주동해낸 것인가를 확인하러 나가셨기 때문이다. 이해동 목사가 오신다. 문 목사가 이 목사에게 어째서 9일 인권위 성명에 5인에 관한 언급이 없었느냐고 따진다. 경위만을 얘기하지 이유가 안 나온다. 문익환 목사가 1) NCC 쪽 지원이 없는 것에 화가 나 "나는 이젠 다 집어치우고 집에 들어앉겠다"라고 하신다. 2) 이해동 목사보고 지원 성명을 내달라고 부탁하신다. 운동이 될 수 있도록.

이 목사가 전화해 최열, 강구철(인권위)이 온다. 이해동 목사가 오군조군 얘기한다. 나는 다음과 같이 따진다.

나는 내가 하고 싶은 의사도 있었지만 1) 최열이 낀 그룹의 지원으로 이 운동에 가담했고, 또 2) NCC 쪽 동의를 얻을 수 있는 대로 얻고 한 운동이다(최열이 권호경 목사에게, 문익환이 김관석에게, 내가 박형규 등에게 동의를 받음으로써 문안 검토도 NCC 쪽 회의에서 했고 등). 그런데 6월 9일 이후 김영삼 씨가 단식 중단 후에도 우리가 단식을 한 후에는 두 그룹이 지원을 않는 까닭이 무엇이냐? 이유는 명백하다. 김영삼계 인사인 박형규, 권호경, 최열, 이부영, 조성우 등이 5인 단식의 계속은 김영삼 씨의 이미지를 올리는 데 도움이 안 된다고 생각해서이다. 나는 민주화운동을 위해 김영삼, 김영삼계, 심지어는 미군 철수의 견해를 가진 진보적인 사람들과도 힘을 모으자는 의견이다. 또 감출 필요가 없이 김영삼계가 있으면 있는 것이다. 그러나 문제는 두 그룹이 밀어서 이 운동을 시작했으면 끝내는 것도 함께 해줘야지, 최열 들은 6월 9일 이후 아예 나타나지도 않고 인권위도 6·9 성명에 5인의 것은 넣지도 않다니, 말이 되는가?

슈나이스 목사가 내일 아침까지 일본 NCC 산하 교인들이 일일단식 중이라고 전화가 온다. 자세한 것이 궁금하다. 안 박사 내외가 오신다. 오고 간 얘기로 다음이 정리된다.

1) 김관석, 박형규, 권호경 등은 외국에 나가서 문익환, 이문영 등 김대중 사건자가 고생하는 것을 구실로 해 대접을 받고 돈을 끌어온다. 그런가 하면 김대중 사건자인 3·1 사건자를 시기한다. 이 사람들은 공덕귀를 통해 윤보선과 가깝다. 김윤 어머니의 칠순 잔치 때에 김관석 내외가 참석하고 박형규가 있었으며 공덕귀가 그렇지도 않은데 구속가족협의회 회장이라고 기념품을 증정한 것이 이의 표시이다. 지금도 김관석 부인은 외국에서의 모금을 위해 숄을 뜨고 있다. 이 숄 뜨기는 3·1 사건 때 생긴 것인데, 김관석 부인은 내 집에 온 적도 없다.

2) 민중의 마음이 모여 있는 곳이 김대중 씨이기에 우리는 그를 도와야 한다(안 박사 강조). ① 그러기 위해서 서독에서 돈을 좀 얻어야겠고, ② 심재권을 김대중 씨 밑에서 일하는 사람으로 보내야겠다. ①이 필요한 것은 김대중 씨의 녹음이나 기사를 NCC에 보내도 김관석·박형규·권호경 등이 무시해버리기 때문에 국내에 파급이 안 되고 있다. ③ 문·안·이·고·예 등이 자주 만나야겠다.

3) 지원 성명이 못 나올 것이다. 내일 단식을 풀자. 안 박사는 그런 뜻을 함석헌에게 전하겠단다.

4) 신·구교의 인물을 이쪽의 영향하에 규합한다.

1983년 6월 16일(목)

155파운드. NCC 회장 조용술, 총무 김소영, 교사위원장 김준영 목사, 부회장 성공회 ○○ 신부 오심. NCC 실행위원회의 결의로 1) 5인을 순례 방문하고, 2) 단식 중단을 권고하기로 해 5인이 오셨다고 한다. 곧이어 이해동 목사가 와서 하는 말이 어제 강구철에게 화낸 것이 이렇게 된 것이라고 말한다. 호주의 존 브라운(John Brown) 총무의 5인에 대한 격려 전문이 온다. 청년들이 20명가량 문 목사 댁에 몰려가서 단식을 끊지 말란다. 이 청년들에 의해 혹시 문 목사님이 흔들리실까 봐 이해동 내외와 석중이 목요기도회 끝나고 들렀더니 NCC의 권고에 순종하겠다고 말할 뿐 아니라 청년들보고는 "단식은 말고 얘기나 하고 가라"라고 해 안심이 되었다고 한다. 계훈제가 오셔서 청년들과 함께 서명을 하고 단식을 끊는 것이 어떠냐고 해 나는 반대한다.

1983년 6월 17일(금)

아침 9시경에 예 의원이 오시더니 함석헌 선생이 계훈제 씨와 같이 들어

오신다. 좀 더 있다가 문익환 목사님이 오신다. 이심전심이다. "어제부터 5가 기독교 빌딩을 사복 경찰관들이 봉쇄하고 우리가 그곳에 가 단식 중단 즈음에 기자회견을 하고 성명서를 낼까 봐 지키고 있습니다. 그게 어제 합의한 대로 제2긴급민주선언이라고 해 성명서를 초안하여 서명을 제1성명의 것을 오려서 붙이고 이를 박용길 장로가 깨끗이 써서 9시 30분까지는 박 장로가 5가에 도착할 것이며, 9시 30분에 외신 기자들이 인권위 사무실에 와서 성명서를 직접 가지고 갈 것입니다. 한편 우리 넷이 여기에서 회의를 하고 있기 때문에 안기부의 온 신경은 이쪽에 쏠리고 있을 것이니 그사이에 성명서를 내자는 것입니다"라고 문익환 목사님이 보고를 하신다.

본인이 초안 제2긴급민주선언을 읽으신다. 마음에 들어들 한다. 함 선생님도 어제 듣던 것보다 낫다고 하신다. 왜 단식을 끊느냐를 노코멘트(no comment) 하고, 한편 지금까지 성인층에서 나온 톤 중에서는 가장 강한 톤이 마무리로 표현되고 있는 것이 특색이다. 폭력 정치를 중지할 책임은 전두환 씨에게만 있으니 이를 중단하든지 자리를 그만두든지 하라는 말도 나왔다. 김영삼 씨의 것보다 톤을 높이고 끝내자는 내 의견이 통과한 것이다. 반미·반일은 없다.

점심은 집에서 예 의원과 함께 우렁이 생선 조림과 밥 조금으로 한다. 나는 내가 대접하면서 예 의원보다 생선을 더 먹는다. 오후에 계·예·이 이렇게 예 의원 담당 경찰차로 윤반웅 목사 댁을 방문한다. 꿋꿋한 거동이시다. 단식 중단을 종용했더니 이제 시작했으니 더 하겠다고 하신다. 이분을 지원하는 모금이 필요하다는 얘기를, 나오면서 예 의원과 한다.

집에서 졸고 있는데 김영삼 씨 부인이 그의 딸과 방문 오신다. 함 선생님 댁에 들러서 오시는 것이라고. 일전에 처음 병원에서 뵐 때보다는 초췌한 모습이 아니다. 기우뚱하는 내 집 의자에 앉으며 뭘 못 사왔다고 어머니에게 봉투를 전하는데, 어머니는 거절하셨지만 놓고 간다. 나는 망설였으나

고영근, 서남동, 서광선에게서 성금을 받았는데 다르게 취급할 논리가 생각나지 않는다. 간 다음에 보니 10만 원이다. 계훈제의 말이 아까 함 선생님은 성명서가 나온 것 때문에 연행될 각오를 하시고 신변을 정리하셨다고 말한다. 나는 윤반웅 목사 댁에서 이 제2긴급민주선언을 읽었는데 내 감으로는 잡지 않을 것 같다. 김덕영, 김영삼 씨 비서실장은 외신에 선언문을 돌린 것으로 잡아갔지만, 우리는 그렇게 하지 못할 것이다.

1983년 6월 19일(일)

중앙성결교회 예배에 참석. 부목사, 전도사, 장로 들이 단식 인사를 한다. 이만신 목사의 설교는 마음이 초상집에 있어야 한다는 것이다. 그 마음이 단식하는 집에는 없다는 생각을 나는 한다. 설교 중에 목사는 속내를 드러냈다. 초상 때에 잘해주면 교인을 안 빼앗긴다는 것이다. 그렇다면 단식하는 나는 고정표라는 뜻인가?

무덥다. 갈릴리교회에 50여 명의 예배 인원이니 많은 가족들이 나왔다. 문익환 목사로부터 우리는 다음과 같은 좀 더 자세한 얘기를 듣는다. "5가에서 못 들어가게 하고 다방으로 끌고 가지 않겠어. 그래, 이러면 단식을 계속 한다고 말했지. 그랬더니 들어가라고 하면서 기자들 좀 만나지 말고 만나더라도 잘 말해달래. 내 말이 나는 김덕영 씨나 김기철 씨와 같은 행동을 할 것이니까 나를 꼭 같이 잡아넣어. 그런데 하루가 지났는데도 아무 소식이 없는 걸 보니 잡아넣지 않을 모양이지? 그런데 우리의 성명서에 대한 정부 측 대답은 나왔어. 오늘 뉴스에 이북에서 내려온 간첩 몇 명을 일선에서 사살했다는 것이지." 안보를 빙자해 탄압을 일삼는 이 마지막 말에 우리는 웃는다.

김동영(金東英)이라는 명함에 '이민우(李敏雨) 인사차'라는 것을 쓴 것을 어머니가 나에게 전한다. 낮에 배종철이 온 것이 납득이 간다. 안기부가 알고자 함은 우리와 김영삼계 간의 연대 혹은 조직 형성 여부라는 것이 배의 알고자 함이었다. 나는 "재야 조직은 조직에서 조직이 나오는 것이 아니라 싸움에서 조직이 나오는 것이니까 나로서는 무어라고 말할 수 없고, 예를 들면 김영삼계에서 감옥에 가는 사람이 자꾸만 나오면 자연히 연대가 되는 것으로 봐"가 내 말이다.

문제점: 이민우 씨의 정체 문제가 문제인데, 윤보선 씨에게 연결된 것이 아닐까? 오늘 갈릴리교회에도 공덕귀 여사가 나왔는데, 교인들의 열기에 질려서인지 기도 도중에 가버렸는데 공 여사는 이쪽과 저렇게 손을 대면서 자기 남편이 재야에서 무슨 할 일이라도 있다는 것을 정부 편에 보이게 하는 것이니, 말하자면 '사쿠라'이다. 그렇다면 앞으로의 과제는 윤보선을 회개케 하는 것이 아닐까?

4월 11일 생각이 난다. 나는 "지금으로선 YWCA 사건자, 김영삼, 가톨릭, 청년, 노동자 들과의 사이가 서먹하다"라는 말을 했는데, 이 말을 한 지 70일이 되는데 원풍모방, 재판 참석, 농성, 기도회 참석으로부터 → 가톨릭, 청년, 노동자, 지학순 주교 출판기념으로 → 가톨릭, 이번 단식으로 → YWCA 사건과 김영삼, 청년 등과 사귀게 되어 다행이다. 게임을 함께 해서 운동선수들이 친해지듯 문제에 부딪혀 싸움을 함께 함으로써 인권운동자가 친해진다. 조성우 등과 소리를 높여 언쟁도 했지만 이것도 친해지는 것의 일종이다. 어제 갈릴리교회에서 끝나고 친목 시간에 조성우의 어머니가 내 무릎에 손을 대고 얘기를 나누었다.

국민이라는 님

일제시대인지 해방 후인지 기억이 불분명하다. 일본 사람이 쓴 책이 해방 후에도 도서관에 있어서이다. 학교 도서관에서 일본 사람이 쓴 한 책에서 아리랑이라는 말의 유래를 읽었다. 이 책에 따르면, 아리랑은 벙어리 '아(啞)' 자와 장님을 뜻하는 한자 '리'와—그 한자를 나는 잊었는데, 흔히 쓰는 '맹(盲)' 자가 '리'로 변했을 것 같지는 않다—귀머거리 '롱(聾)' 자의 '롱' 발음이 '랑'으로 바뀌어서 세 자를 합하여 만들어진 것이라고 한다.

나쁜 세상이어서 바른말을 하면 죽으니까—이미 아담과 하와가 선악과를 따 먹는 것에서 보았듯이—벙어리같이 살아야 하기에, 사실을 보았어도 마치 못 본 체 장님같이 살아야 하며, 들은 것이 있어도 귀머거리같이 살 수밖에 없는 삶이 아리랑이다. 나는 이 아리랑의 모습이 바로 일제하 우리 백성의 모습이어서 마음이 끌렸고, 이런 비참한 백성이 가신 님을 슬퍼함이 더욱 슬펐다.

그 후 나의 상상은 이 가신 님이 누구일까를 찾는 것으로 맴돌았다. 이 가신 님을 나는 우선 비참한 백성과 함께 하던 님, 함께만 있어주어도 좋았던 님, 나아가 비참한 백성과는 달리 말하고 보고 듣는 이를 일컫는다고 생각했다. 그랬던 내 생각이 좀 바뀌었다. 배신하고 가신 님을 만나면 죽일 사람으로 철저하게 미워하지 않는 아름다움 때문이었다. 이래서 움튼 생각이 말하고 보고 듣는 이가 그립다는 것이지, 굳이 남을 탓함이 아닐 뿐 아니라 말하고 보고 듣는 이가 바로 자기 자신이어야 한다는 깨달음이었다.

내가 정부의 압력으로 고려대에서 세 번을 내쫓겼던 것을 보아 나는 다행히 고려대학교에서 쭉, 말하자면 말하고 보고 듣는 이였으니, 나는 백성보다는 우위에 선 님으로 있었던 것이다. 그러던 내가 주권자를 무대에 등장시키면서 그를 존중해야 한다는 생각을 고생 끝에 간신히 한 것이다. 이런 생각은 고생이 시작되기 전 노동문제연구소 소장을 하고 있을 때 움텄다. 처음에 나는 내가 노동자들을 위하여 뭔가를 한다고 생각했는데, 점차로 내가 노동자들에게 못 미친다는 생각이 들었던 것이다. 첫 옥고를 겪을 때만 해도 나는 내가 잘났다고 생각했다. 그러나 두 번째 옥고 때는 기가 죽었다. YH 노동자 김경숙이 죽었고 나는 기껏해야 옥고였던 것이다. 세 번째 옥고 때는 옥고라 해도 죽어 나오지 못한 것이었을 뿐 아니라 손도장을 찍은 나는, 민주화는 엘리트가 아니라 국민 일반의 계몽됨이 필요하다고 생각했다. 최소로 향해 가는 나를 경험하게 해준 것이 바로 옥고였다. 이렇게 최소의 나와 커다랗고 자랑스러운 국민이라는 님을 말하는 것이 내가 석 달간 미국·일본·유럽 등을 여행하면서 펼친 강연의 주제였다.

버림으로써 되살아난 나

3부의 제목을 '버림인가, 버려짐인가?'로 정했다. 고려대에서 해직된 나

기독교방송국에서 혼신을 바쳐 칼럼을 읽는 내 모습을 보고 신동헌 화백이 그려준 캐리커처.

로서는 영어 약자로 KNCC라고 일컫는, 한국기독교교회협의회가 내가 의지하는 집이요, 본토요, 고향이었다. 1973년에 교수직에서 해직당한 후부터 나는 내 집 앞 버스 정류장에서 12번이나 13번 버스를 타고 종로5가에서 내려 기독교빌딩에 있는 KNCC에 갔다. 거기에 가면 총무실, 내가 여러 해를 회장으로 있었던 기독자교수협의회, 내가 위원과 부위원장을 했던 인권위원회, CBS 곧 기독교방송국 등이 있었다. 나는 CBS에서 꽤 많은 칼

럼을 혼신을 바쳐서 읽었다. 그 당시 프로듀서였던 조상호 씨가 근 20년이
지난 어느 날, 그 당시 내 모습을 다음과 같이 말한 적이 있다.

　"이 박사님은 칼럼을 읽는 말씨가 눌변이었습니다. 그러나 원고를 한 줄
고치더라도 온몸을 다 바쳐서 고치셨습니다. 박사님의 수필집 제목 '겁 많
은 자의 용기'가 박사님을 잘 묘사합니다. 겁이 많지만 한마디를 신중히 하
시는 모습이었습니다."

　이때 칼럼을 읽는 내 모습을 신동헌 화백이 그렸는데, 이 그림을 나는 현
관문을 열고 들어서자마자 보이는 내 집 거실 벽에 지금도 걸어둔다. 이 세
상 통치자를 심판하는 무서운 얼굴이다. 이 캐리커처 위에는 내 수필집《겁
많은 자의 용기》를 읽고 내 인상을 추상화로 그린 신용길 화백의 그림이 걸
려 있다. 이 그림은 단순하지만 구조적이며, 힘이 있지만 평화롭다.

내 수필집《겁 많은 자의 용기》를 읽고 내 인상을 추상화로 그린 신용길 화백의 그림. 이 그림을 보고 집사람은
"단순하지만 힘이 있고 평화스러운" 느낌이 나를 잘 표현한다고 했다.

기독교빌딩 2층에 좁아터진 강당이 있었는데, 여기에서 많은 사람들이 서서 목요기도회니, 금요기도회니 숱하게 하며 정부가 싫어하는 갖은 모진 말을 다 했다. 이 강당에서는 교회협의회에 속하지 않은 함석헌이나 나 같은 이가 인사로 나서기도 했다. 함석헌은 제일 앞줄 통로 옆자리에 앉아 계시던, 우리 모임의 가장 높은 어른이었다.

한번은 박용길 장로가 기도회의 사회를 보았는데, 기도 순서가 왔을 때 승려 출신인 시인 고은을 시키기도 했다. 기도 마무리에 늘 하는, '예수 그리스도의 이름으로 기도합니다. 아멘'을 그가 했는지 안 했는지가 지금도 궁금하고 기억이 안 난다. KNCC라는 내 고려대 해직 후의 첫 고향을 내가 버렸는지, 아니면 버려졌는지 다음과 같이 적는다.

* * *

지금까지를 5년 전에 썼다. 물론 이 글을 쓴 후에 가필을 했다. 한국방송에서 나와 나눈 한 시간짜리 대담을 두 번 방영한 적이 있다. 한 번은 어느 해의 5·18 특집방송에서였다. 이 프로그램을 본 최광일 고려대 박물관장이 내 서재에 있던, 근 30년 동안 쓴 일기를 박물관에 달라고 제의했다. 나는 이 제의를 진지하게 받아들였다. 왜냐하면 당시 고려대의 4·18 기념관에서 나와 관련된 자료 두 가지를 이미 전시하고 있었기 때문이다(지금은 고려대 박물관의 백년사 전시실에 옮겨져 전시되고 있다). 하나는 1970년 8월에 아세아문제연구소에서 펴낸 영문 논문집에 기고했던 내 논문 〈Korean Unification as Seen through Transmutation of North Administrative Power(북한 행정권력의 변천에서 본 한국 통일)〉이다. 이 논문은 1970년 2월에 고려대 대학원에서 받은 박사학위 논문의 요약이기도 하다. 다른 하나는 6·10을 낳게 한, 5월 28일의 고려대 교수 28명의 〈시국선언문〉이다. 이 두 가지는 어떻게 보면 고려대에서의 나를 상징한다. 곧 나의 행동과 학문을 상징한다.

앞에서 나는 5·17 직전과 김영삼 씨 단식 이야기 등을 일기에서 뽑아 옮겼다. 그런데도 나는 자서전을 쓰는 도중에 내 일기를 고려대 박물관에 다 보냈다. 자서전 쓰던 것을 잊어서가 아니고 다음과 같은 생각이 들어서였다.

첫째, 일기가 나의 전부는 아니라는 생각이 들어서였다. 일기에도 자기의 부끄러운 모습을 감춘다. 예를 들어 이 절의 제목을 나는 '버림으로써 되살아난 나'라고 썼지만, 나는 지금도 나를 다 버리고 있지 않다. 유서라고 써놨지만 다 버린다고 쓰지도 않았다. 그러나 이 끝까지 버리지도 못하는 속이야기를 될 보지 않고 담담히 쓰고 싶은 마음이 내게 있는 것이 사실이다.

둘째, 일기의 행간(行間)을 쓰는 자전적 접근을 지난달에 '열린책들'에서 갖고 간 내 원고 《협력형 통치》에서 이미 사용해보았기 때문이다. 김충열이 나에게 써준 두 가지 글씨 생각이 난다. 먼저 써준 것은 나더러 서생으로서 모범이 되라는 '서생전범(書生典範)'이었고, 나중 것은 호탕하게 노래 부르고 미치게 춤추라는 '호가광무(浩歌狂舞)'였다. 꼼꼼히 일기를 쓰듯이 공부하라는 것이 전자이며, 이를 벗어나 훨훨 날라는 것이 후자이다. 일기에 혹 사실을 썼다 해도 사실에 관련된 감정과 가치판단을 안 썼을 뿐 아니라 사실에 대한 감정과 가치판단도 후일에야 생겨나니, '나'라는 사람은 둔하고 느린 사람이 아니겠는가. 《맹자》〈이루(離婁) 상(上)〉 편에 보면, 지(智)는 몸가짐과 말을 삼가는 예(禮)와, 겨울을 지나 죽은 줄 알았던 초목이 살아나듯 행위하는 락(樂)으로 구성된다. 〈요한복음〉 3장 5절에 의하면 물과 성령으로 새로 나와야만 하느님의 나라에 들어가는데, 이 경우 물은 이 세상에서 따를 형식과 의식을 의미한다.

셋째, 《협력형 통치》를 일기를 안 보고 쓰다 보니 내가 5년 전에 썼던 이 원고도 새로운 시각으로 조명할 수 있겠다는 생각이 들어서이다. 예를 들어 《협력형 통치》 12장에 적은 나의 민주화 경험은 이 책 2부 '내가 행한 것'과 중복된다. 그런데 나중에 쓴 글이 앞서 쓴 글보다 좀 더 살아난 글로 보인다. 의미가 부여된 사실을 현상이라고 본다면, 이 현상은 사실의 씨앗이다. 나는 우선 끝까지 쓰고 나서 이미 쓴 9장까지의 글을 좀 다듬을 것 같다.

《협력형 통치》를 쓴 뒤, 나는 이 책인 자서전을 이어서 쓸지, 아니면 또 다른 공부 책을 쓸지를 망설였다. 나는 아흔세 살에 죽을 생각을 해왔다. 이런 생각을 하기 시작한 때는 내 나이 마흔여섯에 정부의 압력으로 고려대에서 해직되었을 때이다. 그때 나는 내가 새로운 삶, 즉 민주주의에 헌신하는 삶을 산다는 전제하에 그때까지 살았던 46년을 더 살고, 이 46년에 더해 1년을 더 살게 해달라고 하느님께 빌자는 생각을 했다. 아흔세 살까지 살겠다는 생각이 욕심 사납게 들릴지 모른다. 그러나 따지고 보면 산 세월만큼 새 삶—버리는 삶—을 살고 1년만 더 살겠다는 것이니, 욕심이 적은 계획이다. 이 계획에 따르면 내 여생은 이제 13년이 남았다. 13년이면 본격적인 책 하나는 쓸 기간이다.

나는 그간 한 5년에 걸쳐서 한 권씩 책을 썼지만 이번 것은 나이도 있어 좀 여유 있게 시간을 갖고 싶다. 그런데 전체 14장을 쓸 생각이었고 이제 9장을 쓰다가 만 이 자서전을 어떻게 할 것인가? 나는 피카소의 〈늙은 기타리스트〉 복사본이 걸려 있는 내 서재의 책상에서 연필로 종이 위에 글을 쓰다가 죽고 싶은데, 공부와 관련된 책을 쓰다가 죽어야지 자서전을 쓰다가 죽는 것은 좀 아깝다. 이래서 생각한 것이 요 다음 공부 책의 서문에 해당하는 글로 자서전을 쓰자는 것이다. 그렇잖아도 나는 《논어·맹자와 행정학》을 비롯해 《인간·종교·국가》 《협력형 통치》에 각각 긴 서문을 썼다. 다음 책이 어떤 책일지 지금은 정확하지 않다. 그러나 그 내용과 방법이 지금까지의 나에게서 나올 것이라는 점은 명확하다. 그런 내 공부를 위하여 책들을 좀 모아놓기도 했다. 그러나 이 책도 바뀔 수 있다. 그러니까 지금 이 책을 쓰다 보면 다음 책의 윤곽이 더 드러날 것이다. 아직 확실하지는 않지만, 그리고 앞으로의 내 공부가 책 한 권이 될지, 글 한 편이 될지도 확실하지 않지만, 지금 같아서는 새 공부의 이름은 '새 문명에서의 공직자'일 것 같다. 또는 새 문명을 굳이 안 넣고 그냥 '공직자'일 것도 같다.

5년 전에 놓았던 붓을 다시 들어 이제 일기를 보지 않고 이어보자. 그 전후가 정확하지는 않지만 버림으로써 산 경험 몇 가지가 생각난다.

먼저, 몇몇 목사들의 과두정치, 곧 '올리가키(oligarchy)'로 움직이는 관행과 내가 부딪쳤다. 앞에서 좀 언급한 것을 상론해보자.

하루는 돈암동에 있는 가톨릭 수도원에서 교회협의회 사람들의 회의가 있었다. 회의 때 유별나게 반민주화운동으로 발언한, 예수교장로회 총회에 근무하는 교육 담당 목사가 있었다. 이름을 잊었다. 휴회 시간에 그 목사가 회의 기록을 쓴 목사에게 자기가 발언한 것을 그대로 정확하게 적었느냐고 묻는 것을 나는 봤다. 그 후에 보니까 그 목사가 대한기독교서회의 책임자로 출세해 나갔다. 그때는 중앙정보부가 이런 인사에 관여하던 때였다. 나는 이런 꼴을 고려대에 있을 때에도 이미 봤다. 김낙중·노중선에게 봉급을 주지 말라는 중앙정보부의 말을 나에게 전한 교수가 후에 고려대 총장이 됐다. 현승종·차락훈·이항녕 세 분 교수가 유난히 친했다. 나는 공식석상에서 행정문제연구소 건으로 소장인 차 교수를 언급했다. 연구소 부소장인 내 결재를 안 맡고 소장이 돈을 쓰는 것이 문제라는 것이 내 말이었다. 현승종 교수가 벌떡 일어서더니 큰 소리로 나에게 욕설을 퍼부었다. 욕을 들어도 나는 내가 말한 사실이 전혀 잘못됐다고 생각하지 않았다. 그때 나는 가만히 있었다. 이희봉, 윤세창 두 분 교수가 나를 두둔했다. 현승종 교수는 4·19 때 학생처장이었고 이항녕 교수는 4·19 교수 데모에 앞장섰던 분이다. 그런데 어느 틈에 현승종 교수가 교수직을 그만두더니 성균관대 총장으로 옮겨 갔고, 이항녕 교수는 홍익대 총장으로 갔으며, 차락훈 교수는 고려대 총장이 되었다. 나는 총장 하려면 관청의 승인이 있어야 하는 것쯤을 이미 알고 있었다. 나를 경기대 설립자 손상교 선생이 경기대 총장으로 불러가려고 했을 때 민관식 교육부 장관이 내 사상이 나빠서 안 된다고 말했다는 것을 경기대 우영섭 교수에게서 들어 알고 있었다. 나는 5·16 이후 민주당을 탈당하고, 변절해 박정희에 협력한 민 씨를 사상이 나쁘다고 생각했다. 내가 자신 있게 말할 수 있는 것은 교수직을 바꾼 사람은 일단 의심해야 하고 우리나라 최고 권부는 중앙정보부라는 것이다.

또 하루는 기독교회관 복도에서 교회협의회 김관석 목사의 비서가 날보고 북한이 파놓은 땅굴을 단체로 구경하러 가니 몇 날 몇 시에 버스를 타러 나오라고 말했다. 이 일로 김관석 목사가 앉아 있던 교회협의회 회의 때 내가 한 비판의 요지는 이렇다.

"김관석 목사가 교회협의회 총무를 끝내고 기독교방송 사장으로 옮겨 앉는 데 중앙정보부의 도움을 받고자 함을 나는 짐작한다. 이 일을 위하여 나까지 동원할 필요가 있는가? 그리고 목사가 교회로 돌아가면 되지, 이런 일을 하면서까지 기독교방송 사장이라는 감투가 왜 필요한가?"

내 말에 김 목사가 아무 대꾸도 하지 않았다. 나는 이때 내가 한 말을 나의 버리며 버려짐의 중요한 단서라고 생각했다. 1980년 봄에 문익환 목사와 내가 김관석 목사에게 한 성명서에 서명해달라고 찾은 적이 있다. 문익환이나 나나 그가 거절하리라고는 짐작도 하지 못했다. 그는 우리들이 교도소에 들어가면 뒷배를 볼 일이 있을 테니 서명을 하지 않겠다고 말했다. 물론 그 말이 일리가 있다고도 생각했다. 그러나 그런 것이 아니었다는 생각을 그 후 하게 되었다.

목사의 기능은 어려운 일, 즉 교도소 가는 일을 하는 것이다. 다만 어려운 일을 하는 사람의 뒷배를 목사가 볼 수도 있다. 그러나 뒷배를 보는 일은 어려운 일을 직접 하는 것보다 더 어려운 일이다. 어려운 사람의 뒷배를 본다는 구실로 고생하는 사람들 뒤에서 조정하고, 이 조정한 것을 일한 것으로 착각해 덜 무서운 세상이 됐을 때 열매를 따 먹는 것이 목사들의 함정이 될 수도 있다. 아무리 공을 많이 세운 사람도 자신을 견제하지 않으면 여로보암같이(《열왕기상》 14장), 예후같이(《열왕기하》 10장) 죄를 짓는 연약한 존재가 사람이다.

따라서 교수는 강의실과 연구실이 정위치이듯이, 목사는 교회가 정위치여야 한다. 하루는 기독교회관 어느 방에서 복사를 하고 있는데, 권호경 목사가 날보고 이경배 인권위원회 사무총장을 내보내야 한다고 귀엣말을 했다. 인권위원회 회의에 앉았더니 이 국장이 영국에 연수 가게 됐으니 해직시킨다고 했다. 나는 휴직이지 왜 해직이냐고 이의를 달았다. 나는 졸지에 왕따를 당했고, 이경배 국장이 영국에 간 후에 권호경이 사무국장으로 들어왔다. 권호경도 후에 기독교방송 사장을 했다.

나는 김관석, 권호경을 비롯한 여러 목사들이 참 능력 있는 분들이라고 생각한다. 그런데 그것은 목사 고유의 분야인 예언자 기능을 담당하는 점에서 그렇다. 그 어려운 때가 아니었다면 한국 기독교가 유신정부에 반대하는 그만한 일을 못 했을 것이라고 생각한다. 이런 일은 목사 고유의 업무에 속한다. 이 점에서 김관석 목사는 훌륭한 분이었다. 다만 이분들이 잠깐 생각을 잘못 해 자신들의 쓸모가 교회에 있음을 잊었다고 나는 본다. 박정희 정권을 금가게 한 그 능력으로 교회에 다시 돌아가 기도하고 설교했더라면 한국의 민주 정부가 좀 더 공고해졌을 것이라고 생각한다. 다시 돌아가는 교회가 클 필요도 없다. 외진 시골의 작은 교회일수록 훌륭한 목사를 필요로 한다. 나는 교회협의회 목사들이 쉽게 김영삼을 편드는 것을 보았다. 그런가 하면 쉽게 김대중 정권에서 이런저런 감투를 쓰는 것도 보았는데, 정권에 들어가 바른말도 못 하고 자기가 속한 교단으로 하여금 침묵하게 만들었으니, 나는 이런 목사들이 고려 때 요승(妖僧)과 같다고 생각했다.

그런가 하면, 나는 김영삼 씨를 '끊었다.' 하루는 김영삼 씨가 나를 어느 호텔로 불러내 자기를 도와달라고 말했다. 이미 그의 단식에 동조했던 나는 이 말을 새겨들을 수밖에 없었다. 단순히 재야인사가 아니라 정치를 같이 하자는 뜻으로 들려서 나는 다음과 같이 말했다.

"저놈들의 방침은 양김 씨 분열 정책입니다. 그리고 두 분 중 저놈들이 더 미워하는 이는 김대중 씨이지 김영삼 씨가 아닙니다. 그러니 김영삼 씨가 김대중 씨를 형으로 정확하게 모셔야 합니다."

이 말을 한 뒤로 그는 나를 찾지 않았다.

레이건 미국 대통령이 방한했을 때 나는 3개월간 미국, 캐나다, 일본, 유럽에 강연 여행을 했다. 이때 나는 평범한 사람으로서 처신했다. 평범한 사람은 높은 자리를 버린 사람이며 악한 권력으로부터 버려진 사람이다. 서광선 교수가 회장으로 있는 한국기독자교수협의회가 미국 뉴욕에 있는 기독교고등교육재단의 원조로 해직 교수들 약 30명을 각자의 희망대로 외국 대학에 보내는 프로젝트를 운영하고 있었다. 연세대 성래운 교수와 내 차례가 됐을 때 중앙정보부가 외유를 불허하더니, 레이건 대통령이 방한할 때 서울에 이 두 사람을 두는 것이 방해가 된다고 보아 출국을 허가해서 간 여행이었다.

그 당시 외유는 특권이었다. 그러나 몇 가지 이유로 나는 내가 평범한 사람임을 확인했다. 노신영 중앙정보부장이 내게서 전두환에게 전할 말을 듣겠다며 불렀다. 그를 만났더니 내 말을 듣는 것이 아니라 금일봉을 주었다. 나는 이렇게 말하면서 그 봉투를 거절했다.

"내가 이 돈을 받으면 돈 받은 콤플렉스를 극복하려고 나가서 더 심한 말을 할지 모릅니다. 중정 직원이 내 강연에 대해 보고했던 그 말이나 전일에 호주 대사에게 한 말 같은 말을 나는 나가서도 할 것입니다. 내가 늘 하는 말은 주권재민 사상입니다. 주권재민이니까 나보다는 국민이 더 높습니다. 당신네들의 이성도 거절하지 못할 말입니다."

뉴욕에 있는 미국 교회협의회에 근무하는 구춘회 여사가 내 강연 여행을 교섭했다. 강연 장소까지 가는 여비, 체류비, 약간의 강의료를 초청자가 부담했다. 그때 기록이 서너 권 되는데 고려대 박물관에 가 있다. 나는 그때 무슨 말을 하고 다녔나? 나는 나중에 노태우가 선거 공약으로 쓴 말인 '보통사람'을 강조해, 보통사람의 시대가 민주화운동으로 열릴 것이라고 강조했다. 일본 잡지 《세카이》에서 내가 일본에 들렀을 때 한 강연의 녹음을 풀어, 강연 후 9개월 만인 1984년 8월호에 〈한국민의 고난과 희망〉이라는 글

뉴욕에서 열린 민주화운동 인사 환영회를 보도한 《대한일보》기사. 1983년 가을, 석 달간 북미·유럽·일본에서 한 강연 여행에서 나는 '보통사람'이기에 이 모든 고통을 참는다고 말했다.

韓比両国の人権を問うキリスト者
国際会議に参加した

李　文　永さん
（り）（ぶん）（えい）

イ・ムンヨン　ソウル生まれ。行政学専攻で、前高麗大教授。三・一民主救国宣言、YH紡績事件、金大中等内乱陰謀事件で投獄。昨年暮れ、刑の執行停止で釈放。56歳。

「金大中等内乱陰謀事件」で懲役十五年の判決を受けた、金大中氏の筆頭ブレーン。「元気な姿を東京で見られるとは思わなかった」。感激の声が会場から出た。

一日、二日の両日、東京で開かれた「国際会議—韓国・フィリピンの人権状況とアジアの平和」に参加。米国にトンボ返りした。

さる九月から三カ月間の予定で、シカゴ大学の研究教授として米国に滞在中。これ自闘は見ている。

「この十年間に、三回、大学から追放され、五年間、監獄にいました」と話す。ある朝、監獄の壁に向かって英語で「グッド・ロウ」「バッド・ロウ」と書いた。

そして「神さまを愛するから唯物論者にはなれません」といい、「苦難だけが希望」と結んだ。温厚な容姿にふさわしい、胸に響く話だった。

「お父さんが『勉強しろ』といったら、子供は勉強するでしょう。もしお父さんが酔っぱらって『怠けろ』といっても、子供は命令に従わないでしょう」

現在、インタビューに応じにくい微妙な立場。これは記者席から眺めた「ひと」である。

体がレーガン訪韓を意識した韓国政府の"厄払い"と周囲は見ている。

会場では「韓国民衆の受難」と題して、日本語で短い講演をした。

こんな例え話を持ち出し、次々に作られる取締法の下で苦しんできた韓国民衆の受難...

（石川　巖記者）

《아사히 신문》의 '사람' 이라는 코너에서 나를 소개한 기사(1983. 11. 3).

을 게재했다. 이 글의 소제목, '나는 법질서를 따랐다' '고난 중의 기쁨' '민주주의를 창조하는 것' 등을 봐도 내 주장은 적에게도 있는, 사람으로서 지닌 이성에 호소하는 내용이며, 동시에 국민의 격을 높이는 말이었음을 알 수 있다. 나는 이 글을 번역하여 수필집《겁 많은 자의 용기》증보판에 덧붙였다. 이 강연을 할 때 일본《아사히 신문》기자가 취재차 와 있었는데, 1983년 11월 3일자《아사히 신문》'사람'이라는 코너에서 나를 다음과 같이 묘사했다.

'김대중 내란음모 사건'으로 징역 15년의 판결을 받았던 김대중 씨의 제1급 브레인. "건강한 모습으로 도쿄에서 만나게 될 줄은 생각지 않았다"라는 감탄의 소리가 회장에서 나왔다. 1, 2일 양일간 도쿄에서 열린 '국제회의—한국·필리핀의 인권 상황과 아시아의 평화'에 참가하고 그는 곧 미국에 되돌아갔다. 지난 9월부터 3개월간의 일정으로 시카고대학의 연구교수로서 미국에 체류하고 있다. 이것 자체가 레이건 미국 대통령의 방한을 의식해 한국 정부가 이문영을 내쫓아 보낸 것으로 주변이 보고 있다.
한국과 미국의 인권 문제를 묻는 기독자 국제회의에 참가한 이문영 씨. 이문영은 서울 출생이다. 행정학 전공으로 전 고려대 교수. 3·1민주구국선언 사건, YH방적 사건, 김대중 내란음모 사건으로 투옥. 작년 말에 형집행 정지로 석방. 56세. 회장에서 '한국 민중의 수난과 희망'이라는 제목으로 일본어로 짧은 강연을 했다. "10년 동안 세 번 대학에서 해직되어 5년간 감옥에 있었습니다"로 이야기를 시작하더니 흑판에 영어로 "good law, bad law"라고 썼다. 그리고 "'아버지가 공부하라'라고 말했으면 아이는 공부합니다. 만일에 그 아버지가 술 취해 들어와 '공부하지 말라'라고 말해도 그 아이는 새 명령을 안 따를 것입니다." 이런 예를 연이어 들어가면서 정부의 단속 속에서 고통을 겪은 한국 민중의 수난 구도를 설명했다. "한국 정보부가 나를 고문했을 때 갑자기 고문한 이가 불쌍하다는 생각이 들었습니다. 그것은 인간을 향한 사랑입니다. 어느 밤중에 나는 감방의 벽을 향해서 웃고 있는 내 모습을 새삼 발견했습니다. 하느님에 대한 사랑을 안 것입니다." 그리고 "하느님을 사랑하기에 나는 유물론자가 되지 못했습니다"라고 말하며, "고난만이 희망을 탄생시킵니다"라고 결론 지었다. 온후한 용모에 합당한, 가슴에 와 닿는 말이었다.

현재 인터뷰에 응할 수 없는 입장이다. 이상이 기자석에서 본 '사람'이다.
―石川巖 기자

나는 이 강연 여행을 하면서 많은 것을 배웠다. 비록 민주주의가 아니더라도 남·북한이 통일부터 하자는 움직임을 보았다. 이런 요청에 따라 한완상이 강연 다니느라고 바쁜 것을 보았다. 한완상이 유니언신학교에서 신학 공부를 하고 있는 것도 봤다. 나는 그에게 두 가지를 말했다. 하나는 운동의 초점을 민주화에 맞추어야지 선통일에 맞추면 적이 제일 미워하는 김대중 씨―김대중 씨도 그때 미국에 망명한 상태였다―의 입지가 약해진다는 것이며, 다른 하나는 해직 교수는 심심해도 강의 준비를 해야지 왜 바쁘냐는 것이었다. 그는 유니언신학교 공부는 생활비 때문이기보다는 강의 준비라고 말했다. 나는 한완상이라는 청진기를 통해서 우리 몸체의 작동에 심상치 않은 삐걱거림을 들었다. 이 삐걱거림을 망명 중인 김대중 씨도 물론 들었을 것이다. 나중에 그가 편 현실적 이상주의론인 햇볕정책은 이러한 선통일 요구를 흡수하는 장치였다. 그러나 1980년대의 움직임이 흡수된 386세대는 '참여정부' 때 외교와 공존을 무시하고 통일부터 하자고 얼마나 설쳐댔는지 모른다. 김대중 내란음모 사건자로서 미국에 체류하고 있던 이신범과 도쿄대에 간 조성우가 공부를 하지 않는 것이 가슴 아팠다. 나는 강연 여행을 하면서 설훈의 후원자 50명을 확보했다. 그런데 내 말을 설훈이 듣지 않

미국에서 강연 여행을 할 때 합류한 집사람과 함께(1983. 12).

았다. 사람이란 공부하기가 참 어려운 존재라는 것을 실감했다.

여행 후반부에 집사람이 미국으로 와 합류했다. 유숙지마다 고생했던 부인이라고 집사람이 환대를 받았다. 이 여행이 집사람의 첫 외국 여행이었다.

외국 기독교계 돈이 김관석의 교회협의회, 강원용의 아카데미 하우스, 그리고 안병무의 한국신학연구소 세 곳에 주로 가고 있음을 알았다. 옛날에 어머니가 하신, '선교사의 돈을 쓰는 사람은 안 된다'라는 말씀을 나는 기억했다. 그렇잖아도 나는 앞에서 말한 대로 교회협의회의 정치에 싫증을 느끼고 있었다.

내가 여행 중에 배운 가장 큰 것은 순박한 사람들의 얼굴을 대한 데서 오는 감동이다. 미국 교회협의회 직원인 구춘회 씨가 반듯한 분이라는 것을 나는 알았다. 나의 이런 직감은 맞았다. 내가 설훈의 후원금으로 모은 돈을 설훈이 유학 오면 주라고 구 씨에게 맡겼는데, 그는 퇴직하던 2004년에 이돈을 통장에서 찾아 설훈 것이라고 나에게 전해 왔다. 돈셈 흐린 모습을 나는 서울서 꽤 봤는데 구 씨는 달랐다.

좋은 얼굴의 공직자들을 보기도 했다. 나는 워싱턴의 미 국무부 한국과장을 만났다. 나를 부패하게 하려고 돈 심부름 하는 얼굴과는 달랐다. 이 한국과장은 콧수염을 길렀고 그의 곁에 동석자가 있었다. 그가 신중하고 자세하게 질문을 했다. 그러면서 나에게는 아무 정보도 주지 않았다. 어쨌든 나는 이 모임이 전두환이 단임제를 지키고 30여 교수가 해직되는 것 같은 명백한 불법이 시정되는 데 도움이 되는 모임이라고 생각했다. 독일에 갔을 때는 폰바이제커 서독 대통령을 만났다. 집무실이 시골 초등학교의 교장실 같았다. 나는 고려대에 재직할 때, 본관 건물은 신입생들에게 주고 총장은 카펫을 그대로 둔 채 총장실을 나가라고 《고대신문》에 기고한 적이 있는데, 이 글이 거절되었던 일이 떠올랐다. 청와대에 갈 때마다 나는 그곳이 품격이 없는 집이라고 느꼈다. 가구나 장식만 해도 아무 전통이 배어 있지 않은 새 것으로만 꾸민 집은 품격이 없다. 어떻게 대통령이 반백 년을 살았던 집이 새집만 같을까? 어떻게 5년간이나 사람이 그런 집에서 살 수 있을까? 하기야 대통령 했던 사람이 사가에 나와서도 그렇게 품격 없는 집을 꾸미고 살지 않을까 한다. 높은 사람은 검소해야 한다. 검소한 속에서만 물질의 효용이 극대화하며, 그 효용이 극대화한 물질을 지닌 사람이 고귀하다.

청중들의 얼굴이 좋았다. 옛날 조병옥, 장덕수 같은 선열이 유학 왔을 때 다녔던 한인 교회의 청중을 대하면서, 함석헌이 우리의 고인(古人)은 순박해 흡사 바보같이 생겼고 길에서 다른 사람에게 길을 양보했다고 썼는데, 나는 그 얼굴을 생각했다.

외국 사람들은 모처럼 보는 우리의 얼굴에서 좋은 점을 발견했다. 지금 생각하니 아마도 뉴욕에서 본 우리 교포들의 얼굴이, 삼일운동 직후 한국 사람을 기록한 《영국 화가 엘리자베스 키스의 코리아: 1920~1940》(책과함께, 2006)에 나오는, 일제 앞에서 당당했다는 조선 죄수들의 얼굴이 아닐까 싶다. 죄수들은 용수를 쓰고 짚신을 신은 채 줄줄이 엮여 끌려가지만 키가 6척 이상인데, 그 앞에서 총칼을 차고 독일식 모자에 번쩍이는 제복을 입은 일본인들은 한국 죄수들의 어깨에도 못 닿을 정도로 작았다고 한다 (153쪽). 이 책의 저자는 만세운동으로 수감된 이화학당 학생을 면회하고, "몇 인치 정도밖에 안 되는 작은 문구멍으로 대화를 해야 했"는데 '루스'라는 여학생은 "슬픈 표정이라기보다는 오히려 환희에 넘친 승리한 자의 모습이었다"라고 적었다(157~160쪽).

이런 얼굴의 국내외 사람들에게서 나는 종종 기립 박수를 받았다. 그런 일이 세 번 있었다. 뉴욕에 도착하자마자 나는 어느 학교 강당에서 열리는 한국·필리핀 인권문제협의회에 안내되어 강연하게 되었다. 만당의 청중 앞에서 영어로 하는 강연이었다. 나는 원고가 없어서 마침 출국하기 직전에 일어난 마르코스 대통령의 암살 때문에 필리핀 대사관 앞에서 한 재야 인사들의 데모를 소개했다. 데모하기 전날 내 집 뜰에서 모인 일부터 유치장에서 모두가 갇힌 일을 나는 사실대로만 말했다. 그런데 내 강연이 끝나자마자 모두가 일어서더니 박수를 쳤다. 이 강연을 들은 한완상이, "이 박사 영어는 결코 유창한 영어가 아니었지만, 유창한 영어로 하는 아무도 못 받을 기립 박수를 받는 그런 강연이었다"라고 말했다.

또 한 번은 시카고의 교포들 앞에서 강연했을 때 일이다. 한 사람이 민주화가 성공하면 관직을 얻겠느냐고 물었다. 나는 이때 안 얻겠다고 분명히 말했다. 그 질의응답을 들은 청중이 기립 박수를 했다. 나는 기립 박수를 보낸 이 시카고 교민에게 한 약속을 그 후 지켰다.

다른 하나는 한 50명쯤 되는 캐나다인 목사들 앞에서 한 강연에서였다. 나는 이들의 얼굴이 얼마나 순박하고 어린아이들 같은지 그들의 얼굴에 감동하여 강연을 했는데, 그 강연도 내 나라 말도 아닌 영어였으니 얼마나 엉망이었겠는가. 그런데 그들이 내 강연이 끝나자마자 모두가 일어서더니 박

수를 쳤다. 그 목사들의 얼굴은 오늘날 대중매체에서 보는 목사의 얼굴과
는 달랐다. 나는 개인 목사의 얼굴이 나오는 신문과 텔레비전을 기피하지
만, 아침 5시 30분에 기독교방송 에프엠에서 하는 예배를 잘 듣는다. 이 예
배는 목사 개인이 아니라 교회협의회 가정위원회에서 하는 예배이기에 목
사를 통해 투영되는 왜곡이 덜하기 때문이다.

본론으로 돌아가, 기립 박수를 보내준 청중에게서 나는 무엇을 배웠나?
이들은 거죽의 내가 아니라 내 안에 있는 참나에게 박수를 친 것이니, 나는
그 박수에서 내 안에 있는 나를 살려내면서 살아야 한다는 숙제를 얻었다.

한편 나는 문익환, 예춘호와 합의해 미국에 있는 김대중을 대리해 김영삼
과 공동으로 협의회를 만들어 정치할 사람으로 김상현을 지명했다. 김대중
내란음모 사건 때 김대중을 지식인 세력으로 포위해 그를 살려낸 사람으로
고은이 더 있었는데, 왜 그때는 그가 빠졌는지 모르겠다. 아마도 고은이 안
성에 살아서 빠졌나 보다. 모인 장소는 예춘호네 집 뒷동산이었다. 이때 만

캐나다 강연 여행에서 캐나다 교회협의회 회장인 이상철 목사와 함께(1983. 11).

든 합의서를 예춘호가 가지고 있다. 김대중의 대리인으로 국회의원 출신인 예춘호가 아니라 김상현이 뽑힌 점이 예춘호의 끌끌함을 잘 보여준다.

나는 강원용 목사를 멀리했다. 나는 수유리에 있는 강원용의 대화운동에 꽤 오랫동안 관여했었다. 이 일은 내가 교회협의회 운동에 가담하기 전부터 있던 것이었다. 중요한 대화 모임 때마다 정치 분과의 토의에서 내가 자주 보고했다. 정치 문제를 군사정권 때 간추려 말하기를 싫어들 했지만 나는 즐겁게 이 일을 했다. 이태영 박사가 이 모임에서 나를 발견하고서 만나는 사람마다 나를 좋게 말했다는 이야기를 이태영 박사와 만났던 사람이 최근에도 나에게 말해주었다. 서영훈 선생이 그런 예이다. 나는 이태영 박사가 나를 대하는 눈빛에서 크리스챤아카데미에서 내가 한 처신이 어땠는지를 읽었다. 어떤 때는 이 박사가 나를 보자마자 눈물을 글썽거렸다. 나는 신인령, 한명숙 등이 잡혀갔을 때 대책위원장을 맡았었고, 내가 들어가 있을 때 추석이나 명절이면 강원용 목사가 꼭 우리 집에 뭘 보냈다. 그런데도 나는 강원용 씨를 멀리했다. 직접적인 계기도 있었고 먼 이유도 있었다. 직접적인 계기는 대화 모임을 한다고 날보고 김대중 씨에게 가 정치인 몇몇을 대화 모임에 나오도록 부탁해달라고 한 일이다. 나는 김대중 씨에게 가서 이야기하여 성공했는데 한 가지 조건이 붙었다. 이 회의를 비공개로 해달라는 것이었다. 나는 이 조건을 강 목사에게 말했다. 그런데 그는 이 조건을 어기고 이 대화 모임을 신문에서 보도하게 했다. 강 목사는 이름 내기를 좋아했다. 그런데 나는 신문에 내는 것을 싫어했다. 그 당시 나는 사람들의 마음이 알려진다는 '문(聞)' 쪽으로 향하는 것에 예민하게 거부 반응을 했다. 물론 1970년대 무서운 때에 나 같은 사람도 이름이 대중매체에 올라가는 문(聞)의 사람이었겠지만, 이 '문'은 나의 고생하는 '달(達)'의 자연스러운 결과로서 '문'이었지, '문'을 위한 '문'은 아니었다고 생각했다. 나는 노무현 시대의 문제점도 '달'이 아니라 '문'이 기승을 부리는 세상에서 비롯한다고 생각했다.

내가 그분을 끊은 먼 이유는 그분이 대화 모임을 하지 않았기 때문이다. 언젠가 대화 모임 광고를 봤는데 내가 보기에 하나 마나 한 대화였지 본질적인 대화가 아니었다. 강 목사와 더 가까워지면 날 버릴 것 같다고 느꼈다. 더 가까워질 수도 없었다. 강 목사가 하필이면 전두환 때에 국정 자문 위원을 했고, 이어서 노태우 때에는 방송위원장이라는 감투를 썼기 때문이다. 이 세상에서 훈장 받는 사람을 나는 멀리하고 싶었다.

이렇게 내가 버린 다섯 가지를 언급했다. 교회협의회 운동, 김영삼, 유명해지는 것, 정치, 그리고 내 출세를 충분히 도와줄 만한 사람을 나는 다 버렸으며, 이런 것들을 버렸기에 나는 더욱 나 혼자였다.

10

고려대에서의 마무리

제자 기르기와 다른 문명 맛보기

공부 얘기를 먼저 해야겠다. 그러나 《논어》에 의하면 공부가 제일은 아니다. 행하고서 힘이 남으면 그 힘으로 공부하라고 말한 이가 공자다. 행유여력즉이학문(行有餘力則以學文)이 원문이다. 그런데 나는 다행히 고려대에 몸담은 33년 가운데 마지막 8년간의 공부는 그 전 25년간 이루어진 행(行)의 영향을 받은 공부였다. 1984년에 세 번째로 복직했을 때 내 나이가 57세였으니 웬만하면 슬슬 쉬면서 할 수도 있었겠고 또는 공부를 안 해버릴 수도 있었겠지만, 나는 슬슬 하지 않았다. 우선 나는 과 회의에 시간 맞추어 갔지 남보다 늦게 가지는 않았지만, 가서는 별말을 하지 않았다. 내일에 몰두하느라고 말할 여력도 없었지만 내가 말한다고 과 일이 잘되는 것도 아니고 내가 가만히 있으면 오히려 일이 더 잘된다고 판단해서였다. 나는 너무 길게 중단됐던 공부에 몰두해야 했다. 내가 복직했을 때 학교에 제출한 최근작 논문이라는 것이 어느 기독교 잡지에 냈던 우스운 글이었다. 이런 글이 제대로 된 작품이 된 것은 근 17년이 지나서의 일로, 마르틴 루터의 95개조와 미국 행정을 다룬 연구였다.

고려대에 세 번째로 복직하면서 임명장을 받았을 때(1984. 9. 5). 내 앞에 서 있는 분이 김준엽 총장과 학장이고 뒤쪽에 있는 분이 당시 학생처장이다.

복직하고 나서 아무리 생각해도 나는 낯이 뜨거웠다. 민주화운동을 했던 내가 학자로서 실패할 수는 없다고 생각했다. 이때 내가 자주 떠올린 성서 구절은 〈I고린토〉 9장 27절 "나는 내 몸을 사정없이 단련하여 언제나 민첩하게 움직일 수 있게 합니다. 이것은 내가 남들에게는 이기자고 외쳐놓고 나 자신이 실격자가 되지 않게 하려는 것입니다"였다. 나는 책상 위에 메모지를 붙여놓고 책상에 앉는 시간과 일어서는 시간을 적어 매일매일 책상에 앉아 있는 시간의 합계를 냈다. 모르긴 해도 내 일기에 이런 메모가 끼여 있을 것이다. 과거의 이런저런 압력이 나를 거세게 밀어붙여 나에게 다음과 같은 몇 가지 영향을 미쳤다.

첫째, 나는 강의 준비에 바빴다. 학기마다 행정학개론 강의가 있었다. 재무행정론과 나를 위하여 새로 만든 행정철학 과목을 학부와 대학원에서 학기마다 맡았다. 나는 한 과목을 집중적으로 준비하려고 행정학개론을 행정철학 공부와 겹치게 했고, 학부와 대학원 과목을 한 학기에 한 과목으로 만들었다. 학부에서 나의 행정철학 강의를 들을 행정학과 학생들의 행정학개론은 맡지 않았다.

다행히 나는 복식부기 하는 능력을 잃지 않아서 재무행정 강의의 초반에 학생들을 잡을 수 있었다. 해직되었을 때 길에서 공인회계사회 사무총장을 만난 적이 있는데, 그가 날보고 공인회계사 면허증을 다른 사람에게 빌려주면 월 50만 원을 벌 테니 수입도 없는데 하라고 했지만 나는 그런 일은 하지 않았다. 민주화운동에 몰두해서였다. 이렇게 나는 회계학을 떠나 있었는데도 돈셈 따지는 능력을 안 잃었다. 덧붙여서 예산 결정에 정치가 영향을 미치는 정치 과정으로서의 예산 연구를 미국 책을 가지고 준비했다. 행정철학은 때마침 미국 닉슨 대통령이 탄핵된 후 미국 행정을 반성하는

복직, 복교―캠퍼스활기 되찾아

80년 5·17쿠데타 이후 해직됐던 姜萬吉교수 (사학과), 金潤煥교수(경제학과), 田炳龜교수(경제학과), 金容駿교수(화학공학과), 李相信교수(사학과), 李文永교수(행정학과)등 6명의 교수가 84년 7월 이후 복직되었다.

또한 제적된 학생들의 복교가 이뤄져 대부분의 제적생들이 학교로 돌아옴으로써 캠퍼스는 학원자율화 조치와 맞물려 오랫만에 활기를 되찾았다.

〈특집 80년대 교내 10대 뉴스〉 가운데 1984년 교수들의 복직을 다룬 기사(《고대신문》 1113호, 1990. 1. 1).

글들이 쏟아져 나와 강의에 도움이 되었다. 한 스무 권쯤 미국에 책을 주문해서 받았다.

둘째, 해직되기 전에는 행정학과에 행정학 교수가 나 혼자밖에 없어서 가르칠 과목이 많았었다. 이런 과목들은 관리론(管理論)의 시각으로 짜인 것이었다. 이 관리론적 행정 현상을 사회과학적이고 인문학적으로 조명하는 것을 나는 복직 후에 덧붙였다. 이런 일이 가능했던 이유는 먼저 내가 과거에 행정학 과목을 여러 가지 가르쳤기에 이 학문의 한계를 알았기 때문이며, 다른 하나는 내가 군사정부와 부딪치는 동안 정치학적이고 민주주의적인 발상을 불가피하게 갖게 되었고, 이렇게 하다 보니 효율 위주가 아니라 인간 위주의 가치에 마음이 쏠려 인문학적 발상을 하게 되었기 때문이다. 회상하건대 내가 고려대 학생일 때 법학과가 아닌 다른 학과의 강의를 이것저것 도강했던 것과 6·25 때 통역장교로 있으면서 미국 오벌린대학 졸업생인 제임스 핸슨 병사를 친구로 사귀었을 뿐만 아니라 미국 유학 3년간 민주국가인 미국을 직접 관찰했던 경험이 되살아났다. 따라서 내 공부는 논리실증주의에 기울지 않고 현상학적이었다. 내가 한 공부를 그림으로 그리면 다음과 같은 피라미드 모양이 된다.

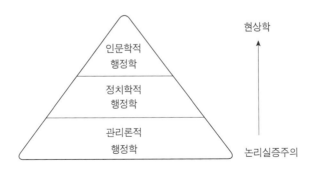

이 그림에서 행정을 관찰하는 지평이 한 단계씩 높아질수록 사실의 세계

에 가치판단이 덧붙여지므로, 거죽으로 보이는 세계가 사실의 세계라면 가치판단으로 보이는 세계를 나는 현상이라고 이름 붙인다. 그리고 이 현상은 '참 사실'이라는 것이 내 생각이다. 이런 발상은 교도소 감방에서 가을에 배급되는 양파를 물컵 위에 놓고 새파란 새싹을 키워본 경험에서 나온 것이기도 하다. 즉 추운 감방에서 양파 거죽은 흉하게 시들어 떨어졌지만 양파의 중심부만 얼지 않으면 거기서 파란 싹이 나오는 것을 보았다. 그러니까 행정학의 경우 외견상 관찰되는 행정 사실보다는 행정 사실의 중심부에 있는 행정 현상이 중요하다.

셋째, 복직된 지 얼마 안 된 어느 날, 캠퍼스에서 최달곤 법제사 교수에게서 매주 한 번씩 자신의 방에서 박성학 선생이 한문 강독을 하는데, 원하면 참석하라는 초청을 받았다. 최달곤 교수는 나와 인연이 좋은 분이다. 그분이 주택조합장으로 계실 때 나에게 쌍문동 집터를 배급받게 해주었을 뿐 아니라 뒤쪽 터를 넓히는 데 도움을 주었으며, 내가 교수회의 때 차 교수를 비판해 공격받았을 때도 나를 뒤에서 격려해줬다.

나는 나 혼자만의 힘으로 일이 된 것이 아니라 누군가의 보이지 않는 손이 이끌어 일을 한다고 본다. 한문 강독이 그런 예였다. 거기에 가게 된 것도 그렇고, 강독 교재를 늘 최 교수가 정했는데 주자의 《논어집주》와 《맹자집주》를 번갈아 가면서 읽었던 것도 그렇다. 이 강독 교재가 하필이면 그 두 책이었던 것이 나에게 행운을 가져다주었다. 주중 어느 한 날을 정해 오후 다섯 시에서 일곱 시까지 강독을 했는데, 나는 강독 시간에 잘 졸았다. 동석했던 박영호 교수가 내가 그만둘 줄 알았다고 후에 말하기도 했다. 그러나 나는 자면서도 생각하는 버릇이 있는 사람이다. 지금도 내 머리맡에 자다가 생각난 것을 적으려고 작은 노트와 연필이 놓여 있다. 하루는 이런 생각이 들었다.

《논어》와 《맹자》를 한 줄도 빼지 않고 합하면 비논리실증주의적 접근의 행정학 책이 된다. 공자와 맹자는 공무원 했던 분이며, 제자를 길러도 공무원을 길렀던 분이다. 《논어》는 행정 현상을 지금으로 치면 문과대학 교수가 분석한 책이고, 다시 말해 인문학적 행정학을 다룬 책이고, 《맹자》는 행정 현상을 사회과학대학 교수가 분석한 책, 즉 정치학적 행정학을 다룬 책인데, 두 분의 학파는 동일하다. 그리고 《논어》와 《맹자》도, 합본해 만든 내 행정학 책도 내 박사학위 논문에서 밝힌 두 가지 조직 중 하나인 '일하는 조직'의 원형 연구에 해당한다.

거듭 쓰지만, 나는 내 연구를 더 하려고 노력했을 뿐인데, 최달곤 교수를 만나서 운 좋게 전체주의 국가 은(殷)나라를 극복해 관료 조직 국가—일하는 국가—를 세계에서 처음 만든 주(周)나라의 건설 이론서를 접하게 되었던 것이다. 내가 열심히 하면 그런 나를 하느님이 긍휼히 여겨 도우신 것이 내가 종종 겪은 인생 경험이다. 때마침 성백효 씨의 주석서도 나왔다. 이 책은 큰 책이어서 여백이 많았다. 나는 이 책을 강독 때 갖고 가 읽으면서 이 글들을 앞으로 쓸 《논어·맹자와 행정학》의 어디에 사용할지를 생각하며 분류했다. 1990년 가을부터 1991년 2월까지 나는 영국 리버풀대학교 교환교수로 가 있었는데 오가는 도중에, 미국에 유학 중인 아들 집에 들렀을 때에도, 그리고 고려대와 자매연을 맺은 모스크바대학과 레닌그라드대학에 가느라고 꽤 오래 비행기를 탔을 때, 비행기 안에서 성백효 씨의 책에 내 분석을 빼곡히 기록했다. 좁은 비행기 안 좌석에서 천장 머리 위에 있는 작은 전등빛을 의지하면서 나는 즐거운 사고의 삼매경에 들곤 했다.

위에서 말한 세 가지 접근 방식이 나로 하여금 몇 가지 일을 하게 했다. 첫째는 제자 기르는 일이요, 둘째는 문명을 이룬 나라는 모름지기 어떠해야 하는가를 본 일이요, 셋째는 《자전적 행정학》을 쓴 일이다.

우선 제자 기르는 일에 대해 말해보자. 나의 인문학적 공부 방법은 제자

〈내가 만나 보았던 여러 제자들〉, 《고대신문》(1985. 4. 1).

들의 창의성을 유발했다. 오늘날 고려대의 경우 취직이 잘 되는 공부인 법학과와 경영학과가 입학하기가 제일 어렵고 문과대학 쪽이 이에 비해 처져 있는 것을 안타깝게 생각한다. 창의력의 근원은 인문학과 이학이라고 보기 때문이다. 내 연구실에 정인화와 김동환 두 대학원생이 있었다. 고려대는 종합대학이므로 나는 결코 이 두 학생을 내가 쥐고만 있으려고 하지 않았고 그들이 마음대로 공부하고 논문을 쓰게 했다. 정인화는 박사논문 심사 때 심사위원 한 분이 국보급 논문이라고 칭찬했다. 정 박사는 관동대에서 행정학과가 아닌 교양학부 교수로 있다. 김동환도 박사논문을 심사할 때 외부에서 온 한 교수가 외국 대학이 아닌 고려대 박사논문으로 제출하기에는 아까운 논문이라는 평을 들었다. 김동환 박사는 지금 중앙대 행정학과 교수로 있다.

김동환이 중앙대에 취직할 때 있었던 일화가 있다. 최종 후보 두 명이 총장실에 올라갔는데 상대 후보는 영국 옥스퍼드대학교 박사였다. 그런데 이 영국 옥스퍼드 박사를 제치고 김동환이 채용되었다. 김동환 박사는 중앙대에 취직하기 전에 다음과 같은 연구 업적을 냈기에 선발된 것이다. 하루는 김 군이 영국서 열리는 학회 세미나에 가서 논문을 발표하려고 하는데 여비가 모자라 못 간다고 나에게 왔다. 내가 나머지를 주었다. 갔다 온 후 영국 구경을 잘했느냐고 물었더니 대학 기숙사에 있다가 곧장 왔다고 대답했다. 그런데 그의 논문이 그 세미나에 참석한 매사추세츠공과대학교(MIT) 교수들의 눈에 띄었다. 이 논문은 잘은 몰라도 'a'와 'the'를 잘못 사용한, 불완전한 영어 논문이었을 것이다. 그런데 그는 a와 the가 뒤바뀐 논문들을 그 후에도 여러 편 썼다. 그리고 이 여러 편이 모여 옥스퍼드 박사를 누른 것이다.

조선조 때 고급 공무원을 채용할 때는 시문학(詩文學) 하는 사람들을 첫자리로 뽑았지 법률 하는 사람을 뽑지 않았던 것을 나는 다행으로 생각한다. 영국은 한때 식민지를 세계 곳곳에 갖고 있어 하루 종일 해 떨어지는 곳이 없는 나라였다. 이런 영국에서 고급 공무원을 뽑을 때 우리의 오늘같이 법과 졸업생으로 뽑는 것이 아니라 옥스퍼드와 케임브리지 두 명문 대학의 문과대 졸업생으로 채용했고, 채용된 인문학 전공자에게 현장 교육을 시켰다. 그러했기에 일제가 지배했던 한반도와는 달리, 영국이 지배했던 인도 같은 나라에서는 군사 쿠데타를 일으키는 세력이 나오지 않았다. 공직자는 인간을 아는 사람이어야지 한낱 기술자여서는 안 된다.

이러한 세 가지 안목을 지녔기에 마지막으로 복직된 8년 중에서 1985년 여름에 캐나다 빅토리아대학교, 1990년 가을학기에 영국의 리버풀대학교와 러시아의 모스크바·레닌그라드대학교에 체류했을 때 나는 다른 종류의 문명을 관찰하고 문명이란 무엇인가를 생각할 수 있었다. 어쩌면 나는 이미 문명 문제에 대해 나름대로 관찰하고 있기도 했다. 그 예를 말하면 다음과 같다.

- 1965년경부터 5년간 북한의 《로동신문》을 읽었다.
- 남한의 군사 문화와 몸으로 부딪쳤다.
- 미국에 3년과 1년 머무르고, 일본에 세미나 참석차 2회, 필리핀에 회의 참석차 2회, 태국 방콕에 1회, 서독에 회의와 강연으로 2회 가고, 그리고 유레일 패스(Eurail Pass)를 갖고 집사람과 유럽의 몇몇 복지국가 들을 보았는데, 이 안에 영세 중립국 스위스가 포함돼 있었다.
- 《논어》와 《맹자》를 8년간 읽으면서 전체주의 국가 은나라와 달리, 일을 맡은 아랫사람에게 맡은 일을 수행하기에 알맞은 권한을 부여한 주나라의 관료 조직―그러니까 관료주의가 아닌―문명에 감탄했다.

빅토리아대학에서 나를 초청해준 크리스토퍼 호지킨슨(Christopher Hodgkinson) 행정철학 교수는 한국 하면 두 가지가 놀랍다고 나에게 말해줬다. 하나는 한국산 포니 자동차가 캐나다에서 잘 팔리는 일이고, 다른 하나는 내가 민주화운동을 한 것이라 했다. 나는 호지킨슨 교수의 이 말을 뜻 있게 들었다. 포니 자동차는 일하는 조직인 한국의 현대자동차가 만든 제품이고, 민주화운동은 드디어는 수평적 정권 교체를 이룩한 경쟁적 야당이라는 민회 조직의 제품이라는 것이 내 생각이었다. 호지킨슨 교수의 이 놀라움이 타당도가 높아 이 글을 쓰는 오늘, 현대자동차 엔진은 미국의 포드 자동차 엔진과 경쟁하고 있으며, 한국의 민주화운동은 성장하여 수평적 정권 교체를 우리 역사와 동북아 정치 문화에서 처음으로 이룩했을 뿐 아니라, 북한을 원조하고 공존을 도모하는 햇볕정책을 펼침으로써 이라크에게 군사 일변도로만 치닫던 미국에 교훈을 주기까지 하게 되었다.

나는 호지킨슨 교수가 놀라워한 일이 곧 캐나다가 우리에 대해 갖고 있는 놀라움이라는 것을 알게 되었다. 가본 데는 별로 많지 않았다. 배를 타고 밴

쿠버에 강연차 몇 번 갔다. 체류 기간이 여름학기뿐이었으니 길지도 않았다. 그러나 오래 있어야 뭘 아는 것은 아니다. 나는 잠깐 뵌 배선표 목사를 지금까지 못 잊는다. 박희성 교수님이 미시건대학교에 제출했던 철학박사 논문 제목이 '주관과 직관'인데, 죽기 전에 이 논문을 한번 읽고 싶다. 내가 본 캐나다는 일하는 조직과 민회 조직이 있는 나라였다. 후일에 《논어·맹자와 행정학》 중국어판을 계약하려고 중국에 단 사흘간 간 적이 있는데, 중국에는 일하는 조직은 있어도 민회는 멀다고 느꼈다. 오며 가며 들르기도 하고 회의와 세미나로 들러서 봤지만, 일본만 해도 민회의 뿌리가 되는 교회가 드물고 귀신 모신 데가 많은 것이 흠이라고 생각했다. 그런데 캐나다는 귀신이 없는 깨끗한 나라였다. 그곳의 기독교는 캐나다 교회협의회 회장으로 김재준 목사의 사위인 이상철 목사를 선출할 정도로 관용성이 높은 기독교였다. 언젠가 한국방송사에서 '자랑스러운 한국인'을 뽑을 때, 나는 이상철 목사를 천거하는 영광을 얻었다. 이에 비해 역시 같은 '자랑스러운 한국인' 상을 받은 일본의 이인하 목사는 일본 사회에서 차지하는 위치가 미미하다. 이인하가 미미해서가 아니라 일본 문화가 미미해서이다.

　영국에서도 한 학기를 머물렀다. 영국은 가난한 나라였다. 리버풀 중심부의 일부는 2차 대전 때 무너진 그대로였고 한국 공무원이 유학 와 사는 학교 기숙사는 벽돌에 칠을 한 추운 집이었다. 그러나 영국은 민주주의를 만들어낸 나라다웠다. 우선 공직자가 달랐다. 우리 내외가 한 국회의원의 대접을 한 번 받은 적이 있는데 중국 식당에서 신통치 않게 먹었고, 그가 우리를 숙소까지 자기 자동차로 데려다줬는데 덜컹거리는 차였다. 그 국회의원 하는 말이, 간밤에 자기 선거구에 불이 나서 나가보느라고 잠을 설쳤단다. 국회의원이 그런 데를 다 가느냐고 후진국 사람답게 내가 물었더니, "그럼요, 소방서 자동차보다도 먼저 갔어요" 하고 답했다. 공부하러 온 한 한국 공무원이 영국에 와서 아이를 낳았는데, 동회에 가서 보고했더니 아무 증명서도 요구하지 않고 자기 보고만을 믿고 매월 주는 보조금을 주어서 받고 있다고 했다. 나는 숙소가 있던 동네의 의사에게 한 번 간 적이 있다. 그 의사는 무릎을 꿇고 찬찬히 내 몸을 관찰하더니 처방을 해줬다. 나는 이 처방전을 병원 앞 약국에 가 제출했다. 약제사가 이 처방전으로 약을 사지 말고 제약회사의 제품이 나온 것이 있는데 값이 더 싸니 그것을 사라고 내밀어, 나는 그 제품을 사 왔다. 따라서 나의 이익을 도모해준 약국은 돈을 덜 번 것이다. 약사도 그렇거니와 의사가 어쩌면 그렇게 맨사람들이고 친절한가.

후일에 한국의 병원에서 내가 겪은 이야기를 대비해보자. 어느 날 갑자기 허리에 통증이 심하게 생겼다. 한 대학병원에 갔더니 뭘 찍으라고 해서 찍었다. 이때 찍은 사진을 보더니 의사가 척추 수술을 하라고 했다. 의사인 내 교회의 김진화 장로에게 물었더니 백병원의 석세일 의사에게 한 번 더 가보라고 했다. 그런데 석 씨가 자료를 보더니 병이 아니라고 했다. 내가 "그런데 오줌이 자주 마려워요" 했더니 비뇨기과에 가라고 했다. 비뇨기과에서 진찰하더니 병이 아니라고 했다. 그런데 나는 여전히 통증을 느꼈다. 물론 이를 그 의사에게 말했다. 그랬더니 그제야 내 아랫도리를 벗기더니 영국 의사가 보았듯이 찬찬히 보았다. 그 의사가 아래 피부에 돋아난 것이 이상하다고 피부과에 가라고 했다. 그래서 또 피부과에 갔다. 드디어 올바른 진단이 나왔다. 내 병은 대상포진이란다. 피부과 약을 며칠 먹자 통증이 멎었다. 그러니까 애당초 내가 대학병원에 갔을 때 그 의사가 내 몸을 벗기고 영국 동네 의사같이 찬찬히 나를 관찰했어야 했다. 나는 그 대학병원과 영국 동네 의사가 보인 차이를 문명의 차이로 본다.

내 숙소에서 학교까지 가는 버스 안에서 나는 종종 옆자리 학생과 대화를 나누었다. 한 법학과 학생에게 나는 역시 후진국 사람답게 "앞으로 돈을 잘 벌겠다"라고 했다. 그 학생은 문명인답게 "돈보다도 제 소질에 맞아서 법학 공부를 합니다"라고 대답했다. 나는 한 달에 한 번씩 학교 서무과에서 생활비를 받았다. 내 프로그램 담당과 예산과 직원에게 서명 받은 쪽지를 서무과에 가지고 가야만 비로소 현금을 주었는데, 같은 서무과라 해도 돈을 지불하는 사람은 유리로 격리된 곳에 혼자 있었고 나에게 돈을 지불할 때는 꼭 밖에 있는 직원 한 사람을 그 사람 옆에 세운 후에 발발 떨면서 지폐를 센 후에 줬다. 이처럼 공금을 엄격하게 집행하는 관행은 내 큰딸 결혼식 때 내 교회 행정장로가 보인 행위와 달랐다. 그 장로에게 교회가 수고한 값을 얼마 내야 하느냐고 내가 물었다. 그랬더니 나에게 청구서도 안 주고 말로 얼마라고 했다. 나는 그 얼마에 해당하는 금액을 그에게 줬다. 그랬더니 내 돈을 받고서 영수증도 안 써줬다. 청구서 발행하는 이와 돈 받는 이가 분리도 안 돼 있었다. 이런 것도 문명의 차이이다.

영국 거리의 버스도 우리처럼 탈 때 일일이 돈을 받았다. 우리와 다른 것은 탄 사람이 자리에 앉은 다음에 차가 떠난다는 점이었다. 차를 올라타고 내리는 턱이 낮았고, 운전기사는 차를 보도에 꼭 붙여서 대었다. 이에 비해 내 집 근처 버스 정류장에서 무릎이 아픈 내 집사람이 버스에서 내렸을 때 보도 옆에 움푹 팬 데에 발이 빠진 것을 내가 옆에서 부축해 올린 적이 있다. 불친절하게 차에 올라서자마자 떠나버리는 버스를 무릎이 성한 나도 겁냈다. 이것도 문명의 차이이다.

러시아에 들렀을 때 나는 그곳이 망해가는 나라임을 곧 알 수 있었다. 리버풀에 갈 때 우리 내외는 모스크바에서 하루 묵고 가는 비행기를 탔다. 캐나다에 있을 때와는 달리 영국에서는 집사람과 함께 있었다. 모스크바의 가을밤은 추웠다. 입국하는 데에 여권을 맡기고 안내하는 숙소로 나왔다. 여권을 한번 맡기면 그만이지 다른 곳에서 또 다른 통행증 같은 쪽지를 주었다. 가는 곳마다 그런 식이었다. 버스를 타고 가 자작나무 숲 속에 있는 기숙사 같은 데 묵었는데, 방이 추웠다.

아직 전체주의로 얼어 있는 이곳을 영국에서 돌아오는 길에 본격적으로 보고 싶었다. 고려대 국제과의 주선으로 우리 내외는 러시아의 두 대학에서 초청을 받았다. 모스크바 공항에서 본, 짐 옮기는 카터에 삼성인가 어딘가 우리나라 기업체의 마크가 달려 있었다. 공항에서 시내까지 이어진 쓸쓸한 큰길가 군데군데에 광고가 붙어 있었는데 그것들이 모두 한국 기업의 광고여서 나는 놀랐다. 길가에 상점이라고는 아예 보이지도 않았다. 상점들이 빈집이거나 문을 닫고들 있었다. 모스크바대학교 건물은 너무나 컸고 무섭게 생겼다. 건물 꼭대기에 달려 있는 네온사인 별이 부조화하게 보여 더욱 무서웠다.

교문에 들어서서 수위에게 초청장을 내밀었다. 나더러 나가라고만 했다. 교문 밖에 둘이 서 있는데, 마침 한국 여자로 보이는 사람이 교문에서 나왔다. 그에게 사정을 말했더니 그가 우리를 수위에게 데리고 가서 해결했다. 아는 사람을 통해야 일이 되니 일이 잘 안 되는 나라였다. 학교 건물 안에 강의실, 연구실, 사무실, 기숙사 등 뭐든지 있었지만 더러웠다. 엘리베이터를 타고 올라갔더니 방 담당이 마침 퇴근하기 직전인데 잘 왔다고 하며 우리를 맞이해 방에 들어갔다. 쿨렁쿨렁한 침대 둘에 낡은 천이 덮여 있고 모포가 있었는데 다행히 방은 따뜻했다. 우리는 교문 앞에서 도움을 주었던 한국 유학생을 찾았다. 드디어 한국 학생들을 만났다. 어떻게 국교가 열리지도 않았는데 왔느냐고 물으니 국교가 있는 동구권 나라를 통해서 유학 와 있다고 했다. 한 일곱 명쯤 되는 한국 학생들을 소개받았다. 서울서 보내온 그들의 쌀과 라면을 우리가 축내기도 했다. 공항의 카터에 우리 기업의 광고가 있었고, 공항에서 시내까지 한국 기업의 광고만 있는 것도 그렇고, 이렇게 한국 유학생들이 있는 것도 그렇고, 한국 백성이 극성스럽고 활기차고 열심인 것을 나는 보았다.

나는 나라가 가난한 것은 상관하지 않는다. 영국도 부자 나라는 아니었

러시아에서 사 온, 눈 덮인 물이
흘러내리는 초봄을 묘사한 그림.
나는 지구상의 모든 동토가 녹기
를 바라는 사람이다.

러시아에서 사 온 또 다른 그림.
두 부인이 추위를 견디며 물가에
서 있는 그림인데, 나는 이것을
내 집 식당에 걸었다. 이쪽은 내
어머니와 아내가 고생하던 곳이
었기 때문이다.

으니까. 그러나 모스크바에서 옮겨 가본 레닌그라드에서 받은 인상은 망해 가는 나라라는 것이었다. 이 나라가 망하는 이유 가운데 하나는 부패였다. 나를 안내했던 한 러시아인 젊은 박사가 그 당시 나라의 수장인 고르바초 프는 돈맛을 알아 안 된다고 말했다. 이 나라가 공산주의 국가인데 고르바 초프 부인이 하루에도 몇 번씩 좋은 옷으로 갈아입고 파티에 나서고, 시골 에다 별장을 샀다고 말했다. 나는 이 말이 잊히지 않았다. 후일에 고르바초 프가 아태평화재단 초청으로 서울에 왔을 때 그는 공항에서 아태평화재단 의 안내원을 따라 나오지 않고, 돈 많은 통일교 사람을 따라간 것을 나는 직접 경험했다. 나라의 구석구석이 썩어 있었다. 길을 가는데 어느 러시아 사람이 나에게 다가와 보스턴백을 열어 안을 보이면서 그 안에 있는 러시 아 장교의 모자를 사라고 했다. 제정러시아 때의 모자가 아니라 그 무렵의 모자였다. 나는 기념으로 하나 사고 싶었지만 공항에서 잡힐까 봐 못 샀다. 그때 살 걸 그랬나 보다. 공항에서 돈만 좀 주면 된다는 것을 나중에 알았 기 때문이다. 나는 대신 가난한 화가가 그렸을 법한 꽤 큰 그림 두 장을 화 랑에서 샀다. 깎지 않고 샀지만 쌌다. 집에 갖고 와서 액자에 넣는 값이 그 림 값보다 더 비쌌다. 하나는 초라한 집들이 먼 데 보이고 눈 덮인 물이 흘 러내리는 초봄을 묘사한 그림이다. 나는 이 그림을 내 집 거실에 걸어두었 다. 나는 지구상의 모든 동토가 녹기를 바라는, 문명을 사모하는 사람이다. 또 하나는 두 부인이 추위를 견디며 물가에 서 있는 그림인데, 이것을 나는 내 집 부엌이 붙어 있는 식당에 걸었다. 이쪽은 내 어머니와 아내가 고생하 던 곳이었기 때문이다.

　내가 유숙한 호텔에서 짐을 들고 카운터에 나와 계산을 하려고 하니까 레닌그라드대학교 교수가 나에게, 내 숙박료는 대학에서 지불하게 돼 있으 니 호텔에 낼 돈을 자기에게 달라고 했다. 그의 거북해하며 창피해 빨개진 얼굴이 지금도 눈에 선하다. 공항에서는 내 짐을 열어보지도 않고 공항 직원이 돈부터 달라고 했다.

러시아가 망할 수밖에 없다고 본 또 다른 이유는, 가난한 사람을 위한다는 체제의 이념이 구현된 모습을 어떤 안내원도 내게 보여주지 않았기 때문이다. 그들은 옛날 것을 전시한 박물관과 고궁과 창고같이 되어버린 그리스정교회 건물과 무덤 들을 보여줬다. 만일에 내가 공산당원 집에라도 초대받아 가서 소박한 대접을 받으며 초청자가 "우리나라는 노동자의 나라여서 제 집도 가난합니다"라고 말했다면 나는 러시아의 붕괴를 믿지 않았을 뿐 아니라 그런 러시아를 존경하기까지 했을 것이다.

복직된 교수직을 생각할 때 넣어야 할 공부 얘기로 정년 직전에 저술한 《자전적 행정학》이 남아 있다. 그러나 이 책의 저술은 정년 직전의 글이기에 첫 시국선언이나 현민 빈소 사건 등과 같은 나의 행함 다음의 저술이므로 이 장의 끝부분에 한 절을 만들어 쓰기로 한다. 나는 그 책을 만 5개월이 좀 모자라는 짧은 기간에 썼는데, 이 돌출 현상—짧은 기간에 책 한 권을 썼다는 뜻에서 돌풍 같은 현상—은 첫 시국선언이나 '현민 빈소 사건' 같은, 나에게 다가왔던 벅찬 충격을 거친 후에 또 다른 내부 충격을 견뎌내야 했던 과정이었다.

고대 교수들의 시국선언

내가 고려대에 세 번째로 복직된 후 정년퇴임하기까지 8년간은 전두환·노태우로 이어진 군인 통치의 시대였다. 노태우 통치 말기에는 얼마나 무서웠으면 3김 중 김영삼과 김종필이 노태우의 정당에 입당했다. 신문 일면에, 노태우가 가운데 떡 버티고 앉고 그 양옆에 김영삼과 김종필 민간인이 무슨 육군 상사가 상관 지키듯이 양손을 뒤로 돌려서 잡고 두 발은 벌리고 서 있는 구경거리를 국민에게 제공한, 창피한 시대였다. 이 구세력 시대에 별별 모진 짓을 다해 집권한 전(全)도 임기를 다했다. 모르긴 해도 미국과의 약속이 있어서 더 할 엄두를 못 냈을 것이다. 다만 어떻게든지 자기가 만든 헌법은 그대로 둔 채 자기네끼리 뽑아 군인이 계속 해먹으려고 안간힘을 썼다. 1987년 4월 13일에는 헌법 고치자는 말을 아무도 하지 말라는 엄한 담화를 내기에 이르렀다. 이 엄한 조치에 대항하여 고려대 교수들이 두 번에 걸쳐 시국선언을 하여 직선제 헌법을 살려내는 데 물꼬를 텄다. 1987년 6월항쟁의 기폭제가 되었던 이 고려대 시국선언에 관한 일은《교수신문》1999년 6월 1일자와 6월 16일자에 실린 나의 회고록을 참고했다.

여기서 회고하는 두 시국선언 중 하나는 1986년 3월 28일 고대 교수 28명이 발표한 '현시국에 대한 견해'를 지칭하며, 다른 하나는 그 다음 해인 1987년 4월 22일에 고대 교수 30명이 발표한 '4·13 대통령 호헌 조치 반대 성명'을 지칭한다. 1986년 3월의 선언 이후 29개 대학 783명 교수가 서명에 참여했는데, 당시 정부에서는 징계 시비가 일기도 했다(《동아일보》1986년 12월 23일자). 1987년 4월의 성명은 개인 자격의 성명이 모여 발표된 것으로 '4·13 조치' 이후 최초로 나온 선언이었는데, 뒤를 이어 연달아 터진 '지식인 시국선언'의 기폭제가 되었다.

6월항쟁을 생각하면서 6·29선언의 직접적인 계기를 가져온 1987년의 성명서를 만든 경위보다 1986년의 성명서를 만든 경위를 먼저 회상하는 이유는, 1986년 것이 1987년의 성명을 가능하게 한 시도였으며, 1986년의 시대 상황이 이런 일을 하기가 더 어려운 상황이었기 때문이다. 즉 1986년의 성명이 있었기에 1987년의 성명이 나올 수 있었다. 1986년 3월 28일, 고대 캠퍼스에 팽만했던 감동을 1987년의 그것보다 더 생생하게 나는 기억한다. 이 일에 참여하지 못한 동료, 김용옥 교수가 양심선언을 하고 교수직을 사직한 애석한 일이 생긴 것도 이때였다.

1986년 얘기부터 하자. 학생 데모가 한창이었던 3월 15일 토요일 오후 네 시경에 몇몇 교수들이 내 연구실에 왔다. 누군가 교수가 서명한 성명서를 내자고 말을 꺼냈다. 그러자 다음과 같은 대화가 오갔다.

이문영: 민족·민주·민중운동 중에 민주에 강조를 둡시다. 이쪽에서 매를 맞을지언정 비폭력으로 합시다. 교수 일동으로 말고 교수들의 이름이 밝혀진 합의문을 냅시다. 이상 세 가지 원칙을 전제로 하고 성명서를 내되, 교내외와 연대합시다.

이상신: 신민당이나 재야 등에 초점을 맞추지 말고 우리가 자체적으로 합시다. 복직 교수만을 대상으로도 말고요.

이문영: 하지만 서명운동의 책임을 복직 교수가 져야지요.

김충열: 시기는 빠를수록 좋아요. 금년 내에 개헌이 돼야 해요.

윤용: 어제 고은 씨 강연 때 총학생회장이 월요일에 나를 만나자고 했어요. 서울대, 연대는 데모를 했는데 고대만 안 했다는 거죠.

이상신: 그렇다면 학생들은 더욱 못 만나겠어요. 교수들끼리 합시다.

김충열: 학생 데모가 난 후에 우리 성명서를 냅시다.

이때 일을 기록한 일기로 기억을 조금 보충해볼까 한다.

1986년 3월 18일(화)

아침 7시 30분. 북악파크호텔에서 나를 포함해 김충열, 윤용, 이상신 등이 서명운동을 논의했다. 이상신이 써 온 글을 읽었고 김충열이 글을 줄이도록 하는 일을 맡았다. 마침 《신동아》가 청탁을 해서 쓴, 시국에 관한 내 글의 내용이 온건해도 잡지사 상부가 못 내겠다는 전화를 내가 받고 있었는데, 언로가 막힌 나는 성명서 낼 결심을 더욱 굳게 했다. 윤용 방에서 우리는 김우창을 만났다. 그가 성명서를 다시 썼다. 이만우가 서명한다 하니까 6인이 확보되었다. 우리는 다음의 사항을 정했다.

△ 이상신과 김충열 두 교수가 접촉할 교수 명단을 확보한다. △ D데이를 금요일 오후 5시로 한다. △ 서명 순서를 정한다. △ 윤용 교수가 프린트와 외신 연락을 맡는다. △ 낭독자를 정한다. △ 나는 당국이 김대중 씨와의 관계로 몰 것이니까 안 나서기로 한다는 것 등이었다.

1986년 3월 19일(수)

김경근, 김충열이 백운붕의 서명을 받았고, 이상신이 최장집의 서명을 받았으며, 나는 여섯 번째 자리에 서명했다. 다음날 아침에 이상신이 정규복의 서명을 다섯 번째에 받을 예정이었다. 4인 교수가 저녁에 비각 뒤 순댓국집에서 저녁식사를 같이 했는데, 이런 얘기를 나눴다.

윤용: 입술이 타요. 아직 집사람이 이런 눈치를 몰라요.
이문영: 윤 교수가 아직 서명을 안 하였으니 목이 타시겠지요(앞서기를 잘해서 일부러 나중에 참가키로 했다).
김충열: 올해에 500만 원을 들여 농가를 한 채 짓기로 했는데 집사람이 서명을 말려요. 해직되면 이 집이 필요하지요.

〔터트릴 시기, 서명을 받는 순서, 낭독자를 거듭 의논했다. 나는 교수들에게 누가 된다고 찍힌 사람이니까 사양하는데 낭독을 나보고 하라고 했던 기억이 난다.〕

1986년 3월 20일(목)

빨리 학교에 가고 싶어서 아침 조깅을 안 했다. 윤용 연구실 창 너머로 경찰이 대학 구내에 진입해 들어오는 것을 보았고 이어 가스탄으로 학생들이 해산을 했다. 고대 방송국 기자가 나에게 와서 대학 자율화에 대하여 인터뷰를 해 갔다.

아직 정규복, 심재우 등은 못 얻었고 허문강과 중문과 1인 교수가 포함된 것을 확인했다. 이상신 말이 좀 추근추근하자고 말했다. 오후에 야당 초선 의원 15명 앞에서 '민주화운동과 온건주의'를 강연했다.

강연 후 다음과 같은 대화가 오갔다.

의원: 이 교수님은 강경한 것만을 주장하는 줄 알았는데, 아니시군요.
나: 온건한 안도 안 받아들여지니까 이 온건을 고집하는 게 강경한 것이죠.
의원: 존경합니다.

1986년 3월 21일(금)

일전에 정했던 D데이가 오늘인데 약 30명의 서명자를 못 얻은 채 나는 조치원 캠퍼스에 강의를 갔다. 조치원행 버스를 타기 전에 이상신과 통화를 했다. 이상신 말이 "어제 윤용 교수와 다퉜어요. 합의를 안 지켜서요. 자세한 말씀은 나중에 드리죠"라는 말이었다. 조치원행 버스 안에서 이미 서명을 한 김경근과 다음과 같이 이야기를 나누기도 했다.

이문영: 지금 막 이상신 교수와 통화했는데, 전화가 도청될까 봐 자세한 말을 안 해요.
김경근: 어제 윤용 교수가 서명을 했어요. 그래서 이상신 교수가 당신이 앞장서면 다른 사람들이 도망간다고 야단이 났어요.
이문영: 서류는 누가 갖고 있어요?

김경근: 제 연구실에 있어요. 아침에 윤용 교수를 만나서 조치원에 가 받아온다고 말했더니 사본을 뜨고 원본을 줬어요.

이문영: 가위로 윤용 교수의 이름을 오려서 사본을 뜨고 그 사본에 서명을 받고 나중에 윤용 교수 자리를 드리죠.

김경근: 글쎄요. 잘못하면 살인이 나게요? 〔윤용은 자타가 다 아는, 위험을 무릅쓰더라도 불의를 용납하지 않는 용감한 분이다.〕

조치원에서 돌아와 이상신 교수 연구실로 갔다. 이상신 교수로부터 김경근 교수가 버스 안에서 말한 내용을 그대로 들었다. 나는 김 교수에게 말한 안을 거듭 말했는데 이상신 말이 서명을 어차피 안 받으니까 상관이 없을 것이라고 했다.

1986년 3월 22일(토)

15명 확보했는데 윤용이 김기목, 김기영 교수로부터 서명을 받아 왔다. 〔김화영 교수는 윤용 교수가 서명하라고 해서 거절했다고 이상신 교수에게 실토한 기억이 새롭다.〕 이상신은 문과대·법대, 김충열과 김경근은 정경대를 더 접촉하기로 했다.

1986년 3월 23일(일)

복직교수협의회, 연세대, 중앙대, 한신대의 사정을 타진해봤는데 잘 안 되는 모양이었다.

1986년 3월 24일(월)

나는 김용옥, 강만길 두 교수에게 서명운동이 돌고 있으니 의사가 있으면 김충열 교수 방에 가서 서명할 것을 권했다. 끝내 이분들이 서명을 안

해 아쉬웠다.

저녁 5시경에 김경근 교수가 정경대에서 5명을 더 받아 21명 확보. 정문길, 이호재, 황의각 등이 참여했다. 김충열, 이상신은 한 사람도 더 못 받았다. 복직 교수인 김용준, 강만길, 조용범 등이 거절함을 알게 됐다. 학장인 조용범 교수와 다음 얘기를 나누기도 했다.

이문영: 서명이 돌고 있는 것을 아세요?

조용범: 총장으로부터 전화가 있어서 알았어요.

이문영: 총장이 알면 방해가 들어올 텐데……. 그럼 하세요.

조용범: 아직 시기가 일러요.

〔총장 귀에 들어갔다는 것이 문제였다. 후에서야 밝혀졌는데 이미 서명한 한 분이 말을 한 것이었다. 이런 운동을 처음 해본 분이니 정보가 새면 운동이 깨지는 것을 짐작 못 하고서 한 선의의 것이었다. 내일은 터트려야 하지 않을까 하고 생각하게 된 것이 이때였다.〕

1986년 3월 25일(화)

김우창 교수 연구실에서 이상신 교수와 다음과 같이 이야기했다.

김우창: 시기를 늦추는 것이 어떨까요?

이상신: 김용준 교수가 교수회의를 열고서 터트리자고 했는데 그렇게 하면 어떨까요?

이문영: 늦을수록 압력이 들어와 안 될 거예요. 교수회의를 다른 때도 못 열면서 이런 때 해요?

총장이 김충열 교수를 만났는데 이때 김충열 교수가 원본 한 부를 보여주면서 교수들에게 서명을 묻는 교수회의를 열게 해달라고 말했다고 한다. 한편 이준범 총장이 이상신 교수를 만나서 무슨 뜻인지 "꼭 금메달을 따지 마세요"라는 말을 했다고 한다. 김경근 교수는 총무처장에게 "전일에 전경이 캠퍼스에 난입하니까 이런 서명운동이 나오게 된 것이죠. 글을 보세요. 온건한 글이에요"라는 말도 했다. 이상신 교수가 법대에서 2명을 더 확보해 25명이 됐다.

저녁에 한문 강독을 최달곤 교수 방에서 듣고 있는데 중앙정보부에 있는 구자호 씨에게서 전화가 왔다. 나를 보자기에 시간이 없다고 말했지만 내일 아침에 내 연구실로 온다고 했다.

중앙정보부 사람에게 시간이 없다고 하면서 학교 근처의 '천성장'에서 나를 비롯하여 이상신, 김충열, 김경근, 김우창 등 5인이 모였다. '내일 아침에 이상신, 김충열 두 교수가 총장을 만나서 교수회의를 금주 내에 열도록 가부를 묻고, 만일 차후에 한 사람이라도 서명 취소자가 나오면 학교 측의 압력으로 간주하고 즉시 터트린다는 통고를 총장에게 한다'는 내 안에 전원이 동의했다.

나는 복사집에서 성명서 사본을 한 장 만들어 가졌다. 나를 집에 데려다주던 김경근 교수에게 차 안에서, "만일 한 사람이라도 배신자가 나오면 제가 깡패짓을 하겠어요. 터트리는 것이죠"라고 조급한 말을 했다.

1986년 3월 26일(수)

두 교수가 이준범 총장을 만났다. 오늘 오후 교수회의에서 이를 정한다고 했다. 구자호 씨가 왔다.

구: 우리가 어떻게 대처해야 하나요?

이: 내용이 온건하니까 방관을 해요. 건드리면 덧나니까요. 앞으로 경찰
　　이 캠퍼스에 안 들어오고 교수에게 자율이 생기면 문제가 풀리겠죠.
구: 선생님은 전 대통령이 단임제만 지키면 안 움직일 줄 알았는데요?
이: 단임제만 지키고 나가지, 왜 차기 임기 이후까지를 관여해요?

　네 명의 서명을 더 받았다. 내가 존경하는 같은 과의 이종범 교수가 포함
되었다. 김경근 교수가 내 앞에서 이 교수에게 요구했으며 나는 "행정학과
에서는 정문길 교수와 나와 둘이 했는데……" 하며 민망해하는 표정이었
는데, 이종범 교수가 "80년도에 했을 때는 행정학과장 보직을 떼었다가 다
시 붙이더군요"라고 말했다. 학장이 날보고 한배호, 신한풍, 이재창 교수
등이 들어 있느냐고 물었다. 아니라고 말했다.

1986년 3월 27일(목)

　우연히 이준범 총장과 교수식당에서 같은 식탁에서 점심식사를 했다. 둘
이서 교수식당을 나서는데 이상신 교수가 총장을 정경대 휴게실로 모시고
가서 차 대접을 하라고 두 사람을 밀었다. 나는 교수회의를 하기로 교무회
의에서 정했는가를 알고 싶은데, 묻지 않는 나에게 "어제 저는 외삼촌이 작
고해서 교무회의에 참석을 못 했습니다"라는 말을 했다. 나는 딱 부러지게
교수회의를 여는가를 못 물어보았다. 이쪽에서 초조해하면 저쪽이 방해 작
전을 감행할 것 같아서였다. 다만 나는 총장의 얼굴에서 시간을 늘리고 끌
고 가려는 표정을 발견했다.
　이상신 교수가 압력을 받은 것은 없었다는 것을 확인했다. 교수회의 건
을 총장에게 요구했던 김충열 교수로부터 답을 듣기 위해서 윤용 교수와
함께 김 교수의 방으로 갔다. 김 교수는 총장과의 약속이 금주 말까지니까
기다려야 한다고 하는 말을 했는데, 나는 '이때가 터트릴 때이다'라는 생각

이 번뜩 들어서 전화기를 들어 교무처장을 찾았다.

이: 토요일에 내가 개인적으로 약속이 있어서 묻는데, 교수회의가 금주 내에 있습니까? 언제 어디에서 있습니까?

처장: (머뭇거린 후) 아직까지는 계획이 없습니다.

전화를 끊고 나는 이제 학교와의 약속이라는 제한이 풀렸고, 지금 상대방이 안심하고 있으니까 지금이 발표하기에 좋은 때라고 말했다. 김충열 교수가 김우창 교수를 불러왔다. 김우창 교수는 내 얘기를 듣고 볼일로 나갔다. 나와 김충열, 윤용이 저녁식사를 굶고 8시 넘어서까지 이상신, 김경근이 오기를 기다렸다. 두 교수를 기다리는 사이에 28명 서명자를 가나다순으로 세 교수가 정리했다.

내일 아침 9시에 이미 총장을 만났던 분이 총장에게 성명서를 터트린 경위를 설명하기로 했다. 한편 9시에 윤용 교수와 내가 신문사에 직접 성명

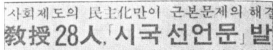

〈특집 80년대 교내 10대 뉴스〉 가운데 1986년 3월의 교수 성명서 발표를 다룬 기사(《고대신문》 1113호, 1990. 1. 1).

서를 전하기로 했다.

윤용 교수와 내가 명단의 배열을 하고 사본 200부를 구속 가족이 하는 복사 가게에 가서 복사했다. 100부씩 윤용 교수와 내가 나눠 가졌다. 윤용 교수는 이런 것을 집에 가지고 가서 봉투에 넣는 일을 못 하기 때문에 연구실로 돌아간다고 하면서 다시 갔다.

집에 좀 늦게 왔는데, 집사람이나 고대 학생인 딸 선아가 아버지의 거사를 좋아했다.

1986년 3월 28일(금)

조치원 강의를 휴강했다. 아침 9시에 프레스센터 입구에서 윤용 교수를 만났다. 나는 복도에 서 있고 윤용 교수는 자신이 대학원생이라면서 외신을 따돌렸다. 나는 광화문 네거리 한쪽 모퉁이의 동아일보로 갔고 윤용 교수는 다른 한쪽 모퉁이에 있는 조선일보로 갔다. 동아일보의 사회부장이 "학교와 연락을 해보고 발표하겠습니다"라는 이상한 말을 했다. 그러나 소식이 빨리 전달이 돼 코리아나호텔 커피숍에서 기자들에게 성명서를 나눠 주게 되었다.

석간 중에 《동아일보》에는 안 났고, 《중앙일보》에는 났다. 김경근 교수는 "《동아》는 고대가 다칠까 봐 안 냈고, 경쟁사인 《중앙》은 낸 것입니다"라고 이를 평했다. 도청이 될까 봐 자세한 얘기는 못 하고 "잘됐다"라고만 이상신 교수에게 전화를 했다.

〔다음이 1986년 3월 28일 고려대 교수 28명이 발표한 글 전문이다.〕

현시국에 대한 우리의 견해

우리는 근년에 되풀이 되는 학원의 혼란을 우려와 체념을 가지고 지켜보아왔다. 이제 새 학기에 당하여 더 가중된 혼란이 벌어지고 있다. 이것을 그대로 방치하는 것은 교수의 맡은 바 임무를 저버리는 일이라고 생각하여 소신을 밝혀 당국자와 국민 여러분에게 우리의 충심을 호소하고자 한다.

1) 오늘의 학원 문제는 학원 내의 자율적인 대책으로 해결되어야 한다. 이를 위하여 당국자는 그 강압적 간여를 철회하여야 한다.

2) 학생들이 국가와 사회의 문제에 대하여 생각을 표현하는 것은 당연한 권리이며 의무이다. 그러나 모든 비평화적 수단은 표현의 수단이 될 수 없다. 학생은 어디까지나 평화적 표현의 수단을 고수하기를 촉구한다.

3) 교수와 지식인의 임무는 국가와 사회의 문제에 대하여 끊임없는 관심을 가지며 그에 대한 공정한 견해를 표명하는 것을 포함한다. 자포자기적 수동적 자세를 버리고 오늘의 문제에 대하여 적극적 관심을 표명하고 학생 지도의 문제에 임하여 그 본연의 임무를 확인할 것을 촉구한다.

4) 오늘의 근본 문제는 민주화에 있고 민주화의 핵심이 개헌에 걸려 있다는 것은 정당한 견해이다. 헌법의 개정을 촉구하기 위한 견해의 자유로운 발표, 토의, 청원은 국민의 당연한 권리이며, 이를 제지하는 것은 국민의 기본 권리를 봉쇄하는 것이다.

당국은 개헌에 대한 국민의 요구가 자유롭게 표현될 수 있게 하여야 한다. 우리는 오늘날 개헌은 국민 모두의 요구라고 본다. 당국자와 정치인들은 조속한 시일 내에 개헌의 합의에 도달하여야 하며 어떤 이유로든지 국민 여망의 실현을 지연시켜서는 안 된다. 그렇게 함으로써만 민족 공동체의 장구한 안정의 기틀을 만들어낼 수 있을 것이다.

1986년 3월 28일 고려대학교 서명 교수 일동

서명 교수 명단

김경근(金景根) 김채수(金采洙) 이기수(李基秀) 임환재(任桓宰)
김기목(金基牧) 박형규(朴炯奎) 이동향(李東鄕) 정문길(鄭文吉)
김기영(金起永) 배종대(裵鍾大) 이만우(李萬雨) 조　광(趙　珖)
김승옥(金承玉) 백운붕(白雲鵬) 이문영(李文永) 최장집(崔章集)
김우창(金禹昌) 윤　용(尹　溶) 이상신(李相信) 황의각(黃義珏)
김일수(金日秀) 윤창호(尹暢晧) 이종범(李宗范) 허명회(許明會)
김충열(金忠烈) 유한성(柳漢晟) 이호재(李昊宰) 허문강(許文康)

이상 28명

밤 7시 30분 '미국의 소리' 방송에 고대 교수의 성명이 보도되었다. 교수
들이 한 첫 발표라서 민주화와 개헌이 오늘의 초점 문제라고 보도되었다.
일단은 성공한 셈이었다(이때에는 내신을 못 믿어 외신을 의지하던 때였다).

아침에 연세대 학생인 아들 선표에게 주어 보낸 성명서가 연세대 캠퍼스
에 붙여졌고 그 밑에 "선생님, 존경합니다"라는 학생의 낙서가 적혀 있었다
고 아들이 말해주었다.

이제 1987년 4월 22일의 성명을 되돌아볼 차례다. 1987년 4월 13일에
이루어진 대통령 호헌 선언 후 세상이 다시 무서워졌다. 장인식 교수가 교
수 휴게실에서 "과연 대통령이 무섭기는 하군요. 아무도 책임지고 반대를
않고 있으니까요"라는 말을 했다.

아직은 캄캄한 무반응의 시기였다. 타 대학 교수와 김영삼 씨를 포함한
재야가 4월 19일에 안병무 교수 댁의 정원에서 모인 적이 있는데 나는 고
대에서 성명이 나올 뜻을 비쳤다. 한신대의 안병무는 무표정했다. 진보적
인 사람들이 아직 움직일 기색이 없는 것을 나는 감지했다. 박형규 목사는
지금은 예수가 부활하기 전의 상태라고 말했다. 나는 "그러면 고대 교수들

1987년 고려대 캠퍼스에 교수들의 선언문이 붙여졌을 때 학생들이 본관 잔디밭에서 나를 둘러싸고 모여서 김민기의 〈아침이슬〉을 불렀다. 나는 이 노래를 내가 들었던 가장 아름다운 노래로 지금도 기억한다. 이때 광경이 담긴 이 사진은 고려대 박물관의 백년사 전시실에 전시되어 있다.

도 잠잠히 있어야겠군요"라고 말하니까 모두들 웃었다.

그런데 고려대 교수들의 경우, 1986년의 상황과 다른 점이 보였다. 마침 4월 17일 내 회갑기념논문집 발간을 의논하는 모임에서 나를 비롯하여 이상신, 김우창, 권창은, 김충열이 성명서를 내기로 의논한 후 5일 만인 22일에 1986년 때보다 두 명이 더 많은 서명자가 쉽게 성명을 발표했다. 1986년 때 서명자 가운데 열한 명이 탈락했으나 1987년에 새 이름 열세 명이 늘었다. 이번에도 1차 기초를 이상신이, 최종 기초를 김우창이 한 점은 같았다. 다만 1차 때는 권창은이 가담했고, 타이핑을 김흥규가 했다. 이번에는 이만우의 제의로 내가 단독으로 책임을 지는 것이 아니라 공동으로 책임을 지는 구조를 만들었다. 참여의 폭이 넓어진 셈이었다. 신문사에 성명서를 가져다주는 것도 1986년 때와는 달리, 각자가 신문사를 하나씩 맡아서 갖다주기로 했다. 참여의 폭이 넓어졌음을 단적으로 보여주는 것은, 4월 22일

저녁 모의가 있었던 연구실이 권창은 교수 방이었고, 이때 모인 사람으로 나를 비롯하여 이상신, 김우창, 김충열 등 구면만이 아니라 이만우, 최장집, 김일수, 김홍규 등 신면이 있었다는 점이다.

이렇게 1987년에도 가장 무서운 상황에서 최초의 소리를, 부정적 상황에 대한 반발로는 가장 온건한 최소한의 소리를, 고려대만의 소리를, 그리고 복직 교수와 기존 교수가 함께 어울리는 소리를 내되, 이 소리가 《주간한국》이 7월 26일에 쓴 대로, 6·29선언에 이르기까지 전국적으로 80여 개 단체 6000여 명이 서명에 참여하게 한 효시가 되었다.

현민 빈소 사건

1987년 9월 3일에 서울대학교병원에서 유진오 전 총장의 사회장 장례식이 있었다. 원래는 고려대 당국이 현민―현민은 유진오 선생의 아호이다―의 빈소를 그가 작고한 서울대병원에서 고려대 강당으로 옮겨 왔었던 것으로 보아, 모르긴 해도 고려대 구내에서 장례식을 치르고자 했을 것이다. 그런데 이른바 '현민 빈소 사건'이 생겨서 현민의 빈소를 서울대병원으로 다시 옮겨 갔다. 이른바 현민 빈소 사건의 장본인은 나였다.

현민의 부고를 접한 날 아침, 나는 집사람과 부의금 액수를 의논했다. 나는 바로 서울대병원 영안실에 가고자 했으나 그날은 고려대 연구실에 볼일이 있었다. 그래서 고려대 교문을 들어서는데 교문에 현민 빈소라는 푯말이 붙은 것이 보였다. 그 순간 걷잡을 수 없는 분노가 일었다. 나는 곧 연구실로 가서 "고려대학이 〔전두환의〕 국정 자문위원의 빈소일 수 없다"라고 쓴 피켓을 만들었다. 이 피켓 만드는 모습을 몇몇 교수들이 지켜봤다. 나는 이것을 교문 앞에 가지고 나와 들고 서 있었다. 그날 밤에 피켓을 내 연구실에 갖다 두려고 건물 계단을 올라가다가 윤용 교수를 만났다. 그 첫날 이후 나는 아예 집에 안 갈 작정을 했다. 집에 가면 다시는 피켓을 들려고 집을 나서지 못할 것 같아서였다. 그날은 윤용 교수네에서 잤다. 그 다음날, 윤용, 이상신, 권창은, 이만우 네 분 교수가 나와 합류해 교문 앞에 섰다. 그러자 교내 동료 교수 249명이 우리를 패륜아로 매도하는 성명서를 내고 교우회 간부들이 총장을 찾아가 우리의 파면을 요구했다.

여름방학 중이던 캠퍼스에 갑자기 학생들의 웅성거림이 들렸다. 학생들이 빈소에 들어가 대통령이 보낸 조화를 부수고, 피켓을 들고 교내에서 시위를 벌였다. 학생들의 피켓은 유진오 총장이 일제 강점 때 친일파였다는 내용이었다. 학생들의 이 데모가 있은 다음에야 빈소가 서울대병원으로 옮겨 갔다.

나는 옮겨 간 서울대 빈소에 가려고 했다. 애당초 나는 서울대병원 빈소에 가고자 했으며, 이제는 빈소가 고려대에 있지 않았기 때문이다. 나의 이런 의사를 학교 당국이 귀신같이 알아내 나에게 언제 가느냐고 쉴 새 없이 직원을 보내왔다. 이렇게 자꾸 물어서 나는 빈소에 못 갔다. 학교 당국이 하는 짓이 뻔하게 예상되어서였다. 내가 빈소에서 묵념하는 것을 신문에라도 보도하게 해서 내가 군사정부 세력에 항복이라도 한 양 보이도록 할 것이며 내가 잘못했으니 응당한 책임을 지라고 요구할 것이 예견되었다. 경찰이 나를 잡는다고 해서 학교를 못 떠나고 연구실에서 며칠을 잤다. 이때 증권자문회사 사장이 된 졸업생 이승배가 위로하러 나를 찾아왔다.

그 후 나는 연구실로 출근했지만, 빈소에 있던 대통령의 조화를 부순 강성혁 군(행정학과 4학년)은 교도소에 들어갔다 나왔고, 윤용 교수는 해직됐다. 윤용 교수의 아버지에게 중앙정보부 사람이 찾아와 무조건 잘못했다고 말하라고 했다고 한다. 윤용 교수 아버지가 윤 교수를 불러 인사위원회에 가서 무조건 잘못했다고 말하라고 훈계했다. 효심이 있는 윤 교수는 인사위원회에서 무조건 잘못했다고 말했다. 이 말을 듣고 위원회는 그 사과가

특집
80년대 校內
10大 뉴스

「玄民빈소사건」高大精神 일깨우는 계기

「玄民의 업적은 인정한다. 그러나 高大가 국정자문위원의 빈소가 될 수는 없다」

「玄民빈소사건」은 87년 9월 玄民 兪鎭午前총장의 타계와 함께 故人의 빈소가 本校대강당에 마련되고 이어 李文永교수등 5명의 교수의 피케팅과 학생들의 조화철거, 빈소이전 요구로 일어났다.

과제언론의 과장·왜곡보도와 공권력의 개입 등으로 사회문제로까지 비화된 이사건은 일부교수들이 「유족에게 보낸 사과문방송을 위한 서명작업」을 전개하고 관련교수의 除名을 주장하는 등 玄民을 옹호하고 나서 내부적으로도 심각한 논란을 빚었다.

표면적으로는 관련학생의 구속과 유족에 대한 교무위원회의 사과로 막을 내렸지만 이사건은 전환기에 선 「80年 民族高大」의 일구성원에게 맹렬한 자기반성과 함께 참다운 高大精神을 일깨우는 계기가 되었다.

〈특집 80년대 교내 10대 뉴스〉 가운데 현민 빈소 사건을 다룬 기사(《고대신문》1113호, 1990. 1. 1).

윤 교수의 의사인지를 확인했다. 윤 교수는 확실히 자기 의사라고 답했다. 이렇게 윤 교수는 아버지의 훈계를 따랐는데, 인사위가 파면 결정을 내렸다. 파면된 윤 교수는 재판을 걸었다. 재판 때 고려대는 윤 교수가 잘못했다고 말한 녹음 자료를 제시해 윤용 교수가 패소했다. 이 일이 있을 때 인사위원장을 못 맡겠다고 사임한 김성태 교수 후임으로 새 인사위원장인 김희집 교수가 들어와 이런 악역을 했는데, 이 새 인사위원장이 얼마 안 있어서 고려대 총장이 되었다.

유진오 총장은 나에게 일제 강점 때 주권재민의 헌법만이 현대 헌법이라는 가르침을 준 스승이었다. 내가 유학하고 귀국했을 때는 나를 전임강사로 발령을 내준 총장이었다. 그러니까 이분은 나의 웃어른이었다. 그러니 이 윗분에 대한 나의 불손을 249명 동료 교수가 비난할 만했고 교우회가 나를 파면하라고 학교 당국에 독촉할 만했다. 같은 학과에 있던 제자 교수가 내 연구실에 찾아와 항의했다. 그의 말을 듣고, "나는 지금도 가슴 아프다. 그러나 네 말을 들은 뒤에 같은 일을 당하면 나는 같은 일을 할 것이다"라고 말했다. 손봉호라는 서울대 교수는 우리 다섯 사람을 '신숙주 콤플렉스에 걸린 사람들'이라고 비판했다. 근 한 달 동안 내 집 전화는 항의와 협박으로 불이 났다. 단단하다고 생각했던 집사람이 이때 신경통이 생겼다. 이런 모든 비난이 있을 만도 했다. 그러나 나는 아니라고 생각했고 지금도 아니라고 생각한다. 나는 네 분 교수가 나에게 동조해주기 전에 혼자서 이틀 동안을 교문 앞에서 "고려대학이 국정 자문위원의 빈소일 수 없다"라고 쓴 피켓을 왜 들었나? 이 나의 행동을 설명할 수 있는 틀을, 상하 질서가 유지되는 관료 조직의 윤리를 제시한 《맹자》의 〈이루 상〉 편 26, 27, 28절에서 찾는다. 우선 이 원전을 의역하면 다음과 같다.

26 1) 맹자가 말했다. 불효에 셋이 있다. 그 하나는 부모에게 아첨해 아

버지를 불의에 빠트리는 일이요, 둘은 집이 가난하고 아버지가 늙었는데도 벼슬을 하지 않는 일이요, 셋은 장가들지 않아 선조의 제사를 끊는 일이다. 이 불효 셋 중에 후손 없는 것이 가장 크다.

2) 순(舜)이 부모에게 아뢰지 않고 장가간 것은, 아뢰면 나쁜 아버지인 고수(瞽瞍)가 으레 반대해 장가들 수가 없었을 테고 장가 못 가면 후손을 볼 수가 없을 테니 아뢰지 않았음이 아뢴 것과 같았다. 즉 순과 같은 정도를 지닌 사람은 권도를 쓸 수가 있는 것이다.

27 1) 맹자가 말했다. 인(仁)에서 중요한 것은 먼 데 사람이 아니라 가까이 있는 아버지를 섬기는 것이요, 의(義)에서 중요한 것은 역시 먼 데가 아니라 가까이 있는 형에게 순종하는 것이다.

2) 지(智)에서 중요한 것은 가까이 있는 이 두 가지를 알아서 버리지 않는 일이다. 두 가지 일을 하되 예(禮)로 하며 드디어는 락(樂)으로 한다. 예(禮)에서 중요한 것은 몸가짐과 말을 삼가는 일이다. 락(樂)에서 중요한 것은 아버지와 형에게 하는 것을 마치 겨울을 지나 죽은 줄만 알았던 초목이 살아나듯 몸에 배어서 하는 것이다. 살아남아 있으면 이러한 행동을 누가 어찌 그만두게 할 수 있겠는가. 그만둘 수 없다면 행동하는 이도 모르게 절로 발이 뛰며 손이 춤을 출 것이다.

28 1) 맹자가 말했다. 천하 사람들이 크게 좋아하면서 자신에게 돌아오고자 하는 것을 순은 마치 시들어버리는 풀이나 꽃 보듯이 할 뿐이었다. 아버지의 마음을 기쁘게 하지 못하면 사람이 못 되고 아버지로 하여금 도를 못 따르게 하면 자식이 될 수 없다고 여겼던 것이다.

2) 아버지 고수가 지극히 완악해 일찍이 순을 죽이고자 했으나—그러나 영조가 자기 아들을 뒤주에 넣어 실제로 죽였던 것보다는 덜 완악해 죽이지는 않았다—순이 아버지 섬기는 도리를 다해 아버지 고수를 기쁘게 했고, 고수가 기뻐하니 천하가 교화되었고, 고수가 기뻐함에 이르니 천하에서 부자

간이 된 자들이 안정되었으니, 이를 일컬어 대효(大孝)라 하는 것이다.

위 글은 천하가 크게 기뻐하여 돌아오되 순의 아버지가 나쁘고, 그런 아버지에게 권도를 사용해서라도 효를 행해야 하는 불가피한 상황에서 순이 어떻게 했는가를 밝히고 있다. 순의 행적을 도해하면 다음과 같다.

세 가지 조건이 구비된 복잡한 상황

1) 아들 순(舜)이 도(道)를 몸에 지닌다(27, 28절의 1)).

2) 아버지 고수가 나쁘다. 그러나 몸에 도를 지닌 순(舜)은 다음을 행한다(28절의 1)).

　① 그런 행동을 함으로써 천하가 자기에게 돌아올 것이라는 생각을 버린다(視天下悅而歸己 猶草芥也).

　② 아버지에게 기쁨을 얻게 함이 사람 되는 것으로 생각한다(得乎親 可以爲人).

　③ 아버지가 도를 따르게 함이 자식 된 도리라고 생각한다(順乎親 可以爲子).

3) 후손 없음을 불효 중 가장 큰 것으로 생각한다(26절의 1)).

↓

• 아버지 고수에게 알리지 않고 장가를 간다(26절의 2)).

↓

• 고수가 기뻐한다. 이를 대효(大孝)라 한다(28절의 2)).

↓

• 천하의 부자간이 된 자들이 안정된다(28절의 2)).

↓

• 천하 사람들이 크게 기뻐하며 순에게 돌아온다(28절의 1)).

이 도표에 맞추어 내가 벌인 현민에 대한 불경을 설명할 수 있을 듯하다. 우선 내가 피켓 만드는 것을 보았던 교수 중 김일수 교수가 "당신이 정 그렇게 생각한다면 당신은 피켓을 들 자격이 있소"라고 말했는데 이 말은 부끄럽게도 상술한 조건 1)을 내가 갖추었다고 인정해준 것에 해당한다. 즉 김일수 교수가 날보고 자격이 있다고 한 것은 내가 민주화에 헌신한 공이 있다는 뜻일 것이다. 다만 나나 김일수 교수의 해석과는 달리, 내 집사람은 내가 앞에서 말한 첫 시국선언에 성공해서 교만하여 감행한 행동이라고 싫은 말을 했었다.

이런 저항을 하면 패륜아로 매도될 것을 예견했으면서도 내가 피켓을 든 것은 조건 2)의 ①, 즉 세상에서 버림을 받더라도 이에 개의치 않는 것에 해당한다고 본다. 나는 학생들이 시험 답안을 낼 때 내 생각을 그대로 복사한 학생에게는 A학점을 주지 않았다. 내 설을 실제에 적용하여 응용한 학생에게 A학점을 주었다. 그러나 A⁺의 몫은 따로 있었다. A⁺는 내 설(說)의 비(非)를 지적하고 지적한 학생이 주장한 내용을 내가 수긍하는 경우였다. 왜냐하면 이 학생이 나를 기쁘게 해준 학생이기 때문이다. 학기 도중에 이러한 학생을 발견하여 학기 중에 성적을 미리 정해놓은 적도 있었다.

내가 피켓을 든 이유는 전두환 장군의 피 묻은 손을 들어준 현민이 아니라, 강의 때 보고 듣고 해서 느꼈던 민주 헌법학자인 현민 선생의 이미지를 생각해서였다. 따라서 그것은 위의 조건 2)의 ②, 즉 선생님의 기쁨을 얻게 함이며 사람 된 도리에 맞는 것에 해당한다. 다만 스승이 작고하셔서 그분을 도리에 따르게 할 수 없었으니, 어떻게 보면 조건 2)의 ③을 충족시키지 못했다고 볼 수 있다. 그러나 나는 학교 당국이 일종의 음모를 꾸미고 있는 것을 피켓을 들기 전부터 이미 감지했다. 그렇잖아도 이런 일에 앞장을 잘 서는 윤용 교수를 회유하기 위하여 학장이 윤용에게 점심을 먹자고 했다는 말을 들은 적이 있다.

학교 당국이 선생의 빈소를 교내에 끌어들여, 고려대 첫 시국선언으로 이루어진 6·29 직후의 정국에서 구세력을 강화하려는 의도를 내가 어느 정도 막았으니 내 행동이 조건 2)의 ③을 충족한다고 생각한다. 나의 행동이 내 아버지 격인 고려대 당국의 잘못을 바로잡았고, 또한 거듭 쓰지만, 내가 현민 선생을 바로잡았으니, 나는 사람의 길을 갔고 A⁺를 받을 만한 제자라고 생각했다.

그러나 선생님에 대한 개인적인 잘못은 영원히 남아 있다. 이 사건 직후에 나를 찾아와 패륜아로 매도한 장윤이라는 친구의 고희기념문집에 기고한 나의 글 〈무엇이 그를 큰 어른으로 만들었을까?〉에서, 나는 장윤의 말을 가만히 듣기만 했던 일을 회상한 바 있다. 이제는 군사정권이 들여다보지 않는 내 방 안에서 나는 지금도 회한의 정을 갖고 있다. 그러나 다시 쓰지만, 지금 다시 그때와 같은 상황에 임하게 된다 해도 나는 아마 같은 행위를 할 것 같다.

1996년에 학교 당국이 펴낸 《고려대 90년사》를 보면, 현민 사건을 다루긴 하되 학생들이 현민의 친일파 행적을 문제 삼았다고는 안 썼으며, 많은 교수들이 사건을 일으킨 다섯 교수들을 비판하는 성명을 냈다는 말도 쓰지 않았다. 나는 현민 사건 때 최소를 요구했다. 그런데 《고려대 90년사》는 학교 당국이 다섯 교수의 징계 여부로 고민했지만 현민 빈소를 교내에 끌고 들어온 이준범 총장의 징계 문제를 다루지 않았음을 말했다.

현민 빈소 사건 후 근 20년이 지난 오늘, 현민을 평가하는 눈과 고려대가 달라진 것을 나는 본다. 지금은 현민에 대한 평가가 전두환의 국정에 자문한 사람이라기보다 일제 때 학병 출정을 독려한 친일파라는 것으로 바뀐 듯하다. 그러나 나는 지금도 독재자의 국정을 자문한 것을 더 나쁘게 생각한다. 거듭 말해서, 나는 깨지도록 허용해서는 안 될 최소를 고집하는 최소주의자이다. 왜냐하면 사람은 말년에 자신의 행위를 고치면 좋은 사람이기 때문이다. 나는 이 점에서 인촌을 현민과 다르게 본다. 인촌은 말년에 부산 정치파동에 항의해서, 이승만 밑에서 하던 부통령직을 사임하고 얼마 안 있어 작고하셨기 때문이다.

내가 재직하던 시절, 고려대 본관 앞에는 재단 이사장인 김상만 씨 개인을 드높이는 "대학발전본부"라는 알루미늄 푯말이 세워져 있었다. 이때 고려대는 고려대병원에 들어오는 수입을 고려대 총장이 아니라 재단이 챙겨서 이를 학교 발전에 쓴다고 내세웠고, 고려대병원에서 사무처장을 하던 교수를 세 분이나 연이어서 고려대 총장으로 앉힌 구세력의 학교였다. 이 세 총장 중 한 사람은 1973년에 김낙중·노중선에게 봉급을 주지 말라는 중앙정보부의 말을 나에게 전한 교수였고, 한 사람은 구석진 곳인 조치원 캠퍼스에서 박사학위를 받으면 자동으로 정식 교수직을 주겠다며 객원교수와 대우교수로 7년간 임용했던 김승택 철학 교수를 사정없이 내쫓았다. 김승택 교수가 강의 시간에 학교 당국과 부정 입학을 비판했기 때문이다. 그리고 마지막 한 사람은 윤용 교수를 파면한 인사위원장이었다. 이런 총장들 가운데 한 사람이 바로 나의 정년 기념식에서 사회를 보았는데, 그 해 정년자 일곱 명 중에서 나에게는 정부에서 그 흔한 훈장도 주지 않았다.

그런데 오늘의 고려대는 달라졌다. 학교 구석구석이 깨끗하고, 냉·난방이 잘 돼 있으며, 직원들이 친절하다. 학교가 세계 200대 대학 안에 들고 내가 있었던 행정학과는 국내에서 제일 좋은 행정학과이다. 이렇게 된 이유는 졸업생들이 학교에 기부금을 엄청나게 내서 김씨 가문의 전횡이 그만큼 불가능해졌기 때문이다. 현민 빈소를 일으킨 사람이 있어서라기보다는 졸업생 일반이 좋아졌기 때문이다. 주권재민론자인 내 지론을 실현하고자 애썼던 세 곳인 고려대, 민주화 후의 여당, 내 교회 가운데 고려대에서만은 그것이 실현되었으니 다행한 일이다. 따라서 현민 빈소 사건으로 덕을 본 사람은 나 자신이다. 만일 이 사건이 없었다면 내가 구세력인 학교 당국의 진실도 모르고 대학 총장이라도 하겠다고 엉뚱한 생각을 했을 수도 있는데, 나는 고려대라는 한 천하를 우습게 여기고 내 공부에 몰두해 정년 직전에 《자전적 행정학》을 쓸 수 있었다. 이 책은 그 후에 쓴 3부작—《논어·맹자와 행정학》,《인간·종교·국가》,《협력형 통치》—의 서론에 해당하는 책이다.

정년퇴임 직전에 쓴 《자전적 행정학》

이종범 교수는 내가 존경하는 분이다. 그는 자신이 지도하는 학생에게 C학점을 주는 공정한 학자이다. 1990년 5월 중순 어느 날, 그와 점심을 먹으면서 이런 대화를 나누었다.

나: 정년 전에 책을 한 권 쓰려고 하는데 잘 안 써져요.
그: 어떻게 쓰시는데요?
나: 이 교수께 드린 제 논문 〈인간 정신과 행정기술〉 같은 글의 연속이지요.
그: 같은 내용이더라도 논문이라는 틀에 넣기보다는 강의 시간에 떠오른 여러 가지 생각을 자유롭게 말씀하시는 것을 그대로 옮겨서 쓰시는 것이 더 도움이 될 것 같은데요.

이 말을 들은 그날부터 나는 책을 쓰기 시작했다. 이 책을 쓰게 된 직접적인 계기가 하나 더 있다. 나는 이 책의 1장 '마지막의 의미'를 탈고한 후 윤견수, 정인화, 송재복, 김동환, 고창훈 등 대학원생들을 내 연구실에 불러 독회를 했다. 제자들이 내 글을 괜찮게 여겼고 김동환은 얼굴에 환희의 빛을 보이면서 다음 장들도 1장같이 쓰면 좋겠다고 말했다. 제자들이 못

《자전적 행정학》(실천문학, 1991).

알아보는 글을 쓸 필요는 없는데, 다행이었다. 한 장, 한 장이 끝날 때마다 이제자들이 독회를 하여 15장을 썼다. 리버풀대학을 향해 출발하기 전날 밤인 10월 4일 밤늦게까지 나는 책의 찾아보기 항목을 만들었다. 붓을 든 뒤로 밤낮을 가리지 않고 신명이 나서 연속 강의를 한 셈이다. 약 5개월 걸려서 썼다. 이 점에서 이 책은 말하자면 복직 후에 행한 나의 행정학개론 혹은 행정철학 강의인 셈이다.

책은 총 3부로 구성되어 있다. 1부는 '두 가지 행정', 2부는 '행정에서의 4단계의 초월', 3부는 '개혁에 관한 논의'라는 제목을 붙였다. 1부 '두 가지 행정'이라는 말부터가 복직 전 내가 대결했던 독재 정부와 이에 대한 대안을 구별한다. 1부에서는 반(反)과 합(合)을 담은 행정 구도를 제시했다. 2부 '행정에서의 4단계의 초월'은 행정 분야를 조직, 정책, 재무행정, 인사행정으로 나누었는데, 이는 기존의 다른 행정학 책에서와 같다. 다만 다른 점은 각 분야의 이론을 전개할 때 미국 행정학설사에 맞게 검토도 했거니와 내 민주화운동의 4단계 경험에 맞추어보았다는 점이다. 때마침 미국에서 출판된 랠프 챈들러(Ralph C. Chandler)와 잭 플래노(Jack C. Plano)의 《행정학 사전(The Public Administration Dictionary)》(John Willey & Sons, 1982)에 들어 있는 모든 단어를 시대순으로 분류했더니 내가 생각한 4단계 초월 과정과 일치해서 기뻤다. 2부는 미국 행정이 민주 행정이고 내 경험이 민주주의를 향한 경험이니 양자가 같을 수밖에 없다는 나의 가설이 증명된 부분이기도 하다.

챈들러와 플래노의 《행정학 사전》에 수록된 어휘들을 나의 4단계 초월 과정별로 연도화할 수 있었던 것은 미국 행정에 다음과 같은 두 가지 전(前) 과정이 있었다는 것을 의미한다.

첫째, 우선 통치자가 통치악에서 벗어났다. 통치악을 이 책 곳곳에서 〈창세기〉의 5대 설화를 통하여 설명하는 것이 이 점을 말한다. 하지만 《자전적 행정학》 12장에서 각종 공직자를 사례 연구한 것들은 모두 우리나라에서 공직자가 공직자의 악에서 못 벗어났음을 보여준다.

둘째, 대통령 집무실이나 목사실에 갇혀서 못 보고 있던 통치악으로부터 해방된 통치자가 인간 일반의 악이 무엇인가를 알아야 했다. 예수의 3대 유혹을 지금 내가 김대중·노무현 두 정부의 잘못을 이해하는 틀로 이해하는 것도 이 때문이며, 3대 유혹을 함석헌의 겨레를 위한 대안과 동질적인 것으로 이해하는 것도 이 때문이다.

다시 말해 4단계 초월은 위에서 말한 첫 번째와 두 번째 과정을 거쳐서 발전된 개념들이다. 이렇게 볼 때, 나의 공직자 정의(定義)가 미국 행정학자들이 말하는 것과 차이가 있음이 드러난다. 내가 생각하는 공직자는 체스터 버나드의 명저 《행정의 기능》에서 정의한 공직자와 다르다. 미국 행정학자들은 공적인 조직의 목적을 관리하는 이를 공직자로 보지만, 나는 자기 백성을 죄에서 벗어나게 하는 이가 공직자라고 본다. 공직자는 백성들을 그들의 죄에서 벗어나게 하기 전에 먼저 자신의 악에서 벗어나야 한다.

내가 생각하는 공직자의 모범은 예수이다. 예수는 구세주 혹은 구원자이며, 〈마태오복음〉 1장 21절에 의하면, 자기 백성을 죄에서 구원할 자이다. 내 생각에 대통령은 국민의 일자리를 만드는 이가 아니라 국민을 정직하게 만드는 이여야 한다. 목사는 교인들에게서 돈을 거두는 이가 아니라 교인들이 죄를 안 짓도록 돕는 이여야 한다. 개성 사람들은 자기 규모를 지키고 근면하고 정직했기 때문에 자본주의를 만들었으며, 유일한 씨는 유한양행을 창업했지만 이 회사를 자식에게 물려주지 않았다는 것을 우리는 기억해야 한다.

3부 '개혁에 관한 논의'는 조직 내 상하 사이에서의 개혁과 체제 밖에서 체제를 향하여 요구하여 밀려오는 개혁을 구별한다. 전자를 다룬 장이 12장 '내리사랑'이며 후자는 13장 '밖에 있는 자식'과 14장 '더 밖에 있는 자식과 이를 받아들이는 아버지'이다. 따라서 12장은 후일에 출간된《논어·맹자와 행정학》의 서론에 해당하며, 13장, 14장은《인간·종교·국가》의 서론에 해당한다.

어떻게 보면 이 책에는 내가 담겨 있다고 할 수 있다. 나는 '나'라는 사람에게 서로 대조되는 두 가지 모습이 있다고 본다. 하나는 역할 수행자로서의 나이다. 나의 역할은 고려대학교 행정학 교수였다. 다른 하나는 아무 것에도 매이지 않은 한 사람으로서의 나이다. 여기에서 사람이란 평범한 사람으로서 일상생활을 즐기는 사람을 일컫는데, 이러한 사람관(觀)은 김대중 내란음모 사건 후 사건자인 나보다 국민이 더 높다고 생각했던 깨달음과 통하는 생각이다. 나는 이렇게 교수직과 평범한 일상생활자라는 두 가지 모습이 나를 설명하는 양극이라고 생각한다.

사람을 두 가지 입장으로 나누어 생각하는 대표적인 생각으로 율곡과 퇴계의 주요 관심인 기(氣)와 이(理),《맹자》의 첫 글에서 대조되는 이(利)와 인의(仁義), 서양철학에서 공리주의와 칸트학파의 생각, 그리고 행정학에서 말하는 사실과 가치 등이 있다. 이렇게 사람을 두 가지 입장으로 이해할 때 생각나는 것이 있다면, 곧 사람이 하는 행정도 두 가지 입장으로 이해할 수 있다는 뜻이 된다. 이 장의 첫 부분에서 나는 복직한 뒤 나의 행정학 공부의 입장이 크게는 논리실증주의에서 현상학으로 바뀌었다고 썼는데, 그것들이 바로 두 가지 입장이다. 이 두 입장을 나는 '행정기술'과 '인간 정신'이라고 부르기도 한다. 내 친구 핸슨이 자기 장인인 랠프 피터스(Ralph

Peters)에게 나를 소개하는 편지에서, 나를 한국의 기독교 선교사이자 애국자라고 쓴 것으로 보아 나는 '정신'의 사람이었다. 이런 내가 미국에서 공부한 과목이 '기술'이었다. 그 당시 나의 화두는 머리는 천상에, 방법은 땅에 붙는 것을 익히자는 것이었다. 나는 학사 편입한 대학에서 학기마다 회계학 과목을 들었다. 이곳을 졸업하고 나서 들어간 대학원도 일반 대학원이 아니라 시 지배인을 양성하는 과정이었다. 핸슨의 말이 맞았다. 나는 이미 '정신'을 가지고 미국에 '기술'을 배우러 유학 간 '정신'의 선교사였다. 《자전적 행정학》에서는 이 '기술' 위주에서 '정신' 위주에 관심을 갖게 된 나의 변화 과정을 밝혔다. '기술'과 '정신'을 대비하며 내가 생각했던 것 세 가지를 정리하면서 이 장을 닫고자 한다.

첫째, 우선 사람을 이해하는 두 가지 모습을 일직선의 양 끝에 놓고서 보고 싶었다. 다만 이 일직선상에는 수많은 점이 놓여 있는데, 이 많은 점들만큼이나 많은 수의 입장이 발견된다는 것이 내 생각이었다. 즉 양단의 한 끝에는 행정기술에 치중하는, 따라서 '휴머니즘을 무시하는 행정학' 책이 있다면, 다른 한 끝에는 '휴머니즘을 탐구하는 기록으로서의 행정학'이 놓일 수 있다. 그러므로 저자가 이 일직선상에서 어느 쪽 끝으로 더 기울어지는가에 따라 책은 '자전적 행정학'이 될 수도 있고 '인간의 존엄성을 무시하는 행정학적 자서전'이 될 수도 있다. 따라서 행정학적 자서전에서는 사람이 극도로 왜소해지지만, 자전적 세계에서는 사람의 비중이 극대화되어 사람이 지닌 주관이 객관만큼 큰 비중으로 취급된다. 이, 인의, 칸트학파의 생각, 가치 등은 다 주관이라는 통로를 통하여 이해된다. 겉으로 보이는 사실 너머에 존재하는 참된 사실인 현상은 인간의 가치판단이라는 프리즘을 통해서 이해되는 현상이다. 사실만의 사실은 사실이 아니고, 사람이 부여하는 의미가 덧붙여진 사실만이 현상을 형성한다. 이렇게 이 책은 '자전적 행정학'의 입장을 취했다.

둘째, 사람을 이해하는 두 가지 모습이 서로 접촉할 수도 있지만 접촉하지 않을 수도 있다고 생각했다. 기술자, 역할 수행자라는 동그라미와 고유한 인간이라는 동그라미가 서로 겹치는 부분과 서로 겹치지 않는 부분이 있는 그림을 그려볼 수 있다는 말이다. 이 두 원이 서로 겹치는 부분을 연구의 대상으로 삼은 것이 이 책이었다. 다시 말해 이 책에서는 기술 지향적인 학문과 인간 정신이나 가치의 추구 등 주관적인 영역이 서로 공유하는 부분의 의미를 탐구했다. 나는 이 양자의 접촉 부분을 존재〔being〕라고 보며 양자가 접촉하지 않는 부분을 무〔nothing〕라고 보았다. 기(氣), 이(利), 공리주의, 사실의 세계는 이(理), 인의, 칸트학파의 생각, 가치 등과 접촉하지 않는 부분이 있게 마련이다. 비공유하는 두 부분 중에서 기술을 유의미하게 보면 물(物)을 신으로 보게 되고, 비본질을 본질로 보는 자연주의에 빠지게 된다. 그런가 하면 정신을 유의미하게 보면 우리는 환상에 빠지게 된다. 무가 아니라 존재를 탐구하는 것이 행정철학, 철학이라고 일컬을 수 있으리라.

나는 이런 개념에 대해 1980년 육군교도소 화장실에서 시인 고은과 얘기를 나눈 적이 있다. 내가 장차 '행정철학'이라는 제목으로 글을 쓸 것이라고 했더니 고은이 행정철학 책이 아니라 그냥 철학 책을 쓰라고 했다. 어떻게 보면 이 책은 철학 책이다.

셋째, 이 책에서 나는 다른 그림을 하나 더 그려보았다. 이는 사람을 이해하는 두 가지 입장이 서로 다투는 그림이다. '나'라는 사람은 한낱 평범한 사람으로 살고 싶지만, 나를 이런 사람으로 살지 못하도록 정치적으로 방해하는 경우—이 책에서의 묘사에 의하면 유신 군사정부 이후—, 즉 정치 정당성이 없는 상황에서는 한낱 기술자/역할 수행자와 맨사람/인간이 악한 통치에 부딪혀서 다투게 된다. 이 다툼에서 맨사람이 승리해야 한다는 것이 이 책의 입장이다. 따라서 이 책은 민주화운동에 관한 글인 셈이다.

인간 고유의 권리를 확보하기 위한 투쟁을 반영하고 있고 철학적이며 자전적인 이 행정학 책은 어떻게 보면 일반 행정학 책보다 읽어가기가 쉬운 책인지도 모른다. 그러나 그래서 더 어려운 책인지도 모른다. 내가 말할 수 있는 것은 행정학이라고 하면 뭔지 딱딱하고 구조적인 것을 연상하게 마련인데, 나의 관심은 딱딱한 것만이 아닌 부드러운 것에다 이 부드러운 것을 감싸줄 수 있는 딱딱한 외형을 만드는 데 있었다. 앞에서도 말했듯이, 나는 행정학 수업 첫 시간에 학생들에게 최근에 화났던 경험을 한 가지씩 적어 내게 하고 이 제출된 자료를 분석하는 것으로 강의를 시작하곤 했다. 이는 행정학이란 결국 행정관청이라는 권력 지향적 환경에서 사람들을 덜 화나게 만드는 학문이라는 것을 설명하기 위해서였으며, 화를 덜 나게 하는 원리를 굳이 관청이 아니라 인간 일반의 경험에서 찾고 싶었던 것이다. 그러니까 이 경우 화나는 것을 굳이 공공행정과 관계되는 데서 찾고자 하는 것이 아니므로, 나의 관심은 인간 누구나가 겪는, 말하자면 부드러운 것을 구조화하는 데 있었다. 조무성 교수가 가끔 날보고 '비전공자를 위한 행정학' 책이 언제 나오느냐고 졸랐는데, 이 책이 바로 그 요구에 대한 나의 답변이었다.

　　나는 《자전적 행정학》이 나왔을 때 졸업생들 가운데 내 첫 강의를 들은 학생들 모두에게 한 권씩 우송했다. 그들 가운데는 예를 들어 이승배같이 그 무서운 때에도 무슨 때면 나를 찾은 제자가 있다. 그러나 정년을 앞두고 제자들을 향한 내 마음은 균일했다. 그래서 첫 강의를 들은 이들에게 나의 이 균일한 사랑을 책 보내는 것으로 표현했다. 내 책을 받은 권이영이 어느 책에서 나를 기억해주었다.

　　내가 마지막 학기에 맡았던 재무행정 강의록에서 원고가 된 것만을 프린트해서 전국의 재무행정 교수들에게 보내기도 했다. '재무행정 마지막 강의'가 이 프린트의 제목이었다. 내 정년기념논문집 《작은 정부를 위한 관료

제》는 법문사에서 나왔다. 내 정년을 스물여덟 교수가 작은 정부를 과제로 삼아 기념했으니, 이 기념은 지켜야 할 최소를 귀중하게 여기는 내 지향에 맞았다. 재무행정론 강의 후임자는 내가 퇴임한 후에 새로 임용된 제자 윤성식 교수이다. 윤성식은 내가 《자전적 행정학》을 쓸 때는 미국에서 유학 중이었다. 이 미완의 원고 〈재무행정 마지막 강의〉를 아쉽게 생각했던 윤 교수가 그의 첫 저서 《재무행정》(학현사, 1993)을 출판할 때 나를 공저자로 해서 출판했다. 나를 이은 이 제자는 1970년대에 조교 하겠다며 내 방을 찾아왔던 고창훈 제주대 교수와 동기생이다. 이들의 동기 가운데 또 기억할 사람이 송인회이다. 《동아일보》 기자 시험 때 누구를 존경하느냐는 질문에 이문영 교수라고 답했더니, 그 답을 들은 김성환 이사가 그 데모 선동하는 교수 말이냐는 말을 송 군에게 했다. 물론 그는 채용되지 않았고, 길을 달리해 후일에 행정학 박사가 되고 국영 기업체인 전기안전공사의 사장이 되었다. 석사학위를 전기 안전에 관해서 쓰고 박사학위를 공기업에 관하여 쓴 그는 전기안전공사를 잘 이끈 사장이었다. 그 당시에 총학생회장 하던 정세균 장관은 학교 성적도 우수했으며 정과 송이 친했다. 이들과 동기생은 아니지만 대학원생이었던 김길조 중앙대 교수는 내가 해직되었을 때 우리 집에 쌀을 짊어지고 왔다. 이렇게 아들 같은 제자들이 내가 고려대에서 처음 내쫓겼을 때 생겼다. 그러니까 그나마 내가 고생을 안 했더라면 제자를 못 얻을 뻔했다.

정년퇴임하기 전 나는 인삼 한 상자씩을 들고 이미 정년퇴임하여 나간 법대 교수님들 댁을 찾아가 인사를 드렸다. 복도에서 마주쳐도 내 인사를 안 받던 교수—아마도 시국관의 차이 때문에 그랬을 것이다—를 포함해 동료 교수들에게도 교수 연구실에 들러 인사했다. 행정학과가 인촌기념관에서 나에게 송별식을 해주었다. 사회를 이종범 교수, 경력 소개를 백완기 교수, 축사를 한국행정학회장인 안병영 교수와 재야 정치인 김대중 씨가 했다. 학교 당국도 그 해에 정년퇴임하는 일곱 교수와 함께 퇴임식을 해주었다. 이 퇴임식에서 나에게만은 정부가 훈장을 안 주었다. 첫 시국선언과 현민 빈소 사건을 일으킨 나에게 정부와 학교 당국이 한 대응이었을 것이다. 그러나 이 대응은 버려지기를 바라며, 아니 자진해서 나를 버리기를 바라는 말년의 나를 상징하는 적절한 대응이었다.

돌이켜보면 고려대에서의 내 마무리는 그 전 시대보다는 훨씬 덜 무서운 때에 말을 하되 더 무서웠을 때 했던 말과 동일한 질을 유지하고자 애쓰던 시기라고 요약할 수 있다. 무서웠을 때 내가 한 말은 적의 이성이 거절하지 못하는 최소의 말이었으며 그 말 때문에 나는 불이익을 입었다. 그런데 1984년 이후는 내가 복직된 것부터가 덜 무서운 때였음을 알게 한다. 나는 복직된 뒤에 대학에서 학생들에게 인기 있는 교수는 대체로 다음 세 가지 행동을 하는 교수임을 알게 되었다. 첫째는 강의에서 학생들에게 과격한 이론을 강의하되 외국 서적을 준거로 하여 강의했다. 그는 그 과격함에 책임을 지지 않았다. 둘째는 연구비를 아무 데서나, 심지어 중앙정보부에서도 받았다. 셋째는 학교에 상주하다시피 하는 기관원들과 친했다.

이런 행위와 달리, 나는 내 나라의 민주화에 관한 말만 했다. 퇴직 직전에 출판한 《자전적 행정학》이 이를 입증한다. 나는 내 연구실에 와 있던 리버풀대학교 교수가 자기네 나라로 돌아간 뒤에 자기네 학교로 초청하여 영국에 한 학기 가 있었고, 귀로에 고려대와 자매결연을 한 러시아 대학들의 초청에 응해 러시아에 머물렀다. 나는 나를 출세시켜줄 수도 있는 실세와 친하지 않았다. 고려대에 상주하는 기관원을 따돌려 전국 교수들 중 처음으로 시국선언을 내는 데 앞장섰다. 고려대병원 사무처장을 해 그곳에서 번 학교 돈을 김상만 학교법인 이사장에게 갖다준 후 고려대 총장이 된 이준범 교수가 전두환의 국정 자문위원을 한 유진오 선생의 빈소를 학교에 끌어들인 데 나는 반대했다. 이렇게 나는 실세와 친하지 않은 정도가 아니라 실세의 적이었다.

　따지고 보면 고려대 교수로 보낸 32년은 나에게 '말' 자체였고 말 때문에 나는 박해받았다. 《자전적 행정학》 이후 나는 책을 세 권 더 썼는데, 책을 쓰는 것은 곧 말함이다. 따라서 고려대에서의 내 마무리는 계속 할 말의 시작을 연 말을 한 것에 해당한다.

11

공자와 맹자를 만나다

시대와 지성

고려대를 퇴직한 1992년부터 2005년까지 13년간을 나는 경기대 서울 캠퍼스에 있었다. 13년이면 나에게는 긴 시간이다. 내가 1960년에 고려대 전임강사로 임명돼 1973년에 처음으로 해직될 때까지의 기간도 13년이었다. 첫 번째 복직 후에는 세 학기를 못 채우고 다시 해직되었다. 두 번째로 복직했을 때에는 한 학기도 못 채우고 구속되었고, 세 번째로 복직되어 정년퇴임할 때까지가 8년간이었다. 따라서 경기대 교수직 13년은 긴 세월이다.

13년이 긴 세월인 것은 그 세월 안에 '문민정부', '국민의 정부', '참여정부'라는 세 정권이 포함되어서이기도 하다. 이 13년 동안 내가 한 일이 좀 있다. 1993년에 아들 선표가 펜실베이니아대학(Pennsylvania State University)에서 기계공학으로 박사학위를 받았고, 2001년에 큰딸 현아가 일리노이대학(University of Illinois at Urbana-Champaign)에서 사회복지학으로 박사학위를 받았고, 2005년에 막내딸 선아가 캔자스대학(University of Kansas)에서 러시아 문학으로 박사학위를 받았다. 1980년 5월 17일 밤, 김대중 내란음모 사건으로 구속될 때 나는 나를 잡으러 온 중앙정보부원 앞에서 세 아이를 앉혀놓고 비록 "아버지가 구속되지만 아버지의 구속이 너희들이 공부 못 마치는 구실이 될 수는 없다"라고 말했다. 공부를 마친다는 것은 대학 졸업을 뜻하는 것이 아니라 각자의 분야에서 박사학위를 받는 것이라는 것이 내 지론이었다. 이 지론에 순종해 아이들이 자신의 공부를 끝내주었다.

나는 출가한 두 딸에게도 학비와 아이 돌보는 비용을 댔다. 집사람이 딸들 공부시키는 것을 지겹게 여길 때도 있었다. 하지만 나는 내 가족의 여자들이 공부 못 마친 아픔을 보고 알고 있었기에 딸들이 공부를 계속하기를 고집했다. 집사람은 서울대 약학대학에 합격했으나 경기고녀 5학년 수료증을 학교에서 안 떼어줘 입학하지 못했다. 그 후 연세대를 장학생으로 다니다가 중퇴했고 결혼한 후에는 성균관대 야간부에 입학했다가 현아를 임신해 중퇴했다. 신영 누님은 일제시대 때 숙명고녀를 우등으로 졸업했는데 서울사범학교 연수과만 마치고 초등학교 교사 생활을 했다. 여동생 화영은, 우리 집에서 남자인 내 공부를 잇게 하려고 숙명전문(숙명여대의 전신)을 중퇴하고 미국 대사관 전화 교환원으로 취직해 돈을 벌었다. 그러니까 내가 두 딸의 공부 비용을 댄 것은 이 여인들의 피눈물에 보답하는 일이었다. 나는 최근에도 선표의 큰딸 혜연이가 대원외국어고등학교에 특별 전형으로 입학했을 때 입학금을 주었다.

이 13년 동안 내가 한 또 다른 종류의 일은 경기대 교수직을 지닌 채 몇 가지 공직 경험을 한 일이다. '문민정부' 때는 경기대 서울 캠퍼스에 있는 대학원과 신설된 건축대학원의 원장을 겸했다. '국민의 정부' 때는 아태평화재단 이사장, 덕성학원 이사장, 사단법인 함석헌기념사업회 이사장 세 가지를 동시에 겸해서 맡기도 했다. 지금도 함석헌기념사업회 이사장을 맡고 있다.

한편 나는 1974년 5월 27일에 중앙성결교회 장로로 취임했었다. 그러나

나는 1974년 5월 27일에 중앙성결교회 장로로 취임했으며, 지금까지도 이 교회에 나가고 있다.

이 교회는 민주화운동을 하는 나를 범죄인 취급을 해 주보에서 내 이름을 뺐으며 목사는 독재자를 위해 열린 조찬기도회의 회원이었다. 이 교회에서 70세에 원로장로가 된 후에 내가 침묵할 수 없는 일이 연이어 생겨나 교회 일에 관여했다. 이런 일들이 나에게 공직이란 무엇일까 하는 생각을 하게 했다.

그런데 이 13년 동안 내가 본격적으로 한 일은 《논어·맹자와 행정학》 《인간·종교·국가》《협력형 통치》라는 세 책을 1996년, 2001년, 2006년에 연이어서 출판한 일이다. 이들 세 책은 각각 '문민정부', '국민의 정부', '참여정부'를 향한 질타의 글이기도 했으니, 나를 위하여 남들이 만들어준 회갑기념논문집 제목인 '시대와 지성'에 부합하는 책들이었다.

김영삼은 군인 대통령인 노태우에게 항복하고 들어가 대통령이 된 사람이다. 다행히 김영삼은 군인 통치를 면하고 민간인이 통치하는 정부를 만들고자 해, 정부 이름을 '문민정부'라고 지었다. 이 '문민정부' 때 내가 쓴 책이 중국 문명에서 관료 조직의 원형을 탐구한 《논어·맹자와 행정학》이다. 김영삼 이후 경쟁적 야당으로 집권한 이가 김대중이었는데 김대중은 정부의 이름을 '국민의 정부'라 붙였다. 이때 쓴 책이 세계에서 제일 먼저 청교도들이 세운 민주국가인 미국을 연구한 《인간·종교·국가》이다. 이 책에서는 종교개혁과 마르틴 루터의 95개조를 분석했다. 그리고 노무현이 김대중을 이어 그 정부 이름을 '참여정부'라 했다. 이 '참여정부'가 김대중 정부를 제대로 잇지 못해─그렇다고 김대중 정부가 측근 정치의 부패라는 잘못이 없었다는 뜻은 아니다─부적절한 참여로 참된 협력을 못 이루었다. 이를 안타까이 여겨서 쓴 책이 《협력형 통치》이다. 이 책에서는 칸트의 논문 〈영원한 평화를 위하여〉가 협력형 통치의 준거 틀로 사용되었다.

이들 세 책은 해당 시대를 질타한 책들인 동시에 1970년 2월에 제출한 내 박사학위 논문 〈북한 행정권력의 변질요인에 관한 연구〉에서 제시했던 세 가지 과정에 답한 것이기도 했다. 박사학위 논문에서 제시한 세 가지 과제와 세 책의 내용을 비교하면 다음과 같다.

박사학위 논문에서 제시한 과제	정년 후에 출판한 책들의 취지
아무리 전체주의 사회라 할지라도, '청산리방법'과 '대안의 사업 체계'에서 보듯, 정권으로부터 자율적인 '일하는 조직'이 생겨나고	《논어·맹자와 행정학》: 일 맡은 아랫사람에게 맡길 일을 수행하기에 합당한 권한을 부여하는 조직이 주(周)나라에서 생겨났음을 분석하다.
개인의 이익을 도모하며 개인의 의사표시를 존중하는 '개인을 존중하는 조직'이 생겨나기 시작하면	《인간·종교·국가》: 인류 역사에서 처음으로 민주국가를 건설한 미합중국에 있는 '개인을 존중하는 조직'의 뿌리를 마르틴 루터의 '95개조'에서 찾다.
남·북한이 교류·공존하기 시작한다.	《협력형 통치》: 햇볕정책에 의미 부여를 하다.

이처럼 정년 후에 출간한 내 책들과 박사학위 논문에서 제시한 과제가 일치한 것은 내가 최달곤 교수를 만나 《논어》와 《맹자》를 공부한 것처럼 우

연이어서 신비한 일 같기도 하다. 하지만 나는 그렇게만 생각하지는 않는다. 나는 1세대 행정학자답게 내가 배워온 행정학 이론을 내 나라 몸체에 맞추어 살펴보려고 애썼다. 1962년에 처음 쓴 《행정학》의 체취가 그러했고, 1964년에 처음 쓴 논문 〈우리나라에서의 적용을 위한 행정개혁의 이론 모색〉이 그러했다. 나는 그 후 쭉 한국 행정을 연구해 1986년에 《한국행정론》을 출간했다.

다만 나는 1970년 박사학위 논문에서 이미 정년 후의 시대를 예견했다는 것을 적고 싶다. 나는 학문의 자유가 있는 미국에서 박사학위를 받고 온 학자가 아니었다. 그래서 박사학위 논문을 고려대에 제출해야 했는데 고려대는 학문의 자유가 없는 군사 문화의 문교부 감독을 받는 대학이었다. 그런데 내가 연구하고 싶었던 행정권력은 박정희의 군사정부와 그 자유화를 향한 변질이었다.

하루는 정부에서 발간하는 신문인 《서울신문》에 보도된 한 공무원의 부패 기사를 박정희가 읽고서 아랫사람에게, "이 부정이 《서울신문》에까지 난 것으로 보아 진짜일 것이니 반드시 이 사람을 징계하시오"라고 지시했다는 것을 한 신문―아마 《동아일보》였을 것이다―에서 나는 읽었다. 이 기사를 읽는 순간 《서울신문》의 내용을 분석해보면, 비록 박정희가 나라를 지배하고 있지만 나라 전체를 꽉 쥔 그의 손을 어떻게 하면 펴게 될지 전망할 수 있겠다는 생각이 들었다. 그리고 그렇게 발견한 사실은 박정희도 믿을 것이니, 비록 내가 박정희를 비판하더라도 정부가 나를 박해하지는 못할 것이라는 생각도 동시에 했다. '정부도 거절하지 못하는 말을 하되 말만 한다'는 생각은 내 일생을 관통한, 그러니까 내 민주화운동의 화두였다. 예를 들어 고려대 노동문제연구소의 김낙중·노중선의 봉급을 대법원에서 형이 확정될 때까지 지불하겠다고 한 내 말은 정부가 펴낸 법령집에 적힌 말을 말한 것이며, 나는 이 말만 했지 교문 앞에서 플래카드를 불 지르거나

지하 신문을 내는 행동을 하지는 않았다. 한편 이 정부 신문인《서울신문》이 말하는 것을 통치자도 거절하지 못하리라는 생각의 뿌리는 종로경찰서 형사에게 내 아버지가 딱 한마디 하신 것을 내가 들은 데서 비롯한다.

그러나 나는《서울신문》을 연구하지 못했다. 진리가 이렇게 드러나면 그 사람들이 심하게 화날 것을 알아서였다. 그래서 택한 연구 자료가 30개월씩 두 시기로 나눈 북한의《로동신문》이었다. 마침 고려대 아세아문제연구소에《로동신문》이 보관돼 있었고, 1967년에 1년간 하버드대학교 옌칭연구소 초빙학자로 가 있을 때에도 그곳 도서관에서《로동신문》을 읽을 수 있었다. 박정희나 김일성이나 서로가 서로를 미워하면서 제각기 독재를 하는 '사쿠라'들이었다.

나는 이 연구를 하면서 '지배하는 힘', '새로운 힘', '개인이라는 힘'이라는 세 힘을 발견했다. 이 세 힘 가운데 지배하는 힘은 우리로 치면 박정희의 힘에 해당했다.《로동신문》을 통해 북한을 30개월씩 두 시기로 나누어 보았더니, 불행하게도 후기가 전기보다 체제가 더욱 경직되어 이른바 '새 힘'과 '개인이라는 힘' 현상이 줄어 있음을 알게 되었다. 나는 북한을 고발한 이 틀을 가지고 드디어《서울신문》을 자료로 삼아《세계와 선교》1974년 10월호에〈권력과 합리성의 전망〉이라는 글을 발표했다. 나는 이 글을 가지고 고려대 총학생회에서 주최한 한 강연회에서 학생들 앞에서 강연을 했다. 흑판 앞에서 이것저것 통계를 갖고서 설명에 들어갔다. 처음에는 학생들이 무반응인 듯하더니 내 말이 진전되자 '와' 하며 웃고 야단이었다. 1975년 4월에 이 강연을 했고 이를《고대신문》717호가 보도했다. 내가 해직된 것은 바로 이 강연 직후의 일이다. 한만운 당시 교무처장도 날보고 내가 중앙정보부의 미움을 산 것은 바로 '권력과 합리성'이라는 강연 때문이었다고 말한 적이 있다. 나는 우선《서울신문》을 잘 피해 박사학위부터 받았던 셈이다.

그러나 이 논문은 단순히 나에게 자격증을 부여해준 논문이 아니었다. 이 논문은 내가 갇혀 있느라 그 논문에서 제시한 진보의 과정을 연구하지 못해 아쉬웠던 나에게 숙제를 남겼다. 이 논문은 《로동신문》을 자료로 썼다고 해서 금서가 되었지만, 영문으로 옮겨 아세아문제연구소 논문집에 실린 것은 다행히 고려대 박물관에서 쭉 전시되어, 고난을 인내하고 나중에 연구를 계속 하도록 나를 격려했다. 드디어 나는 고려대 정년 후에 책을 세 권 썼다. 《협력형 통치》를 출간한 것은 박사논문을 쓴 뒤로 36년 만의 일이다.

육체를 담는 그릇, 집

혹 천하를 초개같이 버리고 또 천하가 나를 버리더라도, 못 버리고 못 버려지는 것이 나에게 있었다. 그것은 내 육체와 그 육체가 몸담고 있는 내 집이었다. 나는 세 번 해직되었고 10년간 봉급을 받지 못했으며 또 현민 빈소 사건 때는 일부러 집에 안 들어가고 일을 저질러 멸시를 자처했지만, 그래도 나에게는 내가 안 버린 육체와 이 육체를 담는 그릇인 가정이 있었다. 집은 내 육체를 보관하는 곳이라는 사실을 최근에 더욱 절실히 느꼈다. 그것은 1987년에 내 어머니가 집에서 돌아가시어, 어머니라기보다는 어머니의 시신이 그분의 일생을 몸담고 사셨던 집을 남의 손에 들려 나서서 종중 묘지에 옮겨졌을 때였다. 집사람도 2006년 12월 11일에 고려대병원에 입원했을 때 자신의 병이 심각하다는 것을 알고 간병인에게 자신은 집에 못 돌아간다고 말했다는 것을 전해 들었다. 나는 집사람 사후, 집사람 없는 집에서, 특히 집사람 없는 정원에 앉아서 이곳이 집사람이 못 돌아간다고 절망했던 정원인 것을 떠올리며 가슴 아파한다.

그런데 과연 집이란 육체만 담는 곳일까? 아니다. 집이란 그 집에 사는 사람들이 뜰에 앉아서 하느님을 명상하는 신성한 곳이라는 것이 내 생각이다. 내가 세계를 다니며 아름답게 본 곳이 두 곳인데, 하나는 미국에 있는 내 동생 인영의 집 뜰이다. 집집의 뜰이 연이어진 넓은 공간을 나는 아름답게 보았다. 집집마다 명상하는 정원을 가져야 한다는 것이 내 정치적 입장이기에, 나는 좌우 정책 스펙트럼 중심부에서 약간 우 쪽에 기운 보수주의자이다. 만인의 명상을 믿는 나는 좌단이 아니며, 약자를 편드니 우단은 아니다. 나는 민주화운동을 할 때 내 위치가 중심부가 되도록 노력했다. 이 운동은 삼일독립운동과 3·1민주구국선언을 이은 운동이었기 때문이다. 내가 아름답게 본 다른 한 곳은 제네바 중심가에 있던 맑은 호숫가로, 그곳엔 동상 둘이 세워져 있다. 한 분은 교육자 페스탈로치이며 다른 한 분은 종교 개혁자 츠빙글리이다.

내 이야기로 돌아가자. 나는 1973년에 내 집을 명상하는 집으로 만들었다. 고려대 주택조합에서 배급받은 한 필지 땅에다. 김신조가 와 무섭다고 누가 팔고 나간 뒤쪽 필지를 북쪽에 덧붙여, 그 뒤쪽 필지에 집을 짓고 앞 필지에는 담 끝까지 잔디를 심고 거실에서 보이는 데에 느티나무 한 그루를 심었다. 이 집에 나는 지금도 살고 있다. 내 집 잔디밭 둘레가 내 산보로이다. 나는 이 집에서 정년 후에 말년을 어떻게 보낼지 다음과 같이 궁리했다.

65세 정년퇴임은 이런저런 집안일을 처리해야 하는 전환기가 되었다. 구체적으로 어떤 계기였는지는 잊었는데, 우리 두 내외가 고려대 노영무 의사에게서 혈압 내리는 약을 처방받아 쭉 먹게 되었다. 나는 높을 때가 150 정도였고 집사람은 200이 넘었다. 집사람은 자신은 본태성 혈압이니 으레 높은 사람이라고 배짱이었는데 그 약으로 조절이 되었다. 나는 집사람보다 더 잘 약을 들고 있다. 내 손자들이 출생하기 시작하자 그들의 이름을 족보에 올렸다. 조선조 광평대군 윤강공파(潤康公派) 족보이다.

나는 정년퇴직 후 과거 어느 때보다도 많이 수입을 재테크에 썼다. 이런

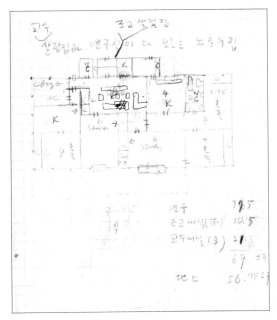

교수 살림집과 연구실, 조교 살림집이
다 있는 내 노후의 집 설계도.

일을 가능케 한 기초는 1973년, 즉 내 나이 마흔여섯 살 때까지 만든 재산을 19년간 잘 유지한 일이었다. 이 19년 속에는 내가 교수 봉급을 못 받은 10년간, 그중에서는 옥고를 겪은 5년간이 포함되었으니, 쌍문동 집이나 덕계리 땅을 팔아먹지 아니한 집사람의 공이 컸으며 검소·근면하셨던 어머니의 덕이 컸다. 집사람과 어머니는 어떻게 보면 사람이 할 일을 하신 것이다. 이렇게 자조(自助)하는 두 여인을 도와준 인심(人心)의 덕도 컸다. 1973년에 내가 처음으로 해직된 직후에 김재준 목사님이 쌀 두 가마니를 갖다주신 이후, 1984년에 세 번째로 고려대에 복직할 때까지 우리 집에선 우리 돈으로 쌀 한 되도 사지 않았다. 마지막 복직 직전에도 미국에 있던 한 졸업생이 쌀 두 가마니를 보내주었다. 한마디로 하느님이 우리를 먹이셔서 기본 재산을 안 팔고 살았다.

정년 후에 나에게 사립학교 연금이 나왔다. 나는 10년간 해직되었기 때문에 연금을 못 받을 수도 있었는데, 6·25 때 졸병 생활을 한 것이 가산되었다. 1973년에 퇴직금을 받아서 산 덕계리 땅을 석재 하는 이가 빌려서 쓰게 돼 매달 수입이 생겼다. 1960년대 초에 신영 누님이 나에게 맡기고 이민 간 재산에 내 돈을 합해 작은 유치원 건물을 사서 임대해 역시 수입이 들어오게 만들었다. 그런가 하면 덕계리 땅 일부를 판 돈과 고려대에 복직한 후에 받은 밀린 봉급과 광주 보상금을 합한 돈은 우체국 통장에 넣어두고 아이들 유학비로 따로 사용했다. 나는 빚이 없고 공과금 쪽지가 오면 되도록 그날로 은행에 가서 낸다. 그때나 지금이나 주식은 안 했다. 앞으로 혹시 쌍문동 집에서 못 살게 되면 먼 데, 어디 국유림 옆 숲 속에 공부하는 집을 하나 짓고 출근하면서 살고 싶다. 원예기술학교에 다니고 싶었던 십대 때의 생각을 나는 아직도 버리지 않고 있다.

고려대에서의 정년은 책 세 권을 쓰고 세 자식의 공부도 끝내게 하자는 결심을 하게 한 시점이었다. 책 쓰는 것은 내 가정이 있은 후의 일이라고도 볼 수 있다. 그러니까 책 쓰기 전의 나는 내 가정의 산물이다. 책 쓰기 전부터 나는 이미 있었다. 한편 내가 쓴 책들이 이미 만들어진 사람인 나를 반영했다는 생각도 든다. 우선 이들 세 책이 내 어린 시절의 어떤 결심들을 반영했는지, 그 책들을 쓰기 전의 나는 무엇이었는지를 더듬고 싶다. 내 어린 시절의 결심은 다음 세 가지였다.

제일 먼저 한 결심은 다시는 동생들을 때리지 않겠다는 것이었다. 두 번째 결심은 공부를 잘하되, 내 나라를 위하여 기독교의 틀 안에서 하자는 것이었다. 세 번째 결심은 종로서 형사 앞에서 의연하셨던 아버지같이 적 앞에서 의연하고자 한 결심이었다.

이 세 가지 결심을 실천에 옮긴 결과가 세 책이기도 하다. 동생을 때리지 않겠다는 결심을 실천한 책이 《논어·맹자와 행정학》이다. 형과 동생의 관계는 전형적인 상하 관계이며 《논어》와 《맹자》는 상하 간의 안정을 도모한 책이다. 나라를 위하여 기독교의 윤곽 안에서 공부를 잘하자는 결심을 실천한 책이 《인간·종교·국가》이다. 이 책에서 인간은 민주국가를 세우고자 하는 계몽된 국민인 인간이며, 종교는 개혁된 기독교회, 국가는 민주국가이다. 아버지의 의연함을 따르고자 한 나의 결심을 실천한 책은 《협력형 통치》이다. 이 책은 불교에서 원효, 유교에서 율곡, 기독교에서 함석헌을 다뤘는데, 이들은 다 내 아버지같이 자신이 속한 종교를 늘 떠나지 않은 동시에 해당 종교에 교조적으로 복종하지 않으면서 통치악을 향해 의연하게 바른말을 했다. 나는 이 책에서 이분들같이 의연한 사상가들을 세계 고전에서 찾아 소개했다. 신라가 백제와 고구려를 멸망시킨 것과 같이 통일국가를 만들 것이 아니라 남북이 떳떳하게 살면서 공존·교류를 도모하자는 것이 이 책의 내용이다. 남북이 공존·교류하기 전에는 나라 안의 여야 정당이 역시 떳떳하게 살면서 공존·교류하는 것이 전제되어야 한다.

책 이전의 나를 좀 더 더듬어보자. 이미 있었던 나는 무엇이었는지를 더듬고 싶다. 이때의 나는 세 가지 결심을 하기 전의 나이다. 그러니까 내가 이 세상에 태어나서 처음 본 세상이 어땠는지를 쓰고 싶다.

첫째, 초가집에 살면서 세 들어 사는 중국인 가정과 친하게 지내는 것이 아름다웠다. 우리 집은 넓은 초가집이었다. 나는 초가집을 후일에도 아름답게 봤다. 내가 고려대 교수가 된 후 이사 갈까 하고 본 집이 동작동 국립묘지 너머에 있는, 보리밭 500평을 끼고 있던 과천의 길가 초가집이었던 것을 보면, 초가집에 대한 나의 향수를 알 수 있다. 그 중국인은 우리 집 뒤채의 골목 끝에 있던 선교사 집에 요리사로 취직한 사람이었는데, 나는 이 사람들을 아름답게 봤다. 나는 물론 이들이 하는 말을 알아듣지 못했다. 하지만 사람이란 말이 안 통해도 친근감도 생기고 미움도 생기는 법이다. 내가 역시 말을 알아듣지 못했던 일본 사람을 싫어했다고 내 어머니가 후일에 나에게 말씀하셨던 것도 사람의 직관이 중요함을 말하는 말씀이었다. 중국인 집에 내 또래의 아들이 있었는데 이름이 운태나였다. 이 집 부인이 중국에 다니러 갔을 때 내 어머니가 그 집 방에 군불을 때주었고, 그 요리사 아버지가 가끔 할머니 잡수라고 만두를 갖고 와, 장남인 나는 그것을 얻어먹었다. 나는 만두를 신비한 음식으로 생각했다.

그 집이 잘돼서 지금 중앙일보사가 있는 동네로 이사 갔다. 어머니와 내가 그 집에 갈 때면 그 집 어머니는 새로 밥을 짓고 잡채를 볶아주었다. 내가 이 잡채를 맛있게 먹었나 보다. 미국 유학 갔을 때 샌프란시스코에 내려 중국 음식점에서 사 먹은 음식이 중국 찹수이(chop suey)였다. 그 중국 사람은 그 후 북창동에서 식료품 가게를 했다. 그때도 어머니하고 함께 갔다가 그 집 딸이 반바지를 입고 일하는 모습을 아름답게 봤다. 이 딸아이와 운태나는 나중에 베이징대학에 유학 갔다. 6·25 때는 그 집에서 감자 가루를 대주었다. 그 집도 대구에 피란을 가서 우리에게 함께 살자고 제의했는데, 요리사 분이 병으로 갑자기 돌아가셨다. 서울이 수복되었을 때 이번에는 내가 결혼할 사람과 함께 그 집 어머니를 찾았더니, 우리에게 화폐개혁으로 못 찾게 된 돈이 든 은행 통장을 보여주면서 우셨다. 이 모든 시초를 나는 다섯 살이 되기 전에 느꼈고, 이를 아름답게 회상한다. 그러니까 나의 첫 아름다움은 초가집에서 중국 사람과 평화롭게 사는 아름다움이었다.

둘째, 선교사 집 잔디밭을 나는 아름답게 보았다. 선교사도 중국 사람처럼 내 나라 사람이 아니었다. 우리 집이 있는 골목 끝에서 엿볼 수 있던 선교사 집 뜰은 가운데가 잔디밭이고 둘레에는 앵두나무로 보이는 나무가 심어져 있었다. 나는 이 잔디밭을 중국 사람이 갖고 온 만둣국만큼 신비하게 봤다. 그 후 서대문구의 어느 선교사 집에서도 잔디밭을 봤는데, 이번엔 일가 할아버지인 이명원(李命遠) 할아버지가 감리교신학교 교수인 홍에스더 여사와 다시 결혼할 때 예식에 참석한 하객들에게 의자를 놓고 아이스크림을 대접했던 잔디밭이 그곳이다. 아마 이때가 내가 생전 처음으로 잔디밭을 밟아본 때일 것이다. 폭신한 느낌이 좋았다. 나는 충남 전의(全義)에서 부자로 사는 친구 이규택의 집에 갔다 와서 규택에게, '너희 집은 부자인데 왜 사랑방 앞뜰 정도를 잔디밭으로 안 만들지?' 하고 말하기도 했다. 규택은 "곡식 털고 고추 말리는 데가 뜰인데……"라고 대답했다. 나는 지금 사는 쌍문동 집에 1973년에 이사했는데, 처음엔 한 100평쯤 되는 뜰에 담 끝까지 잔디만 심었다. 그러다가 차차 선교사 집처럼 둘레에 나무들을 심었다.

셋째, 나는 할머니 옆자리에 앉아서 보는 종교교회에서의 예배를 아름답다고 생각했다. 내 할머니는 키가 컸는데 교회에 가실 때에는 비단 옷을 입고 가셨다. 할머니가 다시시던 교회는 마루에 앉지 않고 나무로 만든 의자에 앉는 곳이었다. 옛날 종교교회는 벽돌로 지은 단층집이었다. 할머니는 할아버지가 젊어서 작고하신 후 우리 집에서 처음으로 기독교를 받아들이신 어른이다. 할머니는 당신 방에 혼자 앉아서 성경을 읽고 기도하셨지, 내 어머니의 살림을 참견하지 않으셨다. 할머니 앉으신 보료 밑에 손을 넣어 보면 군밤이나 사탕이 있어 나는 할머니 것을 빼앗아 먹곤 했다.

나는 일생을 제사 지내는 것을 못 봤다. 집에 부적 같은 것도 붙어 있지 않았다. 종교교회에 가도 아무것도 없었다. 내가 다니던 무교동 교회같이 전면에 극장 광고 그리는 솜씨로 그려진 예수 사진이니 십자가 같은 것도 없었다. 나는 이 아무 것도 없는 집에서 찬송을 부르고 성경을 봉독하고 설교를 듣고 목사의 기도를 듣는 것이 좋았고, 아름답다고 생각했다. 아무 인위적 이미지가 없어서 내 상상이 먼 데로 무한으로 가는 것이 좋았다. 그 후에 알았는데 이 무한에 이르는 감정은 옳은 감정이었다. 재래의 유교는 삼강오륜이니 눈에 보이는 것에 매이는 가르침이지만, 기독교는 보이지 않는, 부모형제와는 다른 타인을 생각하며 유교에서와는 달리 하늘에 계신 아버지를 따르는 것이니, 내 생각의 지평이 꽤 먼 데 있게 되어 좋았고 이

집이란 그 집에 사는 사람들이 뜰에 앉아서 하느님을 명상하는 신성한 곳이므로, 집집마다 명상하는
정원을 가져야 한다는 것이 나의 정치적 입장이다.

를 아름답게 생각했다.

초가집에 세 든 중국 사람과 친한 것, 선교사 집의 잔디밭, 할머니 옆자리에 앉아서 본 종교교회에서의 예배, 이런 것들이 내가 느낀 아름다움이라면, 이런 것들을 꿰뚫는 공통분모는 무엇인가? 나는 이것을 내 나라와 일본 사람에게는 없는, 새로운 문명에 대한 동경이었다고 생각한다. 초가집에 살되 이웃에 꼭 삼강오륜의 대상이 되는 부모형제가 아니라 중국 사람이나 선교사와 함께 살고, 이미지가 없는, 곧 먼 데 있는 궁극적 존재를 흠모하면서 사는 것을 나는 아름답다고 여긴 것 같다.

충주대 윤견수 교수는 《자전적 행정학》을 비롯해 네 권이나 되는 내 책을 교정해주었는데, 그가 《협력형 통치》의 교정본을 보내면서 나의 책 네 권이 지닌 화두는 다음과 같다고 적어 왔다.

《자전적 행정학》　　──　아름다움
《논어·맹자와 행정학》──　따뜻함
《인간·종교·국가》　　──　올바름
《협력형 통치》　　　　──　평화

윤견수 교수의 관찰은 탁견이다. 나는 그의 분석에 동의한다. 윤 교수의 말을 대하면서 나는 성서 연구를 세 가지 방향에서 하게 되었다. 먼저 성서가 처음을 어떻게 보는가를 연구했으며, 다음으로 처음을 본 사람의 운명이 어떻게 되는가를 연구했으며, 마지막으로 이런 처음을 본 사람의 집안 모습의 요체는 무엇이어야 하는가를 연구했다. 〈창세기〉가 보여주는 처음에는 바로 아름다움, 따뜻함, 올바름, 평화가 연이어서 나온다. 엿새 동안 천지창조를 한 야훼가 창조된 것을 보고 아름답다고 말한 것이 아름다움이며, 아담이 하와를 보고 자신의 일부가 나왔다고 탄성을 발한 것이 따뜻함이며, 인간을 징계한 5대 설화가 올바름이며, 동생을 죽인 카인을 못 죽이게 한 것도, 죽은 아벨 대신에 출생한 셋의 아들이 성장해 비로소 야훼께 예배를 드린 것도 평화이다. 나는 〈루가복음〉 1장 46~55절에 나오는, 예수를 잉태한 마리아가 부른 노래가 처음의 이 네 가지 이미지를 연이어 부른 노래라는 생각이 들었다.

> 46 내 영혼이 주님을 찬양하며 47 내 구세주 하느님을 생각하는 기쁨에 이 마음 설렙니다. (이상 아름다움)
> 48 주께서 여종의 비천한 신세를 돌보셨습니다. 이제부터는 온 백성이 나를 복되다 하리니 49 전능하신 분께서 나에게 큰일을 해주신 덕분입니다. 주님은 거룩하신 분, 50 주님을 두려워하는 이들에게는 대대로 자비를 베푸십니다. (이상 따뜻함) 51 주님은 전능하신 팔을 펼치시어 마음이 교만한 자들을 흩으셨습니다. 52 권세 있는 자들을 그 자리에서 내치시고 보잘것없는 이들을 높이셨으며 53 배고픈 사람은 좋은 것으로 배불리시고 부유한 사람은 빈손으로 돌려보내셨습니다. (이상 올바름)
> 54 주님은 약속하신 자비를 기억하시어 당신의 종 이스라엘을 도우셨습니다. 55 우리 조상들에게 약속하신 대로 그 자비를 아브라함과 그 후손에게 영원토록 베푸실 것입니다. (이상 평화)

이러한 아름다움, 따뜻함, 올바름, 평화를 갖춘, 처음을 본 사람의 운명, 예를 들어 이 책을 쓰는 나 같은 사람의 운명이 어떻게 되겠는가? 이것을 말해주는 성서는 〈요한복음〉 8장 48~58절이다. 이 이야기는 예수가 신앙의 조상이라는 처음 인물 아브라함보다도 앞에 있었다는 예수의 주장을 가지고 유대인들과 예수가 겪은 갈등을 적었다. 우리로 치면 예수 믿는 이가 나타나서 자기는 홍익인간을 말한 단군 할아버지보다 먼저 있었다고 주장하는 격이다. 지금 사람이 단군 후의 사람인 것은 자명한데, 이런 말을 한다면 그것은 홍익사상을 오늘에 맞게 잘 구현했다는 말일 것이다. 이렇게 지금 사람이면서 자신이 단군보다 앞섰다고 말하는 이의 운명이 〈요한복음〉에서는 어떻게 되는가를 보자. 그것은 이야기의 처음 부분에 나오는데, 우선 "당신은 사마리아 사람이며 마귀 들린 사람이오. 우리 말이 틀렸소?"(48절)라며 유대인들이 공격한다. 우리로 치면 유신정부 때 민주화를 주장하면 유신정부 사람들이 그에게 "당신은 미국 사람이며 사상이 나쁜 사람이오"라고 말하는 격이다. 이 이야기의 마지막 절인 59절은, "이 말씀을 듣고 그들은 돌을 집어 예수를 치려고 하였다. 그러나 예수께서는 몸을 피하여 성전을 떠나 가셨다"로 되어 있다. 우리로 치면 이런 새 문명을 바라보는 귀신 들린 사람은 돌을 맞게 되므로 돌에 맞아 죽지 않으려면 피해야 한다는 것이다. 이때 예수가 피해 나간 장소가 성전이었던 것이 의미심장하다. 예수를 믿는 나도 돌을 맞을 뻔한 경우를 겪었는데, 그 장소가 내 경우도 성전이었다.

'처음'을 본 이가 가정을 꾸려나가는 요체는 한마디로 미국에 옮겨 산 청교도들을 본받는 일이다. 이런 모범을 보인 사람들이 내 할머니와 고모님, 부모님, 미국에 이민 간 동기들, 해직과 옥고를 치른 나이다. 내가 본 청교도의 특색은 네 가지이다.

청교도의 삶의 방법관

사람은 일생을 회개하고 검소·검약하며 살아야 하는 것이지 복을 받으려고 살아서는 안 된다. 천국에 가는 것도 목적이 되어선 안 되고 먼저 회개를 해야 한다. 우리 집 어른들은 아무도 성령을 받는다면서 야단을 떨지 않았다. 내 할머니와 아버지는 교회에 열심히 출석하지 않았지만 기독교인이었다. 내 어머니가 나에게 한 요구는 죄 짓지 않는 사람이 되는 일이었다. 내 아버지의 마지막 편지는 명예와 공명의 노예가 되지 말라는 것이었다. 그래서 이런 어른들은 자식들 공부에만 힘쓰셨다. 이런 기풍은 바로 오늘날 세계의 자랑거리가 된 하버드대학교를 만든 미국 청교도들에게서 나온 것이다. 우리나라에서도 기독교 계통 대학들이 명문대 안에 드는 것을 나는 의미 있게 생각한다.

청교도의 일관

교회에 돈 내는 것보다 이웃에 대한 자비와 자성을 더 중요시한다. 우리 집은 자식들 공부 시키느라고 자비나 자선에 쓸 돈이 없었다. 다만 한 가지, 어머님이나 집사람이 자기를 도와줬던 사람을 늘 고맙게 여겼다. 어머니가 양복 일을 하실 때 조수였던 정수경 누님은 우리 집 딸이나 같았다. 집사람은 앞집에 살던 과부 정씨를 긍휼히 여겼다. 내 어머니는 자신이 주무시는 방에서 들리는 이웃 양말공장의 소음을 개의치 않으셨다. 집사람은 자식에게서 용돈을 못 받는 가까운 사람들에게 자기 돈을 주었다. 집사람은 내 집에서 일했던 여자들에게도 잘해주었다. 내가 자선한 기억은 별로 없다. 경기대에서 사환, 청소원, 수위 들에게 성의껏 대했던 것 같기는 하다. 사환 한 사람을 정식 직원으로 만들어준 적도 있다. 기능공의 부인이 서울에 와 근무하도록 농협인가에 말해준 적이 있다. 이것들은 다 지질한 선행이었고, 다만 나는 악한 정부가 가한 압력으로 해직되어 봉급을 안 받은 경험이 약 10년간 있었다.

청교도의 사람관

교회 목사를 하느님에게 기도하는 데 도움을 주는 분으로 생각해 존경하지만, 교회 목사가 사람과 신의 중간자 역할을 제대로 못 하면 슬그머니 피하든지—아마 내 할머니와 아버지처럼—교회에 가더라도 내 기도를 드리지 목사의 권위를 인정하지 않는다. 나는 지금도 목사가 설교하는 자리에 앉지만 목사가 기도할 때는 슬그머니 나온다. 목사의 기도가 청교도의 원리에 위배되기 때문이다. 나는 내가 기도하러 교회에 가는 것이지, 목사의 기도를 받으러 가는 것이 아니다. 내가 이미 기도를 했는데 목사의 기도가 오히려 내 기도와 역행하기에 나는 나온다. 언제인가 오래된 장로 한 사람도 그렇고, 날보고 교회가 민주화운동 하는 데가 아니라고 내 배를 때린 어느 장로도 그렇고, 가슴에 손을 대고 기도하는 것을 보았다. 나는 사람이란 저렇게 신앙 갖기가 힘든 것일까 하고 생각했다. 신앙은 내가 신앙하는 것이다. 청교도들은 그래서 교회 조직을 회중교회〔congregational church〕로 만들었다. 회중교회는 장로교회와 다르다. 교회의 주인은 교인들이고 교인들이 투표하여 목사를 초빙하는데, 초빙된 목사가 신임을 못 얻어 그만두면 그 목사는 소속된 데가 없는 평신도가 된다. 하버드대학을 세운 교회가 회중교회였다. 이승만이 하와이에 세운 한인교회가 회중교회였다. 내가 유학한 디파이언스대학도 회중교회 학교였다.

청교도의 국가관

　기독교인들은 민주국가를 세우는 데 헌신한다. 메이플라워호를 타고 온 청교도들이 첫 가을에 감사 예배를 드린 조건을 생각해보면 이를 알 수 있다. 농사지은 곡식이 있어서 감사했고, 종교의 자유가 있어 예배를 드릴 수 있어서 감사했고, 독재 국가를 피해 나와서 감사했다. 기독교인의 투쟁 대상은 〈에페소〉 6장 12절에서와 같이 "권세와 세력의 악신들과 암흑세계의 지배자들과 하늘의 악령들"인 것이다. 그런데 내가 일생을 다닌 내 교회에서는 내가 감옥에 갔을 때, 주보에서 내 이름을 뺐고 목사가 독재자를 위한 조찬기도회에 참석했다.

꿀벌의 이상을 존중한 경기대 대학원장 시절

고려대 정년 얼마 전에 경기대 손종국 이사장이 내 연구실에 와서 경기대 총장직을 맡아달라고 했다. 그의 아버지 손상교 씨도 생전에 그 학교의 책임을 나에게 맡기고자 했는데, 그 아들이 이어서 부탁하는 것이었다. 원래 손상교 씨는 인창중·고등학교의 설립자였는데, 나는 미국 유학 전에 이 학교의 영어 교사를 했다. 내가 고려대 교수로 취임한 후, 이 인창중·고등학교에서 그 옆에 있던 땅 수천 평을 구입해서 경기대를 설립했다. 날보고 총장 해달라는 경기대는 수원의 10만여 평 대지에 학생이 1만여 명이나 되는 대학이 되어 있었다. 손종국과 나는 좋은 인연도 있었다. 4장에서 쓴 대로, 손종국의 할머님이 내 고모님이었다. 그리고 그의 집안에 큰 어려움이 닥쳤을 때 나는 중학교 3학년이던 그를 조기 유학 시켜 군대 가기 전까지 중·고등학교와 대학을 미국에서 공부하게 했다. 이러한데도 나는 고려대에서 정년을 맞겠다고 손상교 씨의 제안을 거절했었다.

그런데 고려대 정년을 앞두고 이번에는 내가 손종국 경기대 이사장을 찾아가, 수원까지는 못 가겠고 서울 서대문 캠퍼스에 내 연구실을 하나 달라고 청했다. 내 청을 손종국 씨는 나에게 총장 하라는 것으로 답했다. 나는 총장직을 거절했다. 내가 총장직을 거절한 것은 내 본직이 교수직이고 정년 후에 본격적인 연구서를 쓰고 싶어서였다. 그래서 손종국 씨가 이사장직을 그만두고 총장으로 취임했다. 손 총장이 연구실과 조교와 자동차를 나에게 줬다. 이 세 가지 혜택이 없었더라면 나는 세 책을 연이어 쓰지는 못했을 것이다. 글을 다듬어주는 조교가 늘 있는 연구실에서 여러 교수님들을 불러서 탈고한 글을 독회했고, 주어진 자동차로 밤낮으로 관련된 강의를 들으러 다녔다. 그리고 내 공부에 지장이 없는 행정직을 70세까지 맡았다. 마침 서울 캠퍼스에 대학원이 있어서 대학원장을 맡았고 겸해서 건축대학원장도 맡았다. 일주일에 하루는 교무회의로 수원에 갔고, 하루는 고려대 대학원 강의에 나갔다. 그런가 하면 대학원장 임기 내인 1996년에 《논어·맹자와 행정학》을 탈고했다. 경기대에서 맡은 행정직이 내 연구를 방해하지는 않았다.

책 얘기는 다음 절로 미루고, 대학원장직 얘기를 먼저 하겠다. 나는 우선 방침만 정하고 실질적인 대학원장 일은 대학원 교학부장에게 위임했다. 일반대학원은 정성호 교수를, 건축대학원은 정진원 교수를 교학부장으로 임명했다. 내가 정해야 할 방침은 어떠한 건학 정신을 가진 대학원을 만들 것인가 하는 것이었다. 그리고 이 건학 정신에 맞추어 학생을 적정 수 확보하는 일이었다. 일반대학원 석사과정은 학생 수가 적었다. 경기대의 위상이 높지 않으니 불가피한 일이었다. 그런데 건축대학원은 일류대 졸업생들이 경쟁적으로 입학하는 대학원이었다. 나는 건축대학원의 활성화를 보며 일반대학원을 활성화할 방침을 세웠다. 이 건축대학원은 내 아이디어로 설립한 대학원이 아니고 건축학과 정진원 교수의 아이디어로 만들어진 대학원이었다. 내가 일반대학원장으로 있을 때 그가 건축설계대학원 과정을 만들고자 나에게 열심히 다가왔으며, 나는 다만 정 교수의 심부름을 해준 데 불과했다.

나는 경기대의 장점을 잘 드러내는 말이 "꿀벌의 근면은 꽃잎을 상케 하지 않습니다"라고 파악했다. 이 말은 경기대 도서대출기록 카드에 인쇄돼 있는 말이었다. 지금은 카드가 전산화되어 이 말이 사라졌다. 나는 이 사라진 말이 경기대의 이미지를 상징한다고 생각했다. 설명이 좀 필요하다.

첫째, 꿀벌은 경기대보다는 경기대의 뿌리라고 볼 수 있는 인창의숙, 그러니까 인창중·고등학교와 일제 때 미아리에 있었던 인창보통학교의 상징 동물이었다. 나는 일제 때부터 인창보통학교 가을 운동회에 가보았기에 그 학교의 평범한 사람을 든든하게 만드는 건실한 분위기를 알고 있었다. 충정로에 있는 인창중·고등학교 운동복 뒤에는, 연세대를 상징하는 독수리나 고려대를 상징하는 호랑이 같은 강한 동물이 아니라, 약한 곤충인 꿀벌이 새겨져 있었다.

둘째, 인창의숙은 삼일운동 이후 민립대학을 만들고자 한 설립자의 의도가 일본 총독부의 불허 방침으로 꺾여 초·중 교육에 전념한 학교법인이다. 이 인창의숙의 꿀벌 정신이 곧 삼일독립선언의 정신과 같다고 나는 늘 생각했다. 〈삼일독립선언문〉의 공약 3장을 요약하면, 우리 겨레가 독립운동을 하는 것은 일본제국을 미워해서가 아니라 우리 겨레가 하늘에서 원래 부여받은 행복과 권리를 추구하기 위해서라는 것인데, 이런 점은 꿀벌과 비슷한 데가 있다. 즉 꿀벌이 꽃에서 꽃으로 날아다니는 것이 꽃잎을 상케 하기 위함이 아니라 단 것을 찾아 먹기 위함인 것과 같다는 것이다. 또한 꿀벌이 꽃들 사이를 다님으로써 꽃이 열매를 맺는 이로움을 주듯, 우리의 근면한 움직임이 이기적인 일본에도 교훈을 주었다.

셋째, 이 꿀벌의 근면함을 본떠 경기대는 상징 동물을 거북이로 택했다. 꿀벌이나 거북이나 같은 이미지이다. 수원에 있는 총장실에는 옥으로 만든 큰 거북이가 있어 인상적이다. 근면한 거북이는 게으른 토끼와 경주해서 늘 승리한다. 이 거북이의 이미지를 지닌 학문과 정신을 가진 모습을 경기대 캠퍼스 여기저기에서 볼 수 있다. 경기대는 비바람 부는 현장에서 일하는 토목인을 토목학과에서 양성해왔다. 우리나라에서 처음으로 건축설계사를 양성한 건축대학원을 설치한 곳도 경기대이다. 경기대에는 우리나라에서 제일 큰 도자기 가마가 있다. 큰 옥공예 공작실과 전시실도 있다. 체육 교육이 잘 되어 있어 올림픽 금메달리스트가 나오기도 한다. 연예인을 양성하며 이들이 연기를 공부하는 소형 극장이 서울에 있다. 교도관을 양성하는 학과가 경기대에만 있다. 의과대학은 없어도 대체의학대학원이 있다. 박물관의 수집품들은 선비들의 글씨나 문인화보다는 민초들이 그린 민화가 많다. 이런 거북이 혹은 꿀벌의 무리 속에 건축학과의 정진원 교수가 있었다.

정진원 교수의 열심을 살려 만든 우리나라 최초의 건축설계대학원인 건축대학원에서 하는 일은 흥미로웠다. 학생들에게 상상의 물꼬를 트게 하는 특강 개설을 돕고, 정밀하게 꾸민 강의실을 만들고, 국내외에서 교수를 스카우트하여 채용하는 일 등은 다 학교 당국의 재정 지원으로 가능했다. 마침 내 책 《논어·맹자와 행정학》 마지막 장 '미의 행정학'의 윤곽이 드러나기 시작해, '미와 문명'이라는 강의를 건축대학원 과정에 넣기도 했다. 좋은 제자들이 입학했다.

일반대학원장은 상징적 자리였고 학사 업무는 직원들이 다 했다. 대학원 위원들과 교학부장을 교수들이 맡았는데 전자는 임기가 있었고, 후자는 총장이 날보고 고려대 졸업생 중에 한 사람을 잡아서 편하게 일하라고 말했다. 나는 대뜸 내 사람을 만드는 식으로는 일하지 않는다고 말했다. 교수들의 인사 카드를 훑어보았다. 남자 교수들 가운데 경기대에 임명되기 전에 박사학위를 받고 온 분을 찾았다. 내 전공인 행정학과에 고려대 졸업생이 둘이나 있었고 한국외국어대 졸업생이 한 분 있었다. 나는 나와 먼 한국외국어대 졸업생을 잡았다. 고려대에서도 나는 연세대를 나온 안병영 씨를 쭉 강사로 모신 적이 있다. 안병영 씨로서는 고려대 강사직이 빈에서 박사학위를 받고 와서 한 첫 취직이었다. 한국외국어대 졸업생은 미국 메릴랜드대학교에서 미국 인사행정으로 박사논문을 쓴 분임을 알았다. 공부를 제대로 하고 온 것이다. 한국 것을 갖고 논문을 안 쓰고 미국 것으로 쓴 것도 그렇고, 물질이 아닌 인간을 다루는 학문인 인사행정이 어려움을 나는 알고 있었다. 그분을 찾아가 교학부장을 맡아달라고 했는데 처음엔 거절당했다. 한 세 번쯤 그의 연구실에 가서 간신히 승낙을 받았다. 이분이 정성호 교수이다. 총장에게 정성호 교수를 모시고자 한다고 말하자, 총장과 나 사

경기대 건축대학원 開院축제 성황

경기대 건축대학원 개원 축제가 25일 오후 5시 서울캠퍼스 야외무대와 세미나실에서 열렸다. 이날 축제에는 학계 건축계인사들이 다수 참석, 국내 첫 건축대학원 개원을 축하했다. 사진 왼쪽부터 孫大俊경기대인문대학장 孫周恒전의원 金相弼의원 이문영건축대학장 李亢求총괄처장 尹承重건축가협회장 趙丙秀교무처장 金東鎬사회교육원장.

경기대 건축대학원 개원 축하식을 다룬 신문기사(동아일보, 1995. 3. 26).

이에 다음과 같은 대화가 오갔다.

총장: 왜 하필이면 교수협의회에서 간사 하던 골치 아픈 사람을 잡으세요?

나: 그 점 하나만 걸려요?

총장: 네.

나: 그렇다면 나는 정 교수를 꼭 잡아야겠어요. 그에겐 힘이 있는데 그 힘이 필요하고, 만일에 그가 바른말을 한다면 그의 말을 총장도 들어야 합니다.

총장이 내 천거를 받아들였다. 교학부장은 나와 대화가 됐다. 나는 대화가 되는 것을 중요시했다. 내가 생각한 대학원장의 또 다른 요건은 공정해야 한다는 것이었다. 이 원칙을 나는 직원에게도 요구했다. 내 말을 알아듣고 돈 문제가 깨끗해서 내 개인 돈을 맡길 만한 직원이면 최상급 직원이라고 생각했다. 직원 근무 평가에서 많은 것을 물을 필요 없이 "당신의 말을 알아듣고 당신 개인 돈을 맡길 수 있다고 보는 사람입니까?" 라고 물으면 된다고 생각했다. 정성호 교수 얘기로 돌아가자. 그와 함께 나는 두 가지 일을 했다.

첫째, 일반대학원 박사과정 입학시험에서 영어 시험을 폐지하고 그 대신 영어 강좌를 개설해서 학기마다 듣게 하여 박사학위 취득 전에 영어 시험에 합격해야 하도록 방침을 세웠다. 이 방침은 평범한 사람을 든든하게 만드는 건학 정신에 맞는 것이었다. 대학을 졸업한 후 쭉 실무에만 종사했기에 영어를 못하게 된 사람을 오게 해서 전문 학자를 붙여줘, 비록 자신이 경험했지만 자기의 경험에 이론을 붙일 능력이 없는 사람들에게 대학원에서 자신의 경험을 이론화할 기회를 부여하자는 의도였다. 이런 학생들이 쓰는 논문이 학계에 반드시 공헌한다는 생각도 했다. 나는 이 아이디어를 경기대가 일류대가 아니어서 낸 것인데, 얼마 안 있어 고려대도 이 아이디어를 채택하고 있음을 알았다.

학생들이 꽤 밀려왔다. 그러나 이 방침을 모든 학과 교수들이 환영하는 것은 아님을 알게 되었다. 사회에서 경력을 쌓은 일류대 졸업생이 신청하면 거절하는 학과도 있었다. 그 이유가 그를 박사로 만들어줄 자신이 없어서라고 나는 생각했다. 그런가 하면 학생 수를 더 늘리려고 나에게 다가와 청하는 학과도 있었다. 관광, 경영, 예·체능, 대체의학을 교육하고자 한 물리학과, 행정학과, 건축공학과 등이 그런 예였다. 열심히 일한 정진원 교수에게 내가 열심히 응했듯이, 나는 이분들에게 편파적일 정도로 호의적이었다.

둘째, 나는 공정하게 처신하고자 방침을 세웠다. 나에게 다가온 교수에는 두 부류가 있었다. 한 부류는 지금 말한 대로 자기 과를 위해서 열심인 교수로 이분들에게 나는 잘 대해줬다. 다른 한 부류는 자신의 이익을 위해서 찾아오는 분들이었는데, 나는 이분들에게 냉정했다. 어떤 사람은 나에게 찾아와 대학원 위원 임기가 끝나면 자기를 다시 시켜달라고 해서 그는 다시 안 시켰다. 돌아가면서 하는 것이 원칙이라고 생각했다. 한 사람은 아침에 나를 찾아와 머뭇거리며 말을 못 하면서도 가지 않아 적지 않게 내 공부 시간을 빼앗았다. 그와 점심식사를 함께 했다. 점심식사를 한 후에도 그가 내 방으로 쫓아왔다. 또 이런저런 말이 많았다. 그러다가 드디어 그가 꺼낸 말은 자기가 과에서 선임교수이니 박사학위 후보자 배당을 자기가 많이 할 수 있게 해달라는 것이었다. 나는 물론 이분 말을 안 들어줬다. 사람의 마음 가장 깊은 속에 남는 것이 욕심이라는 것을 나는 역력히 보았다.

나는 1997년 1학기부터 2005년 2월까지 경기대 석좌교수를 맡기도 했다. 첫 학기에는 학부에 '고전과 행정학'을 개설해, 수원 캠퍼스에서는 정성호 교수가 맡고 나는 서울 캠퍼스의 강의를 맡았다. 2학기에는 대학원에서 강의 하나를 계속 했다.

남는 시간에는 책 쓰는 데 몰두했다. '참여정부' 때 경기대 총장이 교수 채용에 비리가 있다고 해서 구속됐다. 그러자 손 총장이 나에게 총장을 해달라고 했다. 그러나 이사회가 선뜻 결정을 내리지 못했다. 그러자 총장이 다시 나에게 이사장을 맡아달라고 했다. 이사회가 간신히 나를 이사로만 뽑았다. 그런데 교육부에서 나를 이사로 승인하지 않았고 그 대신 관선 이사들을 보냈다. 관선 이사장이 옛날에 나와 함께 민주화운동 하던 이였고, 이분이 내가 계속 석좌교수로 있기를 원했다. 그러나 임시 총장이 내 임기가 끝났을 때 나를 석좌교수로 올리지 않았다. 한편 구속되었던 총장이 무혐의로 감옥에서 풀려 나왔다.

경기대에는 지금도 관선 이사가 와 있고 나는 지금도 여기서 강의를 하고 있다. 이 경기대 문제는 후에 검토할 '소피스트의 대학'과 원인에 유사성이 있다는 점에서 검토할 수도 있고 '참여정부'의 과다 참여 면에서 검토할 수도 있다. 한마디로 사유재산에 침입해 들어온 자들은 대중연합주의자이다. 이른바 사립학교법이 좋은 법일 수 있겠지만, 이 법은 공정하게 관리할 능력이 없다면 사립학교 하나 없애는 것밖에는 하는 일이 없게 된다. 나는 오늘날 인도·중국·미국 등에 현지 사람들이 우리 대기업 공장들이 들어서는 것을 환영하는데 국내 공장들은 빈집이 된 것도, 우리 대기업이 경기대에서와 비슷한 폭풍을 노동자들에게서 맞아서라고 생각한다.

내가 석좌교수로 있어주기를 원했던 이창복 관선 이사장이 강원도지사로 출마한다며 이사장직에 사표를 냈다. 이창복 씨 후임으로 정부에서 조순승 씨를 보낸다는 글이 어느 날 경기대 캠퍼스 벽에 나붙었다. 나는 강의실에 들어가기 전에 이 벽보를 보았다. 벽보는 해임된 손종국 총장, 권노갑, 이문영, 조순승 등의 사진을 붙이고 몇 줄씩 소개를 썼는데, 손종국이 권·이·조와 연합해서 복귀운동을 한다는 내용이었다. 거기에 내가 어떻게 소개되었는지를 다음에 옮긴다.

이문영 전 교수
손종국 전 총장의 미국 도피 시절 보호자 자격. 민주화 투사였으나, 학내의 파행을 이끈 이. 손종국에게 이른바 대부 관계. 93년도 당시 민주당 최고위원.

이 글은 '제23대 민족경기 가는거야 총학생회'가 붙인 벽보에 씌어 있던 글이다. 총학생회는 새로운 이사 조순승을 이문영 교수와 권노갑 당시 당무위원 등이 밀고 있다고 적은 것이다. 나는 강의를 끝낸 후에 이 벽보를 떼어 들고서 총학생회 사무실에 갔다. 모두들 평택에 시위하러 가고 한 학생이 혼자 있었다. 나는 그에게 이렇게 말했다.

"나는 적의 이성이 거절하지 못하는 요구를 해서 그 대가로 해직과 옥고를 치르는 민주화운동을 했는데, 이 벽보는 민주 인사인 내가 수긍할 수 없는 사실을 열거해놓았으며, 이런 일을 통해 이득을 보려는 이가 누구인가? 벽보에서 열거된 내용 중에 내 이름만이 맞다. 내가 손종국을 보호했지만 중학교 3학년생이 무슨 범죄가 있어 도피했겠는가. 그리고 손종국 전 총장에 대한 검찰의 고발 내용과 나는 관계가 없다. 또 내가 민주당에 입당한 적도 없는데 어떻게 최고위원일 수 있는가. 조순승 씨는 내가 손종국 씨와 오랜 친교가 있듯이 오랜 친구이다."

그 학생은 내 말을 알아들은 듯했다. 나는 그에게 내 명함을 줬고 그는 자신의 이름과 휴대전화 번호를 말해주었다.

그 후 이 벽보가 더는 안 붙었고 조순승 씨는 이사장에 선출됐다. 물론 나는 대학에 부정이 없어야 한다고 생각한다. 다만 나는 부정을 없애는 방법이 교육부가 관선 이사를 보내는 방법이어야 한다고는 생각하지 않는다. 그리고 교육부가 관선 이사를 보내되 여당의 당직자들을 이사장과 총장으로 보낸 것은 잘못이라고 생각한다. 각 사립대학이 갖고 있는 특수한 교풍은 나라의 재산이며 보호되어야 할 가치이다. 경기대에는 위에서 말한 대로 선량한 미풍양속이 있었다. 교주가 해임한 교수가 한 명도 없었고 교수의 봉급 수준이 높았다. 설혹 교육부가 관선 이사를 보내더라도 손종국 전 총장의 재판이 끝나기도 전에 조치를 취한 것은 부적절했다. 더욱이 손 총장의 구속은 교수 채용과 관련한 비리였는데, 이 비리는 거듭 말해 무죄가 입증되었다. '참여정부'는 끝까지 참을 줄 몰랐다. 개인의 재산을 끝까지 지켜주는 나라가 민주국가이다. 그런데 열린우리당이 사립학교법을 공정하게 관리할 능력이 없는 것이 문제였다. 교육부는 부정이 있는 학교를 발견하는 대로 부정한 교주의 대리인을 통하여 부정을 시정했어야 한다.

경기대를 떠올릴 때에 아쉬운 점은 침입자의 휘두름이며, 이 휘두름의 피해자가 될까 봐 내가 친하게 지냈던 교수들을 이곳에서 회상할 수 없다는 점이다. 어느 교수는 지금도 술만 들면 나에게 전화를 한다. 어느 교수는 나와 나이 차가 있는데도 낮에 둘이서 영화관에 가서 영화를 보기도 하는데 그가 나에게 기대어 낮잠을 잔다. 한 교수는 지난여름에 땀을 뻘뻘 흘리면서 큰 수박을 사 들고 왔다. 정년퇴임한 이인자 교수는 자신이 그린 큰 연꽃 그림 한 폭을 나에게 들고 왔다. 나는 오늘의 경기대가 이미 가꾸어진 화원 동산을 계속 더 잘 가꿔나가기를 바란다.

추악한 향원의 세계를 꼬집은 《논어·맹자와 행정학》

누군가가 나에게 경기대 역사학과를 졸업한 후 동양사로 경기대에서 석사학위를 받은 박응수를 소개했다. 누가 소개했는지는 잊었다. 내가 기억나는 것은 행정학과 과장에게 동양사 전공자를 부탁한 것이다. 좋은 사람을 만났다. 박응수는 한문, 중국어, 일본어가 되는 학생이었다. 그는 내가 연필로 쓴 글을 가져가 잉크로 고쳐 적어 와서 내 확인을 받은 후 원고를 만들었다. 손종국 총장은 박응수가 교수를 채용할 때 데모에 앞장섰던 좌파 학생이라는 점 때문에 불안하게 여겼다. 그래서 오히려 나는 박응수를 조교로 잡았다. 나는 그런 일에 개의치 않았다. 이 '개의치 않는' 태도는 내가 민주화운동을 하면서 세운 원칙이었다. 내가 중심 자리를 지키는 한, 유신·신군부를 반대하는 사람이라면 누구라도 나는 가리지 않고 함께 반대운동을 했다. 박응수는 내가 하는 강의마다 참석했다. 박응수는 단순히 내 글을 컴퓨터로 쳐준 사람이 아니라 내 글을 이해하고 내 글을 만들어준 사람이다. 박응수는 내가 쓴 글을 쫓아오기 힘들어했다. 그럴 수밖에 없었던 것이, 나는 책의 전체 구도를 짠 뒤에 장과 절을 정하고 《논어》와 《맹자》의 756개 장이 어떻게 들어가는지 색인을 일단 만든 후에 글쓰기를 시작했기 때문이다. 나는 밤에 한 서너 시간만 자면 머리가 깨끗해진다는 것을 알고 일어나서 글을 썼다. 대학원장 자리는 출·퇴근이 부정확해도 상관이 없었으므로 내 몸 사정에 따랐다. 경기대가 제공한 자동차 안에서는 으레 잤다.

대학원장실에서 입학시험 채점으로 교수들이 북적거릴 때에도 나는 글을 썼다. 언제인가 전철을 타고 공항에 누군가를 마중 나간 적이 있는데, 공항 가는 전철에서도 썼고, 비행기가 연착되어 어느 구석에 앉아서도 썼다. 나는 시인 고은을 그분이 일흔이 될 때까지 경기대 대학원 교수로 모셨는데, 내가 신명나게 연필로 쓰는 것을 보고 그가 뭘 쓰느냐고 물었다. 그의 물음에 몇 마디 답을 했다. 고은은 시인이어서 내 말을 금세 알아들었는지 "공자와 맹자가 이천 몇 백 년 만에 이문영을 만났군요"라는 엄청난 말을 했다. 이제 고은에게 대답했던 것보다 친절하게 그 책이 어떤 책인지 말하려 한다.

첫째, 유교입국을 했다는 조선조가 《논어》·《맹자》를 따르지 않았고 《논어》·《맹자》를 성리학적 왜곡으로 제멋대로 해석했다는 것을 나는 알게 되었다. 김충열 교수는 내 견해가 원시유교의 시각이라고 말했다. 조선조가 《논어》·《맹자》에 없는데 《논어》·《맹자》를 따른다고 하며 행한 악은 다음 네 가지이다. 1) 충과 효라는 개념이 《논어》·《맹자》에 있긴 하다. 그러나 '충효'라는 정치 이데올로기가 《논어》·《맹자》에 있지는 않다. 2) 결혼한 남자에게 300평 토지를 주라는 항산책을 조선조는 안 지켰다. 3) 아들을 못 낳으면 부인을 내쫓아도 된다는 칠거지악이 《논어》·《맹자》에는 없다. 4) 조선조는 철저한 중앙집권제 국가여서 지방 영주와 군주의 계약에 따른 주종 관계가 보이지 않는다.

둘째, 김영삼이 노태우에게 항복하고 들어가 민정당의 대통령 후보로 나와, 역시 대선 후보로 나온, 군사정부가 미워했던 김대중을 사상이 나쁘다고 매도해 대통령으로 당선되었는데, 공자와 맹자가 김영삼 같은 기회주의자를 덕의 적(賊)으로 여겨 제일 미워했다는 것을 알게 되었다. 《논어》·《맹자》는 이러한 덕의 적을 향원(鄕原)이라 불렀고 김대중처럼 맞는 행동을 한 자를 중행자(中行者)라고 불렀다. 내가 고려대에 있을 때 향원과 중행자에 관하여 이준범 총장과 대화한 부분을 《논어·맹자와 행정학》 626, 627쪽에서 옮기면 다음과 같다.

> 총장: 학생들의 주장이 너무 급진적이지 않습니까? 교수님은 중도이신
> 데요.
> 나: 중도라기보다는 맞는 행동을 하고자 할 뿐입니다.
> 총장: 학생들의 주장이 잘못되었다고 그들 앞에서 설득 좀 해주세요.
> 나: 안 됩니다. 나나 총장이 할 말이 있다면 정부가 민주화를 하라고 말
> 하는 것뿐입니다.
> 총장: 방금 학생들의 주장이 잘못되었다고 말씀하시지 않았습니까?
> 나: 그랬습니다. 그러나 학생들의 잘못은 정부가 민주화를 하면 저절로
> 바로잡아지지만, 제가 학생들 앞에 나서서 학생들의 주장이 잘못되
> 었다고 말하면 악한 정부가 나를 잘했다고 생각할 것입니다. 이렇게
> 되면 제가 슬그머니 정부에게 이쁜 '변절자'가 됩니다. 신문지상에
> 이름이 자주 등장하는 사람들 중에는 이런 기회주의자가 많습니다.
> 총장: 그렇다면 교수님이 할 수 있는 일은 무엇입니까?

《논어·맹자와 행정학》 중국어판(동방, 2000).

《논어·맹자와 행정학》(나남, 1996).

나: 두 가지입니다. 하나는 정부에 내 주장을 계속 하는 것입니다. 그래서 고려대 교수가 어느 대학보다도 먼저 성명서를 냈었습니다. 다른 하나는 과격한 학생들과 연대해서 독재 정부에 민주화의 압력을 가하는 일입니다. 《논어》〈자로(子路)〉 21과 《맹자》〈진심(盡心) 하(下)〉 37장의 2에는 "중(中)을 못 얻어 더불어 할 수 없다면 반드시 광자(狂者)나 견자(狷者)와 더불어 할 것이다. 광자(狂者)는 진취적이고 견자(狷者)는 하지 않는 바가 있는 자이다(不得中行而與之 必也狂狷乎 狂者進取 狷者有所 不爲也)"라는 글이 있습니다. 이 광(狂)과 견(狷)을 중행자(中行者)가 잡는 논리를 예수의 경우에서도 볼 수가 있습니다. 예를 들면 〈루가〉 6장 15절에는 예수의 12제자들이 언급되는데, 이들 중 혁명당원 시몬은 광이며, 나머지는 다 어부나 말단 공무원 등의 직업을 갖고 있는 견들입니다.

총장: 《논어》·《맹자》에도 운동권 이야기가 있으니 놀랍군요. 운동권 학생들이 광자라면 견자는 누구입니까?

나: 일전에 고대 교수 28명이 서명을 하니까 타 대학 교수들, 즉 '하지 않는 바가 있는 자들'이 들고일어났습니다. 계속해서 서명한 교수들이 견자입니다.

총장: 아까 '변절자'가 된다고 말씀하셨는데, '변절자'에 해당하는 글이 《논어》·《맹자》에 있습니까?

나: 있습니다. 향원(鄕原)이라고 합니다. 왜 유신헌법이 좋다고 유세하고 다녔던 교수들을 정부가 선전할 때에 덕망이 높은 사람이라고 말하지 않았습니까?

총장: 저는 어떻게 해야 합니까?

나: 그냥 가만히 계십시오. 문교부가 봐줘서 총장 하신다고 정부 편을 든다면 사태가 더욱 악화됩니다.

김영삼은 슬그머니 정부 편든 사람도 아니고 만인이 보는 앞에서 김대중을 사상이 나쁘다고 말한 '향원'이었다. 정성호 교수가 미국을 방문했을 때 한국 현대 정치를 중행자, 광, 견, 향원으로 분류해서 대학에서 강연했더니 청중 가운데 한 분이 "그렇게 올바른 말을 하고서 귀국할 수 있겠느냐" 하고 평했다 한다. 그 당시 우리나라는 비록 군사정부는 아니었지만 강경한 관료주의 국가였다. 내 원고를 다듬어준 박응수 조교는 손종국 총장이 염려하던 운동권 학생이었다. 그러나 나에게서 보고 배운 바가 있어 오늘에도 민주화운동을 중행자가 해야 한다고 말한다.

셋째, 정상이 자신의 이익을 위하여 이쯤 열심이니까 김영삼 정부의 공무원들은 하나같이 복지부동하여, 다리 감독관은 무너진 성수대교를 못 본 체했고 나라의 손익계산을 하는 이는 아이엠에프(IMF)가 닥치는 것도 예측하지 못했다. 이런 복지부동의 공무원과 거리가 먼, 최선을 다하는 모습을 나는《논어》〈공야장(公冶長)〉편에 나오는 인물 스물일곱 명에게서 발견했다. 나는 이를 가지고 '현상학적 접근'이라는 장을 만들어, 내가 생각하는 우리나라 노동부 공무원의 바람직한 모습을 묘사했다. 복지부동하는 공무원과 살신성인하는 공무원 사이의 긴 거리가 나에게는 조바심을 치며 원고를 쓰면서 달려야 하는 긴 경주로였다.

넷째, 미리 만들어놓은 책의 구도는 고려대 정년 직전에 쓴《자전적 행정학》의 구도와 비슷했다. 거듭 쓰지만,《자전적 행정학》은 그 후에 쓴 책 세 권의 방법론을 제시한 책이었다. 책을 쓰면서 나는 내 예측이 맞아서 놀랐다. 아무리 예측을 했다 하더라도 발견된 것들이 내가 이미 알던 행정학 이론들과 꼭 맞아서 놀랐다. 내 제자 가운데 전남대 김성기 교수는 왕도와 패도의 구별이 놀랍다고 말했다. 이 왕도와 패도의 구별은《자전적 행정학》에서 두 가지 행정을 구별한 것과 비슷했다. 관동대 정인화 교수는 현상학적 접근을 쓴 장이 보석이라고 말했다.

다섯째, 너무나 많은 분들이 원고를 읽어줬다. 정성호·고창훈·송재복·유재원·윤견수·김동환·이상신·이춘식·김충열·전종섭·손종호·박형익·강신택·권창은·정용덕·김기언·박선균·김문기·이병갑·정인화·이승환·윤성식·안병영·정홍원·정무권·강병구·이대희·김성기·윤사순 등이 원고를 읽어준 이들의 이름이다.

하나만 더 쓰자. 책을 쓰다 보니 제목을 '미와 문명'으로 정하고 싶을 정도로 나는 아름다움의 세계에 몰입되어 감을 느꼈다. 전술한 것처럼, 아름다움은 문명에 대한 나의 처음 감정이었다. 행정이 아름다움이라니! 내 책이 어떻게 미를 다루었는가를 훑어보자.

담당자·기능미를 다룬 장이 6장이다. 두 문명을 다룬 장들이 7장, 10~13장이다. 최소의 미를 다룬 장이 1장과 2장이다. 최대의 미는 5장에서 다뤘다. 그런가 하면 사이비 미가 3장과 8장에 있다. 미의 형성을 다룬 장들이 4장과 9장이다. 끝으로 미와 문명의 구도를 다룬 장들은 책의 결론에 해당하는 장으로, 14~16장이다. 김구 선생이 해방 후 자신이 바라는 나라는 부국강병의 나라가 아니라 아름다운 나라라고 새문안교회에서 말씀하시던 일을, 말하자면 추악한 향원의 세계인 '문민정부' 시대에 나는 쭉 상기했다.

이 책을 쉬안더우(宣德五)를 비롯해 중국의 베이징대학 조선어학과 졸업생 네 명이 읽었다. 그분들 중 한 분이 내 책을 읽고 감동해서 울었다고 하며 이 책을 번역하겠다고 했다. 중국의 동방출판사가 이분들이 번역한 내 책을 출판했다. 중국에 다녀온 김충열 교수가 이 번역서의 반응을 전해주었다. 어떻게 중국 사람도 아닌 내가 《논어》·《맹자》의 본뜻을 파헤쳤느냐고 경이로워하더라고 했다. 중국 사람들도 나같이 전체주의 밑에서 고생은 했겠지만, 나 같은 중행자 민주화운동자가 드물었고 중국에는 《논어》·《맹자》를 볼 수 있는 눈인 행정학이 없었다. 한국행정학회에서 이 책을 쓴 나에게 학술상을 수여했다.

12

마르틴 루터라는 뿌리

'국민의 정부'와 측근 정치

김대중 씨가 집권하더니 비서실장을 노태우 때의 인물인 김중권 씨로 하고 국무총리로는 박정희의 동지인 김종필 씨를 잡았다. 청와대로 들어가기 직전에 김대중 씨가 이사장으로 있던 아태평화재단 이사회를 열었다. 이때 김대중 씨가 날보고 "이 박사가 이사장직을 맡아주세요. 한 일 년 반이고 한 후에 이 박사가 뭐는 못 하시겠어요"라고 말했다. 나는 이 말을 잠자코 들었다. 내가 침묵한 것은 먼저 아태평화재단은 관직이 아니니 맡을 수 있다는 뜻이었고, 한 일 년 반이고 기다리라는 말에 아무 말도 하지 않은 이유, 즉 거절하지 않은 이유는, 언젠가 날보고 자기 정당의 부총재를 해달라고 했는데 내가 거절하자, "다음에 해달라는 것은 해주세요"라고 그가 말했을 때 침묵했던 것과 동일한 이유에서였다. 나는 미리 말하는 것이 맹세하는 것 같아서 침묵했다.

하루는 김대중 씨가 이강래 청와대 비서관을 내 집에 보냈다. 임명할 장관 자리를 정하기 위해 정부개편위원회를 만드는데 박동서 교수 밑에서 날보고 부위원장을 하라는 것이었다. 옆에서 이 말을 듣고 있던 집사람이 벌

컥 화를 냈다. 나는 이 분위기를 바로잡지 못했다. 집사람은 그 후에도 가끔 화를 냈고 그때마다 나는 속수무책이었다. 이강래가 다시 와서는 박권상이 위원장을 하고 박 교수와 나는 고문을 하라고 했다. 속으로 하기 싫었지만 자문역은 관직이 아니라고 생각했다. 앞으로도 자문역은 할 작정이었다. 이 회의가 발족되기 직전에 김대중, 김중권, 이문영이 별실에서 잠깐 만날 기회가 있었다. 그때 다음과 같은 대화가 있었다.

> 김중권: 이문영 교수님은 제 스승이십니다. (그는 고려대 행정학과 졸업생이다.)
> 김대중: 두 분이 함께 늙어가는데 스승과 제자가 어디 있습니까?

이 말은 물론 유머일 수 있다. 그러나 나는 사제간이 엄격한 대학인이다. 대선 때 김대중 씨가 《중앙일보》에서 나를 가장 친한 친구라고 말했는데 김대중 씨와 내가 동격인 것은 좋은데, 내 제자인 데다가 김대중 씨와 노태우 씨의 심부름을 한 김중권 씨가 나와 동격이라니, 나는 충격을 받았다.

내가 아태평화재단 이사장에 취임한 지 며칠 안 된 어느 날, 그곳 행정과장이 내 방에 와서 김대중 씨가 앉았던 방을 내놓고서 방을 옮기라고 말했다. 내가 이사장인데 내가 결정하기 전에 나에 관한 결정이 정해져 내려온 것이다. 나는 병신같이 이것을 따지지도 않고 방을 옮겼다. 나는 복도 끝 구석방으로 옮겼고 내가 있던 방에는 김홍업 부이사장이 들어왔다. 그 방에 있던 그림이니 기념품들에 손댈 생각을 나는 꿈에도 안 했고 또한 그 방이 대통령의 아들 방이 되리라고도 생각하지 않았다. 하루는 청와대에 들어가 있던 임동원 수석이 왔다. 몇몇이 모인 자리에서 그가 내 대우를 잘해준다고 말했다. 그런데 내 대우를 내가 책임지고 있는 재단 이사회가 정하는 것이 아니라 재단의 사무국장 하다가 나간 사람이 정했다. 이때도 나는 듣기만 했다. 또 보고만 있는 일이 매일같이 생겼다. 사람들이 구름 떼같이 김홍업 부이사장과 이수동 상임이사 방에 찾아왔는데 이들이 어떤 안건으로 찾아왔는지 나에게는 전혀 보고되지 않았다.

김대중 씨는 날보고 일 년 반을 기다리라고 말했지만 나는 그만둘 생각을 했다. 이때 한 결심의 결과, 다음 절에서 보듯 덕성여대 이사장을 맡았는데 이때에도 '국민의 정부'가 나의 업무 이행을 방해했다. '국민의 정부'의 방해는 내 교회에서의 개혁에도 도움이 안 되었다. 그러니까 내가 한 일 구석구석에 '국민의 정부'의 불공정이 영향을 미쳤다.

신년 초에 누군가가 불러서 청와대에 갔다. 대통령의 친·인척이랑 늘 보던 사람들이 한 방에 모여 있었다. 나는 이 자리에 대통령이 나타날 줄 알았다. 그런데 누군가가 우리를 별실로 인도했다. 내가 제일 앞에 서서 들어갔다. 멀리 대통령 내외가 앉아 있고 마루에는 긴 화문석 돗자리가 깔려 있었다. 나는 이 화문석을 정중히 밟고 들어가 두 내외분과 악수를 했다. 두 분은 앉은 자리에서 일어났다. 악수를 나눈 후 뒤돌아 나오면서 보니 내 뒤에 따라오던 사람들이 화문석에 부복(俯伏)하고 있었다. 그들은 세배를 했던 것이다. 의외의 구경이었다.

제2국민운동을 한다고 청와대에 많은 사람이 모였다. 갔다 나오는 버스 안에서 송월주 스님과 이경숙 숙대 총장이 날보고 제2국민운동이 어떻게 되어가냐고 물었다. 나는 "오라고 하니까 가고, 가라니까 나오는 것이죠. 대통령이 하는 국민운동이 어디 있습니까?"라고 답했다. 나는 이렇게만 기억하는데 서영훈 씨는 언젠가 자신이 펴내는 잡지《우리의 길벗》에서 연 모임에서 나를 좀 다르게 소개했다. 제2국민운동 공동위원장 회의 때 모모 쟁쟁한 사람들이 모인 데서 내가 대통령이 관여하는 국민운동을 염려해 직언했다는 것이다. 그 후 이 모임은 청와대가 아니라 밖에서 했다. 이 공동위원장 회의는 대통령에게 건의해야 한다는 규정이 있었다. 나는 한 회의에서 인심이 흉흉하니 권노갑과 박지원을 측근에서 떼어내라고 말했다. 이우정이 권노갑을 좋은 사람이라고 두둔했다. 간사를 보던 김상근 목사가 내 말을 기록에 못 쓰겠다고 말했다. 회의를 끝내고 나와서 이우정과 둘이 있을 때 내가 그를 쿡 찌르면서 "아니, 권노갑이 뭐가 좋은 사람입니까?"라고 했더니, 이우정이 픽 웃었다.

드디어 대통령 면전에서 의견을 좀 말할 기회가 왔다. 만찬을 열어 김대중 내란음모 사건 구속자들 내외를 불렀을 때, 사람들이 돌아가면서 한마디씩 했다. 나는 건배사에서 이렇게 말했다.

"마침 직전의 보궐선거에서 우리가 참패했습니다. 죽음을 무릅쓰고 민주화에 헌신했던 우리로서는 큰 충격입니다. 그러니 여기 모인 우리들만이라도 욕심을 버립시다."

유인호 교수 부인이 정부에 대한 여론이 나쁘다고 말했다. 이렇게 돌아가면서 하는 말은 보통은 인사말에 그치는 경우가 많다. 때마침 대통령이 평양에 갔다 온 후여서 그 일을 치하하는 인사말이 많았다. 나는 시시비비를 따졌다. 북한 갔다 온 것은 시(是)이지만, 비(非) 한마디를 해야 했는데, 그것도 대략 그 정도의 비였다. 대통령이 마무리 말을 했다. 나는 깜짝 놀랄 말을 들었다. 일기에는 적었을 것 같은데 정확한 숫자는 잊었고, 보궐선거에서 패배했지만 자신의 인기가 구십 몇 퍼센트라는 말이었다. 어떤 놈이 잘못된 정보를 대통령에게 전하고 있었던 것이다. 그러나 누군가 잘못된 정보를 전했다고 해서 그 정보 전하는 이를 끼고 있는 대통령이 책임을 면할 수 있는 것은 아니다.

못 볼 구경 하나를 더 쓰겠다. 오슬로에서 대통령이 노벨 평화상을 받을 때 약 서른 명가량이 대통령을 수행했다. 한 만찬장 탁자에 우리나라 외무부 장관이 앉고, 그 옆자리에 김대중 씨의 친제가 앉고, 나는 외무부 장관과 마주 앉았다. 대통령의 친동생이 빵에 바를 잼이 필요하다고 말했다. 그 말이 떨어지자마자 외무부 장관이 일어서서 가더니 어딘가에서 잼을 갖고 왔다. 잼을 가져오라고 웨이터를 부를 수도 있고 같은 자리에 앉아 있던 대통령의 조카 중 한 사람이 일어서서 갖고 올 수도 있었는데, 외무부 장관이 갖고 왔다. 장관이 나랏일을 해야지 잼을 가지러 일어서는 장관이 어디 있느냐고, 만찬 후에 나는 대통령의 친동생에게 그의 행동이 부적절했다고 말했다. 그때는 아무 소리도 하지 않더니 그 후 이수동 씨가 나에게 와서 변명을 했는데 잘못했다고는 하지 않았다.

왜 이런 친·인척, 가신, 측근 등이 공식 계층보다 높은 측근 정치가 생기는 것일까. 그 이유가 주로 국회의원의 공천을 당수인 대통령이 쥐고 있는 데서 온 것을 알게 되었다. 막말로 측근들이 공천 장사를 하는 것이다. 3·1 민주구국선언 사건 때 옥고를 함께 한 함세웅 신부와 나는 여당의 당내 민주주의가 절실하다고《씨올의 소리》에 쓰기 시작했다. 드디어 여당 내에서 정동영 씨가 당내 민주주의를 요구했다. 그러자 국회의원 공천자를 지역구에서 선출하고 대통령 후보를 경선으로 결정하는 제도가 여당에서 마련됐다. 이 두 제도는 여당의 빛나는 업적이었는데도 대통령은 이를 반기는 기색이 없었다. 과거 김대중 씨가 1970년대 초에 야당 당수인 유진산 씨의 중압을 피해 대선 후보로 출마한 것이나 여당의 정동영 씨가 외친 것이나, 따지고 보면 정동영 씨는 김대중 씨의 복사판이었다. 이 여당 내 민주화는 우리의 정치 문화에서는 물론이고 일본, 중국을 포함한 동북아 정치 문화에서 초유의 일이었다. 죄 많은 곳에 은총이 많았으니, 우리나라는 신의 축복을 받은 나라였다.

이 글을 쓰는 오늘은 노무현 시대이다. 다음 장에서 나는 노무현 시대의 잘못을 적을 텐데 그 잘못은 노무현 시대 이후에도 못 고칠 것 같다. 노무현 정부는 측근 정치라는 김대중 시대의 잘못을 계승했다. '코드 인사'나 '대연정'이 바로 측근 정치의 변형이다. 그러니 측근 정치라는 악은 노무현 이후 시대에도 있을 것이다. 악을 바로잡고자 하는 용기 있는 정치가의 선(善)이 나오기를 나는 고대한다. 선이 이어진다는 전제하에 한 백 년 후에는 악의 잔재가 사라질 것이라고 나는 전망한다.

오늘날엔 선을 택하는 용기 있는 정치가가 안 보인다. 여야가 할 수 있는 선이 좀 다르다. 여(열린우리당)가 할 수 있는 선은 전일에 김대중 씨에게 바른말을 했던 정동영 의원같이 노무현 씨의 잘못을 지적하고 나서는 것이며, 야(한나라당)가 할 수 있는 선은 오늘의 문제를 푸는 기점을 박정희가 아니라 1970년대의 민주화운동으로 삼는 것이다. 여야가 해야 할 일이 이렇게 다르지만 자신의 기득권을 포기해야 한다는 점에서는 같다. 여는 노무현 씨의 눈에 나고 경상남도의 눈에 나더라도 올바르게 나아가야 민심의 넓은 지지를 얻을 수 있고, 민심을 얻으면 노무현 씨도 바로잡고 경상남도도 바로잡을 수 있을 것이다.

발표자의 이름을 잊었는데, 한국전기(傳記)학회에서 초대 대통령 이승만에 관해 발표한 것을 들은 적이 있다. 그때 나는 그 자리에서 이렇게 말했다.

"하와이에서 보인 이승만의 행적은 한인교회—그것도 청도교가 처음 미국서 설립한 회중교회인 한인교회—, 한인학교, 독립운동을 위한 동지회 셋이다. 이 세 가지 민회운동은 '종교개혁 → 계몽사상 → 민주국가 건설'이라는 과정을 거친 유럽의 근대화 과정과 같았다. 그러나 이러한 이승만의 선(善)이 귀국 후 한국에 와서는 부귀영화를 제일의 가치로 여기는 정치인들의 악에 의하여 포위돼 말살된 것으로 보고 싶다. 물론 악에 포위된 자에게 이 포위를 못 뚫은 책임이 면제되는 것은 아니다."

이승만의 경우, 이승만이 방귀를 뀌면 이익홍 경기도지사가 "각하, 시원하시겠습니다"라고 아첨할 때 이승만은 그를 꾸짖지 않았다. 그리고 간사한 이기붕 내외가 늘 옆에 있었다. 아니, 그들이 옆에 없었으면 이승만이 그들을 찾았을 것이다. 이렇게 아무리 악에 포위돼 있어도 악을 지적하는

측근 정치라는 잘못이 있음에도 김대중 씨가 세운 공이 있음은 부인할 수 없는 사실이다.

정동영 같은 이가 있었으면 좋았겠는데, 없었다. 없었던 것이 아니라 의인이 있었는데 죽여서 없앴다. 그러한 전형적인 예가 나는 김구의 암살을 방관한 일과 조봉암을 법정에서 죽게 한 일이라고 본다. 이승만은 그 두 분만을 없앤 것이 아니라 그분들을 따르던 세력까지 없앴다. 김구의 경우, 더욱 자명하다. 6·25 직전 국회의원 선거에서 이승만의 정당이 참패했다. 김구의 동지들이 대거 당선되어 전국에서 최대 득표한 사람이 조소앙이었다. 국회가 6·25 피란 중에 임시수도 부산에서 열렸을 때, 이승만은 국회의사당에 헌병을 투입해 국회의원들을 공산주의자로 몰아 잡아들였고 헌법을 자기에게 유리하게 고쳤다. 이 정치파동 후 후일에 유진산 당수를 거슬러 대통령에 입후보한다고 나선 김대중의 야당이 생겼고, 이 파동 직후에 부통령이던 김성수가 부통령직을 사임했다. 나는 그분의 이 사임을 크게 봤다. 그래서 인촌의 묘소가 고려대 캠퍼스에 있을 때 그분을 소개하는 경력을 적은 푯말에 이 부통령 사임이 들어 있지 않은 것을 아쉽게 생각했다.

부통령 사임을 오히려 부끄러워하는 것이 후손들과 고려대 당국의 생각이었다.

본론으로 돌아가자. 이승만처럼 자신에게 도전하는 자를 죽이거나 죽도록 방관하는 악이 김대중에게는 없었다. 따라서 측근 정치라는 잘못이 있음에도 김대중의 공은 다음 두 가지가 있다.

첫째, 수평적 정권 교체를 하고 남북의 공존·교류를 도모했다.

둘째, 당내 민주주의를 이루어, 국정원 문제도 있고, 측근 문제─측근 정치의 악을 야당인 한나라당은 지적하지도 못했다. 이런 흠 때문에 한나라당이 대선에서 졌다─도 있고, 돈 문제도 있었지만 이승만이 저질렀던 식의 악이 없었다.

나는 이 두 가지 선이 한 백 년 정도 계속 되기만 하면 나라가 안정될 것이라고 본다. 나는 김대중 씨가 당선된 해에 치러진 대선 때 투표 용지를 투표함에 넣으면서 이제 당신을 정치의 고해로 송별한다며 울먹였지만, 김대중 씨는 그런대로 잘해준 편이다. 어쩌면─위에 적은 두 가지가 이어진다면─이승만이 아니라 김대중이 나라의 아버지에 더 가깝다고 말할 수 있을 것이다.

소피스트의 대학

나는 한국외국어대 이사장을 해달라는 부탁을 여기저기에서 받았다. 이 부탁을 설립자가 하는 것이 아니어서, 그러니까 남의 학교를 빼앗으러 가는 것이어서 나는 이를 거절했다. 그러던 어느 날, 경기대 손종국 총장이 여의도에서 저녁식사를 하자고 청했다. 그 자리에서 교육부에 의하여 덕성여대 이사장직에서 해임된 덕성여대 설립자 겸 전임 이사장을 만났다. 내가 경기대 설립자와 선의의 관계를 맺고 있는 것을 알고서 나에게 자기 학교의 이사장직을 맡아달라고 했다. 나는 두 가지 조건이 있다고 이야기했다.

"첫째, 나는 설립자의 재산을 존중하고자 하니 재산을 관리하는 당신의 대리인으로 상임이사를 달라. 둘째, 당신은 재정 문제로 교육부에서 해임된 것이 아니라 교무에 간섭해서 해임된 것이니, 교수들의 자율을 보호하게 해달라."

나는 덕성여대에 가게 되어 아태재단을 그만두려고 했다. 그런데 이해찬 교육부 장관이 겸직을 하라고 했다. 아태재단의 경우 어차피 할 일도 없어서 나는 덕성여대 일에 몰두했다. 나는 우선 전임 이사장의 동생을 재산 관리를 담당하는 상임이사로 있게 했고, 이사 자리가 한 자리 비었을 때 이 상임이사나 전임 이사장과는 의논하지 않고 상임이사의 아들이자 전임 이사장의 조카인 이를 이사로 앉혔다. 전임 이사장은 노령이고 미혼이어서 후계자가 없었다. 내 조치는 선의에 따른 것이긴 했지만, 지금 생각하니 그때 그 일을 전임 이사장과 의논했더라면 더 좋았을 것이라는 생각이 든다. 내가 박씨 가문에 길을 열어주었다고 하지만, 친자식이 없는 전임 이사장으로서는 이 일을 예민하게 받아들였을 것이다. 나는 그만큼 인간 심리의 오묘함을 잘 알지 못했다. 나중에 전임 이사장은 국회에서 나에 대해 국정감사를 해달라고 요구했는데, 이로 인해 내가 법률적으로 손해 본 것은 없었지만, 이 일은 나의 이런 몰이해에서 기인했을 것이다.

나는 또한 전 이사장에 의해 해직된 한상권 교수와 성낙돈 교수를 복직시켰다. 이 조치는 내가 이사장에 취임한 뒤 처음으로 취한 조치였다. 그런데 이때 전임 이사장이 비서를 보내 반대 의사를 전해 왔다. 이러한 간섭은 내 의사대로 학사를 꾸리기로 한 합의에 위배되는 일이었다. 나는 이러한 간섭을 무시했다. 나는 교수들이 인사위원회를 선출하도록 했다. 학교로 온 지 10년이 넘었는데도 교주의 눈에 나서 학과장도 못 하고 있는 사람이 많은 형편이었으므로 나는 학과장직을 선임순으로 돌아가면서 하게 했다. 덕성여대 출신 강사들 30여 명을 계약직에 묶어두고 전임 이사장의 친위부대로 쓰고 있던 것을 풀어, 박사학위 소지자 전원을 정식 교수로 임명했다. 그리고 교직원의 봉급을 올렸다.

내가 한 이 두 가지 개혁은 한마디로 올바름의 실천이었다. 나는 이 책의 앞부분에서 물질과 나 자신만 생각하는 것을 죄로 여긴다고 기술했다. 물욕과 자기애를 벗어난 인간의 길에 대해 내가 처음 쓴 글은《씨올의 소리》 2000년 1·2월호 머리글로 쓴 〈너 어디 있느냐?〉이다. 이 글은 다음 그림에서 내가 1사분면에 있는가, 아니면 3사분면에 있는가를 나 자신에게 묻는 내용이었다.

나는, 사람의 위치는 존재를 나타내는 X축과 시간 혹은 역사를 나타내는 Y축이 만들어내는 좌표가 결정한다고 보았다. 《대학》의 8개조에서 볼 때 존재는 물질에서 출발하지만 물(物)을 물 아닌 것과 구별해 지(知)에 이르는 과정을 지닌다고 보았다. 지질학자이자 신부인 샤르댕이 어려서 철물로

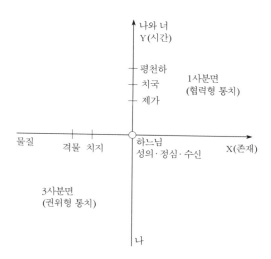

만든 부삽에 녹이 스는 데 놀랐던 것과 좀 다르게, 나는 물질인 군밤에 집착했고 군밤에 집착하는 것이 헛된 일임을 후일에 알게 되었다. 나 자신이 물질이지만 물질에 그치지 않는다는 것을 알게 된 것이다. 한편 사람이 혼자가 아니라 다른 사람의 의사 표시를 존중해 함께 사는 경험을 역사, 즉 시간의 산물로 생각해서 이를 Y축으로 정했다.

X, Y축이 각각 마이너스 방향에서 플러스 방향으로 진행하여 두 축이 교차하는 지점에 제정신을 차린 한 사람이 등장하는데, 이 지점에 있는 사람을 나는 《대학》 8개조의 성의(誠意)·정심(正心)·수신(修身)이 모여 있는 사람으로 보았다. 이 지점에 있는 사람을 〈마태오복음〉 22장 37~40절도 동일하게 묘사했다.

'네 마음을 다하고(정심의 경지) 목숨을 다하고(수신의 경지) 뜻을 다하여(성의의 경지) 주님이신 너희 하느님을 사랑하라.' 이것이 가장 크고 첫째가는 계명이고(+X로 향하는 것) '네 이웃을 네 몸같이 사랑하라'는 둘째 계명도(+Y로 향하는 것) 이에 못지않게 중요하다.

따라서 +X는 격물을 지나 지(知)에 이른 후의 과정이며, +Y는 대인 관계가 1차 집단인 가(家)에서 2차 집단인 국(國)과 천하(天下)로 옮겨 가는 과정이다. 사람의 정진이 X, Y 교차점을 지나 +X, +Y 쪽으로 향하여 1사분면의 세계에 살면 천국이요, X, Y 교차점에는 못 이르렀으나 +X, +Y 쪽으로 가고 있으면 연옥인 셈이다. 그리고 -X, -Y 쪽으로 거꾸로 향하면 지옥행이다. 나는 이 그림에서 화살표 방향으로 가면 '올바름'이라 일컬으며, 역행하면 '잇속'이라 일컫는다.

다시 학교 이야기로 돌아가자. 나는 전임 이사장의 잔여 임기를 채우고 나올 작정이었는데, 1년 3개월만 있다가 그만두었다. 나는 계속 있으려 했으나 설립자, 교수들, '국민의 정부'의 모진 역풍이 나를 밖으로 날아가게 하는 데 일익을 담당했다.

덕성학원 이사회는 임기와 봉급 등 초청 조건을 적어 나에게 초청장을 보내왔는데, 내가 수락을 통지하기 전부터 여러 사람들이 내 집을 찾았다. 이들은 오랫동안 나에게 볼일이 있어서 찾아왔던 사람들과는 다른 종류의 사람들이었다. 그들이 다른 종류의 사람들인 것도 그들을 만난 그 당시는 아니고 그 후에 윤곽이 드러났다. 그들은 올바름이 아니라 잇속으로 나를 찾은 사람들이었다.

먼저, 교육부에 의해 이사장직에서 해임된 전임 이사장이 두 번이나 왔다. 아마도 한 번은 나에게 이사장직을 맡아달라고 왔을 것이고, 또 한 번은 구체적으로 무슨 일이었는지는 잊었는데, 자신이 나에게 잘못했으니 개의치 말고 계속 일해달라고 왔다. 전임 이사장은 생각도 잘 변하는 사람임을 알게 되었다. 전임 이사장은 내가 그분의 대리인을 달라고 해서 당신의 동생이 상임이사로 있었는데도 한 번도 두 형제가 함께 나를 만나러 오지 않았다. 그런가 하면 동생 되는 분이 법인의 사무국장과 총장을 데리고 한두 번 왔다. 이사장직을 사양하지 말고 맡아달라는 것이었다. 나와 같은 해직 교수였던 변형윤이 덕성여대에 있는 자기 제자를 소개하는 전화가 온 뒤에 덕성여대의 교수로 있는 변 교수의 제자가 나를 두 번인가 찾아왔다. 그가 학교의 사정을 알려주었다. 그리고 교수들이 한 떼 내 집에 몰려와, 그것도 한 번도 아니고 여러 번 와서, 전임 이사장이 나쁜 짓을 반드시 할 터인데 그래도 실망하지 말고 이사장직을 맡아달라고 했다. 그들은 전임 이사장에게 피해를 입은 교수협의회 회원들이었다.

내가 이사장 자리에 앉아마자 들은 정보는, 전 이사장을 지지하는 교수들이 주축이 되어 이희호 여사에게 명예 박사학위를 며칠 안에 준다는 것이었다. 그런데 학위 수여식이 있기 며칠 전에 이 여사에 대한 학위 수여가 갑자기 취소됐다고 했다. 나중에 알았는데, 당시 교육부 장관이던 이해찬 씨가 말썽 많은 대학에서 명예 학위를 받지 말라고 진언했기 때문이었다 한다. 그러니까 짐작건대 전 교주 측과 이희호 여사는 내가 이사장에 취임 하기 전에 선의의 관계가 있었던 것이다. 내가 이사장에 취임한 후 처음 연 이사회에서는 한상권 교수를 복직시키는 일이 안건으로 올라왔다. 회의 전 에 전 이사장이 나에게 사람을 보내 한 교수를 복직시키지 말아달라고 했 다. 재산 관계 아닌 것은 내가 정하기로 약속하지 않았느냐며 나는 이 청을 거절했다. 그때 이사장직을 그만두었어야 했다. 이때 나는 그가 이미 결정 한 일을 바꾸는 분이라는 것을 알게 되었다. 전임 이사장의 동생인 상임이 사는 이사회 때 한상권 교수 복직에 찬성표를 던지지 않았다. 그러나 찬성 표가 많아서 한상권 교수가 복직되었다.

나는 이사가 된 정경모·이상신·김유배 교수, 인사 고문인 정성호 교수 와 의논하여 두 번째 개혁 조치를 실천에 옮겼다. 총장이 자신이 제외된 개 혁이라며 나에게 총장직 사의를 표했다. 나는 내가 한 개혁이 이치에 맞다 고 생각한다면 그대로 있어달라고 말했다. 그는 사표를 두 번 냈으나 나는 두 번 다 반려했다. 그래서 총장은 계속 총장으로 있었다.

그런데 나를 이사장으로 초청했던 전임 이사장이 기습해 왔다. 이 기습 은 가히 전방위적인 압박이었다. 내가 설립자의 조카를 공석이 된 이사 자 리에 앉히고 내 임기가 끝나면 이사장이 되도록 만들어놓았으니, 나는 마 땅히 자식이 없는 설립자에게 감사를 받았어야 했다. 그런데 공격을 받았 으니 이는 기습이었다. 사무국장과 법인 사무실에서 쓴 카드도 내가 쓴 것 으로 되어 있었다. 내가 강사직에서 본직을 부여하기로 마음먹고 있던 30 여 계약교수 가운데 예닐곱 명이 내 집 앞에 와서 나더러 학교에서 나가라 고 피켓을 들고 한두 번이 아니게 데모를 했다. 지나가는 사람이 "고생했던 사람이 곧 썩었군그래" 하면서 입을 쩝쩝 다시며 내 집 앞을 지나갔다. 나는 물론 명예훼손으로 고소했다. 그러나 나는 창피를 당했다. 이사장 자리에 취임하기 전에 떼 지어 나를 찾아왔던 교수협의회 사람들이, "이 학교의 교주는 개혁하는 이에게 창피를 주어 그만두고 나가게 하는 교주입니다. 그러니 잘 견디어주십시오"라고 했던 말이 생각났다.

나는 안 나갔다. 나는 이사장에 취임한 뒤 아무런 개혁도 하지 말고 그저 월급만 받고 앉아 있었어야 했다. 이래서 우리나라 인사말에 밤새 편안했냐고 하는 말이 있을 것이다. 나를 국회 교육분과 청문회에서 불렀다. 여당 측 간사는 내가 후원회장을 해주고 있던 국회의원인 설훈이었는데도 국회가 나를 불러냈으니, 설립자가 여소야대 국회에 벌인 로비가 얼마나 대단했는지 짐작할 만하다. 한 야당 국회의원은 날보고 맡고 있는 직책이 많으니 하나쯤 그만둘 수 없느냐고 물었다. 나는 그럴 수 없다고 말했다. 법인에 잘못이 있으면 나도 잘못을 알고 싶으니 국정감사라도 하라고 말했다. 내가 국정감사를 받는 동안, 내가 사표를 두 번이나 반려했던 그 총장이 국정감사장에서 내 옆이 아니라, 나를 공격하기 위하여 청문회에 앉은 전임 이사장의 뒷자리에 앉았고 오고 가는 자동차를 그와 동승했다. 교내에서는 학생들이 나를 향해 데모를 했다. 이사회가 교내 질서를 못 잡는 총장을 파면했다.

나에게 방을 옮기라고 말했던 아태평화재단의 행정과장이 날보고 덕성여대 학생들이 재단에 와서 데모를 하면 어떻게 하느냐고 물었다. 전 교주 측의 한 교수가 미국에 출국하려던 것을 이사회가 해당 학과에 교수가 비어 불허했었는데, 김홍일 의원이 선처해달라고 전화를 했다. 나는 불허 조치를 풀지 않았다. 그러자 이수동 아태평화재단 상임이사가 나에게 전화를 했다. "오늘 내로 아태평화재단과 덕성 중 한 곳의 사표를 내라는 것이 웃어른의 지시입니다"라고.

이렇게 해서 아태평화재단을 그만둘 기회가 왔다. 나는 아태평화재단에 사표를 냈다. 며칠 후 이희호 여사가 나에게 전화했다.《한국일보》에서 내가 덕성에서 개혁을 잘하고 있다는 기사를 읽고 나서야 나더러 둘 중 한 곳에서 물러나라고 말한 것은 잘못되었다고 하는 것이었다. 그리고 청와대 김성재 수석이 나를 만나서 미안함을 전하면서 영부인이 나를 직접 뵐 것이라고 말했지만, 그런 일은 없었다. 김대중 씨는 나에게 아무 소식도 없었다.

총장이 다시 사표를 내자 나에게 처음 찾아왔던 교수를 그 후임으로 임명했다. 그 정확한 선후 관계는 잊었는데, 교육부 국장이 나를 찾아와 총장을 복직시키지 않을 거면 날보고 나가라고 했다. 청와대 수석 비서관인 김성재가 또 와서 앞으로 있을 선거에 여당이 불리하니 총장을 복직시키라고 했다. 나는 이들의 압력을 거절하고 그 총장의 복직을 불허했다. 그런데 나를 제일 먼저 찾아와 총장대리를 시켰던 사람과 교수협의회가 나를 이용한다는 생각을 갖게 된 일이 생겼다. 신임 교수 채용을 결정하는 일에서였다. 응모한 사람들 중 해당 학과에서 세 명을 나에게 추천하면 그중에 한 명을 내가 정하기로 절차가 미리 정해져 있었다. 나는 이 세 명씩을 면접할 때 내 후임으로 이사장을 맡을, 전임 이사장의 조카를 내 옆에 앉혔다. 우선 나는 추천된 세 명 가운데 1위로 추천된 사람을 무조건 낙점하지는 않았다.

예를 들어 그림 그리는 분을 모시는 데 1위로 올라온 사람은 아무 상을 안 받은 사람이어서 나는 상 받은 사람을 낙점했다. 그런데 이상하게 총장대리가 나에게 일등으로 추천된 사람을 고집했다. 나는 "그림 잘 그리는 사람은 상을 받은 것으로 증명되지 않습니까?"라고 했다. 총장대리는 "그 상은 그 사람의 출신 대학 졸업생끼리 편파적으로 정하는 상입니다"라고 했다. 그래서 나는 "한국에서의 상이 편파적이라면 영국 왕실 상을 받은 것도 편파적입니까?"라고 물었다. 내 말에 총장대리가 방어를 하지 못했다. 나는 일등으로 추천되지 않은 사람을 낙점했다. 국문학과에서 현대시 쓰는 이를 뽑을 때는 《동아일보》 문단에 들어갔던 박사를 뽑았다. 총장대리는 일등으로 올린 사람이 강의를 잘한다고 말했다. 나는 일등으로 올린 사람을 고집하는 데 의심을 갖게 되었다. 약학과에서 교수를 뽑을 때는 미국에서 박사학위를 받은 사람이 열일곱 명이나 있었는데 1, 2위는 국내 졸업생이 올라왔다. 총장대리와 다시 논란이 생겼다. "왜 미국 졸업생은 한 명도 없습니까?"라고 묻는데 총장대리가 말대꾸를 못 하자 나는 아예 약학과 교수는 뽑지 않았다. 드디어 총장대리가 나에게 속이야기를 했다. 채용되면 교수협의회 회원이 될 사람들을 일순위로 했는데, 이들은 교수협의회 회원이 많은 특정 대학 출신들이라고 했다.

나는 이 사실을 전화 통화로 알았는데, 이 사실을 알자마자 갑자기 허리에서 통증을 느꼈다. 이 통증이 바로 앞에서 말한, 한 대학병원에서 디스크로 오진했으나 대상포진으로 밝혀진 병이었다. 대상포진은 신경 계통의 병인데, 선의인 나를 이용하는 총장대리와 교수협의회의 조치가 내 신경을 극도로 자극했다. 이 사건 후 해임된 총장이 나의 두 가지 방침을 존중한다는 다짐을 받고 복직되었다. 그러나 여러 해가 흐른 뒤 그가 이때의 해임에 대한 손해 배상을 요구하는 재판을 나에게 걸어왔고, 그는 재판에서 패소했다.

이사진은 내 쪽 사람 반과 교주 쪽 사람 반으로 구성되어 있었는데, 마침 내 쪽 사람인 이사 한 분이 임기가 다 되어 빈자리를 메우게 되었다. 빈자리를 메우려 할 때에는 나가는 이사가 다시 자리에 앉을 수 없게 되어 내 표가 모자랐다. 내 쪽 이사인 정경모와 함세웅 두 분이, 나와 내가 선의—그 아들을 이사장감으로 모시게 한 선의—를 베푼 상임이사가 합의해 정하라고 했다. 나는 상임이사의 천거를 받아들였다. 이렇게 해서 새 이사가 생겼는데, 새 이사가 취임한 뒤 처음 열린 이사회에서 개혁에 반대하는 표를 던졌다. 한 표가 더 생겼다고 설립자 측이 나를 쏜살같이 배신한 것이다. 그것도 내가 잘해준 설립자 측이. 자신의 아들을 속히 이사장 시키려고 상임이사가 나를 배신한 것이다. 이 이사회 소식이 곧 밖에 알려졌다. 나는 전 이사장이 해직시킨 두 교수를 복직시켰다. 그런데 이 두 복직 교수와, 내 집을 찾아와 이사장직을 제발 거절하지 말고 맡아달라고 했던 교수들이 포함된 교수협의회 교수들이 나더러 나가라는 성명서를 냈다.

교수협의회 사람들은 재산권의 존중에 관하여 나와 생각을 달리함을 알게 되었다. 전임 이사장이 미운 나머지 20년 이상을 학교 책임을 맡았던 이를 교주―교주라는 내 표현을 교수협의회 사람들은 싫어했다―가 아니라는 것이었다. 차미리사 여사가 설립자이지, 친일파였던 사람이 교주가 아니라는 것이다. 나는 차미리사 여사가 옛 교주인 것도 사실이고 후임 설립자가 친일파였던 것도 사실이지만, 전임 이사장의 재산권을 결코 부인하지는 않았다. 이 경우는 내가 정년퇴직한 고려대의 인촌에 대한 생각과도 같다. 옛날 학교를 세운 이는 이용익 씨였고, 손병희 씨가 10년간 교주였지만, 1930년대부터 교주였던 분은 인촌이라는 것이 내 생각이다. 비록 인촌이 친일을 했다 하더라도 교주임에는 틀림이 없고 설혹 그 후손들이 학교에서 행패를 부린다 해도 인촌이 교주임에는 틀림이 없다는 것이 내 생각이다. 나의 교주 존중 사상을 내가 모셔온 함 이사도 동의하지 않는 듯했다. 내가 역시 모셔온 이사 한 분도 내 후임감으로 앉힌 상임이사의 아들을 두고 파란 눈 가진 사람을 교주로 만들 수 없다고 말했다. 상임이사는 스웨덴 여자와 국제결혼을 해서 아들을 낳았다. 물론 나는 이 점에서 내 생각을 양보하지 않았다. 나는 저들의 평등사상이 심상치 않음을 알았고, 이 평등사상이 '참여정부' 시대에 참여라는 이름으로 활개 칠 것을 짐작할 수 있었다.

그러나 한 가지 자명한 사실이 있었다. 내가 이사들 일부, 설립자, 교수협의회 등의 불신을 받았다는 점이다. 그래서 나는 사표를 내고 나왔다. 이사들 일부, 설립자, 교수협의회가 올바름이 아니라 잇속으로 움직였다. 그러니까 이들이 이사장 취임 전에 나를 찾아왔던 것도 올바름보다는 잇속으로 찾아왔던 것이다. 내가 퇴임한 후에도 전임 이사장 측, 상임이사 측, 교수협의회 측이 잇속으로 연달아 싸우더니 지금은 싸움하던 이들이 다 물러났다고 한다. 후일에 이상신 이사는 재산권 가진 자를 다 물러나게 한 처사가 잘못된 일이라고 나에게 말한 바 있다. 이 학교는 법인에 현금이 1000억이 있고 막대한 부동산이 있다. 학교에도 현금이 1000억쯤이 있다. 쌍문동, 우이동 평야에 자리 잡은 캠퍼스도 아름답다. 서로 싸우지 않았으면 보석처럼 좋은 학교가 될 법한 학교인데 아깝고, 또 지금은 전임 이사장과 상임이사 양측 사람이 단 한 명도 이사진에 없어서 내가 후임 이사로 모셨던 준수한 젊은이도 온데간데없는 것이 아깝다. 잇속으로 치닫는 세계는 이렇게 조만간에 망한다. 틈만 나면 이 잇속을 최대한으로 추구한 세계가 바로 소크라테스가 기피한 소피스트의 세계였다는 것을 그 후에 알았고, '참여정부' 때 이런 소피스트가 횡행했다는 것도 그 후에야 알았다.

교회는 공회여야 한다

내가 만 일흔 살이 된 달인 1997년 1월의 마지막 주일에 나는 마침 1부 예배에서 대표기도를 맡았다. 그날이 새해 첫 달이기도 하고 이제는 시무장로의 의무가 끝났으므로 매월 내는 헌금을 매년 1만 원씩 올릴 작정으로 전해보다 1만 원을 더 넣어서 예배 때 냈다. 1년에 1만 원씩 올리겠다는 방침을 그간 쭉 실천해서 여든인 지금은 시무장로 때보다 11만 원을 더 낸다. 또 시무장로를 끝내는 주일이어서 그간 안 내고 있던 주차장 연보 100만 원도 예배 때 냈다. 나로서는 대표기도를 드리는 일이 감개무량했다.

그런데 담임목사가 자기 방에서 좀 보자고 나에게 말했다. 나는 거기서 의외의 말을 들었다. "이 장로는 장로이지만 당회 출석이 나빴고, 헌금 성적도 나쁘고 주차장 연보도 안 내서 시무 연한은 되었지만 서울노회에 원로장로로 추천하지는 못하겠습니다"가 그분의 말이었다. 나는 시무장로를 끝내면 명예장로가 될 수도 있고 원로장로가 될 수도 있다는 것을 그때서야 알았다. 그러나 나는 "제가 당회에 잘 출석하지 않았고 헌금이 부실한 것도 사실입니다. 이유가 있습니다. 내가 당회에 참석하면 일일이 목사님과 부딪치니까 피했고—내가 안 나오는 것이 오히려 좋다는 말씀을 김문기 목사를 통해 들었습니다—, 헌금 안 낸 것도 목사가 일방적으로 헌금을 강조하는 것이 교회는 공회여야 한다는 내 신앙에 안 맞아서였습니다. 그러나 저는 성의껏 헌금했습니다. 방금 끝내고 나온 예배 때 낸 봉투를 보십시오. 작년보다 매달 1만 원씩을 더 내겠다고 봉투에 적었고, 그간 안 냈던 주차장 연보도 100만 원 냈습니다"라고 말했다. 헌금 이야기를 목사가 하다니! 마침 내가 방금 전에 성의껏 낸 일이 다행이었다. 나는 이 다행에서 힘을 얻어 계속 말했다.

"목사님이 나를 지방회에 원로장로로 추대하지 않으시면 저는 지방회에 가서 저를 옹호하겠습니다."

그날 저녁에 목사에게서 전화가 왔다. 원로장로가 되기 위해 필요한 서류를 내라고 했다. 이렇게 해서 나는 간신히 내가 다섯 살 때부터 다니던 교회의 원로장로가 됐다. 원로장로가 됐어도 나는 별 볼일이 없었다. 그런데 일이 생겼다. 목사도 일흔이 되어 정년을 맞게 된 것이다. 목사의 두 가지 요구가 내 귀에까지 들렸다. 하나는 정년 후에 살 집을 사야 하니 헌금으로 달라는 것이었으며, 다른 하나는 후임자를 자신이 정하겠다는 것이었다. 나는 목사를 만나서 두 가지를 말했다. 하나는 원로목사가 생전에 쓸 집을 차제에 교회에서 마련하여 두 내외분이 돌아가실 때까지 사시게 하자는 것이었다. 또 하나는 목사님이 후임자로 누군가를 마음에 둘 수는 있으나 30여 명이나 되는 당회원이 의견 일치를 보는 분을 후임자로 모시자는 것이었다. 목사는 내 말을 단호하게 거부했다. 문제는 거부의 이유가 없다는 것이었다. 그저 싫다는 것이었다.

나는 목사의 요구가 바로 앞 절에서 그린 X, Y축 그림에서 −X와 −Y에 머물러 있겠다는 의사라고 보았다. −X는 물질에 대한 욕심이고 −Y는 자신만을 생각하는 욕심이다. 목사가 거부하니 내 의견이 맞는지 틀린지를 나는 교인들에게 묻고 싶었다. 교회는 목사의 사조직이 아니라, 〈사도신경〉에서 고백하듯, 거룩한 공회인 것이다. 여론조사를 하면서 내가 마음에 둔 초대 교회 조직의 고사는 돈 관리와 기도, 전도를 분리한 〈사도행전〉 6장 1∼7절이었다.

1 이 무렵 신도들의 수효가 점점 늘어나게 되자 그리스 말을 쓰는 유다인들이 본토 유다인들에게 불평을 터뜨리게 되었다. 그것은 그들의 과부들이 그날그날의 식량을 배급받을 때마다 푸대접을 받았기 때문이었다. 2 그래서 열두 사도가 신도들을 모두 불러놓고 이렇게 말하였다. "우리가 하느님의 말씀을 전하는 일은 제쳐놓고 식량 배급에만 골몰하는 것은 옳지 못합니다. 3 그러니 형제 여러분, 여러분 가운데서 신망이 두텁고 성령과 지혜가 충만한 사람 일곱을 뽑아내시오. 이 일은 그들에게 맡기고 4 우리는 오직 기도와 전도하는 일에만 힘쓰겠습니다." 5 모든 신도들은 이 말에 찬동하여 믿음과 성령이 충만한 사람 스데파노와 필립보와 브로코로와 니가노르와 디몬과 베르메나와 또 안티오키아 출신으로 유다교로 개종한 니골라오를 뽑아 6 사도들 앞에 내세웠다. 사도들은 기도하고 그들에게 안수하였다.

7 하느님의 말씀이 널리 퍼지고 예루살렘에서는 신도들의 수효가 부쩍 늘어났으며 수많은 사제들도 예수를 믿게 되었다.

여러 장로·집사·교인 들이 나를 도와 교인들에게 여론조사를 했다. 물론 질문지에는 내 의견과 퇴직 목사의 의견이라는 말은 안 썼다. 여론조사 결과를 보니 사람들이 내 의견에 압도적으로 찬성이었다. 나는 이 여론조사를 목사에게 제시했다. 그런데도 그가 거부했다. 그날부터 내 집에 나를 악마로 매도하는 엽서가 답지했다. 나는 이미 원로장로가 되었기에 당회원이 아니었다. 당회와 사무총회에서 목사의 안을 통과시켰다.

새 목사가 왔다. 새 목사는 원로목사의 총애를 받던 사람이었다. 그런데 새 목사가 여자 전도사 한 사람과 스캔들을 일으켰다. 나는 이 말을 듣자마자 새 목사에게 만나자고 했다. 그런데 이 면회 신청이 거절되었고, 면회를 신청한 자리에 호위병같이 앉아 있던 몇몇 장로들이 나에게 시비를 걸었다. 나는 주일 예배 후 목사에게 항의하는 신도들 앞에서 말하고 기도했다. 이때 한 장로는 여기가 민주화운동 하는 데인 줄 아느냐고 하면서 내 배를 콕 찔렀다. 이 다음에도 이런 짓을 하면 내 집에 쳐들어오겠다고 그가 말했다. 주일마다 까만 양복 입은 경호원들이 교회에 가득했으나, 이런 틈에서 소리소리 질러서 목사를 규탄하는 청년들과 부인들이 많았다.

나는 원로목사를 만났다. "슬그머니 내보냅시다"가 내 제의였다. 이에 대해 "교회가 분열되니까 못 내보냅니다"가 그의 대답이었다. 이런 소문이 있으니 진상이 밝혀질 때까지 우선 목사직을 정지하도록 조치를 취해야 한다는 것이 내 의견이었다. 그는 여전히 내 말을 못 알아들었다. 그분과 헤어지기 전에 나는 오늘 우리 둘이 나눈 대화를 인터넷에 그대로 올리겠다고 말했다. 나는 사실을 인터넷에 올렸다.

그랬더니 그 다음날 그 여자 전도사가 내 연구실에 찾아와 목사와 자신이 대화한 테이프를 나에게 주었다. 이 양심 고백을 한 여전도사의 테이프가 있어 지방노회에서 새 목사를 파면하라는 결정이 내려왔다. 지방노회는 이 결정을 내리기 전에 그 목사의 직무를 정지시켰어야 했는데 이것도 하지 않았다. 나는 제발 이 정도만으로도 교회가 안정되기를 바랐다.

새 담임목사를 영입하는 절차를 만들었다. 거의 한 사람으로 좁혀졌을 때, 참고 의견을 내려고 앉아 있는 내 앞에서 30여 명이나 되는 장로들 가운데 한두 사람이 "이번에 일등한 목사는 들어오면 옛 목사를 내쫓는 데 역할을 한, 테이프를 공개한 여전도사를 도와준다고 하니 안 됩니다"라고 말했다. 나는 그런 목사가 들어올 수 있다면 얼마나 좋겠느냐고 했다.

어쨌든 나는 절차대로 점수를 가장 많이 받은 목사가 취임하는 줄 알았다. 그런데 그게 아니었다. 이 응모에 응하지도 않았던 한 목사가 영입되었다. 목사를 공모한다는 공고도 없었는데 이루어진 일이었다. 이 목사는 한 장로 분의 안내로, 그것도 개혁에 나섰던 장로 분의 안내로 무슨 일인지 그 일의 북새통 속에서 내 집에 찾아온 적이 있는 목사였다. 응모한 목사들을 당회에서 한창 심의·면접하고 있던 어느 날, 공모에 응하지 않은 지금의 목사를 내 집에 데리고 왔던 그 장로를 비롯하여 교회 개혁에 참여한 세 장로, 즉 나의 동지인 장로들이 나를 불러내 응모에 응하지 않은 목사 가운데 좋은 분이 있는데 어떻겠냐고 불쑥 말을 꺼냈다. 그 자리에는 김문기 협동목사도 있었다. 김문기 목사는 개혁에 앞장섰던 분이다. 나는 공모에 응하지 않은 이를 받겠다는 안에 반대했으며 이런 일은 배신이라고 화를 냈다. 김문기 목사도 반대했다. 그런데 바로 공모 절차 없이 지금의 목사가 들어온 것이다. 물론 당회와 사무총회의 결정이 있었다.

나는 이러한 배신을 겪은 후에야 원로목사가 간음한 목사를 내보내면 교회가 분열된다고 말한 의미를 좀 더듬게 됐다. 원로목사가 새 목사를 자신의 이해관계로 모셔왔는데 새 목사가 나가면 원로목사의 친동생을 포함하여 당회에 심어놓은 장로들 여럿이 소외될 것이었다. 사정이 이러한데 담임목사까지 공모로 들어오면 더욱 자신의 세가 약해지니까, 짐작건대 원로목사가 모반을 일으킨 것이었다. 개혁에 참여했던 세 장로가 당회가 결정한 공모 절차를 폐기하고 그와 담합한 것이다. 따라서 새로 들어온 담임목사는 외견상 합법적으로 들어온 셈이었다. 그러나 이 담임목사는 부임한 교회의 역사를 취임 후에라도 알아야 했고 원로목사나 원로목사가 심어놓은 장로들에게 매이지 않고 자율적으로 처신할 과제를 안고 있었다.

나는 새 담임목사가 취임한 뒤로는 교회에 출석하지 않았다. 이번에는 담임목사가 경기대 연구실로 찾아와 교회에 출석해달라고 했다. 나는 "신학대학도 소명으로 교수직을 하는 곳인데 왜 교수직을 그만두고 문제가 많은 목사로 왔습니까?" 정도만 물었다. 나는 이 질문에 대해 뚜렷한 답을 듣지 못했다.

사건의 그 여자 전도사를 교인들이 성금을 모아 독일에 보냈더니 몇 달만에 공부가 어렵다고 귀국했다. 나는 그에게 우리가 일방적으로 당신을 독일에 보내니 당신이 앞으로 살 방안을 마련해 오라고 했었다. 그는 계획이 좀체 안 서는 것 같았다. 담임목사가 내 연구실에 왔을 때가 이 여전도사의 결심을 기다리고 있을 때였다. 나는 담임목사에게 할 일이 있어서 못 나가고 있다고 말했다. 드디어 여전도사가 안을 냈다. 3년간 한 달에 100만 원씩 도와주면 자활을 모색하겠다는 것이었다. 초라한 옷차림을 한 그가 내 눈을 제대로 쳐다보지도 못하면서 말했다.

나는 전임 목사를 내보내는 데 동참한 장로들 몇 분—이분들은 새 목사를 데려온 공로자들이었고 교회에 출석하고 있었으며 나에게 무슨 이유인지, 아마 자신들의 입장이 거북해서 나의 교회 출석을 그간 종용했을 것이다—과 의논해 쉽게 모금 계획을 정했고, 일차로 한 달치를 여전도사에게 보냈다. 이 후원 계획이 실현된 후 나는 교회에 출석했는데, 우선 당회장실에 가서 여전도사의 생활비 후원 계획이 마련되어서 오늘부터 교회에 출석하게 되었음을 알렸다. 원로목사 쪽에 다시 합세한 개혁 쪽 장로들이 여전도사에게 후원금을 주고자 한 이유는 나를 교회에 나오게 하려는 목적도 있었지만, 이 여자가 양심 고백을 하지 않았더라면 괜한 일로 분란을 일으키는 장로로 몰리게 될 뻔했는데 그 여자가 살려주어서였다고 본다. 마침 그날 설교 제목이 '선한 사마리아 사람'이었다. 선한 사마리아 사람과 대비되는 제일 나쁜 사람은 오늘로 치면 목사인 제사장인 것을, 담임 목사가 설교에서 언급하지 않은 점이 내 마음에 걸렸다.

얼마 후 여전도사에게 성금을 내는 몇몇 장로와 내가 토요일에 어느 한 정식 집에서 담임목사를 불러내 이 모금에 한 달에 1, 2만 원씩이라도 참여해달라고 부탁했다. 교회 돈이 아니라 당신의 봉급에서 내달라고 내가 거듭 말했다. 나는 거듭 거절당했다. 나는 그에게 한마디 했다.

"당신은 누가 양심선언을 해서 취직이 잘됐는지를 모릅니까? 당신이야말로 삯꾼 목사입니다."

목사를 향해 한 '삯꾼'이라는 말은 〈요한복음〉 10장 1~21절에서 양 우리에 들어갈 때 문으로 들어가지 않고 딴 데로 들어가는─내 교회의 경우 공모에 의하지 않고 장로들의 담합에 의해 들어온─, 목자 아닌 목자를 지칭한 말이다. 그 후부터 나는 교회에 가면 예배가 끝나자마자 목사를 뒤따라 나와, 목사는 걸어서 2층으로 교인들을 만나러 내려가고, 나는 엘리베이터를 타고 1층까지 내려와 아무도 안 만나고 집에 와버린다. 내가 목사에게 "당신은 삯꾼이군요"라는 말을 이미 했으니 목사를 만나면 내가 한 말이 무효가 되니 만날 수가 없고, 교인들을 만나서 목사에 관한 언급을 하면 교회 평화에 도움이 안 되기 때문이다. 내가 교회에 참석하는 것이 교회 내 평화에 그나마 기여하는 일이니 나는 사람을 피하는 것이다. 목자와 양을 설명한 〈요한복음〉에서는, 양이 삯꾼을 피하여 달아난다고 적었다.

양들은 낯선 사람을 결코 따라가지 않는다. 그 사람의 음성이 귀에 익지 않기 때문에 오히려 그를 피하여 달아난다.(요한 10:5)

이 버릇은 내가 고려대 교수로 있을 때 전체 교수회의에서 발언하고 회의가 끝나면 아무도 안 만나고 내 연구실로 들어가던 행위와 같은 것이다. 그러나 혼자서 교회당을 걸어 나올 때 나는 쓸쓸하다. 이 쓸쓸함은 내가 참아야 할 몫이다. 걸어 나오면서 나는 장로들이 눈 감고 있는 것을 본다. 장로란 무엇인가? 장로란 교회의 주인이다. 그런데 대표기도를 하면서 교회가 거룩한 공회가 되게 해달라고 하기보다는 새로 온 목사를 중심으로 단결하게 해달라고 무서운 기도를 하는 사람들이니, 나는 그들이 무서워 피하는 것이다. 피하면서 나는 힘이 든다. 내가 힘이 얼마나 약해졌으면 예수께서 겪었던 형편이 나보다 훨씬 좋았다고까지 생각한다. 〈마르코복음〉 14장을 보면, 예수는 당신을 몰래 죽이려고 음모하는 대사제들과 율법학자와 이해관계 때문에 당신을 배신한 측근 유다에게 포위되어 있었다. 그래도 예수는 당신을 존경해 머리에 향유를 부은 여자를 갖고 계셨다. 그런데 나 같은 사람에게는 그러한 제자가 있을 리 없었다. 다만 〈마르코복음〉 14장 9절에서 "나는 분명히 말한다. 온 세상 어디든지 복음이 전해지는 곳마다 이 여자가 한 일도 알려져서 사람들이 기억하게 될 것이다"라고 말했던 예수가 너무 크다고 생각한다.

내 교회 이야기를 마무리하면서 내가 외롭다는 증거를 하나 더 적고 싶다. 수많은 부목사들 중 개혁에 참여한 부목사는 신학대학 교수인 김문기, 조갑진 두 분뿐이었다. 장로는 나를 포함해서 예순 명인데 이중에 열일곱 명만 개혁에 참여했다. 이 열일곱 명 중 세 명은 공모 없이 새 목사를 들이는 데 공을 세웠다. 이 세 분 중 두 분이 시무장로가 끝났을 때, 새 목사를 공모할 때 일등으로 들어오는 이가 여자 전도사를 도울 것이라고 말했던 그 장로 때문에 원로장로로 추대되는 일에 방해를 받아 교회에 한참을 안 나왔다. 자신이 올 수 있게 도와줬던 두 장로의 일에도 목사는 한참을 속수무책으로 있었다. 그러다가 2006년 사무총회 때 이 두 분이 원로장로가 되었음을 공표했다. 이 공표가 있은 후에도 두 분은 교회에 안 나오신다.

앞에서 말한 열일곱 장로 중에 특이한 분들은 제일 후배에 속한 네 분이다. 이분들은 직업이 대학 교수들이다. 나는 이분들의 이름을 적고 싶다. 김재영, 유정렬, 어용선, 김학봉이다. 이분들은 말세에 남는 자 역할을 하실 분들이다. 기독자교수협의회 운동을 했던 나는 기독교 가치를 지닌 교수들을 새 문명을 이룩할 담당자로 생각한다.

그런데 나는 이런 교회에서 하는 예배에 지금도 나가 않는다. 월정 헌금을 낸다. 나와 오늘의 내 교회가 안 맞는 점이 다음 세 가지라는 사실을 실감하면서.

첫째, 나는 어려서 어린이 부흥회 때 동생들 때린 것을 뉘우쳐서 울었고 그 후 회개가 계속돼 열네 살 때 배재중학교 예배 시간에 나라를 위하여 기독교의 틀 안에서 공부를 잘하자고 결심했고, 내 아버지가 일제 때 형사들 앞에서 의연하셨던 데에 감동을 받았다. 이 모든 나의 마음먹음은 무교동 성결교회의 도움을 받아 나에게 역사하시는 성령의 힘으로 가능했다. 〈요한복음〉 16장 8절에서 보듯, 성령을 받았기에 죄가 무엇인지를 알았고 심판받아야 할 이 세상 권세를 알았으며 정의를 알았다.

그런데 오늘의 내 교회는 성령이 위에서 내려오는 교회가 아니라 원로목사와 그 친·인척인 장로들, 이들에게 고용된 목사가 교인들을 내리누르는 교회이다. 장로들이 대표기도를 할 때면 으레 목사를 중심으로 교회가 잘되게 해달라고 기도하지, 〈사도신경〉에서 고백하듯이 거룩한 공회가 되게 해달라고 기도하지 않는다. 그러니까 목사는 교인들을 회개시키는 데 열심이기보다는 교인 늘리는 데 열심이다.

둘째, 나는 무교동 교회 사람이기에 유신 독재 때 기독자교수협의회장을 해 10년간 해직되고 5년간 감옥에 있었다. 내가 감옥에 있을 때 목사가 내 이름을 주보에서 뺐으며 독재자를 위한 조찬기도회에 참석했다. 오늘의 내 교회에서는 실현할 공의를 말하지 않고 교회 리모델링 하는 데 필요한 돈을 내라고 설교한다. 2006년 종교개혁 주일날에도 하필이면 건축 설교를 했다. 그러니까 교회가 마땅히 할 일이 예언자 역할이 아니라 중세 교회같이 교회당 짓는 일이 된 셈이다.

셋째, 나는 공의를 실천한 후 공의 실천으로 탄생한 민주화 정부에서 관직을 안 받고 내 본직인 교수직으로 돌아가 책 세 권을 썼다. 공의를 실천한 뒤에 갈 곳은 하느님이었기 때문이다. 그런데 내 교회는 교인들이 하느님보다는 목사에게 오기를 기다리고 있다. 바로 앞에서 언급한 목사가 −X에 치중했다면, 이 새로운 목사가 초점으로 삼은 것은 −Y에 치중하는 것이다. 회개하지 않고 −X와 −Y로 거듭거듭 역행하고 있으니, 사람이 마땅히 가야 할 길을 역행하고 있는 셈이다.

이러한 '공회가 아닌 교회 경험' 안에는 교회의 상급 기관인 지방회와 총회 등에서 겪은 경험도 포함된다. 은퇴한 목사가 횡포를 부릴 때, 새 목사를 상급 기관이 징계했을 때, 담임목사를 다시 채용할 때 겪은 내 경험은, 한마디로 상급 기관은 사적으로 움직이는 목사들의 동업자 조합이라는 것이었다. 교인들의 항의가 접수되었을 때 상급 기관은 해당 목사의 집무를 조속히 정지시키고 결정을 심의했어야 했다. 상급 기관이 심의할 때 조사관이 양심 고백을 한 여전도사를 배려하는 기색이 전혀 없었고 그를 범죄를 저지른 목사와 동일한 수준의 범법자로 취급하는 것을 나는 목격했다. 그리고 목사 채용과 퇴임에 관한 규칙을 엄격하게 만들어놓지 않았다. 목사를 공모 절차 없이 채용해도 상급 기관이 침묵했다. 상급 기관이면서 개별 교회의 설교를 감독하지 않는다. 예를 들어 2006년 종교개혁 주일에 내 교회는 감히 마르틴 루터가 싫어한 교회 건축 설교를 했다. 이러한 행위를 감독하는, 개별 교회에 시달리는 예배 지침서가 있어야 한다. 교회의 상급 기관은 또 목사들이 퇴직 후에 받을 연금·의료보험을 만들고 퇴직 목사가 살 주택을 준비하고 있지 않다. 교회마다 제 마음대로 교회 이름 붙이는 것부터 금해야 한다. 내 경우, '무교동 성결교회'라는 이름이 더 좋았지, 세계의 중앙이 되겠다고 '중앙교회'라고 이름을 붙인 것이 제멋대로다. '기독교 성결교회 서울 아무아무 동 1교회 혹은 2교회'라는 식의 이름이 공회답다.

내가 '국민의 정부' 때 겪은 부조리는 이렇게 측근 정치, 소피스트의 대학, 공회가 아닌 교회 정도이다. 이 셋은 서로가 죽이 잘 맞아 재미있게 움직였다. 덕성여대는 영부인에게 명예 박사학위를 주려고 했고 청와대는 개혁을 하는 나를 괴롭혔다. '국민의 정부'는 원로목사에게 훈장까지 줬다. 이 부조리가 '참여정부' 때에는 더 확대돼 노동조합의 부패, 정부의 후원을 받는 엔지오(NGO)와 조·중·동을 포함한, 기업을 사유물로 생각하는 기업주의 횡포로 커졌다. 물론 이 모든 부패의 시작은 수평적 정권을 만들었던 '국민의 정부'의 소산이다. 그러나 이 모든 부조리의 책임은 정치, 대학, 교회 모두에게 분산된다. '문예부흥 → 종교개혁 → 계몽사상 → 민주국가 건설'이라는 유럽의 과정을 볼 때에 '대학 → 교회 → 국민 → 정치'로 그 책임의 전이를 생각할 수도 있다.

그러나 이 모든 부조리의 책임을 나는 오늘의 한국 교회에서 찾는다. 아니, 내 교회에서 찾는다. 몸 한 곳에 암이 있어도 몸 전체가 병이 든다. 내 교회가 이렇다고 해서 다른 교회에 가지는 않는다. 다른 데 가도 비슷하다고 본다. 그리고 설혹 다른 데, 좋은 데가 있다 하더라도 나쁜 데가 나를 필요로 하는 데이다. 따라서 내 교회를 만악의 뿌리라고 내가 지목하는 이유가 있다. 이는 우선 인간의 심층을 지배하는 교육 장소가 교회이기 때문이다.

교회에서 돈을 내라는 목사와 주술적 신앙의 포로가 되어 있는 신도들이 세속, 세상에 나와서는 올바름이 아니라 부귀영화를 따르는 세속 생활을 할 것이 자명하다. 성서에서도 교회의 책임이 제일이라고 말한다. 즉 예수가 가장 큰 재난을 말하면서 〈마태오복음〉 24장 1절과 〈마르코복음〉 13장 14절에서 "황폐의 상징인 흉측한 우상이 있어서는 안 될 곳에 선 것을 보거든 (독자는 알아들어라.) 유다에 있는 사람들은 산으로 도망가라"라고 말한다. 그리스도인이 받을 고난을 말하는 〈I베드로〉 4장 17절에는 "하느님의 백성이 먼저 심판을 받을 것입니다"라고 적혀 있다.

교회가 이 모든 부조리의 책임을 진다는 것을 보여준 시대가 바로 근세사이다. 만일에 종교개혁이 없었더라면 유럽이 오늘의 모습을 유지하지 못했을 것이다. 이런 경험과 고민의 결과를 담아 쓴 책이 《인간·종교·국가》이다.

막스 베버의 지적대로, 유럽에서도 황폐의 상징인 흉측한 우상이 서 있는 지방에서는 자본주의가 덜 발달했다. 내가 1991년에 건물 정상에 네온사인 별이 걸린 거대한 모스크바대학 건물 앞에 서서 무섭다고 느꼈던 것도 이 황폐의 상징인 흉측한 우상이, 있어서는 안 될 곳에 선 것을 보았기 때문이다. 과거에는 그리스정교회가 황폐의 상징인 흉측한 우상이었고, 이어서 스탈린이 그러한 우상이 되었던 나라가 러시아이다. 제정러시아 시대의 그리스정교회가 바른말을 한 톨스토이를 이단자로 몰지 않고 종교개혁을 했더라면 스탈린의 전체주의를 면할 수도 있었을 것이라고 나는 생각한다. 이 점에서 종교개혁 이전의 유럽은 사라센 문명에 뒤지고 있었으며, 반대로 오늘의 사라센 문명이 거듭나려면 이슬람교가 개혁되어야 한다고 말하고 싶다. 내가 우리의 이웃 나라인 중국과 일본을 염려하는 것도 이 나라들은 종교개혁에 해당하는 자기반성을 외면한 채 경제 대국을 만들었다고 착각하고 있기 때문이다.

이제 새 문명이라는 나무를 존재하게 한 마르틴 루터라는 뿌리를 살펴보자.

루터라는 뿌리를 파헤친 《인간·종교·국가》

이 책에는 긴 부제가 붙어 있다. '미국 행정, 청교도 정신 그리고 마르틴 루터의 95개조'가 그것이다. 책은 1부 '새로이 발견된 인간', 2부 '개혁된 교회', 3부 '청교도가 세운 나라'로 구성되어 있다. 마치 공장에서 쇠가 들어가 최종적으로 자동차가 나오듯이 나라는 '인간 → 종교 → 국가'라는 공정을 거쳐 나온다.

1장에서는 사람의 몸이 기계와 다르며, 사람에게는 남녀 사이가 있고 사람과 사람 사이가 있다고 말한다. 그리고 만남과 따뜻함을 찾는 존재가 사람이라는 이야기로 시작된다. 2장에서는 사람은 그리움, 한숨, 꿈을 가진 존재라고 말한다. 3장의 제목은 '우리를 춥고 절망케 하는 구도'이다.

1부의 마무리인 '두 갈래 길'에서는 앞에서 여러 번 언급한 X, Y축으로 구성되는 세계, 곧 1사분면의 세계와 3사분면의 세계를 구별했다. 그런데 X선을 일직선으로 긋는 데는 두 가지 문제점이 있다는 생각이 들었다.

첫째, 1사분면의 세계에는 X선의 플러스 부분만 있는 것이 아니라 마이너스 부분도 함께 있을 수 있기 때문이다. 물질 위주의 세계인 X선의 마이너스 부분에서는 X선의 플러스 부분이 존재하지 않지만, 가치 위주의 세계인 X선의 플러스 부분에서는 X선의 마이너스 부분을 내포할 수도 있기 때문이다. 이 점을 〈마태오복음〉 6장 33절은 "너희는 먼저 하느님의 나라와 하느님께서 의롭게 여기시는 것(X선의 플러스 부분)을 구하여라. 그러면 이 모든 것(X선의 마이너스 부분)도 곁들여 받게 될 것이다"라고 말한다. 이러한 경지를 공자는 "욕심을 따라 행동했으나 규범을 어기지 않았다"라고 했다. 또한 붓다는 산림에서 6년간이나 고행한 것을 문득 무의미하게 생각한 후 네란자라 강가에서 목욕하고 나서, 수자타가 바친 우유죽을 먹고 피곤했던 몸을 회복하면서, 부다가야의 보리수나무 밑에서 큰 깨달음을 얻었다. 이것은 바로 +X는 -X를 포함한다는 것을 보여준다.

둘째, Y선의 플러스 부분이 작용하면 X선의 마이너스 부분이 힘을 잃어
가는데, 이를 X선의 플러스 부분이 힘을 얻어가는 것이라고 볼 수도 있다.
X선의 플러스 부분이 작용한다는 것은 해당 사회 내 구성원들이 이타적 지
향성을 가지고 있음을 말한다. 이타적인 것을 주도적인 가치로 보는 사회
에서는, 소유하는 물질의 양 같은 것이 아니라 사람과 사람 사이의 관계가
비물질적 기준으로 이어질 것이다. 우선 협력형 통치가 자리를 잡으면 협
력형 통치와 인간을 비물질로 생각하는 태도가 서로 시너지 효과를 보일
것이 자명하다. 사람과 사람 사이의 비물질적 기준에 의한 관계란 사랑이
다. 그리고 통치자의 사랑은 사랑받는 사람의 통치자에 대한 사랑, 그리고
사랑받는 사람들끼리의 사랑을 만들고 만다. 인간 세계를 +X와 -X가 같
은 평면에 존재하면서 동시에 +Y축이 가미된 세계로 그리면 다음과 같다.

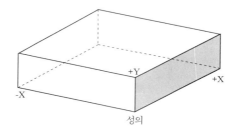

이 그림에서 X선의 마이너스 부분은 성의(誠意)라는 점에서 플러스 방
향, 즉 +X로 휘어진다. 그러나 휘어지기는 했지만 이 두 선은 동일한 수평
선 위에 놓여 있다. 그 대신 성의라는 점에서부터 협력형 통치의 선인 +Y
가 수평선과 직각으로 올라간다. 이제 -X, +X, +Y의 3차원이 만드는, 새
로 발견된 인간의 세계라는 한 입체가 생긴다. 이 입체 그림에서 빗금으로
표시된 단면은 X, Y축 그림에서 1사분면과 동일한 면이다.

이 입체 그림의 아이디어는 경기대학교 행정학과 3학년이던 김민자 학생의 질문에서 힌트를 얻었다. 한편 앞집에 사는, 성균관대 공대 출신의 경재문 씨가 나에게 X, Y축이 마주치면서 형성되는 네 분면의 이름을 일러주었는데, 그에게 이 그림을 보였더니, 1사분면의 세계를 입체 안에 가두지 말라고 하며 다음과 같은 그림을 그려주었다.

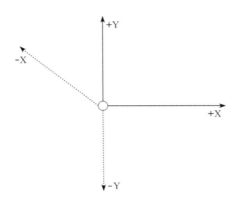

맞다. 사람은 무한대로 시도할 수 있다. 앞에서 말한 X, Y축 그림에서는 좋은 방향으로 시도하는 것만을 그렸지만, 여기에서는 나쁜 방향으로의 시도도 그려보자. 이 그림을 그려놓고 경씨는 무한으로 뻗는 네 선의 끝을 무엇이라고 부르느냐고 물었다. 나는 다음과 같이 답했다.

−X: 물(物)을 신(神)으로 여긴다.
+X: 보이지 않는 것을 신으로 여긴다.
−Y: 친구를 죽이고 자기 이익을 도모한다.
+Y: 친구를 위하여 자기 목숨을 버린다.

네 선의 *끄트머리* 중에서 −X와 −Y는, 아우구스티누스의 《고백록》에서

《인간·종교·국가》 (나남, 2001).

유아기의 추억에 나오는 두 가지 원죄와 같다. 그 하나는 물질적인 것을 추구하여 이득을 취하는 -X로, "나에게 해로움을 알고 내 말을 들어주지 않는 그들에게 원한을 품어 해를 끼치려 했던 짓들을 좋은 것이라 할 수 있습니까?" 하며 고백한 세계이다. -Y는 다른 갓난아이가 제 어머니의 젖을 먹는 것을 보고 새파랗게 질린 얼굴을 한 세계이다. 이들에 비해 +X와 +Y는 예수의 첫째가는 계명의 세계로, 의(意)와 심(心)과 신(身)을 다해서 하느님을 사랑하는 것이 +X요, 이웃을 네 몸과 같이 사랑하는 것이 +Y이다.

한편 나는 두 갈래 길을 모색한 후 헬레니즘을 히브리즘이 보완함으로써 비로소 서구 문명이 생겨났음을 고찰했다. 내가 헬레니즘과 히브리즘의 구별을 진지하게 생각했던 곳은 김해교도소 감방이었다. 그때 나는 《이솝 우화》와 톨스토이의 《전쟁과 평화》를 우연히 동시에 읽었다. 이러한 우연을 하느님께서 내 일상에 종종 주셨다. 《이솝 우화》는 희랍의 노예가 쓴, 어른이 읽는 동화집으로, 약한 동물이 강한 동물의 횡포를 이겨내는 이야기들이 담겨 있다. 어두컴컴한 감방은 강하고 악한 동물의 행위와 이를 이겨내는 약한 동물의 비결을 각각 분류하고 대비하며 사색하기에 알맞은 곳이었다.

그런가 하면 《전쟁과 평화》는 희미한 전등빛을 의지하지 않아도 좋은 낮에만 읽었다. 《전쟁과 평화》는 전쟁이 끝났다고 해서 평화가 자동으로 찾아오는 것은 아니고, 전쟁 중에 대안이 되는 인격이 생길 때에만 평화가 온다는 내용의 소설인데, 이 대안이 되는 네 인물이 《이솝 우화》에 나오는 대안과 부합하는 것이 신기해서 나는 두 책을 몰두해서 읽었다.

그런데 《전쟁과 평화》에는 비폭력·개인윤리·사회윤리·자기희생이라는 네 가지 덕목이 모두 제시되었지만, 《이솝 우화》에는 비폭력과 개인윤리는 있어도 사회윤리와 자기희생은 없었다. 예를 들어 쥐들이 회의를 해 고양이의 목에 방울 달 생각까지는 했으나 어떤 쥐도 고양이 목에 방울을 달겠다고 나서지는 않는다. 평등과 자기희생은 기독교 문명의 덕목이다. 앞 절에서 말한 '소피스트 문화'는 희랍의 소산이며, 이 소피스트가 횡행한 것이 노무현 정부의 특징인데, 이렇게 된 이유가 나는 타락한 오늘의 기독교회에 있다고 생각한다.

다시 책 이야기로 돌아가자. 2부 '개혁된 교회'의 처음 부분에서는 예수를 부각했다. 마치 《전쟁과 평화》에서 주인공 피에르 베주호프가 부각되듯, 예수를 성서의 주인공으로 부각했다. 즉 예수를 〈창세기〉 5대 설화가 부각한 악한 통치자의 대안으로 설명하여 선지자들의 전통 속에서 설명하기도 하지만, 무엇보다도 예수가 법정에서 한 행위를 분석했다. 거기서 비폭력·개인윤리라는, 인간이 선택하고 가야 할 예수의 방법관(觀), 무엇을 의미 있는 일로 보는가 하는 예수의 일관, 예수가 궁극적인 사람의 모습을 어떻게 보았는가 하는 사람관을 찾아냈다.

교회는 예수의 몸체이다. 마르틴 루터의 '95개조' 항의문이 예수 자신, 그러니까 예수가 당신의 마지막에 보여줬던 모습을 부각해야 한다는 것이 내가 마르틴 루터의 '95개조'를 분석한 기본 태도였다. 마침 나는 '95개조'를 사람의 모습을 부각하는 측면인 방법, 일, 사람으로 분류한 발터 뢰베니치(Walther V. Loewenich)의 《마르틴 루터(Martin Luther: Der Mann und das Werk)》(List Verlag München, 1982)를 발견했다. '95개조' 분석에 따라 교회원이 교회에서 보여야 할 행동은 다음과 같다.

첫째, 사람이 일을 하는 '방법'은, 신 앞에서 일생을 회개하며, 이 마음을 미루어 교회에서는 사제를 존경하고, 교회 밖에서는 이웃에게 봉사하는 것이지, 신에게 회개하지 않고 다만 사제에게 굴종하며 교회 밖의 사람들에게 교만을 떠는 것이 아니다.

둘째, 사람이 할 '일'이란 하늘나라와 의를 추구하는 것이지, 면죄부의 구입으로 상징되는 '이(利)'를 추구하는 것이 아니다.

셋째, '사람'은 신 앞에 서는 존재이지, 사제나 교회 앞에 서는 존재가 아니다.

교회원의 바람직한 행동 세 가지가 미국 행정조직에 속한 공무원의 세 가지 행동강령을 만들었다는 것이 내 주장이었다. 다시 말해 교회원의 행동이 행정조직에서 그대로 이어졌고, 이 세 가지 행동강령이 닉슨 대통령이 탄핵된 후에 생겨난 미국의 새 공공행정(New Public Administration) 이론의 준거로 해석되었다는 말이다. 이 이야기를 좀 더 자세히 하면 다음과 같다.

첫째, 공무원이 일하는 '방법'은 다음과 같아야 한다. 전문지식(능률과 민주주의 이념 포함)을 매일매일 닦아 이 학문을 가지고 조직 내에서는 상사를 존중하며 조직 밖에서는 국민에게 봉사해야 한다. 전문지식을 연마하지 않고 다만 상사에게 굴종하며 조직 밖의 국민에게 교만해서는 안 된다.

둘째, 공무원이 할 '일'이란 민주·복지 국가와 정의를 추구하는 것이지, 상사에게 상납하는 대가로 '이(利)'를 추구하는 것이 아니다.

셋째, 공무원인 '사람'이란 전문지식 앞에 서는 존귀한 존재이지, 상사와 조직 앞에 세워지는 존재가 아니다.

2부에서는 이와 같은 교회 원리를 미국에서 실천한 회중교회와 이 회중교회의 단점을 극복한 장로교회를 소개하기도 했다. 내 교회와 달리, 교회의 주인이 목사가 아니라 교회원인 것이 두 가지 미국 교회가 가진 공통점이다.

3부 '청교도가 세운 나라'는, 일요일에 교회에 가고 월요일부터 토요일까지는 세속 사회에 나와서 교회와 유사한 세속 조직을 만들어 생활하는 기독교인의 생활을 묘사하는 것으로 시작한다. 8장의 제목이 '국민이 만든 조직'인데, 출애굽 과정에서 만들어진 세 가지 보물, 곧 만나를 담았던 그릇, 십계명을 새긴 석판, 아론의 지팡이에 해당하는 것이 노동조합, 교육기관, 경쟁적 야당이라고 소개했다.

이어서 랠프 챈들러와 잭 플래노의 《행정학 사전》에 나오는 모든 어휘를 조직·정책·재무·인사 분야별로, 곧 비폭력·개인윤리·사회윤리·자기희생의 단계별로 설명하여, 미국 행정에서의 4단계 초월을 설명했다. 이러한 대비는 1991년에 쓴 《자전적 행정학》에서 이미 시도한 것이었다.

3부 마무리에서는 미국이 자신의 잘못을 뉘우치는 능력을 상실하지 않을 때에 미국다움을 유지한다고 썼다. 워싱턴 광장에 구축된 베트남전 기념비가 바로 회개와 나라 간의 상생을 생각하기 시작하는 미국의 모습이라고 나는 보았다. 나는 소문만 듣고 이 기념비를 보러 갔는데 쉽게 찾지 못했다. 기념비들은 보통 지상에 세워지는데 베트남전 전몰장병기념비는 지하에 있었다. 지하로 들어가는 별다른 표시도 없었다. 광장 지면 한구석에 완만하게 판 브이 자(V) 형 지하도를 걸어가면 양쪽 검은색 화강암 벽에 빽빽이 새겨진 전사자와 실종자 5만 8000여 명의 이름이 날짜 순서대로 새겨져 있음을 볼 수 있다. 이 이름들을 보고 있자니 1959년에 시작해서 1975년까지 중단 없이 이어진 주검의 행렬 같다는 생각이 들었다. 이 주검의 행렬을 지나면서 미국 시민들은 무슨 생각을 할까.

이 많은 사람들이 불쌍하게 죽었는데 이 이름이 결코 자랑할 만한 이름이 아니라는 생각을 할 것이다. 또 검은색 화강암 벽에 비치는 자신을 봄으로써 전쟁을 일으킨 한 나라의 주권자인 자신들을 반성할 것이다. 브이 자형 길 저쪽으로 바라다보이는 곳 서쪽에는 링컨 기념비가 있고, 동쪽에는 워싱턴 기념비가 있다. 따라서 사람들은 미국이 지향할 이상을 바라보며 걷는 셈이다. 지붕을 덮지 않은 기념물이기에 이 모든 생각을 하늘 아래에서 할 것이다.

나는 세속의 것을 버리고자 교회 예배에 가며, 예배에서 앞으로 무엇을 할까를 생각하며, 오직 하느님과 대면하는 곳이 교회라고 믿는다. 나는 이 기념비가 걷는 이로 하여금 예배 행위를 실감하게 한다고 생각했다. 나는 언젠가 《뉴 폴리티컬 사이언스(New Political Science)》지의 편집장 조지 캐치아피커스(George Katsiaficas) 교수에게 베트남전 전몰장병기념비가 미국이 가야 할 길을 알려준다고 말한 적이 있다. 그러자 그는 "기념비에 적힌 이름 중에 베트남 사람들의 이름이 없는 것이 아쉽습니다"라고 말했다. 나는 이렇게 아쉬움과 회개를 말하는 제이, 제삼의 조지 캐치아피커스가 미국에서 속출할 때에만 미국이 미국다워질 것이라고 생각한다.

《인간·종교·국가》가 출간되던 해에 9·11 자살 테러 사건이 있었고, 이어서 이라크 전쟁이 발발했으며, 이후 세계는 아랍권의 끈질긴 저항으로 평화를 잃고 있다. 9·11 테러가 그냥 테러가 아니고 자살 테러였기에 나는 평화를 상실한 책임이 강자인 미국에 있다고 본다. 미국은 남한이 북한에 외교와 원조로 대하는 햇볕정책에서 배웠어야 했다. 사람이 가장 잘 못하는 일이 자신의 잘못을 깨닫고 이를 고치는 것이다. 미국의 베트남전 기념비의 정신을 미국에서 어떻게 살려낼 수 있는가를 찾는 것이 오늘의 세계가 새 문명을 향하여 발돋움하는 첫걸음이 될 것이다.

이 책으로 내가 1년간 가 있었던 하버드대학교와 다시 인연이 생겼다. 고창훈 교수가 이 책이 출판되자 곧 하버드대학교에 번역 출판을 교섭했다. 역시 그의 고집으로 약 5, 6년에 걸쳐 번역을 끝냈다. 초역은 제주도 여성 두 사람이 했다. 고고학 하는 미국 여성 한 분이 한국 박사 한 사람을 데리고 이 초역을 다시 봤다. 마지막으로 영국에서 동양사를 공부한 영국 여성이 다시 읽었다. 이렇게 긴 세월이 걸린 번역본이 하버드대학교에서 '한국 민주주의'라는 총서의 한 권으로 나올 예정이다. 그렇지만 실제로 제작되는 과정도 꽤 기다려야 할 것 같다. 오래 걸려서 쓰고 오랜 기간에 걸쳐 남들이 읽어주기를 바라는, 긴 시간 지평을 지닌 것이 저술이다.

이 장의 제목을 '마르틴 루터라는 뿌리'라고 했는데, 이 뿌리를 둔 나무의 이름은 무엇일까. 그 나무의 이름은 나라이다. 예수라는 이름에는 '그들을 자신들의 죄에서 구원할 이'라는 뜻이 있다고 성서에서는 말한다. 여기서 그들이란 누구인가. 악한 통치자이다. 〈창세기〉의 5대 설화를 보아도 그렇고, 예수가 돌아가시기 전에 믿는 이에게 보낼 성령의 기능 중 심판의 대상도 악한 통치자이며, 마지막 심문에서 예수가 자신이 유대인의 왕임을 시인한 점도 그렇다. 그러니까 마르틴 루터라는 뿌리는 한 개인의 뿌리가 아니고 교회만의 뿌리도 아니며, 이 모든 것이 포함된 나라의 뿌리이다.

예수가 재판정에서 보인 모습이나, 〈로마서〉 12장에 나오는 기독교인의 모습이나, 〈야고보서〉 5장에 나오는 부자의 죄를 극복하는 대안이나, 마르틴 루터의 '95개조'의 취지가 동일함을 보며 나는 경이를 느낀다. 마르틴 루터의 항의문이 인간이 마땅히 취해야 할 인생을 사는 방법관, 마땅히 행해야 할 일관, 사람의 본질을 무엇으로 보아야 하는가 하는 사람관 순서로 논술된 점도 놀랍다. 예수가 재판정에서 보인 모습도 예수의 방법관, 일관, 사람관을 보여주었고 그가 뛰어난 인간임을 보여줬다.

나는 측근 정치, 소피스트의 대학, 공회가 아닌 교회를 슬퍼한다. 이 슬픔은 내 나라의 뿌리가 흔들리고 있다는 데서 오는 슬픔이다.

13

당신 나라에도 함석헌이 있는가

큰 스승, 함석헌

이 장의 제목은 내가 1956년 2월 유학으로 난생 처음 외국에 들렀을 때 그 나라 서점에서 했던 질문이다. 그때는 여의도 공항에서 미국에 직접 가는 비행기가 없었다. 나는 도쿄 하네다 공항 근처에 있던 여관인 해안장(海岸莊)에서 하루를 잤다. 공항에 가기 전에 우선 내가 들른 데가 서점이었다. 영어 사전과 일본어 사전을 하나씩 샀다. 이 사전들을 사 들고서 서점의 책들을 둘러보면서 내가 한 혼잣말은 이 나라에 우리의 함석헌에 해당하는 인물의 책을 한 권 사고 싶다는 뜻에서 한 것이었다.

이제 이 질문을 외국을 향하여 하지 않고 내 나라를 향하여 하는 나를 발견한다. 함석헌 선생은 1901년생이니 그 해에 함석헌 선생은 55세였고 나는 29세였다. 사람은 55세쯤 되면 한 인물이 되며, 29세쯤 되면 한 인물을 알아본다. 아니다. 나는 더 어릴 때, 그러니까 29세가 되기 훨씬 전에 내 교회의 배선표 목사님을 알아봤고, 내 아버지가 의연한 분임을 알아봤다. 시인 워즈워스의 말처럼 어린이는 어른의 아버지이다.

나는 고려대 학생일 때, 그러니까 6·25 전에 고려대의 한 교실에 특별

강연차 오신 선생님을 뵈었다. 학생들이 한 40명쯤 모였다. 나는 그분이 기독교인 사상가이며 애국자인 것을 곧 알아봤다. 강연 중에 학생 한 명이 교실에서 일어나 나갔다. 선생님이 야단을 치셨다. 나는 이 선생님이 화를 내시는 것을 속으로 못마땅하게 여겼다. 고려대는 기독교와 거리가 먼 법학, 상학 같은 비인문학적 전통이 강한 대학이니, 이런 푸대접은 으레 있을 만한 반응이었다. 그 후 나는 이때 본 함 선생님 모습이 곧 그분이 우리 겨레에게 당하실 모습을 상징한다고 생각하곤 했다.

　나는 그분의 첫 저서 《성서적 입장에서 본 조선 역사》를 고려대에 오가던 전차의 한 정류장 앞에 있던 종로서적에 서서 읽었다. 해방 직후 대학에서 한국사 강의를 교수가 필기해주는 것으로 단편적으로밖에 못 들어 답답했는데, 우리 역사를 유창한 글로 꿰뚫어 논한 것이 놀라웠고, 이를 감히 성서적 입장에서 보심이 더욱 놀라웠다. 내가 이해한 그분의 성서적 입장이란, 성서의 정신인 사랑이 나라와 나라 사이, 즉 신라, 백제, 고구려 사이에서 실천되지 않은 비극을 고발하고 이 비극을 극복하는 비결은 주권자인 국민의 고난을 통한 성숙에 있음을 내다본 것이었다. 따라서 함석헌은 나라의 뿌리를 고구려로 보았다. 나라를 통일한다고 고구려의 영토 일부를 당나라에 주고 통일한 신라를 나라의 뿌리로 보지 않고 압록강과 두만강 너머 넓은 벌판에 있던, 부여와 발해, 고구려를 세운 기개가 있는 곳을 나라의 뿌리로 보았다. 이런 점은 김성수 씨가 해방 후 대학 강당에서 교명을 '고려'로 정한다고 하면서, 고려가 한반도에 세워진 나라 가운데 흠이 적다고 한 것과 맥을 같이한다. 고려는 고구려에 뿌리를 두고 신라를 흡수한 나라이다. 주(state)와 주 사이의 사랑을 실천한 나라가 미합중국이다. 신라도 신라-백제-고구려 합중국을 세웠어야 했다. 이 점에서 신라의 잘못을 바로잡은 정책은, 너무나 긴 고난의 역사를 거친 후 대안으로 생겨난 '국민의 정부'가 펼친 햇볕정책이다.

갈릴리교회에서 함께 한 함석헌 선생과 김용준 교수.

우리나라에서 많이 읽힌다는 이기백의 《한국사신론》이, 그것도 고대사
가 전공이라는 이기백의 책이 한국사를 훑어본 책으로 한 쪽이나 되게 길
게 공산주의자 백남운, 민족주의자 신채호, 실증주의자 이병도의 책들을
소개했으면서 함석헌이 1930년대에 쓴 이런 훌륭한 책을 안 다룬 점이 곧
함석헌이 내 나라에서 당하신 모습이라고 나는 생각한다. 이기백은 그의
책에서 삼일독립운동 때와 1970년대 민주화운동 때 기독교가 한 일에 대
해 단 한마디도 언급하지 않았다. 이렇게 역사학자 이기백마저 외면하는
기독교에 대해, 내가 출국하기 전달인 1956년 1월 《사상계》에서 함석헌은
〈한국의 기독교는 무엇을 하고 있는가〉를 썼다. 이 잡지는 기독교 잡지가
아니고 세속 잡지였는데, 이 세속 잡지에 쓴 그분의 첫 글이 기독교에 대한
논설이어서 나는 놀랐다. 이 글이 나왔을 때에는 나에게 단순히 놀라움을
주었지만, 나중에 《인간·종교·국가》를 쓰면서 루터의 '95개조'를 분석했

을 때 함석헌의 글이 루터의 '95개조'와 맥을 같이하는 것을 보고 새삼 학문의 경이를 느꼈다. 내가 생각한 루터의 생각과 함석헌의 생각을 비교하면 다음과 같다.

루터의 생각	함석헌의 생각
천국에 들어가기 전에 먼저 회개하라.	회개의 과정 없이 예언과 성신을 받는 것은 잘못이다.
면죄부를 팔아서 교회를 세우지 마라.	부정한 돈으로 교회당을 크게 세우지 마라.
교인은 신부가 아니라 하느님과 직접 관계를 맺어라.	교인은 교파 싸움의 선봉장이 되는 목사에게 충성하지 말고 하느님에게 복종하라.

함석헌의 글은 놀랍게도 마르틴 루터의 '95개조'와 그 취지가 같다. 마르틴 루터의 글은 1517년에 쓰인 것으로, 유럽에서 이 글을 기점으로 일어난 종교개혁 이후에 정치혁명이 생겼다. 함석헌의 글이 놀라운 이유는 해마다 우리나라 교회에서 지키는 종교개혁 주일 예배 때 여전히 마르틴 루터의 '95개조'를 설명하지 않고 있어서이다. 나는 평생 목사가 이 항의문을 설명하는 것을 못 봤다. 예를 들어 2006년 종교개혁 주일에 내 교회 목사는 건축 설교를 했다. 설교에서 간혹 마르틴 루터가 믿음으로써 의롭게 된다고 강조했다고 말하기도 했는데, 믿음으로써 의롭게 된다는 구절은 눈을 씻고 봐도 이 항의문에는 없다. 다만 믿음으로써 의롭게 사는 기독교인들의 교회 내 조직과 관련된 행위가 위 세 가지 행동 원리를 따를 것이라고 추정할 뿐이다. 즉 회개하지 않고 기복 사상으로 교회에 돈만 내고 교인으로서 고유한 권리도 포기하는 이는, 믿음으로 의롭게 되는 이가 아니라 잇속에 매임으로써 복 받기를 바라는 사람이다. 따라서 종교개혁 주일에도 이 항의문을 낭독하지 않는 이유가 밝혀진다. 이 항의문을 교인들이 들으

면 목사들의 '영업 행위'에 방해가 될 것이기 때문이다.

《사상계》1956년 1월호에 쓴 글은 이렇듯 함석헌이 쓴 행동의 글의 효시였다. 그렇다면 함석헌의 글 중에는 그의 1970~80년대 민주화 정치혁명에 이바지한 행동 원리가 제시된 글이 있어야 한다. 그러한 글 가운데 중요한 글이 1971년 8월에《씨울의 소리》복간호에 낸 〈펜들힐의 명상〉이다. 함석헌이《사상계》에 낸 첫 글이 행동에 관한 글이었듯이, 자신의 잡지 복간호에 낸 글 역시 행동에 관한 글이었다. 이 글에 대해선 나중에 자세히 이야기할 것이다.

내 친구 핸슨의 말마따나 나는 스물아홉 살 때 이미 남이 보기에 한 기독교인이자 애국자였다. 핸슨 씨는 군대 생활을 나와 잠깐 같이했는데도 나를 그렇게 평했다. 또 1959년에 샌프란시스코에서 사우스 아프리칸(South African)이라는 화물선을 타고 귀국할 때 나와 별로 대화도 나누지 않았던 그 배의 선장은 나를 두고 한국인 신부가 한 명 동승했다고 서울의 선박 회사에 전신을 보냈다고 한다. 이렇듯 나를 잠깐 만난 선장이 나를 보고 받은 인상도 기독교인이었다. 이런 내가 함 선생님을 뵙고 그분을 알아보되, 이만한 어른이 일본에도 있어야 한다고 보았는데, 이런 인물의 자질을 한마디로 말하면 청교도라고 할 수 있다. 거듭 쓰지만, 나는 청교도란 적어도 다음 세 가지 자질을 갖춘 사람이라고 생각한다.

첫째, 함석헌은 예수를 자신이 따를 주님으로 고백한 분이다. 그는 자신의 88세 생일잔치 때 손님들 앞에서 자신은 말년에 더욱 예수를 자신의 주님으로 따른다고 고백하셨다. 내 할머니와 아버지는 교회에 안 나가셨지만 예수를 주님으로 따른다고 고백한 분들이었다. 함석헌의 기독교도 천국과 성령 등 결과보다는 결과에 이르는 과정인 회개에 초점을 둔다. 나는 언제인가 국립도서관에서 함석헌 선생의 사진 전시를 보았다. 수많은 사진들 중에서 선생의 모습을 가장 잘 드러낸 사진은 작고하신 사모님의 분묘 옆에서 깊이 생각에 잠긴 모습이라는 생각이 들었다. 형이하를 초월하고자 하는 회개의 모습이 그의 참모습이었다.

둘째, 함석헌은 악한 통치를 거절한 윤리적 학문을 토대로 예수를 더욱 심오하게 이해한 분이다. 함석헌은 성서의 해석이 자유롭되, 예수를 이해하는 데 이르면 된다는 성 아우구스티누스의 말을 연상케 하셨다. 그의 첫 전공은 역사학이었지만 후기에는 동양 고전을 공부하셨다. 그분은 중·고등학교 교사를 양성하는 고등사범학교 같은 데가 아니라 자유롭게 진리를 탐구하는 일반 대학과, 고난 속에서 학문 이전에 있어야 할 행동을 익히는 감옥에서 하는 공부가 진짜 공부라고 말씀하셨다. 미국 청교도들이 유치원이나 초등학교를 먼저 세우지 않고 하버드대학교를 먼저 세웠다는 사실을 떠올리게 하는 말씀이다. 함석헌이 일본 유학 시절에 따랐던 우치무라 간조만 하더라도 학부만 있어도 인문학 전통이 강한 앰허스트대학 졸업생이었다.

셋째, 함석헌은 자신을 성전으로 보았다. 그래서 그는 주권자를 국민이나 인민으로 부르지 않고 '씨올'이라고 높여서 불렀다. 그는 흔히 무교회주의자로 알려져 있는데, 그렇지 않다. 말하자면 그는 '타락한 교회'는 없어야 한다는 생각을 가진 이였다. 인생 후반기에 가서 그는 세계교회협의회 회원인 퀘이커 교도가 되었다. 1976년에 해직 교수들이 주축이 되어 만든 갈릴리교회에서 주도하여 발표한, 박정희를 향한 〈민주구국선언〉에 제일 꼭대기로 서명한 열한 분 가운데 한 분이었다. 이렇게 이름을 걸고 낸 성명은 유신정부가 들어선 이래 처음이었다. 그는 마치 미국 청교도들이 새 나라를 바라봤듯이 참된 교회가 만드는 나라를 바라보았다. 그와 함께 서명했던 열한 분 중 한 명인 김대중 씨가 집권하는 것을 못 보셨고, 그 김대중이 자신이 원했던 평화를 실현에 옮겨 햇볕정책을 펴는 것을 못 본 채 돌아가셨지만, 그는 나라의 뿌리는 참 기독교에 있다는 사실을 체득한 종교인이었다. 그에게 기독교란 새로운 문명인 민주주의와 동의어였다.

함석헌은 김대중 시대도 못 보았지만, 민주국가를 연 나라의 스승답게 노무현 시대 이후까지도 평가할 수 있는 표준을 마련했다. 함석헌의 기준은 민주화되었다는 정권이 넘어가기 쉬운 유혹 세 가지와 이러한 유혹이 있음에도 성장시켜야 할 실질적인 일로 구분된다. 이 실질적 일에 해당하는 글이 바로 1971년《씨올의 소리》복간호에 낸 〈펜들힐의 명상〉이다. 함석헌의 글을 이렇게 두 가지로 구분하는 나는 민주화를 위하여 고생했기에, 김대중·노무현 두 정부에 대하여도 시(是)와 비(非)가 동시에 있다는 비판적인 생각을 한다. 함석헌의 글을 이렇게 구분하면서 나는 〈마태오복음〉 13장 24~30절에 나오는, 가라지와 밀 이삭의 비유를 떠올렸다. 그 비유는 다음과 같은 내용이다.

주인이 밭에 밀을 심었다. 밀이 자라서 이삭이 됐을 때 가라지도 드러났다. 종들이 가라지를 뽑아버리자고 하자 주인은 "가만두어라. 가라지를 뽑다가 밀까지 뽑으면 어떻게 하겠느냐? 추수 때까지 둘 다 함께 자라도록 내버려두어라. 추수 때에 내가 추수꾼에게 알려서 가라지를 먼저 뽑아서 단으로 묶어 불에 태워버리게 하고 밀은 내 곳간에 거두어들이게 하겠다"라고 말한다. 여기서 이삭은 함석헌의 행동이며, 가라지는 함석헌이 지적한 통치악이다.

함석헌은 다음과 같이 우리 역사의 가라지를 지적하는 글들을 남겼다. 먼저 1930년에《성서 조선》에 연재한 〈성서적 입장에서 본 조선 역사〉에서 효종의 대안과 새로이 우리 겨레에 들어온 기독교를 대안으로 제시했고,《사상계》 1958년 8월호에 6·25전쟁을 생각하며 〈생각하는 백성이라야 산다〉를 썼으며,《씨올의 소리》 1970년 4·5월호에 〈하나님의 발길에 채여서 I·II〉를 썼다. 이 글들을 꿰뚫는 함석헌의 목소리는 부패하지 말고, 분열하지 말고, 과격하게 행동하지 말라는 것이었다. 이를 표로 정리하면 다음과 같다.

	반부패	반분열	반과격
효종의 대안	북벌 계획	당론 탕평	실학파
기독교의 대안	사대 사상	계급주의	숙명론
6·25의 대안	독립 정신	통일 정신	신앙 정신
1970~80년대 운동	외세에 의존하지 말 것	악한 정부에 저항하면서 분열하지 말 것	폭력보다 정신의 힘으로!

이러한 네 가지 사례를 관통하여 제시되는 반부패·반분열·반과격이라는 가르침은 삼일운동과 예수의 세 가지 유혹을 떠올리게 한다. 즉 함석헌의 세 가지 비결은 곧 〈삼일독립선언문〉의 공약 3장이며 예수의 세 가지 유혹에 대한 대답이다. 공약 3장 가운데 하나는 '사람'에 대한 태도에 해당한다. 곧 일본에 대한 미움으로 운동을 하는 것이 아니라 우리 고유의 권리를 찾겠다는 것이니, 이는 바람직하고 의연한, 부패로부터 자유로운 '사람'의 모습이다. 공약의 다른 하나는 '일'에 대한 태도를 뜻하는데, 운동은 마지막 한 사람이 남을 때까지 하는 것이니, 이는 운동자 간의 분열이 없어야 한다는 것을 의미한다. 나머지 공약은 운동하는 '방법'에 관한 태도를 가리킨다. 곧 질서를 유지하면서 운동을 하겠다는 것이니, 이는 이 운동이 비폭력운동임을 뜻한다. 사람, 일, 방법에 관한 이 세 가지 태도에서 칸트가 말한 인간의 3대 과제, 곧 '사람은 무엇을 원할 수 있는가?', '사람은 무엇을 해야 하는가?', '사람은 무엇을 알 수 있는가?'라는 질문이 상기되기도 한다.

그러면 반부패·반분열·반과격에 관한 예수의 대응은 어떠했는가? 예수에게 찾아온 첫 번째 유혹은 돌이 빵이 되었으면 하는 유혹이었다. 이 유혹은 부패에 대한 사람의 유혹을 가리키며, 이 유혹에 대한 예수의 대응이 정신에 있음이 놀랍다. 예수에게 찾아온 두 번째 유혹은 자신만은 높은 데서 떨어져도 예외적으로 신의 보호를 받아 무사하고자 하는 유혹이었다. 이 유혹은 자기를 다른 사람과 구별하여 자신에게 덤을 주고자 하는 유혹이다. 마지막 유혹은 절만 하면 세상의 권세와 영화를 다 갖게 해주겠다는 악령의 유혹이다. 여기서 절이란 이 세상의 부와 감투를 얻고자 하는 행위이니, 절 받고자 하는 것이 곧 과격이다. 아무것에도 절하지 않는 마음이 온유한 마음이며, 마음이 온유한 자만이 오히려 땅을 차지한다고 성서는 말한다. 평등한 민주 사회에서 느끼는 편안함이 이 절하지 않는 편안함이다.

한편 부패·분열·과격이라는 세 가지를 생각하면 성서의 한 비유가 떠오르기도 한다. 〈마태오복음〉 13장 1~8절, 〈마르코복음〉 4장 1~9절, 〈루가복음〉 8장 4~8절에 나오는, 씨 뿌리는 사람의 비유가 그것이다. 씨 뿌리는 사람의 비유에 따르면, 씨앗의 성장을 가로막는 좋지 않은 환경에는 세 가지가 있다. 사람들이 밟고 지나가는 길가 밭, 돌이 많은 밭, 가시덤불이 많은 밭이 그것이다.

루소가 경험한 후진국 프랑스의 문제점도 세 가지로 분류할 수 있겠다는 생각이 든다. 함석헌의 지적, 성서의 비유, 루소의 생각을 비교, 정리하면 다음과 같다.

함석헌의 지적	씨앗에 방해가 되는 밭	루소의 생각
부패	가시덤불 밭	문명에 기여하지 않는 교육(후진국 국민)
분열	돌밭	기회주의자 득세(후진국 국민)
과격	길가 밭	일반의지 이론(후진국 정부)

이 표에는 약간의 설명이 필요하다. 성서에서 보면 가시덤불이 많은 밭은 잇속으로 향하는 세상을 가리키므로 이런 행태는 부패와 동일하며, 문명에 기여하지 않고 일자리를 충원하는 교육과 그 맥을 같이한다. 예수가 겪은 첫 번째 유혹은 돌이 빵이 되었으면 하는 유혹이었다. 먹는 것이 곧 부패와 관련되었다. 먹는 것은 문명도 아니다. 문명에 기여하지 않는 교육

에 대한 루소의 관심을 잘 보여주는 책으로는 《에밀: 학문·예술론》(상서 각, 1975), 《에밀》(한길사, 2003)이 있다. 이 두 책에서 루소는 제왕 제도 유지에 공헌하는 학문과 예술은 부적절하다고 지적했다. 영국에 비하면 민주주의 후진국인 내 나라의 학문과 예술도 비슷한 데가 있다. 이에 비하여 대한제국 때 집필된 김구의 《백범일지》를 보면 온 나라 사람들이 나라를 위하여 공부했음을 알 수 있다. 오늘날 우리의 교육이 돈 벌고 출세하기 위한 공부라는 점이 바로 교육과 민주 정부의 불일치를 단적으로 보여준다. 이 시점에서 나는 '국민의 정부'와 '참여정부'의 잘못 세 가지 중에서 첫 번째 잘못이 무엇인지 지적하고 싶다. '국민의 정부'의 잘못은 측근 정치와 대통령 자식들의 부패이다. '참여정부'의 잘못은 종교·교육 등 인간 양성을 '일자리 창출'에 앞서서 생각하지 않은 일이다. 학원을 없애고 인문주의적 학문을 대학에 도입하고자 했던 안병영 교육부총리를 경질한 것을 나는 납득할 수 없었다.

앞 표에서 돌밭은 뿌려진 씨와 구조적으로 융합할 수 없는 존재이다. 따라서 돌밭은 분열을 뜻하며, 분열이 곧 돌밭이다. 예수가 겪은 두 번째 유혹은 성전 꼭대기에서 떨어져도 자신은 특별하니까 하느님이 자신을 멀쩡하게 보호하겠지 하는, 자신을 다른 사람들과 구별하고 분열시키는 생각이었다. 뛰어내리는 높은 데가 성전 꼭대기라는 점을 새겨볼 만하다. 이는 남들보다 하느님이 덤을 더 주기를 바라는 심리로 종교에 귀의하는 사람들의 마음을 꼬집은 비유가 아닐까 싶다.

그런데 나는 밭에는 돌이 좀 있을 수 있다고 본다. 밭의 대부분은 흙이 메우지만 돌이 좀 있는 것은 문제가 안 된다. 문제는 흙이 적고 돌 천지인 경우이다. 심한 말을 또 쓰겠다. 돌밭과 관련하여 자유롭지 못한 정부가 '참여정부'였다. 그러니까 노무현 대통령이 저지른 두 번째 잘못은 좌파를 포함한 기회주의자들을 단속하지 못한 일이다. 거듭 말하면, 밭에 돌이 좀 있을 수도 있다. 기회주의자도 있을 수 있고 좌파도 있을 수 있다. 그러나 정치의 밭에서 정치를 주도하는 것은 '흙'이어야 한다.

유럽 정치에서 좌파가 있을 수 있는 문제를 루소의 논리에서 살펴보자. 루소는 근본적으로 왕 제도를 붕괴시키는 일에 관심이 있었기에 왕 제도를 붕괴시키는 세력이 우파이건 좌파이건 개의치 않았을 것이다. 이렇듯 유럽은 왕 제도나 히틀러, 무솔리니 같은 국가주의 체제를 붕괴시키기 위해 좌우가 합작했다. 이와 유사한 근거로 2차 세계대전 때 미국은 공산국가인 러시아와 힘을 합하여 히틀러와 무솔리니 등을 붕괴시켰다. 우리의 민주화운동 경험에서도 '민주주의와 민족통일을 위한 국민연합'의 주도하에 '국민의 정부'가 출범했고, 이를 이어 '참여정부'가 출범했다.

우리나라도 지금은 1980년대보다는 자유 천지니까 우리에게는 으레 좌파가 있을 것으로 생각하며 또 좌파가 있지 않으면 민주국가도 아니다. 거듭 말해서, 유럽 정치에선 좌파가 극우 세력보다는 더 정당성을 가졌다. 이런 점이 정당화된 것은, 러셀의 지적처럼, 루소의 영향 때문이기도 하다.

이쯤 설명을 하고, 내가 '참여정부'에 하고 싶은 충고는 다음과 같다.

"좌파와 함께 가라. 그러나 좌파를 중심에 두지 말라."

이것이 '참여정부'를 잉태한 민주당의 자리였고, 대통령 경선을 주관한 김원기 씨의 발언이었다. 그 당시의 비디오라도 보기 바란다. 옛날에 성을 공격하는 군대의 장군은 아래에 있는 병사들이 아직 준비가 안 됐는데 공을 세우려고 성급하게 성벽을 타고 올라가는 병사를 아래에서 직접 활을 쏘아 떨어뜨렸다. 햇볕정책은 신라의 통일 이후 있었던 삼국 간의 갈등, 6·25라는 민족 상쟁의 역사를 끝장내고자 하는, 민주국가의 고뇌에 찬 노력과 인고의 결과로 나온 정책이지, 기회주의자의 잇속을 챙기기 위한 정책이 아니다.

한편 표에서 말한 역기능적인 국민, 곧 후진국형 국민의 특성은 다음 두 가지이다.

첫째, 부귀영화를 위한 교육을 받는다.

둘째, 자신의 몸으로 봉사하거나 자신을 희생하지 않는다.

표에서 세 번째 칸에 나타난 해악은 정부가 저지른 해악을 뜻한다. 예수가 겪은 세 번째 유혹도 악령에게 절을 하면 세상의 영화를 다 주겠다는 것이었다.

이상과 같이 함석헌의 세 가지 대안이 예수의 세 가지 유혹에서 모두 발견되는 것이 놀랍다. 긴긴 세월 동안 예수의 유혹을 진지하게 생각한 함석헌이 놀랍다는 말이다. 하기야 마르틴 루터의 '95개조' 시작 글도 마지막 글도 다 회개를 말했으니, 회개는 기독교인의 마땅한 시작이어야 한다. 개신교가 얼마나 회개를 강조했으면 장로교는 죽어서 천국 가는 것을 신의 섭리〔providence〕에 맡기고 교인들은 회개하라 했고, 감리교는 방법을 강조하라는 뜻에서 교단 이름을 방법주의자〔methodist〕라고 했다.

다시 표 이야기로 돌아가면, 악령과 세상의 영화는 동의어이다. 우리의 경우, 쿠데타 정부의 조찬기도회에 악령이 가득 찬 목사들이 갔으며, 악령과 세상의 영화를 한 손에 다 쥔 것이 과격한 군사정부였다. 이런 정부가 바로 길 가는 사람에게 짓밟혀 씨가 죽어버리는 길가 밭이다. 내 말을 조심스럽게 듣기 바란다. 나는 과격한 정부만을 나무란다. 과격하지 않은 정부는 민의를 대표하며 국민의 존경을 차지한다.

따라서 민선 대통령도 자칫 잘못하면 과격해지는 것이 권력의 성격이다. 이 점에서 '참여정부'의 세 번째 잘못이 드러난다. 나는 헌법재판소가 노무현 대통령의 탄핵을 기각한다고 결정한 뒤에 대통령이 신중하게 행동하지 않았던 것이 과격이라고 본다. 자신을 대통령으로 살려준 헌법재판소가 신행정수도를 옮기는 일에 위헌 결정을 내렸을 때 대통령이, "나는 관습법이라는 말을 들어보지도 못했다"라고 발언했던 것이 과격이다.

노 대통령이 '헌재'의 대통령 탄핵 기각 결정 후에 신중했어야 하는 이유를 밝히는 데 도움이 되는 것이 바로 루소의 《사회계약론》에 나오는 일반의지[General Will] 이론이다. 일반의지 이론은 《사회계약론》의 전편에서 볼 수 있는 이론이다. 예를 들어 마지막 편에 나오는 첫 토의에서도 일반의지는 파괴될 수 없다고 말한다. 그런가 하면, 2편의 시작 부분에 있는 "주권은 양도될 수 없다"는 말은 일반의지만이 공공의 복지라는 국가 설립의 목적에 따라 국가의 모든 힘을 지도할 수 있다는 것을 의미한다. 이와 같이 루소의 일반의지 이론은 존 로크의 사회계약 사상과 비교할 때 비구체적이어서, 주권자의 의사를 대표하는 의회나 국회의 결정을 최고위에 놓지 않는 잘못을 저지를 수 있는 이론이다. 18세기 프랑스는 영국에 비하여 후진국이어서, 존 로크는 명예혁명이라는 영국의 경험을 서술했지만, 루소는 왕정 아래서의 혁명을 논했기에 일반의지라는 일종의 허구를 국민 대표의 의사보다 상위에 놓을 수밖에 없었던 것 같다.

이 일반의지 이론은 2004년 5월 14일, 헌법재판소의 노무현 대통령에 대한 탄핵심판청구 기각을 상기시킨다. 헌법재판소는 국회의 탄핵 결정에 대해, 노 대통령에게 잘못이 없는 것은 아니지만 그를 탄핵하면 "직무 수행의 단절로 인한 국가적 손실과 국정 공백은 물론이고, 국론의 분열 현상, 즉 대통령을 지지하는 국민과 그렇지 않은 국민 간의 분열과 반목으로 인한 정치적 혼란을 가져올 수 있다"라고 하며 기각을 결정했다. 나는 헌법재판소의 이러한 판결을 후진국 현상으로 본다. 다시 말하지만, 헌법재판소의 결정으로 살아난 노 대통령이 그 후 같은 재판소가 연기·공주로 수도 이전하는 것을 위헌이라고 결정했을 때, 그 결정의 근거가 된 '관습법'이라는 개념을 자신은 이해할 수 없다고 말하고 다수결표를 갖고서 이번에는 국회에서 신행정수도법을 2005년 3월 2일에 통과시켰다. 이런 일련의 조치는 '잇속'으로 움직이는 대중영합주의 정치 관행을 보여주며, 정치의 후진성을 국민 앞에 보여준 일이었다.

과격한 정부가 유의해야 할 점은 그 정부가 존립하게 된 핵심 정책에 부합하는가의 여부이다. 즉 '참여정부'가 이어받은 핵심 정책은 수평적 정권 교체와 햇볕정책인데, 과격한 정부는 이 두 가지를 실천할 수 없다. '국민의 정부'와 '참여정부'를 탄생시킨 김원기 선거위원장은 빈번히 새로 탄생할 정부가 중도개혁 정부라고 천명했었다. 이는 수평적 정권 교체를 이룬 새 정부는, 민주 정부이므로 나라 안에 좌우 사상이 모두 존재하게 마련이지만, 어느 한쪽으로 기울지 않겠다는 뜻이었다. 이것은 일제 강점기 때 7년 3개월간 아홉 번 옥고를 치렀고 해방 후 미군정 아래에서 민정 장관이 된 안재홍의 노선이기도 했다. 햇볕정책은 남·북한의 교류와 공존을 도모하여 느슨한 협력 관계를 이룬 뒤 통일국가를 전망하자는 정책이었다. 교류·공존은 하지 않고 통일부터 하자는 정책이 아니었다. 정부가 통일부터 하고자 하면, 북한이 주장하는 친북통일, 아니면 남쪽의 우파가 원하는 흡수통일일 수 있기 때문이다. 정부가 전자의 길을 택하면 나라의 정체성이 위기에 놓이며, 후자의 길을 택하면 나라가 냉전 구도로 돌아가게 된다.

과격한 정부에 대하여 한마디만 더 하고 싶다. 과격한 정부는 민의를 수렴하지 못하기 때문에, 앞서 말한 후진국 국민의 두 가지 악마저 정부의 것으로 뒤집어쓰게 된다. 아니, 뒤집어쓰는 정도가 아니라, 과격한 정부와 '부패하고 분열하는 국민'이, 말하자면 코드가 맞아서, 한덩어리가 되어 그 과격함이 극에 달하게 된다. "자식 이기는 부모 없다"라는 속담을 초월해야 하는 이가 공직자인 대통령이어야 한다.

함석헌의 〈펜들힐의 명상〉 이야기로 다시 돌아가자. 이러한 모든 악 속에서도 민주화를 성공시키는 비결을 전한 글이 바로 이 글이다. 여기서 함석헌은, 용서와 긍휼함을 받을 사람이 있다면 기독교인은 몸을 아껴 계산하지 말고 즉시 그에게 가라는 행동 원리를 제시했다. 이 행동 원리는 함석헌이 제일 좋아하는 〈요한복음〉에서 네 가지 이야기를 뽑아 만든 원리이다. 그 원리를 자세히 살펴보면 다음과 같다.

첫 번째 원리는 야곱의 우물가에서 예수가 사마리아 여인과 문답하는 이야기가 나오는 4장에서 가져온 것이다. 이 대화에서 예수는, 하느님은 영이시므로 예루살렘에서만 예배할 수 있는 존재가 아니라는 엄청난 말을 한다. 예루살렘을 성지라고 싸우는 오늘에 견주어 보더라도 이는 사람을 종교의 질곡에서 해방시키는 엄청난 말이다.

두 번째는 8장에 나오는 이야기로, 음행을 하다가 현장에서 잡혀와 성전에서 예수 앞에 서는 여인과 나누는 이야기이다. 예수는 나지막한 목소리로 "너희 중에 누구든지 죄 없는 사람이 먼저 저 여자를 돌로 쳐라"라고 말한다. 그러자 사람들이 하나 둘 가버리니 "나도 네 죄를 묻지 않겠다. 어서 돌아가라. 그리고 이제부터 다시는 죄짓지 말라"가, 용서받아야 할 사람을 앞에 놓고 한 예수의 말이다.

세 번째는 12장에 있는데, 예수 돌아가시기 일주일 전에 예수에게 값진 향유를 붓고 발을 씻어드리는 마리아 이야기이다. 낭비라고 비난하는 유다에게 예수는 "이것은 내 장례일을 위하여 하는 일이니 이 여자 일에 참견하지 말라"라고 말한다. 사랑은 계산하지 않는 것임을 예수가 여기에서 말한다.

함석헌은 이러한 이야기들 끝에 예수는 천국에 가려고, 말하자면 하느님의 우편에 빨리 가서 앉고자 죽은 것이 아니라 자신을 배반한 유다를 속히 만나려고 죽었다는 기막힌 해석을 한다. 겟세마네 동산에서 잡히는 순간에도 예수는 유다를 '친구'라고 했다는 것이다.

기독교도가 할 일로서 이웃 사랑을 밝힌 글이 이외에도 허다하다. 예를 들어 새 시대의 종교를 논한, 약 300쪽 되는 긴 논문에서 함석헌은 새 시대 종교의 특징은 사람을 새롭게 보는 것이라고 끝을 맺는데, 사람이란 '뚫려 비치는 존재'라고 표현한다. 육을 백안시하는 바리새인도 옳지 않으며, 육을 긍정하기만 하는 사두개파도 옳지 않다는 것이다. 육이 영의 거침이 되는 것도 아니요, 영이 육을 배척하는 것도 아니기 때문이라는 것이다. 예수는 세리(稅吏), 창기(娼妓) 같은 이른바 '죄인들'을 부르러 왔다는 것이다.

비폭력 투쟁이 한창이던 1978년 10월에 쓴 〈예수의 비폭력 투쟁〉에서 함석헌은 예수를 따르는 사람은 예수가 나타낸 진리를 증거할 사명을 지녔다고 하며 이렇게 말한다.

> 진리를 위해 나라를 부정하면 나라가 살아나지만, 나라를 위해 진리를 부정해서는 이것도 저것도 다 없어진다.

여기서 진리란 곧 악한 정부에 대항하는 비폭력인데, 비폭력은 한 사람 이탈자를 살려내는 마음이다.

전집을 보면 알 수 있듯이, 함석헌은 인문학적 탐구인 고전 연구도 지속적으로 했다. 45세 때 북한에 있던 교도소에서 시를 여러 편 써서 가지고 나와 《수평선 너머》라는 시집을 내기도 했다. 고전 연구가로서 그의 면모를 보여주는 글들로는 《간디 자서전》(전집 7), 《바가바드기타》(전집 13), 《말씀: 퀘이커 300년》(전집 15), 《사람의 아들 예수》(전집 16), 《예언자》(전집 16), 《노자》, 《장자》, 《맹자》, 《굴원》 외(이상 전집 20) 등이 있다. 이중에서 가장 오래된 글은 중요한 힌두교 경전인 《바가바드기타》 번역본이다. 이 책을 함석헌이 찾은 것은 간디가 이 책을 늘 읽었다는 것을 알았기 때문이다.

함석헌은 역사에 관한 짧은 글을 잡지에 수없이 썼는데, 그것들이 묶여서 《역사와 민족》(전집 9)으로 나왔다. 이 책 안에는 긴 논문 세 편이 들어있다. 〈성서적 입장에서 본 세계 역사〉, 〈민족 위에 나타난 신의 섭리〉, 〈세계와 인간의 구원〉이 그것들이다.

함석헌의 사상은 현장으로 달려가는 사상이었다. 그는 1970~80년대 민주화운동에서 서명이 필요한 맨 앞자리에 늘 서명했다. 88회 생일잔치를 마치신 뒤에도 곧바로 흰 두루마기를 입고 양팔을 휘저으며 학생들의 재판을 방청하러 가시던 모습이 지금도 눈에 선하다. 미수(米壽)라는 이름 있는 생신날, 가족과 함께하는 식사 자리가 그가 있었던 곳이 아니라, 이름 없는 학생의 억울한 재판정이 그가 있었던 곳이다. 함석헌은 마르코가 전한 예수의 모습에 부합하는 인물이었다. 〈마르코복음〉은 예수가 세례 받으셨을 때 하늘문이 열리고, 십자가에 매달리실 때 성전 지성소의 휘장이 찢기고, 무덤에서는 돌을 열고 나오셨다고 했는데, 이 모든 행동은 하느님이 천당보다는 현장으로 급하게 가시는 모습을 보여주는 것들이다.

어디든지 곧 현장으로 달려가는 함석헌의 이 마음을 생각하면 나는 "공(公)에 이르는 것이 있기에 그런 사람이 있는 공동체는 활기를 띤다(有至公故 動靜隨成)"라는 원효의 〈대승기신론(大乘起信論) 소·별기(疏·別記)〉의 문구를 떠올린다. 함석헌은 마음에 사가 없고 공이 있었기에 법정에 있는 학생들에게 끌리어, 힘을 내어 가셨던 것이다. 나 역시 일생을 행정학자로 살았기에 공무원의 공(公)에 관심이 있었고, '국민의 정부'가 사(私)로 움직이는 측근 정치에 휘둘려 가슴이 아팠다. 함석헌은 이렇게 다른 사람을 생각하는 방향으로 살아오셨기에 물질을 버리는 방향으로도 살아오셨는데, 이는 그 방향의 끝자리에 계신 하느님이 끌어주었기에 그리로 간 것이다. 나는 흔히 하느님의 뜻을 따라 행했다고 하는 말도 하느님에게 끌리어 행했다고 고쳐 쓰는 것이 맞다고 생각한다.

함석헌은 〈펜들힐의 명상〉에서 예수가 죽은 것은 하느님 우편에 가 앉기 위함이 아니라 자신을 배반한 가리옷 유다를 속히 가서 만나기 위함이라고 해석했다. 이처럼 이득과 혜택을 고려하지 않는 행동은 크레인 브린턴(Crane Brinton)이 《혁명의 해부(The Anatomy of Revolution)》(New York: Englewood Cliffs, 1957)에서 지적한, 영·미의 혁명이 현대에 성공한 비결이기도 하다. 브린턴은 현대에 일어난 네 가지 혁명 중에서 프랑스 혁명과 러시아 혁명은 혁명자들이 이성이 아니라 잇속에 따라 발언하고 행동하여 정부로부터 잇속을 챙겨서 실패했다고 주장했다. 혁명의 시기에는 직접 참가하지 않고 뒤에 숨어 있다가 혁명이 끝난 후에 그 열매를 따 먹은 형태가 프랑스 혁명과 러시아 혁명이었다는 말이다. 이에 반해 영국과 미국의 경우, 혁명 때 행동했던 이들이 혁명이 끝난 후에는 대체로 자신의 본직으로 돌아갔다고 한다. 이 점에서 한국의 민주화운동은 악한 정부의 이성이 거절하지 못하는 발언과 행동을 하여 해직과 옥고를 치른 1970년대 운동의 불씨를 잘 살려냈어야 했다. 이 점에서 노무현 정부가 반성할 지점이 있다. 노무현 정부는 이른바 386세대를 자랑했는데, 386세대는 가장 무서웠던 때인 1970년대에 민주화운동을 한 이들이 아니었다.

브린턴이 이야기한 영·미의 혁명은 많은 국민이 만세를 부르며 참여했던 우리의 삼일독립운동을 떠올리게 한다. 삼일만세가 끝난 후에야 좌파 운동이 생기고, 4·19가 일어난 지 1년 후에 판문점에 가서 남북협상을 하겠다는 대학생들이 생긴 점은 프랑스·러시아 혁명과 비슷하다. 더욱이 삼일독립선언이 말했던 공약 3장은 비폭력, 인간의 기본 권리 신장, 자기희생을 방법, 일, 사람의 측면에서 실천할 것을 천명한 위대한 사상이었다. 이 공약 3장이 바로 노무현 정부가 민심을 얻는 비결이었어야 한다.

오늘 함석헌은 사단법인 함석헌기념사업회 형식으로도 살아 계신다. 내가 이 회에 앉을 때마다 생각하는 선생님의 모습은 '괴롭고 슬픈' 모습이다. 명색이 그 법인의 이사장이라면서 직원의 쥐꼬리만 한 인건비도 마련하지 못해서 나는 밤중에 괴롭지만, 내 괴로움은 선생님의 괴로움에 비하면 아무것도 아니다. 선생의 괴로움과 슬픔을 설명하는 틀로 내가 생각하는 성서는 "아브라함이 태어나기 전부터 계신 분"이라는 제목을 가진 〈요

함석헌기념사업회 씨올강좌에서 강의했을 때.

한복음〉 8장의 일부이다. 이 구절을 소개하면서 함석헌이 민주화 이후의 오늘을 평가하는 기준임을 설명하는 이 절을 마칠까 한다.

48 유다인들은 "당신은 사마리아 사람이며 마귀 들린 사람이오, 우리 말이 틀렸소?" 하고 내대었다. 49 예수께서는 다음과 같이 대답하셨다. "나는 마귀 들린 것이 아니라 내 아버지를 높이고 있다. 그런데도 너희는 나를 헐뜯고 있다. 50 나는 나 자신의 영광을 찾지 않는다. 내 영광을 위해서 애쓰시고 나를 올바로 판단해주시는 분이 따로 계시다. 51 정말 잘 들어두어라. 내 말을 잘 지키는 사람은 영원히 죽지 않을 것이다."

52 그러자 유다인들은 "이제 우리는 당신이 정녕 마귀 들린 사람이라는 것을 알았소. 아브라함도 죽고 예언자들도 죽었는데 당신은 '내 말을 잘 지키는 사람은 영원히 죽지 않는다'고 하니 53 그래 당신이 이미 죽은 우리 조상 아브라함보다 더 훌륭하다는 말이오? 예언자들도 죽었는데 당신

은 도대체 누구란 말이오?" 하고 대들었다. 54 예수께서 이렇게 대답하셨다. "내가 나 자신을 높인다면 그 영광은 아무것도 아니다. 그러나 나에게 영광을 주시는 분은 너희가 자기 하느님이라고 하는 나의 아버지이시다. 55 너희는 그분을 알지 못하지만 나는 그분을 알고 있다. 내가 만일 그분을 모른다고 말한다면 나도 너희처럼 거짓말쟁이가 될 것이다. 그러나 나는 그분을 알고 있으며 그분의 말씀을 지키고 있다. 56 너희의 조상 아브라함은 내 날을 보리라는 희망에 차 있었고 과연 그날을 보고 기뻐하였다." 57 유다인들은 이 말씀을 듣고 "당신이 아직 쉰 살도 못 되었는데 아브라함을 보았단 말이오?" 하고 따지고 들었다. 58 예수께서는 "정말 잘 들어두어라. 나는 아브라함이 태어나기 전부터 있었다" 하고 대답하셨다. 59 이 말씀을 듣고 그들은 돌을 집어 예수를 치려고 하였다. 그러나 예수께서는 몸을 피하여 성전을 떠나 가셨다.(요한 8:48~59)

　이 글의 제목을 나는 '마귀 들린 사마리아 사람'으로 고쳐 붙이고 함석헌을 그렇게 부르고 싶다. 그분 하면 떠오르는 가장 강력한 인상은 학대받던 모습이다. 그분은 일제, 북한, 남한에서 감옥 생활을 했다. 민주화운동을 할 때 목요기도회에서 사회를 봤던 김종대 목사는 함석헌의 순서를 막았다. 전직 예수교장로회 총회장이자 전직 안국동 교회의 목사가 지닌 권위가 컸던 것이다. 목요기도회에서조차 망령 들린 노인 취급을 했다. 선생님 말년에 내 집과 선생님 댁이 같은 골목에 있었다. 하루는 내가 댁에 들렀더니 함 선생님이 한숨을 쉬셨다. 목요기도회 때 설교를 했는데, 자신이 비폭력을 말한다고, 케케묵은 고전을 말한다고, 자신이 과거에 공산주의자가 아니었다고 말한다고 청년들—아마 이 청년들이 지금의 386세대일 것이다—이 당신을 비난했기 때문이다. 그분이 어떤 분이었는지 정확히 알도록 〈요한복음〉 8장을 찬찬히 풀어서 보자.

첫째, 우선 유대인들이 예수에게 "당신은 사마리아 사람이며 마귀 들린 사람이오"라고 내대었다. 함석헌도 이 땅에서 자신이 이 땅의 주인이라고 여기는 사람들에게 이와 같이 비난을 받았다. 사마리아 사람이며 마귀 들린 사람이라는 말은, 따지고 보면, 이 땅에 새로운 문명이라는 대안을 도입한 사람이라는 뜻이다. 이 사상은 이미 살고 있던 유대인인 한국인들에게 안 맞았다.

둘째, 유대인들의 힐난에 예수는 "나는 마귀 들린 것이 아니라 내 아버지를 높이고 있다. 그런데도 너희는 나를 헐뜯고 있다. …… 내 말을 잘 지키는 사람은 영원히 죽지 않을 것이다"라고 말한다. 과연 함석헌의 말도 그가 못 보고 죽은 시대인 '국민의 정부'와 '참여정부' 시대에도 맞는 말로 죽지 않고 살아 있었다. 함석헌의 말은 날이 갈수록 더욱 강하게 살아남을 것이니, 함석헌의 말을 지키는 사람은 영원히 죽지 않을 것이다.

셋째, 이어서 유대인들이 아브라함보다도 네가 훌륭하다는 말이냐고 따지자 예수는 "나는 아브라함이 태어나기 전부터 있었다"라고 말한다. 이는 함석헌의 사상도 홍익사상을 펼친 단군보다 오히려 먼저 있었다는 격이다. 함석헌을 포함한 이들은, 말하자면 단군이 기다리고 희망을 가졌던 분들이다.

행정의 최소 조건을 탐구한 《협력형 통치》

〈요한복음〉8장을 좀 더 보자. 유대인들이 예수의 말을 듣고 돌을 집어 예수를 치려고 하자 예수는 몸을 피하여 성전을 떠났다. 《협력형 통치―원효·율곡·함석헌·김구를 중심으로》에서 나는 내 나라 사람들이 그분의 말을 듣고 돌을 집어 치려고 하니 그분이 몸을 피하며 그들이 가장 신성하다고 여기던 성전에 해당하는 곳을 떠난 이야기를 했다. 원효가 떠난 성전은 신라의 호국불교였고, 율곡 이이가 떠난 성전은 조선조의 성리학적 유교였고, 함석헌이 떠난 성전은 종교개혁을 하지 않는 기독교회였고, 김구가 떠난 성전은 임시정부가 아니라 본정부였다. 2006년에 출간한 이 책에 흐르는 핵심 생각은 크게 다음 세 가지이다.

1. 악의 근원을 통치악으로 본다.
2. 통치악을 극복한 대안들은 사람들이 많이 읽는 책, 고전으로 인류에게 전해지고 있다.
3. 악한 정권을 향한 민의 대안은 최소의 것이어야 한다.

내 박사학위 논문 〈북한 행정권력의 변질요인에 관한 연구〉는 《로동신문》을 자료로 하여 쓴 것으로, 중앙정보부에 의해 금서가 되었다. 단순히 이 논문을 못 읽게 했을 뿐 아니라 이 논문에서 제기한 논제를 내가 계속 연구하는 것까지 금지되었다. 내가 군사정권에 의해 계속 해직되고 투옥되었기 때문이다. 나는 얼마나 더 쓰고 싶었는지 모른다. 내가 계속 연구하고 쓰고 싶었던 과제는 다음 세 가지였다.

1. 일하는 조직의 원형 연구
2. 개인을 존중하는 조직의 원형 연구
3. 이 두 가지 조직이 있는 나라가 이웃 나라와 교류·공존하는 원형 연구

비록 전체주의 정치의 북한에서도 30개월씩 나눈 두 시기 가운데 후기에 위 세 가지 현상이 생겨날 것을 기대했었는데 그렇지 못했기에, 그렇잖아도 나는 초조했다.

그러나 이 원형 연구는 1984년에 고려대에 확실히 복직된 후에야 가능했다. 일하는 조직의 원형에 해당하는 중국의 관료제 연구를 위하여 《논어집주》와 《맹자집주》를 읽은 일이 그 하나였다. 이 연구를 위한 서론 격인 《자전적 행정학》을 쓴 일이 다른 하나였다. 그리고 정년 후 경기대 연구실에서 첫 번째 연구로 《논어·맹자와 행정학》을 69세 때인 1996년에 썼다. 역시 경기대에서 두 번째 연구로 《인간·종교·국가》를 74세 때인 2001년에 썼으며, 세 번째 연구로 《협력형 통치》를 79세 때인 2006년에 썼다. 그러니까 《협력형 통치》는 '행정의 최소 조건'이라 이름붙인 내 저서 5부작에서 마무리 작품에 해당한다. '행정의 최소 조건' 5부작이란 내 박사학위 논문, 《자전적 행정학》, 정년 후에 쓴 세 책을 말한다. 그러니까 나는 박사학위를 받은 후 36년 걸려서 박사학위에서 제기한 과제를 연구할 수 있었던 셈이다. 이 5부작의 마무리작인 《협력형 통치》에서도 행정의 최소 조건을

《협력형 통치》 출판기념회에서(2006. 4. 28).

탐구하되, 한국 사상가에게서 행정의 최소 조건을 탐구했다. 원효·율곡·함석헌·김구는 내 나라에 꼭 있어야 했던 최소의 인물—꼭 있어야 하는 이니까 그가 없는 자리를 최대로 추모하게 되는 인물—로 보았다.

《협력형 통치》에서 내가 이야기한 통치악이 무엇인지 살펴보고, 이 통치악의 예시가 의미하는 것이 무엇인가를 말하고, 나아가 예시된 사례의 골격을 살펴보겠다.

통치악

《협력형 통치》에서 나는 우리의 시작을 설명하는 근거로 함석헌의 《성서적 입장에서 본 조선 역사》를 제시했다. 이 책에서 함석헌은 중국 사람들이 본 고대 조선인들의 인상은 그 사람됨이 순박해서 흡사 바보 같고 길에서 사람을 만나면 길을 양보했는데, 오늘날은 사람들이 왜 약삭빠르고 길에서 사람을 건드리고 가면서도 미안하다는 말을 하지 않게 되었는지 분석한다. 그의 의견에 따르면 이렇게 된 이유는 그렇게 순박하던 백성이 나쁜 정권 밑에서 사느라고 얼굴이 변해서이다. 그리고 나쁜 정권은 외국의 침공을 하도 많이 받아 그 힘에 굴복하여 목숨을 유지한 정권이라고 한다.

이렇게 명을 유지했던 정권으로 제일 꼭대기에는 통일신라가 있다. 동족상잔을 하고, 그것도 모자라 나라의 영토를 당나라에 바친 나라가 통일신라였다. 이 시원의 경험이 얼마나 끔찍했으면 그 후 우리 겨레는 어디 가든지 무슨 수를 써서라도 대장이 되어야 속이 편한 부류의 과격한 사람과 대장이 된 사람에게 빌붙어야 하는 분열하는 사람, 이런 것들을 못하겠으니 돈이나 챙기고 사는 부

《협력형 통치》(열린책들, 2006).

패한 사람으로 나뉘게 되었다. 우리 겨레는 예수가 받은 세 가지 유혹을 심각하게 겪은 겨레이다. 즉 윗자리에만 앉으려는 과격과 붙어먹는 분열과 돈이나 벌자는 부패는 예수가 받은 세 가지 유혹 그대로이니, 신라의 악이 얼마나 나빴는지를 알 만한다. 죄질로 보아 과격한 놈이 제일 나쁘고, 과격한 놈에게 붙어먹거나 따로 잇속을 챙기는 놈은 이해하는 눈으로 봐야 한다. 그런데 이런 틈바구니 속에 끼는 것을 부끄러워해 의연하게 산 사람들, 예를 들어 개성 사람, 제주도 사람, 함경도 북청 사람, 박지원이 쓴 남산골 선비 허생 등이 있었다.

통일신라 다음으로 창피한 정권은 성리학적 유교의 나라 조선이었다. 고려는 망해서 나라를 동족에게라도 넘겼지만 조선조는 하도 망할 짓을 하여 나라를 일본에게 빼앗겼다. 중국에서도 성리학이 성행한 후에는 나라를 이민족인 몽골족과 만주족에게 빼앗겼다.

통일신라, 조선조를 이은 악은 일본 식민지, 공산주의, 남한의 군사정권 등이 만들어낸 통치악이다. 그런데 아직도 남은 악이 있다. 그것은 민주화 이후의 악인데, 이 악을 나는 그 전의 악들과는 구별한다. 앞에서 논했듯이, 가라지와 곡식의 비유로 설명되는 새로운 종류의 악이 오늘의 악이기 때문이다.

가라지의 악이건 곡식의 악이건 악의 근원은 정부의 과격이다. 과격한 정부의 과격 밑에서 목숨을 붙이고 사는 국민은 원래의 순수함을 유지하지 못한다. 그리고 나라의 모습이 이 정도로 되면 그런 정부는 나라를 유지하지 못해 외국의 침략 앞에 굴복한다. 예를 들어보자. 로마제국은 증거로 백성을 다스리는 로마법이 있어서 바다 건너 멀리 영국까지도 점령할 수 있었다. 그런데 우리는 텔레비전 사극에서조차 왕이 죄인을 친국해도 죄를 자백할 때까지 매우 치라고 말하는—증거를 찾는 것이 아니다—것을 자주 보았다. 이래서 우리는 나라를 줄여먹었고 그나마 그 나라를 일본 놈에게 빼앗겼던 것이다. 노자의 말처럼 정치는 큰 생선 지지는 것같이 신중하게 뒤집고 다뤄야 하는 것이다. 국민을 막 다루는 과격한 정부는 내란뿐 아니라 끝내는 외침을 당한 것이 우리의 형편이었다.

개인악과 구별되는 통치악

통치악이 개인악의 원천이 된다는 생각은 《협력형 통치》에서만의 생각은 아니다. 1991년에 쓴 《자전적 행정학》에서 이를 밝혔고, 1970년대에 《제3일》에 낸 글에서도 썼으며, 《동아일보》에 〈개인악과 구조악〉이라는 글도 썼다. 그러나 근본적으로 이런 것들보다 앞서서 나는 나의 행정학개론 첫 시간에 이를 밝히기 시작했다. 앞에서 이야기했듯이, 나는 행정학개론 첫 시간에 학생들에게 최근에 화났던 일을 쪽지에 써서 내라고 한 후 그것들을 분류했다. 그리하여 누가, 무엇을, 어떻게 하는가를 대답하지 못하면 화가 나며 행정이 안 된다는 것을 이야기했다. 즉 사람, 일, 방법이 마련돼 있으면 행정이 있고 이것들이 마련돼 있지 않으면 행정이 없다고 이야기했다.

그리고 둘째 시간에는 전 시간의 자료를 갖고서 개인악과 통치악을 구별한 뒤, 첫 시간 때와 같이 학생들에게 다음과 같은 질문을 하는 것으로 강의를 시작했다.

"전 시간에 행정을 설명하는 요소로 사람, 일, 방법이라는 세 가지 개념을 밝혔습니다. 사람은 성실해야 하고, 일에 밝은 사람이 있어야 하고, 일하는 사람들이 시간과 동작을 아껴야 능률이 오르지만, 사람들 서로가 친절하여 능률을 올리는 것을 더 의미 있게 보아, 친절해야 한다고 정하겠습니다. 여러분들 중 남학생들만 답해주세요. 여러분이 생각할 때 성실한 사람, 경우 밝은 사람, 친절한 사람이라는 세 부류의 남자가 있다면, 여학생들이 어떤 부류의 남자를 신랑감으로 꼽는다고 생각합니까?"

손을 드는 빈도가 제일 높은 부류는 성실한 남자이고, 그 다음이 밝은 사람이고, 제일 낮은 것은 친절한 사람이었다. 이 여론조사를 받아놓고 난 뒤에 나는 이 동일한 질문을 미국 학생들에게 하면 어떻게 생각할 것인가를 물었다. 그랬더니 제일 점수가 높은 사람은 친절한 사람, 그 다음이 경우 밝은 사람이며, 마지막으로 성실한 사람이 나왔다. 이 두 가지 여론조사를 가지고 학생들에게 새로운 질문을 던졌다.

"한국 사람이나 미국 사람이나 다 같은 인류, 사람인데 어찌하여 같은 질문에 대한 반응이 다르게 나옵니까?"

그러자 이 질문에 대한 토의가 활발하게 이어졌다. 토의가 한창 진행될 때 나는 이런 질문을 던졌다. 어느 댁에서 저녁식사를 할 때 성숙한 딸이 아버지에게 "저는 오늘 한 총각을 만났는데 이 세상에서 그렇게 친절한 남자를 처음 만났습니다"라고 했다면, 이 딸의 말을 들은 아버지가 드디어 신랑감이 나타났구나 하며 좋아하겠느냐고 물었다. 학생들이 '와' 하고 웃었다. 아니라는 뜻이다. "'이 아이가 오늘 사기꾼을 만났으면 어떻게 하지?' 하고 아버지가 걱정할 것 아닙니까" 하고 내가 다시 말하면 학생들이 '와' 하고 또 웃는다. 그러면 나는 이어서 말한다. "우리나라의 경우는 우선 성실한 사람이 나와야 하고, 성실한 사람이 생긴 후에야 경우 밝은 사람이 나오고, 그 다음으로 친절한 사람으로 발전되어야 하지만, 미국의 경우는 이미 이 진전이 친절한 사람에게까지 이른 것입니다"라고.

"그런데 왜 두 나라가 이렇게 국민 일반의 인격 발전 순위에 차이가 납니까?" 하고 새 질문을 던지면 여러 가지 답이 나온다. 맞는 답은 우리 정부는 정당하지 않기 때문에 그 악한 정부 밑에서 국민이 생존하려면 자율성을 갖고 살 수가 없어서 본성이 왜곡되었다는 것이라고 나는 말한다. 그러면서 나는 함석헌이 언급한 북벌 계획, 사대성 극복, 독립 정신, 그리고 외세에 의존하지 말 것을 언급한다.

통치악의 구도

　선하게 살라는 인류 행복의 대안을 말하면서 통치악을 정확하게 말하지 않는 책들이 많다. 큰 가르침, 곧 종교 가운데 3대 종교를 보자. 불교에서는 통치악의 언급이 전연 없다. 《논어》, 《맹자》에서는 통치자의 잘못이 여기저기에 언급돼 있다. 그러나 《논어》, 《맹자》에 대한 성리학적 해석은 대안인 '신인의예지(信仁義禮智)'가 극복할 대상이 통치자의 악이 아니라 '희로애구애오욕(喜怒哀懼愛惡慾)'이다. 그러니까 기뻐하고 노여워하고 슬퍼하고 두려워하고 사랑하고 미워하고 욕심내는 것이 악하다는 것이니, 악한 통치자에게 시달리는 백성들에게 절에 있는 중들같이 감정을 다 버리고 벽을 향해 앉아 있으라는 말이다. 이는 대안과 애당초 맞지 않는 현실을 말한 것이다. 그러면서 왕이라는 이가 한번 말한 것을 지키지 않는 것이 신(信)의 반대라고 적지 않았으며, 돈이 없어서 쉰 살이 되어서도 상투를 못 올리는 백성이 많은데도 그들을 긍휼히 여기지 않고 한 달에도 여자를 수없이 갈아 치우는 것이 인(仁)의 반대라고 적지 않았다. 자기 사후에 유능한 동생이 후계자가 되어도 좋으련만, 굳이 적자여야 한다고 어린이를 왕으로 내세우는 것은 자신을 부끄러워하는 의(義)가 없는 일이라고 말했어야 한다. 왕은 예의가 없고 아는 것이 없으면 안 된다고 말했어야 했다.

　기독교는 다르다. 다만 성서에는 통치악이 적혀 있는데 목사들이 이를 외면하고, 악을 통치악으로 해석하지 않고 신비화하고 있다. 통치악에 대한 견해에 진전을 보이는 기독교 경전은 구약성서의 〈창세기〉에 나오는 5대 설화이다. 〈창세기〉에는 통치악이 설화 형식으로 쓰여 있는데 정부와 부딪치기를 싫어하는 교권주의자들은 이것을 신비화해서 설명했다. 나는 〈창세기〉에서 설명된 통치악에 대해 《자전적 행정학》에서부터 쓰기 시작했다. 귀가 있고 눈이 있는 사람만이 진리를 깨닫는다는 것이 내 생각이다. 이 5대 설화와 통치자가 받는 유혹을 비교하면 다음과 같다.

설화	예수의 유혹
1. 아담과 하와의 범죄	악을 말하면 죽으니까 돌이 빵이 되어 먹고만 살았으면 좋겠다.
2. 카인의 아벨 제거	나 카인은 큰아들로서 특별한 사람이니까 높은 데서 떨어져도 안 다친다.
3. 노아의 홍수	(해당 무. 왜냐하면 3은 1, 2가 있어야 생기니까)
4. 바벨탑 세우기	악마에게 절해서 세상 영화를 누린다.
5. 소돔과 고모라의 멸망	(해당 무. 왜냐하면 5는 1, 2, 3, 4가 안 될 때 동반되는 현상이니까)

〈창세기〉의 5대 설화는 통치악을 설명하는 틀이며, 통치악을 심판하는 것이 기독교인이 받는 성령의 역할 중 하나이다. 따라서 이 다섯 설화의 원문을 일단 인용하고, 각각의 설화가 통치자의 어떠한 악을 말하는지를 자세히 적고, 이런 상황에서 일반 피치자에게 노출되는 유혹을 설명할까 한다. 다만 각각에 해당하는 내 나라의 사례를 곁들여서 원문의 보편성을 밝혀보고자 한다. 이것은 어디에서 베낀 것이 아니라 내 독자적인 해석이다.

아담과 하와의 범죄

1 야훼 하느님께서 만드신 들짐승 가운데 제일 간교한 것이 뱀이었다. 그 뱀이 여자에게 물었다. "하느님이 너희더러 이 동산에 있는 나무 열매는 하나도 따 먹지 말라고 하셨다는데 그것이 정말이냐?" 2 여자가 뱀에게 대답하였다. "아니다. 하느님께서는 이 동산에 있는 나무 열매는 무엇이든지 마음대로 따 먹되, 3 죽지 않으려거든 이 동산 한가운데 있는 나무 열매만은 따 먹지도 말고 만지지도 말라고 하셨다." 4 그러자 뱀이 여자를 꾀었다. "절대로 죽지 않는다. 5 그 나무 열매를 따 먹기만 하면 너희의 눈이 밝아져서 하느님처럼 선과 악을 알게 될 줄을 하느님이 아시고 그렇게 말하신 것이다." 6 여자가 그 나무를 쳐다보니 과연 먹음직하고

보기에 탐스러울뿐더러 사람을 영리하게 해줄 것 같아서, 그 열매를 따 먹고 같이 사는 남편에게도 따 주었다. 남편도 받아먹었다. 7 그러자 두 사람은 눈이 밝아져 자기들이 알몸인 것을 알고 무화과나무 잎을 엮어 앞을 가렸다.

8 날이 저물어 선들바람이 불 때 야훼 하느님께서 동산을 거니시는 소리를 듣고 아담과 그의 아내는 야훼 하느님 눈에 뜨이지 않게 동산 나무 사이에 숨었다. 9 야훼 하느님께서 아담을 부르셨다. "너 어디 있느냐?" 10 아담이 대답하였다. "당신께서 동산을 거니시는 소리를 듣고 알몸을 드러내기가 두려워 숨었습니다." 11 "네가 알몸이라고 누가 일러주더냐? 내가 따 먹지 말라고 일러둔 나무 열매를 네가 따 먹었구나!" 하느님께서 이렇게 말씀하시자 12 아담은 핑계를 대었다. "당신께서 저에게 짝 지어 주신 여자가 그 나무에서 열매를 따 주기에 먹었을 따름입니다." 13 야훼 하느님께서 여자에게 물으셨다. "어쩌다가 이런 일을 했느냐?" 여자도 핑계를 대었다. "뱀에게 속아서 따 먹었습니다." 14 야훼 하느님께서 뱀에게 말씀하셨다. "네가 이런 일을 저질렀으니 온갖 집짐승과 들짐승 가운데서 너는 저주를 받아, 죽기까지 배로 기어 다니며 흙을 먹어야 하리라. 15 나는 너를 여자와 원수가 되게 하리라. 네 후손을 여자의 후손과 원수가 되게 하리라. 너는 그 발꿈치를 물려고 하다가 도리어 여자의 후손에게 머리를 밟히리라."

16 그리고 여자에게는 이렇게 말씀하셨다. "너는 아기를 낳을 때 몹시 고생하리라. 고생하지 않고는 아기를 낳지 못하리라. 남편을 마음대로 주무르고 싶겠지만, 도리어 남편의 손아귀에 들리라."

17 그리고 아담에게는 이렇게 말씀하셨다. "너는 아내의 말에 넘어가 따 먹지 말라고 내가 일찍이 일러둔 나무 열매를 따 먹었으니, 땅 또한 너 때문에 저주를 받으리라. 너는 죽도록 고생해야 먹고 살리라. 18 들에서 나

는 곡식을 먹어야 할 터인데, 땅은 가시덤불과 엉겅퀴를 내리라. 19 너는, 흙에서 난 몸이니 흙으로 돌아가기까지 이마에 땀을 흘려야 낟알을 얻어먹으리라. 너는 먼지이니 먼지로 돌아가리라."

20 아담은 아내를 인류의 어머니라 해서 하와라고 이름 지어 불렀다. 21 야훼 하느님께서는 가죽옷을 만들어 아담과 그의 아내에게 입혀주셨다.(창세기 3:1~21)

통치자는 혼자서 범행을 저지르지 않는다. 뱀과 하와가 공범자이다. 여기에서 뱀은 많은 것을 아는데, 이 아는 것을 가지고 통치자를 타락시키는 역할을 한다. 1970~80년대에 유신헌법을 찬양하고 다닌 '유덕한 교수' 들, 중앙정보부의 판단관 교수들, 정부 시책을 평가하는 교수들이 바로 그들이다. 하와는 통치자 아담의 측근이다. 공보처 장관, 중앙정보부장, 청와대 비서실장 등 이런 사람들이 측근이다.《서울신문》도 이 측근에 낀다. 이 두 놈들이 범한 일은 야훼가 금하는, 선악을 알게 하는 과실을 따 먹는 일이다. 야훼가 이 과실과 관련하여 내린 명령을 음미해볼 만하다. 야훼는 동산 안에 있는 모든 과실을 먹되, 선악을 알게 되는 열매는 먹지 말라 했다. 만일에 이 과실을 먹으면 죽는다고 했다. 이 야훼의 명령에서 나는 이런 의문이 들었다. 이 세상을 선하게 살아야 하는데, 선악은 하느님만 알고 아담은 그것을 알려 하지 말라는 것이 무슨 뜻일까? 아담은 선하게 살지 말라는 뜻인가? 선악의 판단 없이도 사람이 선하게 살 수 있다는 것인가? 그리고 범죄를 저지르면 아담이 꼭 죽을 것이라고 말했는데 아담은 놀랍게도 930세를 살았으니 두 사실 중에 어느 하나가 틀린 것인가? 만일에 두 사실이 다 맞는다면 죽는다는 뜻이 별도로 있는 것인가? 즉 살았는데도 죽는 상황이 있고 반대로 죽었는데도 사는 상황이 있다는 말인가?

이러한 의문을 풀어주는 일이 1970년대 박정희 유신정부 때 생겼다. 박정희는 1973년부터 바른말 하는 사람들을 제거해, 선악의 판단을 주권자인 국민이 아니라 쿠데타를 한 자신이 했다. 최종길 교수의 의문사, 김윤환·백낙청·김병걸·이문영 등 교수들의 해직, 동아일보·조선일보·한국일보 기자들의 해직, 정부 압력으로 기업의 광고를 못 받게 된 동아일보 등이 바른말 하는 초기 인물들과 그에 대한 유신정부의 대응이다. 대학생들의 민청학련 사건, 김동길·김찬국 두 교수의 구속, 박형규 목사의 구속, 3·1 민주구국선언에 서명한 11인 기독교인의 구속 등 연이은 사건들이 선악을 판단하는 사람들을 제거한 사건이었다. 한국의 사례에서 볼 때 아담과 하와는 선악을 알고 바르게 살았어야 했으며, 아담과 하와가 선악을 알기 위해서는 나라의 지식인들과 언론의 말을 잘 들었어야 했다. 왜냐하면 이들이 나라의 선악을 판단하는, 보기에도 아름다운 과실이었으니까. 이런 사건 후에도 박정희는 곧장 죽지는 않았다. 그러나 살아도 죽은 목숨으로 살았으니 설화에 있는 대로 정녕 살아도 죽은 것이었다.

이러한 정치 상황 속에서 피치자 일반은 시시비비를 말하지 못하고 살게 된다. 시시비비를 말하면 어디에서든지 내쫓기게 된다. 따지고 보면, 시시비비의 근원은 "하느님 입에서 나오는 모든 말씀"(마태오 4:4)이다. 그리고 이 "하느님 입에서 나오는 모든 말씀"이 예수가 겪은 첫 번째 유혹을 극복하는 대안이었다. 시시비비를 말하지 못하는 인간은 그 대신 무엇을 하게 되나? 그런 사람들은 배가 터지게 먹고 마시기만 바라서 돌까지도 먹을 것이 되기를 바랄 것이다.

카인의 아벨 제거

1 아담이 아내 하와와 한자리에 들었더니 아내가 임신하여 카인을 낳고 이렇게 외쳤다. "야훼께서 나에게 아들을 주셨구나!" 2 하와는 또 카인의 아우 아벨을 낳았는데, 아벨은 양을 치는 목자가 되었고 카인은 밭을 가

는 농부가 되었다. 3 때가 되어 카인은 땅에서 난 곡식을 야훼께 예물로 드렸고 4 아벨은 양 떼 가운데서 맏배의 기름기를 드렸다. 그런데 야훼께 서는 아벨과 그가 바친 예물은 반기시고 5 카인과 그가 바친 예물은 반기 시지 않으셨다. 카인은 고개를 떨어뜨리고 몹시 화가 나 있었다. 야훼께 서 이것을 보시고 6 카인에게 말씀하셨다. "너는 왜 그렇게 화가 났느냐? 왜 고개를 떨어뜨리고 있느냐? 7 네가 잘했다면 왜 얼굴을 쳐들지 못하 느냐? 그러나 네가 만일 마음을 잘못 먹었다면, 죄가 네 문 앞에서 도사 리고 앉아 너를 노릴 것이다. 그러므로 너는 그 죄에 굴레를 씌워야 한 다." 8 그러나 카인은 아벨을 들로 가자고 꾀어 들에 데리고 나가서 달려 들어 아우 아벨을 쳐 죽였다.

9 야훼께서 카인에게 물으셨다. "네 아우 아벨이 어디 있느냐?" 카인은 "제가 아우를 지키는 사람입니까?" 하고 잡아떼며 모른다고 대답하였다. 10 그러나 야훼께서는 "네가 어찌 이런 일을 저질렀느냐?"라고 하시면서 꾸짖으셨다. "네 아우의 피가 땅에서 나에게 울부짖고 있다. 11 땅이 입 을 벌려 네 아우의 피를 네 손에서 받았다. 너는 저주를 받은 몸이니 이 땅에서 물러나야 한다. 12 네가 아무리 애써 땅을 갈아도 이 땅은 더 이 상 소출을 내주지 않을 것이다. 너는 세상을 떠돌아다니는 신세가 될 것 이다." 13 그러자 카인이 야훼에게 하소연하였다. "벌이 너무 무거워서 저로서는 견디지 못하겠습니다. 14 오늘 이 땅에서 저를 아주 쫓아내시 니, 저는 이제 하느님을 뵙지 못하고 세상을 떠돌아다니게 되었습니다. 저를 만나는 사람마다 저를 죽이려고 할 것입니다." 15 "그렇게 못하도 록 하여주마. 카인을 죽이는 사람에게는 내가 일곱 갑절로 벌을 내리리 라." 이렇게 말씀하시고 야훼께서는 누가 카인을 만나더라도 죽이지 못 하도록 그에게 표를 찍어주셨다.(창세기 4:1~15)

위 글에서 문제의 발단은 4, 5절에 있다. 야훼께서는 동생 아벨의 제물을 즐기셨고 카인의 제물은 즐기시지 않아 카인이 심하게 분노한 것이다. 여기에서 벌써 통치 체제를 이을 자와 드디어는 별 볼일 없게 되는 자의 갈등이 드러난다. 다음 조직 도표를 보면 카인은 아버지 아담을 이을 것이고 아벨은 드디어는 별 볼일 없게 되는 자이다.

아벨이라는 단어는 '허무하다'는 뜻을 가지고 있으며, 카인은 권력을 상징하는 '칼'이라는 뜻을 가지고 있다. 아버지가 죽으면 권력을 자동으로 이어받을 카인이 볼 때 야훼가 동생 아벨의 제물을 자기 것보다도 더 즐긴다는 것은 분한 노릇이 아닐 수 없다. 지금으로 치면 국민 여론이 카인보다 아벨을 더 선호하는 격이다. 카인은 노해서 아벨을 죽인 것이다.

여기서 분명히 할 것이 있다. 야훼가 아벨을 카인보다 더 귀엽게 여긴 데에는 이유가 있다는 점이다. 나는 제물의 차이에서 야훼의 선호가 결정되었다고는 생각하지 않는다. 김재준 목사마저 〈창세기〉 연구에서 이를 하느님의 신비에 돌렸다. 그러나 내 생각은 다르다. 이유가 있다. 야훼가 아벨을 선호한 것은 아벨이 한 통치 체제의 둘째 아들이기 때문이다. 자, 야훼가 눈여겨보고 키워낸 둘째 아들들을 열거해보자. 우선 아브라함이 있는데, 그는 본토 친척 아비 집을 떠나 나온 사람이다. 야곱은 쌍둥이로 태어났고 도의적으로 문제가 많은 둘째 아들이었다. 요셉은 열 명이나 되는 형들의

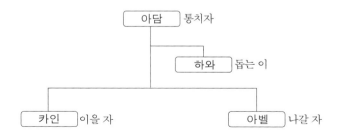

시기를 받은 열한 번째 아들이었다. 모세는 이집트에서 성장한 이민족 유대인이었다. 그 후에 나온 수많은 선지자들은 다 체제에 저항한 사람들이었다. 예수는 로마 법정에서 사형 집행을 받았다. 예수가 비유로 든 탕자도 둘째 아들이었다. 이 둘째 아들도 야곱 비슷하게 개인윤리 면에서 틀린 데가 있는 사람이었다. 그런데 왜 야훼께서는 둘째 아들을 이렇게 편들었는가? 이는 야훼는 그냥 신이 아니라 이집트에서 종살이하던, 말하자면 이집트에서 둘째 아들이었던 유대 백성을 긍휼히 여긴 하느님이었기 때문이다. 그리고 이런 사정을 분명히 성서가 적지 않고 신비롭게 둔 것은 분명하게 적어놓으면 악한 통치자인 큰아들에 의해 성서가 금서가 되기 때문이다.

큰아들이 둘째 아들을 시기해서 죽이는 상황에서 피치자 일반은 어떠한 마음을 갖게 되나? 그 체제 아래에서 살려면 아담과 하와의 선악과 따 먹기에서 보듯 어차피 올바른 말을 못 하게 되고, 또 카인이 아벨을 죽인 데서 보듯 동생을 부당하게 죽이는 형 통치자에게 빌붙어서 한자리라도 하고 살고 싶어진다. 그리고 이 정당성 없는 한 자리에 급급한 사람은 자기 자신이 다른 사람들보다 예외적으로 높다고 생각하는 권위주의적 사고를 갖게 되고, 이 권위주의적 사고가 곧 자신은 특별한 사람이니까 높은 데서 떨어져도 신이 보호해줘서 안 다치면 좋겠다는 예수의 두 번째 유혹에 떨어진다. 우리의 경우, 통일신라가 고구려의 땅 한 끝을 당나라에 주고 백제와 고구려를 통일한 시기—그러니까 통일된 나라는 한국합중국이 아니라 통일신라였던 시기—, 애국자를 죽이고 동양에 자랑하는 석조 건물 조선총독부를 세워놓고 일제가 통치하던 시기, 제2공화국을 빼앗은 5·16 쿠데타를 하며 김대중을 납치해 동해 바다에 처넣으려던 시기, 그리고 민주 인사들을 광주에서 학살하고 내란음모자로 몰고 집권한 5공화국 시기, 이런 시기가 다 우리 일반인들의 의식을 권위주의로 만들고 부(富)에 덧붙여 귀(貴)를 얻고자 애쓰게 만들었던 것이 아니겠는가!

노아의 홍수

1 땅 위에 사람이 불어나면서부터 그들의 딸들이 태어났다. 2 하느님의 아들들이 그 사람의 딸들을 보고 마음에 드는 대로 아리따운 여자를 골라 아내로 삼았다. 3 그래서 야훼께서는 "사람은 동물에 지나지 않으니 나의 입김이 사람들에게 언제까지나 머물러 있을 수는 없다. 사람은 백이십 년밖에 살지 못하리라" 하셨다. 4 그때 그리고 그 뒤에도 세상에는 느빌림이라는 거인족이 있었는데 그들은 하느님의 아들들과 사람의 딸들 사이에서 태어난 자들로서 옛날부터 이름난 장사들이었다.

5 야훼께서는 세상이 사람의 죄악으로 가득 차고 사람마다 못된 생각만 하는 것을 보시고 6 왜 사람을 만들었던가 싶으시어 마음이 아프셨다. 7 야훼께서는 "내가 지어낸 사람이지만, 땅 위에서 쓸어버리리라. 공연히 사람을 만들었구나. 사람뿐 아니라 짐승과 땅 위를 기는 것과 공중의 새까지 모조리 없애버리리라. 공연히 만들었구나" 하고 탄식하셨다. 8 그러나 노아만은 하느님의 마음에 들었다.(창세기 6:1~8)

20 노아는 야훼 앞에 제단을 쌓고 모든 정한 들짐승과 정한 새 가운데서 번제물을 골라 그 제단 위에 바쳤다. 21 야훼께서 그 향긋한 냄새를 맡으시고 속으로 다짐하셨다. "사람은 어려서부터 악한 마음을 품게 마련. 다시는 사람 때문에 땅을 저주하지 않으리라. 다시는 전처럼 모든 짐승을 없애버리지 않으리라. 22 땅이 있는 한 뿌리는 때와 거두는 때, 추위와 더위, 여름과 겨울, 밤과 낮이 쉬지 않고 오리라."(창세기 8:20~22)

예수가 겪은 유혹 중에 노아의 홍수 설화에 해당하는 것은 없다. 이는 6장 2절에 나오는 남자들이 여자들을 좋아하는 일—어느 특정한 남자 한 사람이 어느 특정한 여자를 좋아하는 일이 아닌 일—은 앞서의 두 설화 상황이 나타난 후의 사회심리, 사회현상이기 때문이다. 본문 8장 21절에서 야훼는 사람들의 마음은 계획하는 바가 어려서부터 악하므로 앞으로는 홍수로 성의 문란을 단속하지는 않겠다고 말한다. 야훼가 홍수 내린 것을 후회한 것이다. 성 문란에는 그 원인이 따로 있기에 그 원인을 단속하겠다고 하신 것이다. 정당성 없는 정부는 피치자들로 하여금 두 손을 불끈 쥐고 저항하는 마음을 죽이게 하기 위하여 3S 정책, 즉 Sex, Sports, Screen 정책을 편다고 하는 것도 이 성 문란의 사회심리성을 말한다. 전체주의 사회를 그린 조지 오웰의 소설 《1984년》에서는 남자가 여자를 만나자마자 성행위를 한다. 여기에 우리가 유의할 점이 생긴다. 성의 문란이 비록 바른말을 하고 자리를 정당하게 경쟁하면 죽임을 당하는 상황에서 성행하는 것이라 해도, 그렇다고 성의 문란에 사람의 몸을 맡기라는 뜻은 아니라는 것이다. 가르침은 남녀가 합의해서 결혼했다고 해서 또 합의만 하면 이혼할 수 있는 것은 아니며, 여자가 실제로 간음하지 않았으면 이혼을 못 하고, 만일 여자가 간음하지 않았는데도 이혼하면 여자를 간음케 하는 것이라고 말한다. 또한 마음으로 음욕을 품어도 간음하는 것이라고 말한다. 남녀 모두 자기 자신에게 철저히 책임을 물으며, 쾌락이 아니라 즐거움의 원천인 야훼에 영혼이 닿아야 한다고 가르친다. 따라서 《신곡》에서 보듯, 일생을 훌륭하게 서로 사랑한 연인들은 천국에 있다. 다만 세 번째 설화는 이 성의 책임을 도외시한 것이 아니라 통치악이 만들어낸 국민 일반의 성 문란을 야훼가 가슴 아파한 것일 따름이다.

바벨탑 세우기

1 온 세상이 한 가지 말을 쓰고 있었다. 물론 낱말도 같았다. 2 사람들은 동쪽에서 옮아오다가 시날 지방 한 들판에 이르러 거기 자리를 잡고는 3 의논하였다. "어서 벽돌을 빚어 불에 단단히 구워내자." 이리하여 사람들은 돌 대신에 벽돌을 쓰고, 흙 대신에 역청을 쓰게 되었다. 4 또 사람들은

의논하였다. "어서 도시를 세우고 그 가운데 꼭대기가 하늘에 닿게 탑을 쌓아 우리 이름을 날려 사방으로 흩어지지 않도록 하자."

5 야훼께서 땅에 내려오시어 사람들이 이렇게 세운 도시와 탑을 보시고 6 생각하셨다. "사람들이 한 종족이라 말이 같아서 안 되겠구나. 이것은 사람들이 하려는 일의 시작에 지나지 않겠지. 앞으로 하려고만 하면 못할 일이 없겠구나. 7 당장 땅에 내려가서 사람들이 쓰는 말을 뒤섞어놓아 서로 알아듣지 못하게 해야겠다." 8 야훼께서는 사람들을 거기에서 온 땅으로 흩으셨다. 그리하여 사람들은 도시를 세우는 일을 그만두었다. 9 야훼께서 온 세상의 말을 거기에서 뒤섞어놓아 사람들을 온 땅에 흩으셨다고 해서 그 도시의 이름을 바벨이라고 불렀다.(창세기 11:1~9)

첫 번째 통치자 아담의 범죄는 과히 큰 범죄는 아니었다. 아담이 죄를 짓기 시작했고 카인, 노아 때의 남녀들이 죄를 더욱 진행한 것이다. 아담의 범죄가 치명적 범죄가 아니라는 점을 보여주는 기록은 〈창세기〉 3장 22~24절이다. 이 구절에 따르면, 야훼가 아담과 하와를 동산에서 추방한 후 동산 중앙에 있는 생명의 나무를 아담과 하와가 안 건드렸는지 확인하러 가본다. 이렇게 정의(正義)의 신 야훼는 요즘의 정보공학 기계만도 못해서 무얼 미리 알지도 못했고 현장에 가보아야 아시는, 말하자면 인간 세상에 함께 사시는 신이시다. 아담과 하와가 범죄를 저지른 직후만 해도 동산에서 그들을 불러내서야 이들을 잡았고, 야훼가 찾는 소리를 듣고도 범죄자들은 숨어서 돌이라도 던져 야훼를 죽게 하지 않을 정도로 선량했다.

어쨌든 야훼는 동산 중앙에 있는 생명의 나무가 건재하다는 사실을 확인했다. 그런데 이 생명의 나무가 바벨탑 세우기 설화 단계에서 시들어버린 것이다. 왜냐하면 국민 각자가 자의로 기업을 영위하여 생명을 이어간 것이 아니라, 정부가 철저하게 중앙집권적으로 경제 시책을 펴 전시효과를 내는 사업을 하고 백성들이 그 밑에서 빌붙을 정도로, 무위(無爲)여야 하는 통치자가 유위(有爲)하게 되었기 때문이다. 정권이 바벨탑을 세우는 단계에서는, 백성들이 예수의 세 번째 유혹에서 보듯, 악마에게, 즉 악한 세계의 우두머리에게 절하여 세상의 영화를 누리고자 하는 유혹에 빠지게 된다. 통치자의 유위성(有爲性)을 노출한 표현들을 다음에 적시한다.

온 땅의 언어가 하나다(개발 독재니 경제 성장이니 하는 언어이다)./ 이들이 동방에서 옮겨 왔다(구미·대구에서 서울에 왔다)./ 성과 대를 쌓아 꼭대기를 하늘에 닿게 하며 우리 이름을 내고 온 지면에 흩어짐을 면하자(유위를 통하여 계속 집권하자)./ 야훼가 보시기에 이들이 한 족속이요, 한 언어를 사용해 이런 짓을 하니 언어를 혼잡하게 하고자 결심하고 이를 단행한다(예를 들어 개발 독재가 아닌 대중경제니 정보통신과 병행한 인문학의 강조니 하는 다른 언어가 나온다).

소돔과 고모라

1 하느님의 천사 둘이 소돔에 다다른 것은 저녁 때였다. 롯이 때마침 성문께에 앉아 있다가 그들을 보고 일어나 맞으며 땅에 얼굴을 대고 엎드려 청하였다. 2 "손님네들, 누추하지만 제 집에 들러 발을 씻으시고 하룻밤 편히 쉬신 다음 아침 일찍이 길을 떠나시는 것이 어떻겠습니까?" 그들은 밖에서 밤을 새우겠다고 하면서 사양하였으나, 3 롯이 하도 간청하는 바람에 롯을 따라 그의 집에 들어갔다. 롯은 그들에게 누룩 안 든 빵을 구워주며 대접하였다. 4 그들이 아직 잠자리에 들기 전이었다. 소돔 시민이 늙은이, 젊은이 할 것 없이 온통 몰려와 롯의 집을 둘러싸고 5 롯에게 소리치는 것이었다. "오늘 밤 네 집에 든 자들이 어디 있느냐? 그자들하고 재미를 좀 보게 끌어내어라."

6 롯이 밖으로 나가 등 뒤로 문을 닫고 7 사정했다. "여보시오, 제발 이런

못된 짓은 하지들 마시오. 8 아시다시피 나에게는 아직 남자를 모르는 딸이 둘 있소. 그 아이들을 당신들에게 내어줄 터이니 마음대로 하시오. 그러나 내가 모신 분들에게만은 아무 짓도 말아주시오." 9 그러나 그들은 "비켜라. 네가 떠돌이 주제에 재판관 행세를 할 참이냐? 그자들보다 너부터 혼내주어야겠다"라고 하면서 롯에게 달려들었다. 그리고 문을 부수려 하였다. 10 일이 이쯤 되자 그 두 사람이 손을 내밀어 롯을 집 안으로 끌어들이고 문을 닫았다. 11 그리고 문 앞에 몰려든 사람들을 어른 아이 할 것 없이 모두 눈이 부셔 문을 찾지 못하게 만들었다. 12 그리고 나서 롯에게 말하였다. "네 식구가 이곳에 또 있느냐? 아들, 딸 말고도 이 성에 다른 식구가 있거든 다 데리고 떠나거라. 13 이 백성이 아우성치는 소리가 야훼께 사무쳐 올랐다. 그래서 우리는 야훼의 보내심을 받아 이곳을 멸하러 왔다."

14 롯은 곧 딸들과 약혼한 사람들을 찾아가, "야훼께서 이 성을 멸하기로 작정하셨으니 어서 이곳을 빠져나가라" 하고 일렀다. 그러나 사위 될 사람들은 실없는 소리를 한다면서 웃어넘겼다. 15 동틀 무렵에 하느님의 천사들이 롯을 재촉하였다. "이 성에 벌이 내릴 때 함께 죽지 않으려거든, 네 아내와 시집가지 않은 두 딸을 데리고 어서 떠나거라." 16 그래도 롯이 망설이므로 그들은 보다 못해 롯과 그의 아내와 두 딸의 손을 잡고 성 밖으로 끌어내었다. 야훼께서 롯을 그토록 불쌍히 여기셨던 것이다. 17 롯의 가족을 데리고 나온 그들은 "살려거든 어서 달아나거라. 뒤를 돌아다보아서는 안 된다. 이 분지 안에는 아무 데도 머물지 말아라. 있는 힘을 다 내어 산으로 피해야 한다" 하고 재촉하였다. 18 그러자 롯은 그들에게 간청하였다. "제발 그러지 마십시오. 19 저같이 하잘것없는 사람에게 이렇듯 큰 호의를 베풀어 목숨을 건져주시니 고마운 말씀 이루 다 드릴 수가 없습니다. 그러나 재앙이 당장 눈앞에 있는데 저 산으로 도망치

다가는 죽고 말 것입니다. 20 보십시오. 저기 보이는 도시라면 가까워서 도망칠 수 있겠습니다. 아주 작은 도시입니다. 작은 도시지만 거기에라도 가서 목숨을 건지게 해주십시오.” 21 그러자 그는 청을 들어주겠다고 롯에게 말하였다. “저 도시는 멸하지 않을 터이니 22 빨리 그곳으로 달아나거라. 네가 그곳에 이르기까지 나는 손을 쓸 수가 없다.” 그 도시를 소알이라고 한 데는 이런 연유가 있다.(창세기 19:1~22)

　이 소돔·고모라의 멸망 이야기는 유신정부 말기에 박정희를 방문한 지미 카터 미국 대통령이 “경제 성장한 만큼 정치 발전도 할 수 있지 않느냐” 하고 내정 간섭한 이야기와 동일하다. 그러니까 다섯 번째 설화인 소돔·고모라의 멸망 이야기는 네 번째까지의 악이 자체적으로 시정되지 않으니까 외국이 간섭해 들어온 이야기이다. 《맹자》에도 학정에 시달리는 국민이 외국의 간섭을 기다리는 이야기가 꽤 나온다. 오늘날 중국과 북한이 인권 문제를 거론하는 미국을 싫어하는 것도 이런 예이다.

통치악을 극복할 대안, 고전
　“통치악을 극복한 대안들은 사람들이 많이 읽는 책, 고전으로 인류에게 전해진다.” 이 말이 내가 《협력형 통치》에서 제시한 두 번째 면모이다. “왜 협력형 통치이며, 왜 이를 고전으로 읽어야 하나?”라는 질문은 두 가지 질문이 아니고 한 질문이다. 무릇 권위형 통치를 불식해야만 협력형 통치가 되는데, 인류가 협력형 통치를 맞이하는 현상과 책을 거듭 많이 읽는 현상은 동전의 양면과 같은 동일한 현상이기 때문이다. 이 두 가지 현상이 같은 현상의 양면인 것을 밝히는 한문 단어는 ‘글이 밝다’라는 뜻인 문명(文明)이다.
　이 문명을 영어로 번역하면 ‘civilization’인데, 이 단어는 ‘시민화하다’

라는 뜻의 동사 'civilize'의 명사형이다. '文明'과 'civilization'을 함께 놓고 생각해보면, 사람을 시민으로 만드는 현상과 글이 밝은 현상은 동일한 현상임을 알게 된다. 따라서 밝은 글이란 사람이, 그러니까 노예였던 사람이 시민이 된 경험을 기록해놓은 책이며, 이 책은 후손들이 조상들의 노예 해방을 거듭 회상해 많이 읽는 책, 곧 고전이 된다. 고전이 많이 읽힌다는 것은 곧 노예 국가가 아닌 협력형 국가를 흠모하는 것을 뜻한다.

관료 조직 문화와 민회 문화는 두 가지 큰 통치 조직 문화이다. 전자는 서기전 약 1100년경에 독재 정부 은(殷)을 전복하고 주(周)나라를 약 800년 동안 관료 조직으로 유지한 문화이다. 《논어》와 《맹자》는 이 주나라의 제도가 붕괴하는 것을 아쉬워해 쓴 관료 조직 문화의 이론서라고 할 수 있다. 관료 조직 문화는 관료주의 문화와는 다르다. 전자에서는 밑의 공무원들이 일하기에 알맞은 고유의 권한을 갖지만, 후자에서는 아랫사람은 윗사람의 종이다.

한편 민회 문화는 서기전 약 1200년경에 이집트에서 종살이 하던 유대 백성이 이집트에서 탈출해 나라를 세운 경험에 근거한 문화이다. 민회 문화는 그 조직이 이집트에서 탈출할 때부터 노예이기를 멈추고자 한 시민이 조직한 저항하는 조직이었다가 후에 통치 조직이 된 조직이다. 출애굽의 지도자 모세는 기독교 전통에서 선지자의 효시이며, 선지자의 뿌리에서 교회라는 민회 조직이 생겼다. 민주국가에서 보는 노동조합, 대학, 국회 등은 세속 사회에서 교회의 닮은꼴로 만든 민회의 전형적인 예이다. 협력형 통치를 설명하는 문장 하나를 고른다면 나는 기독교 경전에서 이를 찾고, 다음과 같은 예수의 유언을 협력형 통치를 전한 말로 생각한다.

나는 너희에게 새 계명을 주겠다. 서로 사랑하여라. 내가 너희를 사랑한 것처럼 너희도 서로 사랑하여라.(요한 13:34)

새 계명을 성서의 중심 개념으로 보는 생각은 〈요한복음〉 3장 16절을 간추린 성서 개념으로 보는 통념과는 차이가 있다. 〈요한복음〉 3장 16절이 드러내는 것은 우주의 질서를 통치자와 피통치자의 대결로 보는 민회가 있고 이러한 대결이 있기에 오히려 양자 간에 화합이 있는 수평적 질서의 문화가 아니라, 통치자를 상(上)으로, 피치자를 하(下)라는 계층 관계로 보는 수직적 질서이다. 하느님이 이 세상을 불쌍하게 생각해 그의 독생자 예수를 이 땅에 보냈고, 예수를 믿는 자가 구원을 받는다는 것에서 위에서 아래로 내려오는 질서를 볼 수 있다. 그리고 계층적 질서는 관료 조직의 문화이지 민회 문화는 아니다. 나는 이와 같은 이유에서 〈요한복음〉 13장 34절을 성서의 중심 개념으로 본다. 민회 문화에도 관료 조직의 좋은 점이 포함되기에 〈요한복음〉 13장 34절은 〈요한복음〉 3장 16절을 포함하는 큰 개념이다. 관료 조직은 상(上)이 하(下)를 임명하는 조직이며, 민회 의장은 구성원들이 선출한다. 민회는 이미 있던 좋은 조직인 관료 조직이 부패하거나 자의적으로 되기 쉬운 단점을 보완한다.

이제 《협력형 통치》를 쓰기 위해 내가 고전을 더듬은 과정을 살펴보고자 한다. 1992년부터 근 10년간을 생각하면서 쓴 책 두 권은 한마디로 간추려 말하면 행정의 기준이나 표준을 만든 일이었다. 먼저 낸 책을 통해 나는 관료 조직을, 나중에 낸 책을 통해 민회라는 조직을 각각 규명했다. 그런데 이 두 책을 쓰면서 다음의 몇 가지 궁금증과 아쉬움이 생겼다.

첫째, 이렇게 인류가 만들어놓은 행정의 기준을 규명했다면, 이 기준을 인류가 만들어내기 위하여 어떠한 준비를 했을까 하는 생각이다. 비록 행정의 기준에 이르지는 못했지만, 뭔가 이를 준비하는 사상이 나왔을 것이라는 탐색이다. 예를 들어 신약성서를 준비한 구약성서가 있었듯이 말이다. 나는 이 기준을 준비하기 위한 탐색으로 세 계통의 고전을 생각했다.

먼저, 통치자의 덕치도 생각하고 관료 조직에 맞는 분업 사상과 민회 국가에 맞는 고찰이 있음에도 실제로 그것을 실현한 나라는 군인이 최고 통치자 다음 자리를 차지하며, 인성에 어긋나게 고급 공직자들은 재산과 처자를 공유해야 한다는 유토피아적 생각도 하는 고전이었다. 이런 생각은 관료 조직이나 민회 국가에 이르지 못한 통치의 여명기에 해당하는 사상이다. 이런 고전의 전형은 플라톤의 《국가론》이다.

그리고 피치자, 피치자 중에서도 제일 밑바닥에 있는 피치자를 더없이 높여서 생각하되, 밑바닥 피치자를 통치 체제에 편입하여 생각하는 조직이론이 결핍된 고전이 있을 수 있는데, 이런 고전의 전형은 노자의 《도덕경》이다.

마지막으로, 통치자와 피치자를 구별하지 않고 이들 모두를 사람으로 보는데, 무릇 사람은 어떻게 수양해야 하는가를 밝히되, 이러한 수양된 인간들이 모였다 해도 그것이 곧 통치 조직을 만들기에는 미약한 내용이 담긴 고전이 있을 수 있다고 생각했다. 이런 고전의 전형은 불경(佛經)이다.

두 번째 아쉬움은 행정의 기준을 이 땅에 구체화하는 데 공헌한 다른 나라의 고전을 찾고 싶다는 생각이었다. 전술한 바와 같이, 관료 조직 현상은 민주국가에서도 나타난다. 나라의 관료주의적 조직을 개혁하여 관료 조직으로 만드는 이론은 나의 책 《논어·맹자와 행정학》에서 이미 행정의 기준으로 언급된 적이 있다. 나는 이를 요약하고 상·하급자 간의 관계를 안정되게 하는 다른 나라의 고전들을 검토하고 싶었다. 그래서 로마법, 봉건 제도, 막스 베버의 사상을 검토했다. 나아가 민회 문화, 즉 민주화 이론을 예수의 행위를 중심으로 《인간·종교·국가》에서 규명했다. 그리하여 다음 세 가지 이론이 생겨났다.

• 영국과 미국 두 나라가 민주주의를 만든 나라이며, 대표적인 민주화 이론가는 존 로크이다. 민주화의 중추 추진 세력은 평범한 시민들이며, 이들

나라에서는 민주주의 이행에 기복이 없다. 여기에서 기복이 없다는 것은 민주 시대가 왔다가 독재 시대가 오기도 하는 식의 번복이 없다는 뜻이다.

• 유럽 제국은 민주주의를 영국과 미국에서 배워온 나라들이며, 이런 나라들의 대표적인 민주화 이론가는 프랑스의 장 자크 루소라고 할 수 있다. 이 나라들에서 민주화 추진 세력은 뛰어난 명성가이자 사상가들이었는데, 이들 나라에서는 민주주의에 기복이 있었다. 예를 들어 프랑스에서는 나폴레옹이, 독일에서는 히틀러가 등장했다.

• 20세기 민주주의에서 중요 이탈자는, 국내에서는 민주주의를 하면서 식민지에서는 악하게 군 제국주의 통치, 공산주의와 민주주의를 결합하지 않고 공산주의와 독재 정치를 결합한 동구권 공산 통치, 쿠데타 통치 등이다. 이러한 정권에 저항해 이들을 붕괴시킨 저항운동의 특징은 비폭력 투쟁이었다. 지난 1세기 동안 겪은 비폭력 투쟁을 통한 민주화는 영국과 미국, 서구 제국의 민주화에 이은 새로운 민주화 패러다임이었다. 대영제국의 기나긴 식민지 통치가 간디의 비폭력 저항으로 20세기 중반에 무너졌다. 간디는 비폭력 투쟁의 전형적 인물이다. 공산주의 동구권의 붕괴는 폴란드 교회가 지원하는 솔리다르노시치 운동으로 시작되었다. 솔제니친의 《수용소 군도》가 프랑스 파리에서 출간됨으로써 러시아의 변화가 시작됐다. '체코의 봄'은 군중이 무기를 들지 않고 가슴에 빨간 리본을 달고 체코의 수도 거리를 메움으로써 시작되었다. 한국의 군사정권 통치는 성명서 종이로 무너졌다. 유신 시절에 교수들은 자신에게 할당된 교실에서 성명서가 있는지 조사했고, 내 집을 수색한 중앙정보부 직원은 서재에서 성명서 사본을 찾고자 했다. 이 모든 것에 대한 나의 관찰과 참여는 내 생의 보람이며 행복이며 의미였다.

세 번째 생각은 이미 내가 쓴 두 책이 다른 사상가들이나 위에 적은 예시에서 보는 사상가들이 모두 외국 사상가들인데, 그렇다면 우리나라에는 사상가가 없다는 말인가 하는 것이었다. 나는 우리에게도 공자·맹자· 예수, 그리고 위에 적은 사상가들을 한 몸에 지닌 인물이 시대별로 있었다고 생각했다. 여기에서 나는 시대를 기준 준비 시대인 통치의 여명기, 최초의 기준 시대인 관료 조직 시기, 후기의 기준 시대인 민회 시기, 기준 이후 시대인 세계정부 시기로 사분했다. 이 시대 구분과 시대를 대표하는 우리의 사상가, 그리고 이 사상가들이 지녔던 사상을 비교하면 다음과 같다.

시대	우리의 사상가	지녔던 사상
통치 여명기	원효	통치자의 덕치 강조 밑바닥 피치자 존중 개인 수양
관료 조직	율곡	중국의 관료 조직 사상 로마 봉건 제도 막스 베버의 사상
민회	함석헌	예수 이전, 예수, 예수 이후 영국·유럽·인도에서의 실천
세계정부	김구	주권재민의 인자인 '부싯돌' 국민들의 연대 제네바, 뉴욕 혹은 제주도의 세계정부 기여

내가 한 네 번째 생각은 원효, 율곡, 함석헌 외에도 김구가 있다는 것이었다. 민회라는 기준의 실천이 끝난 후에 과거의 것들을 준수하는 것을 디딤돌로 하되, 좀 더 미래 지향적인 인물, 즉 세계가 하나로 사는 세계정부를 지향하는 인물이 우리 중에 있을 것이라는 생각이 들었던 것이다. 김구가 바로 그런 인물이었다. 분명히 김구는 함석헌보다 과거에 살았다. 그러나 그가 살면서 생각한 시제(時制)는 미래였으며, 김구의 미래는 일본에 의해 강점된 처참한 땅에 독립된 통치 체제를 만들려고 한 우리의 임시정부

수반이 꿈꾼 미래였다. 김구의 경력과 사상이 보여주는 통치 조직관은 부국강병의 국가가 아니라 경찰서의 수보다 교회당 수가 더 많은 문화 국가였다. 그분이 걸었던 참 어려운 길을 열거해보자.

그는 청일전쟁, 러일전쟁에서 이기고 동양에서 굴지의 장엄함을 지닌 조선총독부라는 화강암 건물을 건축한 후, 곳곳에 도로를 놓고 정예병을 만주와 중국으로 쏜살같이 파병한 일제에 저항했으니, 그것은 어려운 일이었다. 그는 미래에 세울 나라를 도쿄에 가 있는 조선 왕조의 왕손을 모셔와 세우려고 하지 않았으니, 구시대의 전통을 벗어던진 그의 생각은 어려운 일이었다.

그리고 그는 한창 기세를 올렸던 공산주의 러시아로부터 독립운동 자금을 받지 않았다. 후일의 쿠데타 정권에 대항하여 벌인 반체제운동을 반추해볼 때, 악한 정부에 대한 저항운동에서 좌익을 저항의 중심 자리에 놓지 않기는 어려운 일이었다. 그런데 그는 민주 정부를 생각했다. 그러니까 '기준'의 실천을 전제로 한 나라 세우기를 생각했는데, 이렇게 생각하기가 어려운 일이었다. 그는 삼균주의자인 조소앙을 책사로 끼고 있는 진보적 정치 노선을 갖고 있었는데, 뉴딜 정책의 실천자 루스벨트가 어려웠던 것만큼 이 생각은 어려웠다. 그는 임시정부의 터를 각국의 조계지가 몰려 있는 상하이에 잡았다. 중국에 망명한 임시정부의 수반으로서 중국의 수반 장제스와 훌륭하게 협조를 이루어냈다. 이는 국제적인 협력형 통치의 실천으로, 어려운 일이었다. 그는 삼팔선을 넘어 평양을 다녀왔지만, 말하자면 영웅심리로 갔다 온 분이 아니었다. 그는 국제적 협력형 통치의 최소한을 우선 국내에서 실천했다. 그렇게 행동하기는 어려운 일이었다. 끝으로 그는 극우 세력의 앞잡이가 쏜 총탄에 쓰러져 작고하셨으니, 위에 적은 어느 분도 이렇게 가신 분이 아닌 만큼 참 어려운 일을 하셨다.

최소의 대안

끝으로 《협력형 통치》의 세 번째 면모는 악한 정권을 향한 국민의 대안은 최소여야 한다는 것이다. 여기서 최소란 〈마태오복음〉 25장 40절에서 사후에 죽은 이를 시험하는 임금이 "너희가 여기 있는 형제 중에 가장 보잘 것없는 사람 하나에게 해준 것이 바로 나에게 해준 것이다"라고 한 말에서 따온 생각이다. 원효·율곡·함석헌·김구는 자신이 산 세상에서 보잘것없는 사람에게 물 한 모금을 제공했던 인물이다. 원효를 예로 들어보자. 불교계에 바른말을 했어도 불교를 끝까지 떠나지 않은 점이 바로 그가 한 최소였다. 그가 생멸의 세계를 버리고 함께 사는 공동체 세계를 갈파한 것은, 통일한다고 고구려의 영토를 당나라에 주어 백제와 고구려를 망하게 한 상황에서 한 최소의 발언이었다. 이런 모든 것을 하면서도 그는 그 흔한 경주의 기와집이 아니라 산모퉁이 굴을 절로 삼아 기거하면서 성을 작을 소(小) 자로 고치고 생을 마쳤으니 최소의 인물이었다.

나는 《협력형 통치》 마지막 장의 준거를 〈이사야〉 50장 4~9절에 나오는 부싯돌에서 찾았다. 부싯돌은 돌 중에서도 작은 돌인데, 작은 불을 깜깜한 밤에 비춘다. 이 부싯돌 이야기를 함으로써 내 책의 핵심을 대신할까 한다. 이 구절을 나에게 처음으로 인상적으로 전해준 설교자는 2003년 8월에 내 교회에서 설교한 서울신학대학교의 정인교 교수였다. 나는 이 구절과 그의 설교가 좋아서 김용구 선생이 주관하는 수필 계간지 《부싯돌》 2004년 봄호에 바로 '부싯돌'이라는 제목으로 글을 하나 쓰기도 했다. 이 책의 다음 호에 내 글에 대한 독자들의 평이 게재되었는데, 호평이었다. 이 호평에 힘을 얻어 〈부싯돌〉을 지금 기억하여 다시 쓰되, 이미 썼던 글에 가필을 하고자 한다. 괄호 안은 개역한글판의 원문이다.

4 주 야훼께서 나에게 말솜씨를 익혀주시며 고달픈 자를 격려할 줄 알게 다정한 말을 가르쳐주신다. 아침마다 내 귀를 일깨워주시어 배우는 마음으로 듣게 하신다.(주 여호와께서 학자의 혀를 내게 주사 나로 하여금 곤핍한 자를 말로 어떻게 도와줄 줄을 알게 하시고 아침마다 깨우치시되 나의 귀를 깨우치사 학자같이 알아듣게 하시도다.)

5 주 야훼께서 나의 귀를 열어주시니 나는 거역하지도 아니하고 꽁무니를 빼지도 아니한다.(주 여호와께서 나의 귀를 열으셨으므로 내가 거역지도 아니하며 뒤로 물러가지도 아니하며)

6 나는 때리는 자들에게 등을 맡기며 수염을 뽑는 자들에게 턱을 내민다. 나는 욕설과 침뱉음을 받지 않으려고 얼굴을 가리지도 않는다.(나를 때리는 자들에게 내 등을 맡기며 나의 수염을 뽑는 자들에게 나의 뺨을 맡기며 수욕과 침 뱉음을 피하려고 내 얼굴을 가리지 아니하였느니라.)

7 주 야훼께서 나를 도와주시니, 나 조금도 부끄러울 것 없어 차돌처럼 내 얼굴빛 변치 않는다. 나는 수치를 당하지 않을 줄 알고 있다.(주 여호와께서 나를 도우시므로 내가 부끄러워 아니하고 내 얼굴을 부싯돌같이 굳게 하였은즉 내가 수치를 당치 아니할 줄 아노라.)

8 하느님께서 나의 죄 없음을 알아주시고 옆에 계시는데, 누가 나를 걸어 송사하랴? 법정으로 가자. 누가 나와 시비를 가리려느냐? 겨루어보자.(나를 의롭다 하시는 이가 가까이 계시니 나와 다툴 자가 누구뇨? 나와 함께 설지어다. 나의 대적이 누구뇨? 내게 가까이 나아올지어다.)

9 주 야훼께서 이렇게 나를 도와주시는데 누가 감히 나를 그르다고 하느냐? 그들은 모두 낡은 옷처럼 좀이 슬어 삭아 떨어지리라.(주 여호와께서 나를 도우시리니 나를 정죄할 자 누구뇨? 그들은 다 옷과 같이 해어지

며 좀에게 먹히리라.)

〈이사야〉 50장 4~9절은 야훼의 종이 부른 세 번째 노래이다. 이 노래에 '부싯돌'이라는 말이 등장한다. 공동번역 성서 7절 "주 야훼께서 나를 도와 주시니, 나 조금도 부끄러울 것 없어 차돌처럼 내 얼굴빛 변치 않는다. 나는 수치를 당하지 않을 줄 알고 있다"의 '차돌'이 개역한글판 성서에는 '부싯돌'로 되어 있다. 부싯돌은 질이 단단하여 부시로 쳐서 불을 일으키는 데 쓰는 차돌이다.

이 노래를 대했을 때 내 눈을 번쩍 뜨게 한 말이 부싯돌이다. 부싯돌처럼 내 얼굴빛을 변치 않게 야훼께서 하신다는, 일종의 건강술을 나이 든 내가 대하기 때문이다. 이런 잇속으로 글을 살펴보니 내 직업인 학자라는 말도 두 번이나 나와 더욱 이 글이 나를 붙잡는다. 이 노래의 첫 구절이 그것이다. 이 구절을 따를 때 학자의 직무는 무엇인가? 한마디로 이성을 녹슬지 않게 닦는 것이다. 이 이성의 특성이 무엇인가를 첫 구절을 필두로 하여 간추리면 다음과 같다.

• 이성은 타인과 의사소통을 하되 서로 친한 사람들에게만이 아니라 고달픈 자를 격려한다.
• 이성은 늙어서도 끊임없이 배우는 마음으로 듣는다. 공자가 말한 나이 예순에서의 과제, 이순(耳順)에 해당하는 말이다(이상은 4절에 나오는 말).
• 이성은 그 지향을 궁극적인 존재에 맞춘다. 5절이 이 말인데 야훼가 내 귀를 여시므로 내가 거역하지도 않고 뒤로 물러가지도 않는다는 뜻이다.
• 이성은 이성이 주장하는 것을 반대하는 자의 박해를 받을 때에 비폭력으로 대처한다. 6절이 이 말이다. 이 구절에서 생각나는 것은 유럽 정신의 두 기둥인 헬라스의 소크라테스와 히브리의 예수 두 분이 모두 부당하게

처형된 일이다. 김충열 교수는 비폭력을 설명하는 《노자강의》(예문서원, 2004)의 78장 해석 마무리에서(323쪽), 나와 점심을 같이 했을 때 내가 21세기 중심 개념이 무엇이냐고 물었던 일을 회상하면서 21세기는 감성의 시대가 될 것이라고 적었다. 이때 감성은 《노자》 78장에 대한 설명에서 나온 감성이니, 가위 비폭력이 감성의 다른 말이 아닐까 생각한다. 이렇게 볼 때에 이성은 감성이기도 한 이성인 셈이다.

• 이성은 이를 견지하는 자의 얼굴빛을 부싯돌처럼 변치 않게 만든다. 이는 7절에 있는 말이다. 이러한 까다로운 과정을 거쳐서 생긴, 불변하는 얼굴들이 한 공동체의 어른이며 항수(恒數)이다.

• 이성은 끝까지 기운이 있다. 8절에선 "누가 나와 시비를 가리려느냐? 겨루어보자"라고 말한다. 노자의 말처럼, "죽었지만 망하지는 않는다(死而不亡)"라는 정신이, 끝까지 기운이 있는 수(壽)의 모습이다.

• 이성은 이성을 대적한 자의 멸망을 믿는다. 마지막 절인 9절이 이것이다. 그들은 모두 낡은 옷처럼 좀이 슬고 삭아 떨어진다고 말한다. 이 구절은 그런대로 지조를 지켰던 학자가 말년에 낡은 옷처럼 삭아 떨어진 것에 오히려 빌붙지 말도록 경고한다.

* * *

이 글을 대하면 나는 엄숙해진다. 엄숙해진 내 마음에 우리가 살 나라와 세계의 모습이 떠오르는 것 같다. 한마디로 나는 오늘의 세상에 말이 많은 것도 걱정이 된다. 그런데 이 말들은 불이익을 감수하면서 하는 말이 아니라 개인적인 이익을 얻고자 하는 말이다. 1970~80년대 민주화운동을 돌이켜볼 때 편차가 꽤 생겼다. 순수한 민주화운동이란 쿠데타 정부의 이성이 감히 거절하지 못하는 민주화 요구를 하여, 그 대가로 불이익을 당하는 것이었다. 나를 열일곱 번 잡아간 북부서 형사는 민병선 씨이다. 나는 이분과 지금도 친하게 지내 그분 댁의 혼사에서 주례도 했다. 그가 나에게 단한 번도 정보를 준 적이 없었는데 둘이서 가까운 이유는, 그가 선량한 사람이고 그가 내 속을 알기 때문이다. 내 속이란 내 적의 이성이 거절하지 못하는 주장을 하고—모르긴 해도 민 형사가 내심으로 동의하는 주장을 하고—그 주장을 하는 대신에 불이익을 당하는 내 모습을 말한다.

이 정의는 언젠가 '민주화운동 관련자 명예회복 및 보상 심의위원회'의 전문위원인 정지운 박사가 내게 무엇이 민주화냐고 한 물음에 답한 말이며, 이 물음에 답하면서 나는 순수한 민주화운동에서 이탈한 모습으로 다섯 가지 형태가 있다고 했다. 나는 이를 말하면서 가슴이 아팠다. 열거할 때 떠오르는 동지들의 얼굴이 있었기 때문이다. 나나 동지들 중 누구도 주권재민의 주체인 국민 한 사람, 한 사람보다는 덜 귀중하다고 확신하면서, 이 다섯 형태를 열거한다.

첫째, 남·북한에 통일운동이 생겼다. 쿠데타 정부는 이 운동을 하는 사람을 반독재운동 하는 사람보다는 덜 미워했고, 이 운동 한 사람들은 이른바 민중의 인기를 얻었다. 이때 생기기 시작한 반미운동도 비슷한 맥락의 운동이었다.

둘째, 민중신학이 생겼다. 역사의 주체로 민중을 드높여 참여시킨 이 운동은 쿠데타 정부에게서 미움을 덜 받았고 민중에게서 인기를 얻었다.

셋째, 환경운동·생명운동이 생겼다. 쿠데타 정부에 정면으로 대들던 이가 이런 운동을 하자 정부는 숨을 돌렸고, 이 운동은 동시에 국민에게 인기를 얻었다.

넷째, 그런가 하면 민주화운동을 했던 이들 중 본직으로 돌아가지 않고 정부에 들어가 한자리를 한 이들이 있다. 한자리를 했다는 말은 바른말 하는 일을 멈추었다는 것을 뜻한다. 나는 기독교장로회 목사들이 민주화운동

때의 열정을 갖고서 교회에 돌아가 교회를 든든하게 만들지 않은 것은 잘 못이며, 교회와 교단에 모범이 되지 못했다고 생각한다.

다섯째, 민주화운동으로 집권한 정부가 친북 정책을 편다고 과거에 민주화운동 했던 분이 이들과 북한 정권을 동시에 공격하는 반공주의자로 변신한 것은 다른 종류의 이탈 행위였다. 이런 행위는 구악을 회개하지 않는 우익 세력의 지지를 얻었다.

이런 편차 행위의 공통점은, 행위자가 옳음이 아니라 잇속을 챙긴 점, 대중영합주의였다. 이런 행위들이 왜 편차 행위인가 하는 설명이 필요하다. 예를 들면 이렇다. 나라가 민주화되면 자연히 안보를 미끼로 통치하는 행위가 멈추며, 북과의 교류·공존이 시작된다. 따라서 교류·공존을 이루기 전에 통일부터 말하는 것은 마치 아군이 준비가 안 됐는데 어느 군인이 먼저 성벽을 기어 올라가는 격이 된다. 이때 아래에 있던 장군은 이 이탈자를 뒤에서 활을 쏘아 떨어뜨려야만 작전이 수행된다. 우리의 경우, 이런 단호한 장군이 없는 것이 문제였다. 하나만 더 예를 들자. 대중영합주의인데, 민주화가 되면 국회의 입법 과정을 통해서 경제 분배 정책을 취하면 되지, 이 동의 절차를 생략하는 것은 마치 전화번호를 안 누르고 전화기만 든 채 소리를 지르는 격이다. 소리가 아무리 커도 통화는 안 되는 것이다. 이상의 다섯 가지가 나를 끈질기게 유혹했고, 나는 끈질기게 이를 물리쳤다. 이런 유혹을 물리치고 살아남으면, 말하자면 '부싯돌'이 된다는 생각이 들었다.

나는 늘 우리 운동의 모범, 즉 민주주의의 전형을 함석헌으로 봤다. 함석헌은 1970년부터 민주화를 요구한 숱한 성명서의 맨 첫 자리에 서명하신 분이다. 편차 행위가 발생한 1980년대에 쌍문동 댁에서 쓸쓸해하시던 선생님의 모습이 눈에 선하다. 크게 보면 모두가 다 한물인데 내가 너무 심한 것인지도 모른다. 그러나 이런 편차가 있었음에도, 그리고 함석헌의 모범이 있었음에도, 이 모든 분보다 더 위대했던 것은 우리 국민이었다. 대중영합주의,

부싯돌이라는 모범, 국민 간에는 다음과 같은 우열 관계가 있다고 생각한다.

대중연합주의자 〈 부싯돌 〈 국민

나의 엄격한 이성이 명하는 관찰은 우리가 결코 다 한물 속에 있지 않았다는 것이다. 나는 이 일을 1919년 〈기미독립선언문〉에 서명했던 생존자들이 26년 후인 1945년 해방된 해에 뚜껑을 열어보니 모두가 친일한 분이었던 일과 견주어보기도 한다. 그래서 나는 민주화운동으로 집권한 정부에, 자신의 세력에 속하면서 앞서 나가는 대중영합주의자는 단속해야 한다는 과제를 부여한다. 이 단속은 욕심의 억제를 뜻한다. 이와 같은 욕심의 억제를 나는 한나라당과 민주노동당에도 부여하고 싶다. 한나라당은 부자들의 정당이다. 그러니 한나라당은 부자들이 재산을 빼돌려 미국에 옮겨놓는 행위를 나무라야 한다. 노동자를 의뢰인으로 갖고 있는 민주노동당도 일하지 않고 분배를 먼저 내세우는 동료 노동자를 나무라야 한다. 경제가 어려운데 수많은 외국 노동자들이 들어와 돈을 벌어 나가는 것을, 노동에 긍지를 가져야 할 민주노동당이 염려해야 한다. 세 당을 향한 나의 이런 권고는 우리 겨레가 이제는 잇속이 아니라 올바름을 향해 가야 한다는 전제에서 하는 권고이다.

문득 소크라테스의 죄목이 생각난다. 그의 죄목은 나라가 믿으라는 신을 젊은이에게 믿게 하지 않고 그들을 타락시켰다는 것이었다. 그것도 법관이 아니라 500명 배심원의 투표로 판결했다. 악한 국가가 믿게 하는 신은 출세 위주의 공부일 것이며, 이 내세워진 궁극적 가치 아닌 가치를 젊은이에게 믿게 하는 학자는, 기초 학문인 인문학과 이학 같은 학문 말고 다른 학문을 공부하라고 하는 학자들일 것이다. 그러나 이제 올바른 학자들은 1970~80년대의 지식인들같이 해직과 옥고를 포함한 불이익은 안 받을 것이 다행히 예견된다. 원래 부싯돌이 만드는 불은 작다. 그런데 그나마 이 작은 부싯돌의 수가 늘어나지 않을지도 모른다. 그러나 씨앗은 아주 작아 겨자씨만 하여도 씨앗이며, 빛은 아주 작아도 빛이다. 밤길을 밝히는 등불은 부시를 여러 번 쳐서 불을 만들면 된다. 그러니 부싯돌이여, 오늘의 이 칠흑같이 깜깜한 밤에 계속 아주 작은 빛을 발하는 불변하는 부싯돌이 되어라!

이렇게 《협력형 통치》가 지닌 면모를 길게 설명했다. 고려대 문명재 행정학과 교수가 내 책을 받고서 나의 면모라고 말해준 세 가지와 내 책의 이 세 가지 면모가 일치한다는 것이 문득 생각난다. 문 교수는 나더러 힘이 있고, 예리하고, 순수하다고 말했다. 악의 근원을 통치악으로 보는 나는 악한 통치자와 대결했으니 힘이 있을 수밖에 없다. 고전을 연구했으니 예리하다. 대안으로 최소를 찾으니 순수하다. 이 점에서 《협력형 통치》는 내 진실을 보여주는 책이다.

다행한 일이 생겼다. 진리를 향한 나의 몸부림을 한낱 한 사람의 고집으로만 보지 않는 일이 생겼다. 이 책을 대한민국 학술원이 2007년도 '기초학문 육성 우수학술도서'로 선정했다.

역사의 시작과 마지막

"우리를 제쳐놓고는 결코 완성에 이르지는 못하게 되어 있었던 것입니다." 이 말은 '믿음' 장인 〈히브리서〉 11장의 마지막 말이다. 이 말은 함석헌 선생님이 생시에 기독교회관에서 하신 한 강연의 제목이기도 하다. 함선생님은 치열한 한국 역사의 현장에서 믿음의 선인들을 완성하겠다는 뜻을 펴셨다. 문득 선생님의 첫 저서 《성서적 입장에서 본 조선 역사》와 그분의 후인 중 한 사람인 나의 저서들 사이에 그분을 완성하기 위한 이어짐이 반드시 있어야 한다는 생각이 든다. 그래서 선생님의 첫 저서에서 언급된 사관(史觀)과 선생님의 사관에 해당하는 나의 묘사 몇 가지를 비교하는 것이 좋겠다는 생각이 든다. 선생님 책에서 준거로 삼고자 하는 것은 사관, 성서적 사관, 세계사의 윤곽이다. 사관의 차이를 다른 말로 표현하면, 역사의 시작과 마지막을 어떻게 표현하는가의 차이라고 나는 본다.

함석헌은 역사의 본원을 신에게서 구했다. 그리고 함석헌은 우주는 신이 창조했다고 하며, 기독교만의 독특한 종말이 역사에 있다고 말했다. 이 시작과 마지막 사이의 중간에서 신이 역사를 통치한다고 말했다. 그런데 나는 좀 다르게 표현한다. 시작을 신의 창조에 두지 않는다. 이 말은 신이 천지를 창조하지 않았다는 것을 뜻하지는 않는다. 의미 있는 시작을 나는 다른 데서 찾는다는 말이다. 나는 〈창세기〉 5대 설화를 시작으로 본다. 그러니까 악한 통치의 형성을 인류 역사의 시작으로 본다. 따라서 나는 천지를 창조한 하느님보다는 5대 설화에 등장하는 신 야훼를 더 의미 있게 본다. 나 역시 마지막은 〈요한묵시록〉의 새 하늘과 새 땅, 새 예루살렘에서 찾지만, 이 마지막 장을 나는 악한 통치자를 교체한 경쟁적 야당 당수의 멋있는 취임사로 볼 뿐이며 신비화하지 않는다. 이런 생각을 나는 1970년대 암흑기에 '아나로기아'로 《제3일》에 썼다.

시작을 설명하는 〈창세기〉 5대 설화를 나는 거듭거듭 언급했으나, 마지막을 설명하는 〈요한묵시록〉 21장과 22장 개필한 것은 쓰지 않았다. 1991년에 쓴 《자전적 행정학》 마지막에 《제3일》에 게재했던 것을 그대로 옮겼다. 여기에 이 글을 다시 옮기니, 성서 원문과 대조해가며 읽기 바란다.

때를 불문한다. 국가이건 지방자치단체이건 단체의 크기도 상관치 않는다. 아무 때고 어디에서고 민주주의를 위하여 고생을 하며 탄생한 행정수반에게 그의 취임사 원본으로 나는 〈묵시록〉 제21장과 22장을 권한다.

이는 두 장이 새 하늘과 새 땅, 새 정부(새 예루살렘), 그리고 민주주의를 위한 희생자(주 예수)에 대한 애처로움을 전하고 있기 때문이다. 다음에 만들어본 취임사의 시형 중 예를 들어 과거형이 미래형으로와 같이 원본인 〈묵시록〉의 그것과 다른 것이 있다. 나오는 숫자는 해당되는 성서의 장절을 표시한 것이다.

취임사

21장: 1 이제 민주 정치라는 새 천지가 시작됩니다. 이전의 천지인 전제 정치는 사라지고 우리 사이를 가로막던 불신의 바다도 지금은 존재하지 않습니다. 2 이제 우리 헌법의 기본 원리 두 가지를 천명하는 바입니다. 그 하나는 거룩한 도성 예루살렘인 새 정부가 마치 신랑인 국민을 맞을 신부가 단장한 것처럼 차리고 국민으로부터 나올 것이라는 점입니다. 국민으로부터 나왔다기보다는 하늘과 같이 높은 국민에게서 내려온 것으로 봄이 더 합당할지도 모르겠습니다. 3 다른 하나는, 나의 옥좌를 걸고 말하는데, 이제 국민은 기본권을 향유한다는 것입니다. 기본권이 국민들과 함께 있고 그래서 국민들은—굳이 백성이라면—다름 아닌 이 기본권의 백성이 될 것입니다. 국민이 기본권을 향유하였기 때문에 4 국민들의 눈에 있던 모든 눈물을 씻게 될 것입니다. 따라서 부패, 슬픔, 울부짖음, 고통 등이 다 사라져버린 것입니다.

5 여러분은 여러분 스스로가 앞으로 모든 것을 새롭게 만드는 것을 보게 되실 것입니다. 나의 이 방침은 확실하고 참된 방침입니다. 6 이제 말씀한 것은, 그러나 어떻게 보면 이미 다 이룩된 것이라고 볼 수가 있습니다. 정부가 아니라 국민만이 모든 것을 시작도 하며 마감도 할 것입니다. 이런 상황은 민주주의를 갈망하면서도 얻지 못하여 고민하던 자가 생명의 샘물을 거저 마시는 상황이기도 합니다. 7 승리하는 자는 기본권을 차지

하게 될 것이고 이러한 조건하에서만 나와 여러분 간에 권력 관계가 형성될 것입니다. 8 그러나 민주주의를 맞이하는 데 비겁한 자와 이에 대한 믿음이 없는 자, 독재 정치를 예배한 흉측스러운 자, 독재자의 힘을 빌려 재주를 부린 살인자와 간음한 자와 마술쟁이, 거짓말로 국민을 모함하고 국민을 미혹한 우상 숭배자와 모든 거짓말쟁이들이 갈 곳은 불과 유황이 타오르는 바다뿐이라는 것을 말해둡니다. 이미 그들은 죽어 있었는데 이렇게 되면 두 번째로 죽는 셈입니다.

9 나는 이 자리에서 새 정부의 모양을 어느 정도 설명드려야 하겠습니다. 전제 정치의 멸망을 과거에 예언했던 학자들도 나의 설명 내용에 동의하리라고 생각합니다. 우선 새 정부는 곧 민주주의를 위해서 속죄양이 된 분의 아내이며 신부인 것을 말하고 싶습니다. 10 민주 의식에 투철한 사람만이 이 정부의 진상을 보실 수가 있을 것입니다. 11 이 도성(都城)이 발하는 빛은 지극히 귀한 보석과 같고 수정처럼 맑은 백옥과 같은 것입니다. 12 이 도성에는 크고 높은 성벽과 열세 개의 대문이 있고 그 열세 개의 대문에는 문지기가 하나씩 있으며 대한민국의 자손 열세 도(道)의 이름(시장의 취임사이면 동의 이름)이 각각 적혀 있을 것입니다. 13 이 대문은 열세 도(道)의 사람들이 들어오기 편한 위치에 세워질 것입니다. 14 이 도성의 성벽에는 열세 개의 주춧돌이 있는데 그 주춧돌에는 민주주의를 위해서 속죄양이 된 분의 사도들 열셋의 이름이 각각 적혀 있을 것입니다.

15 모든 학자들은 마치 금으로 만든 측량척을 가지고라도 재듯 이 도성을 정확히 측량하고 평가할 것입니다. 16 그런데 이 큰 도성은 아무리 재보아도 완전하기만 할 것입니다. 17 또한 학자들이 이 성을 위대한 성이라고 말할 것입니다. 18 성벽은 백옥으로 쌓았고 도성은 온통 맑은 수정 같은 순금으로 된 것입니다. 국민이 들여다보는 공개 정치, 공개 행정이니까, 하기야 성벽의 재료가 맑을 수밖에는 없습니다. 19 민주주의를 위

한 희생자들은 성벽의 주춧돌이며 이들은 갖가지 보석과도 같은 분들입니다. 백옥, 사파이어, 옥수, 비취옥, 20 홍마노, 홍옥수, 감람석, 녹주석, 황옥, 녹옥수, 청옥, 자수정 같은 분들입니다. 21 열세 개의 대문은 열세 개의 진주로서 그 대문 하나하나가 한 개의 진주로 되어 있습니다. 도(道)마다 마음들이 합해져 있기 때문에 한 개의 진주인지도 모르겠습니다. 이 도성의 거리는 맑은 유리 같은 순금입니다. 도성에 가는 길이 밝다는 것을 여러분은 유의하시기 바랍니다.

22 나는 도성엔 성전이 없다는 것을 말씀드립니다. 높은 사람이라고 제일 좋은 방에서 제일 좋은 시설을 꾸미고 앉아 있지 않다는 것입니다. 나는 어차피 임기만 채우고 나갈 종이요, 여러분 국민과 민주주의를 위한 속죄양이 바로 이 도성의 성전이기 때문입니다. 23 이 도성에는 말하자면 태양이나 달과 같은 다른 빛이 필요가 없습니다. 국민의 영광이 이 도성을 밝혀주며 속죄양이 도성의 등불이기 때문입니다. 24 모든 공무원들이 이 빛을 받아가지고 걸어다닐 것이며 땅의 왕들은 그들의 보화를 가지고 이 도성으로 들어올 것입니다. 이 도성에는 밤이 없으므로 종일토록 문이 닫히는 일이 없을 것입니다. 그러니까 참으로 상향식 조직의 세상입니다. 25 그리고 사람들이 이민을 가는 것과는 반대로 다른 나라 사람들까지도 보화와 영예를 이 도성으로 가지고 들어올 것입니다. 26 더러운 것은 아무것도 이 도성으로 들어오지 못하고 흉측한 것과 거짓을 일삼는 자도 결코 이 도성으로 들어오지 못합니다. 이 도성에 들어올 수 있는 자는 다만 어린 양의 동지(同志)들뿐입니다.

22장: 1 학자들은 또한 수정과 같이 빛나는 생명수의 강이 정부의 심층부에서 나와 그 동산의 넓은 거리 한가운데를 흐른다고 증언할 것입니다. 2 강 양쪽에는 열세 종류의 열매를 맺는 생명나무가―즉 각 도의 중소기업, 농어촌, 권익을 보장받은 노동자, 문화 활동 같은 것들이―있어서 달마다 열매를 맺고 나뭇잎은 여러 국민을 치료하는 약이 될 것입니다. 3 이제 이 도성에는 다시 저주받을 것이 하나도 없을 것입니다. 국민과 어린 양의 옥좌가 그 도성 안에 있고 그분의 종들인 공무원들이 그분을 섬기며 국민의 얼굴을 뵈올 것입니다. 4 공무원의 이마에는 국민의 이름이 새겨져 있을 것입니다. 5 이제 다시 이 도성에는 밤이 없어서 등불이나 햇빛이 필요없습니다. 국민만이 그들에게 빛을 던질 것이며 이러한 제한 속에서만 공무원 제도는 영원히 존속할 것이기 때문입니다.

6 끝으로 한 말씀 드릴 것은 이렇게 새 천지가 된 것은 다 민주주의를 위한 속죄양이 바로 다시 살아오신 것과 똑같다는 점입니다. 속죄양의 은총이 모든 국민에게 내리시기를 빕니다.

풀이

믿는 자에게서 그의 이웃들은 새 천지, 하늘에서 내려온—그러니까 자기에게서 나온—예루살렘, 그리고 살아오신 예수를 느껴야 한다. 이러한 것들을 느끼되 흡사 자기의 부인, 아니 부인은 부인인데 신혼 때의 부인을 느껴야 한다. 아, 신부는 어떠했을까. 기억나는 대로 고생을 하는데 좋아만 하며 시작하는 기쁨을 가져준 것, 롯의 아내에게서 보는 욕심 같은 것이 전혀 없는 것, 뭐든지 새 옷으로 갈아입는 것, 혹 처녀 때 같은 이상스러운 성격이 사라진 것, 두려워하며 눈치를 보는 것과는 너무나도 거리가 먼 조심스러움, 그리고 잡념 없이 한 남자에게 향하며 늘 뭐를 해드릴까를 생각하는 마음, 이런 것 외에 또 뭐가 있었을까. 어떻든 신부는 좋은 것이다.

믿는 자는 그 이웃을 사랑하므로 이웃의 눈물, 슬픔, 울부짖음, 고통 등등이 사라지게 하여야 한다. 이웃이 새로워지며 커지는 것을 보면 꼭 자기 일과 같이 좋아해야 한다. 이웃은 그로부터 하나도 가려진 데가 없는 밝은 빛, 같은 도(道), 나 같은 학교 출신이 아닌데도 고루 받는 혜택, 완전함, 그분 아래에서는 서로가 힘을 모으고 싶은 마음, 잘난 체하는 성전이 없는 것, 다른 과(課)나 다른 계(係)의 직원도 그 과나 그 계로 가고 싶어하는 흡인력, 마음으로 그를 대접이라도 하고 싶어지는 존경심, 생명의 강이라도 자기를 향하여 흘려보낸다고 느끼는 착각, 이런 것들을 느껴야 한다. (이웃이 갖는 이런 감정들은 이 책의 어휘로 지도자가 갖는 사회윤리에 감동하는 감정이다.)

이웃은 또한 믿는 자가 자기 외에도 관심을 두는 대상에 셋이 더 있다는 것을 알아야 한다. 그 하나는 어린 양이요—이 책의 어휘로 이는 자기희생에 해당하는 태도이다—, 둘은 이웃을 해치는 자요—이는 비폭력을 그리워하는 태도이며—, 셋은 공정하게 평가해주는 학자이다. 이는 개인윤리의 덕목 중 지적 대응에 해당하는 태도이다. 믿는 자의 눈에 눈물이 글썽할 때가 많은 것을 이웃은 본다. 이는 그가 어린 양과 어린 양의 동지들의 죽음을 애처롭게 생각하는 때이다. 순하기만 할 줄 알았던 믿는 자가 자기 아닌 다른 사람, 즉 이웃을 해치는 자를 보면 아 참 그렇게 무서워질 수가 없게 무서워진다. 인간을 목적시하는 지도자는 아랫사람을 해치는 이를 밖으로 내모는 것이다. 이런 흉악자를 내몰기는커녕 이런 자에게 아첨까지 하며 이웃에게는 사납게 대하는 사람들만을 많이 보아온 이웃은 믿는 자를 대하고는 놀라기도 한다. 끝으로, 믿는 자는 남의 비판과 비평을 잘 받아들인다. 비평자가 자로 재본다고 하면 믿는 자는 아마 금으로 만든 자라도 만들어줄 정도로 열정적이다. 이렇게 믿는 이가 그리웁다.

나는 이렇게 시작과 마지막 사이의 중간사를 하느님의 통치사라기보다는 악한 통치에 대한 하느님 백성의 대안 형성사로 본다. 카인에게 야훼가 마련한 비폭력, 요셉의 개인윤리, 모세와 선지자들의 사회윤리, 예수의 자기희생, 예수의 몸으로서의 교회, 교회의 닮은꼴 조직으로서의 노동조합과 대학과 경쟁적 야당 등이 중간사의 흐름을 만든다. 나는 이렇게 중간사를 악한 통치를 극복한 대안의 역사로 보기 때문에, 극복해야 할 대상을 왕의 악으로 보지 않고 희로애구애오욕으로 본 이퇴계와는 달리, 기(氣)와 대안인 이(理)의 합일을 주장한 율곡을 높게 친다. 의인도 기뻐하기도 하고 성도 낸다는 말이다.

　시대 구분에서도 함 선생님은 '발생기—성장기—단련기—완성기'로 보셨지만 나는 '나라의 새벽—상하 간의 안정기—통치자를 그와 동격인 경쟁적 야당이 교체하는 시기—나라와 나라 사이가 공존·교류하는 평화 시기'로 나눈다. 나는 나라의 새벽을 연 어른으로 원효를 내세운다. 상하 간의 안정기 인물은 율곡이며, 통치자를 그와 동격인 경쟁적 야당이 교체하도록 도운 이로 함석헌을 친다. 나라와 나라 사이의 공존·교류를 튼 효시로 나는 상하이에 망명했던 김구를 생각하고, 1970년 대선에서 4대국 보장론을 주장했던 김대중을 생각한다.

　이렇게 함 선생님과 내가 다르다고 썼지만, 정말 다른 것일까? 그렇지 않다. 이는 전공한 공부의 차이에서 생긴 차이이기 때문이다. 선생님 때만 해도 공공 조직 현상을 연구하는 행정학이 없었다. 나는 선생님이 보신 현상을 행정학자로서 봤을 뿐이다. 선생님과 달리 나는 천지를 창조한 신과 5대 설화에 등장하는 야훼를 구별한다고 했는데, 그 대신 나는 야훼 신이 등장하기 전의 하느님의 아름다움에는 선생님만큼 매혹되지 않는다. 선생님은 시인(詩人)이었지만, 나는 아니다. 선생님은 노자를 신비하게 보셨지만 나는 그렇지 않다.

　그러나 선생님과 내가 실험한 대상은 같다고 생각한다. 청교도, 삼일독립운동, 3·1민주구국선언 등이 우리 두 사람의 공통된 준거이다. 이 준거들에서 기본이 되는 준거는 청교도이다. 내가 지켜야 할 최소의 준거는 청교도라는 말이다. 두 사람 다 청교도처럼 내 나라를 건국하고 싶어했고 건국 후에는 청교도처럼 내 나라에서 새 문명을 지향하고 싶어했다. 선생님께서 동의하시리라고 보는 청교도의 특징은 적어도 다음 세 가지이다.

첫째로 순수하다. 형이상적이다. 소설 《주홍 글씨》를 봐도 이를 알 수 있다. 주인공 둘이 넓은 미국 신대륙에 아무 데고 찾아가 살 수도 있었는데 한 번의 정사 이후 서로가 고민하며 살다가 남자가 죽은 후에도 여자는 A자를 가슴에 단 채 동일한 공동체에서 사는 것이 순수하다. 그 여자가 일생을 그곳에서 못 떠나게 한 능력을 나는 청교도 공동체의 능력이라고 본다.

둘째로 예리하다. 윤리적이다. 예리하고 윤리적인 이 두 가지를 충족시키는 청교도의 현상은 하버드대학교를 만든 일이다. 배우고 또 배우되 학문을 배운다는 것이, 조직 폭력배들이 배우고 또 배우는 것이 사람 때리는 일인 점과 비교하면 윤리적이다. 1860년 최수운의 깨달음을 이어서 만든 대학이 없었던 것이 동학의 모자람이었다면, 이 모자람을 극복해 배재학교, 이화학교, 연희·이화 전문을 만든 기독교 개신교는 윤리적이었다고 하겠다.

셋째로 청교도는 힘이 있었다. 종교적이었다. 힘이 있음과 종교적임 두 가지를 충족하는 것을, 죽을 때까지 지조를 지켜 악한 정부에 저항해 주권 재민의 나라를 세운 데서 볼 수 있다. 따라서 청교도에게는 자신의 몸이 곧 성전이었다. 청교도들은 처음에 교권을 갖는 교회 형식을 기피해 회중교회를 만들었다. 한말에 힘이 있었던 동학이 힘을 잃어 1970년대 민주화운동 때는 침묵했지만 한국 개신교는 민주화운동의 중심 역할을 했다.

나는 형이상적이며 윤리적이며 종교적인 이 움직임을 최수운의 주문에서도 보고, 〈삼일독립선언문〉의 공약 3장에서도 보며, 예수가 돌아가시기 전에 자신이 돌아간 후 신도들이 받게 되리라고 한 성령에서도 본다. 최수운의 주문은 '시천주 조화정 영세불망 만사지(侍天主 造化定 永世不忘 萬事知)'라는 열석 자였다. 시천주가 동학의 힘 있음을 말한다. 보이지 않는 것을 긍정하는 것이 정의이기 때문이다. 세상 이치를 정한다는 조화정이 공부하고 또 공부하는 예리함을 뜻하며, 이 아는 것을 통하여 통치자를 심판한다. 영세불망이 죄를 짓지 않은 사람의 순수함을 보여준다. 이 세 가지가 있으면 최수운은 만사를 안다고 말했다. 〈삼일독립선언문〉의 공약 3장은 사람을 일본을 미워하는 존재로 보지 않고 자신의 천부 권리를 설정할 존재로 봤다. 마땅히 해야 할 일을 독립으로 보았다. 그리고 독립을 달성하는 방법은 폭력을 넘어서는 비폭력으로 보았다. 예수는 〈요한복음〉 16장 8절에서 성령이 오시면 죄와 정의와 심판에 관한 세상의 그릇된 생각을 꾸짖어 바로잡아 준다고 말했다. 죄를 안 짓는 것이 순수함이며, 이 세상의 악한 통치자를 심판하는 두뇌가 있음이 예리함이며, 이를 행하되 불이익을 감수하고 행함이 힘이 있고 정의가 있는 것이다. 우치무라 간조의 제자로서 청교도 신앙의 신도이기도 했고, 삼일운동 때 평양고보 학생이었는데 퇴교당한 후 오산학교로 학적을 옮기고 삼일운동을 생의 중요한 기점으로 삼은 함석헌은 성령에 이끌려 당신의 할 일을 마치고 가셨다. 이제 남은 일은 함석헌 이후의 사람들이 그를 완성하는 일이며 새 나라와 새 문명을 만드는 일이다.

끝내면서

《새 문명에서의 공직자》서문을 미리 쓰며

내 평생

배재중학교 예배 시간에 교독했던 글은 성경의 〈시편〉이었다. 〈시편〉 별쇄본이 학생들이 앉는 강당의 긴 의자에 상비로 놓여 있었다. 공동번역본 〈시편〉의 시작은 "복되어라. 악을 꾸미는 자리에 가지 아니하고 죄인들의 길을 거닐지 아니하며 조소하는 자들과 어울리지 아니하고, 야훼께서 주신 법을 낙으로 삼아 밤낮으로 그 법을 되새기는 사람"으로 되어 있다. 나는 이 공동번역본 글보다 개역한글판의 옛 번역을 더 좋아한다. 〈시편〉은 시이다. 시는 감동을 주는 글인데, 옛 번역이 내게 더 익숙해 감동을 주기 때문이다. 옛 번역을 다음에 옮긴다.

> 복 있는 사람은 악인의 꾀를 좇지 아니하며 죄인의 길에 서지 아니하며 오만한 자의 자리에 앉지 아니하고 오직 여호와의 율법을 즐거워하여 그 율법을 주야로 묵상하는 자로다.

나는 오만한 자의 자리에 앉지 말라는 것을 배재의 가르침, '크고자 하는 자는 남을 섬기라'는 말과 동의어로 받아들였으며, 내가 민주화운동을 한 후에 관직을 안 얻은 것을 오만한 자의 자리에 앉지 않은 것으로 해석했다. 이 〈시편〉 인용문에서 악인의 꾀를 내는 자가 군사정부 때의 중앙정보부, 그곳의 판단관 노릇 하던 교수들, 그곳의 승낙으로 대학교 총장 하던 사람들이라고 후일에 연상했다. 이렇게 좋은 말로 시작되는 〈시편〉에는 내 평생을 설명하는 시가 있다. 〈시편〉 23편(옛 번역본)이다.

> 1 여호와는 나의 목자시니 내가 부족함이 없으리로다. 2 그가 나를 푸른 초장에 누이시며 쉴 만한 물가로 인도하시는도다. 3 내 영혼을 소생시키고 자기 이름을 위하여 의의 길로 인도하시는도다. 4 내가 사망의 음침한 골짜기로 다닐지라도 해를 두려워하지 않을 것은 주께서 나와 함께 하심이라. 주의 지팡이와 막대기가 나를 안위하시나이다. 5 주께서 내 원수의 목전에서 내게 상을 베푸시고 기름으로 내 머리에 바르셨으니 내 잔이 넘치나이다. 6 나의 평생에 선하심과 인자하심이 정녕 나를 따르리니 내가 여호와의 집에 영원히 거하리로다. (시편 23)

6절에 나오는 말 '나의 평생'에서 나는 이 절의 제목을 따왔다. 이 〈시편〉 23편은 인생의 과정을 여섯 단계로 본다.

1. 사는 단계
2. 무엇이 옳음인가를 아는 단계
3. 사는 것이 옳음을 이기는 단계
4. 옳음이 사는 것을 이기는 단계
5. 삶과 옳음 둘 다가 있는 단계
6. 여호와의 집에 거하는 단계

이상 여섯 단계 중 나는 1단계, 3단계, 5단계에서 꿈틀거렸다. 각 단계마다 삶의 꿈틀거림의 형태가 제각기 달랐다. 1단계에서는 싱숭생숭해서 학업에 집중을 덜했다. 3단계에서는 부끄러워 새벽 기도회에서 울었다. 5단계에서는 욕심은 있었는데 간신히 선을 넘지 않았다. 내가 일을 저지르지 않게 막아주는 하느님의 천사가 있었던 것이다. 〈주기도문〉의 "시험에 들지 말게 하옵시며"는 나에게 맞는 기도문이었다. 이렇게 삶의 치욕은 성(性)의 부적절을 포함하지만, 나는 삶에서 겪는 치욕의 핵심을 성의 부적절로 보지는 않는다. 이 점에서 나는 성 아우구스티누스의 회개를 굉장하게 보지 않는다. 회개란 모름지기 세례자 요한과 예수가 말한 내용이어야 한다. 성은 한문 '性'의 뜻 그대로 사람이 타고난 바탕이다. 나무는 하늘을 향하여 서 있는 것이 중요하지, 나무 가죽에 생채기가 몇 개 있는지는 중요하지 않다. 물론 나무에 난 큰 상처는 나무를 아예 죽게 할 수도 있다. 내가 생각하는 삶의 큰 생채기는 X, Y축 그림에서 화살표 방향으로 향하지 않는 역행을 뜻한다. 그냥 친일파가 아니라 삼일운동을 하다가 친일파가 된 이, 교회를 퇴임하면서 돈을 받고 그 다음 목사에게 목사직을 판 목사처럼 성령을 받았다가 성령에 역행한 자는 지옥에 갈 사람들이다.

〈시편〉 23편 1절과 2절에서 작가는 푸른 초장과 물가를 노래한다. 나도 유난히 나무가 있는 집에 집착해 34년 전에 버스 종점에서 20분을 걸어 들어왔던 집에서 지금도 살고 있다.

3절에서 무엇이 옳은지를 말하지는 않는다. 그러나 영혼이 이미 살아 있었기에 그 살았던 영혼이 죽어서 그 영혼을 소생시킨다는 말이 나오며, 옳은 길을 간다 하더라도 자기가 잘나서가 아니라 여호와께서 자기 이름을 위하여 의의 길로 인도하신다는 것으로 보아 〈시편〉 23편의 작가에게는 이미 무엇이 옳음인가를 아는 단계가 있었던 것이다. 내 경우, 어려서의 세 가지 가르침, 즉 교회, 배재학교, 아버지가 나에게 무엇이 옳음인가를 가르친 두 번째 단계의 스승들이다.

내가 받은 가르침은 어려서 시작되었다. 그러니 나는 하느님의 은총을 거듭 받은 사람이다. 우선 어려서 중병을 세 번 앓았는데도 죽지 않고 살아서 하느님의 은총을 받았고, 가르침까지 주셨다. 어느 날 내가 79세에 쓴 《협력형 통치》의 '찾아보기'를 보다가 나에게 가르침을 준 두 분을 언급한 회수를 적어보았다. 함석헌 126회, 아버지 55회였다. 이는 인쇄된 책을 받아 보고 나서 안 사실이다. 함석헌이 제일 많이 나온 분인 것은 책의 성격으로 보아도 당연한 일이다. 그러나 내 아버지는 작품이 없는 무명이신데 55쪽이나 언급되었다는 것을 알고 놀랐다. 아버지가 자주 언급된 것은 내가 어려서 아버지에게 가르침을 받았다는 뜻이다.

나를 가르친 이는 아버지, 배재학교, 교회였다. 이 세 스승이 '문예부흥 → 종교개혁 → 계몽사상'으로 이어져 민주국가를 세운 청교도들의 과정과 같다고 나는 회상한다. '배재학교 → 교회 → 아버지'의 과정이 어려서 나에게 없었다면 그 후의 나도 없었을 것이다. 이 과정을 거치면서 나는 〈II고린토〉 5장 17절에서와 같이, 낡은 것 대신 새것을 바라보게 되었다.

내 삶의 정상에 놓였을 때 나는 다행히 옳게 사는 것을 잊지 않고 삶에 매몰되는 것을 뉘우치는 세 단계를 경험했다. 내 삶의 정상인 고려대 교수로 취임했을 때 나는 교회에 새벽기도를 넉 달 동안 계속 나갔다. 어쩌다 목사가 나에게 대표기도를 시켰는데, 나는 그때마다 행사성 기도는 하지 않고 〈로마서〉 1장 18~23절에서 언급되는 인간의 타락상을 상기하면서 기도했다. 아직 어둠이 깔려 있는 새벽에 교회를 향해 걸으면서 내가 울먹이며 암송했던 구절은 다음과 같다.

28 또한 저희가 마음에 하나님 두기를 싫어하매 하나님께서 저희를 그 상실한 마음대로 내어버려두사 합당치 못한 일을 하게 하셨으니 29 곧

모든 불의, 추악, 탐욕, 악의가 가득한 자요 시기, 살인, 분쟁, 사기, 악독
이 가득한 자요 수군수군하는 자요 30 비방하는 자요 하나님의 미워하시
는 자요 능욕하는 자요 교만한 자요 자랑하는 자요 악을 도모하는 자요
부모를 거역하는 자요 31 우매한 자요 배약하는 자요 무정한 자요 무자
비한 자라. 32 저희가 이 같은 일을 행하는 자는 사형에 해당한다고 하나
님의 정하심을 알고도 자기들만 행할 뿐 아니라 또한 그 일을 행하는 자
를 옳다 하느니라.(로마서 1:28~32 개역한글판)

이때 부목사가 고려대에 출근하는 데 지장이 있겠다고 날더러 새벽기도
에 나오지 말라고 말했다. 그때는 이 말을 선의로 받아들였는데 그 후 가만
히 생각하니 내가 한 기도, 곧 뭘 해달라고 하나님을 조르는 기복의 기도가
아닌 기도가 교회에 맞지 않았겠다는 생각이 들었다. 공동기도 할 때 담임목
사의 기도에는 남의 우두머리가 되게 해달라는 말이 자주 들렸는데, 이것도
다른 사람을 그렇게 되게 해달라는 기도가 아니라 목사 자신을 위한 기도였
다는 생각을 나중에 했다. 그러나 나는 이 새벽기도를 통해 〈시편〉 23편 3절
에 나오는 것처럼 내 영혼의 소생을 느꼈다. 그것도 내가 잘나서가 아니라
야훼 하느님의 이름을 위해 나를 의의 길로 인도하심을 몸소 느꼈다.

참으로 다행히 나는 옳음이 삶을 이기는 4단계도 경험했다. 삶이란 직장
에서 월급을 받아야 하는 것인데, 나는 근 10년을 고려대에서 해직되어 봉
급을 받지 못했다. 삶이란 집에서 사는 것인데, 나는 근 5년을 교도소 감방
에 있었다. 죽는 것은 삶이 아니다. 김대중 내란음모 사건 때는 죽을 뻔하
기도 했다. 내가 육군형무소에 있을 때 〈시편〉 23편 4절과 같이 사망의 음
침한 골짜기로 다닐지라도 해를 두려워하지 않았던 것은 아니다. 확실한
것은 내가 사망의 음침한 골짜기를 다녔던 일이다. 그때 서울구치소가 아
니라 육군형무소로 옮겨졌던 모든 이들 사이에서는, '서울의 봄' 이후 김재

규와 그 부하들이 육군형무소에 있다가 사형 집행을 받은 것처럼 우리도 그럴 것이라는 소문이 자자했다. 우리가 들어갔던 감방은 김재규와 그 부하들이 있다가 죽으러 나간 방이었다.

그런데 법정에서 김대중 씨를 봤는데 비록 몸은 홀쭉하게 말랐어도 그 얼굴이 죽을 사람으로 보이지는 않았다. 나는 말하자면 사람을 볼 줄 아는 사람인데, 김대중 씨를 죽을 사람으로 안 보았다. 분노, 공포, 절망을 파헤치고 그에게 빛이 닿고 있음을 느꼈다. 그러나 나는 초조했다. 나의 초조함을 단적으로 보여준 증거는 내가 부를 마땅한 찬송가를 찾지 못한 일이었다. 십자가를 지겠다느니, 핍박을 당하더라도 내 길을 가겠다느니 하는 찬송은 감히 부르지 못했다. 주로 하느님을 찬양하고 경배하는 찬송을 불렀다. 예를 들면 31장 〈영광의 왕께 다 경배하며〉를 부르곤 했다. 특히 4절을 부르면 마음이 편해졌다.

> 질그릇같이 연약한 인생
> 주 의지하여 늘 강건하리
> 창조주 보호자 또 우리 구주
> 그 자비 영원히 변함 없어라

그러나 내란음모 사건자들이 내란을 꾀하지 않았으면서도 매 맞기가 두려워 지조를 굽히고 손도장을 찍어 아무 공이 없음을 느꼈다. 이래서 나는 사람이 좀 겸손해졌다. 이런저런 생각으로 죽지 않았으니 〈시편〉 23편 4절에서와 같이 주의 지팡이와 막대기가 나를 위로하셨던 것이 사실이다.

5단계의 삶은 삶과 올바름이 공존하는 단계이다. 1984년부터 고려대 복직 8년과 고려대 정년 후 경기대 석좌교수직 13년이 그러한 삶이었다. 합하면 21년이나 된다. 고려대 교수 때 한 시국선언과 현민 빈소 사건이 올바름을 행한 일이었다. 이런 일을 하고도 교수로 있었으니 삶과 올바름이 공존했다. 이어서 이루어진 김대중 씨의 대통령 당선 자체가 올바름과 삶의 공존이었다. 언젠가 나는 청와대에 초청되어 건배사를 하게 되었는데, 이때 읽은 글이 바로 〈시편〉 23편 5절이었다.

삶과 올바름이 공존했다고 하지만 여기서 올바름은 유신정부·신군부가 극복됐다는 뜻이지, 유신정부를 극복한 정권들이 적절했다는 뜻은 아니다. 재야 시절부터 김대중 씨에게 아이디어를 전했던 약 열두 명가량의 교수 모임을 나는 지금도 한 달에 한 번씩 열어 좌장 노릇을 하고 있다. 모임에 나오는 이들은 김병태, 김유배, 방정배, 백경남, 온병훈, 유승남, 윤성식, 이상신, 최장집, 한정일, 함세웅이다. 언제인가 백경남 교수가 "김대중·노무현 두 정권이 집권만 차지했지 민주주의를 잊었습니다. 두 대통령이 이문영 교수에게 갈 길을 묻지 않았기 때문입니다"라고 말했다. 여자 교수인 백경남이 이렇게 바른말을 했다. 여자가 남자보다 뛰어나다는 것을 나는 내 집사람이 1970년대에 고생한 사람들과 한 달에 한 번씩 꾸준히 모였던 것을 보아서 안다. 김지하 어머니, 박형규 부인, 리영희 부인, 유인태 어머니와 동거했던 한 어머니, 이철 어머니, 일본 교포인 이철의 장모, 이해동 부인, 최열 어머니 들이 그 이름들이라 했다. 모르기는 해도 이 부인들은 김·노 두 정권이 시원치 않았음에도 유신정부·신군부가 극복된 것은 올바름이 찾아온 것이라고 생각한 사람들일 것이다. 양성우 시인 말대로, 이들은 꽃이 아니라 꽃봉오리만 있어도 좋아하시는 분들이다.

마지막 단계인 6단계는 여호와의 집에 내가 거하는 단계이다. 이 단계는 정확히 말해서 2005년 봄, 경기대 석좌교수직을 물러난 이후의 홀가분한 생활을 말한다. 지금은 경기대와 함께 강사로 나오라는 한 대학에 나가고 있다. 마침 2005년 12월에 민주화운동 관련자 명예회복 및 보상 위원회가 명예 회복자와 보상 대상자 4552명을 발표한, 《민주화운동백서》라는 방대한 책을 출간했다. 이 백서에서 황송하게도 나를 명예회복 신청 사례로서, 전태일을 보상 신청 사례로서 책머리에 예시했다. 내가 존경하는 박선균 목사는 중국에서 장기 체류하다가 귀국하면 곧장 청계천에 있는 전태일기념관을 찾는다. 그렇게 훌륭한 분이 전태일이다. 나는 이 백서를 《협력형 통치》를 집필할 때 내 집 서재에서 접했다. 이제는 삶과 옳음이 둘 다 있는 단계도 지났다는 것을 이때 느꼈다. 황송하게 나를 나 아닌 사람들이 명예롭게 여긴다 하니 나는 내 집보다 여호와의 집에 은거하고 있는 셈이다.

앞으로도 하느님의 선하심과 인자하심이 나를 따라, 내가 감히 여호와의 집에 영원히 거할 수 있을지 마음이 떨린다. 어디 나갔다가 귀가할 때 서쪽 길로 집에 오면 내가 은거할 집의 전모가 드러나 아름답다. 그러나 겨울이 지나야 한다. 봄부터는 담 둘레의 느티나무, 후박나무, 은행나무를 포함한 모든 나무에 연두색 잎이 돋으며 꽃이 핀다. 이런 나무를 배경으로 지은, 34년 된 집이 내 집이다. 지금까지 이 집에 살았던 것을 보아 앞으로도 이 집에 살 것 같은데, 〈시편〉 23편 마지막 절에 있는 대로, 내가 여호와의 집에 영원히 살 것인지 가슴이 떨린다. 독자들이여, 내 집에 대한 나의 집착을 용서하기 바란다. 나는 집을 떠나 3년간의 유학, 1년간의 연구, 5년간의 옥고, 곧 합하여 9년간 내 집을 그리워하며 나가 있었던 사람이다.

집사람은 내가 하도 뜰에 나가 있어서 내가 집에 없을 때에도 뜰에 있다는 착각을 한다고 생전에 자주 말했다. 스피노자는 내일 지구의 멸망이 오더라도 오늘 사과나무를 심겠다고 말했다는데, 나는 집사람이 죽은 후 뜰에 사과나무를 한 그루 심었다. 그뿐만 아니라 정원 다섯 군데에 큰 화분을 만들었고 벤치도 두 개나 더 만들었다. 왜 나는 정원을 더 좋게 만들었는가? 정원은 사람들이 인위적으로 다듬어내 명상하는 곳으로, 사람마다 제각기 다듬어 소유하는, 자기 영혼의 닮은꼴이다. 내 영혼에서 나는 하느님을 만나고 정원에서 하느님을 만난다. 성 아우구스티누스가 잘 다듬어진 친구네 정원에서 회개했던 일은 새겨봄직하다. 나는 내 정원에서 죽은 내 집사람을 아쉬워하며 내 하느님을 만날 것이다.

문득 내 마지막인 오늘이 내 시작의 반복임을 느낀다. 아무리 은거해 있어도 내 처음의 세 가지가 지금도 살아 있다. 어린이 부흥회 때 동생들 때린 것을 뉘우쳤던 교회에 지금도 나가 앉고 있다. 열네 살 때 배재중학교 예배 시간에 공부를 잘하되, 나라를 위하여 기독교의 틀 안에서 잘하자고 결심한 대로 지금은 고려대 명예교수로 있다. 그리고 내 아버지께서 일제 때 종로경찰서 형사 앞에서 의연하셨던 감동을 안 잊고 지금도 글을 쓰고 있다.

내가 바라는 나의 마지막

이 책을 쓰면서 이 이야기를 가장 쓰고 싶었다. 왜냐하면 나는 93세까지 살 작정인데—거듭 쓰지만, 내가 처음 구속된 46세 이후 새로운 삶을 46년을 살고 일 년만 더 살면 93세가 된다—, 93세면 앞으로 13년을 더 살아야 한다. 13년이면 내가 경기대 석좌교수로 있었던 햇수와 동일한 햇수이며 그사이에 나는 두툼한 책을 세 권 썼다. 그러니까 앞으로 13년 동안에는 적어도 한 권은 쓸 것 아니겠는가. 그 한 권으로 나는 무엇을 쓸 것인가? 지금까지 내 평생을 훑어본 뒤 내가 판단한, 연구하고 싶은 과제가 책제목이 될 것 같다. 이렇게 말년에 계속 책을 쓰겠다고 말하는 것에 관하여 다음 몇 가지 질문에 차례로 답해야 할 것 같다.

1. 너는 왜 마지막을 중요시하는가?
2. 너는 어떠한 죽음을 가장 의미 있는 죽음으로 보는가?
3. 너는 왜 책을 쓰다가 죽고 싶은가?

너는 왜 마지막을 중요시하는가?

나는 그간에 쓴 책들마다 마지막을 중요시했다. 1980년에 쓴《한국행정론》에서는 보잘것없는 이에게 물 한 모금 준 사람이 천국에 들어간다는 이야기가 나오는 〈마태오복음〉 25장에 착안하여 한국 행정의 혼란을 해결하는 방안으로 '최소한의 시작'이라는 장을 연거푸 두 장 썼다. 고려대 정년 전에 쓴《자전적 행정학》의 마무리는 신약성서의 마지막 장인 '새 천지'에서 땄다. 1996년에 쓴《논어·맹자와 행정학》의 마무리는 '미의 행정학'이라 이름 붙였다. 인생의 끝이 아름답다는 뜻에서 그렇게 붙인 것이다. 2001년에 쓴《인간·종교·국가》는 '종말'이라는 항목 아래 다음과 같은, 영원히 펼쳐져 나가는 그림을 그려 설명을 붙였다.

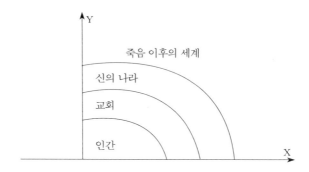

그리고 2006년에 쓴《협력형 통치》에서는 마지막 장 마지막 절에서 서울에서 가장 먼 데, 보잘것없는 데를 소재로 해 '어쩌면 제주도'라고 이름 붙였다.

나에게 마지막을 중요하게 여기라고 가르친 글은 성경의 〈전도서〉이다. 〈전도서〉는 "헛되고 헛되다"라는 문장으로 시작하여 인생의 헛됨을 강조하지만, 이 헛된 것 중에서 무엇이 헛되지 않은지를 곳곳에서 지적한 글이다.

그러므로 헛되지 않다는 것이 〈전도서〉의 멜로디이다. 〈전도서〉에서는 인생에서 헛되지 않은 것은, 그 글의 저자인 고관대작의 우두머리인 왕이 아니라 평범한 사람의 행복이라고 말한다. 〈전도서〉가 말하는 헛되지 않은 것을 내가 이미 앞에서 사용했던 생각의 틀인 사람·일·방법이라는 세 가지 측면에서 살펴보자.

사람

"하느님 앞에서 임금에게 충성을 맹세했거든 임금의 명령을 지키도록 하여라. 임금이란 하고 싶은 일을 무엇이나 하는 자이니, 경솔하게 어전에서 물러나오거나 임금이 싫어하는 일을 고집하지 않도록 하여라"(전도서 8:2~3)에서 "임금에게 충성을 맹세했거든"이라는 단서에 유의하여야 한다. 임금에게 충성을 맹세했다는 것은 통치의 정당성이 확보됐다는 뜻이다. 그리고 통치의 정당성이 확보되었다는 전제하에서 신하인 사람은 이미 신하가 아니고 사람이다. 이런 상황에서는 화나게 하고 화를 내는 관계가 안 보인다.

일

먹고 마시고 즐기는 것을 긍정하는 말이 빈번히 나온다. "결국 좋은 것은 살아 있는 동안 잘살며 즐기는 것밖에 없다는 것을 깨달은 것이다. 사람은 모름지기 수고한 보람으로 먹고 마시며 즐겁게 지낼 일이다. 이것이 바로 하느님의 선물이다"(전도서 3:12~13), "네 몫의 음식을 먹으며 즐기고 술을 마시며 기뻐하여라. 이런 일은 하느님께서 본래부터 좋게 보아주시는 일이다. 언제나 깨끗한 옷을 입고 머리에 기름을 발라라. 하늘 아래서 허락받은 덧없는 인생을 애인과 함께 끝까지 즐기며 살도록 하여라. 이것이야말로 하늘 아래서 수고하며 살아 있는 동안 네가 누릴 몫이다"(전도서 9:7~9) 등이 그런 예이다.

방법

합의를 존중하는 사상이 〈전도서〉에 보인다. 3장 13절에서 보듯, 덮어놓고 즐기라는 것이 아니다. '수고한 보답'으로 즐기라는 것이므로 노동자의 것을 착취해서 즐기라는 것이 아니다. 신을 사람을 해방시키는 존재, 다시 말해 노동자를 착취하지 못하게 하는 존재로 볼 때, 특히 하느님을 긍휼함을 창조하는 신으로 생각할 때, 인간이 신을 생각한다는 뜻은 곧 사람을 해방하는 방법인 긍휼함을 강구한다는 뜻이 되기도 한다. 우리의 옷깃을 여미게 하며 평범한 사람을 향한 그리움을 샘솟게 하는 몇 구절은 다음과 같다.

그러니 좋은 날이 다 지나고 "사는 재미가 하나도 없구나!" 하는 탄식 소리가 입에서 새어 나오기 전, 아직 젊었을 때에 너를 지으신 이를 기억하여라. 해와 달과 별이 빛을 잃기 전, 비가 온 다음에 다시 구름이 몰려오기 전에 그를 기억하여라. 그날이 오면 다리가 후들거리는 수문장같이 되고, 두 다리는 허리가 굽은 군인같이 되고, 이는 맷돌 가는 여인처럼 빠지고, 눈은 일손을 멈추고 창밖을 내다보는 여인들같이 흐려지리라. (전도서 12:1~3)

이렇게 〈전도서〉를 정리하고 볼 때에 평범한 사람은 평범한 사람의 삶을 살아야 하는데, 이 평범한 사람의 삶을 사는 만큼 사람을 지으신 이를 기억하라는 것이다. 원문이 아직 젊었을 때에 하느님을 기억하라고 되어 있는 것을 나는 의미 있게 생각한다. 젊어서는 기억할 것을 안 잊고 평범한 사람의 길을 가다가도 늙어서는 타락해 세속과 타협해 변절하면 안 되기 때문이다. 이 책의 3부 제목을 '버림인가, 버려짐인가?'로 정한 것도 내 말년에 나를 지으신 하느님을 기억하고 싶어서였다.

너는 어떠한 죽음을 가장 의미 있는 죽음으로 보는가?

부활절 예배에 갔었다. 목사가 설교할 때 마치 자신은 으레 부활할 인물인 양 말했다. 작곡가 헨델의 마지막을 담은 영상도 보여줬다. 큰 문이 열리면서 천국에 들어간다고 했다. 내 귀에는 이런 설교가 안 들어왔다. 이런 비판적인 생각은 민망한 생각이다. 나는 부활보다는 어떻게 죽을까를 생각하고 있었다. 예수같이 분노 속에서, 공포 속에서, 헤어날 수 없는 절망 속에서 악을 도모한 자에게 억울하게 맞아 죽는 것이 최고의 죽음이라고 나는 생각했다. 예수는 십자가 위에서 "하느님이시여! 왜 저를 버리십니까?" 하고 부르짖었다. 예수는 말하자면 맞아 죽었을 뿐 아니라 이미 맞아 죽은 시신에 병사가 허리에 창을 다시 찔러 피와 물이 흐르게 했다. 이미 죽은 후여서 몸에서 피만이 아니라 물도 나왔던 예수였다. 그러면 부활은 어찌 되나. 부활은 〈시편〉 23편 마지막 절에서와 같이, 내가 하는 것이 아니라 야훼의 선하심과 인자하심이 하시는 것이다. 그리고 예수가 억울하게 맞아 죽었기에 예수의 몸에 하느님이 간섭하셨던 것뿐이다. 그것도 죽은 날도 아니고 죽은 뒤 사흘 후에 그랬다. 거듭 쓰지만, 목사의 설교를 들으면서 나는 민망한 생각을 하고 있었다.

그러나 바로 그날 내 생각이 맞는 생각이라는 심증을 얻었다. 나는 그날도 예배실이 있는 3층에서 엘리베이터를 타고 내려왔다. 사람들에게 밀려서 곧 타지는 못했다. 3층까지 엘리베이터가 오기를 세 번을 기다렸다가 탔다. 그사이에 목사와 원로목사가 2층에 서서 교인들을 접견하는 순서가 끝났나 보다. 1층까지 내려가는 만원 엘리베이터가 2층에 섰다. 아까 설교에서는 천국 문이 열렸는데 이번에는 엘리베이터 문이 열렸다. 문 앞에 부목사 한 사람이 원로목사를 부축하고 서 있었다. 부목사가 "이중에 두 분만 나오세요"라고 말했다. 나는 안쪽에 있어서 나갈 계제가 못 되었다. 두 노인이 비실비실 나갔다. 그렇잖아도 엘리베이터에는 노인들만 탄다. 두 노인이 나가니까 두 목사가 들어섰다. 이를테면 천국에 들어왔다. 조금만 기다리면 엘리베이터가 1층에 내려갔다 빈 채 올라올 텐데 왜 굳이 두 노인을 나가라고 하고 그 자리에 목사가 들어오는가!

아까 목사가 사람에게 맞는 사람이 아니라 오히려 때리는 사람이니 그런 설교를 할 자격이 없다고 생각했던 것이 거의 밝혀진 셈이다. 물론 부목사와 원로목사가 직접 설교를 하지는 않았다. 그러나 두 노인을 나오라고 하고 그 대신 자기들이 타고 내려가는 행위가 감히 있었다는 것은 담임목사가 예수와 같이 죽임을 당한 사람이 아님을 의심케 하기에 충분하다. 노인두 사람을 밀어내고 편하게 가는 사람들이 목사들인 것이다. 그렇다. 오늘의 내 나라 목사는 따지고 보면 죽임을 당하는 목사가 아니라 사람들을 죽이는 목사가 아닐까 싶다.

2006년 9월 초 어느 날, 대한기독교성결교회 지방회에서 '바다 이야기' 사건에 항의하는 행사에 날더러 공동대표로 나와달라는 전화를 했다. 오늘의 기독교 교회 목사가 복을 빌어주고 헌금을 받는 점에서 '바다 이야기'만큼 부패했다고 보는 나는 감히 그 자리에 못 나갔다.

내 경험에서도 분노와 공포와 절망 속에서 매를 맞았을 때가 제일 인상에 남는다. 어려서 할머니께서 병상에 누워 있는 내 옆에 오셔서 "문영아, 더 자지 마라. 네가 또 자면 이제는 영 죽을 것만 같구나"라고 말씀하셨을 때도 내겐 최고의 경지가 아니었다. 1973년 여름에 중앙정보부에서 사표를 쓸 때도 아니었다. 김대중 내란음모 사건으로 구속되었을 때도 아니었다. 현민 사건 때 "거기가 화장터냐?"라는 협박 전화를 받았을 때도 아니었다. 고려대 정년퇴임식에서 김희집 총장이 나에게만은 그 흔한 훈장을 전하지 않았을 때도 아니었다. 나에게 이수동 씨가 윗분의 지시라고 아태재단과 덕성여대 이사장 중 한 곳의 사표를 내라고 말한 때도 아니었다. '국민의 정부' 때 청와대 비서관이 나를 찾아와 내가 치매에 걸렸다고 해서 확인하러 왔다는 말을 했을 때도 아니었다.

그러면 언제였나? 분노와 공포와 절망을 느꼈을 때가 언제였나? 두 번이다. 한 번은 실제로 느꼈을 때이고, 한 번은 가상으로 느꼈을 때이다. 우선 실제 경험을 쓰자. 내가 교회에서 예배를 드린 후 간음한 목사를 규탄하는 교인들 앞에서 잠깐 이야기하고 기도했을 때, 한 장로가 나에게 다가와 내 배를 손으로 쿡 찌르며 "여기가 민주화운동 하는 데요? 이 다음에 이런 짓을 하면 이번에는 당신 집을 쳐들어가겠소"라는 말을 했을 때였다. 그러니까 그까짓 권력에 눈이 먼 사람과 그 끄나풀이 나를 때리는 것은 아무것도 아니다. 나라의 뿌리는 그런 데가 아니다. 나라의 뿌리는 마르틴 루터라는 뿌리이니, 그 뿌리가 망가져서 내가 매를 맞았을 때가 제일 아팠다. 나는 이 점에서 〈사도신경〉이 본디오 빌라도에게 고난을 겪으신 예수를 말하면서, 예수를 죽이려는 음모를 꾸민 대사제들과 바리사이파 사람들과 율법학자들의 죄를 지적하지 않았던 것을 이상하게 생각한다.

함석헌 선생님과 내 아버지는 나에게 가르침을 많이 주신 분들이다. 이두 분의 마지막 모습은 어떠했던가. 두 분은 다 맞아 죽지 않았다. 그런데두 분 중 맞아 죽은 것에 더 가까운 분으로 생각되는 분은 내 아버지이다. 함 선생님은 말년에 군인 대통령인 노태우와 올림픽 위원장으로서 악수를했고, 또 동아일보 해직 기자를 복직시키지 않은 동아일보사에서 '인촌상'을 받으셨다. 나는 이 두 가지가 노벨 평화상 후보에 두 번이나 오르신 명예를 깎았다고 생각한다. 이에 비해 내 아버지는 맨사람으로서 쓸쓸하게돌아가셨다. 사람은 사람이다. 사람이 거지 같은 놈들에게 상 받는 것을 조심해야 한다.

나라도 그렇다. 2차 세계대전 때 독일의 본회퍼(Bonhoeffer)는 감옥에서 죽어 나왔기 때문에 전후 독일은 깨끗하게 회개했지만, 나부터도 김대중 내란음모 사건 때 살아 나와서 나라가 구질구질해졌다고, 2006년 10월 28일에 있었던 함석헌기념사업회 주최 세미나에서 서울신학대 유석성 교수가 '함석헌과 본회퍼의 평화 사상'을 발표할 때 나는 말했다. 한국과 한반도의 평화는 몇몇 엘리트가 아니라 기독교 박해와 순교, 의병, 삼일독립운동, 북한에서의 민중 학살 같은 백성들의 고난을 통해서 이룩될 것이다. 함석헌이 내세운 민족을 위한 대안도 늘 씨올의 고난이었으며, 그는 자신보다 씨올을 늘 더 높였다.

삼일독립운동에서 씨올은 두 가지 부류의 사람들에게 우습게 여겨진 존재였다. 한 번은 민족자결론을 내세웠던 장본인인 미국의 윌슨 대통령이 배신해 태프트-가쓰라 조약을 맺어 필리핀과 한국의 강점을 두 나라가 밀약했을 때였다. 또 한 번은 삼일운동 때 참여한 33인 가운데 8·15 해방이되어 생존한 자를 보니 모두가 친일파였을 때의 일이다. 엘리트는 삼일운동뿐만 아니라 그 후에 있었던 4·19, 1970~80년대 민주화운동에서도 배신이라는 특징을 보였다. 전두환 정권 시절, 초대 국무총리를 지낸 고려대 김상협 총장이 겨레의 항수(恒數)는 기득권자라고 언젠가 나에게 말했던일이 생각난다. 함석헌은 백성이 민족의 항수라고 믿어, 백성을 이름하여 씨와 올인 씨올이라고 했다. 그리고 씨올은 씨앗으로만 있지 않는다. 씨앗은 땅에 떨어져 죽어야 식물이 된다. 씨앗이 땅에 떨어졌다는 것은, 사람의 경우 맞아 죽는 일이다.

이제 내가 가상으로 느꼈던 순간을 써보자. 이 가상의 느낌은 교회마저 부패해서 생긴 느낌이었다. 앞을 내다보는 나 같은 경우는 가상이 실제보다 더 강하다. 따라서 가상으로 체험한 것이 무엇이며, 가상이 실제보다 더 강함을 이야기해야 한다. 순서를 바꾸어 그런 이유부터 말하겠다. 나는 한 나라가 부패하면 침입자가 들어온다고 본다. 조선조가 부패하니까 일본이라는 침입자가 들어왔다. 중국이 부패하니까 만주족과 몽골족이 침입했다. 로마의 부패는 게르만족의 침입을 낳았다. 그런데 나라마다 침입자가 침입한 나라를 먹지는 못했다. 침입자 밑에서 고난받은 백성의 성숙으로 자율이 가능해졌기 때문이다. 이와 같은 논리를 근거로 언제인가 김일성 생시에 긴 가을 연휴가 있을 때, 나는 김일성 군대가 남침해 와 부패한 남한 사회를 싹 쓸어버릴 것을 염려했던 생각이 난다. 이런 일이 있으면 나는 물론 맞아 죽었을 것이다. 이것은 가상일 뿐이다. 그러나 나 같은 이도 맞아 죽지 않으면 토인비가 말하는 내부 프롤레타리아트의 성숙이 불가능해진다.

또 다른 가상을 말해보겠다. 이 가상은 최근에 느꼈던 것이다. 2006년 5월 31일 지방선거에서 햇볕정책에 반대하는 한나라당이 전승했을 때였다. 나는 이때 북한은 반드시 한나라당이 집권하기 전에 침공할 계획을 세우리라는 생각을 했다. 나는 김대중의 방북이 불허된 것도, 북이 힘이 없는 김대중의 효용을 보아서라고 보았다. 그리고 대포동 미사일 발사나 핵실험도 남침 준비로 보았다. 야만족이 드디어는 부패하고 분열하고 과격한 정치와 이를 뒷받침해 잘 먹고 잘사는 기독교가 우글거리는 남한을 남침해 온다. 그러면 나는 죽는다. 이것도 가상이다.

가상 자료가 2007년 4월 2일에 하나 더 생겼다. 이날은 한미자유무역협정이 타결된 날이다. 한국 농업이 비참해질 것이 예견된 날이다. 그러나 사람은 비참한 후에야 행복해진다. 비참한 농민들을 대가로, 즉 농민들이 맞아 죽는 것을 대가로 한국 농산물이 미국의 곡물 시장을 휩쓰는 미래를 나는 꿈꾸었다. 이는 포니 자동차가 마침내 포드 자동차와 경쟁하는 것을 보았고 한국의 민주화운동이 창출한 햇볕정책이 9·11 테러에 잘못 대처한 미국에 교훈을 준 것을 보았기 때문이다. 그러니 정확히 말할 차례다. 나는 으레 죽어야 한다. 내가 사람이고 싶으면. 세월이 걸리겠지만 그래야만 알곡의 싹이 나오고 이삭이 자라고 드디어는 곡식을 거두게 될 것이다. 고난

없이는 나도 역사도 문명도 백성도 없다.

너는 왜 책을 쓰다가 죽고 싶은가?

맞아 죽기가 싫어서이다. 맞기가 싫어서, 무서워서 내가 김대중 내란음모 사건 때 손도장을 찍었던 것을 보아도 알 수 있다. 사람은 죽는 것보다 맞는 것을 더 무서워한다. 이 무서운 짓을 다반사로 행하는 나라는 나라임을 멈춘 것이다. 왕이 백성을 매로 다스려, 죄인을 매우 치라고 말했던 조선조는 나라를 이민족에게 빼앗겼고, 증거를 갖고 다스린 로마법을 가진 로마제국은 바다 건너 영국까지 지배했던 것을 보면 알 만하다.

맞아 죽지 않았으면 목숨을 이으면서 살아야 한다. 그런데 살아야 한다면 멍하니 연명만 할 수는 없다. 그래서 내 소명대로 글을 쓰자는 것이 나의 차선책이다. 내 서재에는 복사한 그림이 한 장 걸려 있다. 피카소가 그린 〈늙은 기타리스트〉이다. 나는 이 그림을 시카고미술관에서 봤는데 두 번인가를 더 가서 봤다. 이 그림을 내가 좋아하는 것을 안 막내딸 선아가 시카고미술관에서 복사본을 사서 보내주었다. 집사람은 생전에 이 그림을 보기 싫어했다. 그래서 나는 이 그림을 거실이 아니라 내 책상에서 바라다보이는 벽에 걸어놓았다. 1996년에 《논어·맹자와 행정학》을 쓸 때에 서문에서 이 그림을 언급했으니 한 십 년 넘게 걸려 있다.

이 그림은 피골이 상접해 깡마른 한 늙은이가 눈을 감고 다리를 꼬고 앉아서 기타를 치고 있는 모습이다. 고개는 휘어져 떨어뜨렸다. 입은 옷은 위아래가 통으로 된, 흡사 여자의 임신복 같은 감청색 옷인데, 하도 자주 입어서 해져 있다. 옷은 무릎을 덮지 못할 정도로 짧은데 그 끝이 너덜너덜하다. 어깨 한쪽은 옷으로 덮여 있지 않다. 인물의 배경도 감청색이다. 한 노인이 기타를 치는 한 가지 업에 몰두한 모습이 내 마음을 끌었다. 감청색도 이 그림에서 내 눈을 못 떼게 한다. 감청색은 내가 5년간 감방에서 입었던

내 집 서재에 걸어둔 피카소의 그림 〈늙은 기타리스트〉 앞에서.

죄수복의 색이다.

이 그림이 나에게 주는 교훈은 죽는 날까지 아무리 어려워도 책을 쓰라는 것이다. 이 그림은 〈요한복음〉 16장에 나오는, 예수가 우리를 돕기 위해 보내신 성령을 담고 있다. 이 기타리스트는 물질의 세계가 아니라 보이지 않는 세계를 사모하니 정의(正義)를 알게 한다. 권좌에 앉아 있는, 얼굴이 큰 사람을 오히려 더럽게 보게 하니 심판을 알게 한다. 그리고 만일에 이 늙은 기타리스트와 동일하게 인생을 끝내고자 아니하면 예수를 믿지 않는 것에 해당하는 것이니 죄를 알게 한다. 그래서 내 집에 왔던 문익환 목사의 며느님인 성악가 정은숙 씨가 "이 그림에는 모든 것이 있습니다"라고 말했던 것이다. 예술가는 나같이 분석을 해야 아는 것이 아니라 금방 아는 사람이다. 정의와 심판과 죄를 한 정신이 알면 그 정신은 모든 것을 아는 정신이다.

간밤에 내가 한 짓이 이 늙은 기타리스트와 흡사했다. 취침을 일찍 해서 한잠 잘 잤다고 생각했는데 열두 시가 조금 넘어 있었다. 더 자려고 했다. 그러다 자느라고 멈췄던 이 글이 생각나, 나와서 더운물을 컵에 담아 들고 이 〈늙은 기타리스트〉가 걸려 있는 내 서재에 들어와서 연필로 쓰기 시작했다. 한참을 쓰고 나서 시계를 보니 세 시였다. 그제야 물 컵을 보니 물이 식어 있었다. 그리고 그제야 한 팔을 가운에 끼웠다. 글 쓰는 것이 급해서 미처 못 끼웠던 가운의 매무시를 바로잡은 것이다. 나는 이런 삶을 이어보고자 다섯 가지 생활훈을 갖고 있다. 그것은 '적게 먹는다, 많이 생각한다, 글을 쓴다, 되도록 걷는다, 간밤에 했던 것처럼 자다가 일어나지 말고 많이 잔다'이다.

《새 문명에서의 공직자》의 구성과 내용

지금 이 책을 쓴 후에 나는 무엇을 쓰고 싶은가? 《새 문명에서의 공직자》

라는 책을 쓰고 싶다. 내가 쓴 박사학위 논문은 내가 1956년에 미국에 유학하여 공부를 시작한 후 꼭 10년 만에 쓴 글이다. 이번의 책은 이 자서전을 쓰면서 계획하고 있으니, 그 계획 기간이 거의 영(零)이라는 말인가? 아니다. 이 책 집필을 계획한 기간은 근 70년이다. 내가 배재중학교 예배 시간에 나라를 위하여 기독교의 틀 안에서 공부를 잘하자고 결심한 것이 열네 살 때이니 66년 전이며, 동생들 때린 것을 뉘우쳐 울었던 때는 그보다 더 먼저이기 때문이다. 그런데 왜 나는 《새 문명에서의 공직자》를 쓰고자 하는가?

첫째, 나는 예수를 공직자의 모범으로 보기 때문이다. 약 2000년 전 예수는 유대인의 왕이라고 해서 로마제국에 의해 십자가형을 받았으니 예수는 공직자였다. 지금도 주권재민이 아닌 나라가 천지인데, 2000년 전에 자신이 유대 나라의 주권자라 말했으니 예수는 엄청나게 앞서 사신 구세주였다. 구세주는 공직자다.

2006년 4월 28일에 고려대 행정학과 교수들이 내 책 《협력형 통치》의 출판을 축하해 모였다. 이때 돌아가면서 한마디씩 해줬다. 염재호 교수는 학생 때 듣던 내 강의가 성서를 곁들여 이해하기 쉬운 강의였다고 했다. 그렇다. 나는 제사장과 율법학자들이 음모로 십자가형을 내린 예수를 새 문명에서 공직자의 모범이라고 세속 학교인 고려대에서 거침없이 말해왔다.

서양사학자인 이상신 고려대 교수는 자신에게 영향을 준 책으로 조의설의 《서양사 개설》(장왕사, 1961)을 꼽았는데 이 책에 따르면, 고대 동방에 드디어 마지막으로 등장한 민족이 예수를 낳은 히브리 민족이다. 예수는 고대 동방에 던져진 새 문명의 대안이었다. 쉬운 말로 이 말은 예수는 구세주이고 구세주란 공직자라는 뜻이다. 내 자서전에서 일관되게 밝힌 것도 예수가 나라에 새 문명을 가져올 공직자라는 것이었다. 《자전적 행정학》에서도 예수를 분석하되, 기독교 교리로서 접근하기보다는 법정에서 그가 한 말을 분석했다. 분노, 공포, 절망 속에서도 변치 않고 한 말은 그 사람의 진가를 보여주는데, 예수는 자신이 유대인의 왕이며 하느님의 아들임을 법정에서도 말했다.

둘째, 일생 동안 새 문명을 계속 찾아왔기 때문이다. 내게 세상을 아름답게 보게 해준 것은 청교도 신앙이었다. 내가 생각하는 청교도 신앙이란 형식이 아니라 내면적 변화를 강조하고, 교육에 치중하고, 민주국가를 생각하는 믿음이다. 나는 어려서부터 일본 제국주의를 싫어했다. 박정희를 비롯한 군사정권도 미운 우상이었다. 민정당에 항복해 들어간 문민정부를 나는 더 나쁘게 봤다. '국민의 정부'와 '참여정부'가 민주화운동의 꽃봉오리를 망가뜨릴까 봐 계속 염려했다. 그간 썼던 글도 문명의 대안을 모색하는 내용이었다. 내 박사학위 논문이 그러했고, 《논어·맹자와 행정학》, 《인간·종교·국가》, 《협력형 통치》가 다 그러했다. 비록 이런 책들이 모색한 원형이 현실에서 실천되지 않아 이 책들은 새 문명을 향한 책에 불과하지만, 이런 것 이후에 있어야 할 새 문명의 모습을 나는 찾고 싶다. 이 책을 쓰기 위해 나는 몇 년 전부터 세계 지성의 글들을 꽤 수집해놓았다. 고려대 도서관에서 폐기하는 일본 《아사히 신문》을 두 묶음으로 만들어 집에 들고 와서 일본이 2차 세계대전에서 저질렀던 악을 아직도 뉘우치지 않고 있음을 눈여겨봤다. 나는 《타임》지를 꾸준히 봐온 독자이기도 하다.

예수 그리스도를 따르며 인권을 지켜야 할 미국이 다른 나라, 특히 이라크를 공격해서 수많은 사람들의 삶을 파괴한 것을 나는 이해하지 못한다. 9·11테러는 끔찍한 사건이었다. 그런데 9·11이 단순한 테러가 아니라 자살 테러였다는 것은 미국의 편파적 처신이 아랍권을 자극했음을 말해준다는 데 부시 정권은 유의했어야 했다. 예를 들어 600만 유대인이 학살된 것이 사실이라 하더라도 중동에 꼭 이스라엘이 세워져야 했을까? 그리고 그렇게 세워진 나라를 미국은 왜 편애해왔는가? 미국은 9·11 이후 대량살상 무기(WMD)가 있다는 가능성만으로도 이라크에서 거대한 비극을 만들었다. 미국은 이라크를 군사 일변도가 아니라 외교와 원조로 대했어야 했다. 자존심이 강한 미국이, 햇볕정책을 펼친 한국을 둔 채 2차대전의 악을 뉘우치지도 않고 있는 일본과 오히려 친하게 지내는, 잘못된 길을 걷고 있다.

한편 중동 문화에도 문제가 있다. 중동 문화는 유럽의 문예부흥기 때까지만 해도 유럽보다 우위에 있었으나 지금 중동 문화가 유럽에 밀리고 있는데, 나는 이슬람교에 종교개혁이 없었다는 데 그 이유가 있다고 본다. 기독교에서 받아들일 것을 받아들여, 많은 신을 섬기고 서로가 싸우며 더럽고 부패했던 지방에 새 가르침을 전하고, 이 새 가르침을 주민이 받아들이는 조건에서 질서 유지를 무함마드가 책임졌기에 이슬람교가 요원의 불길같이 전파되었듯이, 오늘에도 오늘에 맞는 종교개혁이 중동에 있어야 한다고 생각한다. 오늘의 중동에도 세계의 젊은이들이 모이는 대학이 있어야 한다. 나는 중동 문화를 배우고자 한국외국어대학 아랍어과에 청강할지를 진지하게 생각하고 있다.

나는 요즘 귀여운 자녀들을 중국에 유학 보내고 있는 현상을 안타깝게 생각한다. 중국 문명의 꽃은 《논어》와 《맹자》였지, 오늘이 아니다. 오늘의 중국은 새 윤리와 새 학문과 민주주의를 찾아야 한다. 특히 민주주의를 뒷전으로 한 채 이루어가는 중국의 경제 성장은 반문명적이라는 것이 내 생각이다. 2006년 가을, 신문을 보니 중국의 중·고등학교에서 사용되는 새 표준 역사 교과서에 국가 이념인 마르크스주의와 국부인 마오쩌둥에 관한 소개가 크게 줄었다는 기사가 있었다. 대신 정보기술(IT)혁명의 주역인 빌 게이츠와 일본의 고속철도 신칸센이 새로 자리를 차지했다고 한다. 이러한 변화는 공산주의가 퇴조했다는 점에서는 좋은 일이나, 신학문을 제어하는 민주주의가 없다는 점에서 아직 덜 된 변화다.

셋째, 계속해서 행정학을 공부하고 행정학에 관한 글을 써왔기 때문이다. 공직자란 행정의 미시 현상이다. 왜 나는 이 시점에 미시 현상에 관심을 갖는가? 사람이 하는 것이 행정이며 행정의 최종 생산물이 사람이기 때문이다. 내가 디파이언스대학 학생일 때 한 우체국 직원에게 감동했던 것은 이 공무원에게서 미국의 민주주의를 보았기 때문이다. 그런데 왜 나는 공무원만이 아니라 공직자에게 관심을 갖는가? 행정 현상이 행정부를 넘어 존재하는 현상이라고 보아왔기 때문이다.

나는 《협력형 통치》의 '원효' 장에서 원효를 통일신라의 악을 바로잡고자 애쓴 분으로 묘사했다. 새 문명을 기다렸던 시대에 원효와 요석공주가 나눈 대화를 〈공즉시색(空卽是色)〉이라는 시로 써서 책에 넣었는데, 이 경우 요석공주가 바로 새 문명을 향한 공직자였다. 좀 길지만 이 시를 인용한다.

공즉시색(空卽是色)

원효: 예쁘지도 머리가 좋지도 마음이 곱지도 않은 여자가 남자를 끄는 비결이 무엇인 줄 아십니까.

요석: 말하기 싫습니다.

원효: 소설을 쓰고 싶어서 그래요.

요석: 그럴 일은 없을 거예요.

원효: 머리가 좋다는 것은 지능 지수가 높다는 것이죠. 예쁘다는 것은 꼭 얼굴이 아니라 뒷모습이 아름다워도 됩니다. 마음이 곱다는 것은 마음이 사(私)가 아니라 공(公)이라는 것이죠.

요석: 저는 사가 좋은데요.

원효: 그러나 공주님은 공(公)이에요. 제가 왜 공주님을 한 번도 뵙지 않았을 때도 사모하게 됐는지 아십니까? 저는 중이라 해도 산속이 아니라 시중에 잘 나다니는 사람인데, 공주님이 공인 소문이 제 귀에까지 들려 제가 공주님을 사모하게 되었습니다.

요석: 뭘요.

원효: 정말이에요. 요석 공주는 공주님이시면서 누가 관직을 얻고 이권을 얻겠다는 청을 왕에게 전하지 않으신다는 소문이 자자합니다. 공주궁에 배당된 국가 돈으로 페르시아 상인의 보석도 결코 안 사신다는 소문도 있고요. 막상 뵙고 보니 공주님이 입으신 옷이 언제 뵈어도 어찌 이렇게 수수하고 소박하면서 기품이 있습니까?

요석: 무엇이 기품이 있습니까. 저는 옷 짓는 이에게 옷 짓는 것을 맡기지 않고 제가 직접 지어 입는 것뿐이에요. 그러니 늘 같은 인상의 사람일 뿐이지요.

원효: 그렇게 공주님은 한결같이 공이에요. 색(色)이 아니라 공(空)이야요. 그러니까 있지 않은데도, 즉 사치함이 없는 것이 곧 사치함이 없다는 뜻도 아닌, 색도 있다는, 공즉시색(空卽是色)입니다. 사치를 안 했는데 멋이 있어요. 공이기에 오히려 사가 있고요.

요석: 사(私)가 없는 공(公)이 왜 비었다는 공(空)입니까?

원효: 《대승기신론》을 제가 요약한 글 중 "그 체가 텅 비었음이여, 태허와 같아서 사사로움이 없으며, 그 체가 넓음이여, 큰 바다와 같아서 지극히 공변됨이 있다"라는 글귀가 바로 이 점을 말합니다. 그런데 예쁜 것, 머리가 좋은 것, 그리고 마음이 고운 것 등 제가 애당초 말한 셋 중 제일이 무엇입니까?

요석: 외모와 머리와 마음 등 셋 중에서 마음이죠.

원효: 이제 아까 말씀하기 싫다는 대답을 제가 대신 하죠. 남녀가 길을 같이 걷는데 여자가 남자의 팔을 끼고 가는 경우가 그것이에요.

요석: 그러면 몸이 닿죠.

원효: (여자의 젖무덤을 남자의 팔꿈치가 느끼는 것을 상상한다.) 네, 그러면 남자의 마음이 움직여요. 그 여자가 예쁘지 않아도 머리가 나빠도,

그리고 마음이 나빠도요.

요석: 많은 것을 배웠어요. (남자가 무슨 생각을 하고 있는지를 직감이라도 한 듯 마음의 변화가 생겨, 처음과 같은 쌀쌀함이 사라진다.) 저에게는 꼭 남자가 한 사람 있습니다. 만일 그분과 결혼을 못 하게 되면 영원히 저에게는 결혼이라는 것이 없습니다.

원효: 그런 마음이 바로 색이 있는데 공(空)인 마음이며 따라서 공이기 때문에 색(色)이 있는 마음입니다.

나는 여기서 《새 문명에서의 공직자》에서 사용할 새 문명과 공직자의 정의를 잠정적으로 정할 필요를 느낀다. 마침 2006년 5월 31일에 지방선거에서 열린우리당이 참패한 것을 계기로 나는 다음을 생각했다.

다섯 가지 틀

우리 겨레에게는 다섯 가지 문제 해결책 혹은 틀이 있었다. 순서대로 적으면 유학, 불교, 기독교, 신학문, 공산주의이다. 백제의 왕인 박사가 일본에 《천자문》과 《논어》를 선물로 전한 것이나, 원효가 나라를 떠받드는 아들을 낳겠다고 하여 설총을 낳아 유학자로 만든 것을 보면 유학의 효용을 알 수 있다. 국란 중에 팔만대장경을 만들고 세계에서 제일 먼저 만든 금속 활자로 불경을 인쇄한 것을 보면 불교의 의연함을 알 수 있다. 유학과 불교는 우리 겨레에게 심대하고도 길게 영향을 미쳤다. 그리고 '오늘'에 영향을 주는 생각의 틀은 기독교, 신학문, 공산주의로 세 가지가 더 있다. 이 세 가지 틀은 오늘에 생긴 것이어서 기껏 해야 200년 사이에 생겨났다. 하지만 이 세 가지 틀이 결코 만만치 않음을 살펴보고자 한다.

기독교는 세계 선교사상 로마, 터키에 이어서 세 번째로 순교자를 많이 내고 이 땅에 들어왔다. 삼일운동과 1970년대 민주화운동에서 기독교인들의 공헌이 컸다. 다섯 가지 틀 속에 민주주의를 넣지 않은 이유는 기독교만이 민주주의를 만들기 때문이다. 동북아에서 기독교 인구가 제일 많고 기독교계 대학이 일류 대학에 들어가는 곳은 한국뿐이다.

유학과 불교 같은 정신주의의 영향을 받으며 생존해온 우리 겨레를 한반도에서 강점한 일본이나 공산정권, 군사 쿠데타 정권이 지배할 수 있었던 틀은 바로 신학문이었다. 신학문이 우리 겨레의 정신주의와 비슷해서 일제는 면마다 소학교와 중학교를 세웠다. 나는 공산정권이 망하기 직전에 모스크바의 한 초등학교 교실을 본 적이 있다. 교실 벽에 붙여놓은 전시물이 내가 일제 때 교실에서 본, '지식이 힘'이라고 표현한 전시물과 분위기가 비슷했다. 나는 박정희의 통치틀을 단적으로 나타내는 글이 서울대 박종홍 철학 교수가 만들어 채택된 '국민교육헌장'이라고 본다. 생각해보라. 아프리카에도 독재자가 많았지만 아프리카에는 우리 같은 정신주의의 전통이 없어서, 말하자면 유사 정신인 신교육을 강조하는 일 따위도 없어서 경제 성장을 하지 못하는 것이다. 교육된 인력 없이는 경제 성장이 이루어질 수 없다. 신학문은 유사 정신주의일 뿐 아니라 경제 성장을 돕는 이데올로기 구실을 한다.

공산주의는 러시아의 공산혁명이 성공한 이후 20세기 말에 동구권이 멸망할 때까지 근 백 년을 끌어온, 지구의 중요 지역에서 대안으로 통한 틀이었다. 이 공산주의가 아직도 동북아에서 명맥을 유지하고 있다. 중국과 북한이 전형적인 예이며, 일본에는 공산당이 있다. 공산주의 역시 신학문이라는 유사 정신주의를 내세워 경제 성장을 이루어갈 뿐 아니라, 중국·북한의 공산주의는 공산주의와 민주주의를 결합하지 않은 특색을 갖고 있다. 러시아 패망 직전에 러시아의 한 청년이 세계에서 이상적인 공산 국가는 러시아가 아니라 오히려 북유럽이라고 말했던 생각이 난다. 러시아의 경우, 혁명 초기에 온건파인 트로츠키를 추방해 암살한 후 레닌의 강경 노선이 승리했는데, 이것이 대안으로서의 공산주의가 패망의 길을 걷게 된 단초였다. 북한의 공산주의는 또 다른 특색을 보인다. 남한에 있는 일부 통일주의자에게 북한의 강경 노선을 도외시한 채 북한의 주도로 통일을 원하게 하는 점이다.

이 다섯 가지 틀이 주도권을 다퉈 서로가 부딪치고 있는 곳이 대한민국이다. 우선 북한의 공산주의 때문에 대한민국에 생기는 부딪침 세 가지를 적어보자. 먼저, 남·북한의 교류와 공존을 도모하기보다 통일을 서두르되, 친북적 성향을 보이는 부딪침이 있다. 또 재산권의 신성과 공익에 맞는 재산권 보호 장치 속에서 경제 분배를 하려 하지 않는다. 예를 들어 우리의 노동조합은 강경하고 과격한 노선에서 일찍부터 전환한 미국의 노동조합과 다르다. 우리의 노동운동에는 유럽의 기독교 노동조합도 없다. 노동운동이 부당노동행위 금지, 단체협약 존중, 노동운동에 대한 외부 세력 간섭 배제, 광범위한 쟁의가 아닌 노동쟁의에만 집중하는 것 등을 쉽게 위반하는 것이 과격의 예이다. 2006년 5·31 지방선거에서 참패한 민주노동당과 이를 긍정적으로 보았던 열린우리당은 이 과격을 자성해야 한다. 이 두 가지 부딪침을 바로잡는 방법으로써 민주주의에 복귀하지 않고 반공주의를 내세우는 부딪침이 있다. 이 부딪침을 삼가야 할 정당은 한나라당이다.

이렇게 설명한 공산주의의 부딪침은 한마디로 노무현 정부의 과격함을 의미한다. 이렇게 공산주의를 포함한 다섯 가지 틀이 주도권을 다툰다. 세 가지 부딪침이 있다. 하나는 유교와 불교와 기독교 간의 부딪침이고, 두 번째는 기독교와 신학문 간의 부딪침이며, 세 번째는 기독교와 공산주의 간의 부딪침이다. 여기에서 유교와 불교도 있는데 기독교만이 신학문이나 공산주의와 부딪침이 있다고 쓴 이유는 유교, 불교, 기독교라는 세 가지 큰 가르침 중에 기독교가 주도권을 잡아야 한다는 나의 가치판단 때문이다. 이 가치판단이 투영된 삼자 관계를 설명하면 다음과 같다.

첫째, 정신주의의 세 가지 틀인 유교와 불교, 기독교 중에서 기독교가 우위를 점하는 이유는 기독교가 민주주의에 공헌했기 때문이다. 따라서 기독교가 한낱 정신주의에 빠지면 민주주의에 대한 적응도가 약화된다. 내가 정의하는 기독교는 청교도적 기독교이다. 그리고 청교도적 기독교가 타락한 기독교로 변질되기 쉽다는 것이 내 주장이다. 같은 기독교라 하더라도, 유럽과 미국에서 민주주의 정치 문화에 기여했던 청교도적 기독교가 아니면 악한 정권에 쉽게 저항하지 못했던 예가 우리에게도 있었다. 삼일운동 때 가톨릭이 보인 침묵이 그런 경우이다. 게다가 오늘의 한국 기독교는 썩어서 정신적 지주 노릇을 하지 못하고 있다.

둘째, 신학문이 청교도적 기독교에 종속되어야 한다. 만일 그렇게 되지 않으면 반문명적 무질서가 불가피하게 발생한다. 따지고 보면 2차 세계대전 때 독일의 히틀러와 일본 혼과 서양의 과학을 접붙였던 일본 제국주의의 패배는 '민주주의를 무시한 과학주의'의 패배를 뜻했다. 이 패배를 독일은 철저하게 뉘우쳤으나 일본은 청교도적 정신주의와 기독교의 전통이 약해 보통사람도 아닌 나라의 수장까지도 2차대전의 전범자를 제사하는 야스쿠니 신사에 참배한다. 일본은 해방 후 한반도에서 일어난 6·25전쟁 때 군수산업으로 갑자기 돈을 버는 바람에 철저하게 회개할 기회를 놓쳤다. 과학의 발전에만 기반을 둔 경제 성장은 문명의 적이다. 이 점에서 불안한 곳이 중국이다. 민주주의 없는 경제 성장을 이루고 있는 중국은 오늘날 중국 국민을 포함한 인류에게 염려를 안기고 있다.

신학문의 오류로부터 자유롭지 않은 곳이 또한 대한민국이다. 교육보다 더 큰 가르침인 종교가 썩어, 교인들이 올바름이 아니라 잇속을 바라고 있으니, 교육이 어찌 바로 설 수 있겠는가. 우리의 자식들을 출세시키고 부를 얻게 하려고 취직 잘되는 대학에 입학시키기 위해 교육을 시키지, 자식들의 소질을 계발하기 위한 교육은 안 시키고 있다. 대학마다 인문학과 이학은 뒤처지고 있다.

셋째, 청교도적 기독교만이 공산주의의 우위에 선다. 청교도적 기독교가 아닌 기독교는 러시아 공산혁명 때의 그리스정교회처럼 오히려 공산주의의 온상이 된다. 청교도적 기독교가 공산주의를 이기고 있는 곳은 영국과 미국, 유럽이다. 한국도 과격 아닌 대안을 청교도적 한국 기독교가 내야 한다.

바람직한 관계

위에서 말한 세 가지 관계 중 첫째는 궁극적 가치, 혹은 궁극적 존재인 신과 사람이 어떤 관계를 가져야 하는가에 관한 것이며, 둘째는 사람이 학문과 어떠한 관계를 가져야 하는가에 관한 것이며, 셋째는 사람이 정부와 어떠한 관계를 가져야 하는가에 관한 것이다. 이 세 가지 관계의 중요성을 유교와 기독교를 통하여 설명해보자.

《논어》에서 나는 이런 삼자 관계가 공존하는 부분을 열한 군데 발견했다. 《논어》의 첫 글도 삼자 관계가 바람직한 상태로 있어야 한다고 다음과 같이 말한다.

관계	《논어》의 해당 구절
신과의 관계	"다른 사람이 나를 알아주지 않더라도 성내지 말라." : 홀로 서 있는 인간의 고귀함을 말한다.
학문과의 관계	"배운 것을 때때로 익히는 것이 즐겁다." : 나는 지금도 옛날에 사용했던 교과서들을 확대 복사해서 내 집 나무 그늘 밑에서 읽으면서 즐거워한다.
정부와의 관계	"먼 데서 친구가 오면 반갑다." : 예를 들어 부산 출신 대통령이 부산 사람만 반가워하면 나라가 분열된다.

성서에서 세례자 요한이 회개하라고 말한 내용도 바로 이 세 가지이다. 요한은 이 세 가지는 모두 사람이 버려야 하는 것이라고 지적한다. 역시 이

것을 대비해본다.

관계	세례자 요한이 버리라고 한 것
신과의 관계	"옷 두 벌 중 한 벌을 이웃에게 주어라.": 돈과 신이 반대의 위치에 놓인다.
학문과의 관계	"아브라함의 후손임을 자랑하지 말라.": 학문의 객관성을 드높여라.
정부와의 관계	"세리나 군인은 주어진 권한을 넘어서 권력 행사를 하지 말라.": 정부는 공정해야 한다.

예수가 받은 세 가지 유혹도 세 관계에 걸친 유혹이다. 세례자 요한의 지적보다 덜 구체적이지만, 이 역시 인간의 심층을 파헤친 것들이다. 앞에서 언급했지만, 한 번 더 예수가 받은 세 가지 유혹을 더욱 자세히 설명한다.

관계	예수가 받은 세 가지 유혹
신과의 관계	"돌이여, 빵이 되어라.": 먹는 것이 부패이며 부패는 하느님의 말씀과 반대물이다.
학문과의 관계	"성전 꼭대기에서 떨어져도 다치지도 않는다.": 자신에게 예외를 주장하는 반학문적 생각이다.
정부와의 관계	"나에게 절하면 이 산 위에서 보이는 것을 다 주겠다.": 조선조 공신이 되어 동네 산 위에서 보이는 땅을 공전으로 하사받은 한명회만이 받은 유혹이 아니라, 권력에 붙어서 이득을 얻는 모든 인간이 받는 유혹이다.

이 세 가지 관계를 뜻있게 말한 철학자는 근세철학의 아버지인 칸트이다. 프랑스의 고교 철학 교과서에 따르면, 사람이 해결해야 할 과제로 세 가지가 있다고 한다. 자신이 최종적으로 무엇을 원하는가를 알고 싶고(신과의 관계), 무엇을 마땅히 해야 하는가를 알고 싶고(전문적인 학문과의 관계), 그리고 무엇보다도 먼저, 원하는 것과 아는 것을 일상생활에서 연결하고

싶어한다는 것이다(보통사람이 늘 겪는 정부와의 관계).

이 삼자 관계에서 바람직한 모습을 보여준 역사는 '문예부흥 → 종교개혁 → 계몽사상 → 민주국가 건설 → 산업혁명'으로 이어진 서구 근세사이다. 그리고 이 이어짐을 개인적으로 몸소 실천하신 분이 함석헌이다. 그분의 고전 연구가 문예부흥에 해당하며, 그분의 무교회주의와 퀘이커 신앙이 종교개혁에 해당하며, 그분의 민주화운동이 계몽사상에 해당한다.

막스 베버가 《프로테스탄티즘의 윤리와 자본주의 정신》의 서문 〈유럽이란 무엇인가?〉에서 적었듯이, 유럽의 대학은 유럽만의 생산물이다. 한때는 유럽 대학의 총장을 예수파 신부들이 죄다 한 적이 있다. 미국 하버드대학교는 미국 회중교회가 설립한, 세계에서 제일가는 대학이다. 영국에서는 고급 공무원을 뽑을 때 옥스퍼드대학과 케임브리지대학 문과 학생들을 선발한 후 실무 교육을 시킨다. 2차 세계대전 때 폴란드는 점령군이 독일어를 쓰라고 했지만 거절했다. 일제 때 중학교 시절 내 반의 경우, 학생 68명 중 65명의 아버지가 창씨개명을 했다. 북유럽 국가들은 진군해 들어온 러시아 군대를 선거로 내보냈다. 남·북한은 6·25 때 열전을 벌였다. 박정희 군사정부 때 유신헌법은 계엄령하에서 91.5퍼센트 찬성표를 얻었다. 동구는 공산권이 무너진 후 곧 민주화되었지만 우리는 박정희 사후 19년 만에 박정희의 동업자 김종필 씨를 국무총리로 해서 정권 교체를 이루었다.

브린턴의 《혁명의 해부》를 다시 상기해보자. 이 책에 따르면 바람직하지 않은 혁명은 러시아 혁명과 프랑스 혁명이고, 바람직한 혁명은 영국의 혁명과 미국의 혁명이다. 전자는 혁명에 참여하지 않은 사람들이 민주화가 이루어진 후 기회주의적으로 정권에 참여하여 혼란이 생겼다. 이에 반해 후자의 경우는 혁명에 참여한 사람들이 민주화 정권 수립 후 본직에 돌아가, 잇속을 찾아서 민주화운동 하는 일이 허용되지 않았다. 우리의 경우, 바람직하지 않은 삼자 관계를 보여주는 현상이 불행하게도 '국민의 정부'

와 '참여정부' 속에서 이루어졌다. '국민의 정부'는 측근 정치로 부패가 만연했고, '참여정부'는 자신을 대통령으로 당선시킨 민주당의 분열 정책과 북한에 대한 과격한 조치 때문에 민심을 상실했다. 다행히 동북아에서 유독 우리 겨레에만 바람직한 관계가 바람직하지 않은 관계와 함께 존재했다. 그 하나는 1919년의 삼일독립운동이며, 다른 하나는 유신 직후에 기독교 교회 일각과 지식인들이 만들어낸 저항운동이었다.

삼일독립선언의 정신을 극명하게 말해주는 것은 성명서 말미에 있는 공약 3장이다. 이 세 가지 공약은 부패, 분열, 과격 정책과 반대의 길을 걸어온 국민이 갈 길을 다짐하는 내용이다. 그것을 표로 정리하면 다음과 같다.

관계	공약 3장
반부패	일본제국이 미워서 투쟁하는 것이 아니라 우리 겨레 고유의 권리를 신장함이라고 말한다. 이는 인간의 본질이 물질에 있지 않고 권리 신장에 있음을 밝힌 것이다.
반분열	겨레의 한 사람이 남을 때까지 투쟁할 것을 말한다. 따라서 삼일독립만세 사건에서 우리는 민주화 이후에 수립된 정권에서 분열을 예상할 수도 없었다.
반과격	질서를 유지하면서 투쟁할 것을 다짐한다.

이 공약 3장의 정신을 오늘날 이른바 '한류'에서 극명하게 보여주는 점이 놀랍다. 예를 들어 〈겨울연가〉의 경우, 준상과 상혁 모두 한 여자를 좋아할 뿐이지, 서로 미워하는 장면이 단 한 군데서도 보이지 않는다. 준상과 상혁은 우리 선조들이 죽을 때까지 투쟁했듯이, 목숨을 다해 한 여자를 사랑한다.

우리나라 사람들의 욕심과 교육 제도의 잘못으로 경쟁 위주의 공부에 시달리고 있는 학생들 말고 다른 젊은이들이 우리 겨레의 바람직한 정신을 천명하고 있으니 다행한 일이다. 이 점을 감지한 중국은 한류가 중국에 미치는 영향을 우려해 한류의 공연을 억제하고 있다. 그러나 중국을 포함해 오랜 침략 국가였던 일본에서는 삼일독립운동이나 3·1민주구국선언 사건에서 보는 바람직한 삼자 관계를 천명하는 정신을 볼 수 없다.

공직자의 요건

여기서 말하는 공직자는 집권 여당의 공직자로 한정한다. 바로 앞에서 바람직한 삼자 관계와 바람직하지 않은 삼자 관계의 존재 여부가 해당 사회 내의 공직자의 성격을 결정함을 볼 수 있었다. 그러나 시대를 결정하는 것은 통치자 자신이기도 하다.

우리 역사에서 처음으로 수평적 정권 교체를 이룩한 '국민의 정부' 이래 해당 정부가 어떤 상호 관계를 가진 정부였고 집권한 실태는 어떤 삼자 관계를 유지했는가를 다음 표에서 대비해보자(이 표를 그릴 때는 한나라당이 집권을 하지 않은 상태였지만 2006년 5·31 지방선거에서 압승을 거둔 것을 의미 있게 보아 한나라당이라는 항목을 만들었다).

좋은 삼자 관계 \ 정권	국민의 정부	참여정부	한나라당
집권 이전	○	×	×
집권 이후	×	×	×

가장 바람직한 형태는 좋은 삼자 관계가 집권 이전에도 있고 집권 이후에도 있는 형태인데, 그런 정부가 하나도 없다. '국민의 정부'의 측근 정치가 집권층의 방향을 나쁘게 잡게 했다. '참여정부'에 좋은 삼자 관계가 결핍된 것으로 본 이유는, '참여정부'가 스스로를 386세대라고 부르기 때문이다. 1980년대는 1970년대보다 덜 실존적이며 덜 무서운 때였기 때문에 국민의 요구가 과다해졌고 과다한 요구만큼 잇속을 챙기려는 움직임도 더 있었다고 보아야 한다. 브린턴의 표현을 따르면, 1980년대형 혁명은 러시

아·프랑스 혁명이며 1970년대 혁명은 영·미형 혁명이라고 할 수 있다. '참여정부'에서 이후 좋은 삼자 관계가 결핍된 것으로 분류한 이유는 1970년대 민주화운동이나 햇볕정책으로 정강의 기점을 잡지 않았기 때문이다. 2002년 대선에서 노무현·정몽준의 합일이 깨어진 다음날, 한나라당의 이회창 후보가 패배한 것은 국민들이 볼 때 그 출발점을 1970년대 민주화운동으로 말하지 않았기 때문이다. 그런데 한나라당이 전에 좋은 삼자 관계가 없었음에도 5·31 선거에서 싹쓸이로 승리한 것은 '참여정부'의 실정으로 민심이 움직였기 때문이다. 이 점은 '참여정부'가 좋은 삼자 관계가 없었음에도 집권할 수 있었던 이유와 같다. 즉 '국민의 정부'는 실정이 있었기 때문에 김대중 씨가 예상하지 못했던 당내 민주주의로 '참여정부'가 승리했다.

정권 교체를 이룬 정당이 집권 후에 반드시 바람직한 삼자 관계를 유지하지는 않는다는 것을 역사가 말해준다. 즉 '국민의 정부'를 교체한 '참여정부'나 '참여정부'를 누른 한나라당이나 다 좋은 삼자 관계를 위하여 국정운영을 하지 않았다. 역사에 교체된 정권이 더 낫지 않은 예가 꽤 있었다. 부패한 로마제국을 침공한 게르만족, 중국을 침공한 몽골족과 만주족이 그런 예일 수 있다. 두 나라 모두 나라가 좋아지기 위하여 정권 교체가 이루어진 것이 아니라 부패한 기존 세력 밑에서 고생한 세력이 나타나 통치 대안을 내놓은 경우였다. 우리의 경우도 잠재적 청교도, 기독교 세력, 일류대학 학자들까지 새로운 내부 프롤레타리아트가 되려면 이들이 지금의 한류와 예·체능계 인물들의 영향을 받아 대안을 낼 것을 기대해야 한다. 로마의 경우, 기독교가 대안 세력이었다. 그런데 오늘의 부패한 기독교와 취직 시험 합격자를 양성하는 대학을 가지고는, 이들이 사회를 오염시키는 세력이 될지언정 대안 세력이 될 것 같지는 않다. 이에 새 문명의 공직자가 가져야 할 요건을 갖추려본다.

첫째, 깊이 생각하는 사람이 나와야 한다. 정치학자 라스웰(Lasswell)의 말처럼, 어느 나라든지 일급 인물은 문과대학, 신학대학, 이학대학에서 나오지, 법학, 경영학, 정치학 등에서 나오지 않는다.

둘째, 기독교가 개혁되어야 한다. 각 교단의 정부 격인 노회와 총회는 소속 목사들의 동업자 조합이 될 것이 아니라, 자신의 교단에 속한 목사들의 연금을 확보하고 개신교 교리의 실천을 최대한 다짐해야 한다.

셋째, 목사들은 삼일독립운동과 1970년대 기독교 민주화운동의 전통을 이어 나라의 민주화를 위해 기도하고 정부와 기득권자의 악을 설교에서 구체적으로 지적해야 한다.

2006년 지방선거에서 진 열린우리당이나 승리한 한나라당이 위에서 말한 공직자의 요건을 보고 자신들과는 관계가 없다고 안심하면 큰 잘못이다. 한 예로, 여야 공히 '일자리 만들기'가 최우선 과제라고 말하는데, 일자리 만들기란 경제 성장을 하겠다는 것이다. 그런데 경제 성장과 동의어인 산업혁명은 나라의 기초인 '문예부흥 → 종교개혁 → 계몽사상 → 민주국가 건설'의 과정을 거친 후에야 만들어진 최종 생산물이었다. 일자리라는 최종 생산물을 만드는 설계도와 공정도(工程圖)가 이미 역사에 나와 있다. 이 공정도를 무시하고 일자리를 만들었던 문명은 2차 대전 때의 일본·독일, 공산정권과 군사 쿠데타 정권뿐이었다. 지금은 일자리를 만들기 위하여 새 문명이 필요하며 새 문명에 맞는 공직자가 필요한 때이다.

책의 구성

이제 책의 윤곽을 좀 드러내보자.《새 문명에서의 공직자》는 3부로 구성된다. 1부 제목은 '어제'이다. 1부에서는 우선 두 분에 대해 쓴다. 해방 후 6·25 때까지 좌우로 한없이 갈라졌던 정치와 국민을 아우르려고 했건만 그 최후가 비참했던 한 정치인이 한 분이다. 이분은 일제 때 아홉 번이나 옥고를 치렀고 《조선상고사》를 썼으며, 해방 직후 미 군정의 민정 장관이었다가 6·25 때 납북되어 어느 해 삼일절, 북한에서 불행하게 작고하신 안재홍 씨이다. 이런 점들 외에도 안재홍 씨를 내가 귀중하게 생각하는 까닭이 따로 있다. 안재홍 씨는 최상용의 《미군정과 한국 민족주의》(나남, 1988)에서 지적하는 대로, 기본적으로 우파인데 좌우를 포용하려던 정치가였기 때문이다. 그분이 정치의 귀감이 되는 이유를 자세히 말해보자.

후일의 대한민국 정치에서 우파이면서 좌우를 포용하되, 부패하지 않은 정치가가 영 안 나왔다. 군사정부는 물론 이 부류에 못 들어갔다. 심지어는 정권 교체를 한 후 햇볕정책을 편 김대중 씨는 우파이면서 좌우를 포용하려던 정치가였지만 아깝게도 측근 정치라는 흠이 있었다. 그러나 안재홍 씨에게는 그러한 흠이 없다. 내가 개인적으로 안재홍 씨를 귀하게 여기는 것은, 극빈, 가난함, 중간, 잘삶, 부자의 5단계 가운데 '잘삶'이 만인에게 보장되어야 한다고 생각하는 것을 보아 나는 우파이고, 민주화운동 때 좌파를 포용했던 것을 보아도 나는 우파이기 때문이다. 나는 오늘에도 필요한 정치가는 우파이면서 좌우를 포용하며 부패하지 않은 정치가라고 본다.

또 한 분은 일제 강점기에 기업을 창업한 후 이 기업을 모진 세파 속에서 성장시켜놓고선 그것을 자식에게 물려주지 않고 작고하신 분이다. 이분은 제약회사인 유한양행의 창업주 유일한 씨이다. 두 분 사례를 문헌 연구한 후―모르긴 해도 미국 정부 문서에서 안재홍 씨를 뵐 수 있을 것이고 유한양행이 창업주의 자료를 갖고 있을 것이다―이론을 한 장 쓸 것 같다.

그 장 1절에서 1860년에 나온 최수운의 주문이 〈요한복음〉 16장에 설명된, 성령을 통하여 사람이 아는 것과 동일하다는 것을 분석할 것이다. 내가 생각하는 수운의 주문은 일반적으로 알려진 대로 샤머니즘에서 유학까지를 통합한 글이 아니라, 샤머니즘에서 천주학까지를 통합한 것이다. 동학이 서학을 비판했지만, 동학이 서학의 좋은 점을 배제하지 않았다는 것이 내 생각이다. 주문 열세 자를 구성하는 세 가지와 〈요한복음〉 16장에서 제시된, 사람에게 알게 하는 성령의 세 가지 기능, 그리고 이 세 가지를 공부하는 학문 명칭을 정리하면 다음과 같다.

주문	성령	학문
侍天主(시천주)	정의	종교학
造化定(조화정)	심판	윤리학
永世不忘(영세불망)	죄	형이상학
萬事知(만사지)	성령이 알게 하는 것	

〈요한복음〉 16장에 나오는 설명에 따르면, 눈에 보이는 것만을 긍정하는 것이 부정의이다. 심판은 세상의 구도 만들기를 즐기는 권력자를 향한 것이다. 죄는 십자가형을 받아 죽은 예수를 안 믿는 것, 즉 그가 불행할 때조차 평생을 잊지 않고 믿지 않는 것이다. 따라서 만사를 안다는 것은 막연히 세상만사를 알게 된다는 뜻이 아니라, 주문의 말인 정의, 심판, 죄가 각각 무엇인가를 알게 된다는 뜻이다. 안다는 것은 곧 학문을 뜻한다. 사람은 종교를 통하여 사람이 무엇인지를 알며, 윤리학을 통하여 권력자를 심판한다. 형이상학을 통하여 형이하에 머물러 사는 치욕을 깨닫는다.

같은 장 2절에서는 동학이 대한제국 말에 제시했던 문명의 틀이 적절했는지를 평가할 것이고, 3절에서는 이 동학의 미비점을 기독교가 함석헌 같은 지성을 통하여 어떻게 보완했는지를 언급할 것이다.

2부 '오늘'에서도 두 사람에 대해 쓸 것이다. 먼저, 정치나 돈에 한눈팔지 않고 민주주의를 향한 개혁에 현재까지 헌신하고 있는 공무원 한 분에 대해 쓰려고 한다. 여기서 두 부류의 공무원은 제외된다. 하나는 내가 인터뷰할 수 없는 분이며, 다른 한 부류는 2차 세계대전에서 패망한 독일이나 일본 같은 독재 체제에 취직해, 이른바 '효과'를 성취하는 데 기여한 사람이다. 한마디로 군사정권 때의 공무원은 안 된다는 말이다.

다른 한 분은 〈사도행전〉 6장 2~4절에 나오는 글을 충족해, 돈 문제는 교인들만이 선출한 보조자에게 맡기고 자신은 오로지 기도와 전도에 힘쓰는 목사를 쓰고자 한다. 이런 분도 해방 후에 돌아가신 분은 소용없고 내가 인터뷰할 수 있는 분이어야 한다.

2부에서도 두 분을 사례 연구한 후, 이론을 한 장 쓸 것 같다. 민주화 이후에 들어선 정권을 대상으로 《씨올의 소리》에 쓴 머리글들이 이 장의 소재가 될 것이다. X, Y축 그림을 제일 먼저 쓰기 시작한 데도 《씨올의 소리》였다.

이 네 분의 배경에 관하여 설명이 좀 필요하다. 1부의 두 장에서 제시할 요건은 다음 두 가지이다.

- 국민을 위하여 산 사람
- 자식에게 공직을 물려주지 않은 사람

이 두 요건을 갖춘 사람을 오늘날 찾기가 어렵다. 왜 오늘날 이런 이를 찾기 어려운지를 따지는 것이 바로 2부의 연구 대상이기도 하다. 혹 첫 번째 요건을 충족하는 사람이 있다 해도 두 번째 요건에서 실수한 사람 천지이다. 자식들이 부패한 전직 대통령도 수두룩하다. 자식에게 공직을 물려준 전직 대통령도 있다. 신문사들도 자식에게 주었다. 큰 기업을 보면 대표가 죽은 후 자식들끼리 싸우든지, 그 자식이 자기 자식에게 불법 상속을 해 놓고 들키니까 연이어 국가에 기부금을 냈다. 정부는 그 기부금을 가타부타 말도 없이 받았다.

'오늘'에 찾고자 하는 인물은 '어제'에서 찾았던 분야와 다른 분야인 공무원과 목사였으면 한다. 그러나 공무원과 목사를 찾기는 더 어려울지도 모른다. 공무원으로서 반기문 외교통상부 장관이 유엔 사무총장으로 선임

돼 나간 경사가 있었다. 목사에 대해선 솔직히 희망하는 바가 있다. 이 한 분이 내 교회 목사이기를 나는 고집스럽게 바란다. 그런데 지금으로서는 이 바람을 이루지 못할 것 같다. 조바심이 나서 마음이 탄다. 딱 한 가지 조건이 안 갖춰져서 못 쓰고 있다. 내가 볼 때 그분이 공회의 목사로서 아직 활동하지 않고 있기 때문이다. 나는 그를 원로목사나 새 목사와는 다르게 본다. 이들은 이미 자신들의 소임을 다하지 않았지만 현재의 목사에게는 하느님의 기대하심이 남아 있다. 그리고 무엇보다도 나 같은 사람도 하느님을 따라 그를 기다린다. 나의 이 고집 같은 기다림을 탓하지 말기를. 기다림은 나의 길이다. 나의 의무다. 나의 숨쉼이다. 배선표 목사님 같은 공회의 장이 계셨기에 나는 장남임을 행세해 동생들 때린 것을 뉘우쳐 이 교회에서 울었다. 이 울음은 지금까지 나를 울게 하는 울음의 샘이다. 교회가 사유화하고 있는 것, 이 때문에 나라가 썩는 것을 아파해 그 후에도 계속 울었고, 지금도 울고 있다.

그런데도 내가 애를 썼던 다른 두 곳, 곧 고려대학교과 민주화된 여당을 볼 때 그곳의 책임자들도 바로잡아지지 않아 나는 실망했다. 하지만 나의 실망에는 예외가 하나 있다. 주권재민론자인 나는 교회의 개혁도 목사가 아니라 교인들이 해야 한다고 보기에, 교인들이 목사를 바로잡는 날이 오기를 기다리고 있다. 그런데 오늘 예배 때 설교에서 목사가 엘리사가 엘리야의 겉옷을 받은 일을 말하면서, 자신은 원로목사의 넥타이를 받았을 때 감격했다고 말하니까 내 옆자리에 앉은 장로를 포함한 교인들이 박수를 쳤다. 이런 수준의 교인들로는 주권재민 이론에 따라 교회를 바로잡기 어려워 보인다.

그런데도 내가 굳이 공무원과 목사를 찾는 이유가 있다. 내가 행정학자이므로 공무원 한 분을 쓰고 싶은 것이며, 내가 나라의 뿌리라고 생각하는 데가 교회이니까 목사 한 분을 쓰고 싶은 것이다. 이렇게 1부와 2부를 합해

보면 정치, 경제, 행정, 종교로 배분된다. 이 책에서 밝혀왔듯이, 이 네 분은 종교개혁 다음에 민주국가가 건국되고, 나라가 선 후에 경제 성장을 이루었던 세계사의 정상적인 과정과 일치한다.

거듭 말하지만, 1부는 문헌 연구가 될 것이고, 2부는 면접 연구가 될 것이다. 2부에서 공무원 연구는 《논어·맹자와 행정학》의 한 장인 '현상학적 접근'을 기본으로 할 것이다. 그리고 '오늘'에 속하는 인물은 《씨올의 소리》 2005년 1·2월호에 게재된 내 제자 윤견수 교수의 글 〈어느 하위직 지방 공무원의 개혁 활동에 대한 조그만 기록〉을 예로 삼을 것이다. 윤견수는 고창훈, 김동환과 더불어 내 책 《자전적 행정학》을 시작으로 네 권의 초고를 모두 읽어준 제자이다. 또 2부를 쓸 때 준거로 삼을 연구 한 가지는 《협력형 통치》에서 다룬 막스 베버 연구가 될 것이다. 독자 여러분에게 청이 있다. 2부에서 쓸 두 분 공무원과 목사를 소개해주시기 바란다.

3부 '미래'는 마땅히 해야 할 과제를 다룰 것이다. '문예부흥 → 종교개혁 → 계몽사상 → 민주국가 건국 → 산업혁명'이라는 클러스터(cluster)가 일단 생겨나야만 미래의 공직자가 탄생할 것이다. 대전의 대덕에 이런 클러스터가 이미 생기고 있다고 한다. 대학 벤처기업 공무원이 한데 뭉쳐서 서로 도와주는 덩어리가 고려대 앞 재개발 지구에도 생기기를 나는 바란다. 정문 앞에 건널목도 생겨 헌집 천지인 동네에 쉽게 갈 수도 있게 되어 있다. 허름한 집 헛간을 빌려 그 안에서 뚝딱거리며 뭘 만들면 본관 앞에 있는 은행이 자금을 빌려주고 성북구청이 창조자를 돕는 미래를 나는 꿈꾼다.

그런데 나는 대덕이든 고려대 앞이든 지금 같아서는 클러스터가 생길 수 없다고 본다. 그리고 중국이나 일본에서도 이런 클러스터가 생겨나려면 멀었다고 본다. 막스 베버가 본 청교도 전통의 유럽 정신 같은 것이 이런 데에서 생겨날 것 같지 않기 때문이다. 이렇게 되려면 예컨대 고려대가 세계 200대 대학 안에는 들었다지만 더 좋아져야 한다. 고려대에는 옳은 일을 하다가 맞아 죽은 성인을 연구하는 신학, 피눈물 나는 노력으로 만드는 예술 같은 서구 정신을 탄생시킨 학과가 있지도 않다. 국가고시에 학생들을 합격시키는 학과뿐만이 아니라 생각하고 상상하고 뭘 만들어내는 천재들이 생겨나야 한다. 예컨대 역사학과에서는 이기백 교수같이 기독교를 부끄러워하는 교수가 없어야 하며, 서투른 민족주의를 버리고 용감하게 유럽 정신에 몰입되었다가 거듭나는 고민과 고통을 겪은 학문이 있어야 한다. 이런 과정을 거쳐야만 미국의 스탠퍼드대학 앞 실리콘 밸리에서 배출된 인물들이 우리에게서도 나올 것이라고 본다. 그때가 되면 고려대 앞 단지가 아시아의 실리콘 밸리가 될 것이다.

3부는 사례 연구보다는 이론적인 접근에 가까울 것이다. 3부에서는 세 장을 쓸 것이다. 첫 장은 '영세중립국을 만드는 일이 마땅히 할 일이다'이며, 둘째 장은 '공직자는 씨올을 그들의 죄에서 구하는 이이다'이다. 3부의 셋째 장은 '고전 연구가 이 모든 것을 가능하게 한다'이다.

첫째 장의 소재는 그간 모은 《타임》과 《뉴요커(The New Yorker)》의 글들과 수집해놓은 몇몇 세계 지성들의 책이 될 것이다. 이들에 덧붙여 나는 영세중립국을 연구할 것이다. 이 장에서 나는 삼일독립운동과 1970년대 민주화운동을 거친 겨레답게 내 겨레가 동북아의 중심 세력이 되는 영세중립국이 되어야 한다는 생각을 피력할 것이다. 일본만 해도 모처럼 얻었던 평화헌법을 유지하지 못하고 우경화한 것을 나는 애석하게 생각한다. 영세중립국이라니! 우리는 신라가 고구려의 국토 일부를 당에게 주고 고구려를 망가트린 후 너무나 긴 강압을 거친 뒤, 1998년에 집권한 '국민의 정부'의 햇볕정책에 의해 간신히 협력형 통치를 엿보게 되었다. 그러나 이 햇볕정책 이후 북한이 핵을 보유하는 위기가 생겼다. 이러한 난조가 있음에도 나는 《씨올의 소리》 2006년 9·10월호에 "오늘의 위기는 영세중립을 향한 기회다"라고 제의했었다. 삼일운동을 했고 1970년대에 민주화운동에 성공했으며 반기문 씨를 유엔 사무총장으로 만든 대한민국이기에 평화를 위한 조치로 다음 세 가지가 바람직하다는 제의였다.

첫째, 북은 핵 보유국들을 평양에 소집해 김정일 정권의 보장과 실용주의 노선을 위한 원조를 대가로 세계 모든 국가의 핵 포기를 요구한다. 둘째, 2006년 지방선거에서 여당이 참패한 원인을 바로잡아 올바른 정치를 회복해야 한다. 셋째, 남북이 흡수통일이나 친북적 통일을 하지 않고 영세중립국을 협의한다. 영세중립국이 되려면 고도의 윤리성이 전제되어야 한다. 영세중립국 1호인 스위스를 예로 들어보자. 스위스 사람들이 정직했기에 중립국을 만들 수 있었다. 프랑스 혁명 때 파리의 궁전 대문을 지켰던 군사들이 스위스 용병들이었는데 혁명이 일어나 왕마저 도망가 궁전이 비었을 때조차 궁전을 지킨 이들이 스위스 용병이었다. 그러므로 한국이 외국에 수출할 수 있는 최고의 상품은 삼성의 휴대전화가 아니고 한국 사람 자체여야 한다. 스위스에서는 사령관이 대령이고 군대는 예비군이다. 그런데도 그 무서웠던 히틀러의 군대가 2차 대전 때 스위스를 침공하지 못했다. 예비군이 곧 동원되었기 때문이다.

3부의 둘째 장인 '공직자'의 소재는 내가 과거에 교과서로 썼던 책들과 젊은 교수들에게 물어서 모아놓은 책들이 될 것이다. 나는 이 책들을 모두 확대 복사해 놓았다.《타임》지나 교과서들은 다 미국 책들이다. 나는《인간·종교·국가》에서 밝혔듯이 미합중국을 민주국가의 원조로 보며,《협력형 통치》의 마지막 장에서 말했듯이 많은 문제점이 있음에도 프랑스가 아니라 미국이 앞으로 세계국가를 만들 국가라는 장 프랑수아 르벨(Jean-François Revel)의 생각에 동의하기 때문이다.

3부의 세 번째 장이자 마지막 장에서 이 모든 것을 가능하게 하는 공부로 나는 고전 공부를 제의할 것 같다. 공직자의 표본으로 3부 2장에서 예수를 분석할 것인데 예수를 이해하는 방법도 고전, 즉 성서로 돌아가는 것이

봄가을 볕이 좋을 때 나는 곧잘 마당에 나가 책을 든다(2005. 3. 5).

다. 대학 도서관에서 빌린 책들을 확대 복사해 책의 넓은 여백에 연필로 메모를 해가면서 공부할 생각을 하면 벌써 가슴이 설레고 즐겁다.

요컨대 3부 '미래'에는 '무엇을, 어떻게, 누가'에 대한 생각이 들어 있다. 다시 말해 나는 영세중립국을, 공직자가, 고전 공부를 통해 만들어야 한다고 본다. 1부 '어제'는 '왜' 그런가에 답한다. 육하원칙에서 남은 두 개가 '언제'와 '어디'이다. '언제'라는 시간과 '어디'라는 장소를 따지는 부가 바로 2부 '오늘'이다. 3부 마지막 장에서 다룰 고전 공부는 1부에서 다뤘던 '왜'의 세계로 우리를 되돌아가게 할 것이다.

다음과 같이 머리글도 생각해놓았다.

할아버지: 손자야, 너 전교회장 선거에서 어떻게 됐니?

손자: 여학생이 회장이 되었고 저는 부회장이 되었습니다.

할아버지: 여자는 봉사하는 데 잘 맞으니 잘됐고, 너는 그 회장을 잘 도와라. 할아버지가 일제시대 때 배재중학교에서 배운 교훈이 다른 사람에게 도움이 되어야 큰사람이 된다는 것이었다. 덮어놓고 높은 사람이 되라는 것이 아닌 이 교훈을 할아버지는 새 나라를 위한 가르침으로 생각한다.

손자: 네, 명심하겠습니다. 공부도 더 잘하려고 합니다.

할아버지: 부회장의 임기가 얼마냐?

손자: 한 학기입니다.

할아버지: 너의 부회장 당선을 축하한다.

손자: 할아버지, 고맙습니다.

할아버지: (이 말을 들으며 초등학교 6년생인 손자가 졸지에 어른이 된 듯해 흐뭇해한다.)

　지금 쓰고 있는 이 자서전의 부제는 '지켜야 할 최소에 관한 이야기'이다. 이 책이 《새 문명에서의 공직자》를 잉태한 책이라면 앞으로 쓸 책도 사람이 지켜야 할 최소에 관한 이야기가 될 것인가? 그렇다. 한때 영국의 총리를 지낸 후 나가 살 집이 없어서 새 집을 얻어 나갔던 윌슨이 공직자의 한 예이다. 윌슨의 예는 대통령을 끝내고 새 집을 줄줄이 짓고 나간 우리의 경우와 다르다. 성서에서 세례자 요한이 공직자와 관련하여 알려준 교훈을 다음에 적는다.

　10 군중은 요한에게 "그러면 우리는 어떻게 해야 하겠습니까?" 하고 물었다. 11 요한은 "속옷 두 벌을 가진 사람은 한 벌을 없는 사람에게 주고 먹을 것이 있는 사람도 이와 같이 남과 나누어 먹어야 한다" 하고 대답하

였다. 12 세리들도 와서 세례를 받고 "선생님, 우리는 어떻게 했으면 좋겠습니까?" 하고 물었다. 13 요한은 "정한 대로만 받고 그 이상은 받아내지 말라" 하였다. 14 군인들도 "저희는 또 어떻게 해야 합니까?" 하고 물었다. 요한은 "협박하거나 속임수를 써서 남의 물건을 착취하지 말고 자기가 받는 봉급으로 만족하여라" 하고 일러주었다.(루가 3:10~14)

새 문명을 이야기한 예로 나는 제정러시아 말기에 새 문명을 내다보고 톨스토이가 쓴 글인 〈바보 이반〉을 꼽는다. 이 글은 새 나라에서는 금화가 있어도 어린이들의 장난감으로 있고, 군대도 있기는 한데 군악대용으로만 있다는 내용이다. 한 교파가 아닌 초교파 성직자를 양성하는 평택대학교 강의에서 나는 평택대학교가 할 일이 신학과 졸업생이 일생을 목회한 뒤에 그들이 살 집과 연금을 앞으로 마련하는 것이라고 말한 적이 있다. 쟁쟁한 개신교 교단들도 목사의 퇴직 후 그들의 사택과 연금을 마련하지 못하는 것은 잘못이라고 생각한다. 그래도 우리나라에 공무원과 군인과 교직원, 교수 들에게 연금제도가 있는 것이 다행이며, 광화문 대궐문 앞에 박정희 때처럼 군대가 탱크를 앞세우고 서 있지 않고 탱크가 있던 자리에 조선군 복식을 한 수문장이 서 있는 나라가 된 것을 나는 다행으로 생각한다. 군인들이 행진할 때 나오는 주악도 조선조 군대가 진군할 때 연주된 '대취타' 정도가 되면, 비록 바보 이반의 꿈처럼 군대가 없어진 것은 아닐지라도, 그래도 좀 더 신문명다워진다고 나는 생각한다. 마리아는 예수를 몸에 잉태하면서 새 문명을 바라보고 노래를 불렀다. 그 노래의 몇 구절을 인용한다.

51 주님은 전능하신 팔을 펼치시어 마음이 교만한 자들을 흩으셨습니다. 52 권세 있는 자들을 그 자리에서 내치시고 보잘것없는 이들을 높이셨으며 53 배고픈 사람은 좋은 것으로 배불리시고 부유한 사람은 빈손으로

돌려보내셨습니다.(루가 1 : 51 ~53)

    한마디로《새 문명에서의 공직자》는 한 점(点)인 최소에 관한 연구가 될 것 같다. 예를 들어 나라가 영세중립국이 되기를 바란다 해도 그것은 나라의 겉모양에 불과하다. 나라의 속모양을 볼 때, 나라의 구성원인 한 사람 한 사람인 점이 정직해야 한다. 스위스의 중요 수출품은 정확한 시계이다. 그런 시계를 만드는, 흔들리지 않는 스위스인들의 손은 프랑스 궁전을 끝까지 지켰던 스위스 용병의 정직함이 있었기에 비로소 가능했다. 바다에 부유생물 플랑크톤이 없으면 어떻게 멸치가 있을 수 있으며, 멸치가 없는데 어떻게 조기가 있을 수 있는가. 나라에는 큰 정부 건물만 있는 것이 아니다. 노자의《도덕경》78장에서 말하듯, 새 문명에서는 사람들 몇몇이 모여 사는 마을이 자족적이어야 할 것이다. 교회만 해도 그렇다. 목사가 장로들 밑에 있는 것보다는, 교회 내 구성원 두세 사람이 모여 열심히 기도하는 현상이 모이는 곳이 교회여야 한다. 나는 어려서 무교동 교회 사람들이 내 집에서 구역예배 보는 것이 좋아서 어린이들과 예배 보는 놀이를 자주 했다. 목사가 독재하는 교회는 독재하는 국가와 마찬가지로 교인들의 구역예배 규모가 커지면 갈라놓는 것을 보았다. 박정희 때에 학생들이 몰려다니면 중앙정보부가 분주해졌고, 유신헌법은 숫제 남북이 통일할 때까지 지방자치를 하지 않겠다고 못을 박았었다. 현재는 어차피 과거와 미래 사이에 긴 한 점이며 최소이다. 이 한 점조차 없으면 존재하는 것도 아니다. 그리고 시간도 없고 존재도 없으면 곧 혼란이며 구원이 필요해진다.

    앞에서도 언급한 조의설 교수의《서양사 개설》에 의하면, 고대 동방에서 마지막으로 등장한 민족이 히브리인이다. 히브리인 중에서 새 문명을 낳은 이가 예수다. 이 예수를 전한 글이 네 복음서다. 이 네 복음서가 각각 초점을 맞춘 시형(時形)이 다르다는 것이《자전적 행정학》에서 내가 밝힌 내용이었다. 마태오는 과거, 마르코는 미래, 루가는 현재, 요한은 통합 시간을 지향했다고 본다.

〈루가복음〉은 저자가 당시의 권력자 데오필로에게 바친 복음서이다. 〈루가복음〉은 마태오가 전하는 팔복과 달리, 마음이 가난한 자가 아니라 그냥 가난한 자가 복이 있다고 적었다. 기도하는 것도 마치 인권운동 하는 것같이 하느님께 압력을 가하는 것이라고 썼다. 해고당할 것을 예견한 종이 주인에게 빚진 사람을 몰래 불러서, 계약서를 고쳐 써 빚을 줄여주어 채무자와 고용인이 뒷거래한 것을 생존권 차원에서 오히려 슬기롭다고 쓴 것이 〈루가복음〉이다. 〈루가복음〉 1장에서 4장까지를 연구해도 신문명에서의 공직자를 연구할 수 있다고 생각한다. 예를 들어 1장에 쓴 예수 탄생의 예고, 마리아의 엘리사벳 방문, 마리아의 노래, 세례자 요한의 출생, 즈가리야의 노래 등을 연구할 수 있을 것이다. 이 1장만 찬찬히 보아도 신문명이 왜 생기며 누가, 무엇을, 어떻게, 언제, 어디에서 했는지를 다음과 같이 엿볼 수 있다.

- 왜 생겼나: 성령이 내려오셨기 때문에
- 누가: 예수
- 무엇을: 마리아가 엘리사벳을 방문함
- 어떻게: 주님을 찬양하며 기뻐함
- 언제 생겼나: 자신의 고장에서 호적 할 때
- 어디에서: 베들레헴의 말구유에서

아마 〈루가복음〉 1장에서 4장까지를 연구하는 것이 새로 쓸 책의 1부에서 이론 장의 서설 부분이 될 것 같다. 전술한 대로 마리아의 노래는 아름다움(《자전적 행정학》), 따뜻함(《논어 · 맹자와 행정학》), 올바름(《인간 · 종교 · 국가》), 평화(《협력형 통치》)를 노래했는데, 이 노래 다음에 이룩될 세계를 탐구하는 것이 미래의 내 책이 될 것이다. 따라서 지금까지 나온 내 책들은 신문명을 향한 글들이며, 앞으로 쓸 책은 신문명에서의 책이 될 것이다. 지금까지의 책들은 과정을 쓴 것이라면 앞으로 쓸 책은 그 결과에 관한 책이 될 것이다. 미래의 공직자란 자기 백성을 죄에서 구원하는 자이며, 아름다움, 따뜻함, 올바름, 평화 등이 합해진 한 인물 예수이다. 이 공직자는 다음 그림에서 보듯, 최소의 인물이다. 그러니까 내가 앞으로 쓸 책의 다른 제목은 바로 '예수'이다.

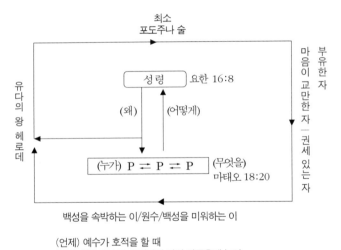

(언제) 예수가 호적을 할 때
(어디에서) 예수가 포대기에 싸여 말구유에 누임

삼일운동을 이끈 주체들의 활동을 그린 위 그림에서 P는 플랑크톤(plankton)이며 예수를 뜻한다. 플랑크톤은 물론 고래보다 작다. 고래가 먹는 조개보다도 작다. 조개보다 작은 멸치보다도 작다. 멸치가 먹고 사는 작은 존재이다. 삼일운동과 1970~80년대 운동 후 유명인사들이 변절했던 것은 마치 바다에서 고래, 조기, 멸치가 멸종한 것과 같다. 이것들이 멸종한 원인은 플랑크톤의 멸종에 있다. 플랑크톤은 씨올이고 맨사람 백성이며, 민족자결주의를 주창했던 미국의 윌슨 대통령이 변절해 태프트-가쓰라 밀약으로 우리를 배신했을 때에도 개의치 않고 만세 불렀던, 흰옷 입은 백성들이다. 이 P는 다른 P들, 즉 예수의 어머니나 세례자 요한 등에게 둘러싸여 있다. 이 P들은 성령을 받아 종교적이며, 서로 교호작용을 하면서 모여 있기에 윤리적이며, 성령의 근원인 하느님을 두려워하지 않고 기뻐하니 형이상학적이다. 하지만 이 모든 시도는 P가 인간인 데에 귀착한다. 이 P인 '누가'가 또 다른 '누가'들이나 성령과 아주 가깝게 교섭하고 있으니 '왜', '무엇을', '어떻게' 등을 합하여 최소를 설명한다.

〈루가복음〉 2장 첫 부분에 예수의 탄생이 적혀 있다. 여기에 최소를 말하는 '언제'와 '어디에서'가 보인다. 호구조사에 응하려고 임신한 마리아가 베들레헴을 찾았으니 이때는 예수가 나라의 한 백성임을 확인한 때이다. 예수는 세상에서 구체적으로 유대 나라 백성으로 확인되었을 때에 맞추어 탄생하셨다. 예수가 출생한 곳은 여관도 아니고 마구간이었다. 마구간도 이 세상에 있다. 이렇듯 때와 장소를 볼 때 예수가 최소의 때와 최소의 장소에 있었음을 알 수 있다. 이 모든 것을 통하여 알 수 있는 것은, 새 문명은 공직자가 최소로 귀중하게 여겨지는 문명이다.

한편 이 그림에서 P가 아니라 성령이 기점이 되는 데 유의하여야 한다. P를 P답게 만든 이가 성령임을 알 수 있는 자료가 〈요한복음〉 16장 8절이다. 이에 따르면, 성령이 오시면 사람이 죄와 정의와 심판을 알게 되어 있다. 예수를 안 믿는 것이 죄이고 예수는 작은 자인 P이다. 정의는 눈에 보이는 것들, 즉 그림의 둘레 밖에 포위하고 있는 악의 세력들을 무의미하게 보는 것이며, 이 악의 세력을 무의미하게 보는 것이 심판이다. 따라서 눈에 보이지 않는 것을 추구한 예수를 믿는 것은 최소를 흠모하는 것이다.

새 문명의 미래는 최소인 P, 예수의 닮은꼴 인물들을 만들어내는 데 달려 있다. 예수는 자기 백성을 그들의 죄에서 구원해낼 이이기에 공직자의 표본이다. 백성을 그들의 죄에서 구원하는 이가 공직자이지, 이밥과 고깃국 먹이며 일자리 만든다고 말하는 이가 공직자가 아니라는 데 유의해야 한다. 이런 것들은 백성들이 그들의 죄에서 구원받으면 스스로 해결되는 문제이다. 여기서 신문명을 형성하는 열쇠가 드러난다. 그 나라에 종교개혁자와 교육자가 있으면 가능하다. 그런 이들로 교육자 페스탈로치와 종교개혁자 츠빙글리가 있다. 교육과 종교만이 위에서 내려오는 성령을 받아 종교적이며, 성령의 근원을 두려워하지 않고 기뻐하여 형이상학적이며, 이웃에 있는 작은 사람들과 서로가 친해 윤리적인, 맑은 영혼의 소유자들을 만든다. 맑은 영혼의 소유자만이 최소를 지키는 자이다.

앞의 그림을 본 서울신학대학교 윤철원 신약학 교수와 나는 다음과 같은 대화를 나눴다.

윤: 행정학자의 글이라기보다는 신학자의 글이네요.
이: 행정학, 성서, 내 나라, 이렇게 셋을 저는 늘 생각해왔습니다. 그런데 윤 교수께서 쓴 《사도행전의 내거티브 해석》과 《사도행전 다시 읽기》가 제 눈을 뜨게 했습니다.
윤: 루가가 쓴 〈사도행전〉은 구문명에 전해진 복음의 모습을 적었습니다. 〈사도행전〉의 마지막은 바울로가 로마에 닿는 것으로 끝납니다. 로마가 땅끝이었습니다.
이: 땅끝이라니요?
윤: 〈사도행전〉 1장 8절, "성령이 너희에게 오시면 너희는 힘을 받아 예루살렘과 온 유다와 사마리아뿐만 아니라 땅끝에 이르기까지 어디에서나 나의 증인이 될 것이다"가 〈사도행전〉의 열쇳말입니다.
이: 저도 열쇳말을 24장 25절 "바울로가 정의와 절제와 장차 다가올 심

판에 관해서 설명하자 펠릭스는 두려운 생각이 들어 '이제 그만하고 가보아라. 기회가 있으면 다시 부르겠다' 하고 말하였다"로 봅니다. 이 말은 바울로가 권력자에게 한 말입니다. 정의, 절제, 심판은 성령의 기능으로 볼 수 있으니, 제 생각은 윤 교수의 생각과 같습니다. 이 그림에서 성령은 '왜'를 말하는 시작입니다. 다만 저는 행정학을 공부하는 사람으로서 같은 것을 세상의 눈에서도 봅니다.

이 그림에서는 새 문명에서의 조직 형태도 드러난다. P를 중심으로 한 소조직이 무수히 있으며, 이 무수한 조직이 고객들인 국민에게 제각기 다른 봉사를 할 것이 짐작된다. 미국의 닉슨 대통령이 탄핵되었을 때 미국 행정에서의 지적 위기를 갈파한 빈센트 오스트럼(Vincent Ostrom) 교수의 '다수조직적 조치[multi organizational arrangement]'를 상기시키는 대목이다. 이 다수조직적 조치가 바로 오스트럼 교수가 제시하는 세 가지 조직 가운데 하나이다. 그가 지적한 나머지 두 조직은 관료 조직과 민회이다. 오스트럼 교수에 따르면, 관료 조직은 일을 해내는 장점이 있으나 조직의 상(上)이 부패하거나 자의적 결정을 내릴 수 있는 단점이 있다. 이 두 가지 단점, 부패와 자의적 결정은 이 책에서 내가 자주 이야기한 -X와 -Y의 잘못이기도 하다. 이러한 관료 조직의 단점을 극복하기 위하여 국민의 선출로 자율적인 조직[self governing organization]인 민회가 생긴 것이다. 따라서 새 문명에서의 조직은 관료 조직의 장점을 가진 동시에 관료 조직의 단점을 극복한 자율적인 조직이어야 하며, 다른 조직들과 공존하는 조직이어야 한다. 따라서 P들이 서로 교섭하는 앞 그림에서 '무엇을'에 해당하는 움직임은 교회의 움직임이다. 교회는 일을 하는 권위가 있는 조직이기도 하고, 자율적인 조직이기도 하며, 또한 전체 사회 내에서 다른 조직들과 공존하여, 주민들에게 봉사하는 빛과 소금 같은 조직이다.

이제《새 문명에서의 공직자》를 왜 쓰고자 하는지 간추릴 차례가 온 것 같다. 〈시편〉74편 20, 21절에 있는 다음 기도로 대신하고자 한다.

땅의 구석구석이 폭력의 도가니이오니 당신께서 맺어주신 계약을 기억하소서. 억눌린 자, 부끄러워 물러가지 않고 가난하고 불행한 자, 당신 이름을 찬양하게 하소서.

폭력을 쓰는 자 아래에서 억눌린 자와 가난한 자와 불행한 자가 하느님을 찬양하는 위 구절을 대하면서 생각나는 것은 예수가 공생활에서 보인 시작과 마지막이다. 예수에게 세 가지 유혹은 종교와 형이상과 윤리를 대안으로 생각하는 참사람이 되기 위한 인간학 탐색이었다. 예수는 잡혀가시기 전에 게세마니 동산에서 혼자 기도하셨다. 기도를 마칠 때까지 제자들은 예수의 사정을 모른 체하고 잠만 자고 있었다. 이 외로웠던 예수가 제자에게 한 마지막 말, "자, 때가 왔다. 사람의 아들이 죄인들 손에 넘어가게 되었다. 일어나 가자. 나를 넘겨줄 자가 가까이 와 있다"(마르코 14:41)는, 폭력 밑에 선 한 위대한 사람을 드러내는 말이다. 예수는 자신을 분명히 사람의 아들이라고 했다.

잠재의식의 부화

부화(孵化)란 알을 까는 것이다. 계란이 병아리가 되는 것이요, 알이 독수리가 되는 것이다. 알이란 꼭 있어야 할 최소를 가리킨다. 사람에게 최소가 있어야 최대가 나온다. 사람에게 있어야 한다는 것은 사람이 지켜야 한다는 것을 뜻한다. 잠재의식의 부화는 'sub-conscious incubation'의 번역어이다. 김승택 교수가 나에게 읽으라고 준 버트런드 러셀(Bertrand Russell)의 책《회고록과 기타 에세이에서 뽑은 자화상(Portraits from

오래 묵힌 생각이 부화 과정을 거쳐 걷잡을 수 없이 분출해 나온 것이 나의 책과 행위이다.

Memory and Other Essays)》에 나오는 글 〈나의 글쓰기(How I write)〉에 들어 있는 단어이다. 러셀은 글을 쓸 때 처음엔 존 스튜어트 밀이나 베데커(Baedeker)를 모방했다고 한다. 그러다 드디어 자기 속에서 오랫동안 부화했던 생각이 돌출돼 나오는 것을 쏜살같이 적은 것이 자신의 글쓰기 비결이라고 했다.

생각해보니 오래 묵힌 생각이, 그러니까 알이 부화 과정을 거쳐 걷잡을 수 없이 분출해 나온 경험이 나에게도 있다. 그런데 내 경우에 분출되어 나온 것은 책만이 아니었다. 행위이기도 했다. 따라서 내 경우는 행위가 책이었고 책이 행위였다.

따라서 나는 다시 알의 부화 단계에 들어가며 이 부화기를 거친 후의 새책《새 문명에서의 공직자》를 바라보며 기도를 드린다.

"자비하신 신이시여, 이 기도를 하는 내 영혼을 긍휼히 여기소서. 왜냐하면 제 겨레는 고생을 많이 해서 새 문명을 만들어 이를 향유할 만한 나라이옵니다. 그리고 당신은 사람이 마땅히 품어야 할 알이며 성령이며, 고생 많이 함이란 곧 당신이라는 알을 저와 제 겨레가 잠재의식적으로 부화함을 뜻합니다."

이제 이 책을 닫을 시점에 이르렀다. 이 책의 부제는 '지켜야 할 최소에 관한 이야기'이다. 내 시작은 어린이 부흥회 때 형이라고 동생들을 자의적으로 때려 그들을 부자유의 늪에 빠지게 했던 것을 뉘우쳐 운 것이었으니, 이 울음은 나를 최소화하고자 하는 울음이었다. 앞으로 쓰고자 하는 책《새 문명에서의 공직자》도 최소를 지향한다. 새 문명에서는 최소자가 최대로 돋보이고, 공직자는 전체 공동체의 구성원들 중에서 최소자여야 하기 때문이다. 따라서 나의 이 마지막 시도가 나의 첫 시도가 다시 행해짐을 뜻하며, 마지막 시도가 첫 시도의 다시 행함이라는 것은 처음에서 마지막에 이르는 과정이 최소화를 향한 몸부림이었음을 엿보게 한다. 내가 받은 가르침, 행함, 문명의 탐구가 이 과정의 토막들이다.

한편 책을 쓰는 작업은 한 사람의 생애에 최대의 경지에서 이루어지는 작업이다. 책을 쓰는 것은 한 사람의 영혼이 하느님의 긍휼하심을 입어 신인합일의 경지에 드는 행복한 작업이다. 문득 미적분 강의 시간에 교수가 칠판에 그렸던, X축에 있는 한 점이 닿았던 포물선의 아름다움이 생각난다. 마치 포물선의 최소점이 최대의 개념인, 안정되고 편안한 상태에 존재하듯, 자서전을 쓴 이후 내 삶의 최소점도 그러하기를 바란다. 이 한 점을 향한 나의 최소화와 이렇게 생긴 최소점에서 무한에 맞닿고자 하는 몸부림을 합하여, 이를 '겁 많은 자의 용기'로 생각해 이 책의 제목을 나의 첫 수필집과 같이 '겁 많은 자의 용기'로 정한다.

부록: 문서 자료

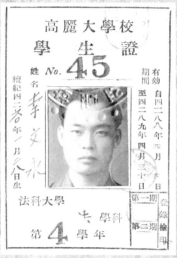

고려대학교 학생증. 법학과 4학년 때(1955).

군대 전역증(1955. 7. 1).

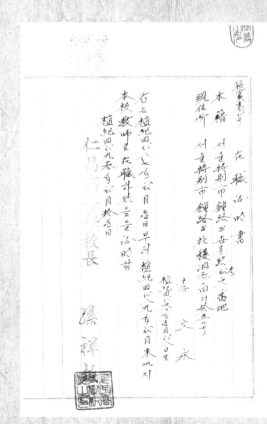

인창고등학교 재직 증명서
(1960. 2. 11 발급).

李用史氏 長男 文永君

金燦中氏 令妹 惜中孃

부양인ᄂ 어버이가리 신바이요 서로 백년을함께할뜻이서서서 여러

어른과 벗을 모신앞에서 화촉을 밝히려하오니 부디오시어 복될

자리를 더욱빛내주시옵소서

日時　檀紀四二八七年六月二十一日上午十一時
式場　서울特別市鍾路區武橋洞中央聖潔敎會

檀紀四二八七年六月　日

主禮 金重桓 牧師

同令ᄃ人

貴下

내 결혼식 초청장(1954. 6).

The Trustees of

Defiance College

On the recommendation of the Faculty have conferred the degree of

Bachelor of Arts

upon

Moon Young Lee

who has satisfactorily fulfilled all the requirements prescribed by the College for this degree and is entitled to enjoy all the rights, honors and privileges which everywhere pertain thereto.

In Witness Whereof, our signatures and the Seal of the College are hereunto affixed at Defiance, Ohio, this 2nd day of June, 1957.

President of the College

Edward W. Amos
President of the Board of Trustees

디파이언스대학 졸업증(1957. 6. 2).

The University of Michigan

to all who may read these letters Greeting:

Hereby it is certified that upon the recommendation of The Horace H. Rackham School of Graduate Studies The Regents of the University of Michigan have conferred upon

Moon Young Lee

in recognition of the satisfactory fulfillment of the prescribed requirements the degree of

Master of Public Administration

with all the rights, privileges, and honors thereto pertaining here and elsewhere.

Dated at Ann Arbor, Michigan, this thirty-first day of January, nineteen hundred and fifty-nine.

Harlan Hatcher
President

Erich A. Walter
Secretary

미시건대학교 졸업증(1959. 1. 31).

명의인의 사진
PHOTOGRAPH OF BEARER

효 력
VALIDITY

본 여권은 다음의 각 경우에 그 효력을 상실한다.

This passport shall cease to be valid:

1. 명의인이 상당한 사유없이 여권발급일로부터 6개월 이내에 출국하지 아니한 때, 또는

If the bearer fails to leave the Republic of Korea within six months from the date of its issue without any due reason, or

발급일: 1967 년 4 월 17일

발급청 : 대한민국 외무부

DATE ISSUED: April. 17. 1967

AUTHORITY ISSUED : THE MINISTRY OF FOREIGN AFFAIRS

2. 유효기간 1968년 4 월 17일 의래도.

On the EXPIRING DATE:

April. 17. 1968

— 6 —

— 7 —

하버드대학교 옌칭연구소 초빙학자로 갈 때 사용했던 여권(1967. 4. 17 발급).

현아엄마에게

　　이곳 안녕히여 9월 24일 오후에 잘 도착 했엄. 일본에 있을 때에는 무덥더니 여기는 갑자기 선선해。 조심우。 일본에 있을 때에는 일이 안 끝나는데로 떠나오는것이라。 일본에 있은 박계동 일이 안단 끝나는데로 떠나오는것이라。 여기는 떼에 일본 기독교인들로 부터 많은 감명을 받았어。 가는든 데에 일본 기독교인들로 부터 많은 감명을 받았어。 가는든 하려고 열심이야。 한국 사람으로 목사님 세움을 봄는데 하려고 열심이야。 한국 사람으로 목사님 세움을 봄는데

...

（우리로 치면 NCC)의 회장이 이번엔 한국인 목사인

...

　　강연 여행 중에 내가 석중에게 보낸 편지(1983. 9. 27).

섭섭 했어. Columbus 에 전화를 했어. Fremont 에 있는 두 사람 들 하고. 기타 많이들 전화를 안 왔어. 어제 이쪽 Benedictine College 에 갔었어. 굉장한 도서가 있는가보 괜찮은데 있었어. 걱정 했던 상봉이었는데. 동쪽의 United 까지 이미 편지가 와 있어. 성환비로 와 있고. 비미/ 까지 ～로 중앙에서 入국 하가를 받았어. 황군(1533-2772)에 편지로 서울→Chicago→New York→Chicago→Tokyo→Seoul 를 거치기를 끝 끝기 바래. 비라 청체야 흐르 땅과 위 아이들 데려고 올수있어. 이 요런것이 탈이 없어. 그 사이에 ～ 이로 그러봐. 참 걱정이 돼. 아버님께 건강하신지 아희들도 라게 빌을 판하고 일본 저 중국해. 그리고 어머니께 우리네까 생각과 걱정이 더나. 그러나 아․4개 옥을 깎아 봐야 겠어. 아직은 예동이 잘 돌께있어.
이종인

8.3년 9월 27일 오후

© USPS 1982

Around the World
Communications Year 1983

Do not use

Additional message area

Sec rid fold ®

AEROGRAMME · VIA AIRMAIL · PAR AVION

Seoul, Korea

강서구 등촌동 95-11
신한 울자

USA 30¢

Hyun YoungHee
2356 Oakhill Drive
Lisle, 980. 60532
ill. S. A.

현아아빠 　　　　　　　　　　　　　　　11. 10 목

　내일 모레면 그곳 대통령이 이곳에 오는군요. 지난
화요일 9층에서 종이 한장 발표한 모양인데 예
의원도 우리도 빠졌어요. 너분 것이 하나도 지
쳐지지 않는 모양이며 그 버릇 비우 한아버지어 마
음대국인지 또 그 사람들이 조종인지 그저 모두
보고는 있을 따름이지요. 철호의 엄마 에게서 훈령장을
받았으나 또 마침 런호 받던분 황씨에게서 전화
이니 여행사를 소개 받았으니 모든 따건이 내키지
않아요. 요즘은은 제가 건강이 약을 먹고 있고 김장
에 겨울 채비에 마음이 바쁘고 또 이목을 애써 생각
하지 않을 수 없어요. 그러지 않아도 말 많은 세상
설 믿은 주려하는 모양이구요. 그곳에 간다는 것이 제
일로 닥치고 보니 큰 용단이 필요한 일이에요. 자진
해서 나서서 옆에서 도우면 모를가 설 믿도 여렵
겠어요. 제가 끔식 그 나름대로의 한계들이 있어서
그 한 계를 벗어나기는 더 어려운 노릇이니 그곳에
갈 수 있다는 그 사실을 좋지 않게 생각하는 사람들
많이 있음을 감안 하지 않으면 안될것도 같아요. 갈
수록 이곳은 어려운 길 (맛나 식사하던 주위들) 천지
같군요. 모처럼 쉬려고 시작에게 당치도 않은 이야
기들이 지만 끗나면 레어지고 못봤다가도 흘러지르
니 제 각기 제 나름대로의 길을 고독하게 가는것
뿐인것 같아요. 기도 했어요. 그날씨어 민족문학
이 강연이 있었고 제 3 세계와의 연대를 얘기 하시
드군요. 이분은 아는것이 너무 많아요. 옹변이시구요

강연 여행 중에 집사람이 내게 보낸 편지(1983. 11. 10).

오후의 부터 저는 연근이군요 아이들은 숙제 다 한외에
가두어온 모양이니 구씨가 와서 영풍아빠 저를 달래는
이야기 였지만 선풍 학교랑 아이들이 당하는 고통이 이만
저만이 아닌 모양이예요 선풍 과 친구도 연이 터지고
부뜨재간 모양이나 편지 좋게 나누는 일에 대하여 좀 같이
생각 해야 할것 같아요 이우형 선생님이 그 자리에 안
으셔서 너무 너무 바빠하시네요 아이들이 얼어 맛있어
해서 오늘 저녁 같이 북부에 강주현씨와 김근영 목사님과
오빴고 밤 12시에나 집에 돌아가겼으나 힘드는 나날들을 보내들 있
어요 항말 제가 가야 할런지 ? 갈피를 못잡고 있어요
                                    현아없가 서

이 항공서간에는 아무것도 넣지 못합니다.
No enclosure permitted.

AEROGRAMME

항 공 서 간

Mr. Lee Moon Young
355번 Gella Hill Drive
Chula Vista, 92032
U. S. A.

Backe Chung Kim
95-11 Sungwondong
Dobongku Seoul
Korea

이 박사님

  중반을 받았읍니다. 한 이틀밤 지나면 머리 아픈 것도
나을 것입니다. 머리가 점점 맑아질 것입니다. 체중기에
올라 서지 마시고, 신경을 쓰지 마세요. 설사가 같은 건 곧
낮겠지요.

  어제 정치인 1세대의 결의문이 나왔고요. 퍽
좋습니다. 오늘 저녁 성모의 이해동 목사가 이북의 흥색
신천 읍으로 가해서 못을 박을 것입니다. 와우 실천 모인
행위라도 독자적인 흥속타를 하겠답니다. 신문, 국민 쪽에서도
계속 다룰 것이며, 그리 성명할 것도 없으리라. 국가
보안법으로 우리에게 손을 대는 것 제안을 경화시킬 것이기
때문에 오히려 좋을 것 아니겠읍니까? 특별은 제안이
계안하는데도 도움이 될 것 같아요.

  단, 지금 준비되고 있는 것도, 이 박사, 예 위원, 저
세 사람의 공동작업으로 하는 것이 좋겠읍니다. 6월 성명의
정부가 반응이 없을 때를 위해서 미리 준비해 둔 것으로
하지요.

  김 영삼씨 건강이 오늘은 많이 안 좋아서 일제
낭보이 희망되지 않습니다. 사흘 동안 소중한 체력이 많이
행사된 것 같습니다. 이렇게 되면, 문제의 해결을 김영삼
김 영삼 씨 사이에서 결정하게 할 수는 없읍니다. 그리 건강이
한계에 이르면, 우리 셋, 김 관석이나 박형규, 카톨릭 신부 제안이
종교인들로 대책 뒷받침을 구성하고, 그저 단식을 중단시키고
성명과 대화를 시작해야 하지 않겠읍니까? 그래야
이 박사님이 말한 성명서가 나와야 할지도 모르겠읍니다.

  fighting !!

                                         늦봄   익환

늦봄 문익환 목사가 나에게 보낸 편지(1983. 6. 2).

대책 위원회 은님이 앞서 제12 성명서를 발표하신

것이 좋을지는 바깥에 있는 사람들이 판단을 따라야

야 하세 않겠습니까?

대책 위원회가 어느 선에서 정복은

해상할 것인지? 이 박시님 의견을 보내 주십시오.

조선 일보 기자들이 신문 제작을 저박했다는

유쓰가 백중에서 있습니다.

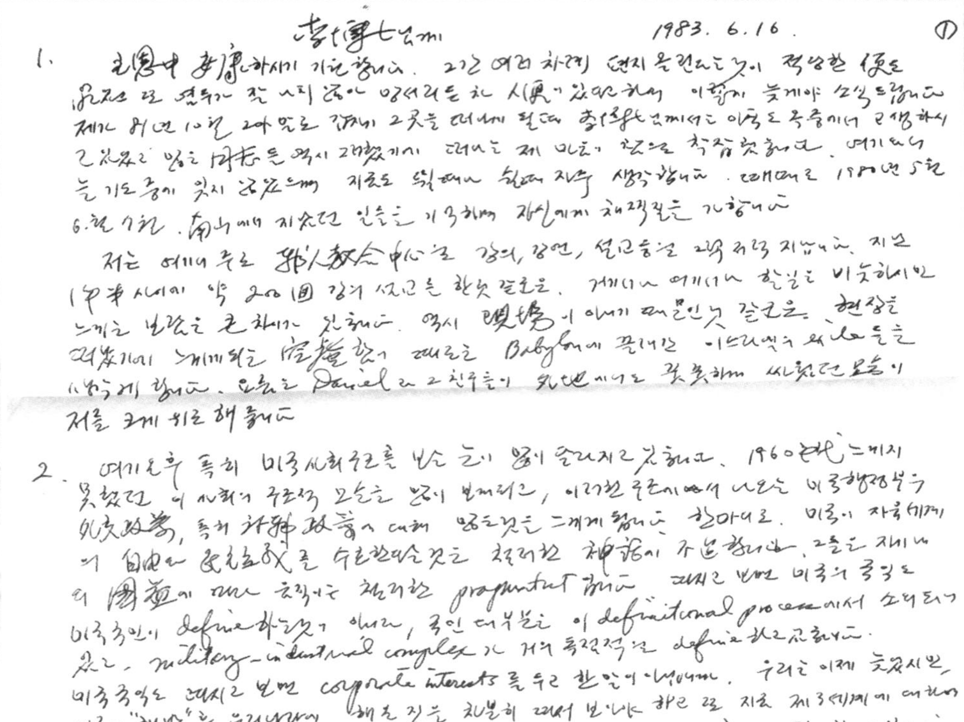

1. ...

2. ...

3. ...

한완상 씨가 나에게 보낸 편지(1983. 6. 24) 가운데 일부.

사상계 1966. 3

公務員腐敗 二〇年史

李 文 永
〈高麗大學校法政大學副敎授・行政學〉

이 글은 우리 나라 공무원 二〇년간의 부패상을 기술하고 나아가 이 부패를 방지할 수 있는 方案을 모색하여 본 것이다. 부패양상의 변천을 알기 위하여 필자는 신문기사에서 연구의 자료를 찾았다. 法院의 기록이나 監査院이나 監察委員會의 판정 등을 들출 수도 있었겠으나 이들 기관은 우리의 특수한 정치상황에서 적어도 주권자의 감시역할을 하는데 있어서 적지않은 편견을 갖었다고 보아서이다. 자료를 통하여 우리의 과거나 현재가 다 하나 같이 부패하고 있음을 발견한다. 腐敗는 우리의 생리화, 체질화하고 있음을 발견할 안타까이 생각한다. 그리고 생리화, 체질화를 완성시켰다는 점에서도 현재에 좀 더 부패발생의 책임이 있다

고 본다. 이곳에 소개되는 부패 모델로서의 格差構造는 이 생리와 체질의 해부도에 불과하다. 이 격차구조 이론은 필자의 몇 가지 持論에서 발전한 것이기도 한 것을 밝힌다. 이 지론의 몇 가지는 「우리 나라에서의 적용을 위한 行政改革의 理論模索」(高大行政問題研究所, 法律行政論集 第七輯, 一九六四・一〇), 「韓國行政體系에 미친 憲法과 法律의 影響에 관한 一考察」(高大 六〇周年 記念論文集, 社會科學篇, 一九六五・五), 「國民과 官僚制度」(思想界, 一九六五・十一月號) 등이다.

一. 腐敗様相의 變遷

공무원의 부패양상을 美軍政, 六・二五以前, 動亂期, 自由黨 전성기, 第二共和國, 五・一六이후, 第三共和國 등 七期로 나누

(159)

〈공무원 부패 20년사〉, 《사상계》, 1966년 3월호.

<特輯·남는 者(Remnant)> --------------------------------

行政 속에 남는 자
── 아 나 로 기 아 (14)──

李 文 永

1. 종 류

행정 속에 남는 자의 종류를 보여주는 성경의 글은 〈첫째가는 계명〉에 관한 기사이다. 하나님을 국민, 이웃을 하급 공무원으로 바꾸면 곧 가장 좋은 行政狀況으로 그림이 바뀌여진다. 마태복음의 기사 〈22 : 34—40〉를 옮겨 보면 다음과 같다.

예수께서 사두개과 사람들의 말문을 막아버리셨다는 소문을 듣고 바리새과 사람들이 몰려왔다. 그리고 그 중 한 律法專門家가 예수를 시험하려고 "선생님, 율법서에서 어느 계명이 가장 큰 계명

입니까?"하고 물었다. 예수께서는 이렇게 대답하셨다. "'네 마음을 다하고 목숨을 다하고 생각을 다하여 주님이신 너의 國民(하느님)을 사랑하라' 이것이 가장 크고 첫째가는 계명이고, '네 下級公務員(이웃)을 네 몸같이 사랑하라'는 둘째 계명도 이에 못지 않게 중요한 것입니다. 모든 율법과 예언서는 바로 이 두 계명으로 요약할 수 있으니다."

이 그림에서 남는 자는 셋이다. 사랑을 하는 자인 ① 上級 公務員과 사랑을 받는 자인 ② 國民과 ③ 下級 公務員 등과 같다. 이 남는 자 중에서 上下級公務員은 관료제도를 형성한다. 上下級公務員 간의 관계

— 1 6 —

<u>갈릴리 교회 설교 (1975년 11월 9일)</u>

제 목 : 새 예루살렘
본 문 : 마가복음 4 : 1－9절
설교자 : 이 문영 박사   전 고대 교수
　　　　 한국기독자 교수협의회　회장

　　　　새 예루살림을 이 끌어 갈 원리는 하나님과 이웃에 대한 사랑을 말하는
첫째가는 계명이어야 한다는 것이 제 설교의 제1의 전제입니다. 이 전제는 우
리가 사랑해야 할 대상을 하나님과 이웃의 둘을 두기 때문에 눈에 보이지 않는 하
나님을 사랑하는 것이 우리에게 무엇을 뜻하는가에 관하여 생각을 해봐야 할 여
지를 줍니다.

　제 설교의 제2의 전제는 하나님을 사랑하는 사랑은 자기형제도 사랑해야 한다는
것입니다. 이는 요한1서 4장 21절의 말씀과 같은 말입니다.
　그런데 제2의 전제에서 볼때에 하나님은 망녕되게도 우리의 이웃이 되게 또는 국
민－권력을 쥔 정치 체제가 아닌－정도가 됩니다. 이렇게 하나님을 격하시키는
것에 대하여 저는 비판도 받고 있는 것을 알고 있읍니다. 그 일예로 신학사상 제
3집 (1973년 12월 인쇄발행) P.710에서 허혁 교수는 "한국에서의 역사 비판학의
제문제"라는 글에서 제 견해를 다음과 같이 비판하고 있읍니다.

　지금 "제3일"지에 발표되는 그의 단편적인 성서해설에서도 어떤 방법론적인 연
구를 찾을수 없다. 또 그 에게지식이 어떤 역할을 할지도 알수 없다. 이문영의
"아날로기아"가 "제3일"지에 계속발표된것 (아무리 성서를 마음대로 해석할수 있다
고 하드라도 "아담은 대통령이라든가, "야웨는 국민"이라든가 등은 할수 없는 말이
아닌가 ? 도 이 잡지의 책임자의 양심을 의심하게 할 뿐 아니라 한국에서의 성서연
구영역의 부정부상을 잘 말해 주지 않는가 ?

　이러한 비판에도 불구하고 야웨는 국민이라는 것이 제 말씀의 진제입니다. 이
는 하나님을 사랑하는 사람은 자기형제도 사랑해야 하기 때문입니다. 이 "……
하는 사람은 ……하지 않을수 없다"의 측면에 관하여 연습문제 하나를 들어 보기
도 합시다.

1984年『世界』2月号

報告Ⅱ

韓国民の苦難と希望

李 文 永

ちょうど一〇年になります。私は高麗大学から解職処分にあって、以後、三回解職され、その間、八年半ほど大学から給料をもらえないという状況におかれました。一五回連続され、そのうち三回投獄の経験を持っております。五年二ヵ月弱の間、私は獄中におりました。こういう苦難の経験を強いていくところの構造が何であるかということですが、端的に申し上げますと、執権者、権力をとっているものは実は法を守らなかったけれども、しかし、私自身はこの法にきわめて忠実であろうとしたという、そのことにつきます。

一〇年前、私が高麗大学を解職されたときの事情は次の通りであります。それは、いわゆる維新体制ができた直後のことであります。高麗大学というのは、李承晩政権を打倒するきっかけをつくった学生デモが起こったことで知られる大学であります。独裁者であった朴正煕大統領がこの大学に大変

私は法の秩序に従った

私は皆さんの前に立ってまず感謝を申しあげねばならないことがあります。それは、私を含めて、多くの韓国における苦しめる友人たちのことを皆さんが絶えず祈りのうちに記憶してくださったことであり、またいろんな形で支援をしてくださったことであります。

そして私が皆さんに差し上げられる贈り物は、やっぱり私が経験したものを皆さんにお伝えするということではないかと思います。私が申し上げる事柄の焦点は苦難ということであり、また苦難を通してはじめて形成される民主主義ということであります。私の話が多分に実存的でありたいと思います。その意味でいま申し上げたように、私自身が経験したことを語りたいと思います。

일본 잡지 《세카이(世界)》에 실린 나의 글 〈한국민의 고난과 희망〉 첫 면(《세카이》 1984. 2).

사중복음과 민주주의

이 만 열

어떻게 성서로 조명을 할 것인가?

사중복음은 인간의 죄를 선명하고 후의 대안을 제시함으로써 제12장 예 네게 이 복음이 있는가? 오늘의 세계는 노사의 공존을 도모해야 할 경제분배의 시대라 하는데 부자의 죄를 지적하고 이에 대한 해결책을 제시하므로서 5장에서 우리는 사중복음을 발견하는 것인가?

또한 구라파에는 기독교민주주의 사상 개념이 있다. 기독교인이 정리되 영국과 미국과는 달리 구라파 제국에는 기독교민주당이 미국주의 로 실현하는 필수로 액한복 하고 있다. 이 기독교민주당이 갖는 기독교근원에 속하여 있는 영역이나 미국에는 없는 것인가? 왜 기독교인은 의회내에서의

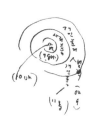

로마서1
18-23 동일
24-27 경건 죄상
28-32 자기자랑 사람

로마서12
9-13
14-21 미래당
3-8 감사심행
1-2

에르네
1-3 22장 일
4- 동상
5 연락완성
6 동애

개념10
승리 7.8
────
────
계속해 올 ll
9 미래당

〈사중복음과 민주주의〉 자필 원고.

701

입법활동을 통하여 법도 ㅇㄷ려ㄴ ㄴ이
ㄴ들ㅇ린 법률의 준수ㅎ ㄷㄹㅎㄴ? 왜
기독교인ㄴ 정당ㅎ ㄷㄹㅇ ㅁㄴ심을 갖는
가ㄹ 왜 기독교인ㄴ ~~국가주권ㅇ~~ 인간ㅎ ㅈㅈ
ㅈ ㅈㄹㄹ 욮ㅎ ㄹㅇ서 ㅇ ㅈㄴ? ㅎㄷ
ㄴㅣㅣ ㅎㄹㅇㄴ ㄷㄹㅎ ㄱㅇㄴ ㅈ? 왜
기독교인ㄴ ㅇㄱ보수ㄹㄱ 보ㄷㄴ ㄱㄷㅂ
수ㅇ ㅇㄹㄴ ㅊㅎㄴ? ㄱㄹㄹ ㅇㄹㄴ
ㅁㄷ ㅁㅇㅇ 4중 복음ㄹ ㅂ수 ㄹㄱㄱ
ㅇㄴ.

이상ㅎ ㅁㅇㅁ 통하여 성격교회ㅎ 4
중복음을 ㅇㅎㅎ뱀' ㅇㄴㄹ 오늘ㅎ 신앙
성활ㅈ 개인ㄹㅇㄹㄴ 사회ㄹㅇㄹ ㅇㄹㅈ
ㅎㅇ ㅎㄴ가ㄴ ~~ㅂㅇ해~~ ㅇㄹ뱀 ㅂㅅㅇㅣ
ㄱㅇㄴ 「4중복음ㄹ 진ㅎ주의」ㄹ 통하여
ㅂㅊㄹ ㅂㄹ。

ㄱㅇㄴ ㅁㄹ:

1. 4중 복음ㅎ ㄱㄹ
2. 기독교인ㅈ주ㄹㅎㅎ ㅇ소
3. 신ㄹㅎ 성활
4. ㅂ주화ㄴㅇ

항 목	84	85	86
1. 정권이 안보를 내세워 통치한다.	10.3	34.6	8
2. 정권이 국민의 자율성을 무시한다.	5.8	34.6	68
3. 정권이 실리 때문에 타국에 양보한다.	15.3	11.5	4
4. 정권이 국민의 정상적 사회개충을 존중한다.	28.9	7.7	8
5. 정권이 국민개인의 생활이익을 위하여 양보한다.	30.7	11.5	12
백분율 합계	100	99.9	100

강온 통치권력의 비교

	84	85	86
강경한 통치권력 (1 + 2)	25.1	69.2	76
온건한 통치권력 (3 + 4 + 5)	74.9	30.7	24
백분율 합계	100	99.9	100

항목을 이해하는 데 도움이 되는 야만과 문명의 구별

John Henry Newman의 터키 역사에 관한 연구 :
  1. Barbarism은 상상 imagination을 추구하며 외부의 적에 의하여 망하지만 civilization은 상식 sense를 추구하며 내부의 적에 의하여 망한다.

  상상/충고、주권자의 신성한 임무、역사적 명성
  상식/세속적이익、재산등
  외부외적/외국과의 전쟁이나 외국의 영향、내란、기근
  내부외적/시민적저항、과다한 변동、공공정신의 쇠퇴
  2. 야만은 육체적 임을 사용하나 문명은 지적능력을 사용한다.
  3. 문명사회에서 보는 현상
      a) 창의성과 예술   b) 정치、사회적 안정   c) 지성   d) 폭력사용의 억제등

Morton Gorden의 명령형 command과 다원형 pluralist 정치의 차이 :
      명령형정치   이해 / 윤리   다원형정치   현재 / 물질

R. G. Collingwood의 Nazi에 관한 연구 :
  문명사회의 조건셋
  1. 타공동체에 대하여 힘의 사용을 억제한다. 2. 동일공동체 안에서 시민적 그 섬을 알 수 있는 규칙을 따른다. 3. 자연에 대하여 과학적이며 지적인 태도를 한다.

《서울신문》 사설을 분석하여 정리한 문서.

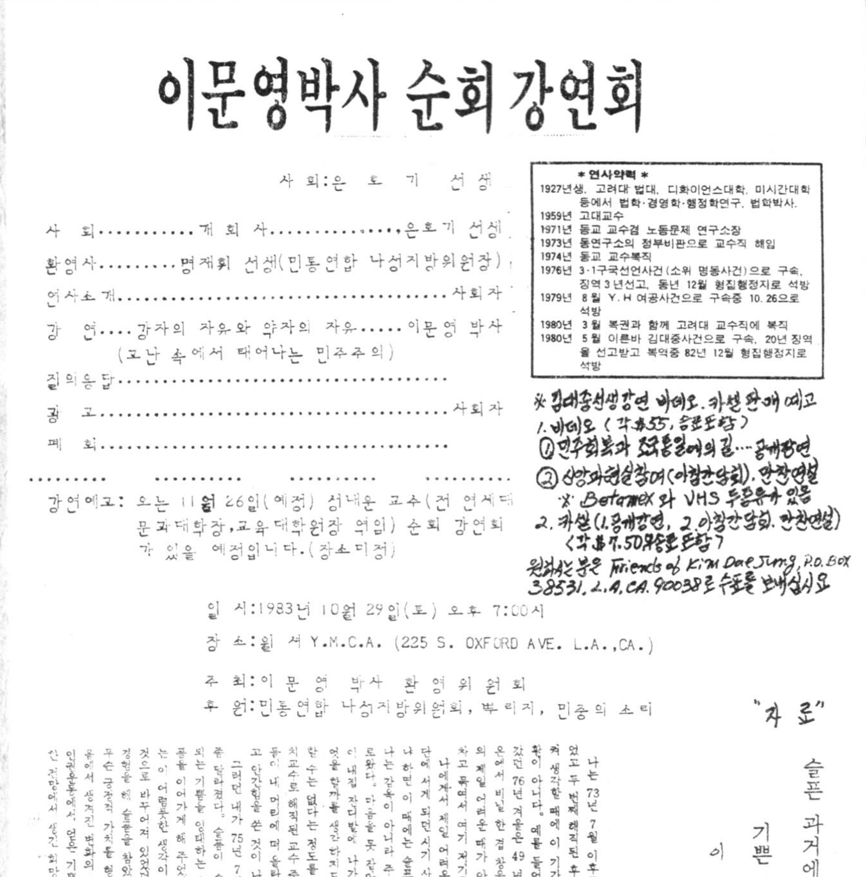

이문영박사 순회강연회

사회:은 호 기 선생

사 회 .... 개 회 사 ....은호기 선생
환영사 .... 명재휘 선생(민통연합 나성지방위원장)
연사소개 ....사회자
강 연 .... 강자의 자유와 약자의 자유 ..... 이문영 박사
(고난 속에서 태어나는 민주주의)
질의응답 ....
광 고 ....사회자
폐 회 ....

강연예고: 오는 11월 26일(예정) 성내운 교수(전 연세대 문과대학장, 교육대학원장 역임) 순회 강연회가 있을 예정입니다.(장소미정)

* 연사약력 *	
1927년생.	고려대 법대, 디화이언스대학, 미시간대학 등에서 법학·경영학·행정학연구, 법학박사.
1959년	고대교수
1971년	동교 교수겸 노동문제 연구소장
1973년	동연구소의 정부비판으로 교수직 해임
1974년	동교 교수복직
1976년	3·1구국선언사건(소위 명동사건)으로 구속, 징역 3년선고, 동년 12월 형집행정지로 석방
1979년	8월 Y.H 여공사건으로 구속중 10.26으로 석방
1980년	3월 복권과 함께 고려대 교수직에 복직
1980년	5월 이른바 김대중사건으로 구속, 20년 징역을 선고받고 복역중 82년 12월 형집행정지로 석방

※ 김대중선생강연 비데오. 카셑 판매 예고
1. 비데오 (각 $55, 송료포함)
① 민주회복과 조국통일에의 길 .... 공개강연
② 사상과 현실참여(아침간담회). 만찬연설
※ Betamex 와 VHS 두종류가 있음
2. 카셑 (1. 공개강연, 2. 아침간담회. 만찬연설) <각 $7.50 우송료포함>
원하시는 분은 Friends of Kim Dae Jung, P.O. BOX 38531, L.A. CA. 90038 로 수표를 보내십시오

일 시: 1983년 10월 29일(토) 오후 7:00시
장 소: 윌 셔 Y.M.C.A. (225 S. OXFORD AVE. L.A., CA.)
주 최: 이 문 영 박사 환영위원회
후 원: 민통연합 나성지방위원회, 뿌리지, 민중의 소리

"자료"

슬픈 과거에 살았으므로 기쁜 미래를 꿈꾸었다

이 문 영 박사

(월간조선 80/4)

※ 자료제공 「민중의 소리」

나는 73년 7월 이후로 두 번 고려대학교에서 해직되었고 두 번째 해직된 후로 두 번 감옥생활을 했다. 놀이켜 생각할 때에 이 기간중 제일 괴로왔던 때는 옥중생활이 아니다. 예를 들어 3·1사건으로 감옥에 들어갔던 76년 겨울은 49년만의 추위여서 영하 19도의 기온에서 비닐 한 겹 창을 한 냉방 안에 있었던 때가 나의 제일 어려운 때가 아니다. 취조를 받느라고 수갑을 차고 묶여서 여기 저기를 다닐 때도 아니다.

나에게서 제일 어려운 때는 처음 해직되고 다시 강단에 서게 되던 시기 사이에 있었던 7개월간이다. 왜냐하면 이 때에는 슬퍼하기만 해서였다. 이 7개월간을 나는 감옥이 아니라 주로 내 집에 있었는데도 나는 괴로왔다. 마음을 못 잡아 나는 서재에 안 올라가고 단이 내집 잔디밭에 나가 있었다. 나는 그때 앞으로 무엇을 할까를 생각하지도 못했고 소극적으로 내가 타락할 수는 없다는 정도를 생각했다. 60년대에 이른바 정치교수로 해직된 교수 중 몇 분으로부터 받은 나쁜 인상들이 내 머리에 떠올라 나는 그렇게 안 되야겠는데 하고 안간힘을 쓴 것이 나 자신이 고작 하는 일이었다.

그러던 내가 75년 7월에 두 번째로 해직된 후로는 좀 달라졌다. 슬픔이 슬픔만은 아니고 슬픔의 반대가 되는 기쁨을 잉태하는 슬픔이라는 어렴풋한 생각이 슬픔을 이어가게 해 주었기 때문이다. 그리고 어떤 때에는 이 어렴풋한 생각이 좀더 확고한 일종의 신념 같은 것으로 바꾸어져 있었던 것도 사실이다. 나는 무엇을 경험을 해 슬픔을 참았는가? 아니, 슬픔을 참으면서 무슨 긍정적 가치를 형성해 보았는가? 첫 째는 내 마음에서 생겨진 변화의 체험에서 오는 기쁨이고, 둘째 인권운동에서 얻은 기쁨이며, 세 째는 기쁜 미래에 대한 전망에서 생긴 희망이다.

-1-

미국 로스앤젤레스에서 강연 여행을 할 때 배포되었던 한 팸플릿(1983. 10).

〈한일협정비준 반대 선언문〉을 다룬 당시 신문기사 (동아일보, 1965. 8. 25).

3·1운동 60주년에 즈음한
민주구국선언

우리는 3·1운동 60주년에 즈음하여 빛나는 그 정신을 되새기며, 오늘의 조국 현실을 조명함으로써 우리의 나아갈 길을 제시하고자 한다.

3·1운동은 민족주의, 민주주의, 평화주의를 그 기본 이념으로 삼았다. 1919년, 이 땅의 민중들은 평화적인 방법으로 일본제국주의 외세를 배격하고 민족자결원칙에 의한 민족의 자주독립을 선포했다. 3·1운동에서 민중은 안으로 민주공화의 이념을 실천적으로 확인했으며 밖으로 세계 평화에의 기여를 세계 만방에 선포했다.

60년이 지난 오늘의 현실은 어떠한가? 슬프게도 민족의 자주독립과 민주주의 이념, 그리고 평화의 구조는 모두 유린되고 말았다.

한민족은 2차대전 후 강대국 외세에 의해 분단된 위에, 반 민중적 집단은 분단을 고착화시켜, 분단시대의 특권과 이익을 향유해 왔다. 그들은 냉전논리를 무기로 하여 민중적 자유와 권리를 말살하고, 민주제도를 거부해 왔다. 그들은 민족간의 긴장과 불신을 고조시켜 한반도와 아시아의 평화를 위협하고, 민중의 인간으로서의 권리와 민족으로서의 열망을 폭력으로 유린해 왔다.

우리는 민중의 창의와 참여가 보장되는 민주주의의 회복만이 민족, 민주, 평화의 3·1정신을 선양할 수 있는 길임을 엄숙히 선포한다. 우리는 반공과 안보를 구실 삼은 민주주의 말살을 온 몸으로 거부한다. 우리는 경제성장이라는 이름 아래 진행되는 매판적 독점특권의 경제현실을 배격한다. 우리는 민생의 도탄 위에 판치는 부패특권층의 퇴폐와 물질적 향락주의를 규탄한다.

〈3·1운동 60주년에 즈음한 민주구국선언〉(민주주의와 민족통일을 위한 국민연합, 1979).

이러한 현실을 비판할 수도 시정할 수도 없는 현실에 우리는 분노한다. 이러한 현실의 원흉은 두말할 것도 없이 1인독재와 그 영구집권을 위해 불법으로 조작된 유신체제이다. 이제 국민의 국가에 대한 충성심과 애국심은 그 방향감각을 상실해 가고 있다.

유신체제를 종식시키고, 1인의 절대권력과 장기집권을 끝장내는 것만이, 그리하여 노예로 전락한 국민이 주권자로 되는 민주회복의 길만이 우리의 살 길이요, 우리의 나아갈 길이다. 현 체제 아래서는 민중과 권력은 영원한 적대관계와 평행선 위에 있을 뿐이다.

오직 민주정부 아래서만 우리는 국민의 총참여와 지지 아래 성공적인 통일논의를 할 수 있다. 오직 민주정부 아래서만 국민이 주권자가 되어 국민의 기본권과 생존권이 보장될 수 있다. 오직 민주정부 아래서만 긴장이 완화되고, 정권연장을 위한 기만 술책이 폐기되며, 한반도와 아시아의 평화에 우리가 공헌할 수 있다. 오직 민주정부 아래서만 모든 양심범과 정치범은 사라지고, 국민은 정치보복의 공포로부터 해방될 것이다. 오직 민주정부 아래서만 국제사회에서 나라의 위신과 민족의 존엄을 발양할 수 있다.

이 나라 민중은 지금 이 순간까지 길고 험난한 반독재 민주구국투쟁을 벌려 왔다. 인간답게 살 권리의 탈환을 위하여 투옥과 죽음까지도 무릅써 왔다. 아직 목적을 달성할 만큼 강력하지는 못하지만, 우리 민중의 투쟁은 결코 멈추어지지 않을 것이다. 마침내 머지않아 그 목적을 이룰 것이다.

현 정권은 분명히 민중의 힘을 두려워하고 있다. 이른바 유신체제 6년의 3분의 2를 긴급조치로써 유지하고 있는 사실이 그것을 말해준다. 민주세력의 평화적 집회를 전전긍긍하면서 탄압하고 있는 사실, 언론, 출판, 집회, 검사의 모든 자유를 극도로 제한하고 있는 사실이 그것을 말해 준다.

우리 민중은 이른바 유신체제를 거부한다. 일방적인 여건 속에서 행해진 작년 국회의원선거에서조차 현 정권은 패배한 것이다.

우리는 이같이 성장하고 있는 민중의 힘을 바탕으로 하여, 유신체제의 철폐와 1인의 영구집권의 종식, 그리고 민주정부의 수립이라는 우리의 당면목표의 성취를 위하여 온갖 희생을 무릅쓰고 투쟁할 것을 선언한다.

우리는 민족이 나아갈 기본방향으로서 3.1정신에 입각한 공약삼장을 다음과 같이 선포한다. 국가와 민족을 사랑하고, 조국의 운명을 걱정하는 모든 민주 애국 동포의 궐기와 동참을 바라마지 않는다. 지금 이 시간 우리에게는 행동만이 중요하고 용기만이 최상의 덕이다. 반만년에 겹친 조상의 얼이여! 삼일운동의 선열이여! 우리를 도우소서.

공   약   삼   장

1. 민주주의는 우리의 기본 신념이다. 우리는 주권재민의 원리에 입각한 의회 민주주의와 산업민주주의의 실현을 통해서만, 정치 경제 사회 문화등 각 분야의 진보를 이룩하여, 민중의 권리와 복지를 튼튼히 보장할 수 있다고 믿는다. 우리는 이 나라의 민주주의를 위하여 우리의 모든 것을 바쳐 투쟁할 것을 공약한다.

2. 민족통일은 우리의 지상 목표다. 민족 통일은 민중의 바탕에 의해서만, 민주정부에 의해서만 정당하게 이루어질 수 있다. 자주, 민주, 평화는 우리의 통일 기본 원칙이다. 우리는 통일 논의를 악용하는 일체의 기도를 배격한다. 우리는 남북의 평화적인 통일 성취를 위해 정성과 노력을 다할 것을 공약한다.

3. 평화는 우리의 절실한 소망이다. 우리는 같은 민족간의 증오와 상잔을 절대 배격하며, 평화적 공존, 평화적 교류, ᆞ   ᆞ   평화적 통일을 염망

한다. 우리는 한반도의 평화가 아시아와 세계 평화의 초석이 될 것임을 확신
한다. 우리는 민주회복을 위한 평화적 투쟁을 줄기 차게 펴나갈 것이며, 어
떤 희생도 두려워하지 않고, 투쟁의 대열에 나설 것을 궁약한다.

1 9 7 9 년   3 월   1 일

민 주 주 의 와 민 족 통 일 을
위 한 국민연합 (약칭: 국민연합)

의 장   윤   보   선
의 장   함   석   헌
의 장   김   대   중

기 타   1) 개신교   2) 카톨릭   3) 학자와 교수

4) 언론인   5) 문인   6) 법률가

7) 노동자   8) 농민   9) 정치인

10) 양심범 가족 11) 여성운동자 12) 민주청년

13) 민주학생   14) 기타 민주 시민

이상의 유지 일동

聲 明 書

本人은 오늘을 期하여 在野人士와 本人의 新民黨入黨 問題를 더이상 擧論치 않기로 했음을 國民 여러분께 밝히는 바입니다.

本人이 그間 一個月에 걸쳐 이 問題를 新民黨과 協議한 目的은 在野人士를 新民黨에 全面加入토록 하므로 첫째 民主陣營의 團合된 모습을 國民에게 보여주고 둘째 新民黨의 受權態勢를 强化시키며 셋째 在野中心의 新黨出現을 미리 막자는데 있었던 것입니다.

在野人士의 入黨을 위해서는 무엇보다도 新民黨側이 積極的인 加入態勢가 先行해야 할 것임은 두말할 나위가 없읍니다.

그러나 지난 5日의 新民黨政務會議의 決議를 보고 本人은 失望과 더불어 이를 더以上 推進하는 것이 不可能하다고 判斷하게 되었읍니다.

大統領候補를 投票로이 決定하겠다면서 왜 加入人員을 制限해야 하는지 / 在野人士에 對한 中央黨務委員資格부여에 있어 合法的이고 迅速한 方法이 있는데도 黨憲에도 없는 一種의 非黨補償務委員格으로 取扱해야 할 理由가 무엇인지 / 이렇게 新民黨이 維新體制와 싸워온 在野人士를 屬審하겠다는 것인지 도저히 理解할수 없는 일이라 아니할수 없읍니다.

한마디로 말해서 우리는 新民黨이 在野人士에 對한 積極的인 加入意思가 없다는 判斷을 갖게 되었으며

재야인사들에게 입당 권유를 하지 않겠다는 내용을 담은 김대중 씨의 성명서(1980. 4. 7).

따라서 入黨支持를 또기 하는 것이 不可避하다는 結論에 이르렀읍니다.

本人은 지난 三月一日字 声明에서 밝힌 바와 같이 이 時期에 있어서 우리가 全力을 다 할일은 民主憲政의 차질 없는 發展이라고 믿습니다.

大統領候補문제는 尖一次的 關心事가 될수 없고 되어서도 안됩니다. 在野勢力과 新民黨과의 單一化는 挫折되었으나 우리는 앞으로도 民主回復의 大義를 위해서는 계속 긴밀한 協力關係가 維持되어야 한다고 確信합니다.

앞으로 本人의 政治的去就에 對해서는 国民輿論을 경청하고 在野人士와의 긴밀한 協議아래 決定하겠읍니다. 政党 次元의 活動에 대해서는 一切 參加하지 않고 오직 民主回復을 위한 努力에 專心全力할 생각입니다.

그동안 격려하고 염려해주신 国民여러분께 感謝를 드리며 新民党의 金泳三総裁와 여러분의 健鬪를 빕니다.

1980. 4. 7

金 大 中

민주화 촉진 국민 선언

위대한 민중의 시대, 민주주의와 민족통일의 새 시대가 바로 우리의 눈 앞에서 열려오고 있다. 4월혁명이래 지난 20년간 바로 이 새 시대를 완성시키기 위하여 피와 땀과 눈물 그리고 생명까지도 바치는 온갖 고난과 희생을 무릅쓰며·불요불굴의 민주민권투쟁을 전개해온 각계각층의 민주애국 시민들을 맞아여 호소하는 바이다.

무엇이 민주주의와 민권의 확고한 승리를 가져올 것인가 ? 낙관속에서 수수방관하며 앉아서 기다리는 것인가 ? 아니다 ! 갈수록 노골화 되어가는 유신잔당의 독재연장책동을 그대로 내버려둔채 어떻게 민주화가 가능하단 말인가 ? 비관속에서 체념하고 공포에   떨며 움추리는 것인가 ? 아니다 ! 국민의 합성속에서 독재자가 타도되었고 유신책저가 결정적인 파멸의 길로 들어선 오늘, 더 이상 두려워해야 할 무엇이 남아있단 말인가 ? 눈앞에 닥아온·민주주의의 승리를 확고하게 쟁취하기위하여 우리는 일체의 안이하고 낙관적 환상과 일체의 비겁한 비관적 체념을 동시에 내던져버리고, 강고한 민중적 결단으로 민주화에 역행하려는 반민주 세력의 책동을 대담하고 철저하게 분쇄하지 않으면 안된다.

유신잔당의 노골적인 독재연장책동과 더불어 작금에 폭발적인 기세로 고양되어가고 있는 근로자들, 청년학생들의 장엄한 민주, 민권 투쟁은 민주주의와 민족통일의 새 시대를 완성시키는 최후의 진통이 이미 시작되었다는 사실을 우리에게 똑똑히 보여주고 있다.

억압대신에 자유를, 수탈대신에 정의를, 특권대신에 민권을, 비인간적 노예화 대신에 인간적 존엄을, 분단대신에 통일을 쟁취하기 위한 이 숭고한 민족사의 결전장은 우리들 한사람 한사람의 단호한 시민적 행동을 통한 합류를 진실히 요청하고 있다.

〈민주화 촉진 국민 선언〉(1980. 5. 7).

이 엄숙한 역사적 시점에 서서 우리는 다음과 같이 선언한다.

1. 아무런 합법적 근거도 없이, 아무런 정당한 명분도 이유도 없이, 오로지 유신잔당들을 비호하고 언론자유는 억압하고 민주정치발전의 일정을 방해하기 위하여 존재할 뿐인 불법불의한 비상계엄령은 즉각 해제되어야 한다.

2. 과도정부의 책임있는 자리에 있으면서 이른바 중립을 표방하고 민주정치 발전의 산파역을 자처하는 입장에서 원칙적으로 미봐, 찬양하고 유신정권에 의한 개헌주도를 공언하는 등 국민을 경시, 우롱하는 파렴치한 언동을 일삼음으로써 전 국민적 분노를 촉발하고 있는 신현확 총리는 ~~즉각 물러나야 한다.

3. 김재규 씨의 재판에 대한 사법권 독립을 침해하고 중앙정보부장직을 불법으로 겸직하여 노골적인 정치개입을 일삼음으로써 선량한 국군 전체의 명예와 금지를 실추시키는 전두환 보안사령관은 모든 공직에서 물러나야 한다.
~~

4. 유신체제에 반대하여 구속된 모든 정치범, 양심범은 즉각 석방되어야 하며 완전 복권되어야 한다. 동일방직 해고 근로자들, 동아투위, 조선투위의 해고언론인들을 비롯, 유신체제의 방패로 일어서 추방되었던 모든 민주시민들은 즉각 전원 복직되어야 한다.

5. 왜곡보도와 반민주적 논설로써 민중들의 민주화 열망을 매반하고 유신잔당의 독재연장 음모에 협력하고 있는 일부 언론, 방송 기업들은 역사와 민중의 준엄한 심판을 각오하여야 하며, 만약 그것을 모면하려면 지금 이 순간부터 태도를 확실하게 전향하지 않으면 안된다. 모든 양심적 언론인들은 이 막중한 역사적 순간의 준엄한 의미를 깊이 인식하고 바로 이 순간부터 결연히 일어나 과감한 자유언론투쟁을 전개함으로써 민중과 역사의 편에 확고하게 서기를 촉구한다.

6. 유신체제의 사생아이며 국민주권찬탈의 상징인 유정회와 통일주체국민회의는 자진 해체되어야 한다.

긴급 민주 선언

10·26 사태로 시작된 계속적인 충격에 우리는 다만 몸부림칠 뿐 너무나 무력했읍니다. 10·26과 함께 부풀어 올랐던 민주화의 기대가 5·17 군사 쿠데타-로 박살 났을 때, 우리는 비통하다 못해 비참했고, 비참하다 못해 절망에 빠졌읍니다. 수많은 민주학생 시민이 동족의 발에 짓밟히고 동족의 칼에 찔려죽은 저 흥서리쳐지는 광주의 비극은 그대로 악몽이 있읍니다.

60년대 70년대를 겨레의 인권과 나라의 민주화를 위해서 흔들릴겨를도 없이 싸워온 김대중 씨를 비롯한 많은 민주인사 들은 투옥하고 정치 규제법으로 묶어 놓고 철통같이 언론을 봉쇄하고 계엄령하에 헌법을 통과 시키고, 계엄령 하에 형식적인 선거의식 행위를 거쳐 세워진 현정권은 원천적으로 아무 합법성도 정당성도 없읍니다.

국민의 뜻을 외면하고 세워진 정권이기에 현정권은 모든 언론에 굴레를 씨울수 밖에 없읍니다. 정의와 자유의 외침이 울려 퍼져 봐 착원의 자유를 압살하지 않을 수없읍니다. 장여인 사건, 삼보 증권 사건에서 나타났듯이 언론을 완전 봉쇄한 권력층 부정 부패는 박정권 시대를 무색하게 만들고 있읍니다. 근로 대중의 사활이 걸려 있는 노조 활동은 원풍모 방노조의 파괴와함께 이미 종말을 고하고 말았읍니다.

민주주의, 복지사회, 정의 사회 구현, 민족대화합 이라는 구호는 모두 선진 조국 건설 이라는 구호에 밀려 나고 말았읍니다. 정부는 이미 정권 안보 밖에는 아무것도 눈에 보이지 않는 상태에 빠져 버렸읍니다. 그런 상태에서 취할수 있는걸 이란 탄압 밖에 없읍니다. 자유의 고살 만이 정권을 유지하는 길이 되면 정치-경제-사회의 불안은 불가피한 것이 됩니다. 그리되면 정부가 아무리 국가 안보를 내세워도 그것을 무너뜨리는 것은 바로 정부가신인 것입니다.

게다가 이 겨레는 강대국들의 냉전논리 에 말려들어 가고 있읍니다. 한반도는 언제 또다시 국제 전쟁의 불바다가 될지 모릅니다. 그것이 핵전쟁으로 까지 번지는 날, 이 겨레는 멸절 되고 맙니다. 불길 하게도 일본은 그 침략근성의 마각을 드러내고 말았읍니다. 한국은 지금 일본의 경제 예속에서 한걸음 나아가서 정치적 군사적 예속화의 늪에 들어가려고 하고 있읍니다.

분단된 한반도는 동북 아시아, 나아가서는 세계 평화 를 폭발시킬수도 있는 화약고 입니다. 따라서 분단국축으로 한반도에 평화를 정착시키는 일은 비단 한축축인의 관심사일 뿐 아니라 전세계의 관심사여야 함에도 불구하고 한반도를 둘러싼 국제 정세는 이와는 정반대의 방향으로 치닫고 있읍니다. 그런데 현정부는 이를 기화로 긴장을 고조하며 정권안보 에만 혈안이 되어 있읍니다. 조국이나 겨레의 운명 같은건 안중에도 없읍니다.

이러한 계속되는 충격으로 우리가 좌절감에 빠져 있을 때, 국민은 민주주의에 대한 신념을 준혀가고 있었고 키워가고 있었읍니다. 군사 정권이 정말 국방을 위하는 민주정권이 될수 없다는 것을 국민은 꿰뚫어 보고 있었읍니다. 5·17과 함께 이 땅에서 민주주의는 죽지 않았읍니다. 오히려 국민의 민주의식은 더 투철해졌고, 더 널리 확산되었고, 힘겹게 차렸읍니다.

멀어 울리는 국민의 이 민주 열망이 부산 미문화원 방화사건으로 나타났읍니다. 그것은 곧 민족의 자주권 주장 입니다. 그것은 결코 배타적인 것으로 평가 돼서는 안됩니다. 세계의 어느나라와 의 문제도 국제 관계에서 고립된 문제가 없다는 것을 우리는 너무나 잘 알고 있기 때문입니다.

〈긴급민주선언〉(1983. 5. 31). 김영삼 씨의 전두환 반대 단식투쟁에 동조하며 재야에서 발표한 것이다.

밑에 울리는 국민의 이 민주열망이 지금 가장 뜨겁고 강력하게 소용돌이 치는 고장은 바로 학원입니다. 학원의 자율화 나라의 민주화를 외치는 젊은 학도들의 아우성은 결코 강권으로 진압되어서는 안 됩니다. 민족의 이 젊은 활력이야말로 이 나라를 민주화 하고 민족을 통일 하여 한반도의 평화를 정착시키고 민족문화를 창조할 원동력이기 때문입니다.

밑에 울리는 국민의 이 민주열망이 급기야는 한 정치인 김영삼씨로 하여금 무기한 단식 투쟁에 돌입하게 했읍니다. 그가 경건하게 국민들 앞에 책임을 느껴 참회의 심정으로, 국민의 아픔에 동참하는 심정으로, 국민의 민주열망이 이루어 지기를 비는 심정으로, 목숨을 걸고 무기한 단식에 돌입 했다는 말을 듣는 국민치고 그 누가 감격하지 않으며, 그 누가 그에게 격려를 보내지 않겠읍니까.

이제 우리도 국민의 일원으로서 국민의 민주열망에 떠받들려 그와 함께 단식으로 국민의 뜻을 모으고자 합니다. 정부는 밑에 울리는 이 국민의 민주열망에 거스를 생각을 해서는 안 됩니다. 이 열망에 거스르다가 이승만 정권이 무너졌고 박정권이 부서지고 말았읍니다. 현정권은 아직도 생생한 저 역사의 교훈이 눈을 감고 외면해서는 안 됩니다. 그것은 민족과 국국을 배신하는 일이오, 자기자신을 배신하는 일이기 때문입니다.

이제 우리는 온 국민의 마음을 모아 무기한 단식에 들어 가면서 이 나라의 전면적인 민주화를 주장합니다. 민주화를 향한 우리의 전진은 한 걸음도 늦출 수 없읍니다. 이 민족이 사는 길은 하나도 민주화요, 둘도 민주화요, 셋도 민주화 입니다. 국민의 민주역량으로 나라를 통일 하고, 이땅에 평화를 정착시키는 일입니다. 이것만이 우리가 사는 길이기 때문에 이 이상 긴급한 일이 없읍니다.

부당한 정치활동 규제는 전면 해제되어야 합니다. 모든 민주시민은 복권되어야 하고, 모든 민주 학생은 복교되어야 합니다. 모든 양심범은 즉각 석방되어야 합니다. 모든 비민주적인 악법들은 철폐 개정되어야 합니다. 학원은 무조건 자율화 되어야 합니다. 농협과 노조는 민주화되어 농민과 근로자들을 위하는 것이 되어야 합니다. 언론은 부당한 검열과 통제에서 벗어나 자주독립성을 되찾아야 합니다. 국민의 뜻을 따라 국민과 함께 걷는, 국민이 존경하고 믿을 수 있는 대통령은 국민이 직접 선거할 수 있어야 합니다. 이렇게 하여 민주주의 조국의 새 시대를 여는 일 이상 긴급한 일이 없다고 믿어 우리는 단식으로 그 뜻을 만천하에 전하려고 합니다.

1983. 5. 31.

함석헌   홍남순   문 익 환
이문영   예춘호

현시국에 대한 우리의 견해

우리는 근년에 되풀이 되는 학원의 혼란을 우려와 체념을 가지고 지켜 보아왔다. 이제 새학기에 당하여 더 가중된 혼란이 벌어지고 있다. 이것을 그대로 방치 하는것은 교수의 많은바 임무를 저버리는일 이라고 생각하여 소신을 밝히 당국자와 국민 여러분에게 우리의 충심을 호소 하고자 한다.

1) 오늘의 학원 문제는 학원내의 자율적인 대결으로 해결 되어야 한다. 이를 위하여 당국자는 그 강압적 간여를 철회 하여야 한다.

2) 학생들이 국가와 사회의 문제에 대하여 생각을 표현 하는것은 당연한 권리이며 의무이다. 그러나 모든 비평화적 수단은 표현의 수단이 될 수 없다. 학생은 어디까지나 평화적 표현의 수단을 고수하기를 촉구 한다.

3) 교수와 지식인의 임무는 국가와 사회의 문제에 대하여 끊임없는 관심을 가지며 그에 대한 긍정적 견해를 표명 하는것을 포함한다. 자고 자기적 수동적 자세를 버리고 오늘의 문제에 대하여 적극적 관심을 표명하고 학생지도의 문제에 임하여 그 본연의 임무를 확인할 것을 촉구한다.

4) 오늘의 근본문제는 민주화에 있고 민주화의 핵심이 개헌에 걸어 있다는 것은 정당한 견해이다. 헌법의 개정을 촉구 하기위한 견해의 자유로운 발표, 토의, 청원은 국민의 당연한 권리이며 이를 제지 하는것은 국민의 기본권리를 봉서 하는 것이다.
당국은 개헌에 대한 국민의 요구가 자유롭게 표현될 수 있게 하여야 한다. 우리는 오늘날 개헌은 국민모두의 요구 라고 본다. 당국자와 정치인들은 조속한 시일내에 개헌의 합의에 도달하여야하며 어떤 이유로든지 국민 여망의 실현을 지연 시켜서는 안된다. 그렇게 함으로써만 민족 공동 체의 강구한 안정의 기틀을 만들어 낼 수 있을것이다.

1980년 3 월 28일

고 려대학교 서명교수 일동

서명교수 명단

金景根　金永洙　　基爹　住桓寧吾
金基牧　朴炳奎　李東卿　鄭文圮
金起永　裵鍾大　李菡雨　趙　珖
金承玉　白雲鵬　李文永　崔章集
金禹昌　尹溶　李相信　黄義玟
金日秀　尹暢晧　李宗范　許明會庚
金忠烈　柳漢晟　李昊宰　許文康

이상 28 명

〈현시국에 대한 우리의 견해〉(1986. 3. 28). 직선제 개헌을 요구한 고대 교수들의 성명서이다. 이 성명서 발표는 이후 여러 학교의 동참을 이끌어냈다.

서명교수 명단

학과	서명	학과	서명
통계학과	白雲鵬	政外科	李昊宰
철학과	金忠烈	法學科	森鎤大
영문과	金珮昌	法學科	
철해방과	金景秉	政治科	金口宏
정치과	崔章集	經濟學科	柳渡暴
국문과	丁奎福	史學科	李址宏
행정학과	李文永	獨文科	任桓宰
불문과	李東烈	″	金永玉
佛文科	許文燮	露文科	朴炯奎
經濟科	李崙雨	行政科	李宗杭
新聞科	李溶		
英學科	趙瑞		
日本科	金采洙		
통계학과	金基牧		
통계학과	金起永		
經濟	黃義珏		
통계학과	許明會		
行政學科	鄭文吉		
경제학과	甲炳열		

1986년 3월 28일 성명서에 서명한 교수 명단.

아./ 그래서 신문이 필요한   가   보다

고려대학교 교수   尹   瑢

1 9 8 6 년   7 월   2 6 일

윤용 교수의 시 〈아! 그래서 신문이 필요한가 보다〉 전문(1986. 7. 26). 고대 교수들의 시국선언문을 복사하여 신문
사를 찾았을 때 심경을 그린 시다.

이것은 필자가 최근에 5개 신문사 (한국 , 동아 , 조선 , 중앙 , 경향) 에
직접 찾아가서 편집국과 논설 위원실의 언론인 들에게 본인의 시국선언詩
" 빼앗긴 自主와 言語를 되찾읍시다 " 를 배부하면서 느낀 소감을 시로
옮긴 것입니다. 이것은 5개 신문사 중 어느 특정한 신문사를 주로
묘사한 것이나 상당 부분이 여타 신문사 에도 해당이 됩니다.

필자는 지난 7월 29일 오전 11시 50분 경에는 MBC-TV 를 방문하여
보도국에서 同詩를 배부 하였읍니다. 그때 MBC-TV 의 신모 부국장등
간부들이 현장에서 본인을 물리적으로 제지하고 시와 신분증을 압수하였고
본인은 이어서 전투경찰에 인계되어 경찰서에 강제로 끌려가 무려 5시간
이나 붙들려 심문을 당하는 수모를 당했읍니다.

이 시는 언어를 책임진 자들의 횡포로 언어가 배고픈자와 언어가
아픈자들의 편에서서 쓴 시입니다. 이 시대에 역사의 기록은 언론이
맡아 합니다. 언론의 기술과 기교만이 수백배 수천배의 속도로 빨라진
역사의 진행을 기록할 수 있기 때문 입니다.

그러나 어용 언론의 기록자들은 역사의 페이지를 찢고 , 자르고 같아
끼우면서 " 비역사 " 를 창조합니다. 이 거대한 역사의 물줄기의 주인인
언론이 주는 거짓 언어의 물에 목을 축이는 가련한 언어병자들의 병상에
이 한송이 꽃을 놓고 갑니다.

아 ./ 그래서 신문이 필요한 가 보다

(1986 년 7 월 2 3 일)

오랫만에 신문사를 방문했다
그토록 활기차던 입구는
형무소 입구만큼
한적하고 싸늘하다

수위가
어디 가느냐고
묻고 되묻는다

철렁 철렁
윤전기 돌아가는 소리
오늘도 어김없이
신문은
찍혀 나오는구나

거지는 무엇을 먹건
하루 세끼를 먹는다
구걸해 먹고
주는대로 먹고
쫓기면서 먹고도
끼니 시간만은
꼭 지키는게 거지다

주는대로
기사를 먹는 신문
찬밥 더운밥
거침없이 먹는신문
영락없는 제시간에
철렁 철렁 인쇄된다

시간 구걸
양심 구걸
배고픔 구걸로
배부른 신문

인쇄되는 신문소리
적막을 찍어내는
신문소리

"침묵이 금이다"를
항변하듯 위장된
철렁소리
윤전기 소리

편집국에 들어선다
싸늘한 에어콘 바람
침묵을 토해내는 에어콘 바람

그런데 .... 이상하다
왜이리 조용한가
　　　　한적한가

자동화된 로보트 공장처럼
정연한 분위기
숨소리 마저 삼켜버린 정적이
알라스카 냉기에 휘말려
얼어 붙은 건가

고요로 채찍질 당한
편집실의 알라스카 바람
여기가 바로 신문사 로구나

나는 몸을 움직이며
유인물을 나누어준다

로보트의 행열을 스치며
사열대 앞을 지나듯
책상과 책상을 누비며
유인물을 나누어준다

아는 사람이 악수를 청한다
아.◢ 따스한 피의 체온
인간과 인간임을 확인하는 요식행위

외국영화의 슬로모숀 같이
다가서는 몸도
내미는 손도
말하는 근육도
웃는 근육도
모두 모두
슬로모숀된
로보트 근육이다

삭제된 충격
써버린 정열
탕진된 기력으로 가동되는
육신의 움직임
슬로모숀 일 수 밖에 없다?

조심성과
수줄음과
태연합으로 다져진
기자의 몸매

그것은
로보트의 냄새다
쇠 냄새다
철사 냄새다

예전에는
큰 소리로 웃어댔다
떠들다 혼줄이 나도
큰 소리로 떠들었다

그래서
윤전기 소리를
잡아 먹기에 족했었다

예전에는
걸려오는 전화소리
걸려가는 전화소리
찾아온 이들의 말소리
높은 사람과 따지는 소리
낮은 사람을 달래는 소리
방구 소리
의자 소리
삐걱 소리

모두 모두 잠봉되어
윤전기 소리
소음 소리를
잡아 먹고도 족했었다

그러던
신문사 편집실이
왜 이리
조용해 졌나
왜 이리
혼이 빠져 있나

나는
유인물을
계속 나누어준다

내얼굴을
힐끔 쳐다보는 사람
"잘했다"고 끄덕이는 사람
포옹하려 드는사람
빙긋이 웃는사람
수치심 으로 움추린 사람
태연의 가면을 쓴사람

겉은
형형색색으로 보이지만

속은
모두 비슷한 사람들
매일 매일의 신문에
그렇게 쓰여있다

"언어절제"
이 한계선을
박차고 나설 사람은
거의 없다.

쇠몽둥이로
피가 낭자해
떼꿀 떼굴
층계 아래로 굴러 떨어져도
할말은 했던 옛기개는

쫓겨났기 때문에
이젠 없다

그러나
언론 교육자인 나는 무언가
과연 나는
"당신은 어용언론인 이요./"라고
추궁 할 수 있는가

나를 질책하는 소리가
에코되어
컷전을 때려온다

나는
계속 움직이면서
유인물을 배부한다

빈자리가 너무많다
어느 신문사 에서건
마찬가지 였다

왜 이리도 한가하지?
"생각" 하기위해
다방에 갔나보다
화장실에 갔나보다
취재하러 간 모양이다
촌지를 준다캐도 거절하고

도망친 말
가둬논 말
우라통 터지는 말
취재중인 모양이다

낮은 의자도 텅
높은 의자도 텅
복도도 텅
화장실도 텅
입구도 텅
머리도 텅
쓸개도 텅
생각 보다는
텅 텅빈 신문사

윤전기만
싸게싸게 돌아가는
신문사

수천 수만의
부속품들이
시키는 대로
기름 치는대로
종이 공급 하는대로
전기 공급 하는대로
때리는 대로
윤전기만 요란스리 돌아간다

윤전기 소리로
귀먹어리 된
빈민소리
천민소리
비명소리

윤전기 뱅글 돌며 쏟아지는
신음소리
통곡소리
비웃음 소리
바닥에 나 둥굴고

돈 소리
세도 소리
귀한 소리
높은 소리만 걸려내어
뱅글 뱅글 돌아간다

이것이
자동화된
신문편집 이로구나

편집실에서 나온다
깨끗한 출입구
먼지하나
티끌하나
가래침 하나 없이
빈틈없이 청소되어

말끔한 신문
매끈한 신문
뺀질뺀질한 신문
자동으로
뱅글뱅글 인쇄된다

꼿꼿하게 서서
일일히 안내하는
엘리베이터 걸

문이
쓰악- 위잉-
아래로 내 달린다
"일층에요"

아, 여기가 신문사 였구나

신문사 건물이
한눈에 드리울 만큼
멀리서
뒤 돌아본다

아,
서것이 신문사 였구나
때맞추어 기사먹고
　　　　기사싸고
시간맞춰 찍어대는
자동화 신문사 로구나

100원짜리 신문을 산다
○ ○ 일보 (신문)
5분만에 훑어보고도
시간이 남는
신문을 산다

화끈한 기사
시원한 기사
오늘도 없구나

잡담을
"진실"로 꾸민 손재주
헛소리를
"진담"으로 꾸민 말재주

안사고는 못배기는
싸구려 신문

집으로 가야지
지하철 역으로
발길을 옮긴다

지하철 안에서
신문을 산다
10분거리 우리집
신문을
두번 훑어보고도
남는 거리

아 ─
간단한 신문
그래서
신문이 필요한 가 보다

대합실 에서도
사람이 많아서
신문은 팔린다

5분이면 족한 신문
그래서
신문이 필요한 모양이다

화장실 에서
똥누는 시간은
10분이면 족하다

똥누기가 심심해
신문을 본다
그래서
신문이 필요한 가 보다

도배질 벽에 붙은
누더기 신문
도배지 뒤에 숨어버릴
싸구려 신문지
그래서
신문이 필요한 모양이다

뒷간에
왕파리가 윙윙
구데기가 메굴 메굴
똥이
철버덩 철버덩
엥 ―
밑을 썼는다
싸구려 신문지로
밑을 썼는다
아 ╱
그래서 신문지가 필요한 모양이다

이사가는 달동네집
신문지가 불티난다
장독 항아리 깨질라
신혼경대 찌그려 질라

이리 틀어 막고
저리 감싸고
신문지가 최고구나
아 ╱
그래서 달동네 에도
신문이
배달 되나보다

야구장
축구장
시장바닥

궁둥이에 뭣겨 죽은신문
발바닥에 뭉개 죽은신문
흙탕물속에 빠져죽은 신문

쓰레기 하치장에 버려진
신문의 시체더미
아 ╱
그래서
신문이 필요한 가 보다

개헌 문제에 관한 우리의 견해

우리는 4월 13일의 '중대 결단'으로 발표된, 개헌 노력 중단 결정을 듣고 커다란 충격을 받았다.

이 시점에 있어서 우리는 민주적 개헌이야말로 우리 민족의 가장 중요한 역사적 과제라고 믿는다. 우리가 민족사의 밝은 미래를 준비할 수 있느냐 어부의 중대 기로가 여기에 있다. 국민의 광범위한 지지에 기초한 정부의 확립은 누구도 거부할 수 있는 역사의 절대적 요청이다. 이에 우리는 침묵이 민족적 사명을 저버리는 것이라 생각하여 우리의 견해를 밝히는 바이다.

1. 정부가 발표한, 개헌 노력 중단의 이유는 국민을 납득시킬 수 있다고 우리는 생각한다. 일의 어려움을 이유로 민족의 역사적 대업을 포기하는 정부는 책임있는 정부라 할 수 없다.

2. 개헌 추진의 책임은 누구보다도 정부 운영을 맡은 사람들에게 있다. 정부는 우리 사회의 모든 계층 및 정치세력과 함께 개헌의 노력을 계속하여야 한다.

3. 어떤 경우에 있어서든 정부와 정치인은 국민과의 대화를 지속해야 하며, 개헌에 관한 국민의 논의를 봉쇄하려는 모든 시도는 중지되어야 한다.

4. 이번에 민주적 개헌이 이루어지지 못할 경우 앞으로의 우리 사회에서는 정치적 정통성의 취약함으로 인해 정부와 국민 모두가 참을 수 있는 고통을 받게 될 것이다.

5. 정부는 계속되어 온 강권과 집망의 궤도에서 벗어나 국민에게 희망을 주는 정치태도를 길어가 주기 바란다.

우리는 우리의 견해와 우려가 민족의 장래를 생각하는 국민 모두의 것이라고 확신하면서, 모든 관계 인사의 심사숙고를 촉구하며 국민 모두가 민족의 대의를 소신껏 밝힐 것을 호소한다.

1987년 4월   일

고려대학교 서명교수 일동

〈개헌 문제에 관한 우리의 견해〉. 1987년 전두환의 4·13 호헌 조치에 반대하여 고려대 교수들이 발표한 성명서이다.

서명교수 명단

薰	鍾	李用準漢
愛晟	之鎮	李柳
容福吉珖集	申漢	尹 奎 文
	鐸基萬文	丁 鄭
	雨信永昌	趙
	相薛戴	崔 章
		（가나다순）
		이상 30명

權 昌 殷牧永
金 基 起玉昌
金 承 禹日秀燦
金 日 丁烈
金 志 興澡主
金 興 朴炯奎

1987년 성명서에 서명한 교수들의 명단.

국민에게 드리는 글

〈국민에게 드리는 글〉. 1987년 대통령 선거에서 후보 단일화를 호소하는 교수들의 광고(동아일보, 1987. 12. 15).

갈릴리 교회 예배순서 (1978. 1. 29)

사회 : 이우정 선생

부름과 나옴 ·사회와 회중

사회자 : 오라, 와서 너희는 여호와께 노래하라.
회중자 : 우리는 구원의 반석을 향하여 즐거이 부르리이다.
사회자 : 나는 길이요 진리요 생명이니 나를 따르는 자는 영원한 생명을 얻으리라.
회중 : 주님의 말씀은 나의 발에 등이되며 나의 길에 빛이 되옵니다.
사회자 : 너희가 나를 따르려거든 자기를 버리고 각각 너희 십자가를 지고 나를 따르라.
회중 : 주님이여, 우리로 주님을 따를 수 있도록 믿음을 주시옵소서.
사회자 : 너희가 세상에서 시련을 당할 것이나 용기를 내라. 내가 세상을 이겼노라.
회중 : 주여, 연약한 저희들을 도우소서. 주와 함께 저희도 세상을 이기게 하옵소서.
사회자 : 이제 너희나 갈릴리로 가라. 거기서 너희는 주를 만나리라.
회중 : 주여, 지금 저희들이 여기 왔나이다. 저희들에게 나타나소서.

(일어서서)

찬   양 · · · · · · · · · · · · · · 제 212 장 · · · · · · · · · · · · ·다 같이

고   독 · · · · · · · · · ·제 2번 (시 2편) · · · · · · · · ·사회와 회중

주기도송 · · · · · · · · · · · · · · 제 590 장 · · · · · · · · · · · ·다 같이

(앉아서)

기   도 · · · · · · · 오늘의 현실을·생각 하면서 · · · · · · · ·

명 상 송 · · · · · · · · · · · · · 제 191 장 · · · · · · · · · · · ·다 같이

말씀과 증언 · · · · · ·본문 : 마가복음 2:1 — 12 · · · · · ·서남동 목사

기   도 ·증 언 자

응답과 봉헌 · · · · · ·찬송 406장을 합창하면서 · · · · · · · · ·다 같이

봉헌기도 ·사 회 자

(일어서서)

찬   양 · · ·손과 손을 이어잡고 승리와 자유를 노래합시다 · · · 다 같이

축   도 ·서남동 목사

사귐의 시간

1978년 1월 29일 갈릴리교회 예배에 쓰인 예배 순서지.

고난 받는 자들을 위한
갈릴리 교회 주보 59 (1984. 3. 25)

명상:

하느님, 이 눈을 후벼 뼈 보시라구요
난 발바닥으로 볼 겁니다
이 고막을 뚫어 보시라구요
난 발바닥으로 들을 겁니다
이 코를 틀어 막아 보시라구요
난 발바닥으로 숨을 쉴 겁니다
이 입을 봉해 보시라구요
난 발바닥으로 소리칠 겁니다
칼 창에 이 목을 날려 보시라구요
난 발바닥으로 당신을 생각할 겁니다
도끼로 이 손목을 찍어 보시라구요
난 발바닥으로 풀물을 움켜쥘 겁니다
창을 들어 이 심장을 쩔러 보시라구요
난 발바닥으로 뛰를 콸콸 쏟으렵니다
장작 더미에 올려놓고 발바닥채 불질러
전장, 난 발바닥 자죽만 남겨 놓아
걸어갈 풀뜯기들하리 사랑을 속삭일

(몸 읽힌 「난 발바닥으로」 중에서)

찬송   265 장

기도

말씀   마태 23 : 1 ~ 12

증언   「높은 사람 낮은 사람」
                    이 우정 장로

고난의 현장 읽고
고난 받는 이들을 위한 기도
헌금
감사 기도
오늘의 노래 「노동자의 노래」
주 기도
사찰

노동자가 얼마나 노동을 더해야 아 살수있나
우리 모두 지금까지 외 땀 흘려 왔느려 아 슬픈 현실
지금 까지 빼앗겼었는데 계속해서 착취 당하면
노동자는 기계인가요 느낀것이 너무 많아요
※ 설움에 지쳤던 눈빛에 보여요
                내일의 찬란한 빛이 ※

노동자가 얼마나 투쟁을 더해야 아 살수있나
우리 모두 목숨걸고 싸워 왔느려 아 슬픈 현실
지금까지 쌔여 왔느려 지금 까지 짓밟혔느려
노동자는 몸뚱인가요 희칠것이 너무 많아요
※ 불보기 불라는 눈빛에 보여요
                내일의 찬란한 빛이 ※

주보 소식

주반 목요일   출석   16 명
     "   헌금   12,900 원

1. 김승임(김종삼 누나) 돌아왔다. 아직
   연락 되지 않음. 1. 김 골래 (인정련
   위장) 고용 당했음. 1. 윗줄 박 숙애
   다시 해요 (블랙리스트 격화).

알리는 말씀

1. 문익환목사님과 유원호집사님이 어제 안동교도소와 대전 교도소에서 각각 출소하셨습니다. 오늘 우리와 함께 예배 드리심을 하나님께 감사드리며, 두분의 고난이 통일로 결실할 수 있도록 함께 노력합시다.
2. 공동식사 : 이번주에는 청년부에서 봉사합니다.
3. 제직월례회 : 공동식사후 모입니다.
4. 건축위원회 : 제직월례회후 교육관에서 모입니다.
5. 다음주일 예고
   • 청년주일 : 다음주일은 청년주일 예배로 드립니다.
     (청년주일헌금)
   • 사마리아사업 : 중·고등부 주관으로 불우이웃을 돕기위한 차관매가 있습니다. 많은 관심 바랍니다.
6. 폐식용유모으기 : 에스더회에서 3월중에 무공해 비누만들기를 위해 폐식용유를 모으고 있습니다. 많이 참여해 주십시오
7. 새성경배부 : 성서통독을 신청하신 분들에게 새성경을 배부하고 있습니다. 백광건준목에게 문의 바랍니다.
8. 사랑의빵운동 : 세계도처의 기아들을 위해 작은 돈을 모으는 사랑빵 저금통을 권사회에서 교우 각 가정에 1개씩 드립니다.
9. 생일축하 : 3월에 생일맞으신 교우들께 축하드립니다.
   홍정선 (1) 이규천 안창도 송창동 문의근 (3) 임송남 (6)
   차성례 (11) 백정순 (12) 권인호 (18) 박순더 (19)
   송창동 (25) 김민법 정대식 (30)

※ 우리의 감사
   십 일 조 : 홍은현 이윤경 세갈저
   감   사 : 김룡내 이윤경·이학천 이미혜 무명 1 〈법사〉
            이안나〈졸업과 새직장 주심〉
            정경희〈하나님 은혜〉
            서정관〈지해 중학교 입학〉
            한선희〈형경 중학교 입학〉

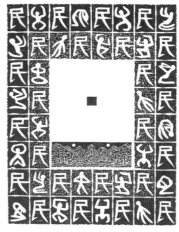

1993. 3. 7.
제 28 권 10 호

한빛

한국기독교
장로회 한 빛 교 회

⑴⑶② - ⑴⑴⑨ 서울 도봉구 미아 9동 136—118
교회 989-8069 목사관 968-0592 준복관 982-2856

생전에 문익환 목사가 이끌었던 한빛교회의 주보(1993. 3. 7).

한국 기독자 교수 협의회 헌장

제1조   본 회는 한국 기독자 교수 협의회(Christian Faculty
         Association in Korea)라 칭한다.
제2조   본 회는 기독자 교수들이 신앙과 학문을 돈독히 하고 친교를 다지며
         학내외의 선교와 사회발전에 이바지하는 데 그 목적이 있다.
제3조   본 회의 사무실은 서울에 둔다.
제4조   본 회는 그 목적 달성을 위해 다음과 같은 사업을 한다.
         1. 전국적 혹은 지역적인 연구협의회, 강연회, 토론회
         2. 전국적 혹은 지역적인 예배, 신앙수련회 및 친목행사
         3. 기관지 및 책자의 발간
         4. 그 밖의 필요한 사업과 행사
제5조   본 회는 그 목적에 찬동하는 전·현직 기독자 교수들로써 본 회에
         가입한 자를 정회원으로 한다.
         본 회는 대학의 운영과 교육에 참여하는 자들과 학원선교나 대학
         생 기독교 운동에 종사하는 실무자들을 준회원으로 받아들일 수
         있다.
제6조   본 회는 한국 기독학생회총연맹(KSCF)을 비롯한 제반 학생 기독교
         운동과 유기적인 협력관계를 가진다.
제7조   본 회는 다음과 같은 임원을 총회에서 선출하며 그 임기는 2년으로
         한다.
         1) 회장 1 인
         2) 부회장 2 인
         3) 총무 1 인
         4) 감사 2 인
제8조   본 회는 운영과 사업을 위해 임원과 5인 이내의 운영위원 그리고
         지역협의회의 회장들로 운영위원회를 구성하며 회장은 그 운영위
         원회 의장이 된다.(운영위원의 임기는 2년으로 하되, 지역협의회
         회장의 임기는 그 총회 임기에 준한다)

〈한국기독자교수협의회 헌장〉)

제9조   본 회는 증경회장과 총회에서 추대되는 인사들로 지도위원회를 구
       성하며, 본 회의 운영과 중요한 사항에 대하여 지도와 자문을 받
       는다.
       본 회는 특별한 사업과 업무를 위하여 특별위원회와 연구위원회를
       구성할   수 있다.
제10조 본회는 지역별 활동과 사업을 강화하기 위해 지역협의회를 구성하
       며 지역협의회는 총회의 인준을 받아 자율적으로 운영된다.
제11조 본 회의 재정은 회원의 회비와 찬조금, 기부금 등으로 충당한다.
제12조 본 회칙의 변경은 총회의 정족수 2/3 이상의 의결로 한다.

남북 대화에관한 교사위원회 대표들과

중앙정보부 대표와의 간담회

일 시　1979년 3월 2일 12시 30분 — 14시 30분

장소　신라호텔 23층

참석자 : NCC측 .

　　　　김관석, 강문규, 이문영, 이재정, 한완상, 교사위간사

　　　　정보부측

　　　　전재덕차장, 강희채 제2국장, 정홍진 해외국장, 기록자

회의는 정보부측 전재덕 차장의 인사말로 시작되었다.

요　　지

한국의 정치적 상황은 다음 4가지 요소에 의해특징지워지고 있다.

1) 남북 분단과　2)경제발전의 과제를 안고 있으며,　3)민주적 전통이 일천하며

4) 지정학적 특수성을 지니고 있다.

이러한 특수성에 의해 한국은 항시 준 전시상태하에 있으며 이 때문에 1)참여의 과임에서

오는 혼란이 항시 우려되고 있으며, 2)도덕적 기준과 정치적기준이 상이할 수밖에 없다.

남북대화를 정권적 차원에서 한다는 논의도 있는 것으로 알고 있으나 이는 전혀 민족적

차원에서 전개되고 있으며, 각기 정치권력을 대표하는 당국간에 이루어져야 하고 이런 의

미에서 창구의 다원화는 불가능하다.

(전재덕 차장의 인사말이 끝나고 회의를 어떻게 진행할 것인가에 관해가벼운 말을 주고받던중

전재덕 차장이 정홍진 국장에게 잘 설명을 해 주라고 하면서 탁구(단일팀 구성문제)는 어떻

게 되어 가느냐고 묻자)

정홍진 : 얘기 서너번 하겠죠

한완상 : 본제에 들어가기 전에 한마디 하겠다. 나를 밤법대원을 시켜서 지키개하고 연금해

〈남북대화에 관한 교사위원회 대표들과 중앙정보부 대표와의 간담회〉(1979. 3. 2, 신라호텔) 일부. 한국교회협의회의 '교회와 사회 위원회' 통일에 관한 기초 위원들과 중앙정보부 관계자들이 남북대화 문제에 관해 벌인 간담회를 손학규가 정리한 자료이다.

역외열람불허한 ⅔

이 문서는 교사위원회 설명서 기초위원과 중앙정보부 관계관들과의
남북대화 문제에 관한 간담회의 내용을 요점만 정리한 것입니다.
이것을 정리한 목적은 토의내용을 보다 구체적으로 정리하여 설명서
를 기초하는데 필요한 기초자료를 제공하는데 있읍니다.
이 초안을 위원님들 께 배포하는것은 기록이 미비한점을 보충해서
보다 정확하고 객관적인 자료를 준비하고저하는 목적입니다.
간담회의 성격과 보고서의 내용상 대외비로 취급하고저 하오니 유의
하여 주시기 바라오며 미비된 점, 누락된 부분, 잘못된 부분을 첨가
수정하여 주시면 다시 보다 완전한 자료로 작성해 드리겠읍니다.

역외열람불허한

제 93 호 　　　　　　　　　　　　　1984. 4. 19.

연 행

○ 청계피복 노동조합사무장 김영대, 조직부장 박계연, 쟁의부장 가정우씨가 4월 12일 을지상가 일대에 '조합원에게 드리는 글'을 배포한 혐의로 중부경찰서에 연행된후 노동부 중부지방 사무소에 강제 이송되어 조사를 받고 4월 14일 석방되었읍니다.

4월 13일에는 청계노조 조합원 김성민, 이재한씨가 전투경찰들에 의해 성동서로 강제연행되었읍니다. 이들은 건물관리인이 청계노조 사무실의 집기를 들어 내고 사무실을 봉쇄하려하자 이를 저지하였었는데, 경찰은 이 두 사람을 '폭력행위등에관한 법률위반'으로 불구속 입건했읍니다.

○ 서울지구 기독청년협의회와 서울대교구 가톨릭대학생연합회 공동주최로 '민족의 화해와 일치를 위한 신구교청년연합 십파기도회'가 4월 13일 약수동 소재 성재교회에서 500여명의 청년학생이 참석한 가운데 있었읍니다. 모임이 끝난후 참석했던 청년들은 통일에 대한 기독청년들의 염원을 알리고자 '조국과 민족의 통일에 관한 기독청년 선언'이라는 기독 청년협의회의 주식성명서를 시민들에게 배포하다 32명이 성동경찰서로 연행되어 조사를 받은 후 4월 14일 석방되었읍니다.

○ 한국기독교 장로회 제주노회·제주노회 고사위원회·제주노회 농어촌 개발원은 코오롱상사사건으로 토지를 빼앗긴 제주도 농민들 피해에 대한 진정서를 작성하여 관계에 진정하였는데, 이 진정서를 서울로 가져오려던 제주 농어촌 개발원 간사 강은숙씨가 4월 13일 제주공항에서 공항검사관에게 연행되어 제주경찰서에서 조사를 받고 진정서 100부를 빼앗긴 후 밤9시경에야

- 1 -

한국기독교교회협의회 인권위원회에서 발행했던 〈인권소식〉 93호(1984. 4. 19)의 첫 면.

"민주주의와 민족통일을 위한 국민연합"

규 약

제1조 (명칭) 본 회는 민주주의와 민족 통일을 위한 국민연합 (약칭 : 국민연합) 이라 칭한다.

제2조 (목적) 본 회는 3·1정신을 계승한 1979년 3월 1일의 국민선언의 정신에 따라 이 땅에 민주주의를 평화적으로 재건 확립하고, 나아가 민족 통일의 역사적 대업을 민주적으로 이룩하기 위한 자발적이며 초당적인 전체 국민의 조직이다.

제3조 (타 단체와의 관계) 본 회는 민주회복국민회의와 민주주의 국민연합을 계승 발전 시킨 것이다.

제4조 (조직) (1) 본 회는 최고 의결기관및 집행기관으로 의장단을 둔다

　　　　　　　(2) 본 회가 발족 당시의 의장단은 윤 보선, 함 석헌, 김 대중 3인이다.

　　　　　　　(3) 회원은 본 회 목적에 찬성하여 입회원을 제출한 사람 가운데 의장단이 선정한 사람으로 한다.

　　　　　　　(4) 본 회는 의장단의 결의에 따라 그 하부조직을 둘 수 있고, 그에 따른 임원을 둘 수 있다.

제5조 (운영) 의장단에게 임시로 운영에 관한 전권을 위임한다.

제_조 (세칙제정) 조직과 운영에 관한 세칙을 의장단이 제정할 수 있다.

　　　　　　　　　　　　　　　　　　1979년 3월 1일

'민주주의와 민족통일을 위한 국민연합'의 규약(1979. 3. 1).

민주주의와 민족통일을 위한 국민연합 규약

1979년 3월 1일 제정한 민주주의와 민족통일을 위한 국민연합
규약 제4조 (4) 및 제6조에 근거하여 다음과 같이 개정한다

제 1 조 (명　칭)　본회는 민주주의와 민족통일을 위한 국민연합
(약칭 : 국민연합)이라 부른다

제 2 조 (목　적)　본회는 3.1정신을 계승한 1979년 3월 1일의
국민선언의 정신을 따라 이 땅에 민주주의를
평화적으로 재건 확립하고 나아가 민족통일
의 역사적 대업을 민주적으로 이룩하기 위한
자발적이며 초당적인 전체 국민의 조직이다

제 3 조 (회　원)　본회 회원은 본회의 취지에 적극 찬동하는
사람으로서 회원 2명 이상의 추천 및 소정
의 절차를 거쳐야 한다

제 4 조 (사무소)　사무소는 서울특별시 안에 둔다

제 5 조 (조　직)　본회의 조직은 다음과 같이 편성한다

1. 의장단 : 의장단은 본회를 대표하며 총회
에서 선출한다

2. 의결기관

가. 총　회 : 총회는 본회의 최고 의결
기관으로서 대의원으로 구
성하되 연1회 정기총회 및
임시총회를 연다

나. 중앙위원회 : 중앙위원회는 민주회복
투쟁에 공헌한 50명 이내의

'민주주의와 민족통일을 위한 국민연합'의 개정 규약.

위원으로 구성하되 총회에서
이를 선출하고 용회토부터 위
임된 사항을 의결하며 중앙상
임위원 및 위원장단을 선출한
다. 단 중앙위원회는 의장단
이 이를 주관한다
다. 중앙상임위원회 : 중앙상임위원회는
위원장단과 중앙위원회에서
선출한 약간명의 위원으로 구
성하고 중앙위원회에서 위임
된 사항과 그밖의 회무를 의
결한다

3. 집행기관

본회는 집행기구로서 필요한 국을 두고 중
앙상임위원장단이 이를 관장한다

4. 지부위원회 : 본회는 국내외의 해당지역
에 지부 위원회를 둘 수 있다

제 6 조 (세칙 제정) 본 규약이외의 사항은 본회의 사무요강 및 조
직요강과 관례에 의하여 처리한다

집 행 위 원 선 출 통 지 서

_____ 이   돈   명   앞

　　　　저희들 의장단의 결의에 의하여 귀동지를 본 국민연합의 집행위원
으로 선출하였읍니다. 다망하신 가운데도 나라의 민주주의와
민족의 통일을 위하시는 뜻에서 이선출을 수락하시고 적극 협력해 주시기
바랍니다.

　　　　　　　　　　　　　　　1980 년   1 월   19 일

　　　　　　　　　　　　　민주주의와 민족통일을 위한 국민연합
　　　　　　　　　　　　　(략칭…국민연합)
　　　　　　　　　　　　　의　　장　尹 潽 善
　　　　　　　　　　　　　의　　장　咸 錫 憲
　　　　　　　　　　　　　의　　장　金 大 中

'민주주의와 민족통일을 위한 국민연합' 의 집행위원 선출 통지서(1980. 1. 19).

앞: 서울특별시 성북구 안암동 5가 1번지 고려대학교
차락훈 총장서리 귀하

이틀전 (1975년 5월 22일) 남흥우 법과대학장으로 부터 (1) 「5월 ?
일에 문교부로 부터 차락훈 총장서리에게 본인을 교수직
에서 해직시키라는 지시가 전달되었다」는 말씀과
(2) 이에 따라 사표를 내라는 종용을 받았읍니다. 이를
건 학장에 대한 본인의 대답은 생각할 여유를 좀
달라는 것이었읍니다.

이상이 사실이라면 본인이 사표를 내려 하며
이를 작성하는 데 필요하므로 (1) 문교부에서 지시사본과
(2) 사표를 쓸 사유를 내용증명서식으로 이 서신을 받으신
후 3일 이내에 송부해 해당 주사기를 바랍니다. 만일에
답면을 보내주실 이 행자적인 3일 기간 이내에 방송된
귀하의 회신을 본인이 받지 아니하면 본인은 귀하께서
애당초에 사표종용의 지시를 안 가지셨거나 이러한
지시를 포기하신 것으로 간주하겠읍니다.

이와같은 문의는 관건로 본인은 물론 대학재도의 정상
화를 위하여 신중한 절차를 따라서 진행함이 유익
하다는 견지에서 이를 요령함을 아울러 간주드립니다.

1975년 5월 24일
보내는이: 서울특별시 도봉구 상문동 75-17호
고려대학교 교수 이문영

차락훈 고대 총장서리에게 고대 교수직 해직과 관련하여 내가 보낸 편지(1975. 5. 24).

앞: 서울특별시 중구 무교동 12번지
이만신 목사님 귀하

별지 사본에서 보듯 저는 고려대학교 총장서리
차락훈 씨로 부터 사도 제출의 종용을 받고 있읍
니다. 사본에서 보는 저의 편지는 저의 신명령리
를 위하여 시간을 벌기 위한 것이며 저의 본뜻
은 사표를 낼수 없다는 것입니다. 이와같이 제가
~~총장에게~~ 총장 서리의 말을 안 듣는 경우 전번
1973년에 ~~총장의~~ 경우와 같이 또 다시 중앙정보부
에 ~~그리가~~ 거기에서 사표를 쓰게 될것이 예상
됩니다.

저의 두려움은 강압하에서라고 양심을 못
지키는 일입니다. 제가 중정에 끌려가서 다시
신앙과 지조를 버리고 사표를 쓰게 될까봐 걱정
입니다. 저는 이 일이 승리하도록 본 힘을 다하
겠읍니다. 제가 강하고 담대하가를 위하여 기도해
주시기를 바랍니다. 이와같은 우리의 기도와
저의 노력에도 불구하고 만일에 제가 저의
신앙을 못 지키는 결과를 만들어 사표를 쓰고 나오는
경우 이는 전력으로 강박에 의한 것임을 알려주
시기를 바랍니다. 그리고 이 경우에 죄송하오나
이 목사님께서 제글의 사본을 떠서 곧 NCC

내가 다니던 교회의 이만신 목사에게 내가 보낸 편지(1975. 5. 26). 차락훈 고대 총장서리에게 사표를 종용받았는데 이는 강제에 의한 것임을 알리는 내용이다.

인권위원장 이해영 목사님(기독교 빌딩 610
호실) 에게 알려 주시기를 바랍니다. 물론 이
신앙 간증은 제가 이해영 목사님 앞으로 직금
보낼수도 있겠읍니다마는 그것은 아니라고 생각
을 합니다, 저의 보잘것 없는 신앙의 파수꾼은 제가
속한 교회의 목사 님이십니다.

이런 일이 아내 만 득회지를 모르는 일이며
또한 만 득회가들 따르는 것이 저의 약한 마음
입니다. 그러나 등불에 기름을 준비하라시는 주님의
말씀이 기억납니다. 이 글의 내용은 이해영
목사님에게 전달되기 전에 (1) 우리의 하나님과
(2) 목사님과 (3) 제 (4)
저 만의 비밀로 하기로 합니다. 따라서 목사님께서는
이 일을 하나님 외의 아무 분 하고도
의논 하시지 마시기를 바랍니다. 우리에게 모
든 일을 하나님하고만 더욱 의논 할 수 있
는 힘을 주시 기를 기도하면서.

1975년 5월 26일

받는이: 서울특별시 도봉구 쌍문동 25-17
중앙교회 장로 이문영

이 우편물은 서기 75년 5월 26 독립 우편으로 발송 하였음
광화문 우체국

744

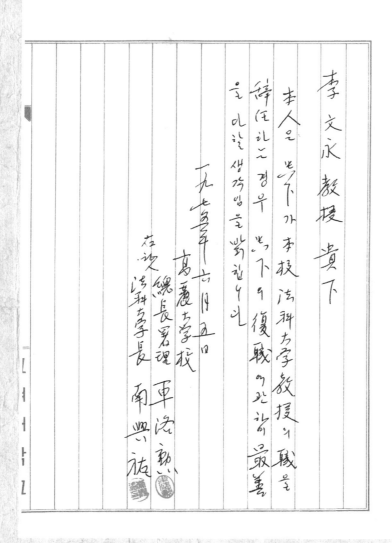

李文永教授 貴下

本人은 貴下가 本校 法科大學 敎授의 職을
辭任하는 경우 貴下의 復職에 가能한 最善
을 다하겠음을 約束합니다

一九七五年 六月 五日

高麗大學校

總長署理 車洛勳

法學士學長 南興祐

차락훈 고대 총장서리가 내게 써준 각서(1975. 6. 5). 나의 복직에 최선을 다하겠다는 내용이다.

캠퍼스 떠난 敎授들

그동안 어디서 무엇을…

專攻살려 著述활동…최고 14권
雜誌편집서 敎會객원說敎까지

"政治·宗敎·言論人과「마음의 對話」큰 소득"

安炳茂氏　　文東煥氏

李文永氏　　金東吉氏

成來運氏　　李愚貞氏

宋基淑氏　　盧明植氏

金潤洙氏

〈林炳瓚기자〉

〈캠퍼스 떠난 교수들 그동안 어디서 무엇을…〉, 《동아일보》(1979. 12. 11).

<u>김옥길 문교부장관께</u>

어려운 시기에 문교행정의 책임을 맡아 수고가 많으실 줄 압니다.

지난 1월 11일 저희 해직교수협의회 대표 3인(문동환,이문영,김찬국)이 귀하와 면담하는 자리에서 말씀드렸듯이 " 최규하 대통령께 드리는 건의문 " 을 4부 작성하여 1월 14일 오전 9시께 수교해드렸는바, 장관께서는 약속하신대로 대통령께는 물론 국무총리와 법무부 장관께도 사본 1부씩을 전달하셨으리라 믿습니다. 그후로 제적학생들의 복교 등 우리들의 건의사항 일부가 실현되고 있음은 반가운 일입니다만, 우리들의 기대에 어긋나는 사태 진전도 없지 않은 듯합니다.

또한 아직껏 우리의 건의문에 대한 아무런 회신을 받지 못한 것을 유감스럽게 생각합니다. 따라서 본회로서는 이 문제와 관련하여 본회의 입장을 또 다시 밝히면서 문교당국 및 해당학교당국의 조속한 처리를 촉구하는 바입니다.

해직교수의 복직문제에 관해 지난번의 면담과 건의문에서 밝힌 본회의 기본입장은 첫째 제적학생의 복교와 학원의 민주화가 전제되어야 하고, 둘째 본회 회원뿐만 아니라 부당하게 해직됐던 교수들이 모두 동시에 복직되어야 하며, 세째 신규채용이 아닌 명실상부한 복직이어야 하고, 네째 다른분야의 피해자들도 복권,복직될 것을 희망한다는 것이었습니다. 그런데 해직교수의 복직문제만 두고 보더라도 본회 회원 27명중 20일 현재 한신대의 문동환, 안병무 교수, 고려대 이문영 교수, 연세대 김동길, 김찬국, 서남동, 이계준 교수, 서울대 한완상, 이재현, 백낙청 교수, 전남대 송기숙, 명노근, 이홍길, 안진오, 배영남 교수, 이화여대 김윤수 교수, 덕성여대 염무웅 교수 등 17명이 복직 통고를 받았으나, 학교측의 사정을 들어 완전한 복직에 못 미치는 형태도 흐지부지 되고 있는 경우가 대부분입니다. 더구나 연세대의 성내운 교수, 송정석 교수, 한양대 이영희, 정창열 교수, 조선대 문병란, 임영헌 교수, 서울여대 이우정 교수, 부산교대 우항숙 교수, 전북대 남정길 교수, 경기공전대 김병걸 교수 등 10명에 대해서는 아직껏 아무런 통고조차 없는 상태입니다.

이중에는 형사문제로 기소 또는 정권중인 경우도 있습니다만, 긴급조치 건에도 아직 복권이 안된 채 이미 복직 발령을 받은 한신대 두 교수이 선례도 있고 반공법 위반으로 집행유예 기간중에 있는 서울대 백 교수에게 학교측이 복직수속을 밟도록 통고해온 사례도 있는만큼 몇몇 사람만이 예외로 남아야 할 이유는 없을 것입니다. 조단간 있으리라고 하는 복권조치에 기대를 걸면서 우선 해당학교측에서 복직절차를 시작하는 성의를 보일 것을 촉구합니다.

또한 정치적으로 강요된 사임 또는 재임명 탈락을 아직도 학교측에서 인정하지 않고 있는 경우에도 조속한 시정을 요구합니다. 그리고 비록 학교마다 사정이 다르다고하나

해직교수협의회에서 당시 문화부 장관이던 김옥길 씨에게 보낸 편지(1980. 2. 20).

복직의 절차와 형태도 대학의 둠우에 어긋나지 않는 떳떳한 것이 되어야 하겠다고
다시금 강조하고자 합니다.

장관께서 처음부터 시정방침으로 밝히신 "자율화"의 원칙손 바도 우리가 적극
주장해온 바와 일치합니다. 그러나 이미 타율적으로 만들어진 학원의 온갖 문제들을
각 대학의 "자율적"인 결정에 맡긴다는 구실아래 미해결도 남겨둔다면 이는 자율화
가 아니라 타율성의 연장이 됩니다. "자율"을 빌미도 자신에게 달갑지 않은 인사의
복귀를 지연시키는 학교 당국자는 물론 전 국민과 대학인의 규탄을 받아야겠습니다만,
해직교수의 전원 복직은 마땅히 정부가 책임져야 할 일이라고 믿습니다.
그리고 장관께서 그나마 각별한 관심을 보여주신 저희 해직교수협의회 회원들의 문제
해결이 이처럼 미흡하다고 할때, 저희들과 미처 연락이 안된 다른 많은 분들의 억울
함이 어떨것인지 헤아려 주시기 바랍니다.

지난번의 면담과 건의문에서 우리는 또 해직언론인, 해직 또는 정권된 법조인,
쫓겨난 노동자들의 문제도 제기한 바 있습니다. 이것이 문교장관의 직접 소관사항이
아닌 것은 잘 압니다만, 이러한 피해자들의 복권, 복직이 함께 되지않는 고소복직은
큰 의미가 없게 된다고 봅니다. 더구나 면담대표들이 양성우 전 광주중앙여고 교사와
박만철 전 강진중앙국교 교사의 예를 들어 특별히 제기했던 해직교사의 문제는 오히려
해직교수의 문제에 앞서 문교부가 해결해야 할 문제도 압니다.

이런 모든 문제들이 하루빨리 풀러서 나라의 민주학과 참된 민주교육의 실현이 앞
당겨지기를 바라는 마음에서 이 편지를 드리오니 문교행정의 책임자이자 국무위원으
로서, 그리고 민주교육을 부르짖어 오신 동토다,학인으로서 유감없는 조치를 취해주시
기 바랍니다.

1980년 2월 20일

해 직 교 수 협 의 회

서울 도봉구 방학동산 6 - 1
(회장대리 문동환)

추 신 : 이 편지의 사본을 해당 총학장과 기타 관계요도에 발송하오니 양해하시기
바랍니다.

748

성 명 서
— 다시 대학에 돌아가면서

유신독재와 5.17의 정치적 희생자들이었던 우리들 해직교수들은 이제 대부분 다시 대학으로 돌아간다. 4년에서 10여 년 동안 부당한 탄압을 받아오던 우리들이 늦게나마 권리를 회복하게 된 것을 다행으로 생각한다. 우리들은 이 나라의 지식인으로서 지식인이 이 시대에 짊어지고 있는 사명을 한번도 잊어본 적이 없다. 우리는 과거에도 지식인의 시대적 사명에 충실하려고 노력을 했고, 바로 그것이 해직의 사유가 되어 대학에서 수방당하거나 투옥당하는 등 갖은 탄압을 받아왔으나, 우리는 앞으로도 각자가 처한 위치에서 그 사명에 더욱 충실할 것이다.

지식인이란 자기가 지니고 있는 전문 지식을 민족과 사회의 발전을 위해 유용하게 활용하는 것을 그 기본적인 사명으로 한다. 그러나, 민족과 사회가 위기에 처했을 때 그는 자신이 지니고 있는 지식을 바탕으로 그 위기의 극복을 위해서 현실을 냉정하게 비판하고 과감하게 행동함에야 한다. 이것은 사회의 정신적, 지적 지도자로서 지식인이 짊어지고 있는 도덕적 사명이다. 지난날 우리들의 해직 기간은, 어느 의미에서는, 지식인으로서, 대학교수로서 우리들의 입장을 객관화하고 그 사명을 확인한 기간이었다고 할 수도 있다. 정치가 도덕성을 상실하고 사회가 혼란에 빠졌을 때, 더구나, 오늘날과 같이 정치가 제도적으로 국민의 의식을 마비시켜 우민화하려고 할 때 지식인의 사명은 한층 무거워진다.

우리는 일단 대학에 복귀하게 되었으나 오늘날 우리 나라가 처해있는 형편을 볼 때 그지없이 착잡한 심정이다. 정치·경제·사회·문화·교육 등 각 분야의 현실은 어느 때보다 심각한 먹구름에 덮혀 있다. 폭력과 부패가 만연되어 있는 국내의 비민주적인 정치현실과 자주성을 잃은 외교정책을 우리는 우려한다. 정부가 발표하는 화려한 경제 수치에도 불구하고 경제 현실은 국제협력이란 미명 아래 가속적으로 종속화되고 있다. 수출 주도형의 경제정책 밑에 8백만 노동자의 60%가 10만원 미만의 처임금에 허덕이고 있는 노동 현실과 빚더미에 눌려 파탄지경에 있는 농촌현실을 우리는 크게 우려한다. 노동자·농민의 찌푸린 눈살에도 아랑곳없이 가진 자들이 철치는 목불인견의 소비풍조를 우리는 우려한다. 그리고 극단적인 개인 경쟁의 선발마당으로 화하여 인간정신을 극도로 황폐화시키고 있는 교육현실과 특히 비민주적인 대학교육 현실을 우리는 우려한다.

대학에 들어가는 우리들은 새삼스럽게 뒤돌아보이는 사람들이 많다. 광주사태의 수많은 희생자들이며, 최소한의 삶의 권리를 찾아 투쟁하다 해고 당한 노동자들, 그리고 자유언론의 확립을 위해 투쟁하다 해직된 기자들, 우리는 이들에 대한 정부의 태도를 계속 날카롭게 바라보고 있을 것이며, 어느 때 어떤 방법으로든 이들의 투쟁을 지지할 것이다.

우리는 그동안 우리들의 복직을 위해서 같이 투쟁하고 성원해 준 천주교 정의평화 구현 사제단과 각 교구청, 한국기독교교회협의회(N.C.C.), 민주화청년연합에 감사와 경의를 표하고, 특히 해직교수 아카데미 운영에 적극적으로 알장서 준 교회단체들에 대해서는 동지적 우의를 잊지 않을 것이다.

우리의 복직은 위에 열거한 단체들 외에도 수많은 인권단체와 동지적 성원을 보내준 재직교수 및 학생들을 포함한 여러분들의 성원에 의한 것이다. 우리는 이 사실을 항상 마음에 새기고 이 나라의 민주화와 인권신장을 위해서 끊임없이 노력할 것을 다짐하는 바이다.

1984. 9. 22.

해직교수 협의회

김만길 (고려대)	김동길 (연세대)	김동원 (전남대)	김병걸 (경기공전)
김용준 (고려대)	김상수 (영남대)	김유화 (고려대)	김진균 (서울대)
김찬국 (연세대)	노희관 (전남대)	명노근 (전남대)	변형윤 (서울대)
서광선 (이화여대)	서남동 (별세)	성내운 (연세대)	송기숙 (전남대)
안병무 (한신대)	유인호 (중앙대)	이광우 (전남대)	이만열 (숙명여대)
이명현 (서울대)	이문영 (고려대)	이방기 (전남대)	이상신 (고려대)
이석영 (전북대)	이선영 (연세대)	이수인 (영남대)	이영희 (한양대)
이우성 (성균관대)	이우정 (전서울여대)	이효재 (이화여대)	임영천 (전조선대)
장을병 (성균관대)	정윤형 (홍익대)	조용범 (고려대)	차희준 (성균관대)
한완상 (전서울대)			

〈성명서—다시 대학에 돌아가면서〉(해직교수협의회, 1984. 9. 22).

알　림

　해직고수협의회는 1980년의 5.17 사태를 계기로 대학으로 부터
강제 추방당했던 고수들 중에서 "원적대학에로의 동시적, 일괄적복귀"
를 복직의 원칙으로 삼은 37명의 해직고수들이 모여 1984년 12월 20일
에 발족 되었다.

　본 협의회 회원들은 1984년 6월 14일자 문고부의 "해직고수원적대학
복귀허용" 조처에 따라 7월 1일부터 복귀하기 시작했고, 9월 19일자의
영남대의 해직고수 복직발표를 끝으로, 조선대의 임영천 고수를 제외한
대부분의 고수들은 원적대학으로 복귀하게 되었다.

　이에 본 협의회 회원들은 현재 각대학에서 강의를 맡고 있는 실정
이므로 "해직고수협의회"를 해체하게 되었다

　그러나 이들 전 해직고수들 전원은 조선대의 무분별한 태도에 의해 복직이
지연되고 있는 임영천 고수의 복직을 실현시키기 위해 "임영천고수 복직대
책위원회"를 구성했다. 이 위원회는 임고수가 복직될때 까지 모든 합법
적인 방법들을 동원 하면서 끝까지 노력할 것을 합의했다.

　본 협의회는 해체에 즈음하여 그동안 성원해준 사회각계의 여러분들에게
"다시 대학에 돌아가면서"라는 글을 드리는 바이다.

1984. 9. 22.

해직고수협의회
- 해체에 즈음하여 -

〈알림—해직교수협의회 해체에 즈음하여〉(해직교수협의회, 1984. 9. 22).

이 문영 교수 면회기

날자 : 1978. 2. 20. 10:30~11:00
면회자 : 조남기, 김상근
장 소 : 동대문 경찰서
정보과장 실
임 회 : 정보과장 계장.

1. 한국인권운동협의회의 회장과 서기가 면회하는 자리에서
   이 교수는 다음 사항을 개진 하였다.

2. 개진 사항

   가. 강제연행, 구금, 수사과정에서의 문제점 해결을 위한
       방안

       1) 긴급조치 9호 위반자를 영장 없이 체포하는 경우

       ① 연행하는 경찰서원 전원은 그의 신분증과 주민등록증을
          피의자에게 제시한 후 "귀하는 긴급조치 9호 위반
          자이기 때문에 영장 없이 체포 하겠다"고 말할 것

       ② 다음의 기재 사항이 포함된 신변 인도증을 가족이나
          피의자가 지명하는 이에게 해당 경찰서원은 작
          성해 줄 것

          ㄱ. 연행하는 사람들의 이름, 주소, 직업, 주민등록번호
          ㄴ. 연행해 갈 장소, 일자
          ㄷ. 연행해 가는 일자.

       2) 긴급조치 9호 위반자는 구속상태에 들어가자 마자 곧
          변호사를 부를 수 있어야 하고 변호사를 부르는 경우,
          변호사가 오기 전에는 또는 변호사가 동석하지 않고는

〈이문영 교수 면회기〉(1978. 2. 20, 조남기·김상근 작성).

751

수사를 시작 혹은 진행할 수 없다.

3) 수사관은 수사 전에 "진실을 말하되 모든 진실을 말할 필요는 없다"는 형사 소송법 규정을 피의자에게 말할 것.

4) 체포 구금 중 피의자에게 통정과 폭언을 안 한 것

5) 피의자를 다른 장소로 옮기며 중앙정보부에 연행한다고 말하지 말 것.
만일 다른 장소로 옮기는 경우 옮긴 장소를 가족에게 알릴 것.

6) 긴급조치 9호 위반자를 취급하는 권한이 있는 당국이 아닌 중앙정보부에 피의자를 인도될 수 없을 것.

나. 2월18일 쌍문동 2가 75-17 앞 가두에서 이문영 교수 자신에게 행한 불법조치에 대한 추궁.

1) ① 물리적 힘을 가한 경찰 공무원 3명과 운전기사.
② 경찰 공무원의 물리적 힘의 행사를 목격하고도 말리지 않을 뿐 아니라 오히려 이를 뒤에서 후원한 경찰 공무원들을 해직 시킬 것.

2) 내무부 장관은 인책 사퇴를 내라.

- 이 상 -

기록자 : 김영윤
1978. 2. 20.

128

참조…형소 254

서 울 지 방 검 찰 청

		검사장
		차장검사

19 79 형 39512, 39513
　　　39514, 39515 호　　　　19 79 . 9 . 10 .
　　　39516

수 신　서울형사지방법원

　　　　　　　　발 신　서울지방검찰청

　　　　　　　　검 사

제 목　공 소 장

　　아래와 같이 공소를 제기합니다

피고인	본　　　적	별지와 같음
	주　　　거	
	직　　　업	
	주민등록번호	
	성　　　명	이 ○ 영
	생 년 월 일	19　　.　　.　　생 (당　　년)

죄 명	국가보위에관한특별조치법위반
적용법조	각 : 국가보위에관한특별조치법제11조 2항, 동법제9조 1항, 형법제32조
신 병	19 79 . 8 . 17 .　구속　불구속
변호인	1979. 9. 15

첨부 : 1. 구속영장 5통
　　　 2. 변호인 선임제 1통
　　　 3. 피의자 수용증명 5통
　　　 4. 구속기간 연장 결정서 5통

YH 사건 공소장의 일부(1979. 9. 10).

1981. 1. 23. 판결선고 주사

1981. 1. 23. 원본 영수

검찰총장

대 　 법 　 원

판 　 결

사 　 건 　 80도2756 　 (가) 내란음모

　 (나) 계엄법위반

　 (다) 계엄법위반교사

　 (라) 국가보안법위반

　 (마) 반공법위반

　 (바) 외국환관리법위반

피고인, 상고인 　 (1) (가. 나. 다. 마. 바) 김 대 중 (金大中) 무직

1924. 12. 3. 생

주거 　 서울 마포구 동교동 178의 1

본적 　 같은동 31의 1

변호인, 변호사 김동정, 동 박영호, 동 허경만

김대중 내란음모 사건에 내린 대법원 판결문(1981. 1. 23.)의 첫 장과 마지막 부분.

대한 원심의 양형이 너무 무거워서 부당하다는 주장은 군법회의법 제432조 소정의 적법한 상고이유가 될수없다.

그렇다면 이 상고는 그 이유없는것이 되므로 모두 기각하고, 피고인 김대중을 제외한 나머지 피고인들에 대하여는 상고이후의 구금일수중 70일씩을 그 본형에 각 산입한다.

이 판결에는 관여법관들의 건해가 일치되다.

1981.   1.   23.

재판장   대법원판사   이 ○ 영 ○

대법원판사   주 ○ 재 황

대법원판사   한 ○ 환 ○

대법원판사	안	병	수
대법원판사	이	일	규
대법원판사	라	길	조
대법원판사	김	용	철
대법원판사	유	태	흥
대법원판사	정	태	원
대법원판사	김	덕	현

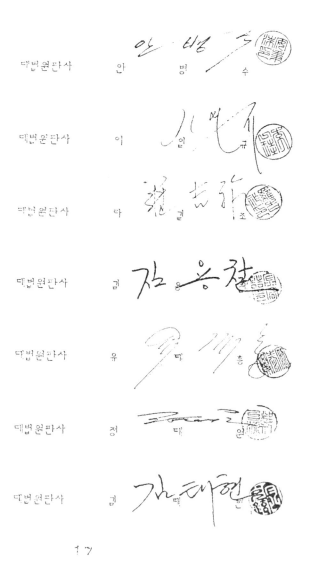

대법원판사　　　　　김　기　홍　（인）

대법원판사　　　　　김　　중　　서

대법원판사　　　　　윤　　운　　영　（인）

위　동　본　임

　　　1988년 8월 26일

　　검　찰　청

　검찰주사　허　기　손　（인）

도서 열독 허가증 사본(1982. 11. 18). 불어로 된 성서를 빌려 봤을 때 받은 것이다.

특별사면장

본 적	서울 도 (특별시)
성 명	李文永 연령 57
죄 명	내란음모. 계엄법위반
형명형기	징역 8년 ― 월 일 금고
수용교도소	ˎ 교 도 소

대통령의 명에 의하여 사면법 제5조
제1항 제2호의 규정에 따라 그 형의
집행을 면제한다

1984년 8월 14일

국방부장관

제 37 호

〈김대중 내란음모 사건 특별 사면장〉(1984. 8. 14).

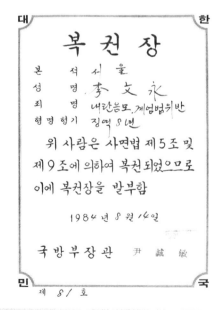

〈김대중 내란음모 사건 복권장〉(1984. 8. 14).

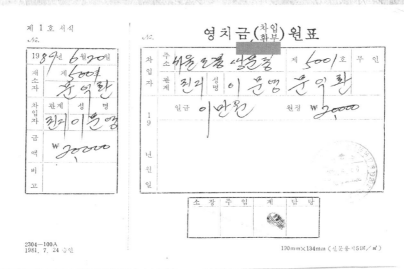

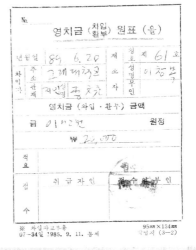

문익환, 조성우, 이창복에게 준 영치금 영수증(1989. 6. 20).

인 사 말

이 문 영
명예박사 고려대 전 내과

사건 후 20년만에 소위 내란음모의 주역이 대통령이 되시어 사건자 모두를 초청하여 만찬을 베푸시고 만나게되니 감개무량합니다. 「주께서 내 목전에서 내게 상을 베푸시고, 기름으로 내 머리에 바르셨으니 내 잔이 넘치나이다」 라고 읊은 다윗의 노래를 저녁식사를 주신 김대중 대통령에게 감사의 뜻으로 드립니다.

저는 육군형무소로 옮기기 직전에 중앙정보부 지하의 제 방에 들른 고대 졸업생이라는 어느 한 사람으로부터 "죽지는 않을 것입니다. 광주에서 너무 많은 사람들이 죽어서요" 라는 짧은 말을 들었습니다. 한편 면회 온 집사람으로부터 육군형무소에 온 팀 중 세 사람은 죽인다는 말도 들었습니다. 저는 집사람이 면회 올 때 면회실로 이동하면서 형무소 마당에서 높게 자란 포플러나무를 보고, 저 나무가 저렇게 잘 생기게 자랐지만 나무가 자란 것이 아니라 한 종자가 땅 속에서 죽어서 자란 것이라고 생각했습니다. 그 나무를 저는 민주주의나무라고 이름지었습니다. 이어서 죽음과 민주주의는 우리의 과제였습니다. 김대중 대통령은 재판정에서 한 십 년 후에나 민주화가 되겠다고 말씀했습니다.

이제 10년이 아니라 20년만에 민주화를 열었습니다. 긴말을 접고 한 말씀으로 오늘을 맞는 우리의 각오를 전하고자 합니다. 이는 우리가 죽음 앞에 선 사람의 엄숙함으로 욕심을 버리고 살자는 것입니다. 다행히 남북한 공존의 기틀을 마련해 나가게 된 것은 우리가 욕심을 버린 하나의 증표이겠습니다. 다만 오늘의 과제는 국민이 정부를 믿게 하는 일입니다. 국민은 공정하지 않는 정부는 믿지 않습니다. 의례 감투와 이득을 생각하는 공직자들의 정부는 믿지 않습니다. 지금은 안타깝게도, IMF가 터지니까 서랍 속에 있는 1달러짜리를 꺼내서 내다가 판 감동의 시대가 지난 것만 같습니다. 제15대 대통령선거에 우리가 이겼을 때 등이 펴지고 둥실둥실 떠다니는 기분이었던 무욕의 상태를 늘 유지해야 할 의무가, 죽을 뻔했던 우리에게 주어지고 있다고 생각합니다.

대통령내외분께 그리고 우리에게 아까 인용한 시편의 마지막 구절 「나의 평생에 선하심과 인자하심이 정녕 나를 따르리니 내가 여호와의 집에 영원히 거하리로다」 가 이룩되기를 기도합니다. 고맙습니다.

2000. 7. 19

김대중 내란음모 사건 20주년 기념 만찬에서 대표로 했던 인사말 원고(2000. 7. 19).

확 정 증 명 원

사 건 번 호 99재노 22 내란음모 등

피 고 인 박 용 길 외18

　　위 사건에 관하여 귀원에서 2003. 1. 21. 선고한 99재노 22 내란음모

등 사건에 관하여 판결이 확정되었음을 증명하여 주시기 바랍니다.

2003. 2 .

위 피고인들의 변호인

법무법인 한 강

변호사 최 재 천

서울고등법원 제5형사부 귀중

위 증명합니다

2003. 2. 24.

서울고등법원

법원사무관 양종

민주화운동관련자 인정 통지서

접수번호 : 보상심의위   제 5715 호

성　　명 : 이문영

주　　소 : 서울 도봉구 쌍문

1. 귀하를 민주화운동관련자로 인정하고 명예회복신청에 대하여 별첨 내용과 같이 결정되었음을 알려드립니다.

   명예회복의 구체적 내용이 확정되는 대로 추후 통지 할 예정입니다.

2. 위원회의 결정(불인정부분)에 대하여 이의가 있을 때에는 별첨 결정내용 정본을 송달받은 날부터 30일 이내에 재심신청서 1부를 작성하여 위원회에 재심을 신청할 수 있고, 재심신청을 하지 아니하고 곧바로 행정소송을 제기하고자 할 때에는 결정내용 정본을 송달받은 날부터 60일 이내에 서울행정법원에 행정소송을 제기할 수 있습니다.

첨부 : 1. 의결서 1부

　　　 2. 재심신청서 용지 1부.

2003년 2월 일

민주화운동관련자명예회복및보상심의위원회

민주화운동 관련자 인정 통지서(2003. 2)의 일부.

의 결 서

접수번호	보상심의위 제5715호	신청유형	명예회복
관련자	성 명 이문영	주민등록번호	
	당시 주소 서울 도봉구		
신청인	성 명 이문영	주민등록번호	
	주 소 서울 도봉구		
	관련자의 본인	전화번호	

의결사항	위 관련자는 민주화운동을 이유로 유죄판결 및 해직을 당한 자로서 민주화운동관련자명예회복및보상등에관한법률 제2조 제2호 라목에 의한 민주화운동관련자로 인정하고 명예회복의 구체적 조치에 관한 심의를 위해 명예회복추진분과위원회에 회부함(기타기각)

2003년 1월 14일

민주화운동관련자명예회복및보상심의위원회

위원장 金祥根 인   위 원 金三雄 인   위 원 白京男 인

위 원 李遇昇 인   위 원 朴昇熙 인   위 원 崔松和 인

위 원 趙重翰 인

사안번호 제5715호	명예회복

< 인정 주문 · 이유 >

1. 1973. 7.경 고려대학교 부설 노동문제연구소장으로 재직 중 동 연구소 사무국장 김낙중 등이 유신체제를 반대하는 내용 등을 담은 "민우" 라는 제목의 지하신문 을 발행한 것과 관련하여

   1973. 7. 14. 고려대학교에서 사직을 강요받고 퇴직한 사실

2. 1975.경 고려대학교, 한성대학교 등의 교수들과 함께 박정희 독재정권 반대, 유신헌법 철폐운동에 참여한 활동과 관련하여

   1975. 6. 9. 고려대학교에서 사직을 강요받고 퇴직한 사실

3. 1976. 2. 22. 서울 도봉구 도봉동 ○○○ 주택에서 문익환 목사로부터 3.1절을 기하여 발표할 "민주구국선언" 에 동참할 것을 제의받고 이를 승낙한 후 위 선언문의 초안을 검토·수정한 활동과 관련하여

   1977. 3. 22. 대통령긴급조치제9호위반으로 징역 3년 및 자격정지 3년을 선고받은 사실

4. 1978. 10.경 유신체제를 타파하고 민주정부를 수립하기 위하여 문익환, 함석헌, 윤보선 등과 함께「민주주의국민연합」을 결성하고, 1979. 3.경 「민주주의와민족통일을위한국민연합」 으로 개편하여 활동하였으며, 1980. 2.경 국민연합 시·도지부의 결성 협의, 내외신 기자들을 상대로 "3.1절에 고함" 이라는 제하의 성명서 낭독·배포, "한국민주제도연구소" 설치· 운영 및 민주화촉진국민대회 개최 등을 추진한 활동 등과 관련하여

사안번호 제5715호	명예회복

1980. 7. 30. 고려대학교에서 사직을 강요받고 퇴직한 사실은

민주화운동관련자명예회복및보상등에관한법률 제2조 제2호 라목, 제1호의 규정에 의거 민주화운동을 이유로 유죄판결을 받고 해직된 것으로 각 인정함

< 불인정 주문 >

5. 1979.경 신민당 김영삼 당수를 찾아가 동 당사 점거농성으로 구속된 YH회사 노동자들의 선처를 부탁한 활동과 관련하여

1979. 8. 20. 국가보위에관한특별조치령위반으로 구속되어 같은해 12. 10. 보석으로 출소된 후 처분내용도 모르는 상태에서 사건이 종결되었다는 주장은

민주화운동관련자명예회복및보상등에관한법률 제2조 제2호, 제1호의 규정에 해당하지 아니함

6. 위 4항의 활동과 관련하여

1981. 1. 23. 내란음모죄 등으로 징역 20년을 선고받은 사실에 대하여는

민주화운동관련자명예회복및보상등에관한법률 제18조 제1항의 규정에 의하여 본법의 적용대상이 아님

사안번호 제5715호	명예회복

< 불인정 이유 >

○ 위 5항의 부분에 대하여

 범죄경력조회결과 처분종결된 것으로 확인되는 바, 이는 유죄판결에
 해당하지 아니하여 본 법이 규정한 민주화운동관련자 요건이 아님

○ 위 6항의 부분에 대하여

 신청인이 위 4항의 민주화운동을 이유로 유죄판결을 받은 사실은
 인정되나, 이 경우는 1998. 10. 19. 광주민주화운동관련자보상등에관한
 법률에 의해 이미 보상을 받은 바 있음.

등과 더불어 도움을 준 일이 '국가보위에 관한 특별조치법'을 위반했다고 하여 넉 달 간 옥살이를 하다. YH무역의 노조원이었던 김경숙이 싸늘한 주검으로 발견된 이 사건이 이른바 'YH 사건'이다.

1980년 3월 1일 __ 고려대에 두 번째로 복직하다.

1980년 __《한국행정론》(일조각)을 출간하다.

1980년 5월 17일~1982년 12월 24일 __ 기회주의자 전두환이 김대중 씨를 내란음모자로 몬, 이른바 '김대중 내란음모 사건'으로 구속되다. 제1심에서 무기형을 선고받았다가 감형되어 2년 7개월 만에 출옥하다. 국민회의 상임위원들을 비롯한 여러 민주인사들이 수감되어 고문을 받는 등 고초를 겪다.

1980년 5월 17일~1984년 9월 1일 __ 5·17 쿠데타로 4년 4개월 동안 세 번째 해직 생활을 하다(해직 생활은 모두 세 번에 걸쳐 9년 8개월 동안 이어졌다).

1983년 5월 18일 __ 김영삼 씨가 전두환 정권에 민주화를 요구하며 단식투쟁에 들어가다.

1983년 5월 31일 __ 전두환을 반대하는 동지들이 연대하여 김영삼 씨 단식농성에 동조하는 단식에 들어가며 함석헌, 홍남순, 문익환, 예춘호 등과 더불어 〈긴급민주선언〉을 발표하다. 이 일로 열일곱 번째로 연행되다.

1983년 __《민주사회를 위하여》(청사)를 출간하다.

1983~1984년 __ 4개월간 미국, 캐나다, 일본, 서독 등에 강연 여행을 가다.

1984년 9월 1일 __ 고려대에 세 번째로 복직하다.

1985년 여름 __ 캐나다 빅토리아대학교에 교환교수로 가다.

1986년 3월 28일 __ 직선제 개헌을 촉구하는 선언문 〈현시국에 대한 견해〉를 고대 교수 27명과 함께 발표하다.

1987년 4월 13일 __ 전두환이 호헌 담화문을 발표하다.

1987년 4월 22일 __ 고대 교수 30명이 이른바 4·13 대통령 호헌 조치 반대 성명을 발표하다. 이 성명이 '4·13' 조치 이후 최초로 나온 선언이었는데, 뒤를 이어 연달아 터진 '지식인 시국선언'의 기폭제가 되었다.

1987년 __ 나를 오래도록 가르치신 어머님이 돌아가시다.

1987년 8월 __ 고 유진오 교수의 빈소가 고려대에 설치되자, 이상신, 권창은, 이만우, 윤용 교수 등과 함께 "고려대학은 국정 자문위원의 빈소일 수 없다"라고 쓴 피켓을 들고 시위하다. 이 사건이 이른바 '현민 빈소 사건'이다.

1990년 가을 __ 영국의 리버풀대학교에 교환교수로 가다.

1991년 봄 __ 러시아의 모스크바대학교와 레닌그라드대학교를 방문하다.

1991년 __《자전적 행정학》(실천문학)을 출간하다.

1992년 __ 고려대에서 정년퇴직하다.

1992~2005년 __ 경기대(서울 캠퍼스) 대학원장과 건축대학원장, 석좌교수로 재직하다.

1996년 __《논어·맹자와 행정학》(나남)을 출간하다.

1997년 __ 중앙성결교회 장로 시무를 마치고, 원로장로가 되다.

1998년 __ 아태평화재단 이사장을 맡다.

1998~2000년 __ 덕성학원 이사장을 역임하다.

1998~현재 __ 사단법인 함석헌기념사업회 이사장을 맡다.

2001년 __《인간·종교·국가―미국 행정, 청교도 정신 그리고 마르틴 루터의 95개조》(나남)를 출간하다.

2006년 __《협력형 통치―원효·율곡·함석헌·김구를 중심으로》(열린책들)를 출간하다.

2007년 2월 20일 __ 나의 동반자 석중이 세상을 떠나다.

2008년 현재 __ 다음에 쓸 책《새 문명에서의 공직자》를 준비하며 경기대와 평택대에서 강의하고 있다.